업둥이 톰 존스 이야기 2

The History of Tom Jones, a Foundling
Henry Fielding

대산세계문학총서 115

업둥이 톰 존스 이야기 2

The History of Tom Jones, A Foundling

헨리 필딩 지음 — 김일영 옮김

문학과지성사
2012

대산세계문학총서 115_소설

업둥이 톰 존스 이야기 2

지은이 헨리 필딩
옮긴이 김일영
펴낸이 홍정선
펴낸곳 ㈜문학과지성사
등록 1993년 12월 16일 등록 제10-918호
주소 121-840 서울 마포구 서교동 395-2
전화 02)338-7224
팩스 02)323-4180(편집) 02)338-7221(영업)
전자우편 moonji@moonji.com
홈페이지 www.moonji.com

제1판 제1쇄 2012년 12월 28일

ISBN 978-89-320-2376-2
ISBN 978-89-320-2374-8 (전 2권)
ISBN 978-89-320-1246-9 (세트)

이 책은 대산문화재단의 외국문학 번역지원사업을 통해 발간되었습니다.
대산문화재단은 大山 愼鏞虎 선생의 뜻에 따라 교보생명의 출연으로 창립되어
우리 문학의 창달과 세계화를 위해 다양한 공익문화사업을 펼치고 있습니다.

업둥이 톰 존스 이야기 2

2부

3부

업둥이 톰 존스 이야기 1

1부

2부

7권 3일 동안 벌어진 일

일러두기

1. 이 책은 Henry Fielding의 *The History of Tom Jones, a Foundling*(Wesleyan University Press, 1975)을 우리말로 옮긴 것이다.
2. 본문의 각주 중 '필딩의 주'라고 표기한 것 이외의 주석은 몇몇 판본을 참고하여 옮긴이가 작성한 주이다.
3. 맞춤법과 외래어 표기는 1989년 3월 1일부터 시행된 「한글 맞춤법 규정」과 『문교부 편수자료』『표준국어대사전』(국립국어연구원)을 따랐다.

10권

대략 12시간 동안 벌어진 일

1장

현대 비평가들이 꼭 정독해야 할 지침 사항

독자들이여, 우리는 당신들이 어떤 사람인지 알지 못하오. 당신들은 셰익스피어만큼이나 인간 본성에 대해서 잘 알 수도 있고, 몇몇 셰익스피어 편집자들만큼이나 어리석을 수도 있소. 후자의 경우가 되어서는 안 되겠기에 셰익스피어 편집자들이 셰익스피어를 잘못 이해해서 셰익스피어에 대해 잘못된 정보를 전달했던 것처럼, 독자들도 우리를 잘못 이해해 우리에 관해 잘못된 이야기를 하는 일이 없도록, 이야기를 더 진행하기에 앞서 그대들에게 몇 가지 유익한 충고를 하는 것이 적절하다고 생각하오.

우선 이 이야기에서 소개되는 어떤 사건이 우리의 의도와 어떻게 부합되는지 금방 이해할 수 없다고 해서, 이 사건이 우리의 의도와는 아무 상관없을 거라고 성급하게 판단을 내리며 우리를 비난하지는 마시오. 사실 이 작품은 나의 위대한 창작품이라 할 수 있소. 따라서 비열한 비평가들이 이 작품의 각 내용들이 서로 어떤 식으로 연결될지도 모르면서, 작품의 대단원까지 읽기도 전에 작품의 일부에서 결점을 찾으려고 하는 건 정말 주제넘고 터무니없는 짓일 것이오. 지금 우리가 사용하는 인유와 은유가 현재로서는 과도하다는 것을 인정하지만 일류 작가와 저급한 비평가 간의 차이를 나타나는 데 사실상 이것 말고는 다른 적절한 표현 방법은 없소.

당신같이 비열한 비평가들에게 주어야 할 또 다른 주의사항은, 이 작품에 소개되는 등장인물들이, 예를 들어 7권에 등장하는 여관 안주인과 9권에 나오는 여관 안주인의 경우처럼, 모두 똑같다고 생각하지는 말라는 것이오. 우선 당신들은 같은 직업을 가진 사람들 사이에는 어떤 공통적인 특징이 있다는 사실을 알아야 하오. 그런 특징을 잘 드러내면서도 그 특징이 어떻게 다양하게 나타나는지 보여주는 것은 훌륭한 작가의 첫번째 재능이며, 같은 악덕이나 우매함에 이끌려 행동하는 사람들 간에 보이는 미묘한 차이를 간파하는 것은 그들의 또 다른 재능이오. 극소수 작가들만이 후자의 재능을 가지고 있듯이, 극소수 독자들만이 그 차이를 제대로 구별할 수 있소. 이런 차이점을 간파하는 것이 이런 차이를 발견할 수 있는 사람들이 누리게 되는 즐거움의 주요 원천이지만 말이오. 예를 들어 모든 사람들은 에피큐어 매먼 경*과 포플링 플러터 경**의 차이를 알 수 있지만, 포플링 플러터 경과 코틀리 나이스 경***의 차이를 알기 위해선 더 섬세한 판단력을 갖추어야만 하오. 이러한 판단력의 결핍으로 저속한 관람객들이 극장에서 그릇된 평가를 내리는 일이 다반사처럼 벌어지는 것이오. 비슷한 필체도 법적 증거물로 인정받지 못하는데, 이보다 더 빈약한 증거를 들이대며 어떤 시인을 도둑으로 모는 경우를 극장에서 종종 본적이 있는 나로서는, 무대 위에 등장하는 모든 요염한 미망인이 민망할 정도로 디도****를 모방했다는 비난을 받게 되지나 않을까 하는 걱정까지

---

    * Epicure Mammon: 17세기 영국의 극작가 벤 존슨의 『연금술사*Alchemist*』(1610)에 등장하는 인물.

  ** Fopling Flutter: 17세기 영국의 극작가 조지 에서리지(George Etherege, 1635~1692)가 쓴 『멋쟁이 신사*Man of Mode*』(1676)에 나오는 등장인물.

 *** Courtly Nice: 17세기 영국의 드라마 작가인 존 크라운John Crowne의 『코틀리 나이스 경*Sir Courtly Nice*』(1685)의 주인공.

**** Dido: 그리스 신화에 나오는 여왕으로 카르타고를 건설했다.

하게 되오. 베르길리우스를 읽을 정도로 탄탄한 라틴어 실력을 갖춘 연극 비평가가 극소수라는 사실이 오히려 내겐 다행스럽게 느껴지는 게 바로 그 때문이오.

다음으로, 훌륭한 당신에게(당신의 가슴이 머리보다는 나을 수도 있기 때문에 그렇소) 어떤 등장인물이 완벽할 정도로 선량하지 않다고 해서 그를 나쁜 사람이라고 비난하지는 말라고 충고해야겠소. 당신이 그처럼 완벽한 인물을 좋아한다면, 당신의 취향을 충족시킬 책들은 많이 있소. 하지만 우리가 대화를 나누고 있는 지금 이 순간까지 나는 그런 사람을 만난 적이 한 번도 없었기 때문에, 그런 인물을 등장시키지 않았던 것이오. 솔직히 말해, 인간이라는 존재가 과연 그처럼 완벽한 미덕을 갖출 수 있을지 의심스럽소. 유베날리스의 말*처럼 **"추호(秋毫)의 선(善)도 존재(存在)하지 않는 철두철미(徹頭徹尾)한 악(惡)"****이 가능하다는 것을 입증할 정도로 극악무도한 인간이 과연 존재할 수 있는지 의문스러운 것처럼 말이오. 게다가 천사같이 완벽한 인물이나 극악무도한 악당을 창작품에 등장시키는 게 과연 무슨 도움이 될지 이해할 수도 없소. 이 두 가지 유형의 인간을 볼 때, 우리는 도움을 얻기보다는 슬픔과 수치심을 느끼기 쉽기 때문이오. 본성적으로 우리가 도저히 다다를 수 없는 미덕의 경지에 오른 인물을 볼 때, 우리는 근심에 잠기고 부끄러워할 것이고, 혐오스럽고 경멸스러운 인간을 통해 우리의 타락한 본성을 볼 때는, 불편한 마음을 갖게 될 것이기 때문이오.

선량한 사람들이 찬사를 보내고 사랑할 정도로 선한 성품을 지닌 사

---

* 유베날리스가 쓴 『풍자시집』에 나오는 글귀.
** '단 한 가지 좋은 장점도 없는 철두철미한 악'이라는 의미의 라틴어 구문을 한문 투로 옮긴 것. 이하 궁서체로 표기한 것은 모두 원서의 라틴어 문장을 번역한 것이다.

람에게 **"유약(幼弱)한 인간에겐 필연(必然)적인"** * 사소한 결점이 있다 하더라도, 그런 결점은 혐오감보다는 동정심을 불러일으키는 법이오. 이런 부류의 사람이 갖고 있는 이와 같은 불완전함보다 도덕적으로 더 유용한 것은 없는데, 이는 이들의 불완전함이 악의적이고 사악한 사람들의 결점보다도 우리에게 더 많은 영향을 끼치며 우리 마음속에 오랫동안 남기 때문이오. 좋은 면을 많이 갖고 있는 사람의 약점과 결함은 그들이 갖고 있는 장점과 대조를 이루어 더욱 두드러지게 드러나 결국 그 추악함을 더욱 잘 드러내주는 법이오. 따라서 우리가 좋아하는 인물에게서 나쁜 결과를 초래하는 어떤 결함을 발견했을 때, 우리는 우리 자신을 위해서라도 그런 결함을 갖지 않으려 할 뿐만 아니라, 우리가 사랑하는 사람에게 그 결함이 미친 해악 때문에라도 그 결함을 증오하게 되는 것이오.

친구들이여, 이제 하고 싶었던 충고를 다 했으니, 다시 우리의 이야기를 계속하겠소.

2장
어떤 아일랜드 신사가 여관에 도착한 뒤 여관에서 벌어진 매우 놀라운 사건

수많은 적들, 특히 그 교활하고 잔인한 육식동물인 인간이 두려워 하루 종일 자신의 은신처에서 숨어 지내던 어린 토끼가 은신처에서 나와 잔디 위를 신나게 장난치며 돌아다니는 이때, 혹은 속이 빈 나무 위에 앉아 새된 목소리로 노래하는 밤의 합창대원인 올빼미가 음악을 즐길 줄 아는

---

* '약한 인간이 결코 피할 수 없는'이라는 뜻. 호라티우스의 『시학』에 나오는 구절이다.

사람들의 귀를 매료시키는 선율을 쏟아내는 이때, 그리고 거나하게 취한 촌부가 집으로 돌아가기 위해 묘지나 납골당 앞을 비틀거리며 지나가다가 피 흘리는 도깨비를 상상하며 두려움에 떠는 이때, 도적들과 악한들은 깨어 있지만 정직한 경비원들은 깊은 잠에 빠져 있는 이때, 보다 쉽게 말하자면, 지금은 자정이었소. 따라서 우리가 언급한 사람들뿐만 아니라, 여관에 모였던 사람들 모두는 저녁에 이곳에 도착한 다른 사람들처럼 이미 잠자리에 들었고, 자신을 기다리는 말구종의 사랑스런 품으로 돌아가기 전 부엌 청소를 끝내야만 하는 이 여관의 하녀 수전만이 깨어 있었소.

당시의 여관 상황이 이러한 가운데 부랴부랴 이곳에 도착한 어떤 신사가 말에서 내려 수전에게 다급하게 다가오더니, 숨을 헐떡거리며 그리고 아주 혼란스러운 표정으로 어떤 귀부인이 이곳에 머물고 있지 않느냐고 물었소. 이 야밤에 미친 사람처럼 자신을 내내 노려보는 이 신사의 행동에 다소 놀란 수전은 질문에 대답하기 전 잠시 망설일 수밖에 없었소. 그러자 이 신사는 더욱 다급하게 자신은 도망간 아내를 찾으러 온 것이니 솔직히 말해달라고 간청했소. 그러고는 "마누라를 두세 번은 잡을 뻔했는데 말이야. 내 마누라가 여기에 있다면, 몰래 그곳으로 데려다주고, 여길 이미 떠났다면 어디로 가면 찾을 수 있을지 말 좀 해주시오. 그러면 내 맹세코 아가씨를 이 나라에서 제일 부유한 하녀로 만들어주겠소"라고 소리치더니, 한주먹 가득 돈(이 가난한 여인보다 훨씬 돈이 많은 사람들도 매수하여 이보다 훨씬 더 나쁜 짓을 저지르게 할 수 있을 것 같은 양의 돈이었소)을 꺼냈소.

워터스 부인에 관한 이야기를 들은 바 있던 수전은 워터스 부인이 이 정당한 소유주가 찾고 있는 바로 그 길 잃은 양이라고 확신하며, 아내를 남편에게 되돌려주는 것보다 더 정직한 돈벌이 방법은 없을 거라는 결론을 내리고서 조금도 주저하지 않고 그가 찾는 부인이 이 집에 있다고 말해주었소. 그러고는 많은 보상을 하겠다는 이 신사의 약속과 이에 대한 증표로서 그가 손에 쥐어준 어떤 것에 의해 이내 설득을 당해 워터스 부인이 있는 방으로 그를 안내했던 것이오.

남편이 아내의 방에 들어갈 때 반드시 노크부터 하는 것은 아주 합당하고 중요한 이유에서 상류사회에서는 오랫동안 정착되어온 관례로, 이 관례가 왜 필요한지는 상류사회를 아는 독자들에게는 설명할 필요조차 없을 것이오. 이 관례를 통해 여자들은 옷매무새를 단정히 하거나 보기 흉한 물건을 치워버릴 수 있는 시간을 벌 수 있기 때문이며 또한 예민하고 섬세한 여자들은 남편에게 들키고 싶지 않은 어떤 상황에서 벗어날 수 있는 시간도 벌기 때문인 것이오.

양식이 없는 사람들에게는 단순히 형식적인 일로 보일 수도 있지만 좀더 분별력 있는 사람들에게는 실질적으로도 상당히 중요한 이 예법을 지금과 같은 상황에서 이 신사가 지켰더라면 좋았을 것이오. 이 신사는 노크를 하기는 했지만 이런 경우에 사람들이 으레 하는 작은 노크는 아니었소. 방문이 잠긴 것을 알자마자 난폭하게 문으로 달려드는 바람에, 열쇠가 망가지게 된 문이 그만 활짝 열려 그는 방 안으로 곤두박질치게 되었던 것이오.

그가 바닥에서 일어났을 때, 그와 마찬가지로 침대에서 벌떡 일어나는 자가 있었으니 (이런 말을 하기가 정말 부끄럽고 슬프기도 하지만) 그는 바로 우리의 주인공이었소. 그는 위협적인 목소리로 이 신사에게 도대체 정체가 무엇이며 이처럼 난폭하게 방문을 열고 들어온 의도가 무엇인지 물었소.

처음 이 신사는 자신이 실수를 저질렀다고 생각하고는 용서를 빌며 물러나려 했소. 하지만 밝게 비치는 달빛 덕분에 사방에 어지럽게 널려 있는 여자의 코르셋과 여자의 실내복, 페티코트, 모자, 리본, 스타킹, 양말대님, 신발, 나막신 등등을 보게 되자, 타고난 의구심이 발동한 그는 너무도 화가 나 아무 말도 할 수가 없었소. 그러고는 존스의 말에 아무런 대꾸도 하지 않은 채 침대 쪽으로 가려 했소.

이를 본 존스가 즉시 그를 막아서자, 둘 사이에는 격한 말다툼이 벌어지더니 결국은 몸싸움으로 이어졌소. 내 추측엔 이제 잠에서 막 깨어난 워터스 부인은(이제 그녀가 존스와 같은 침대에 있었다는 사실을 고백하겠소) 남자 두 명이 자기 방에서 싸우는 것을 보고는 아주 큰 소리로 비명을 지르기 시작했소. 처음 워터스 부인은 "사람 살려!" "강도야!"라고 소리치더니, 나중에는 "강간범이야!"라고 외쳤소. 워터스 부인이 "강간범이야"라고 외쳤다는 사실에 몇몇 사람들은 놀랄 수도 있을 것이오. 하지만 이 외침 소리는 놀란 상류층 여인들이 자주 사용하던 것으로 음악에서 '파, 라, 라, 라'처럼 아무런 의미도 갖지 않고, 단지 음을 전달하는 하나의 도구라는 사실을 간과했기 때문일 것이오.

이 부인의 옆방에는 여관에 너무 늦게 도착하는 바람에 미리 언급하지 못했던 어떤 아일랜드 신사가 묵고 있었소. 아일랜드 사람들이 소위 '칼라발라로' 혹은 '카발리에'*라고 부르는 부류에 속하는 이 신사는 훌륭한 집안 출신이지만 차남이었던 탓에 별다른 재산을 물려받지 못했소.** 따라서 재산을 모으기 위해 바깥세상으로 나설 수밖에 없었던 그는 도박을 통해 혹은 돈 많은 여자와의 결혼을 통해 한 재산 마련하려고 바스로

---

* cavalier: 여성을 신사적으로 정중하게 대하는 남자.
** 18세기 당시 영국에서 귀족은 자신의 영지가 분할되는 것을 막기 위해 재산(특히 땅)을 장남에게 거의 다 물려주었기 때문에 상대적으로 차남은 재산을 많이 물려받지 못했다.

가는 중이었던 것이오.

이 젊은 신사는 침대에 누워 벤 여사*의 소설을 읽고 있었는데, 여자들의 호감을 사는 가장 효율적인 방법은 지적 능력을 향상시키고 좋은 문학 작품으로 자신의 내면을 채우는 거라고 친구에게서 배웠기 때문이었소. 따라서 옆방에서 큰 소동이 벌어진 것을 알게 되자마자, 덧베개를 베고 누워 있었던 그는 자리에서 벌떡 일어나 한 손으로는 칼을 다른 손으로는 침대 옆에서 타고 있던 초를 들고 곧장 워터스 부인의 방으로 향했소.

속옷 차림의 또 다른 남자가 나타나자, 예법을 중시하는 워터스 부인은 더더욱 충격을 받았소. 하지만 곧이어 이 신사는 워터스 부인의 두려움을 상당히 덜어줌으로써 속옷 차림으로 나타난 자신의 무례함에 대한 보상을 해주었소. 이 '칼라발라로'가 방에 들어오자마자 "피츠패트릭, 도대체 자네 왜 이러나?"라고 소리치자, 상대방은 즉시 "맥라클런, 자네가 여기 있어 다행이야. 이 악당이 내 마누라를 꼬셔서 한 침대에서 같이 잤잖아?"라고 대답했소. 이 말에 맥라클런이 "누구라고? 자네 부인을 내가 몰라볼 것 같나? 여기 속옷 차림의 저 신사와 같은 침대에 있는 저 부인은 자네 부인이 아니지 않나?"라고 소리쳤소.

더 먼 곳에 있었더라도 확연히 자기 아내와는 다른 워터스 부인의 목소리를 듣고 또 그녀의 모습을 보게 된 피츠패트릭은 자신이 아주 한심한 실수를 저질렀다는 사실을 깨닫고는 그녀에게 여러 차례에 걸쳐 용서를 빌었소. 하지만, 그는 존스에게는 "당신한테는 사과하지 않았다는 거 똑바로 알아. 오늘 당신 나 쳤어! 그러니 내일 아침 당신 피 좀 봐야겠어"라고 말했소.

---

* 아프라 벤(Aphra Behn, 1640~1689): 17세기 영국 최초의 여성 전업작가로 주로 대중적이고 통속적인 내용의 희곡과 소설을 썼다.

그의 위협에 존스는 몹시 경멸하는 듯한 태도와 말로 응수했고, 맥라클런은 피츠패트릭에게 다음과 같이 말했소. "피츠패트릭, 자넨 이 밤중에 사람들에게 민폐를 끼쳤다는 사실을 부끄러워해야 하네. 이 여관에 있는 사람들이 모두 잠들었던 건 아니겠지만, 나처럼 자네 때문에 깬 사람들도 분명히 있을 테니까 말이네. 그리고 이 신사분의 행동은 당연한 거야. 아내는 없지만, 만일 자네가 내 아내에게 그렇게 했다면, 난 분명히 자네 목을 베었을 테니 말이야."

존스는 워터스 부인의 평판이 걱정되어, 무슨 말을 어떻게 해야 할지 몰랐소. 하지만 지금까지 관찰한 바에 따르면, 여자들이 남자들보다도 둘러대는 데 훨씬 능한 것은 사실이오. 자기 방과 존스의 방이 연결되어 있다는 사실을 떠올린 워터스 부인은 존스가 자신의 자존심을 세워줄 거라 믿으며, 또 신의 의도대로 일이 풀릴 거라는 확신을 갖고 이렇게 대답했소. "무슨 말들을 하는 거야, 이 악당들아! 난 당신들 중 누구의 부인도 아니야. 도와줘요! 강간범들이야! 사람 살려! 강간범들이야!" 이때 여관 안주인이 방 안으로 들어오자, 워터스 부인은 몹시 화를 내며 안주인에게 달려들었소. 그러고는 자신은 매음굴이 아니라 정상적인 숙소에 들어왔다고 생각했는데, 악당들이 방으로 난입해 자신의 목숨을 노린 것은 아니지만, 자신을 겁탈하려 했다고 강력히 항의하고는, 자신에게는 정조가 목숨만큼이나 소중하다고 말했소.

이 말에 여관 안주인은 침대에 있던 이 가련한 여인이 그랬던 것처럼 매우 큰 소리를 지르기 시작했소. 그러더니 여태까지 유지해오던 여관의 평판이 이제 완전히 바닥에 떨어져 망하게 되었다고 소리친 뒤, 남자들을 향해 "도대체 무신 일로 이 부인 방에서 난리법석 친 거라예?"라고 큰 소리로 물었소. 이에 피츠패트릭은 고개를 떨구며 자신이 실수를 저질렀으며, 거기에 대해선 이미 진심으로 용서를 구했다고 반복해 말하고서 같은 나라에서 온 사람과 함께 자리를 떴소. 우리의 영리한 존스는 워터스 부인이 준 힌트를 놓치지 않고, 자신은 문이 부서지는 소리에 워터스 부인을 도우러 달려왔다며 강도짓을 하려 한 게 아니라면 그들이 무슨 의도로 이곳에 들어왔는지 도무지 이해할 수 없다고 하고는, 그들이 강도짓을 하려 했다면, 자신은 운 좋게도 그걸 막은 것이라고 뻔뻔스러운 주장을 했소. 이 말에 안주인은 "지가 여관을 채린 이후로 강도당한 적은 한 번도 없심더. 우리 집엔 강도는 들이지 않는다는 사실을 분밍히 알아주시이소. 강도라는 말을 쓰긴 했다 캐도, 그런 말은 마 딱 입에 올리기도 싫은 기라예. 우리는 증직하고 좋은 분들만 받는다 아입니꺼. 그리고 다행히 그런 손님만 항상 오싯고예. 우리 집에 오신 분은……" 하고 소리치더니, 수많은 사람들의 이름과 직함을 말했소. 하지만 여기서 그 명단을 밝힌다면, 그들의 명예에 해가 될 수도 있을 것 같으니 그만두겠소.

한참을 참고 기다렸던 존스는 결국 안주인의 말을 막으며, 속옷 차림으로 나타난 것을 워터스 부인에게 사과한 뒤, 워터스 부인이 걱정되어서 그랬지 안 그랬다면 결코 자신은 속옷 차림으로 나타나진 않았을 거라고 분명히 밝혔소. 워터스 부인이 자기 방에 들이닥친 세 명의 낯선 남자들 때문에 잠에서 깬 척했다는 사실을 생각해보면, 존스의 이 말에 그녀가 어떻게 대답했을지, 이 장면의 마지막 부분에서 그녀가 어떻게 행동했을지, 독자들은 알 수 있을 것이오. 이것이 바로 그녀가 맡은 배역이었기 때문이오. 그녀는 이 역을 너무나도 잘 수행하여, 그 어떤 여배우도 무대 위에서나 무대 밖에서 워터스 부인보다 이 역을 더 잘할 수는 없었을 것이오.

여기서 우리는 정숙이라는 미덕이 여성에게 얼마나 자연스러운 것인지를 입증할 근거를 이끌어낼 수 있을 것이오. 훌륭한 여배우가 될 수 있는 자질을 갖춘 사람은 만 명 중 한 명꼴도 안 될 정도로 희귀하지만, 훌륭한 여배우들이라고 해서 등장인물의 역할을 똑같이 잘 소화해내기란 쉽지 않소. 하지만 모든 여배우들은 정숙한 여인의 역을 탄복할 정도로 잘 연기할 수 있소. 정숙하지 못한 여자들도 마치 정숙한 사람처럼 정숙한 여자의 모습을 완벽하게 연기할 수 있듯이 말이오.

남자들이 모두 떠나자, 두려움에서 벗어난 워터스 부인은 화를 좀 누그러뜨리며 훨씬 부드러운 어조로 여관 안주인에게 말했소. 하지만 여관의 평판이 나빠질까 우려하던 안주인은 이 여관에 묵었던 저명인사의 이름을 다시 열거하기 시작했소. 그러자 워터스 부인은 그녀의 말을 막으며, 지난번 소동이 벌어졌을 때 안주인이 저지른 잘못을 깨끗이 용서해줄 테니 남은 시간 동안에는 아무런 방해도 받지 않고 쉬게 해달라고 부탁했소. 이 말에 안주인은 아주 정중하게 그리고 아주 여러 번 무릎을 굽혀 그녀에게 인사하고는 방을 나섰소.

3장

모든 여관 주인과 그들의 하인들이 읽어야 할 여관 안주인과 하녀 수전의 대화 내용
여관에 도착한 젊고 아름다운 여인
지체 높은 사람들이 모든 사람들로부터 사랑받을 수 있는 방법이 무엇인지
보여주는 이 아름다운 여인의 친절한 행동

문이 확 열릴 당시 잠자리에 들지 않았던 유일한 사람이 수전이라는 사실을 기억해낸 여관 안주인은 이 소동의 원인이 무엇인지 그리고 그 낯선 신사는 누구이며 그가 언제, 어떻게 이곳에 왔는지 알아보기 위해 곧장 수전의 방으로 달려갔소.

수전은 독자들도 이미 알고 있는 상황의 전모를 안주인에게 말해주었지만, 몇 가지 사실은 자신에게 유리하도록 바꾸었고, 돈을 받았다는 사실에 대해서는 완전히 함구했소. 하지만 사건의 진상에 대해 수전에게 물어보기에 앞서, 워터스 부인이 겁탈당할까 두려움에 떨었다며 안주인이 이에 대해 수차례 동정을 표하자, 안주인의 걱정을 해소해주기 위해서 수전은 존스가 워터스 부인의 침실에서 뛰어나오는 것을 분명히 보았다고 말했소.

하지만 수전의 이 말에 여관 안주인은 몹시 분개하며 다음과 같이 소리쳤소. "그래, 참말로 그럴싸하이. 그게 사실이라 카믄, 시상 천지 어떤 여자가 고함치가 지가 하던 일을 까발리나! 소리 지르는 거 말고 그 부인이 정숙하단 걸 더 잘 뷔주는 증거가 어데 있어! 그 부인이 소리질렀다 카는 걸 증밍할 수 있는 사람은 천지 빼까리 널럿어. 우리 집에 온 손님 갖고 그 따구 추문 퍼뜨리기만 해보래이. 그기 누버서 침 뱉는 기라. 내는 부랑자들이나 못된 거렁뱅이 같은 것들은 우리 집에 절대 들이도 않는다 아이가."

이 말에 수전이 "그라믄, 지가 지 눈을 믿으믄 안 되것네요"라고 말하자, 안주인은 말했소. "글치, 니 눈을 항상 믿으면 안 되는 기지. 나라캐도 그마이 훌륭하신 분들이 잘못하는 걸 보게 된다믄, 내 눈을 믿지 않을 기야. 요 반년 사이에 지난밤 그분들보다 더 비싼 음식을 주문한 사람이 어데 있었드노. 거다가 그분들은 맘도 넓고 성격도 좋아가꼬 내가 샴페인이라꼬 판 우스터 산 페리주도 흠도 안 잡드라 아이가. 하지만 그건 우리나라서 만든 최고급 샴페인처럼 분밍히 맛도 있고 몸에도 좋을 끼다. 안 글타믄 내가 그걸 갖다드릿것나. 그분들은 그 술을 두 병이나 드싯다 아이가. 아이다, 택도 없다. 그마이 훌륭하신 분들이 그래 나쁜 짓을 했다고 우예 믿것노."

　이렇게 수전의 말문을 막은 뒤, 안주인은 다른 문제에 대해 거론하기 시작했소. "그래, 그 사람이 급히 말을 타고 왔고, 그 사람 하인은 말 델꼬 밖에 있단 말이제? 그렇다면 엄청시리 지체 높은 신사가 틀림없었네. 근데 식사 하실지 안 하실지 와 안 물어본 기고? 지금 다른 사람 방에 있는 거 같으이 올라가가꼬 혹시 부르싯는지 함 여짜바라. 요리할 사람이 있다 카믄 뭐라도 주문할랑가 아나? 취사용 불은 벌써로 꺼짓고, 잡아놓은 닭도 없다 카는 둥 맨날 하던 그런 말실수는 하지 말그래이! 양고기를 주문하면, 우리 집에 양고기가 없다는 사실도 까발리지 말고! 내 자러 들어가기 전에 보이 푸주한이 양을 한 마리 잡은 거 같드라. 내가 달라 카믄 아직도 따끈한 양고기를 잘라줄 기야. 그라이 함 가봐. 양고기든 닭고기든 어느 부위든 간에 다 있다 카는 사실을 명심하고. 가가꼬, '부르싯서예?' 하고 말하면서 문을 열어봐라. 그래도 아무 말 하지 않으면, '나리, 저녁식사로 무엇을 드시겠어요?' 하고 물어봐라. 나리라꼬 부르는 거 절대로 잊지 말고. 퍼뜩 가봐라. 이런 거 하나 지대로 못한다믄, 니는 아무 짝에도 쓸모없는 밥버러진 기라."

　아일랜드 신사의 방으로 갔다가 곧 돌아온 수전이 두 남자가 같은 침대에서 자고 있다고 알려주자, 안주인이 말했소. "두 사람이 같은 침대에 누바 있다고! 무신 소리고. 그라믄 형편없는 잡놈들이 분밍하네. 올워디 영주 아드님 말이 글마들이 그 부인한테 강도짓 할라 캤다드만, 그기 사실인갑네. 보통 신사들처럼 그 부인을 우째 해볼라꼬 방문 뿌수고 들어간 기라면, 숙박비 쪼매 아낄라꼬 다른 사람 방에 숨어들어가고 그카지는 않거든. 그 두 놈은 도둑넘들이 틀림없네. 마누라를 쫓고 있다 카는 건 핑계인 기라."

여관 안주인이 피츠패트릭을 이렇게 비난할 만한 근거 같은 건 전혀 없었소. 돈 한 푼 없었지만 그의 태생은 분명 신사였으며, 이성적인 면에서나 정서적인 면에서 몇 가지 결점이 있기는 하지만 비굴하고 쩨쩨하게 구는 사람은 결코 아니었기 때문이오. 오히려 그는 돈을 너무 헤프게 써, 아내에게 고정적으로 주기로 한 몇 푼의 돈*을 제외하고는, 아내가 가져온 상당한 양의 지참금을 모두 써버렸으니 말이오. 게다가 그는 그 몇 푼의 돈마저 아내에게서 빼앗기 위해, 아내를 잔인하게 대했을 뿐만 아니라, 지독하게 의심까지 하여 그의 가련한 아내는 달아날 수밖에 없었던 것이오.

체스터에서 이곳까지 긴 여행을 하느라 몹시 지쳤던 이 신사는 싸움 도중 세게 얻어맞은 탓에 뼈도 욱신거렸고, 이로 인한 정신적 고통은 가중되어 식욕을 완전히 잃게 되었소. 또 여관 하녀의 말만 믿고 다른 여자를 자기 아내로 오인해 엉뚱한 사람을 덮쳤지만 아내가 다른 방에 있을 수도 있다는 생각을 한 번도 하지 못했던 탓에, 그날 밤은 아내 찾는 일을 그만두고 자기 침대에서 같이 자자는 친구의 친절한 제안을 받아들였던 것이오.

하지만 그와는 사뭇 다른 기분이었던 마부와 마부 조수는 여관 안주인이 제공해줄 수 있는 것 이상의 음식을 주문하려 했소. 이들로부터 실제 사건의 전모를 전해 들은 안주인은 피츠패트릭이 도둑이 아니라는 사실을 알고는 이들의 요청에 따라 찬 고기 몇 점을 가져다주었소. 이들이 고기를 아주 탐욕스럽게 먹기 시작하는 순간 패트리지가 부엌으로 들어왔소. 좀 전에 우리가 목격한 소동으로 잠에서 깬 패트리지는 다시 잠을 청하기 위해 베개를 베고 누웠으나, 창가에서 소리 높여 우는 부엉이 소리

---

* 당시 영국 여성들은 결혼 후 남편에게서 일종의 용돈(pin money)을 받았는데, 그 액수는 결혼할 때 가지고 온 지참금의 액수에 따라 정해지곤 했다.

에 두려움에 사로잡혀 침대에서 벌떡 일어나 급히 옷을 대강 걸쳐 입고
는, 부엌에서 이야기를 나누는 사람들의 보호를 받기 위해 달려 내려왔던
것이오.

그가 온 바람에 다른 두 명의 손님을 수전에게 맡기고 막 자리에서
일어나려던 여관 안주인은 잠자러 가지 못하게 되었소. 올워디 영주 아들
의 친구는 무시할 수 있는 사람이 아니었을 뿐만 아니라, 특히 그가 5백
시시의 와인에 향료를 넣어 데워달라고 요청했기 때문이었소. 안주인은
즉시 같은 양의 페리주를 불에 올려놓았는데, 이 집에서는 페리주가 모든
종류의 와인 대신 사용되었던 것이오.

이미 침실로 간 아일랜드 마부의 뒤를 따라 그의 조수도 가려 했소.
하지만 패트리지가 그를 불러 같이 술을 마시자고 하자, 그 젊은이는 아
주 감사히 그 제안을 받아들였소. 혼자 침실로 가기가 무서웠던 이 전직
학교 선생은 여관 안주인이 언제 자리를 뜰지 모른다는 생각에 이 젊은이
라도 확보해야겠다고 마음먹었던 것이오. 이 젊은이라도 같이 있으면 악
마에게 혹은 악마의 신봉자들에게 해를 입지는 않을 거라 생각하면서 말
이오.

바로 이 순간 또 다른 마부의 조수가 여관 문 앞에 도착하는 바람에
밖으로 호출되었던 수전은 여성용 승마복 차림을 한 두 명의 젊은 여인을
여관 안으로 안내했소. 그중 한 여인은 매우 화려한 레이스가 달린 승마
복을 입고 있어서, 패트리지와 마부 조수는 즉시 의자에서 일어났고, 여
관 안주인은 성심을 다해 무릎을 굽혀 인사하며 마님이라는 호칭을 여러
차례 썼소.

값비싼 의상을 입은 이 지체 높은 여인은 아주 겸손하게 미소 지으며
"부인, 허락해주신다면 취사용 불 옆에서 잠시 동안만이라도 몸을 좀 녹

이고 싶군요. 정말이지 밖이 너무 추웠거든요. 하지만 아무도 자리에서 일어나시지는 않았으면 해요"라고 말했소. 그녀가 이런 말을 한 것은 이 지체 높은 여인의 화려한 의상에 너무 놀라 부엌 구석으로 물러간 패트리지 때문이었소. 실제로 이 여인은 이보다 훨씬 더 융숭한 대접을 받을 만한 자격을 갖춘 사람이었소. 그녀는 이 세상에서 가장 아름다운 여인이었으니 말이오.

이 여인은 패트리지가 원래 자리로 돌아오기를 간절히 바랐지만, 그렇게 하도록 그를 설득할 수는 없었소. 이 여인이 장갑을 벗어 (녹지 않는다는 점에서만 다를 뿐, 다른 모든 점에서는 눈과 똑같은) 두 손을 불가에 갖다 대자, 그녀와 같이 온 그녀의 하녀도 장갑을 벗어 (차갑다는 것과 색깔 면에서 얼어붙은 쇠고기와 아주 똑같은) 손을 드러내며 "애기씨, 오늘 밤은 더 이상 갈 생각일랑 마세요. 너무 피곤해가 더 이상 견디시지 못할 것 같아요"라고 말했소. 그러자 여관 안주인도 "하모요, 절대 그라시믄 안 됩니더. 이 오밤중에 떠나신다 카이! 하이고, 큰일 나실라꼬. 그런 생각일랑 하덜 마시이소. 그라고 분밍히 그래 하시지도 못할 기구요. 저녁식사로 뭘 자실랍니꺼? 닭고기도 양고기도, 뭐시든 다 준비되가 있지예"라고 거들며 나섰소.

그러자 이 지체 높은 여인은 "저녁이라기보다는 아침식사가 되겠네요. 하지만 전 아무것도 못 먹겠어요. 이곳에 좀 있어도 된다면, 한두 시간 정도만 있을 거예요. 하지만 부인, 괜찮으시다면 셰리주에 우유를 조금 넣어 묽게 만든 음료수를 조금만 갖다주세요"라고 말했소. 이에 여관 안주인이 "그라믄요, 저희 집에 기깔나이 좋은 백포도주가 있는데예"라고 말하자, 이 여인은 "그렇다면 색*은 없다는 말씀인가요?"라고 물었소. 여관 안주인은 "아니, 있습니더. 이 근방에서 우리 집마이 좋은 술을 갖고

34

있는 집도 없다 아입니꺼. 하이튼 뭘 좀 자시는 게 어떨랑가예?"라고 말했소.

이에 이 지체 높은 여인이 "한 입도 못 먹을 것 같네요. 묵을 방을 가능한 한 빨리 준비해주시면 대단히 고맙겠어요. 세 시간 후에 다시 출발할 거니 말이에요"라고 대답하자, 여관 안주인은 "수전, 기러기실에 아직도 불 지피지 않았드나? 우리 집에서 제일 좋은 방에는 손님이 다 찼거든예. 억수로 지체 높은 손님들 몇 분이 지금 묵고 계시고예. 지체 높은 젊은 영주님도 계시고, 그분 아이라도 지체 높은 신사 몇 분이 묵고 계서예"라고 말했소.

수전이 "그 아일랜드 신사분들이 기러기실에 묵고 계세요"라고 말하자, 여관 안주인은 "우째 일을 그래 하나! 매일같이 지체 높은 분들이 우리 집에 오신다는 걸 뻔히 알믄서 도대체 와 그분들이 쓸 제일 좋은 방을 남기두지도 않고 그라노! 그분들도 신사라믄, 글고 우리가 이 귀하신 분 때문에 이카는 걸 안다믄, 분밍히 방을 비아주실 기야"라고 대답했소.

이에 이 지체 높은 여인이 "저 때문에 그러진 마세요. 저 때문에 누구한테도 폐를 끼치는 건 싫어요. 전 그저 아주 허름하지만 않으면 어떤 방이든 괜찮아요. 그러니 저 때문에 그렇게 신경 쓰시지 않아도 돼요"라고 말하자 "마님, 이럴 때 쓸 만한 진짜 좋은 방이 몇 개 있기는 해도, 마님이 쓰실 만큼 좋은 방은 아니라서 송구하네예. 그래도 괜찮으시다 카이 준비하지예. 수전, 지금 퍼뜩 장미실에 불 지피나라! 지금 올라가시겠어예? 아님 불을 지필 때까지 여기서 기다리시겠어예?"라고 물어보았소.
이에 이 지체 높은 젊은 여인은 "충분히 몸을 녹인 것 같군요. 괜찮다면

---

* sack-whey: 앞에서 설명한 음료수를 말함.

지금 올라가겠어요. 제가 다른 분들을, 특히 저기 계신 신사분을(그녀는 패트리지를 가리켰소) 추운 데 너무 오랫동안 계시게 한 것 같군요. 이렇게 추운 날 저 때문에 다른 분들이 불을 쬐지 못했다는 건 생각조차 하기 싫어요." 이 젊은 여인은 이렇게 대답하고는, 불을 붙인 두 개의 초를 들고 앞장선 여관 안주인의 뒤를 따라 자기 하녀와 함께 부엌을 나섰소.

안주인이 돌아왔을 때, 부엌에 있던 사람들의 이야기는 온통 이 젊은 여인의 미모에 관한 것이었소. 완벽한 아름다움에는 그 누구도 거부할 수 없는 어떤 힘이 있소. 저녁식사를 하지 않겠다는 말에 기분이 좋지는 않았지만, 안주인은 여태껏 이렇게 아름다운 사람을 본 적이 없다고 감탄했고, 젊은 여인이 입고 있던 의상에 달린 황금 레이스를 칭찬하던 패트리지는 그녀의 외모에 대해 최고의 찬사를 줄줄이 늘어놓았소. 이에 마부 조수가 젊은 여인의 자애로움을 찬미하자, 이제 막 들어온 다른 마부 조수도 맞장구치며 "참말로 좋은 분입니다. 말 몬하는 짐승도 불쌍히 여기시거든요. 마차 타고 오는 중에도 말을 넘 빨리 몰아 말이 힘든 건 아인지 을매나 마이 물어보싯다고요. 이짝에 도착했을 땐 말들이 실컷 먹을 수 있구로 여물도 까득 주라고 지시도 하싯다 아입니꺼"라고 말했소.

상냥함에는 사람의 마음을 끄는 무엇인가가 있어서, 확실히 모든 사람들의 칭송을 받게 하오. 또한 여성의 완벽함을 최대한 돋보이게 하고, 모든 결점을 감소시키거나 감추기 때문에 그 유명한 허시 부인*에 비견될 수 있을 것이오. 이런 상냥한 행동거지가 얼마나 아름다운지 독자들에게 직접 목격하게 한 바로 이 순간 우리의 주장이 사실임을 입증하기 위해, 이와 정반대의 경우를 독자들에게 보여줄 수밖에 없을 것 같소.

---

* Mrs. Hussey: "스트랜드 가에서 여성용 외투를 만드는 부인으로 그녀의 외투는 여성의 몸매를 돋보이게 하는 것으로 유명하다." (필딩의 주)

4장

모든 사람들로부터 냉대와 미움을 받는 확실한 비법

이 미모의 젊은 여인이 베개를 베고 눕자마자, 그녀의 하녀는 자신의 주인이 거절한 맛있는 음식을 즐기기 위해 부엌으로 돌아왔소.

그녀가 들어오자, 부엌에 모여 있던 사람들은 자리에서 일어나 좀 전에 그녀의 주인에게 했던 것처럼 똑같은 존경심을 표했지만, 하녀는 주인처럼 따라 하는 것을 잊고서는 이들에게 다시 자리에 앉으라고 청하지 않았소. 솔직히 말하자면 이들은 다시 자리에 앉을 수가 없었소. 이 하녀가 불을 거의 독차지할 위치에 의자를 갖다 놓았기 때문이었소. 자리에 앉자마자 하녀는 구운 닭고기를 주문하며 15분 안에 준비되지 않으면 안 먹겠다고 했소. 당시 닭은 닭장 안에 잠들어 있어 닭을 석쇠에 굽기 위해서는 우선 닭을 잡은 다음 닭털을 뽑는 절차가 필요했지만, 여관 안주인은 제시간에 모든 것을 준비하겠다고 했소. 하지만 불행하게도 이 손님이 무대 뒤로 가 여관 안주인이 거짓말했다는 사실을 목격하게 되자, 가련한 안주인은 집에 닭고기가 없다는 사실을 실토하면서 "하지만 부인, 양고기라면 어떤 부위라도 지금 당장 정육점에 가 얻어올 수 있는데예"라고 말했소.

그러자 이 지체 높은 하녀는 다음과 같이 대답했소. "그럼, 내가 이 밤에 양고기를 먹을 수 있을 정도로 돼지 같은 식성을 가졌다고 생각하는 거야? 너같이 이런 여관이나 하는 것들은 지보다 신분이 높은 사람들도 모두 자기 같을 기라고 생각하것지. 이런 초라한 집구석에서 무얼 얻어먹겠다고는 애당초 기대하지도 않았어! 우리 애기씨가 왜 이런 데서 묵을라

카시는지 도대체 모르겠지만 말이야. 장사치나 소몰이꾼 같은 인간들이나 이런 데 오겠지." 자기 여관에 대한 이런 모욕적인 발언에 여관 안주인은 발끈했지만, 화를 억누르며 "고맙게도 디기 지체 높은 분들도 자주 찾아 주시는데예"라고 말하는 것으로 자족했소. 그러자 상대방은 이렇게 소리쳤소. "나한테 지체 높다 어떻다고 떠들지 마. 지체 높은 사람들은 내가 너 같은 인간들보다 더 많이 알고 있거든! 하이튼 건방진 말로 더 이상 내 심사를 뒤틀리게 하지 말고, 저녁으로 무얼 먹을 수 있는지 말이나 한번 해봐. 개고기는 못 먹지만, 난 아주 배가 고프거든." 이에 여관 안주인이 "부인, 할 수 없는 거를 우예 하겠습니꺼. 솔직히 말하믄, 저희 집에는 쇠고기 한 덩이뿐이 없습니다. 그것도 어느 신사분의 마부와 마부 조수가 거의 뼈까지 갉아먹어버렸고요."라고 말하자, 애비게일*은(앞으로 이 지체 높은 하녀를 간단히 이렇게 부르겠소) "이 여자야, 구역질 나게 하지 마. 한 달 동안 굶었다 캐도 난 그런 것들이 건드린 음식은 못 먹어. 이 끔찍한 여관에선 정갈하게 먹을 만한 게 하나도 없는 거야?"라고 물었소. 이에 여관 안주인이 "부인, 달걀하고 베이컨은 어때예?"라고 묻자, 애비게일은 "새로 낳은 달걀이야? 오늘 낳은 게 확실해? 베이컨은 아주 얇게 썰어. 두꺼운 건 딱 질색이거든. 이번 한 번만이라도 제대로 해봐. 지금 접대해야 하는 사람이 농사꾼 마누라 같은 사람이라고 생각해선 절대로 안 돼"라고 대답했소. 이에 따라 여관 안주인이 칼을 다루려 하자 애비게일이 그녀를 멈추게 하더니 "이봐, 우선 손부터 씻어. 난 몹시 가리거든. 어릿을 때부터 무엇이든 간에 항상 품격 있는 대접을 받아왔단 말이야"라고 소리쳤소.

---

* Mrs Abigail: 지체 높은 집의 하녀를 일컫는 일반적인 이름.

아주 힘겹게 자신의 감정을 억누르고 있던 여관 안주인은 이제 필요한 준비 작업을 하기 시작했소. 철저한 무시에 멸시까지 당한 수전은 안주인이 혀를 놀리지 않으려 안간힘을 썼던 것처럼, 폭력을 휘두르고 싶은 마음을 억제하느라 안간힘을 쓰고 있었소. 하지만 안주인과는 달리 자신을 완전히 억제하지 못했던 수전은 문자 그대로 분노를 입 안에 가두어놓았으나 "별꼴 다 보것네" "지나 내나 다 똑같은 종잔데 말야"를 비롯해 화났을 때 하는 여러 표현이 그녀의 입 밖으로 튀어나왔소.

저녁식사가 준비되는 동안 애비게일은 거실에 불을 지피라는 지시를 내리지 않을 걸 한탄하기 시작했소. 그러더니 "이제 와서 너무 늦긴 했지만 함도 식사를 해본 적이 없는 이런 부엌을 좀 마음에 들게 할 수 있는 참신한 방법이 있긴 하지"라고 하더니, 마부 조수들을 쳐다보면서 왜 말이 있는 마구간에 가 있지 않느냐고 물었소. 그러고는 여관 안주인을 향해 "이런 하찮은 음식을 여기서 먹어야 한다면, 이 천한 것들이 내 주변에 얼쩡거리지 않도록 부엌도 쪼매 정리해봐"라고 소리치더니, 패트리지에게는 "선생은 신사 같으이 원하면 여기 앉아 있어도 좋아요. 천한 것들 이외에는 그 누구도 신경 쓰게 하고 싶지는 않으니까요"라고 말했소.

이 말에 패트리지는 "그래요, 부인, 분명히 말씀드리지만 전 신사입니다. 그리고 그렇게 쉽사리 마음의 평정을 잃지도 않습니다. '원인(原因)을 명시(明示)할 경우, 동사(動詞)는 항시(恒時) 주격(主格)으로 사용(使用)되는 것은 아니다'*"라고 말했소. 그러자 이 여인은 라틴어로 말하는 걸 자신에 대한 일종의 모욕으로 여기며 "선생이 신사일란지는 모르것지만, 여자에게 라틴어로 말하는 걸 보이 신사처럼 뷔지는 않네요"라고 대답했소. 이 말에

---

* 18세기 영국에서 널리 사용되었던 릴리Lily의 라틴어 문법책에 나오는 구절로 '원인을 나타내는 단어일 경우는 항상 주격으로 쓰이는 것은 아니다'라는 뜻.

패트리지는 점잖게 대답하면서도 더 많은 라틴어를 사용하여 말을 마치자 이 여인은 코를 치켜세우며 "대단한 학자시군요"라고 빈정거리는 것으로 자족해했소.

이제 저녁식사가 식탁 위에 준비되자, 애비게일은 자신의 말처럼 우아한 사람치고는 매우 왕성한 식욕을 과시했소. 그러고는 주문한 두번째 음식이 준비되는 동안 여관 안주인에게 "그래, 이 숙소에 지체가 아주 높은 사람들도 자주 온다고 그랬지?"라고 물었소. 이에 여관 안주인은 그렇다며 "지금도 아주 지체 높은 분들과 신사분들이 우리 집에 머물고 계시지예. 저기 저 신사분도 아시다시피, 젊은 올워디 영주님도 묵고 계시고예"라고 대답했소.

이 말에 애비게일이 "젊은 올워디 영주란 사람은 누구지?"라고 묻자, 패트리지는 "누구긴 누구겠소. 서머싯셔의 올워디 대영주님의 아드님이자 상속자죠"라고 대답했소. 이에 애비게일은 "거 참, 이상한 말씀을 하시네. 난 서머싯셔의 올워디 영주님을 아주 잘 알고 있는데, 내가 알기론 그분에겐 살아 계신 아드님이 없는걸요"라고 말했소.

이 말에 여관 안주인은 귀를 쫑긋 세웠고, 패트리지는 좀 당황한 듯 보였소. 하지만 약간 머뭇거린 뒤 패트리지는 다음과 같이 말했소. "그래요, 모든 사람들은 그분이 올워디 영주님의 아드님이라는 사실을 모르긴 하죠. 영주님은 이 젊은 신사분의 어머니와 혼인하지는 않았으니까요. 하지만 이분이 올워디 영주님의 아드님이라는 건 분명한 사실이고 또 분명히 올워디 영주님의 상속자도 될 겁니다." 이 말에 애비게일은 자신의 입으로 가져가던 베이컨을 떨어뜨리며 "참말 놀랍네요. 존스 도련님이 지금 이 집에 있는 게 가능해요?"라고 큰 소리로 말했고, 이에 패트리지는 "왜 가능하지 않겠소? 가능할 뿐만 아니라 이곳에 있는 게 확실하기도 하죠"

라고 대답했소.

이에 애비게일은 남은 음식을 급히 다 먹고는 자기 안주인의 방으로 돌아갔는데, 그곳에서 오고 간 대화의 내용은 다음 장에서 읽게 될 것이오.

5장
상냥한 여인과 그녀의 상냥치 못한 하녀의 정체

6월에 핀 백합꽃 사이에 우연히 놓인 담홍색 장미꽃이 그 담홍색을 백합의 흰색과 뒤섞을 때처럼, 혹은 기분 좋은 5월의 어느 날 장난기 어린 암송아지가 꽃이 만발한 초원 위에서 그 향기로운 숨결을 발산할 때처럼, 혹은 유순하고 지고지순한 마음을 지닌 비둘기가 꽃피는 4월에 아름다운 나뭇가지에 앉아 자기 짝을 생각하며 상념에 잠길 때처럼, 아름다운 소피아(그 미모의 젊은 여인은 바로 소피아였던 것이오)가 달콤한 향기를 내뿜으면서 자기 얼굴처럼 선하고 순결한 마음으로 사랑하는 톰에 대한 생각에 온통 잠긴 채, 그 사랑스런 머리를 손으로 떠받치고 있을 때, 그녀의 하녀가 방으로 들어왔소. 곧장 침대로 달려온 그녀의 하녀는 "애기씨, 애기씨, 지금 이 집에 누가 와 있는지 아십니꺼?"라고 소리쳤소. 이 말에 소피아가 벌떡 일어나 "아빠가 따라오신 건 아니겠지?"라고 되묻자, 상대방은 "아니 영주님보다 백 배는 더 소중한 분이 와 있다 아입니꺼. 존스 도련님이 지금 이 집에 있습니더"라고 대답했소. 이에 소피아가 "존스 씨가! 말도 안 돼. 어떻게 일이 이렇게 쉽게 풀릴 수 있겠어!"라고 외쳤지만, 그녀의 하녀는 자신의 말이 사실이라고 거듭 주장했소. 이 말에 소피아는 지금 당장 존스를 만나봐야겠다며, 그를 데려오라고 하녀를 급

운 악당을 본 적이 없어요. 그리고 존스 도련님 같은 난봉꾼은 이런 일을 전혀 넘사스럽다고 생각도 안 한다니까요"라고 소리쳤소.

사실 패트리지의 행동은 변명의 여지가 없었소. 굳이 변명을 하자면 전날 저녁에 마신 술이 아직 깨지도 않았으며, 이날 아침에 반 리터 이상의 포도주, 보다 정확히 말하자면 페리주(사실 주인이 제공한 페리주는 백 퍼센트 페리주도 아니었소)를 또 마셔 아직까지도 술기운이 가시지 않았기 때문이었소. 자연의 여신이 술을 저장하는 곳으로 삼은 그의 머리는 너무 얕아 약간의 술만 들어가도 넘쳐흘렀으며, 이때 넘쳐흐르는 술은 마음의 수문을 열어 그곳에 저장되었던 비밀을 모두 쏟아내게 만들었던 것이오. 솔직히 말해 패트리지의 마음의 수문은 원래부터 제대로 잠겨 있지도 않았소. 한마디로 말해 그의 이러한 성격을 아주 호의적으로 평가한다면, 패트리지는 아주 정직한 사람이었던 것이오. 호기심이 많아 다른 사람들의 비밀을 항상 염탐했던 그는 거기에 대한 보답으로 자신이 알고 있는 사실도 모두 충실하게 알려주는 그런 사람이었던 것이오.

번민으로 괴로워하던 소피아가 이 말을 믿어야 할지 혹은 어떻게 행동해야 할지 몰라 하고 있을 때, 수전이 색을 가지고 들어왔소. 이때 어너가 수전에게 물어보는 게 어떻겠느냐고 귓속말을 하자, 이 제안을 받아들인 소피아는 다음과 같이 말했소. "이리로 와봐요. 지금 내가 물어보는 말에 솔직하게 대답해줘요. 그러면 충분한 보답을 하겠다고 약속하지요. 이 여관에 젊은 신사분이 묵고 있어요? 잘생긴 젊은 신사분인데……" 이렇게 말하고는 소피아는 얼굴을 붉히며 당황해했소. 이에 어너가 "지금 부엌에 있는 그 건방진 잡놈하고 같이 온 젊은 신사분을 말씀하시는 거야"라고 말하자, 수전은 "계시는데예"라고 대답했소. 이 말에 소피아가 "여기에 묵고 있는 어떤 부인에 대해 아는 게 있어요? 그 부인이 아름다운지 아닌지에 대해 묻는 게 아니에요. 아마 아름답지는 않을 거예요. 하지만 그게 요점은 아니고. 하여튼 어떤 부인에 대해 알아요?"라고 물어보자, 어녀는 "어휴, 애기씨! 우예 그런 식으로 질문을 하세요? 자, 내말 들어봐. 그 젊은 신사 양반이 지금 어떤 더러운 창녀 같은 여자랑 자고 있어?"라고 물었소. 이 말에 수전이 미소만 짓고 아무 말도 하지 않자, 소피아는 "대답해봐요. 1기니 줄 테니 말이에요"라고 말했소. 그러자 수전은 "1기니요! 나 원 참, 1기니라고예? 주인이 알믄 지는 당장 쫓기날 판인데예"라고 대답했소. 이 말에 소피아가 "여기 1기니 더 줄게요. 그리고 주인에겐 절대로 알리지 않겠다고 약속할게요"라고 말하자, 수전은 아주 잠깐 망설이더니 돈을 받고서는 모든 것을 다 이야기했소. 그러고는 말미에 "그래 궁금하시다믄, 지가 그분 방에 몰래 들어가꼬 침대에 있는지 함 보고 올 수도 있는데예"라고 말했소. 결국 소피아의 요청에 존스 방에 갔다 온 수전은 존스가 지금 침실에 없다는 사실을 알려주었소.

이 말에 소피아의 사지는 떨렸고, 얼굴은 창백해졌소. 이를 본 어녀가 소피아에게 마음 편히 가지고 그런 하찮은 사람은 더 이상 생각도 하지 말라고 당부하자, 수전은 "기분 나빠 하지는 마시구예. 혹시 성함이 소피아 웨스턴이신가예?"라고 물어보았소. 이 말에 소피아는 "어떻게 내 이름을 알죠?"라고 묻자, 수전은 "저분이 말씀하싯던 부엌에 같이 있던 그 남자 분이 어젯밤에 말해주데예. 지한테 막 머라 카지 마시소"라고 대답했소. 이에 소피아가 "화나지 않았어요. 모두 말해봐요. 분명히 보답은 할게요"라고 말을 잇자, 수전은 "그라믄 말씀드리지예. 부엌에 있던 사람들한테 그 남자 분이 말하기로는 소피아 웨스턴 아가씨는…… 우예 말을 꺼내야 될지 참말로 모르겠네예"라고 말하다가, 말을 멈추었소. 이에 소피아가 여관 하녀의 용기를 북돋기 위한 증표를 주고, 여기에 어녀 여사가 강력한 압박을 더하자 수전은 말을 이었소. "전부 그짓말인 기 틀림없지 싶은데, 그 사람은 우리한테 그 젊은 영주님을 애타게 사모하는 아가씨를 떼어낼라꼬 영주님캉 전쟁터에 가는 길이라 캤어요. 그래가 지는 그분이 숭악한 배신자라 생각했지예. 글고 그런 평범한 여자 땜에 이래 훌륭하시고 돈도 많고 어여쁜 아가씨 같은 분을 버리시다이! 그 여잔 진짜로 평범하그든예. 게다가 다른 사람 부인이기도 하고예. 하이튼 진짜 이해가 안 된다니까예."

소피아는 수전에게 1기니를 더 주고는 지금 일에 대해선 아무에게도 말하지 말라고 당부하고는, 자신이 누구인지 알리지 않으면 앞으로도 수전에게 호의적으로 대할 거라고 했소. 그러고는 지금 당장 말을 준비시키라고 마부에게 지시해달라며 수전을 내보냈소.

어너와 단둘이 남게 된 소피아는 자신의 충직한 하녀에게 자신은 지금처럼 마음이 편한 적이 없었다며 "그 사람은 진짜 나쁜 사람일 뿐만 아니라 아주 천박하고 경멸받을 만한 사람이 틀림없어. 다른 건 다 용서하더라도 나에 대해 그렇게 말하고 다닌 건 진짜 상스러워서 도저히 용서가안 돼. 그렇게 하고 다니는 걸 보니 멸시받아도 싼 사람이야. 그래, 어너, 난 이제 진짜 마음이 편해졌어. 마음이 아주 편해졌다고"라고 말하더니 눈물을 쏟기 시작했소.

그렇게 얼마 동안을 울다가 어너에게 이제는 마음이 아주 편해졌다고 말하기를 몇 번이고 반복하던 중, 수전이 돌아와 말이 준비되었다고 전하자, 우리의 젊은 여주인공에게 아주 기발한 생각이 떠올랐소. 그것은 소피아에 대한 존스의 애정이 조금이라도 남아 있다면, 최소한 존스가 자신이 저지른 잘못에 대한 일종의 벌로 여기도록, 소피아가 이 숙소에 머물렀다는 사실을 존스가 알도록 하는 것이었소.

독자들은 영광스럽게도 이 이야기에서 여러 차례 언급되었던 작은 머프를 기억할 것이오. 존스가 떠난 이래로 소피아가 항상 지니고 있었던 그 머프를 소피아는 지금 이 순간에도 팔에 차고 있었소. 하지만 몹시 화가 난 소피아는 팔에서 머프를 뺀 다음, 머프에 종이를 핀으로 고정시킨 뒤, 펜으로 자기 이름을 쓰고는, 여관집 하녀에게 뇌물을 주며 이 머프를 존스의 침대 위에 갖다 놓아달라고 부탁했소. 그러고는 존스가 이 머프를 발견하지 못할 경우 이날 아침 직접 존스에게 전달할 방도를 찾아보라고 했소.

그런 다음 소피아는 어너가 먹은 음식과 자신이 먹었을지도 모를 음식 값을 지불한 뒤, 말을 타고 여행을 계속했소. 어너에게 이제는 진짜 마음이 편해졌다고 분명하게 밝히면서 말이오.

6장

패트리지의 말재간과 존스의 분노
피츠패트릭의 어리석은 행동

아침 5시가 지나자 사람들이 일어나 부엌으로 모여들기 시작했소. 그중에는 하사관과 마부도 있었는데, 이제 완전히 화해를 한 두 사람은 함께 헌주를 했소. 쉽게 말하자면, 함께 술을 한 잔 들이켰단 말이오.

이 술자리에서 하사관이 조지 왕의 건강을 위해 건배를 제의했을 때, 패트리지가 왕이라는 말을 제외하고는 다른 말은 따라 하지 않은 것이 눈에 띄는 특이한 점이었소. 하지만 아무도 패트리지가 그 이상의 말을 하도록 할 수는 없었소. 비록 자신이 지지하는 편과 전쟁을 벌이기 위해 가고는 있지만, 적을 위해 건배하도록 할 수는 없었기 때문이오.

이제 침실로 돌아온 존스는(그가 어디에 있다가 왔는지 말하지 않은 걸 양해해주기 바라오) 이 유쾌한 일행과 같이 있던 패트리지를 불러내었소. 그러자 패트리지는 예의를 갖추어 서두를 꺼낸 다음, 충고 한마디 해도 좋다는 허락을 얻어낸 뒤, 이렇게 말했소. "도련님, 현자도 때로는 바보에게서 배울 것이 있다는 옛 격언은 맞는 말이에요. 그래서 드리는 말씀인데 도련님께 감히 충고 한마디 할게요. 제 충고는 이 끔찍스런 전쟁은 먹을 게 달리 없어 화약이라도 삼키려는 사람들에게 맡겨두시고, 집으로 돌아가시라는 거예요. 집에 돌아가시면 부족할 게 하나도 없으리란 걸 천하가 다 아는데, 왜 굳이 이런 길을 나서려고 하세요?"

이 말에 존스가 "패트리지, 당신은 진짜 겁쟁이군. 고향에는 혼자 돌아가고, 더 이상 날 귀찮게 하지는 마시오"라고 소리치자, 패트리지는 다음과 같이 말했소. "도련님, 용서하세요. 저 때문이 아니라, 도련님을 위해서 드린 말씀이에요. 제 상황이 아주 안 좋다는 건 하늘도 다 알아요. 그러니 더 이상 제가 무얼 두려워하겠어요. 권총, 나팔총 아니 그 어떤 총도 제겐 장난감 총만큼이나 대수롭지 않아요. 누구나 한 번은 죽어야 해요. 그런데 어떻게 죽느냐가 뭐 대수겠어요. 기껏해야 팔이나 다리 하나 잃겠지요. 정말 제 평생 지금처럼 두려울 게 없었던 적은 없어요. 그러니 도련님이 가시기로 결심하셨다면 저도 도련님을 따라갈 거예요. 하지만 그렇더라도 제 생각을 말할 수는 있지 않아요? 도련님 신분에 걸어서 가신다는 건 정말 창피스런 일이에요. 이곳 마구간에 좋은 말이 두세 필 있어요. 틀림없이 여관 주인은 주저하지 않고 그 말들을 도련님께 빌려드릴 거예요. 혹 주저한다 해도 제가 얼마든지 말들을 빼올 수 있을 거고요. 혹 최악의 상황이 벌어진다 해도 국왕께선 도련님을 분명히 용서해주실 거예요. 도련님은 지금 국왕폐하를 위해 싸우러 가시는 길이니까요."

패트리지는 자신이 이해할 수 있는 범위에서만, 게다가 사소한 일에 대해서만 정직하게 행동하려 했기 때문에, 안전하다고 생각하지 않았다면 결코 이런 불법적인 일을 시도하려고 하지 않았을 것이오. 그는 '사물 본래의 합목적성'보다는 교수대에 대해 더 많은 생각을 하는 사람이었기 때문이오. 하지만 사실 그는 이런 큰 죄를 져도 위험할 일은 전혀 없을 거라고 생각했소. 올워디라는 이름 석 자면 여관 주인을 충분히 진정시킬 수 있을 뿐만 아니라 상황이 어떻게 흘러가든 자신들은 안전할 거라 여겼던 것이오. 존스를 도와줄 사람도 충분할 테고, 자기 편을 들어줄 친구들도 많을 거라고 생각했기 때문이오.

패트리지가 진심으로 이런 제안을 했다는 사실을 알게 된 존스가 그를 심하게 그것도 신랄한 말로 나무라자, 패트리지는 존스의 말을 웃어넘기며 화제를 바꾸었소. 패트리지는 지금 자신들이 갈보집에 있는 것 같다며, 두 명의 젊은 여자들이 한밤중에 존스를 귀찮게 하려는 걸 간신히 막았다고 한 뒤 "어이구! 제가 그렇게 막았지만 도련님 방에 들어온 것 같군요. 바닥에 그중 한 여자가 갖고 있던 머프가 있는 걸 보면 말이에요"라고 말했소. 어두워서야 침실로 돌아온 바람에 침대 위에 놓인 머프를 미처 보지 못한 존스가 침대로 뛰어오를 때 그만 머프가 바닥으로 굴러 떨어졌던 것이오. 패트리지가 머프를 집어 호주머니에 넣으려는 순간, 존스는 머프를 보여달라고 했소. 그 머프는 매우 특이한 것이어서 머프에 붙어 있는 정보 없이도 우리의 주인공은 그것이 누구의 것인지 금방 알 수 있었을 것이오. 하지만 존스는 그 머프를 어렵게 기억해낼 필요도 없었소. 머프를 본 순간, 머프에 핀으로 고정된 종이쪽지에 소피아 웨스턴이라는 글자가 씌어 있는 것을 보았기 때문이오. 이때 순식간에 미친 사람처럼 표정이 변한 존스가 다급하게 소리쳤소. "맙소사! 이 머프가 어떻게 여기에 있는 거야!" 이 말에 패트리지가 "어찌 된 영문인지 모르는 건 저도 마찬가지예요. 하지만 제가 막지 않았다면 도련님을 귀찮게 했을 여자 중 하나가 이 머프를 끼고 있는 걸 보았어요"라고 말하자, 존스는 침대에서 뛰어내려 옷을 집어 들고는 "그 사람들 지금 어디 있어?"라고 물었소. 패트리지가 "지금쯤 수 킬로미터 떨어진 곳에 있을 거예요"라고 대답하자, 존스는 패트리지에게 좀더 자세히 물어본 뒤, 이 머프의 주인이 다름 아닌 소피아라는 사실을 확신하게 되었소.

이때의 존스의 행동이나 존스의 생각, 그리고 얼굴 표정이나 말과 행동은 '도저히 표현하기 어려웠소.'* 패트리지에게 신랄한 욕설을 수없이 퍼붓고 스스로에게도 이에 못지않은 욕설을 퍼부은 다음, 존스는 너무나도 두려운 나머지 정신을 차리지 못하는 이 가련한 자에게 아래층으로 달려가 무슨 수를 써서라도 말을 빌려오라고 명령했소. 그러고는 잠시 후 옷을 아무렇게나 걸치고 방금 전에 패트리지에게 내린 명령을 스스로 이행하기 위해 서둘러 아래층으로 내려갔소.

존스가 부엌에 도착했을 때 벌어진 일을 말하기 전에, 패트리지가 존스의 소환명령을 받고 부엌을 나선 이후, 이곳에서 벌어진 일에 대해 말할 필요가 있을 것 같소.

하사관이 일행과 함께 막 이 여관을 떠나자마자, 두 명의 아일랜드 신사가 잠자리에서 일어나 아래층으로 내려와서는 너무 시끄러워서 밤새 잠을 설쳤다며 불평했소.

독자들은 소피아와 어너가 타고 온 마차가 소피아의 마차일 거라고

---

* 셰익스피어의 『안토니우스와 클레오파트라』 2막 2장에 나오는 구절로 안토니우스를 따르던 에노바르부스Enobarbus가 클레오파트라의 미모를 묘사한 대사.

생각했을지 모르지만, 사실 그것은 바스에 사는 킹*이라는 사람이 운영하는 왕복마차였소. 이 마차를 운영하는 킹이라는 분은 아주 훌륭하고 정직한 사람으로, 그쪽으로 여행할 계획이 있는 독자들에게는 이 마차를 이용할 것을 적극 권장하는 바이오. 그러면 우리 이야기에 등장하는 바로 그 마부가 모는 마차를 타는 즐거움을 누릴 수 있을 테니 말이오.

당시 승객이 두 명밖에 없었던 이 마부는 맥라클런이 바스로 갈 거라는 말을 듣고는, 아주 적은 여비만 내면 그곳으로 데려다주겠다고 했소. 여관의 말구종으로부터 맥라클런이 우스터에서 빌린 말(이 말은 다리가 넷 달린 짐승이 아니라, 다리가 둘 달렸다고 하오)이 바스로 떠나는 것보다는 우스터에 있는 자기 동료들에게 돌아가는 걸 훨씬 더 반길 거라는 말을 듣고서, 이런 제안을 했던 것이오.

이 제안을 즉시 받아들인 맥라클런은 피츠패트릭을 설득해 같이 이 마차를 타고 가기로 했소. 뼛속까지 욱신거려 말을 타고 가기보다는 이 교통수단이 훨씬 더 마음에 들었던 피츠패트릭은 어차피 바스에서 아내를 만날 수 있을 거라고 확신했기 때문에 마차를 타고 가면 약간 늦어지게 될 거라는 사실을 대수롭지 않게 여겼던 것이오.

이 둘 중 훨씬 더 영특한 맥라클런은 여관 말구종에게서 전해 들은 이야기와 체스터에서 왔다는 여자 이야기를 듣자마자, 그 여자가 어쩌면 피츠패트릭의 아내일지도 모른다는 의구심(하지만 자연의 여신이 너무도 서둘러 만드는 바람에 머리에 두뇌를 집어넣는 것을 잊어버린 피조물 중 하나였던 피츠패트릭 자신은 한 번도 이런 의심을 하지 못했소)이 들어 이를 피츠패트릭에게 말했소.

---

* 런던과 바스, 브리스틀과 체스터 사이를 오가는 마차를 운영했던 토머스 킹Thomas King을 말함.

놓쳐버린 사냥감의 흔적을 다시 찾아내지 못한 형편없는 사냥개들이, 똑똑한 사냥개가 사냥감 냄새를 맡고 이를 알리려고 입을 벌리면 즉시 같이 입을 벌리면서 (사냥감이 달아난 방향과는 아무 상관없이) 곧장 앞으로 전속력으로 달려가듯이, 이런 사냥개와 같은 부류의 인간인 피츠패트릭에게 이와 같은 일이 지금 벌어졌소. 즉 맥라클런이 자기 생각을 말하자마자 피츠패트릭은 형편없는 사냥개처럼 그의 생각에 즉시 공감을 표하면서 아내가 지금 어느 방에 있는지 알아내기도 전에 아내를 덮치기 위해 위층으로 곧장 달려갔던 것이오. 하지만 불운하게도(운명의 여신은 자신의 뜻에 모든 것을 전적으로 맡기는 사람들을 골탕 먹이기 좋아하기 때문이오) 그는 아무런 소득도 없이 몇 개의 문과 문기둥에 머리만 부딪혔을 뿐이었소. 어쨌든 그를 사냥개에 비유할 수 있도록 해준 운명의 여신은 그에게 보다는 내게 더 큰 친절을 베푼 셈이오. 이 경우에 피츠패트릭의 불쌍한 아내는 사냥개에 쫓기는 토끼로 아주 적절하게 비유될 수도 있기 때문이오. 이런 식의 비유에서는 으레, 피츠패트릭의 아내는 가련한 어린 짐승처럼 추격자의 소리를 들으려고 귀를 쫑긋거리다가, 추격자가 뒤따라오는 소리가 들리면 두려움에 떨며 쏜살같이 달아나지만, 결국은 토끼처럼 붙잡혀 최후를 맞이하게 되오.

하지만 지금 그런 일은 벌어지지 않았소. 피츠패트릭이 오랫동안 헛물만 켜고 추적에 실패한 뒤 부엌으로 돌아왔을 때, 말에서 막 내린 어떤 신사가 여러 명의 수행원을 거느리고 사냥개가 사냥감 냄새를 놓쳤을 때 사냥꾼이 그렇게 하듯이, 사냥개를 부추기는 소리를 지르며 들어오고 있었소.

여기서 독자들에게 알려주어야 할 몇 가지 사실이 있소(그것이 무엇인지 이미 알고 있는 독자들은 내가 생각했던 것보다 훨씬 현명한 사람들일 테지만 말이오). 하지만 그것이 무엇인지는 다음 장에서 알게 될 것이오.

7장
업턴 여관에서 벌어진 일의 결말

미리 이야기하자면, 이곳에 막 도착한 신사는 딸을 쫓아 이곳까지 오게 된 웨스턴 영주였소. 두 시간만 일찍 이곳에 도착했더라면, 그는 딸뿐만 아니라 조카딸까지 덤으로 찾는 행운을 누릴 수 있었을 것이오. 웨스턴 여사의 보호를 받고 있던 그의 조카딸은 5년 전에 그 현명한 웨스턴 여사에게서 탈출해 피츠패트릭과 함께 달아난 피츠패트릭의 아내였기 때문이오.

사실 피츠패트릭 부인은 소피아와 거의 동시에 이 숙소를 떠났소. 남편 목소리에 잠에서 깬 그녀는 여관 안주인을 불러 상황의 전모를 알게 되자, 상당한 액수의 돈으로 이 선량한 부인을 매수하여 도망갈 말을 제공받았던 것이오. 이 여관에서 돈은 이처럼 엄청난 효력을 지니고 있어, 수전이 돈을 받은 사실을 여관 안주인이 알고 있었다면, 수전을 부도덕하고 막된 계집이라며 쫓아냈겠지만, 안주인 자신도 수전처럼 뇌물을 거부하지 못했던 것이오.

웨스턴 영주와 그의 조카사위는 서로 알지 못했소. 설령 웨스턴 영주가 피츠패트릭을 알고 있었다 하더라도 아마 아는 척도 하지 않았을 것이지만 말이오. 피츠패트릭은 아내와 도둑 결혼을 했고, 이는 이 선량한 영주의 생각에는 이치에 맞지 않은 것이었기에, 웨스턴 영주는 조카딸이 도둑 결혼을 한 순간부터 당시 열여덟 살에 불과했던 이 불쌍한 젊은 여성을 괴물 취급하며, 자기 면전에서는 그녀의 이름조차 언급하는 걸 허용하지 않았던 것이오.

부엌은 지금 혼란 그 자체였소. 웨스턴 영주는 자기 딸에 대해, 피츠패트릭은 팔까지 걷어붙이고 자기 아내에 관해 묻고 있을 때, 불운하게도 존스가 소피아의 머프를 들고 부엌에 들어왔소.

존스를 보자마자 웨스턴 영주는 사냥감을 발견했을 때 사냥꾼이 그러듯이 소리를 지르더니, 곧장 존스에게 달려들어 붙잡고는 "수여우를 잡았으니, 암여우도 멀지 않은 곳에 있는 게 분명해"라고 외쳤소. 한동안 많은 사람들이 제각각 떠들어댄 데다, 웨스턴 영주가 끊임없이 떠들어댄 저 알아들을 수 없는 말들을 전하기도 어렵고 또 읽기에도 그다지 유쾌하지 않기에, 더 이상 언급하지 않겠소.

결국 존스가 웨스턴 영주의 손아귀에서 빠져나오자, 그곳에 있던 몇몇 사람들이 이들 사이를 가로막았소. 이때 우리의 주인공이 자신도 소피아의 행방에 대해 아는 게 없다고 주장하자 서플 목사가 다가와서는 이렇게 말했소. "그걸 부인하는 건 어리석은 일이오. 잘못을 저질렀다는 증거를 지금 손에 들고 있지 않소. 지금 손에 들고 있는 머프가 소피아 아가씨거란 걸 내 장담하고 맹세까지 할 수 있소. 최근에 아가씨가 그 머프를 가지고 다니는 걸 여러 번 보았으니 말이오." 이 말에 화가 난 웨스턴 영주가 소리쳤소. "내 딸 아이 머프라고! 이 자슥이 내 딸 머프를 갖고 있단 말이야? 증인 좀 서주이소. 이 자슥이 딱 증거를 갖고 있구만 그래. 내 당장 이 자슥을 치안판사한테 끌고 가뿔 끼라. 이 썩을 놈아, 내 딸 지금 어데 있는 기야?" 이 말에 존스가 "제발 진정하십시오. 이 머프가 아가씨 거란 건 저도 인정합니다. 하지만 저도 아가씨를 만나보진 못했습니다"라고 대답하자, 인내심을 잃은 웨스턴 영주는 화가 치밀 대로 치밀어 말도 제대로 하지 못했소.

하인 중 몇몇이 피츠패트릭에게 웨스턴 영주가 누구인지 알려주자, 처삼촌에게 도움이 될 기회를 얻었다고 생각한 이 선량한 아일랜드인은 이번 기회에 웨스턴 영주의 호감을 살 수도 있을 거라는 판단에, 존스에게 다가가 외쳤소. "당신들이 침대에 같이 있는 걸 내가 본 줄 뻔히 알면서도 이 신사분의 따님을 보지 못했다고 내 면전에서 거짓말하다니 부끄럽게 생각하시오." 그리고는 웨스턴 영주를 쳐다보며, 그의 딸이 있던 곳으로 즉시 안내하겠다고 했소. 웨스턴 영주가 그의 제안을 받아들이자, 피츠패트릭은 웨스턴 영주와 서플 목사 그리고 다른 몇몇 사람들과 함께 곧장 워터스 부인의 침실로 올라갔고, 앞서 피츠패트릭이 그랬던 것처럼, 난폭하게 워터스 부인의 방문을 열고 들어갔소.

깜짝 놀라 잠에서 깬 이 가련한 여인은 두려움이 가득한 망연자실한 표정으로 정신병원에서 갓 탈출한 것처럼 보이는 어떤 사람이 자신의 침대 옆에 서 있는 것을 보았소. 당시 미친 사람처럼 보일 정도로 난폭하고 혼란스런 표정을 하고 있던 웨스턴 영주는 이 여인을 보자마자 뒤로 물러나, 말로는 하지 않았지만 그녀가 자신이 찾던 사람이 아니라는 사실을 확실히 보여주었소.

여자들은 자신의 육신보다는 평판을 훨씬 더 소중히 여기는 법이오. 따라서 자신의 육신은 그 어느 때보다도 위험에 처한 듯 보였지만, 자신의 평판은 위태로운 상황에 처해 있지 않았기 때문에, 워터스 부인은 지난번처럼 크게 비명을 지르지는 않았소. 하지만 혼자 남게 되었을 때, 지금 묵고 있는 숙소에 대해 불만을 품을 이유가 충분했던 그녀는 더 이상 이곳에서 쉴 생각을 포기하고 최대한 서둘러 옷을 입었소.

웨스턴 영주는 여관 구석구석을 뒤졌지만, 가련한 워터스 부인을 성가시게만 했던 것처럼, 별 소득이 없었소. 그러다 결국 풀이 죽어 부엌으로 돌아왔을 때, 하인들이 붙잡아두고 있던 존스를 보았소.

아직 해가 채 뜨지도 않았지만, 이 소동으로 당시 여관에 묵고 있던 사람들이 모두 일어났소. 그중에는 우스터의 치안을 담당하던 근엄한 신사 한 사람이 있었는데, 웨스턴 영주는 이 사실을 알게 되자마자, 그에게 존스를 고소했소. 하지만 이 치안판사는 현재 서기도 없고 법전도 갖고 있지 않아 남의 딸을 훔치는 일이나 이와 유사한 일과 관련된 법조항을 다 기억하지 못한다며, 자신의 임무를 수행하기를 거부했소.

이 말에 피츠패트릭은 자신은 원래 법률가가 되려고 했다며, 치안판사를 도와주겠다고 했소(사실 그는 북아일랜드에 사는 어느 변호사의 서기로 3년간 일하다가, 좀더 고상한 직업을 택하기 위해 영국으로 건너와서는 수습 기간이 필요 없는 신사라는 직업을 택했고, 앞서 약간 언급했듯이, 이 분야에서 어느 정도 성공을 거두고 있었던 것이오).

피츠패트릭은 딸을 훔쳤다는 웨스턴 영주의 주장이 현재로서는 법적 근거가 없지만, 머프를 도둑질한 것은 틀림없는 중죄이며, 당사자 몸에서 그 장물이 발견되었다는 사실은 그가 범죄를 저질렀다는 충분한 증거가 된다고 주장했소.

이처럼 박학한 보좌관의 지지와 웨스턴 영주의 강력한 요구에 따라 결국 재판석에 앉게 된 치안판사는 존스가 그때까지도 손에 들고 있던 머프가 웨스턴 영주의 소유물이라는 서플 목사의 증언을 들은 뒤, 서명할 테니 구속영장을 작성하라고 피츠패트릭에게 요청했소.

이에 존스는 자신도 진술하게 해달라고 요청했고, 어렵사리 그의 요청은 수락되었소. 존스는 이 머프를 발견한 상황과 관련된 패트리지의 증언을 제시했으며, 수전도 소피아가 직접 이 머프를 자신에게 건네주며,

존스의 방에 갖다 놓으라고 지시했다고 증언했소.

수전이 이 사실을 밝힌 게 그녀가 원래부터 정의를 사랑하는 사람이어서 그런 것인지 아니면 존스의 잘생긴 외모 때문이었는지는 모르겠지만, 하여튼 수전의 증언은 강력한 효력을 발휘했소. 의자에 앉았던 치안판사는 몸을 뒤로 젖히며, 좀 전까지만 하더라도 피고인이 죄를 지은 것처럼 보였지만, 지금 보니 아무 잘못도 저지르지 않은 게 틀림없다고 말했소. 서플 목사도 이 말에 동의하며 하나님께서 자신이 아무 죄 없는 사람을 구금하는 데 일조하지 않도록 막아주셨노라고 하자, 치안판사는 자리에서 일어나 죄인을 석방하고 법정을 해산했소.

하지만 웨스턴 영주는 이곳에 모인 모든 사람들에게 욕설을 퍼붓고는 즉시 말을 준비시킨 뒤, 이제까지 자신이 신세 졌던 조카사위 피츠패트릭을 아는 척도 하지 않으며, 심지어 자신이 조카사위임을 밝힌 그의 말에 아무런 대꾸도 하지 않은 채, 딸을 잡으러 떠났소. 하지만 웨스턴 영주는 너무 서두른 데다 화도 몹시 나, 다행스럽게도 존스에게 머프를 넘겨달라는 요구는 하지 않았소. '다행스럽게도'라고 말한 이유는 존스로서는 그 머프를 넘겨주느니 차라리 그 자리에서 죽기를 바랐을 것이기 때문이오.

여관비를 치르자마자, 존스도 이제는 포기하지 않겠다고 결심한 자신의 사랑 소피아를 찾으러 패트리지와 함께 출발했소. 하지만 여관을 떠나기 전 존스는 워터스 부인에게 도저히 작별인사를 할 수가 없었소. 의도한 것은 아니었지만 워터스 부인은 자신이 변치 않는 사랑을 하겠다고 맹세한 소피아와의 행복했을 만남을 무산시킨 장본인이었기 때문에, 그녀에 대해 생각하는 것조차 존스에게는 혐오스러웠기 때문이었소.

바스로 가는 마차를 얻어 탈 기회를 잡은 워터스 부인은 그곳으로 가는 두 명의 아일랜드 신사와 함께 바스를 향해 출발했소(이때 친절하게도 여관 안주인은 워터스 부인에게 자기 옷을 빌려주었고, 거기에 대한 보답으로 옷값의 겨우 두 배밖에 안 되는 돈만 받았소). 여행 도중 워터스 부인은 아주 잘생긴 외모의 피츠패트릭과 완전히 화해했고, 아내가 없는 그를 위로하기 위해 자신이 할 수 있는 것은 모두 다 했소.

존스가 업턴 여관(오늘날까지 이 여관에서는 매력적인 소피아를 서머싯셔에서 온 천사라고 부르며 그녀의 아름다움과 훌륭한 행동거지에 대해 이야기하고 있다고 하오)에서 겪은 그 수많은 기이한 사건들은 이렇게 끝이 났소.

8장
이전에 일어났던 사건

이야기를 계속하기 전에, 업턴 여관에 소피아와 소피아의 아버지가 나타나게 된 그 놀라운 일을 설명하기 위해 그 전 상황을 되돌아보는 것이 적절할 것 같소.

독자들도 기억하겠지만, 이 책의 7권 9장에서 사랑과 의무 사이에서 오랫동안 갈등하던 소피아가, 이런 경우에 많은 사람들이 으레 그러듯이 전자를 택하는 것을 보았소.

이미 보았듯이 이 갈등은 웨스턴 영주가 소피아를 블리필과 억지로 결혼시키려고 그녀를 찾아온 데서 비롯된 것이었소. 소피아가 '자신은 아빠의 절대적인 명령을 거부하지 않을 것이며, 거부할 수도 없다'고 말하는 것을 듣고는 소피아가 이 결혼에 암묵적으로 동의한 것으로 판단한 웨스턴 영주는 딸을 설득했다는 생각에 너무나도 기쁜 나머지 술자리를 만들었소. 사람들과 어울리기 좋아하던 그는 그 순간 자신이 느끼는 행복을 함께 나누기 위해, 부엌에 있는 모든 사람들에게 맥주를 맘껏 마실 수 있게 하라고 지시하여, 밤 11시가 되었을 때는 웨스턴 여사와 소피아를 제외하고는 이 집에서 술에 취하지 않은 사람은 단 한 명도 없었소.

다음 날 아침 일찍 웨스턴 영주는 블리필을 데려오도록 심부름꾼을 급파했소. 소피아가 블리필을 몹시 혐오하고 있다는 사실을 블리필은 전혀 모를 거라고 생각한 영주는 아직 소피아의 결혼 승낙을 얻지 못한 블리필에게 소피아가 그와의 결혼을 받아들였다는 사실을(영주는 소피아가 이런 사실을 직접 확인해줄 거라고 생각했소) 몹시 알려주고 싶었던 것이오(결혼은 다다음 날 아침에 하기로, 그 전날 저녁에 남자들끼리 이미 결정했소).

아침식사가 차려진 거실에 누이와 같이 앉아 있던 웨스턴 영주는 블리필이 나타나자, 하인을 보내 소피아를 불러오도록 지시했소.

오, 셰익스피어여! 내가 당신의 필력을 갖추었더라면, 오, 호가스여! 내가 당신의 그림 솜씨를 가졌더라면, 창백한 얼굴로 눈을 똥그랗게 뜬 채, 이를 맞부딪치며 사지를 부들부들 떨면서(이처럼 겁먹고 맥이 풀린 그리고 멍하니 수심에 가득 찬 표정을 한 사람이 한밤중에 프리아모스 왕의 침실 커튼을 젖히고는 트로이의 절반이 불에 탔다고 말했을 것이오), 거실로 들어와서는 "소피아 아가씨가 없어졌어요"라고 머뭇거리며 말하는 이 가련한 하인의 모습을 제대로 그려냈을 것이오.*

이 말에 웨스턴 영주는 의자에서 벌떡 일어나 "없다고! 빌어먹을! 속터지 자빠지것네! 없다고! 도대체 어디에 없단 말이야?"라고 소리쳤소. 이에 웨스턴 여사는 그야말로 정치가답게 냉정을 잃지 않으며 "참, 오라버니도! 별것도 아닌 일에 왜 그렇게 흥분해요. 정원으로 산책 나갔을 거

---

* 이 장면은 셰익스피어의 『헨리 4세』의 1막 1장에서 모턴Morton이 노섬버랜드Northumberland에게 핫스퍼Hotspur의 죽음을 알리는 장면을 연상시킨다.

예요. 정말 터무니없는 양반이라 어디 같은 지붕 아래서 살 수나 있겠어요?"라고 말했소.

이 말에 웨스턴 영주는 이성을 잃었을 때 그랬던 것처럼 갑작스럽게 정신을 차리며 "그래, 그런 거라면 별문제 아니겠지. 근데, 소피아가 없어졌다고 했을 때, 참말로 불길한 생각이 들었거든"이라고 대답하고는 정원에 있는 벨을 울리라고 지시한 뒤 만족스러운 듯 자리에 앉았소.

이 오누이처럼 대부분의 경우에서 서로 상반되는 성격을 갖는 쌍도 없을 것이오. 특히 이번 경우가 그랬소. 오빠는 나중에 일어날 일은 전혀 예측하지 못했지만 조금 전에 벌어진 일은 즉각 알아차린 반면, 누이동생은 모든 일을 항상 예측은 하지만 바로 눈앞에서 벌어진 일은 알아차리지 못했으니 말이오. 바로 이 두 가지 실례를 독자들은 지금 보았을 것이오. 하지만 이들이 가진 이러한 재능은 도가 지나칠 정도였소. 웨스턴 여사가 결코 벌어지지도 않을 일을 종종 예측하듯이, 웨스턴 영주는 실제 이상으로 확대해석하는 경향이 있었으니 말이오.

하지만 이번 경우엔 그렇지 않았소. 소피아의 방에 갔다 온 뒤, 소피아가 없다고 전한 하인이 정원에 갔다 온 뒤에도 똑같은 말을 했기 때문이오.

그러자 웨스턴 영주는 자신이 직접 나서서, 옛날에 헤라클레스가 힐라스*의 이름을 부르듯, 소피아의 이름을 크고 쉰 목소리로 외치기 시작했소. 시인의 말처럼 그 아름다운 청년의 이름이 모든 해안에 메아리쳤듯이, 소피아의 이름을 부르는 남자들의 쉰 목소리와 여자들의 째지는 새된 소리가 집과 정원 그리고 근처 벌판에 메아리쳤소(하지만 에코**는 이

---

* Hylas: 헤라클레스의 시동(侍童)으로 사냥 도중 익사했다.
** 나르시소스에 대한 사랑이 이루어지지 않아 비탄에 젖은 나머지 소리만 남아 메아리가 되었다는 숲의 요정.

사랑스런 이름을 반복해 부르기를 몹시 좋아하는 것처럼 보여, 실제로 에코라는 인물이 존재했다면, 오비디우스*가 에코의 성별을 잘못 알려준 게 아닌가 하는 생각이 드오).

오랫동안 소동을 벌였으나, 결국 아무 소득이 없었소. 소피아의 이름만 헛되이 부르다 거실로 돌아온 웨스턴 영주는 웨스턴 여사와 블리필을 보고는 몹시 낙담한 채 팔걸이의자에 몸을 묻었소.

이때 웨스턴 여사는 영주에게 다음과 같은 위로의 말을 하기 시작했소. "오라버니, 이런 일이 생기고, 또 소피아가 우리 가문 사람들에게는 어울리지 않는 행동을 한 것은 나도 유감이에요. 하지만 이게 다 오라버니가 자초한 일이니, 오라버니 스스로를 탓해야 할 거예요. 오라버니도 알다시피, 소피아는 내 생각과는 정반대로 교육받아왔어요. 이제 그 결과가 어떤 건지 알았죠? 소피아가 제멋대로 행동하게 내버려두면 안 된다고 내가 얼마나 많이 이야기했어요? 하지만 오라버니도 알다시피, 난 오라버니를 설득할 수가 없었어요. 소피아의 그 고집스런 생각을 뿌리째 뽑고, 오라버니의 잘못된 교육 방식을 바로잡으려고 내가 그렇게 많이 노력하고 있을 때, 오라버니는 내게서 소피아를 빼앗아갔잖아요. 그러니 난 책임 없어요. 소피아에 대한 교육을 전적으로 나한테 맡겼더라면, 이런 일은 일어나지 않았을 거예요. 그러니 오라버니는 이 모든 게 본인 탓이라고 생각하고, 스스로 위안이나 해요. 그렇게 응석을 다 받아주고선, 무얼 기대할 수 있겠어요?"

이 말에 웨스턴 영주는 "에잇! 너 진짜 내 성질을 제대로 긁는구나. 내가 갸 응석을 받아줬다고? 갸가 지멋대로 하게끔 내가 내비둿다고? 내

---

* 오비디우스의 『변신』에 숲의 요정 에코에 관한 신화가 소개되었다.

말대로 안 하믄, 방에 가다두고 평생 빵하고 물만 주겠다고 머라 칸 게 바로 어젯밤 일이다. 니랑 있으면 성자라 캐도 성질 안 나고 배기겠나"라고 대답했소.

　그러자 웨스턴 여사가 말했소. "이런 소릴 듣고서도 가만히 앉아 있을 수 있는 사람이 나 말고 또 있는 줄 알아요? 내가 성자보다 백 배나 참을성이 많지 않았더라면, 오라버니 때문에 열불 나서 품위고 예절이고 모두 내팽개쳤을 거예요. 왜 자꾸 끼어들려고 해요? 내가 부탁하지 않았어요? 모두 나한테 맡겨달라고 말이에요? 오라버니의 잘못된 판단 때문에 내가 세운 작전 계획이 모두 엉망이 돼버렸단 말이에요. 제정신 있는 사람이라면 자기 딸을 그렇게 협박해서 자극하진 않았을 거예요. 내가 얼마나 여러 번 얘기했어요, 우리나라 여자들을 서카시안* 노예처럼 취급하면 안 된다고요! 세상 사람들 모두가 우리나라 여자들을 보호하고 있는데 말이에요. 그리고 우리 여자들의 마음을 얻으려면 정중하게 대하는 방법밖에는 없어요. 윽박지르고 못살게 굴거나 매질을 해선 우릴 복종시킬 수 없단 말이에요. 살리카법(法)**이 우리나라에서는 통용되지 않아 얼마나 다행인지 몰라요. 오라버니, 오라버니는 나 말고는 그 어떤 여자도 감당할 수 없는 우악스런 면이 있어요. 무섭고 겁이 나서 소피아가 그렇게 행동한 건 전혀 놀라운 게 아니에요. 솔직히 말해, 세상 사람들은 소피아의 행동이 잘못되었다고 생각하지도 않을 거예요. 다시 한 번 말하는데, 이게 다 오라버니 잘못 때문에 생긴 일이라는 걸 명심하고, 위안이나 삼아요. 내가 얼마나 여러 번 충고했어요?" 이 말에 웨스턴 영주는 의자에서

---

　* "'서카시아의Circassian'라는 뜻으로 한 말 같다." (필딩의 주)
** Salique law: 여성이 토지를 상속하거나 왕위를 계승하는 걸 인정하지 않았던 프랑크 왕국의 살리 족의 법으로 6세기에 제정되었다.

벌떡 일어나 두세 마디 끔찍한 욕설을 퍼붓더니, 거실을 뛰쳐나갔소.

웨스턴 영주가 나가자, 그의 누이는 웨스턴 영주가 면전에 있을 때보다 더 신랄한 비난을 퍼부으며(그게 가능한 거라면), 자기 말이 사실 아니냐고 블리필에게 물었소. 이에 블리필은 매우 공손하게 웨스턴 여사의 말이 모두 사실이라고 인정하면서도, 웨스턴 영주의 잘못은 아버지로서의 과도한 애정에서 비롯된 것이기 때문에 오히려 사람들의 호감을 사는 약점이라고 생각한다고 말했소. 이 말에 웨스턴 여사는 "그렇기 때문에 더욱 용서할 수 없는 거예요. 그런 애정 때문에 신세 망치는 사람은 바로 자기 자신이니까요"라고 대답했고, 블리필은 즉시 그녀의 말에 동의를 표했소.

웨스턴 여사는 블리필의 청혼은 자기 가문의 영광인데도, 블리필이 이런 대접을 받게 되어 몹시 곤혹스럽다고 하고는 어리석은 조카딸의 행동을 호되게 비난했소. 그러고는 소피아가 이 결혼을 받아들일 거라는 확실한 보장도 없으면서, 상황이 이렇게 될 때까지 일을 추진한 웨스턴 영주에겐 그 어떤 변명의 여지도 없다며, 그에게 전적으로 책임을 떠넘겼소. 그러면서 "오라버니가 성격도 급하고 고집도 센 걸 뻔히 알면서도 쓸데없이 충고를 했다니, 나 자신도 용서할 수 없군요"라고 스스로도 자책했소.

여기서 상세히 진술한다 해도 독자들의 흥미를 별로 끌지 못할 그런 대화를 한참 더 나눈 뒤 블리필은 이 실망스런 일로 그다지 기분이 좋지 않은 상태에서 작별 인사를 하고 귀가했소. 하지만 스퀘어에게서 배운 철학과 스와컴이 주입시킨 종교관 덕분에 그는 그 어떤 열정적인 연인보다도 이 불운을 잘 견뎌낼 수 있었소.

9장

소피아의 도피

이제 소피아를 돌보아야 할 때가 됐소. 독자들이 내가 그녀를 사랑하는 것의 반 만큼만이라도 소피아를 사랑한다면, 소피아가 성질 급한 부친과 냉담한 연인의 손아귀에서 빠져나온 것을 알고 기뻐할 것이오.

쇠로 된 시간의 기록기가 종청동(鐘靑銅)을 열두 번 치자, 잠에서 깬 유령들은 밤마다 반복하는 순찰을 돌았소. 좀더 평이하게 말하자면, 시각은 12시였고, 앞서 말했듯이 집안사람들은 모두 술과 잠에 취해 있었소. 정치 책자를 읽는 데 몰두하던 웨스턴 여사와, 살며시 아래층으로 내려가 문의 빗장을 빼고 자물쇠를 연 다음, 집을 빠져나와 약속 장소로 서둘러 간 우리의 여주인공을 제외하고는 말이오.

여자들은 사소한 경우에도 항상 자신이 얼마나 겁이 많은지 보여주기 위해 수없이 많은 교묘한 수법을 사용하지만(이와 반대로 남자들은 이를 감추기 위해 수많은 방법을 사용하고 있소), 동시에 자신들에게도 어울릴 뿐만 아니라, 자신들의 의무를 이행하는 데 종종 필요한 그런 종류의 용기 또한 갖추고 있소. 여자들의 평판에 손상을 끼치는 것은 용기가 아니라, 사나운 성격이오. 그 유명한 아리아*에 관한 이야기를 듣고도 아리아의 용기와 고귀함, 그리고 남편에 대한 그녀의 지고지순한 애정을 높이

---

* 고대 로마의 변호사이자 작가인 소(小)플리니우스(Gaius Plinius Caecilius Secundus, 61~112)가 쓴 『서한집』에는 반역죄로 잡혀 스스로 목숨을 끊도록 선고 받은 카에치나 파에투스Caecina Paetus가 등장하는데, 그의 아내 아리아Arria는 칼로 자신을 찌른 다음 별로 고통스럽지 않다며 남편에게 칼을 건넨다.

평가하지 않을 수 있는 사람이 어디에 있겠소? 반면에 생쥐나 시궁쥐를 보고 비명을 지르는 여자들은 남편을 독살할 수도 심지어는 남편 스스로 독을 마시게 할 수도 있는 법이오.

소피아는 여자들이 가질 수 있는 고상함을 모두 갖추었으면서도, 현 상황에서 가져야 할 용기 또한 갖추고 있었소. 따라서 약속 장소에 도착했을 때, 약속한 대로 어너가 나타나는 대신 말을 탄 어떤 남자가 자신에게 다가왔을 때, 소피아는 비명을 지르지도 기절하지도 않았소. 그렇다고 소피아의 맥박이 평상시처럼 규칙적으로 뛴 것은 아니었소. 처음엔 그녀도 약간 놀라며 불안감에 휩싸였소. 하지만 남자가 모자를 벗으며 아주 공손한 태도로 "어떤 여자 분을 만나시기로 되어 있지 않은가요?"라고 물으며, 소피아가 만나기로 한 여자에게 데려다주기 위해 이곳에 왔다고 말하자, 소피아의 불안감은 일순간에 사라졌소.

그의 말에 그 어떤 거짓도 있을 수 없다고 생각한 소피아는 결연한 의지로 이 남자의 말에 올라탔소. 그리고 그가 9킬로미터 정도 떨어진 어느 마을로 안전하게 안내한 덕에 소피아는 다행히도 그곳에서 어너를 만날 수 있었소. 이 하녀의 영혼은 그녀가 입는 옷에 싸여 있기 때문에, 자신의 눈 밖에 옷을 둘 수 없었던 어너는 직접 자기 옷을 지키며, 앞서 말한 남자에게 적절한 지시를 내린 뒤, 소피아에게 보냈던 것이오.

이들은 이제 몇 시간 후면 자기들 뒤를 쫓을 웨스턴 영주의 추격을 피하기 위해, 어느 경로로 가야 할지에 대한 토의에 들어갔소. 런던을 좋아해서 런던으로 가는 길로 곧장 들어서고 싶었던 어너는 다음 날 아침 8시나 9시까지는 아무도 소피아를 찾지 않을 것이고 또 설령 소피아가 어디로 갔는지 안다 해도, 아무도 소피아를 따라잡을 수는 없을 것이기 때문에 런던으로 곧장 이어지는 길로 가자고 주장했소. 하지만 운에 맡기기에는 너무 위험한 데다 속도에 의해 승패가 좌우되는 이 경쟁에서 연약한 자신의 수족에만 의존할 수는 없었던 소피아는 최소한 3,40킬로미터 정도는 마을을 가로질러 가다가, 런던으로 직접 이어지는 길을 택하기로 결심했소. 따라서 소피아는 한쪽 길로 30킬로미터를 가고, 거기서 다시 다른 길로 30킬로미터를 가기로 하고 말을 빌린 뒤, 집을 빠져나올 때 자신을 태워주었던 안내인과 함께 출발했소. 이때 안내인은 소피아보다 훨씬 더 무겁고 훨씬 덜 사랑스러운 짐을 뒤에 실어야 했는데, 그것은 바로 아름다운 어너가 런던에서의 입신을 노리기 위해 뭇 남성들을 정복하는 데 사용할 장신구로 가득 찬 거대한 여행용 가방이었소.

여관을 나와 런던으로 가는 길을 대략 2백 보 정도 갔을 때, 소피아는 안내인에게 다가가 입 안에 벌통이 있었다고 전해지는 플라톤*보다도 더 달콤한 목소리로 브리스틀로 가는 길이 나오면 그리고 가달라고 부탁했소.

독자들이여, 나는 미신을 믿지도 않고, 현대 사회에서 기적이 일어날 수 있다고 믿지도 않소. 따라서 다음에 할 이야기가 틀림없는 사실이라고 말하지는 않겠소. 실은 나 자신도 믿을 수 없기 때문이오. 하지만 역사가로서 충실히 이야기를 전달하기 위해서는 누군가 자신 있게 주장한 내용도 진술하지 않을 수는 없소. 그것은 안내인이 타고 가던 말이 소피아의 목소리에 몹시 매료당해 가던 걸음을 완전히 멈추고는 더 이상 나아가려 하지 않았다는 이야기요.

이 이야기가 사실일 수도 있고, 실제 보고된 것보다는 덜 기적적인

---

* 키케로는 『예언론 *De Divinatione*』에서 플라톤이 어린 시절 요람에서 잠들었을 때, 벌이 그의 입술에 앉았다고 전하고 있는데, 이는 플라톤의 언변이 얼마나 대단했는지를 상징적으로 보여주는 에피소드다.

일일 수도 있소. 이런 일에는 자연스런 원인이 있을 수도 있기 때문이오. 당시 안내인이 무장한 오른쪽 발뒤꿈치*를 잠시 사용하지 않아(그는 휴디브라스**처럼 발에 박차를 하나만 찼던 것이오) 이 짐승이 발걸음을 멈추었을 가능성이 더 높기 때문이오. 하지만 솔직히 말해 이 말은 이처럼 자주 걸음을 멈추는 습성이 있긴 했소.

설령 소피아의 목소리가 실제로 이 말에 어떤 영향을 미쳤다 하더라도, 말을 탄 사람에게는 그 어떤 영향도 미치지 못했소. 소피아의 요청에 안내인은 다소 퉁명스럽게 "퀸이 다른 길로 가라 캤어요. 가라고 시킨 길로 안 가면, 전 짤려요"라고 대답했기 때문이오.

소피아는 안내인을 아무리 설득하려 해도 아무 소용 없다는 사실을 깨닫게 되자, 자신의 목소리에 거부할 수 없는 마력, 속담에 따르면 "귀신도 부릴 수 있다"는 바로 그 마력을 첨가했소. 고대인들은 완벽한 웅변술이 저항할 수 없는 힘을 가졌다고 생각했지만, 현대인들은 이 마력이 바로 그러한 힘을 가졌다고 생각했기 때문이오. 간단히 말해 소피아는 안내인에게 최대한의 보상을 해주겠다고 약속했던 것이오.

이 젊은이가 보상해주겠다는 소피아의 약속을 일절 들으려 하지 않은 것은 아니었소. 단지 막연히 보상해주겠다는 게 싫었던 것이오. 사실 그가 소피아의 제안을 받아들이지 않으려고 한 것은 바로 그 때문이었소. 따라서 그는 "심 있는 양반들은 가진 거 없는 사람들 행편을 헤아려주지 않아요. 올워디 영주님 댁에서 온 어떤 신사분을 모시고 다녔단 이유로 쫓기날 뻔한 적도 있고요. 근데도 그 신사는 마땅히 지한테 해야 할 보상도 안 해줏습니다"라고 볼멘소리로 말했던 것이오.

---

* 박차를 단 발을 말함.
** 새뮤얼 버틀러의 『휴디브라스』의 주인공.

이 말에 소피아가 "누구를 태워주었단 말이에요?"라고 조바심 내며 묻자, 젊은이는 "올워디 영주님 댁에서 왔다 카는 어떤 신사요. 사람들은 그 양반이 영주님 아들이라 카는 거 같았어요"라고 대답했소. 소피아가 "어디로 갔어요? 그분이 어느 쪽으로 갔죠?"라고 묻자, 젊은이는 "브리스틀로 가는 작은 길인데 여서 30킬로미터 정도 떨어진 곳입니더"라고 대답했소. 그러자 소피아는 "그 길로 데려다줘요. 1기니 아니 모자라면 2기니 줄게요"라고 말했고, 이에 젊은이는 "제 위험부담을 생각해보신다 카믄 솔직히 2기니는 받아야죠. 그러니 2기니 주시겠다고 약속하신다믄, 함 가보죠. 주인 말을 타고 이리저리 돌아다니는 건 분밍히 잘못이지만, 끽해야 쫓기나기밖에 더 하겠습니꺼. 2기니면 약간이나마 보상은 될 거고요"라고 대답했소.

소피아와 이렇게 계약을 맺은 뒤, 젊은이는 런던으로 가는 길에서 벗어나 브리스틀로 가는 길로 향했소. 존스보다는 런던을 훨씬 더 보고 싶었던 어녀의 거센 항의에도 불구하고 소피아는 존스를 찾아 이렇게 떠났던 것이오. 사실 어녀는 존스를 호의적으로 생각하지 않았소. 연애를 하는 사람들, 특히 은밀하게 연애를 하는 사람들로부터 하녀가 응당 받아야 할 금전적인 혜택을 베푸는 데 존스가 다소 게을렀기 때문이었소. 그 이유는 존스가 인색해서가 아니라 단지 그의 부주의한 성격 때문이었다고 우리는 생각하지만, 어녀는 존스가 인색하기 때문이라고 생각했소. 바로 이 때문에 존스를 몹시 미워했던 어녀는 기회 있을 때마다 존스를 깎아내리려 했던 것이오. 따라서 존스가 머물렀던 마을로 가게 되었던 것은 어녀에게는 아주 불운한 일이었고, 존스를 안내했던 안내인을 우연히 만나 이 사실을 또 우연히 알게 된 것은 더더욱 불운한 일이었던 것이오.

날이 샐 무렵 햄브룩*에 도착하자, 어녀는 존스가 어느 길로 갔는지 알아보라는 달갑지 않은 지시를 받았소. 거기에 대해선 안내인도 알려줄 수 있었겠지만, 어떤 이유에선지 소피아는 그에게는 물어보지 않았소.

어너가 여관 주인에게서 들은 정보를 소피아에게 전하자, 소피아는 아주 어렵사리 평범한 말을 구해, 머리에 입은 부상 때문이 아니라 의사의 지시 때문에 존스가 갇혀 지냈던 숙소로 향했소.

존스에 대해 알아보라는 임무를 부여받은 어너가 여관 안주인에게 존스의 외모를 설명하자, 이 영악한 여인은, 시쳇말로 뭔가 냄새를 맡았소. 따라서 소피아가 방에 들어왔을 때, 어너의 질문에는 대답하지 않고, 소피아에게 이렇게 말했소. "거 참 안됐네예! 누가 그랄 끼라고 생각했겠어예! 참말로 잘 어울리시는 한 쌍이시네예. 그 영주님이 아가씨 말씀을 계속하시드만 그 말이 딱이네예. 아가씨가 세상에서 제일 훌륭한 분이라고 말씀하싯는데, 참말로 그렇구만예. 가여워라, 참 안된 분이지예. 베개를 껴안고 사랑하는 소피아라고 부르는데, 그칼 때는 을매나 불쌍해 뷔던지. 전쟁터에 가시지 말라고 열심히 설득할라꼬 했지예. 이마이 훌륭한 아가씨의 사랑을 받지도 몬해가꼬 살 가치도 읍는 인간들이 천지 빼까린데, 굳이 그라실 필요 없다 캤다 아입니꺼." 이에 소피아가 "지금 뭔가 착각하고 있는 것 같네요"라고 말하자, 여관 안주인은 "아입니더, 지는 정신 말짱합니더. 그라믄 지가 아무것도 모르고 있다고 생각하시는 거라예? 그분이 지한테 모두 다 말했다 아입니꺼"라고 대답했소. 이 말에 어너가 "그 건방진 사람이 우리 애기씨 얘길 했단 말이야?"라고 소리치자, 여관 안주인은 "절대 건방진 분이 아이던데예. 지금 여짜보신 젊은 신사분은 참말로 멋지고, 맴 깊이 소피아 웨스턴 아가씨를 사랑하고 계셨습니더"라

---

* "존스가 퀘이커 교도를 만났던 곳이다." (필딩의 주)

업둥이 톰 존스 이야기 2 69

고 대답했소. 이 말에 어너가 "우리 애기씨를 사랑한다고! 이 여자야, 단디 알아둬. 우리 애기씬 그런 인간에겐 언감생심이야"라고 말하자, 소피아는 어너의 말을 막으며, "어너, 이분한테 화내지는 마. 아무런 악감정 없이 하는 말인데"라고 말했소. 소피아의 부드러운 말에 더욱 대담해진 여관 안주인은 "물론, 아이죠. 지가 그랄 리 있겠어예?"라고 대답하더니, 여기에 기록하기엔 몹시 지루한 장광설을 늘어놓기 시작했소. 그러면서 안주인은 소피아에게는 약간 불쾌하고 어너에게는 매우 불쾌한 몇 가지 말을 무심코 했소. 이에 소피아와 단둘이 남게 된 어너는 이를 기회로 존스의 흉을 보며, 술집에서 소피아의 이름을 이렇게 팔고 다니다니 존스는 사랑할 줄도 모르는 아주 한심한 인간이 틀림없다고 말했소.

하지만 소피아는 존스의 행동을 그리 나쁘게 보지는 않았소. 다른 것 때문에 화가 나기는 했지만 존스가 자신을 열렬히 사랑한다는 사실에(늘 그렇듯이 여관 안주인은 이를 상당히 과장해 말했소) 오히려 기뻤던 것 같았소. 소피아는 존스의 이 모든 행동이 억누르지 못하는 혹은 넘쳐흐르는 그의 열정과 솔직한 마음 때문에 벌어진 일이라고 생각했던 것이오.

하지만 나중에 어너가 이때의 일을 아주 가증스럽게 곡해하여 소피아에게 상기시키자, 소피아는 업턴에서 벌어졌던 그 불운한 사건이 존스의 이런 가증스런 행동의 결과라고 믿게 되었고, 이 때문에 소피아가 존스를 만나보지도 않고 여관을 떠나게 하려던 어너의 노력이 결실을 보았던 것이오.

말만 준비되면 소피아가 이곳을 떠날 것이며 먹을 것이나 마실 것을 주문하지도 않을 거란 사실을 알게 된 여관 안주인은 곧 자리를 떴소. 하지만 어너는 소피아를 나무라기 시작하며(어너는 아주 무람없이 소피아를 대했소) 원래 자신들은 런던으로 가려 했다는 사실을 상기시켰소. 그리고는 젊은 남자를 쫓아가는 건 부적절한 행동임을 간간이 암시하더니, 결국은 "제발, 애기씨. 지금 무신 일을 하고 계신지 그리고 지금 어디로 갈라카시는 건지 한번 생각해봐요"라고 진지하게 훈계를 하면서 장광설을 마쳤소.

이미 60킬로미터가량이나 말을 타고 온 소피아에게, 더군다나 시기도 적절하지 않은 이때에, 어너가 이러한 충고를 한 것은 아주 어리석어 보였소. 소피아가 이 문제에 대해 이미 충분한 심사숙고를 거친 뒤에 결정을 내렸을 거라고 생각되기 때문이오. 심지어 소피아가 우연히 내뱉은 몇 가지 암시적인 말들을 종합해보고는 어너 자신도 그럴 거라고 생각했을 텐데 말이오. 이와 마찬가지로 우리 여주인공의 의도를 오래전부터 확실히 알고 있다고 믿으며, 소피아를 바람난 여자라고 비난해오던 많은 독자들도 분명히 이렇게 생각했을 것이오.

하지만 사실은 그렇지 않았소. 최근에 소피아는 희망과 절망, 아버지에 대한 의무와 사랑, 그리고 블리필에 대한 혐오감과 존스에 대한 동정심과(소피아가 존스를 동정한다는 사실을 고백해서는 안 될 이유는 없다고 생각하오) 사랑(최근의 아버지와 고모, 그리고 그 밖의 모든 사람들의 행동, 특히 존스 자신의 행동이 소피아의 사랑에 불을 지폈소) 사이에서 몹시 번민하고 있었기 때문이오. 따라서 소피아는 자신이 지금 무엇을 하고 있는지, 어디로 가고 있는지 혹은 그 결과가 어떻게 될 것인지는 전혀 개의치 않을 정도로 몹시 혼란스런 상태에 놓여 있었던 것이오.

하지만 어너의 신중하고도 현명한 충고를 듣고 냉정을 되찾은 소피아는, 일단 글로스터로 간 다음 그곳에서 곧장 런던으로 가기로 결심하게 되었소.

그러나 글로스터에 당도하기 몇 킬로미터 전에 소피아는 불운하게도 존스와 식사를 같이했던 변호사를 만났소. 어녀도 잘 아는 이 변호사는 걸음을 멈추고, 어녀에게 말을 걸었지만, 당시 소피아는 이 사람이 누구인지만 물어보았을 뿐, 별다른 신경을 쓰지는 않았소.

하지만 글로스터에 도착했을 때, 소피아는 어녀에게 이 변호사에 대해 더 자세한 이야기를 듣고, 전에도 언급했듯이 그가 늘 바삐 돌아다니는 것으로 유명하다는 사실과 특히 어녀가 그 변호사에게 자신들이 글로스터로 갈 거라고 말했다는 사실을 기억해내고는, 그를 통해 아버지가 이곳까지 추적해올 수도 있고 또한 자신이 이곳에서 런던으로 가는 길로 들어선다면, 아버지도 자신을 따라잡을 수 있을 거라는 걱정이 들기 시작했소. 따라서 소피아는 계획을 바꾸어 예정에 없던 곳으로 일주일 동안 여행을 하기 위해 말을 빌리고는, 약간의 휴식을 취한 뒤, 어녀의 소망과 간곡한 청에도 불구하고, 더군다나 예의상 그랬든 혹은 선량한 마음에서 (이 가련한 소피아는 사실 피곤해 보였소) 그랬든, 그날 저녁은 글로스터에서 묵고 가라는 여관 안주인 화이트필드 부인의 진심 어린 권고에도 불구하고 다시 길을 나섰던 것이오.

약간의 차만 마시고, 말이 준비되는 동안(약 두 시간 정도 소요되었소) 침대에 누워 어느 정도 기운을 차린 뒤, 그러니까 밤 11시경에, 소피아는 화이트필드 부인이 운영하는 여관을 단호하게 나섰소. 그러고는 곧장 우스터로 가는 길로 들어서다가 네 시간도 채 되지 않아, 지난번 보았던 그 여관에 도착했던 것이오.

우리의 여주인공이 업턴에 도착하기까지의 경로를 이처럼 상세하게 추적했으니, 그녀의 아버지가 이곳에 오게 된 경로는 단 몇 마디로 설명하겠소. 웨스턴 영주는 소피아를 햄브룩으로 안내했던 마부 조수에게서 소피아가 남긴 첫번째 냄새를 맡고는, 매우 쉽게 글로스터까지 딸을 추적할 수 있었소. 그곳에서 존스가 업턴으로 갔다는 사실을 알게 된 웨스턴 영주는(웨스턴 영주의 표현을 빌리자면, 패트리지가 뒤에 아주 강한 냄새를 남겨놓고 떠났기 때문이었소) 소피아도 같은 곳으로 갔을 거라고(웨스턴 영주의 표현을 빌리자면, 소피아도 같은 곳으로 달아났을 거라고) 확신했기 때문에, 업턴까지 소피아를 따라갔던 것이오. 여기서 밝힐 필요는 없으나, 여우 사냥꾼들이라면 이때 쉽사리 떠올릴 만한 그런 상스러운 말을 하면서 말이오.

11권

대략 3일 동안 벌어진 일

1장

비평가에게 던져주는 빵 한 조각

10권의 첫 장에서 비평가라고 불리는 혐오스런 족속들을 평소의 우리답지 않게 다소 무례하게 다루었다고 생각할 수도 있을 것이오. 사실 그들은 작가들에게 대단히 정중한 대접을 요구해왔고, 대체적으로 그런 대접을 받아왔소. 따라서 지금 우리는 그 존엄한 집단에게 그와 같은 대접을 한 이유를 설명한 뒤, 지금까지와는 다른 관점에서 그들을 조명하고자 하오.

비평이라는 단어는 그리스어에서 유래된 것으로 '판단'을 의미하오. 따라서 원어를 이해하지 못하고 이 단어의 우리말 번역만 아는 사람들은, 이 용어가 죄의 유무를 판결하는 법적인 의미의 판결을 뜻하는 것으로 알고 있을 거라고 추측하는 바이오. 최근 몇 년 동안 대다수의 비평가들이 법조인들이었기 때문에, 나도 그와 상당히 비슷한 견해를 가지고 있소. 이 신사들 중 상당수가 아마도 웨스트민스터 홀의 법정에 진출하지 못하게 되자 이에 낙심하여, 법정 대신 극장 좌석에 앉아 그곳에서 자신들의 판결, 즉 무자비한 선고를 내리게 된 것이라고 생각하고 있다는 말이오.

공화국에서 가장 중요하고 가장 영예로운 공직과 이 신사들의 지위를 비교한다면, 이들은 아마 대단히 좋아할 것이기 때문에 그들의 호감을 얻기 위해서라도 그렇게 할 수 있을 것이오. 하지만 우리는 아주 진지하고 또한 솔직하게 이들을 다룰 것이기 때문에, 이 신사들보다 훨씬 낮은 지위를 가진 다른 부류의 법조인(이 신사들은 이 낮은 지위의 법조인들에게 판결을 내리고 또 집행하기도 하지만, 사실 이 두 집단 사이에는 약간의 닮은 구석이 있소)에 대해 이야기하고자 하오.

사실 현대 비평가들을 아주 공정하고 적절하게 살펴볼 수 있는 또 다른 관점이 있는데, 그것은 이들을 중상모략가라는 측면에서 살펴보는 것이오. 남들의 잘못을 세상에 알릴 목적으로 꼬치꼬치 파헤치는 사람을 남의 명예를 훼손하는 사람이라고 부를 수 있다면, 이와 똑같은 악의적인 목적으로 책을 읽는 비평가를 책의 명예를 훼손하는 사람이라고 부르는 것도 당연하지 않겠소?

이런 중상모략가들보다 더 비열한 악마의 추종자는 없고, 어떤 사회에서도 이들보다 더 밉살스런 기생충 같은 존재는 없을 것이지만, 악마에게는 이들만큼 소중하고 환영받는 사람도 없을 것이오. 하지만 세상 사람들은 이 극악무도한 자들을 그들이 당연히 받아야 할 혐오의 시선으로 보고 있는 것 같지는 않소. 사람들이 이들의 범죄 행위를 관대하게 대하는 이유를 밝히는 게 주저되기는 하지만, 이들과 비교할 때 일반 도둑들은 아무런 죄도 없는 사람처럼 보일 정도로 이들의 죄는 무겁소. 뿐만 아니라 살인자조차도 그 죄질에서 비평가들의 경쟁 상대가 되지 못하오. 중상모략으로 인해 입은 상처는 늘 치유될 수 있는 것이 아니라서, 중상모략은 칼보다 더 잔인한 무기이기 때문이오. 사람을 죽이는 가장 비열하고 가장 가증스러운 방법은 독(이는 지금 우리가 비난하고 있는 악과 매우 유사하오)을 사용하는 것이오. 이는 너무나 비열하고 끔찍한 살인 수단이기 때문에, 특히 독으로 사람을 죽인 죄인은 잔인하게 처벌*하여 다른 방법으로 살인한 사람과 차별화하는 현명한 법이 실행되기도 했던 것이오.

중상모략이 미치는 무서운 해악과 여기에 사용되는 비열한 수단 말고도, 중상모략의 잔악한 면을 더욱 가중시키는 다른 요인이 있소. 종종 중상모략은 특별한 동기 없이 저질러지며, 흉악하고 극악무도한 인간이 타인을 파멸시키고 불행하게 만들 때 느끼는 쾌감 말고는, 다른 그 어떤 보상도 약속하지 않는다는 사실이 바로 그것이오.

셰익스피어는 중상모략에 대해 이렇게 멋지게 표현했소.

> 내 지갑을 훔친 놈은 쓸데없는 걸 훔친 셈이다.
> 중요하다면 중요하지만 쓸데없는 물건이기도 하니
> 내 것이 다른 놈의 것이 된 것뿐이고
> 원래 수많은 사람들의 노예인 것을.
> 그러나 내 좋은 평판을 도둑맞으면
> 훔친 놈에게는 아무런 이득도 없고
> 단지 나만 손해를 보는 법.**

나의 선량한 독자들 모두 이 말에 동의하리라는 걸 나는 의심치 않소. 이 말의 상당 부분을 책에 대해 중상모략하는 자들에게 적용하는 건 너무 가혹하게 보일지도 모르오. 하지만 남의 명예든 남의 책이든 중상모략을 일삼는 자는 악한 마음에서 그리고 아무런 유혹도 받지 않은 상태에서 상대에게 해를 끼친다는 점에서 변명의 여지가 없다는 사실을 생각해봐야

---

* 헨리 8세 시절 영국에서는 독살을 저지른 죄인을 끓는 물에 집어넣는 처형이 이루어지기도 했다.
** 셰익스피어의 『오셀로』 중 3막 3장에서 이아고가 한 말.

할 것이오. 또한 책은 작가의 자식, 작가의 두뇌의 산물이라는 점을 고려해볼 때, 이런 식으로 입은 상처가 아주 미미한 것이라고 생각할 수는 결코 없기 때문이오.

지금까지 자신의 뮤즈가 처녀성을 유지하고 있는 독자들*은 자식에 대한 부모의 애정을 제대로 이해하지 못할 것이오. 그런 사람들에게 우리는 맥더프**의 가슴 아픈 절규를 패러디해 이렇게 말할 수 있을 것이오. "슬프도다, 그대는 책을 써본 적이 없구나!"라고 말이오. 하지만 임신한 뮤즈가 그 짐을 짊어지고 있을 때의 불편함 그리고 뮤즈가 자식을 낳을 때 겪게 되는 산고, 마지막으로 사랑하는 자식이 성숙하여 세상 밖으로 나갈 때까지 아버지가 자식에게 베풀었던 보살핌과 애정 등등에 관해 언급한다면, 자식을 낳아본 뮤즈를 갖고 있는 작가들은 애처로움을 느끼며 나의 눈물에 동참할 것이오(특히 사랑하는 자식이 이 세상에 더 이상 존재하지 않는다면 말이오).

자기가 쓴 책에 대한 작가의 애정은 자식에 대한 아버지의 애정만큼이나 절대적인 것이며, 이런 애정만큼 세속적인 이해관계와 잘 부합하는 것도 없을 것이오. 작가의 자식인 책은 진정한 의미에서 아버지인 작가의 재산이라고 부를 수 있으며, 이 중 상당수는 진정한 효심을 발휘하여 노년의 부모들을 먹여 살릴 수도 있기 때문이오. 따라서 독설로 작가의 책을 때 이르게 파멸시키는 중상모략가는 작가의 감정을 상당히 상하게 할 뿐만 아니라 작가의 재정에도 상당한 손실을 입히는 셈이 되는 것이오.

마지막으로 한마디 더 하자면, 책을 헐뜯는 것은 그 책의 저자를 헐

---

* 아직 작품을 써보지 않은 독자를 말함.
** 셰익스피어의 『맥베스』 4막 3장에서 맥더프Macduff는 가족을 잃은 자신의 슬픔을 맬컴 Malcolm이 위로하려 하자 "그대는 자식이 없소"라고 말한다.

뜯는 것이오. 누군가를 사생아라고 부르려면 그의 어머니를 창녀라고 부르지 않을 수 없듯이, 어떤 책을 졸작 혹은 끔찍한 난센스라고 부르면 그 책의 저자를 바보라고 부르는 것이나 매한가지이기 때문이오(도덕적인 의미에서 이 바보라는 말은 악당이라는 명칭보다는 낫겠지만, 세속적 이해관계의 측면에서는 작가들에게 훨씬 더 큰 피해를 끼칠 수도 있소).

이 모든 말들이 어떤 사람들에게는 우습게 보일지 모르지만, 내 말이 사실이라고 인정하면서도 내가 이 문제를 좀더 진지하게 다루지 않고 있다고 생각하는 사람들도 있을지 모르오. 하지만 웃으면서도 분명히 진실을 말할 수는 있소. 사실 책을 악의적으로 터무니없이 평가절하하는 것은 아무리 좋게 본다 하더라도, 심술궂은 행위요. 따라서 인상 쓰며 으르렁거리는 비평가는 못된 인간일 거라는 의심을 받을 수 있다고 생각하는 바이오.

따라서 이 장 나머지 부분에서 이들의 특징을 설명하고, 내가 피하려고 하는 비난이 어떤 것인지 보여주고자 하오. 만일 내가 이 장에서 거론한 바로 그런 악의적인 비평가들을 제대로 규정하지 않는다면, 내 주장이 이해되지 못할 것이기 때문이오. 내가 지금 작품을 제대로 평가할 수 있는 사람은 존재하지 않는다고 암시하고 있다거나, 현대 학자들이 상당한 빚을 지고 있는 훌륭한 비평가들을 내가 문학계에서 제외시키려 한다고 오해하지는 마시오. 훌륭한 비평가들로 옛사람 중에는 아리스토텔레스, 호라티우스와 롱기누스가 있고, 프랑스인 중에는 다시에와 보쉬*가 있으며, 우리나라에도 몇 명 있는데, 이들이야말로 문학 법정에서 작품에 대해 판단할 권한을 행사할 자격이 충분한 비평가들이오.

---

* 앙드레 다시에(André Dacier, 1651~1722), 르네 보쉬(René Le Bossu, 1631~1680): 17세기 프랑스의 비평가들.

하지만 내가 다른 장에서 이미 다루었던 비평가의 자격 조건에 대해 여기서 굳이 확정적으로 말하지 않더라도, 읽어본 적도 없는 작품을 비난하는 것에 대해서는 분명히 이의를 제기할 수 있다고 생각하오. 자신들의 추측이나 의혹에 근거해서 말하든, 다른 사람들의 보고나 의견을 듣고 말하든, 읽어보지도 않고 남의 책을 헐뜯는 자들은 책의 명예를 훼손하는 자들이라고 말할 수 있을 것이오.

이런 행태야말로 악의적인 비평가에게나 어울릴 만한 것이오. 이들은 구체적인 잘못은 지적하지 않고, 단지 '형편없고, 재미없고, 빌어먹을 작품,' 그리고 특히 존경받을 만한 비평가가 입에 담기에는 어울리지 않는 '저급한'이라는 단어 등과 같이 명예를 훼손하는 용어를 사용하며 남의 작품 전체를 싸잡아 비난하기도 하오.

다시 말하면, 작품에 몇 가지 분명한 결함이 있더라도, 그 결함이 작품의 본질적인 것에 해당하는 것이 아니라면 혹은 그 결함이 작품이 갖고 있는 더 큰 장점에 의해 상쇄된다면, 결함이 드러난 몇몇 부분 때문에 작품 전체에 대해 가혹한 선고를 내리는 것은 진정한 비평가라기보다는 중상모략가의 악의가 엿보이는 행동으로, 이는 호라티우스의 생각과는 상반되는 것이오.

허나, 미(美)가 광채(光彩)를 발하는 곳에서는
분개(憤慨)하지 않소. 부주의(不注意)하에 작시(作詩)된 구절(句節)
(약간의 소소(小小)한 결점(缺點)이 보이는)
부주의(不注意)한 문구(文句) 혹은 인간의 약점(弱點)이 부각(浮刻)될 시에도.*

하지만 아름다움이 더 빛을 발하는 곳에서는

화내지 않겠소. 부주의하게 쓴 시행,

(약간의 사소한 결점이 보이는)

부주의한 글 또는 인간의 약점이 드러나 보일 때도.

마르티알리스**의 말처럼 "어떤 책도 이와 다른 방식으로 씌어질 수 없소." 따라서 얼굴의 아름다움뿐만 아니라, 인품의 아름다움, 게다가 인간과 관련된 모든 종류의 아름다움은 이런 식으로 평가받아야 하는 것이오. 지금 이 이야기처럼 쓰는 데만 수천 시간이 소요되는 작품에, 이의를 제기할 수 있는 특정한 장이 몇 개 있다고 해서, 작품 전체가 비난받는다는 건 실로 가혹할 것이오. 하지만 이러한 이의 제기에 편승해 작품 자체에 대해 가혹한 판단을 내리는 것은 아주 흔한 일이오. 그 이의 제기가 제대로 이루어진다면(하지만 늘 제대로 이루어지지는 않소), 작품 전체의 진가에 대한 이의 제기로까지는 결코 이어지지 않을 것이오. 특히 극장에서 공연될 때, 청중이나 비평가의 취향에 맞지 않는 대사는 분명히 야유를 받게 될 것이오. 그리고 좋은 평을 받지 못한 장면 하나 때문에 작품 전체가 위태롭게 될 수도 있소. 이와 마찬가지로 엄격한 규칙을 준수하면서 글을 쓴다는 것은 까다로운 견해에 맞춰 사는 것만큼이나 불가능한 일이오. 만일 우리가 몇몇 비평가들과 몇몇 기독교인의 견해에 근거해 심판한다면, 이 세상에 살아남을 작가는 없게 될 것이고, 그 어떤 인간도 내세

---

* 이 글은 필립 프랜시스가 번역한 호라티우스의 『시학』에서 발췌한 것이다. 라틴어로 된 시를 한문투로 옮긴 것이고, 다음 장의 시구는 영어로 번역된 것을 우리말로 옮긴 것이다.
** 마르쿠스 발레리우스 마르티알리스Marcus Valerius Martialis: 영국에서는 마셜Martial이라는 이름으로 알려진 1세기의 로마 시인. 이어지는 문장은 그의 『에피그램 Epigram』에서 발췌한 문장이다.

에서 구원받지 못하게 될 것이오.

2장
업턴을 떠난 뒤 소피아가 겪게 되는 일

지난번엔 어쩔 수 없이 이야기가 다른 방향으로 새고 말았지만, 우리는 소피아와 그녀의 하녀가 여관을 떠난 사실을 언급한 바 있소. 이제 우리는 소피아의 자격 없는 연인은 자신의 불운(정확히 말하자면, 자신의 잘못된 행동)에 대해 좀더 한탄하도록 내버려두고, 사랑스러운 여인을 따라가고자 하오.

소피아의 지시에 따라 이 지역을 가로지르는 샛길로 가던 도중, 소피아 일행은 여관을 떠나 채 2킬로미터도 가지 않아서, 세번 강*을 지나게 되었소. 이때 뒤를 돌아본 소피아는 몇 필의 말이 전속력으로 뒤따라오는 것을 보고는 몹시 놀라서, 전속력으로 말을 달리라고 안내인에게 소리쳤소.

소피아의 지시에 따라 안내인은 즉각 전속력으로 말을 달렸지만, 그가 말을 빨리 달리면 달릴수록, 그들도 더 빨리 쫓아왔소. 게다가 쫓아오던 말들이 앞서가던 말들보다 조금 더 빨리 달렸기 때문에, 소피아 일행은 결국 따라잡히게 되었소. 하지만 이는 두려움과 피로가 겹쳐 거의 정신을 차리지 못하던 불쌍한 소피아에게는 참으로 다행스런 일이었소. 아주 부드럽고 정중하게 인사를 건네는 어떤 여인의 목소리에 소피아는 안도했기 때문이오. 따라서 숨을 고르자마자, 소피아도 예의 바르게 그리고

---

* Severn: 잉글랜드 남서부의 강.

몹시 만족스러운 듯이, 그 인사에 화답했소.

소피아를 이처럼 두려움에 떨게 했지만 이제는 동행하게 된 여행객들은, 소피아 일행처럼, 두 명의 여자와 한 명의 안내인으로 구성되어 있었소. 그중 한 사람이 다시 입을 열기 시작한 것은 두 일행이 5킬로미터 정도 같이 길을 가고 나서였소. 큰길이 아니라 샛길로 가고 있었고 갈림길도 이미 몇 차례 지나왔지만, 상대방이 여전히 자신을 따라오는 걸 보고는 다소 놀랐던 우리의 여주인공이 아주 정중한 어조로 이 낯선 여인에게 같은 길로 가게 되어 매우 기쁘다고 말하자, 유령처럼* 말을 걸어주기만을 기다리던 상대방은 "저도 정말 기뻐요. 이 지역을 전혀 모르거든요. 그래서 같은 여자끼리 동행하게 되어 너무 기뻐요. 하지만 무례하게 계속 따라다니니, 거기에 대해선 정중히 사과드려야 할 것 같네요"라고 금방 대답했소. 어녀가 좋은 옷을 입은 이 낯선 여인에게 자리를 양보하고 뒤로 물러났기 때문에 두 여자 사이엔 더 많은 정중한 말들이 오고 갔소. 하지만 소피아는 상대방이 계속해서 자기와 같이 샛길로 갈지 몹시 궁금했고, 게다가 그 때문에 다소 불안했지만, 두려워서 혹은 예의상 혹은 이러저러한 이유에서 물어보지는 못했소.

여기서 언급하기에는 다소 격이 떨어지는 어떤 상황으로 인해 당시 이 낯선 여인은 곤란을 겪고 있었소. 약 2킬로미터를 오는 동안 그녀의 모자가 다섯 번씩이나 바람에 날려 벗겨져 내렸던 것이오. 하지만 그녀는 모자를 고정시킬 끈이나 손수건이 없었소. 이 사실을 알게 된 소피아는 즉시 손수건을 꺼내 그녀에게 주며 모자를 고정시키라고 했소. 하지만 호주머니에서 손수건을 꺼낼 때, 소피아는 자신이 타고 있던 말을 너무 소

---

* 당시 서양에서는 유령은 먼저 말을 걸 수가 없다고 생각했다.

홀히 다룬 것 같았소. 불운하게도 말이 발을 헛디며 앞다리를 꿇고는 이 아름다운 기수를 등에서 내동댕이쳤던 것이오.

떨어질 때 머리가 땅에 먼저 닿았지만, 다행히 소피아는 작은 상처 하나 입지 않았소. 소피아가 말에서 떨어지게 한 요인이 이번에는 그녀를 당혹감에서 벗어나게 해주었소. 당시 이들이 지나고 있던 길은 좁고 나무도 몹시 우거져 달빛이 거의 들지 못했소. 게다가 달도 구름으로 잔뜩 가려져 거의 암흑 상태였기 때문에 아무도 그녀가 말에서 떨어진 사실을 알아차리지 못해 몹시 섬세했던 소피아의 고상함은 별다른 손상을 입지 않을 수 있었소. 게다가 낙마해서 약간 놀란 것 말고는 아무런 상처도 입지 않았기 때문에 소피아는 다시 안장에 오를 수 있었소.

마침내 대낮처럼 환해지자, 나란히 말을 타고 공유지를 지나던 두 여인은 물끄러미 서로를 쳐다보다가 거의 동시에 서로에게 시선을 고정했소. 그러더니 타고 가던 말을 멈추고 똑같이 기쁨에 넘친 목소리로, 한 사람은 소피아를, 또 한 사람은 해리엇을 외쳤소.

이 예기치 않은 만남에 현명한 독자들보다도 이 두 여인이 훨씬 더 놀랐을 거라 생각하오. 이 낯선 여인은 소피아가 여관을 떠난 지 수분 후에 여관을 나왔다고 우리가 말한 바 있는, 소피아의 사촌 피츠패트릭 부인이라는 사실을 눈치 빠른 독자들은 분명히 알고 있었을 테니 말이오. 예전에 아주 가까이 지냈고, 오랫동안 웨스턴 여사와 함께 살았던 두 사촌은 이렇게 만나게 된 것에 몹시 놀라고 기쁜 나머지 서로에게 자연스럽게 물었어야 했을 질문, 그러니까 지금 어디로 가는 중인지를 묻기도 전에, 기쁨에 찬 인사만 수없이(그들이 나눈 인사의 절반도 전할 수 없을 정도로 이들은 수도 없이 인사를 나누었소) 나누었소.

하지만 결국 피츠패트릭 부인이 먼저 질문을 했소. 아주 쉽고 자연스러운 질문이었지만 소피아에게는 주저없이 그리고 분명하게 대답하기가 무척이나 어려웠던지라 소피아는 멀지 않은 곳에 숙소가 있을 것 같으니 그곳에 도착할 때까지 궁금증을 참아달라며, "해리엇 언니, 나도 언니처럼 궁금하지만 참을게. 내 보기엔 우린 둘 다 똑같이 놀란 것 같아"라고 말했소.

이들이 도중에 나눈 대화는 기술할 가치가 거의 없고, 이들과 똑같이 의례적인 인사만 나누었던 두 하녀들 간의 대화는 더더욱이나 전달할 가치가 없었소. 게다가 안내인들은 이야기를 나누는 즐거움을 전혀 누리지도 못했소. 한 사람은 앞서가야 했고, 또 다른 사람은 맨 뒤에서 따라와야 했기 때문이었소.

이런 상태로 몇 시간을 가다가 드디어 사람들이 많이 다니는 넓은 길에 당도했소. 여기서 오른쪽으로 돌자마자 아주 훌륭한 여관이 나타나 이들은 모두 그 앞에서 말에서 내렸소. 하지만 마지막 10킬로미터 정도를 아주 힘겹게 말을 타고 온 소피아는, 몹시 지쳐서 다른 사람의 도움 없이는 말에서 내릴 수가 없었소. 소피아의 말을 잡고 있던 여관 주인이 이를 금세 알아차리고는 그녀를 안아 안장에서 내려주겠다고 제안하자 소피아는 이를 아주 흔쾌히 받아들였소. 하지만 운명의 여신은 이날 소피아를 창피하게 만들 작정을 했던 것 같소. 운명의 여신의 심술궂은 두번째 시도가 첫번째 시도보다는 성공을 거두었던 것이오. 소피아를 팔에 안자마자, 최근 통풍을 심하게 앓았던 여관 주인의 다리가 꺾여, 그만 둘은 넘어지고 말았던 것이오. 하지만 넘어질 때 여관 주인이 여자를 보호하려는 마음에 이 매력적인 여인 아래로 자신의 몸을 아주 능숙하게 던져 본인만 상처를 입었소. 소피아가 입은 상처라고 해봐야, 땅에서 일어날 때 구경꾼들의 표정에서 본 능글맞은 웃음 때문에 받은 정신적인 충격이 다였소.

하지만 이를 본 소피아는 이 일이 벌어진 진짜 이유가 무엇인지 의심을 품게 되었는데, 그 진짜 이유는, 젊은 여성의 품위를 손상시킨 이런 못된 행동을 보고 웃는 독자들의 호기심을 충족시키고 싶지는 않기에 여기서 말하진 않겠소. 우리는 이런 종류의 사건을 우스갯거리로 다룬 적이 없소. 따라서 단지 웃음거리 때문에 아름다운 젊은 여인의 품위를 손상시키고자 하는 사람들은 아름다운 여성의 품위가 무엇인지 제대로 알지 못하는 사람이라고 주저하지 않고 말할 것이오.

심신이 몹시 피로한 가운데 이런 경악스럽고 충격적인 일까지 겪게 된 소피아는 제대로 몸을 가눌 수조차 없게 되어 어너의 팔에 기대 비틀거리면서 여관으로 간신히 걸어 들어갔소. 그러고는 자리에 앉자마자 어너에게 물 한 잔 갖다달라고 했소(아주 현명하게도 어너는 물 한 잔을 와인 한 잔으로 바꾸어 가져다주었지만 말이오).

소피아가 지난 이틀 동안 잠자리에 들지 않았다는 사실을 어너에게서 들은 피츠패트릭 부인은 피로로 몹시 창백해진 소피아의 얼굴을 보고는, 우선 한숨 자고 기운을 차리라는 진심 어린 충고를 했소. 소피아의 사연이 무엇인지, 소피아가 무엇을 두려워하는지 전혀 알지는 못했지만(설령 둘 다 알았다 하더라도), 어너의 이야기를 듣지 않았다 하더라도 그녀는 이와 똑같은 충고를 했을 것이오. 언뜻 보기에도 소피아는 분명 휴식이 필요했고 또 오랫동안 샛길로 왔기 때문에 이제는 추격당할 위험에서 완전히 벗어나 마음도 편해졌기 때문이오.

어너도 적극 지지한 피츠패트릭 부인의 이 권고를 소피아는 흔쾌히 따르기로 했고, 같이 방을 쓰자는 피츠패트릭 부인의 제안도 아주 정중하게 받아들였소.

안주인들이 잠자리에 들자마자, 하녀들도 안주인들을 따라 할 준비를

했소. 어너가 피츠패트릭 부인의 하녀에게 이런 끔찍스런 여관방에 홀로
남겨두게 되어 유감이라고 여러 차례 말하자, 상대방은 갑자기 그녀의 말
을 막으며, 자신도 잠을 자고 싶으니 같이 잘 수 있는 영광을 베풀어달라
고 했소. 어너가 이 제안을 받아들이며 오히려 자신에게 영광이라는 답례
의 말을 하자, 이들은 무릎을 굽혀 서로에게 여러 차례 인사를 하고는,
상대방에 대한 의례적인 인사말을 늘어놓은 뒤, 자신들의 주인들이 그랬
던 것처럼 함께 방으로 들어갔소.

　(같은 직종의 사람들이 모두 그러듯이) 여관 주인이 손님을 태우고 온
마부나 손님이 데리고 온 하인, 마부 조수, 그 밖의 사람들에게 손님의
이름과 손님들의 사유지가 얼마나 되고 어디에 있는지 물어보는 건 늘 있
는 일이오. 따라서 우리의 여행객들의 특이한 점에, 특히 아침 10시라는
아주 의외의 시각에 잠자리에 들었다는 사실에, 호기심이 발동한 여관 주
인은 안내인이 부엌에 들어오자마자, 손님들은 누구고 어디서 왔는지 꼬
치꼬치 캐묻기 시작했소. 그의 질문에 안내인들은 자신들이 알고 있는 사
실을 모두 솔직하게 말해주었으나, 그 답변에 전혀 만족하지 못했던 여관
주인의 호기심은 더욱 증폭되었소.

　이웃 사람들 사이에서 이 여관 주인은 아주 현명한 사람이라고 정평
이 나 있었소. 그는 목사를 포함한 어느 교구민보다도 사태를 멀리 내다
보고 깊이 들여다볼 수 있는 사람이라고 여겨졌던 것이오. 그가 이런 평
판을 얻게 된 데는 그의 외양도 적지 않은 기여를 했을 것이오. 특히 입에
서 뗀 일이 거의 없는 담뱃대를 물고 있을 때의 그의 얼굴에는 놀랄 정도
로 지혜롭고 의미심장한 표정이 서려 있었기 때문이었소. 이와 마찬가지
로 그의 행동거지도 그가 지혜로울 거라는 견해를 낳는 데 크게 이바지했
소. 그는 무뚝뚝하지는 않지만 항상 엄숙하게 행동했고, 거의 말은 하지

않았지만 말을 할 때면 항상 느리게 했소. 게다가 아주 짧게 말을 하면서도 '음' '아' '에' 또는 다른 여러 간투사를 많이 사용해 그의 말은 자주 중단되기도 했소. 또한 말을 할 때, 머리를 가로젓거나 고개를 끄덕이고 손가락으로 뭔가를 가리키는 등 설명에 도움이 되는 몸동작을 함께 해, 그의 말을 듣는 사람이 그의 말에 그가 말한 것 이상의 내용이 담겨 있을 거라고 생각하도록 만들었소. 뿐만 아니라 그는 자신이 밝히기에 적절하다고 생각한 내용보다 실상은 훨씬 더 많은 걸 알고 있다는 암시를 했소. 이상하게도 사람들은 자신이 이해하지 못하는 것을 숭배하는 성향이 있기 때문에, 그의 이 마지막 방법이(이것은 사기꾼들이 사기를 칠 때 잘 쓰는 비법이기도 하오) 그가 지혜로운 사람이라는 평판을 얻게 된 이유를 가장 잘 설명해줄 수 있을 것이오.

이 교활한 사람이 아내를 불러내어 "지금 막 도착한 귀부인들에 대해 어떻게 생각해?"라고 묻자, 그의 아내는 "우예 생각하느냐고요! 내가 그분들 생각을 뭐 한다꼬 해요?"라고 반문했소. 이 말에 그는 "난 알아"라고 대답하더니 다음과 같이 말했소. "내 생각엔 안내인들 이야기가 이상해. 한 사람은 글로스터에서 온 척하고, 다른 한 사람은 업턴에서 온 척했어. 하지만 내가 알아낸 건, 두 사람 다 저 사람들이 어디로 가고 있는지 모르고 있다는 거야. 업턴에서 여기까지 오는 데, 특히 런던까지 가는 데, 누가 시골을 가로질러 오겠어? 같이 온 하녀가 말에서 내리기 전에 이 길이 런던 가는 길 맞느냐고 물어보더군. 자, 이 모든 상황을 종합해 봤을 때, 내가 이 사람들이 어떤 사람들인지 알아낸 것 같지 않아?" 이 말에 그의 아내가 "하이고, 당신이 뭘 알아냈는지 우째 감이라도 잡겠어요?"라고 대답하자, 여관 주인은 아내의 턱을 가볍게 치면서 말했소. "좋아, 이런 문제에 대해선 내가 전문가라는 사실을 당신은 항상 인정해왔지. 지금 내가 하는 말을 명심해 들어. 이 사람들은 공작*의 군대를 피하려고 우회로를 택해 가고 있는 게 틀림없어. 이 여자들은 반란군을 이끌고 온 젊은 왕자**의 애인들이란 말이야. 확실해."

그러자 그의 아내는 "여보, 당신 말이 맞는갑네요. 그중 한 사람은 공주님매로 좋은 옷을 입고 있데요. 그라고 공주님같이 생기기도 했고요. 그런데 내 생각엔 한 가지가……"라며 말을 잇지 못하자, 여관 주인은 경멸하듯이 "그래, 그게 뭔데? 당신이 생각하는 그 한 가지가 무엇인지 한번 들어보지"라고 말했소. 그러자 그의 아내는 "딴 게 아이고, 그분이 하도 겸손해가꼬 지체 높은 분일 리 없다는 생각이 든다 아입니꺼. 베티가 침대를 덮히는 동안, 베티한테 '여기 보세요' '아가씨'라 카는 거 아입니꺼. 게다가 베티가 신발과 양말을 벗기줄라꼬 하니까, 폐 끼치고 싶지 않다 카믄서 몬 하게 했다 아인가예"라고 덧붙였소.

이 말에 그녀의 남편이 말했소. "흥! 그건 별 의미 없어. 지체 높은 여자들이 아랫사람들을 막 대하거나 불친절하게 대하는 것만 보았다고 해서, 그 사람들이 아랫사람들 앞에서 어떻게 처신해야 할지 모른다고 생각하는 거야? 난 척 보면 지체 높은 사람인지 아닌지 알아볼 수 있어. 우리집에 들어왔을 때 그 여자가 물 한 잔 달라고 했잖아. 보통 여자였다면 술을 한 잔 달라고 했을 거야. 당신도 그렇다는 건 잘 알잖아? 그 여자가 지체 높은 사람이 아니라면, 나를 바보라고 팔아치워도 좋아. 나를 산 사람은 손해보겠지만 말이야. 그리고 그런 특별한 경우가 아니라면, 그렇게 지체 높은 여자가 남자 하인도 없이 길을 나섰겠어?" 이에 그의 아내가 "분밍히 그거는 아이죠. 여보, 당신은 이런 문제에 대해서 내나, 그 누구

---

* 1745년 자코바이트의 반란을 진압하기 위해 군대를 이끌었던 말버러 공작을 말한다.
** 1745년 영국의 왕위를 되찾기 위해 영국으로 진격한 찰스 에드워드 스튜어트를 말한다.

보다 잘 알고 있다 아인교"라고 말하며 한발 물러서자, 여관 주인은 "나도 내가 좀 알고 있다고 생각해"라고 대답했소. 이에 그의 아내는 이렇게 말했소. "맞구마. 의자에 앉았을 때, 그분이 그래 안돼 보이데예. 그래가 불쌍한 사람처럼 동정 안 할 수가 없데예. 하지만 여보, 이제 우야죠? 그분이 반란군 편이라면 고발해야 하는 거 아인가요? 근데 억수로 사랑스럽고 상냥하신 분이든데. 앞으로 우예 되든 간에, 그분이 교수형 당하거나 참수 당한다 카는 말을 듣게 되믄, 내 눈물을 우예 참을 끼고." 이 말에 그녀의 남편은 "흥! 어떻게 할 건지 결정하기는 쉽지 않아. 그 여자가 여길 떠나기 전에 전세(戰勢)가 어떻게 돌아가는지 알면 좋겠는데 말이야. 만약 젊은 왕자가 승리하고 저 여자가 우리를 궁정에서 일하도록 해준다면, 저 여자를 고발하지 않고도 한밑천 잡을 수 있을 거야"라고 대답했소. 이 말에 그의 아내는 "그렇지예, 와 아니겠어예. 저분이 그래 해주믄 을매나 좋을랑고. 참말로 상냥하고 착한 분 아인가예. 저분한테 안 좋은 일이라도 생긴다 카믄, 맴이 을매나 아플지 모르겠네예"라고 말했소. 이에 여관 주인이 "흥! 여자들이란 하나같이 물러 터져서 말이야. 설마 반란군을 숨겨주려는 건 아니겠지?"라고 다그치자, 그의 아내는 "그래는 안 하죠, 분명히 그래는 안 할 기라예. 저분을 고발해가꼬 뭔 일이 벌어지든 간에, 누가 우릴 탓할 수 있겠어예? 우리 입장이라면, 누구라도 그래 안 하겠능교?"라고 대답했소.

　이웃 사람들 사이에서 대단히 지혜롭다는 평판(앞에서 보았듯이 그가 이런 평판을 얻게 된 것은 마땅한 일이지만 말이오) 이 날 정도로 처세에 능한 이 여관 주인이, 이처럼 아내의 견해에 거의 관심을 기울이지 않고 홀로 이 문제에 대해 골똘히 생각하고 있는 동안, 반란군들이 공작의 군대를 따돌리고 하루면 런던에 다다를 수 있는 거리까지 진격했다는 소식이 당도했소. 그러고는 곧이어 자코바이트라고 널리 알려진 어떤 영주가 여관에 도착해, 상당히 기쁜 표정으로 여관 주인과 악수를 나누면서 다음과 같이 말했소. "이제 모든 게 다 우리 거야. 만 명이나 되는 정직한 프랑스인들이 서퍽에 상륙했으니 말이야. 진정한 영국이여, 영원하라! 만 명의 프랑스인들이여, 용감한 젊은이들이여! 당장 술통을 하나 따야겠네."

이 소식을 듣고 이 교활한 사람은 마음을 정했소. 소피아가 일어나면, 그녀를 찾아가 비위를 맞춰주기로 결심했던 것이오. 그의 말에 따르면, 소피아가 바로 제니 캐머런*이라는 사실을 그가 이제 알아냈기 때문이었소.

3장

태양, 달, 그리고 천사가 등장하는 아주 짧은 장

소피아가 잠에서 깨어(소피아는 잠을 자 상당히 기운을 회복했소) 일어났을 때는, 태양은 얼마 전에 쉬러 물러난 상태였소(일 년 중 이 시기에 해는 일찍 뜨고, 일찍 졌소). 아주 잠깐 동안 잠을 잤지만, 극도의 피로만 느끼지 않았어도 소피아는 잠자지 않았을 것이오. 업턴을 떠날 때, 소피아는 어너에게 그리고 스스로에게 이제 마음이 아주 편안해졌다고 말하기는 했지만, 그녀가 지금, 열병에 걸렸을 때 나타나는 불안한 증상이 수반되는 병, 그래서 의사들이 마음의 열병이라고 부르는(그들이 쓰는 용어가 무슨 의미가 있다면) 질병에 걸렸다는 것은 확실했소.

같은 시각 침대에서 일어난 피츠패트릭 부인도 자기 하녀를 불러 즉

---

* Jenny Cameron(1699~1767): 젊은 왕위 요구자Young Pretender인 찰스 에드워드 스튜어트의 애인으로 알려진 여인.

시 옷을 갈아입었소. 워낙 미모가 뛰어났기 때문에, 소피아 말고 다른 사람과 같이 있었다면, 남들은 그녀를 아름답다고 생각했을 것이오. 하지만 자진해서 찾아온 어너가(그녀의 안주인은 어너를 깨우려 하지 않았기 때문이오) 우리 여주인공의 몸치장을 해주자, 태양이 뜨기 전에 등장하는 샛별의 운명처럼 피츠패트릭 부인의 아름다움은 소피아가 등장하는 순간 완전히 가려져버렸소.

지금 이 순간보다 소피아가 아름답게 보인 적은 아마 없었을 것이오. 따라서 불을 지핀 뒤, 계단을 내려와서는 "만약 지상에 천사가 있다면, 지금 저 이층에 있다"고 한 여관집 하녀의 말이 과장되었다고 나무랄 수만은 없을 것이오.

소피아가 런던으로 가려 한다는 사실을 알려주자, 남편이 업턴에 찾아온 바람에 바스나 웨스턴 고모 집에 가려던 애초의 계획이 무산된 피츠패트릭 부인은 그녀와 동행하기로 했소. 따라서 소피아는 차를 다 마시자마자 달도 밝고, 서리도 그리 많이 내리지 않았으니, 당장 출발하자고 피츠패트릭 부인에게 제안했소. 많은 젊은 여자들과는 달리 밤에 여행하는 걸 두려워하지 않고, 앞서 보았듯이 타고난 용기도 어느 정도 갖춘 소피아는, 지금보다 더 절망적인 상황에서도 달빛에 의지해 이동한 적이 두 번이나 되는 데다 두 번 다 별 탈이 없었기 때문에, 달이 비추는 가운데 대담하게 세번째 여행길을 떠나고자 했던 것이오.

하지만 피츠패트릭 부인은 겁이 많았소. 남편이 나타나는 바람에 이동하기에 적당하지 않은 시간에 도망치듯 빠져나왔지만 이는 더 큰 공포로 인해 작은 공포를 잊을 수 있었기 때문이었소. 하지만 막상 남편의 추격에서 안전하다고 여겨지는 이곳에 도착하자 그 작은 공포가 몰려와 그녀는 위험한 밤 여행은 그만두고, 다음 날 아침까지 이곳에 머무르자고 소피아에게 간청했소.

지나칠 정도로 남의 말을 잘 들어주는 소피아는 사촌의 걱정거리를 웃어넘기며, 두려워할 필요 없다고 논리적으로 설득하려 했으나, 결국은 그녀의 뜻을 따르기로 했소. 하지만 아버지가 업턴에 도착했다는 사실을 소피아가 알았더라면, 그녀의 사촌이 소피아가 자기 뜻에 따르도록 하기 위해선 더욱 많은 어려움을 겪었을 것이오. 존스가 자신을 따라잡을지도 모른다는 생각을 하면서도 소피아는 별 두려움을 느끼지 않았소. 솔직히 말해, 그런 상황을 두려워하기보다는 내심 바라고 있었다고 생각하오. 이런 감정은 흔히 이성적으로 설명하지 못하는 인간 영혼의 비밀스럽고 자연발생적인 감정인지라, 소피아의 이런 소망을 독자들에게 숨기는 것이 옳을지도 모르겠지만 말이오.

두 젊은 여인이 그날 밤 이 여관에서 묵기로 결정하자, 여관 안주인이 식사로 뭘 먹고 싶은지 묻기 위해 찾아왔소. 소피아의 아름다운 목소리와 행동거지, 그리고 상냥한 태도에 몹시 반한 안주인은(그녀는 지금 자신이 제니 캐머런을 만나고 있다고 생각했소) 왕위 요구자인 찰스 에드워드 스튜어트의 연인이라고 추정되는 여인이 자신을 친절하고 상냥하게 대해주자, 순식간에 골수 자코바이트로 변해 찰스 에드워드 스튜어트가 목적을 달성하기를 진심으로 바라게 되었소.

두 사촌은 이처럼 기이하게 그리고 예기치 않게 만나게 된 특별한 사연이 무엇인지 알고 싶다며, 서로의 궁금증을 털어놓기 시작했소. 결국 피츠패트릭 부인은 차례가 되면 이야기하겠다는 소피아의 약속을 받아낸 뒤, 자기 이야기를 하기 시작했소. 그녀의 사연이 궁금한 독자들은 다음 장에서 알게 될 것이오.

4장

피츠패트릭 부인의 이야기

수분 동안 침묵한 뒤, 깊은 한숨을 쉬며 피츠패트릭 부인은 이야기를 시작했소. "불행한 사람들은 가장 즐거웠던 시절을 떠올릴 때 알 수 없는 슬픔을 느끼는 게 당연한가 봐. 옛날에 있었던 즐거운 일을 생각하면, 떠나간 친구를 떠올릴 때처럼 애틋한 슬픔을 느끼게 돼. 그러니 즐거웠던 일과 슬픔은 항상 따라다닌다고 말할 수 있을 것 같아.

그래서 그런지 웨스턴 고모의 보살핌 속에서 우리가 함께 지냈던(내 인생에서 가장 행복했던 시절이었지) 날들을 생각만 하면 나는 슬퍼져. 슬프게도, '미스 근엄이'와 '미스 촐랑이'는 왜 더 이상 존재하지 않는 거지? 너도 기억하겠지만 그때 우리는 서로를 그렇게 불렀지. 그래, 네가 나한테 지어준 '촐랑이'라는 그 별명은 나한테 정말 딱 맞았어. 그때 이후로 내게 그런 별명이 붙여질 만한 일들을 나는 충분히 경험했지. 소피아, 너는 모든 면에서 나보다 항상 나았어. 그래서 나는 네가 나보다 잘되기를 진심으로 바라. 무도회에 못 가게 돼 내가 슬퍼하고 있었을 때, 네가 나에게 한 현명하고 어른스런 충고는 결코 잊지 않을 거야. 그때 넌 열네 살도 채 안 되었는데 말이야. 소피, 무도회에 가지 못한 걸 불행이라고, 그것도 인생에서 가장 큰 불행이라고 생각할 수 있었던 그때는 정말 내게는 축복받은 시절이었어."

이 말에 소피아는 "하지만 해리엇 언니, 그때는 그 일이 언니한테는 심각한 것이었잖아. 지금 돌이켜보면 그 무도회 사건이 사소하고 하찮게 보이는 것처럼, 지금 언니가 슬퍼하는 일도 나중에는 그렇게 보일 거라고 생각하고 마음 편히 가져"라고 대답했소. 이에 해리엣은 "너무 슬퍼, 소피아. 하지만 내 이야기를 들으면 지금 내 상황은 그때와는 완전히 다르다고 생각하게 될 거야. 내 불행한 이야기를 듣고도 한숨 쉬지 않는다면, 아니 눈물을 흘리지 않는다면, 너의 그 따스했던 마음이 많이 변해서일 거야. 그건 틀림없어. 하지만, 네가 분명히 눈물 흘릴 거라는 걸 잘 알고 있는 나로서는 네가 충격 받게 될까 봐 차마 내 이야기를 못하겠어"라고 말하더니 잠깐 멈추었다가, 소피아의 반복된 요청에 다시 말을 이었소.

"내 결혼에 관해선 너도 많이 들어서 잘 알겠지만, 그래도 잘못 알려진 것도 있을지 모르니, 불행히도 지금의 남편을 알게 된 시점부터 이야기할게. 그러니까 네가 고모 집을 떠나 너희 집으로 간 직후, 바스에서였어.

당시 남편은 바스에 머물고 있던 멋쟁이 남자들 중 한 사람이었지. 잘생긴 데다 아주 여유 넘치는 태도로 여자들에게도 정말 잘했어. 옷맵시도 딴사람보다 좋았고 말이야. 간단히 말해, 네가 지금 불행히도 그 사람을 만나게 된다면, 그때 그 사람의 모습은 지금 모습과는 정반대라고 생각하면 딱 맞을 거야. 너무 오랫동안 시골에 살아서 지금은 완전한 무식쟁이 아일랜드 촌놈이 되었거든. 하여튼 그 당시 그 사람은 여러 면에서 사람들의 호감을 산 덕분에, 보통 사람들은 끼지 못했던 상류층 모임에 늘 나타나곤 했지. 상류층 사람들이 그 사람을 피하기도 쉽지 않았을 거고 말이야. 초대장 같은 건 필요하지도 않았거든. 잘생기고 점잖았기 때문에 여자들의 환심을 사는 건 일도 아니라는 걸 잘 알고 있었던 거야. 게다가 툭하면 칼을 빼 드는 바람에 남자들은 그 사람을 대놓고 욕하지도 못했지. 그렇지만 않았다면 남자들이 그 사람을 금방 쫓아냈을 거야. 그 사람 신분이 우리나라 신사들의 신분보다 낮지는 않았거든. 게다가 상류층 남자들은 그 사람에게 특별한 호의를 보이고 싶어 하지도 않는 것 같앉어. 그래, 사람들은 그 사람 뒤에서 욕을 해댔어. 아마 질투심 때문이었을 거야. 여자들은 모두 그 사람을 반갑게 맞이했고, 그 사람을 특히 주목했거든.

우리 고모는 귀족은 아니지만 항상 궁전 주변에서 살았기 때문에, 상류층 모임에 들어갈 수 있었어. 어떤 방법으로든 일단 상류층에 들어가기만 하면 그 사실만으로도 대단한 장점이 되지. 비록 어린 나이였어도 너도 고모가 이런 장점을 가지고 있느냐 없느냐에 따라 사람들을 조심스럽게 대하거나 막 대하는 것을 분명히 보았을 거라고 생각해.

그런 장점이 고모가 내 남편에게 호감을 갖게 된 주된 이유였다고 생각해. 결국 고모의 호감을 사게 된 그 사람은 고모의 개인적인 모임에 늘 참석했어. 자신을 특별하게 대해준 고모에게 보답하려는 이유에서였지. 그러다 결국은 입방아 찧기 좋아하는 족속들이 떠들어대기 시작했고, 두 사람의 관계를 좋게 본 사람들은 두 사람을 맺어주려고 했었지. 솔직히 말해 난 그 사람의 의도가, 흔히 말하듯, 한 점 부끄러움 없는 것이라고, 그러니까 여자의 돈을 강탈하기 위해 고모와 결혼하려는 것이라고 생각했어.* 우리 고모는 그렇게 젊지도 그렇다고 예쁘지도 않았지만, 결혼 상대로서는 괜찮다고 나는 생각했거든.

처음 알게 된 순간부터 그 사람이 내게 보여준 각별한 관심 때문에 더욱 그렇게 생각했지. 그 사람이 고모와 결혼하려는 것을 내가 이해관계 때문에 탐탁치 않게 여길까 봐 내게 잘해주는 거라고 생각했거든. 왠지 모르겠지만 그게 어느 정도 효과는 있었어. 나는 내 신분과 처지에 상당히 만족한 데다 이해타산에 따라 움직이는 사람은 결코 아니었기 때문에,

---

* 상대방의 재산을 얻어내기 위해 결혼하는 것은 상류층 사회에서 매우 흔한 일이라 이를 화자가 비꼬듯 이야기한 것이다.

그 사람이 신분 높은 여자들에게는 전혀 관심을 보이지 않고 나한테만 특별한 관심을 보이는 게 마음에 들어서 미워할 수 없었던 거야.

그 사람의 그런 행동이 마음에 들었는데 그 사람은 곧 다른 식으로 행동하지 뭐니. 그런데 그게 더 내 마음에 들었던 거야. 그 사람은 아주 부드럽고 애정 어린 표정을 짓기도 하고, 때로는 우울한 표정으로 한숨도 많이 쉬었지(꾸민 건지 본심인지는 모르겠지만, 그 사람은 평상시엔, 특히 많은 사람들과 같이 있을 때나 다른 여자들과 같이 있을 때는 아주 쾌활하고 즐거워했어). 심지어 컨트리 댄스*를 출 때도, 나에게 가까이 오는 순간 아주 진지해졌고, 상상할 수도 없는 부드러운 표정을 지었어. 그 사람은 모든 면에서 날 아주 특별하게 대했기 때문에, 그걸 알아차리지 못했다면 난 눈먼 사람이나 진배없었을 거야. 그런데 말이야……" 이때 소피아는 "언니, 지금도 그때를 생각하니 좋구나! 부끄러워할 필요 없어"라고 말하며 한숨을 내쉬었소. 그러고는 "남자들이 꾸며대는 애정에는 거부할 수 없는 매력이 분명히 있긴 해"라고 덧붙여 말했소. 그러자 소피아의 사촌이 대답했소. "맞아, 다른 문제에 대해선 상식도 없는 남자들이 여자를 사랑에 빠지게 하는 데는 아주 대단한 권모술수가야. 내가 그런 권모술수가에게 당하지 않았더라면 좋았을 텐데 말이야. 하여튼 고모의 경우처럼, 나에 대한 스캔들도 무성해지기 시작했지. 심지어 어떤 여자들은 그 사람이 고모와 나를 동시에 사귀고 있다고 서슴없이 단언하기도 했어.

하지만 놀라운 사실은 우리 두 사람의 행동을 보면, 내 생각에도 분명히 눈치챌 수 있었을 텐데 고모는 전혀 몰랐을 뿐 아니라 조금도 의심하지 않는 것 같았어. 아마 사람들은 나이 든 여자가 사랑 때문에 완전히

---

* 남녀가 두 줄로 마주서서 추는 춤.

눈이 멀었다고 생각했을 거야. 사실 나이 든 여자들은 사랑에 관해선 지나치게 탐욕스러워져서 마치 왕성한 식욕을 가진 탐식가처럼 같은 식탁에 앉은 사람들 사이에 어떤 일이 벌어지는지 살필 여유도 없는 것 같아. 내 경우 말고도 그런 경우를 여러 번 본 적이 있어. 그게 사실이란 건 고모가 아주 분명하게 입증해주었지만 말이야. 광천수 마시는 홀*에서 돌아왔을 때, 우리 둘이 같이 있는 걸 고모도 여러 번 보았지만, 그이가 고모가 안 보여 애가 탄 척하면, 고모의 의심은 말끔히 사라졌어. 고모를 속이는 데 한 번도 실패하지 않은 아주 놀라운 방법이 하나 있었는데, 그것은 고모 앞에서 나를 어린아이 취급하며, '예쁜 아가씨'라고 부르는 거였어. 그것 때문에 난 그이에게 좀 모질게 대했지. 하지만 나는 곧 그의 의도를 간파했어. 고모가 없을 때면, 나를 전혀 다르게 대했거든. 아까 말했던 것처럼 말이야. 그이의 속마음을 알았기 때문에, 그의 그런 행동에 화가 나지는 않았지만, 그것 때문에 곤욕을 치르긴 했어. 고모가, 자기 애인(고모는 그 사람을 그렇게 생각했던 거야)이 날 불렀던 것처럼, 나를 진짜 어린애라고 생각하고는 사사건건 어린애 취급했거든. 솔직히 말해 아이들이 걸음마 배울 때 잃어버리지 않도록 허리에 차는 줄을 내가 다시 차야 한다고 고모가 고집 피우지 않은 게 이상할 정도였다니까.

결국 내 애인은(그 사람은 사실 내 애인이었어) 오래전부터 내가 알고 있던 비밀을 아주 엄숙하게 밝힐 필요가 있다고 생각한 것 같아. 고모를 사랑하는 척한 것은 다 나 때문이었다면서, 고모에게 구애하는 척할 수밖에 없었던 자신의 상황을 애처롭게 한탄하더니, 지루했지만 고모와 대화를 나누었던 것은 사실 다 나 때문이었다고 공치사하더군. 소피아, 이제

---

* 광천수 마시는 홀은 의학적 효험이 있다고 여겨지는 광천수를 마시기 위해 바스에 온 사람들이 18세기 당시에 정기적으로 만나는 장소였다.

무슨 말을 해야 할까? 그래, 사실을 말해야겠지. 그래 난 그 사람이 좋았어. 그이의 마음을 얻게 된 게 기뻤단 말이야. 고모에게 지지 않았다는 사실에 그리고 수많은 여자들에게도 지지 않았다는 사실에 난 기뻤어. 간단히 말하면, 그 사람의 사랑 고백을 처음 들었을 때, 난 마땅히 해야 할 일을 하지 않았던 것 같아. 헤어지기 전에, 그이의 고백에 긍정적으로 대답하지 말았어야 했는데 말이야.

그 당시 바스에 있던 사람들은 나에 대해 시끄럽게 떠들어댔지. 아니 거의 요란을 떨었다고 말할 수 있을 정도였어. 몇몇 젊은 여자들은 (아마도 진짜 그런 의심을 해서라기보다는) 자신들이 좋아하는 남자를 내가 독차지했기 때문에, 자기네 무리에서 날 쫓아내고 싶어서 아는 척도 하지 않으려 했어. 그런데 그때 당시 내시*라는 분이 내게 베풀어준 친절에 대해선 감사의 마음을 갖지 않을 수 없어. 어느 날 나를 불러내어 충고해주시더군. 그 충고를 따랐다면, 지금쯤 난 행복하게 되었을 거야. 그분이 말했어. '아가씨와 격에 맞지도 않고 아가씨 신세를 망치게 할지도 모르는 사람과 가까이 지내는 걸 보니 참 안타깝군요. 아가씨와 사랑스런 소피 웨스턴 아가씨(이건 분명히 그 사람이 사용한 용어야)가 피해만 입지 않는다면, 저자가 아가씨의 늙고 역겨운 고모의 재산을 모두 가진다 해도 난 아주 기쁘게 생각할 거요. 난 나이 든 여자에게는 절대로 충고하지 않아요. 나이 든 여자들이 일단 자신들의 신세를 망치겠다고 작정을 하면, 그걸 막을 수도 또 그걸 막을 만한 가치도 없기 때문이죠. 하지만 순수하고 젊고 아름다운 아가씨들은 그렇게 되면 안 되죠. 그래서 악마의 마수에서 구해내고 싶어, 지금 이렇게 충고하는 것이오. 그러니 그자가 아가

---

* 리처드 내시Richard Nash는 바스를 널리 알려지게 한 인물로 바스 온천장에서의 모임을 주관하기도 하며, 젊은 여성들의 명성을 보호하는 데 관심을 기울였다고 한다.

씨에게 각별하게 굴도록 내버려둬서는 안 됩니다.' 지금은 잊어버렸지만 그분은 나에게 더 많은 말씀을 해주셨어. 하지만 당시에 난 그분 말씀에 거의 신경도 쓰지 않았어. 그 사람이 너무 좋았기 때문에, 그분 말씀을 전부 부인했던 거야. 그 이유 말고도 그분 말씀대로 그 사람이 그런 사람이라면, 지체 높은 여자들이 그이와 가깝게 지내는 걸 난 도저히 납득할 수 없었거든.

그런데 별것도 아닌 일을 너무 자세히 이야기해 널 지루하게 한 건 아닌지 모르겠네? 간단히 말하자면, 내가 결혼을 해서 그 인간과 같이 고모 앞에 무릎 꿇는 장면을 한번 상상해봐. 그리고 베들램 정신병원에서도 가장 상태가 안 좋은 여자가 미쳐 날뛰는 것도 한번 상상해보고. 그러면 실제로 무슨 일이 벌어졌는지 금방 짐작할 수 있을 거야.

바로 다음 날 고모는 남편과 나를 더 이상 보지 않으려고, 아니 그 누구도 보지 않으려고 그곳을 떠났어. 그때부터 고모가 모든 걸 단호하게 부인했다는 말을 전해 들었지만, 고모는 당시에 너무 실망이 커 좀 혼란스러웠을 거라고 생각해. 그때부터 난 고모에게 편지를 수도 없이 보냈지만, 답장은 한 통도 못 받았어. 솔직히 말해 그래서 더 우울해. 의도한 것은 아니었지만, 내가 겪게 된 고통은 모두 고모 때문이었거든. 고모에게 구애하려 한다는 구실을 내세우지 않았다면, 남편은 내 마음을 사로잡을 기회를 결코 얻지 못했을 테니 말이야. 지금도 자부하지만, 다른 상황에 서였다면 난 그렇게 호락호락하게 남에게 마음을 빼앗길 사람이 아니거든. 내 자신의 판단을 따랐다면, 그렇게 잘못된 선택을 하지는 않았을 거야. 하지만 난 다른 사람들 생각을 그대로 따랐어, 정말이지 어리석게도 모든 여자들한테 환영받는 남자는 당연히 장점이 많은 사람일 거라고 생각했던 거야. 소피아, 도대체 가장 현명하고 훌륭하다는 남자와 견주어도 전혀 뒤질 게 없는 우리 여자들이 자신의 반려자나 연인으로 매번 가장 어리석은 남자를 선택하는 이유는 뭘까? 바보들 때문에 신세 망친 똑똑한 여자가 얼마나 많은지 생각만 하면 화가 치밀어." 여기서 피츠패트릭 부인은 잠시 말을 멈추었으나, 소피아가 아무런 대답도 하지 않자, 다음 장에 보이는 것처럼 이야기를 계속 이어갔소.

5장
계속되는 피츠패트릭 부인의 이야기

"결혼 후 우린 2주일 동안 바스에 머물렀어. 고모와 화해하는 건 이미 물 건너갔지. 성인이 될 때까지 난 내 재산에 한 푼도 손댈 수 없었는데, 당시 내가 성인이 되려면 2년도 더 있어야 했어. 그래서 남편은 아일랜드로 가기로 결심했지만, 난 남편 결정에 반대하며 내가 동의하지 않는 한 그곳에 가지 않겠다고 결혼 전에 한 약속을 지키라고 했어. 사실 나는 처음부터 그곳에 갈 의사가 없었거든. 내가 이렇게 마음먹은 걸 욕할 사람도 없겠지만, 난 내 속마음을 남편에게 이야기하지 않고 한 달만 기다려달라고 부탁했어. 하지만 남편은 날짜를 정해놓고, 그 날짜엔 꼭 떠나야 한다고 고집을 피웠지.

떠나기 전날 밤, 우린 이 문제로 아주 심하게 말다툼을 벌였는데, 남편은 의자에서 벌떡 일어나 연회장에 갈 거라며 갑자기 방에서 나갔어. 남편이 나가자마자 바닥에 떨어진 종이 하나를 발견했는데, 남편이 호주머니에서 손수건을 꺼내다가 모르고 떨어뜨린 것 같았어. 그 종이를 주워보니 편지더군. 난 망설이지 않고 펼쳐서 읽어보았지. 사실 난 그 편지를

워낙 여러 번 읽어, 자구 하나하나 다 외워서 그대로 말할 수 있을 정도
야. 편지 내용은 이랬어.

브라이언 피츠패트릭 나리

　나리의 편지는 잘 받았습니다. 하지만 이런 식으로 절 취급하시는
데는 좀 놀랐습니다. 모직 코트 값 말고는 나리가 돈을 지불한 적이
없으니 말입니다. 지금 제가 나리에게 청구해야 할 돈이 150파운드
나 됩니다. 나리, 한번 생각해보십시오. 나리께선 얼마나 여러 번 이
여자랑 아니면 저 여자랑 곧 결혼할 거라면서 절 속이셨는가 말입니
다. 하지만 전 희망이나 약속 따위를 먹고 살 수는 없습니다. 모직물
장수도 그런 걸 지불 수단으로 인정하지도 않을 거고요. 고모가 됐든
조카딸이 됐든 어느 한쪽은 손에 넣을 수 있다고 하셨지요? 과부로서
상당한 금액의 과부 급여*를 가진 그 고모라는 사람과는 진작부터 결
혼할 수도 있었지만 현찰을 가진 조카딸이 더 좋다고 하셨잖아요. 나
리, 제발 이 어리석은 놈의 말을 한 번만 들어보세요. 먼저 손에 넣은
사람과 결혼하세요. 나리도 알다시피, 나리가 진심으로 잘되길 바라
는 마음에서 이러는 거니까, 이런 충고를 드리는 것을 용서해주실 거
라 생각합니다. 다음 우편으로 나리 앞으로 메시유 존 드러짓 회사에
지급하는 어음을 발행하겠습니다. 그 어음을 지불해주실 거라고 믿어
의심치 않겠습니다.

샘 코즈그레이브 드림

---

* 과부 급여란 남편이 죽은 뒤 아내의 소유가 되도록 정해진 토지 재산을 말한다.

이게 자구 하나 틀리지 않고 그대로 옮긴 그 편지의 전문이야. 내가 그 편지를 읽고 받은 충격이 얼마나 컸을지 한번 상상해봐. '현찰을 가진 조카딸이 더 좋다니!' 이 말 한마디 한마디가 단검이었다면, 난 기꺼이 그 단검들을 그 인간 심장에 꽂았을 거야. 하지만 그때 내가 미친 여자처럼 군 것에 대해선 시시콜콜 말하지 않겠어. 그 인간이 숙소로 돌아오기 전 난 정말 많이 울었어. 그때까지도 내게 눈물이 남아 있었던지, 퉁퉁 부은 눈에서 또 눈물이 나오더군. 그 인간은 시무룩한 표정으로 의자에 철퍼덕 앉았고, 우리 둘은 오랫동안 아무 말도 하지 않았지. 그러다 그가 거만한 어조로 '당신 하인들이 당신 짐을 모두 싸두었겠지? 내일 아침 6시까지 마차가 올 테니 말이야'라고 말하는 거야. 이 자극적인 말에 더 이상 참을 수 없었던 나는 '아니에요. 아직 싸지 않은 편지가 하나 있어요'라고 말하고는 테이블 위에 편지를 던진 뒤, 생각해낼 수 있는 가장 혹독한 말로 그 인간을 맹비난하기 시작했어.

그 인간이 가만히 있었던 이유가 죄책감 때문이었는지 아니면 수치심 때문이었는지, 그것도 아니면 신중해서 그랬는지는 모르겠어. 성미가 불 같은 인간이 어쩐 일인지 그때는 화내지 않고 아주 부드럽게 날 달래려 하더군. 그러고는 나를 화나게 했던 편지 구절들은 자신의 입으로 내뱉은 적도 없고 쓴 적도 없노라고 맹세하는 거야. 자신이 곧 결혼할 것이며 고모보다 나를 더 좋아한다는 말은 했지만, 편지에서 말한 그런 이유에서 나를 더 좋아한다고 말한 적은 없다고 여러 차례 맹세하더군. 아일랜드에 있는 영지를 너무 오랫동안 방치하는 바람에 돈이 쪼들리게 되어 그만 그런 소리를 했다면서, 어찌 됐든 그런 이야기를 조금이라도 언급했다는 것만은 미안하다는 거야. 그러고는 아일랜드로 가자고 그렇게 고집을 피웠던 것도 내게 미처 말할 수 없었던 바로 그 이유 때문이었다고 하더군. 그러더니 애정 어린 말투로 아주 다정하게 날 포옹하면서 사랑한다고 열정적으로 말했어.

그 사람이 지적하지는 않았지만, 그 편지 내용에는 그 사람에게는 상당히 유리한 한 가지 문제점이 있었어. 재단사가 보낸 편지에 쓰여 있던 과부 급여라는 단어야. 우리 고모는 결혼한 적이 없고, 남편도 그걸 잘 알고 있었거든. 그래서 난 그 재단사가 뜬소문을 들었거나 아니면 자신의 상상으로 이런 말을 끼워 넣은 게 틀림없을 거라는 생각이 들었지. 마찬가지로 나를 그렇게 화나게 한 그 문장들도 별 근거 없이 그 사람이 써넣은 것일 수 있다는 생각도 들었고 말이야. 참 희한하지? 남편을 제대로 판단하려 애쓰기커녕 이렇게 옹호하려 한 이유가 뭘까? 게다가 지금 이런 말을 하는 이유는 또 뭐고 말이야. 아마도 내가 그 사람을 용서한 걸 정당화하기 위해서일 거야! 간단히 말해, 그 사람이 그보다 백 배나 더 큰 죄를 지었다 하더라도, 또 당시에 그가 내게 속삭인 그 다정하고 애정 어린 말의 반만 했어도 난 그이를 용서했을 거야. 그래서 난 아일랜드로 가는 걸 더 이상 반대하지 않았고, 다음 날 아침 출발해, 일주일이 조금 지난 뒤 아일랜드에 있는 남편 영지에 도착하게 된 거야.

궁금하더라도 여행 중에 일어났던 일은 말하지 않을게. 그때의 그 여행을 되새기는 것조차 끔찍할 정도로 싫거든. 그리고 너도 그 이야기를 듣고 싶지 않을 거고 말이야.

당시 그 사람의 영지에는 오래된 저택이 있었어. 너도 잘 알다시피 예전의 그 쾌활한 성격의 나였다면, 그 집에 대해 아주 흥미진진하게 설명해줄 수도 있는데 말이야. 아무튼 그 집은 예전에 어떤 신사가 살았던 모양이야. 집 안이 꽤 넓었는데, 가구 때문에 집이 더 좁아 보이지도 않앗어. 그 집에 가구가 별로 없었거든. 그리고 그 집과 똑같이 오래돼 보이는, 그리고 「고아」*에서 샤몽이 말한 여자와 아주 꼭 닮은 노파가, 문 앞에서 우리를 맞이하고는 사람 목소리라고 하기에는 뭐한, 울부짖는 듯한 목소리로 남편에게 환영 인사를 했어. 간단히 말해 모든 광경이 너무도 침울하고 우울해, 난 몹시 낙담했지. 하지만 이를 알아차린 남편은 날 위로해주기는커녕 '당신도 보다시피 당신 나라가 아닌 곳에도 이렇게 좋은 집은 있어. 하지만 당신은 바스에 있는 그 더러운 숙소를 더 좋아하는 것 같군'이라고 아주 악의적으로 말해, 나를 더욱 낙담하게 했지.

어떻든 간에 버팀목이 되어주고 위로해주는, 유쾌하고 마음씨 고운 반려자가 있는 여자는 행복한 사람이야. 하지만 그런 행복한 상상을 해봤자 나만 더 비참해지지! 나의 반려자라는 인간은 고립되었다는 생각에 우울증이 생긴 나를 위로해주기는커녕, 어디에 어떤 상태로 있든 그와 같이 있으면 나만 점점 더 비참해질 거라는 확신만 심어주었어. 한마디로 말해 그 사람은 네가 한 번도 본 적 없을 정도로 퉁명스런 사람이었어. 어떤 여자도 아버지나 오빠, 남편을 통틀어서 그런 성격의 남자를 본 적이 없을 거야. 너도 아버지가 계시지만, 그분은 그런 성격은 아니잖아. 이 퉁명스런 인간은 결혼 전과는 아주 딴판으로 변해버렸어. 하지만 다른 사람들에게는 결혼 전의 모습만 보여주었지. 집 밖에서나 다른 사람들과 같이 있을 때는, 지어낸 표정을 짓다가 집에만 들어오면 싫다는 표정을 지어 본색을 드러내는데, 도대체 그게 가능한 일이야? 남자들은 집에 오면 다른 사람들 앞에서 억지로 성질머릴 눌렀던 것에 대한 보상을 받고 싶어 하나 봐. 그 사람이 밖에서 다른 사람들과 같이 있으면서 즐거워하고 기분 좋

---

* 토머스 오트웨이의 희극 「고아」에 등장하는 샤몽은 자신의 누이에게 위험이 닥칠 거라고 경고하는 마녀를 만난다.

아하면 할수록, 우리끼리만 있을 땐 더 시무룩하고 기분 언짢아하는 걸 늘 봐왔거든. 그 인간이 얼마나 야만적인지 어떻게 설명하면 좋을까? 그 인간은 내가 애정 표현을 할 때도 아주 냉담하고 무관심했어. 그리고 소 피 너나 다른 사람들은 재미있다고 하는 내 농담을 아주 경멸했지. 내가 아주 심각해할 때마다 노래하거나 휘파람을 불었고, 내가 아주 우울해하 고 비참해할 때마다 화를 내며 나를 학대했어. 내가 기분 좋아하는 걸 보 고 싶어 하지도 않았지만 설령 내가 기분 좋아 해도 그게 자기 때문이라 고는 생각지도 않았어. 하지만 내가 우울해하면, 그 사람은 항상 언짢아 하며 (그가 말했던 것처럼) 내가 아일랜드 남자랑 결혼한 걸 후회하기 때 문이라고 생각했어.

'미스 근엄이' (이런, 미안. 나도 모르게 옛날 별명이 튀어나왔네), 여 자가 세속적인 의미에서 신중하지 못한 결혼을 한 게 아니라면, 다시 말 해 돈 때문에 몸을 파는 철저한 창녀가 아니라면, 자기가 선택한 남자를 좋아하고 애정 또한 가져야 한다는 건 쉽게 이해할 수 있을 거야. 하지만 그 애정이 언제든 식을 수 있다는 거, 심지어 그 애정을 완전히 사라지게 만드는 것이 바로 경멸감이란 것도 쉽게 이해할 수 있을 거라 생각해. 나 는 바로 그런 경멸감을 남편에게 품기 시작했어. 난 남편이(이 표현은 꼭 써야겠어) 진짜 멍청이라는 사실을 알게 되었거든. 넌 내가 왜 오래전에 이 사실을 알지 못했는지 의아해할지도 몰라. 하지만 여자들은 자기가 좋 아하는 사람의 어리석은 행동을 눈감아줄 구실쯤은 몇 백 개라도 얼마든 지 생각해낼 수 있거든. 게다가 활달함과 예의범절로 위장한 바보를 알아 보기 위해서는 상당한 통찰력도 있어야 하고 말이야.

남편을 경멸하게 되었을 때부터(곧 그렇게 되었지만 말이야) 남편과 같이 있는 것도 싫어졌을 거란 건 쉽게 상상할 수 있을 거야. 사실 다행히도 난 그 사람과 같이 있을 일이 별로 없었어. 당시 우리 집에는 멋진 가구가 비치되어 있었고, 포도주 저장실은 포도주로 가득 찼지. 사냥개와 말들도 아주 많았고 말이야. 남편은 사람들에게 성대한 환대를 베풀어주는 편이라, 누구든 선뜻 찾아오곤 했지. 그리고 대부분의 시간을 사냥하고 술 마시는 데 보냈기 때문에, 나랑 대화하는 시간, 더 정확히 말하자면 내가 그 사람의 짜증을 받아주어야 하는 시간은 얼마 되지 않았어.

다른 불쾌한 자리도 이처럼 쉽게 피할 수 있었다면 행복했겠지만, 슬프게도 나를 끊임없이 괴롭히지만 달리 피할 길이 없었던 것이 하나 있었어. 거기서 벗어날 가망이 없었기 때문에 더 괴로웠는데, 그것은 밤낮으로 날 괴롭혔지. 이런 상태로, 난 말로 표현할 수도 상상할 수도 없는 아주 끔찍한 인생의 한 장면을 맞이하게 되었던 것이지. 그게 무엇인지 한번 맞혀봐. 그건 내가 그토록 경멸하고 증오하며 역겨워하는 그 사람의 아이를 갖게 된 일이야. 아이를 낳을 때 난 인간이 겪을 수 있는 온갖 고통과 불행을 다 겪었어(사랑하는 남자 때문에 겪는 최악의 산고보다 그때 내가 겪은 산고의 고통이 백 배는 더 컸을 거야). 그것도 버림받은 상태에서. 더 정확히 말하자면, 남들은 술 마시고 떠들며 흥청망청하는데, 난 친구나 말동무도 없이, 그리고 출산하는 여자들의 고통을 덜어주거나, 때로는 그 고통에 대한 일종의 보상이 될 수도 있는 기분 좋은 일도 하나 없이, 그 고통을 혼자서 다 겪었던 거야."

6장

여관 주인의 오해로 소스라치게 놀라게 되는 소피아

피츠패트릭 부인이 이야기하는 도중 식사가 들어와, 그녀의 이야기가 중단되는 바람에 소피아는 몹시 짜증이 났소. 그녀의 불행한 이야기를 듣고는 걱정이 되기 시작한 소피아는 계속 이야기를 듣고 싶은 마음 말고는 그 어떤 욕구도 느끼지 못했기 때문이었소.

이때 식사를 가지고 나타난 여관 주인은 겨드랑이에 접시를 끼고, 6두 마차를 타고 온 귀부인들에게나 보였음 직한 존경심을 표정과 어투에 담고 있었소.

소피아의 사촌 피츠패트릭 부인은 소피아보다도 자신의 불행을 그리 충격적으로 생각하지 않는 것 같았소. 소피아는 음식을 한 입도 삼킬 수 없었지만 그녀는 아주 맛있게 식사를 했으니 말이오. 심지어 그녀는 소피아가 자신보다도 더 걱정스럽고 슬픈 표정을 짓자, 마음 편히 가지라면서 "너와 내가 생각하는 것보다 모든 일이 더 좋게 끝날 수도 있어"라고 말했소.

이를 자신이 입을 열 기회라고 생각한 여관 주인은 이 기회를 놓치지 않고 말했소. "식사를 못하셔서 어떡하죠? 마님, 그렇게 오랫동안 식사를 안 하셔서 배가 고프실 텐데요. 마음 불편해하실 일이 없으면 좋겠습니다. 저 마님께서 방금 말씀하신 것처럼, 사람들이 예상했던 것보다 모든 게 더 좋게 끝날 수도 있으니까요. 방금 도착하신 어떤 신사분이 아주 좋은 소식을 가져왔는데, 자신들을 쫓는 무리를 따돌린 어떤 사람들이 그 무리에게 잡히지 않고 런던까지 먼저 갈 수 있을 거라고 하는군요. 그렇게 되면 그 사람들을 기꺼이 맞이하려는 사람들도 분명히 있을 거고요."

자신이 위험에 처해 있다고 생각하는 사람들은 자신이 보고 듣는 모든 것을 두려움의 대상으로 바꾸어 생각하는 법이오. 여관 주인의 말을 들은 소피아는 자기 부친이 자기를 쫓아오고 있는 중이라고 생각하고는, 엄청나게 큰 충격을 받아 잠깐 동안 아무 말도 할 수 없었소. 하지만 말을 할 수 있을 정도로 정신을 차리자 여관 주인에게 하인을 방 밖으로 내보내달라고 부탁한 뒤 말했소. "우리가 누군지 아시는군요. 그렇다면 부탁드려요. 저희를 조금이라도 동정하거나 불쌍히 여기신다면, 우리가 누군지 절대 남에게 알리지 말아주세요."

　　이 말에 여관 주인은 "제가 마님이 누군지 남한테 알리다니요! 아닙니다(이렇게 말하고는 그는 여러 번 힘주어 맹세했소). 그렇게 하느니 차라리 제 몸이 천 갈래 만 갈래로 찢기는 형벌을 받겠습니다. 전 배신을 증오합니다. 제가요! 저는 그 누구도 배신한 적이 없습니다. 게다가 그런 짓을 저지를 첫번째 대상으로 마님처럼 훌륭하신 분을 삼지도 않을 거고요. 저에게 곧 응분의 보상을 해주실 수 있을 텐데, 제가 그런 짓을 한다면, 세상 사람들이 절 욕할 겁니다. 마님께서 저희 집에 오신 순간, 전 마님을 알아보았습니다. 그건 제 아내가 증언할 수도 있죠. 제 말은 마님을 말에서 내려드리기 전에 이미 전 마님을 알아보았다는 말씀입니다. 그리고 마님을 도와주다 입은 이 상처는 무덤까지 가지고 가겠지요. 하지만 마님을 구했으니, 그게 뭐 대수겠습니까. 분명히 어떤 사람들은 마님을 밀고해서 보상받을 생각을 했겠지만, 전 전혀 그런 생각은 하지도 않습니다. 마님을 밀고해서 보상받느니 차라리 굶어 죽는 편을 택할 겁니다."

　　이 말에 소피아는 이렇게 말했소. "약속드리지요. 제가 보답할 수 있는 힘이 생기면, 지금 제게 베푸신 관대함으로 손해보는 일은 없게 할 거예요." 그러자 여관 주인이 대답했소. "세상에나 힘이 생기면이라니요!

하나님은 마님께서 마음만 먹으시면 뜻대로 하실 수 있는 힘을 이미 주신 걸요. 전 마님께서 일개 여관 주인을 잊으시지나 않을까 그게 염려될 뿐입니다. 하지만 앞으로 잊으시지 않는다면, 제가 어떤 보상을 거부했는지 기억해주시기 바랍니다. 제가 '거부했다'라고 말했나요! 제 뜻은 거부했을 거란 말씀입니다. 하지만 그건 분명히 거부했다라고 할 수도 있겠지요. 왜냐하면 저는 확실히 보상금을 받았을 수 있으니까요. 그렇다고 제가 이 기쁜 소식을 듣기 전에는, 마님을 고발할 생각을 했을 거라고 오해하진 마십시오."

이 말에 소피아가 "무슨 소식이요?"라고 진지하게 물어보자 여관 주인은 "그럼 마님께선 아직 소식 못 들으셨습니까? 아! 그럴 수도 있겠네요. 저도 방금 전에 들었으니까요. 그 소식을 듣지도 않고 제가 이런 말을 했다면, 지금 당장 귀신이 절 잡아간대도 좋습니다. 제가 마님을 배신하려고 했다면, 절대 그러지는 않겠지만, 만일 제가 그랬다면, 저는 아마……"라고 말하더니 스스로에게 끔찍스런 욕설을 몇 마디 더 퍼부었소. 이에 그의 말을 막으며 무슨 소식을 말하는 건지 알려달라는 소피아의 간청에 그가 대답하려는 순간, 어너가 몹시 창백한 얼굴로 헐떡거리며 방으로 뛰어 들어와 소리쳤소. "애기씨, 우린 이제 끝장났어요. 우린 모두 망했단 말이에요. 그 사람들이 왔어요. 그 사람들이요!" 이 말에 소피아의 피는 얼어붙는 것 같았소. 하지만 이때 피츠패트릭 부인이 어너에게 누가 오느냐고 묻자, 어너는 "누구냐고요? 프랑스 놈들 말이에요. 프랑스 놈들 수십만 명이 상륙했다고요. 우리를 모두 죽이고 겁탈할 거라고 해요"라고 대답했소.

멋지게 지어진 도시에 20실링짜리 초라한 오두막집을 가진 구두쇠가 멀리 다른 지역에 갔다가 자신이 사는 도시에 화재가 났다는 소식을 들

고, 자기 집이 불탔을까 봐 걱정이 되어 하얗게 질린 얼굴로 온몸을 떨다
가도, 아름다운 궁전만 타고 자기 오두막은 안전하다는 소식을 전해 듣는
순간, 정신을 차리며 자신의 행운에 안도하여 미소 짓듯이, 혹은(앞서 한
비유에 마음에 들지 않는 표현이 있어 다시 말하겠소) 사랑하는 아들이 익
사했을지도 모른다는 생각에 너무 놀라고 겁이 나 정신을 잃고 거의 사색
이 된 어머니가, 어린 자식은 안전하고 1천2백 명의 용감한 사람들을 태
운 빅토리 호*만 침몰했다는 소식을 접한 순간(다른 때 같으면 이런 끔찍
스런 재앙에 가슴 아파했을 그녀의 자비심은 가슴속 깊이 잠들어버린 채) 안
도하며 정신을 차리듯이, 고국 전역에 몰아닥친 재앙을 그 누구보다도 가
슴 아파했을 소피아도 부친에게 붙잡힐지도 모른다는 공포에서 벗어나자,
안도감을 느끼며 프랑스인들이 왔다는 소식에 별다른 반응을 보이지 않았
소. 오히려 소피아는 자신을 놀라게 했다며 어너를 가볍게 나무라고는
"더 끔찍한 일이 아니어서 다행이야. 난 다른 사람이 왔다는 줄 알았거
든"이라고 말했소.

    그녀의 이 말에 여관 주인은 웃으면서 말했소. "그래요, 마님께선 좀
더 상황 파악을 잘하시네요. 프랑스인들은 우리 편이고, 여기에 온 것은
단지 우리를 위한 것이란 걸 아시니 말이에요. 프랑스인들은 우리의 진정
한 영국을 다시 번영시킬 겁니다. 마님께서는 분명히 공작이 쳐들어오고
있다고 생각하셨겠지요. 그래서 놀라셨겠고요. 제가 마님께 말씀드리려
고 했던 게 바로 그 소식이었습니다. 폐하께서(폐하께 신의 가호가 있기
를!) 공작을 따돌리고 최대한 서둘러 런던으로 진군하고 계시답니다. 만
명의 프랑스인들이 폐하와 합세하려고 이미 상륙했고요."

---

* 18세기 당시 영국에서 가장 훌륭하다고 평가받았던 기함 빅토리 호는 1744년 10월에 거센
폭풍으로 침몰하여, 천 명 이상의 승무원들이 죽거나 실종되었다.

소피아는 이 소식에 크게 기뻐하지 않았고, 이 소식을 전하는 사람도 마음에 들지 않았소. 하지만 여관 주인이 자신에 대해 여전히 뭔가를 알고 있다고 생각했기 때문에(소피아는 실제로 그가 무엇을 알고 있는지 도저히 알 수 없었기 때문이었소) 싫어하는 내색을 할 수는 없었소. 이를 모르는 여관 주인은 식탁보를 치우고 물러나면서도, 앞으로 자신을 기억해주기 바란다고 여러 번 말했소.

자신이 누구인지 알려졌다는 생각에 소피아의 마음은 편치 않았소. 여관 주인이 소피아를 제니 캐머런으로 오인하고 한 수많은 말들을 여전히 자신의 상황에 적용했기 때문이었소. 따라서 여관 주인이 어떤 방법으로 자신에 대해 알게 되었고, 자신을 밀고하면 누가 그에게 보상금을 주겠다고 했는지 알아보라고 어너에게 지시했소. 또한 피츠패트릭 부인과 함께 출발하기로 약속한 아침 4시까지는 말을 준비시켜놓으라고도 지시한 뒤, 최대한 마음을 추스르며 피츠패트릭 부인에게 이야기를 계속해달라고 청했소.

7장
자신에 관한 이야기를 끝마치는 피츠패트릭 부인

소피아의 지시를 이행하기 위해 어너가 펀치 한 사발을 주문하고 여관 주인 부부와 같이 한잔 하고 있는 동안, 피츠패트릭 부인은 자신에 관한 이야기를 다음과 같이 계속했소.

"우리 집 근처에 주둔했던 대부분의 장교들은 남편과 알고 지냈어. 그중에 중위 한 분이 있었는데, 꽤 괜찮은 남자였지. 그 사람의 부인은 성격도 좋고 같이 이야기를 나누기에도 좋은 사람이어서, 출산 직후 처음 알게 된 순간부터 나와는 떨어질 수 없는 단짝이 되었어. 다행히 나도 그 부인의 마음에 들었고 말이야.

주정뱅이도 아니고 사냥도 하지 않았던 그 중위는 우리와 함께 자주 시간을 보냈어. 우리 집에서 거의 살다시피 했지만 사실 그 사람은 예의상 어쩔 수 없는 경우를 제외하고는, 남편과 같이 있는 일은 드물었어. 그래서 남편은 그 중위가 자기보다 나랑 같이 있는 걸 더 좋아한다고 종종 불만을 털어놓곤 했지. 그 때문에 나한테도 화가 많이 나, 내가 그 중위를 자신에게서 떼어놓았다며 나한테 심한 욕도 많이 했어. 이 세상에서 제일 괜찮은 남자를 얼뜨기로 만들어놓았다면서 말이야.

소피아, 내가 남편에게서 친구를 빼앗았기 때문에 남편이 나한테 화가 난 거라고 생각하면 그건 오해야. 그 중위는 바보들이 좋아할 그런 사람이 아니거든. 설령 그럴 가능성이 있다 하더라도 남편은 그 사람과 자리를 같이하지 못하는 이유가 나 때문이라고 말할 자격이 없어. 그 사람이 우리 집에 오는 이유는 분명히 나랑 이야기를 나누고 싶어서였으니 말이야. 남편이 그렇게 말하는 건 단지 시기심, 그것도 가장 저급하고 가장 악의에 찬 시기심 때문이야. 자신보다 뛰어난 지성을 가진 사람에 대한 시기심 말이야. 그 비열한 인간은 자신이 질투조차도 할 수 없는 사람이 나와 이야기를 더 나누고 싶어 하는 걸 보고 참을 수 없었던 거야. 소피, 너는 똑똑하니 네가 너보다 모자란 남자와 결혼하게 된다면(십중팔구는 그렇게 되겠지만 말이야) 결혼 전에 그 사람이 자신보다 우월한 사람의 말을 참고 따를 수 있는지 꼭 여러 번 확인해봐. 소피, 내 말대로 하겠다고 약속해줘. 그게 얼마나 중요한지 나중에 알게 될 테니 말이야." 이 말에 소피아가 "이건 거의 확실한데, 사실 난 결혼하지 않을 것 같아. 그리고 설령 결혼한다 하더라도, 결혼하기 전에 분별력에 문제가 있다는 걸 알게 된 사람하고는 절대 하지 않을 거야. 나중에 그런 문제가 있다는 걸 알게 된다면, 차라리 아무 판단도 하지 않고 살 거야"라고 대답하자, 피츠패트 릭 부인이 말했소. "차라리 아무런 판단도 하지 않겠다고! 에이, 그건 말 도 안 돼! 나는 네가 그렇게 살아야 할 정도로 별 볼일 없는 사람이라곤 생각지 않아. 다른 것은 모두 포기할 수 있어도, 그건 절대 포기 못해. 우 리를 만든 조물주가 우리가 남편들한테 복종하기를 원했다면, 우리 여자 들을 남자들보다 더 우월하게 만들진 않았을 거야. 하지만 현명한 남자들 은 결코 우리가 자신들에게 복종할 거라고 기대하지 않아. 방금 전에 말 한 중위가 바로 그런 사람이야. 그 사람은 아주 탁월한 판단력을 가졌지 만, 자기 부인의 판단력이 더 뛰어나다는 사실을(이것은 진짜 사실이야) 늘 인정했어. 그리고 이것이 우리 집 폭군이 그 사람 부인을 증오하는 이 유 중 하나였을 거야.

남편은 말했어 '그런 마누라, 그것도 그렇게 못생긴 년(사실 그 부인 은 완벽할 정도의 미인은 아니었지만 모든 사람들이 호감을 느끼는 아주 상냥 한 사람이었어)의 간섭을 받고 사느니, 차라리 악마가 여자들을 모두 잡 아가도록 내버려두는 게 낫겠어'라고 말이야. 이게 우리 남편이 늘 하던 말이었어. 그러고는 '그 여자의 뭐가 마음에 들어 그 여자와 같이 있는 걸 그렇게 좋아하는지 모르겠군. 그 여자가 나타난 뒤로 당신은 좋아하던 책 도 안 읽잖아. 전에는 책 읽는 걸 좋아한다는 핑계로, 답례인사차 이웃 여자들 집에 차 마시러 갈 시간도 없다고 하더니 말이야'라고 말했어. 솔 직히 말해, 내가 그런 결례를 저지른 건 사실이야. 그곳 여자들은 이곳 시골 여자들처럼 아주 형편없었거든. 그거 하나면 내가 왜 그 사람들과 가까이 지내지 않았는지 충분한 설명이 될 거라고 생각해.

이런 식의 왕래가 1년 동안, 그러니까 중위가 마을에 주둔하고 있는 동안 내내 이어졌어. 이 때문에 난 앞에서 말한 식으로 남편에게 계속 수모를 겪었지. 남편이 집에 있는 동안 말이야. 남편은 한 번에 한 달씩, 툭하면 더블린에 가서 지냈는데, 한번은 런던에서 두 달 동안이나 체류한 적도 있었어. 그렇게 많이 돌아다니면서도 나한테는 한 번도 같이 가자는 말을 하지 않은 게 참 다행이었지만, 이상하기도 했었지. 남편은 (남편 말을 빌리자면) 꼬리에 마누라를 묶지 않고는 길을 나설 수 없는 남자들을 자주 흉봤기 때문에, 설령 내가 같이 가고 싶어 하더라도 소용없을 거라는 암시를 충분히 주었거든. 게다가 나 자신도 남편과 어디 갈 생각은 하지도 않았고 말이야.

결국 친하게 지내던 사람도 떠나가, 다시 혼자가 된 나는 고통스럽게 내 과거를 회고하게 되었어. 그러고는 유일한 낙이었던 책에 전념하게 된 거야. 그 당시 난 하루 종일 책만 읽었어. 석 달 동안 내가 읽은 책이 몇 권이나 되는지 알아?" 이 말에 소피아가 "글쎄, 짐작이 잘 안 가는데, 한 열 권?"이라고 말하자, 피츠패트릭 부인은 "열 권이냐고? 오백 권이야!"라고 대답했소. "나는 대니얼의 영어판 『프랑스사』*와 『플루타르코스 영웅전』 대부분을 읽었고, 『아틀란티스』,** 포프가 번역한 호메로스의 작품, 드라이든의 희곡, 칠링워스***의 저서와 도누아 백작부인****의 책 그

<hr>

* 예수회의 가브리엘 대니얼(Gabriel Daniel, 1649~1728)이 1726년에 출판한 역사서.
** 1709년에 출판된 맨리Manley의 소설로 높은 신분의 남녀 간의 은밀한 추억과 예절을 다루었다.
*** 윌리엄 칠링워스(William Chillingworth, 1602~1644) : 17세기 영국의 신학자로 1638년에 쓴 『신교도의 종교The Religion of Protestants』에서 그는 로마 교회에서 주장하는 교황의 무오류성을 부인했다.
**** 17세기에 소설과 동화를 쓴 대중소설가.

리고 존 로크의 『인간 오성론』까지 읽었어.

　이 기간 동안 나는 고모에게 아주 간곡하게, 내 생각엔, 아주 감동적인 편지를 세 통이나 썼어. 하지만 전혀 답장을 받지 못했기 때문에 모멸감을 느낀 나는 더 이상 편지를 쓰지 않았지." 이 말을 하고는 잠시 말을 멈춘 피츠패트릭 부인은 소피아를 응시하더니 다시 말을 이었소. "네 눈을 보니 내가 좀더 친절한 답변을 기대할 수도 있었을 사람한테는 아무 연락도 하지 않은 걸 나무라고 있는 것 같구나." 이 말에 소피아는 "그래, 해리엣 언니. 언니가 지금 하는 이야기는 연락하지 않은 것에 대한 변명처럼 들려. 하지만 내게도 변명의 여지가 없기는 마찬가지야. 언니에 대해 너무 소홀히 생각했다는 느낌이 드니까. 하여튼 이야기를 계속해봐. 떨리기는 해도 끝까지 듣고 싶으니 말이야"라고 대답했소.

　이 말에 피츠패트릭 부인은 이야기를 다시 시작했소. "남편은 영국으로 두번째 여행길에 나섰는데, 이번엔 석 달 이상 머물렀어. 이 기간 중 대부분의 시간을 나는 이보다 더 비참하게 산 적도 있다는 생각만으로 견딜 수 있었지. 하지만 철저히 고립된 삶을 사는 건, 싫어하는 사람과 같이 있지 않아도 될 때를 제외하고는, 나같이 사교적인 성격을 가진 사람한테는 맞지 않았어. 게다가 난 우리 아이의 죽음으로 더 불행하게 되었지. 다른 상황에서였다면 아이에 대한 끔찍한 사랑을 품을 수도 있었겠지만, 난 그런 척하지는 않겠어. 다만 어떤 경우에서도 어머니로서 아이에 대한 의무를 다하기로 결심했었기 때문에, 그나마 아이를 돌보느라고 나를 몹시 무겁게 짓누르는 고독의 중압감을 느끼지 못하며 살아왔던 것인데 말이야.

　하인들과 손님 몇 명을 제외하고는 아무도 만나지 않고, 혼자서 10주를 보냈지. 그때 아일랜드의 외진 지역에 사는 남편의 젊은 여자 친척 한 분이 날 찾아왔어. 예전에 일주일 동안 우리 집에서 지낸 적이 있었는데, 그때 내가 꼭 다시 와달라고 부탁했었거든. 아주 호감 가는 사람이었기 때문이었어. 타고난 재능을 제대로 된 교육 덕분에 더욱 개발한 분이라 나에겐 진짜 환영받는 사람이었어.

도착하고 며칠이 지나자, 내가 아주 우울해하는 것을 본 그분은 그 이유를 이미 잘 알고 있었기 때문에, 이유는 묻지 않고 내 처지를 동정하며 날 위로해주었어. 예의상 내 남편의 행동에 대해 대놓고 뭐라고 하지는 못하지만, 친척들 모두 우리 상황을 아주 잘 알고 있어 걱정을 많이 한다는 거야. 자신만큼 걱정하는 사람은 없지만 말이야. 그러더니 이런 문제와 관련된 일반적인 이야기(거기에 대해선 나도 수긍할 수밖에 없었어)를 좀더 하더니, 내게 미리 수차례 주의를 주고 또 절대 아는 척하지 않겠다는 다짐을 받고는, 남편에게 여자가 있다는 사실을 알려주었어.

너는 아마 내가 그 소식을 대수롭지 않게 여겼을 거라고 생각할지도 몰라. 하지만 그렇게 생각했다면, 그건 틀렸어. 아무리 남편을 경멸한다고 해서 남편에 대한 분노가 완전히 사라지는 것은 아니거든. 그 말을 들으니 남편에 대한 증오심이 다시 생겨나더군. 그 이유가 뭘까? 인간은 원래 지독하게 이기적이라 자신이 경멸하는 걸 다른 사람이 소유하는 것마저 참지 못해서일까? 아니면 인간은 원래 지독히도 허영심이 많아, 이런 일로 허영심에 큰 상처를 받게 되어서일까? 소피아, 넌 어떻게 생각해?"

이 말에 소피아는 "난 정말 모르겠어. 그런 심오한 생각을 해본 적이 없거든. 하지만 그 여자 분이 그런 사실을 말해준 건 잘못이라고 생각해"라고 대답했소. 그러자 피츠패트릭 부인은 "아니야, 그렇게 한 건 아주 당연한 거야. 너도 나만큼은 세상 돌아가는 걸 알잖아? 책을 많이 읽었다면, 그분이 그렇게 한 것은 당연하다는 걸 인정할 거야"라고 말했소.

이에 소피아는 다음과 같이 말했소. "그걸 당연하다고 생각하니 유감이네. 그건 아주 잘못된 것이고 몹시 악의적이란 걸 알 정도로는 나도 책도 읽었고, 경험도 했는데 말이야. 남편이나 아내에게 상대방의 잘못을 귀띔해주는 것은, 그들 각자에게 그들 자신의 잘못을 지적하는 것만큼이나 분명히 무례한 행동이야."

하지만 피츠패트릭 부인은 아무런 대꾸도 하지 않고 말을 이어갔소. "어쨌든 남편은 결국 돌아왔어. 당시의 내 마음을 내가 지금 정확히 파악하고 있다면, 난 그때 그 어느 때보다 남편이 미웠지만, 경멸감은 오히려 줄어들었지. 자존심이나 허영심에 상처를 입는 것보다 상대에 대한 경멸감을 약화시키는 것은 분명히 없거든.

그 사람은 최근의 태도와는 너무도 다르게, 그러니까 결혼한 지 한 주 정도 되었을 때와 비슷한 태도로 나를 대하더군. 그때 남편에 대한 사랑이 약간이라도 남아 있었다면, 그 사람에 대한 사랑이 다시 불붙었을지도 몰라. 하지만 경멸감이 증오심으로 바뀌면서 경멸하는 마음이 사라질 수 있을지 몰라도 사랑은 그럴 수 없다고 생각해. 사랑이라는 감정은 너무도 불안정해서 사랑하는 대상에게서 보상을 얻지 못하는 경우, 그 상태에 만족해하며 가만히 머물 수는 없나봐. 눈이 있으면 보지 않을 수 없듯이, 사랑이라는 감정이 존재한다면 사랑에 빠지지 않을 수는 없는 것 같아. 따라서 남편이 더 이상 사랑의 대상이 될 수 없을 땐, 십중팔구 다른 남자가…… 내 말은 네 남편이 너에게 무관심하게 되고, 네가 네 남편을 경멸하게 된다면…… 그러니까 내 말은, 너에게 아직 사랑의 열정이 있다면…… 이렇게 말하는 나도 혼란스럽네. 로크가 말했던 것처럼 사람은 추상적인 생각을 할 때, 생각의 고리를 잃기 쉬운 것 같아. 간단히 말해, 사실은…… 간단히 말하자면, 나도 그게 무엇인지 모르겠어. 하여튼 이미 말했던 것처럼, 오랜만에 집에 돌아온 남편의 태도가 바뀌어 처음에는 나도 몹시 놀랐어. 하지만 곧 그 이유를 알게 해주더군. 아니 정확히 말하자면 내가 그 이유를 알아냈지. 그러니까 한마디로 그 사람은 내가 가져온 현금을 다 써버렸던 거야. 그리고 자기 소유의 땅을 더 이상 저당 잡힐 수 없게 되자, 내 소유의 조그만 땅을 팔아 자신의 사치스런 생활에 쓸 자금을 마련하고 싶었던 거지. 하지만 내 동의 없이는 내 땅을 처분할 수 없자, 내 협조를 얻어내기 위해 날 사랑하는 척했던 거야.

나는 남편의 요청을 단호하게 거부하며 말했어. 그래 난 진심으로 그 사람에게 말했어. 결혼할 때 내가 인도를 가지고 있었다면, 그것도 남편 마음대로 할 수 있었을 거라고. 여자가 자기 마음을 줄 때는 재산까지도 모두 주어야 한다는 게 내 변함없는 좌우명이지만 친절하게도 남편은 이미 오래전에 내 마음을 되돌려줘서, 나도 얼마 남지 않은 내 재산을 지키기로 결심했다고도 말했지.

이 말을 했을 때 그리고 이 말을 했을 때의 내 단호한 태도 때문에 그 사람이 얼마나 화를 냈는지는 말하지 않겠어. 우리 둘 사이에 벌어진 일을 피곤하게 모두 이야기하고 싶지도 않고. 그리고 또 짐작하겠지만, 그 사람 정부 이야기도 했어. 화도 나고 무엇보다 그 사람에 대한 경멸감 때문에, 이런저런 살을 보태서 이야기했지.

처음에 남편은 몹시 놀라는 기색이었어. 그 사람은 생각이 항상 뒤죽박죽이었지만 그때처럼 당황해한 적은 없었던 것 같아. 하지만 남편은 애써 변명하려 하지도 않고, 똑같은 방법으로 나를 놀라게 하더군. 남편은 오히려 나를 맞비난하더라고! 날 의심하는 척하더란 말이야! 내가 알기로 남편은 남을 쉽게 의심하는 성격이거든. 정확히 말해 그런 습성을 타고났지. 아니면 악마가 그 사람 머릿속에 의심하는 버릇을 심어놓았든지!

누구든 내 평판에 대해 뭐라고 할 수 있다면 해보라고 해. 아니, 남 비방하기 좋아하는 사람들도 나한테 뭐라고 한 적은 없었어. 다행스럽게도 나에 대한 평판은 내가 살아온 삶처럼 오점 하나 없었거든. 할 수만 있다면, 지어내서라도 날 비난해보라고 해! 절대로 그렇게 할 수는 없을걸. '미스 근엄이', 나는 말이야, 아무리 화가 나고 아무리 냉대를 받아도, 그리고 사랑 때문에 아무리 상처를 입어도 이런 문제로 비난받을 만한 여지는 일절 남겨두지 않겠다고 단단히 결심했었어. 하지만 세상에는 아무리 죄 없는 사람이라도 도저히 피해갈 수 없는 악의적인 독설가들이 있는 법이야. 전혀 의도하지 않은 말이나 그저 우연히 한 번 쳐다본 것, 그리고 단지 친절하게 대하거나 순수한 의도에서 허물없이 지내는 것을 두고 사람들은 왜곡하고, 더 나아가 도무지 이해할 수 없는 의미로 확대해석하지. 하지만 '미스 근엄이', 난 그런 건 다 무시해버려. 그런 식의 중상모략은 다 무시해버린다고. 분명히 말하지만, 그런 악의적인 행동 때문에 한순간도 불안해한 적은 없었어. 맞아, 그런 적 없었어. 분명히 말하는데, 그런 문제에 대해선 난 초월했지. 그런데 내가 어디까지 말했더라? 아, 그래. 남편이 날 의심한다고 말했었지? 내가 누구와 관계를 가졌다고 의심했느냐고? 내가 전에 말한 그 중위 아니면 누구겠어? 남편이 실제로 그렇게 느꼈고, 나를 속이기 위해 뻔뻔하게 그런 척하는 게 아니었다 하더라도, 그 설명할 수 없는 감정이 누구 때문에 생긴 것인지 찾아내기 위해 일 년 이상 지난 일을 뒤적거린 거야.

시시콜콜한 이야기를 너무 많이 해서 지루했겠네. 빨리 이야기를 끝낼게. 간단히 말해, 그 젊은 여자 친척 분이 적극적으로 내 편을 들자 남편은 결국 그분을 쫓아버렸어. 그리고 말할 가치조차 없는 여러 일들이 벌어진 뒤, 나를 달래거나 협박해서는 자기 뜻에 따르게 할 수 없다는 사실을 깨닫자, 아주 강압적인 방법을 썼지. 넌 내 남편이 날 때렸을 거라고 생각하겠지. 그럴 뻔했지만, 실제로 때리진 않았어. 대신 날 방에 가두고는 펜과 잉크, 종이, 책만 넣어주고, 하인을 시켜 매일 침대를 정리하게 하고 음식만 갖다주었지.

그렇게 갇혀 일주일을 지냈을 때, 남편은 날 찾아와서 선생 같은 소리로, 더 정확히 말하면 폭군 같은 태도로 '이제 순순히 따를 거야?'라고 묻더군. 내가 아주 완강하게 거부하며 차라리 죽어버리겠다고 대답하자, 남편은 '그러면 죽게 될 거야. 제기랄! 절대 살아서는 이 방을 나가지 못할 테니 말이야' 하고 소리치더군.

거기서 2주일을 더 보내니 난 결심이 흔들려 남편 말을 따를 생각을 하기 시작했었지. 그런데 어느 날 남편이 잠깐 외출하여 집에 없을 때, 천만다행으로 우연한 일이 벌어졌어. 극도의 절망에 빠져 있던 바로 그 순간(그럴 때는 무슨 일도 다 이해가 되잖아) 세세하게 다 말하려면 적어도 한 시간은 걸릴 거고, 지루하기도 할 테니 간단히 말할게. 황금의 만능열쇠가 방문을 열고 날 풀어준 거야.

난 서둘러 더블린으로 가 영국으로 가는 배편을 구해서, 고모나 너의 아버지 아니면 나를 보호해줄 수 있는 친척에게 의탁하기 위해 바스로 가던 중이었어. 그런데 지난밤 묵었던(나보다 몇 분 먼저 떠났지만 너도 묵었던) 그 여관까지 남편이 따라왔던 거야. 다행히 남편을 피해 너를 따라왔지만 말이야.

내 이야기는 여기까지야. 나한테는 분명 비극적이지만, 너한테는 지루하게 느껴졌을지도 모르니 너에게 사과라도 해야겠지만 말이야."

이 말에 소피아가 깊은 한숨을 쉬며 말했소. "해리엇 언니, 언니가 정말 불쌍해. 그렇지만 무얼 바라고, 아니 도대체 무엇 때문에 그 아일랜드 사람*과 결혼했던 거야?" 그러자 그녀의 사촌이 대답했소. "맹세컨대, 아일랜드 사람에 대해 그런 식으로 말하는 건 잘못이야. 아일랜드 사람 중에는 우리나라 사람만큼 훌륭하고 존경할 만한 사람들도 있어. 솔직히 말해 관대한 마음을 가진 사람은 오히려 아일랜드 사람 중에 더 많아. 아일랜드에서 괜찮은 남편감들도 많이 봤고 말이야. 솔직히 말해 우리나라에는 괜찮은 남편감이 별로 없다고 생각해. 그러니까 그렇게 말하지 말고 차라리 무얼 기대하고 바보와 결혼했는지 물어봐. 그럼 아주 진지하게 말해줄 테니 말이야. 나는 남편이 그런 사람인지 정말 몰랐어." 이 말에 소피아가 "그럼 바보만 아니라면, 어떤 사람도 나쁜 남편은 아니라고 생각하는 거야?"라고 목소리를 낮추며 다른 어조로 묻자, 상대방은 "그 말은 너무 일반화시킨 부정명제야. 하지만 바보만큼 나쁜 남편이 될 확률이 높은 사람은 없다고 생각해. 내가 아는 사람들을 봐도, 가장 어리석은 인간이 최악의 남편이 되더라고. 지각 있는 남자는 정중한 대접을 받을 자격이 있는 아내에게 결코 못되게 굴지 않는다는 건 분명한 사실이야"라고 대답했소.

8장
예상치 않게 여관에 도착한 피츠패트릭 부인의 지인
여관에서 벌어진 끔찍한 사건

소피아는 사촌의 요청에 따라 앞으로 일어날 일이 아니라, 앞서 벌어

---

* 당시 18세기 영국에서는 아일랜드 사람은 난폭하고 대부분 재산을 노린다는 선입견이 팽배했다.

진 일을 이야기했소. 따라서 독자들은 내가 그 이야기를 반복하지 않는 걸 양해하리라 생각하오.

하지만 소피아가 한 이야기에 대해 언급하지 않을 수 없는 한 가지 사실은 소피아가 자기 이야기를 하면서도 처음부터 끝까지 존스에 대해서는 (마치 그런 사람이 이 세상에 존재하지도 않는 것처럼) 한마디도 언급하지 않았다는 점이오. 소피아가 왜 그랬는지 그 이유를 설명하려 들지도 변명하려 들지도 않겠소. 소피아의 이런 행동을 부정직하다고 할 수 있다면, 피츠패트릭 부인이 솔직하고 진솔하게 이야기했다는 사실과 비교해볼 때, 그녀의 이런 행동은 더욱더 변명의 여지가 없어 보였고, 실제로도 그랬소.

소피아의 이야기가 막바지에 이르렀을 때, 두 여인이 있던 방까지 정체불명의 소음이 들려왔소. 그 소리는 막 개집에서 뛰쳐나온 사냥개 무리의 소리만큼이나 컸고, 발정 난 고양이의 울음소리나 부엉이 소리만큼이나 날카로웠으며, 혹은(어떻게 동물의 소리가 인간의 목소리와 닮을 수 있겠소?) 두 개의 언어라는 의미를 가진 빌링스게이트*의 멋진 가게에서 굴을 파는 (과거에는 '나이아데스**라고 불렀지만, 저속한 말로는 굴 파는 여자***라고 번역되기도 하는) 아름다운 강의 요정의 입과 때로는 콧구멍에서 나는 소리와 비슷했소. 즉 그 소리는 우유와 꿀 그리고 기름을 헌주로 바쳤던 과거와는 달리, 이른 아침부터 시작한 예배를 보기 위해 노간주나무 열매에서 추출한 증류수**** 혹은 맥아에서 추출한 상당량의 진한 증

---

* 빌링스게이트Billingsgate는 런던 시로 들어가는 게이트gate 중의 하나로 당시에는 짐꾼과 생선 장수들의 거친 말과 욕설이 난무하는 곳으로 알려졌었다. 필딩은 여기서 빌링스게이트의 어원을 'bi-lingua', 즉 '두 개의 언어'로 코믹하게 해석하고 있다.
** Naïades: 물의 요정.
*** 18세기 당시 영국에서 이들은 거친 입담으로 널리 알려졌다.
**** 18세기 당시 영국 서민들이 즐겨 마시던 진gin을 말한다.

류주를 입에 쏟아 붓던 중, 어느 과감한 자가 오만방자하게 신성모독죄를 저지를 때, 즉 바다와 강에서 낚시질하는 물의 신들이 물의 요정*에게 관리하도록 맡겨놓은 그 맛있고 살찐 밀턴 산 굴**과 상하지 않고 육질이 단단한 가자미, 그리고 마치 물속에 있는 것처럼 싱싱하게 살아 있는 광어, 참새우처럼 큰 새우, 그리고 몇 시간 전만 해도 살아 있던 맛있는 대구 혹은 그 밖에 여러 진귀한 보물 같은 생선들을 평가절하할 때, 이에 분노한 나이아데스가 신성모독죄를 저지른 그 가련한 인간에게 지르는 소리와 맞먹을 정도로 몹시 시끄러웠소.

아래층에서 터져 나왔던 그 소리는 처음 들렸을 당시에는 그 정도였소. 하지만 멀리서 오랫동안 우르르 울리는 천둥 소리와 같던 그 소리는 점점 가까이 다가오기 시작하다가, 조금씩 몇 계단 위로 올라와서는 결국 두 여자가 머물고 있던 방까지 들어왔소. 이런 식의 은유와 비유는 이제 그만두고 툭 터놓고 이야기하겠소. 아래층에서 누군가를 호되게 꾸짖던 어느는 위층으로 올라와 소피아에게 다가오더니, 몹시 화난 듯 소리를 질렀소. "애기씨, 우예 생각하세요? 이 집주인이라는 저 뻔뻔시런 잡놈이, 뻔뻔시럽게도 내 면전에서 글쎄, 애기씨가 왕위 요구자와 같이 돌아다니는 그 더럽고 추잡한 창부(사람들은 그 여자를 제니 캐머런이라고 부르더군요)라고 캤다는 걸 상상이나 하실 수 있겠어요? 아니 글쎄, 저 뻔뻔시러븐 거짓말쟁이 잡놈이 애기씨가 글타고 고백했다 카는 거예요. 그래 제가 저 파렴치한을 할퀴어줬죠. 뻔뻔시런 그놈 상판대기에 손톱 자국을 내줏죠. '우리 애기씨가 그랬다니!' 제가 말했어요. '이 뻔뻔한 잡놈아, 우리 애기씬 왕위 요구자 같은 놈과 상대할 분이 아이야. 우리 애기씬 서머싯

---

* 낚시질하는 물의 신들과 물의 요정은 각각 어부와 생선 파는 여자를 말한다.
** 밀턴Milton이란 지역은 18세기 당시 굴로 유명했다.

셔에 있는 그 누구보다도 지체 높고 가문도 훌륭하고 재산도 많은 집안 사람이라꼬. 너거들은 웨스턴 영주님이라고 함도 들어본 적 없어? 우리 아기씬 그분의 무남독녀야! 그분 재산을 모두 상속받을 분이란 말이야'라고요. 그런 무뢰한들이 애기씨를 그 역겨운 스코틀랜드 창부라고 부르다니, 참말이지 펀치 그릇으로 그놈 머리를 뿌사뿌고 싶었어요!"

어너가 홧김에 그만 소피아의 신분을 밝혔다는 사실을 알고 소피아는 불안해졌소. 하지만 앞서 여관 주인이 자신에게 오해 살 만한 말을 한 이유가 이처럼 엉뚱한 생각을 했기 때문이란 걸 알게 되자, 오히려 마음이 편해져 웃지 않을 수 없었소. 하지만 이를 본 어너는 화가 나 소리를 질렀소. "애기씨, 이건 진짜 웃을 일이 아니라꼬요. 그런 시건방지고 천한 불한당한테 애기씨가 창부라는 소리를 들었는데 말이에요. 먼저 내놓는 물건은 값어치가 떨어진다고들 하니까, 제가 대놓고 애기씨 편든 걸 못마땅하게 생각하싯는지는 모르겠어요. 근데 지가 모시는 애기씨를 남들이 창녀라고 부르는 건 도저히 참을 수 없었어요. 또 앞으로도 분밍히 참지 않을 거고요. 지는 애기씨가 어떤 여자들보다 참한 분이라고 생각하거든요. 그러이 쪼매라도 아이라 카는 잡놈들이 있다 카믄, 그놈 눈을 후비파내뿔 거예요. 누구도 제가 모시는 애기씨를 조금이라도 험담하지 못하게 할 거라고요."

'이런 연유(緣由)로, 이처럼 많이 낙루(落淚)했소.' 솔직히 말해 어너는 대부분의 하인들처럼 자기 주인을 사랑했소. 하지만 그 이유 말고도 자신에 대한 자부심 때문에라도 자신이 모시는 주인의 인격을 옹호할 수밖에 없었소. 자신의 인격이 주인의 인격과 매우 긴밀하게 연관되어 있다고 생각했기 때문이오. 즉 안주인의 인격이 올라가면 자신의 인격도 함께 올라가지만, 이와 반대로 주인의 인격이 떨어지면 자신의 인격도 함께 떨어진다고 생각했던 것이오.

　여기서 이 이야기는 잠깐 그만두고 이와 관련된 이야기를 하나 하겠소. 그 유명한 넬 권*이 어느 날 어떤 집을 잠시 방문한 뒤 자기 마차로 향하던 중, 마차 주변에 모여든 수많은 군중들과 온몸에 피와 먼지를 뒤집어 쓴 자기 하인을 보았소. 이를 본 넬 권이 하인에게 어떻게 된 것이냐고 묻자, 하인은 "마님을 창녀라꼬 부른 저 시건방진 호로자슥하고 싸우고 있었심더"라고 대답했소. 이 말에 넬 권이 "이 멍청아. 그런 걸로 쌈박질하면 넌 평생 매일같이 싸워야 해. 왜 그랬어, 이 바보야! 그건 세상 사람들이 다 아는 사실이야"라고 말하자, 하인은 마차 문을 닫은 뒤 "시상 사람들이 다 아는 사실이라꼬? 글타고 나를 창녀의 마부라고 부르게 냅두진 않을 깁니더"라고 중얼거렸다고 하오.

　이런 이유에서가 아니더라도 어너가 이처럼 화난 건 아주 당연한 것 같소. 하지만 어너가 이처럼 화가 난 데에는 또 다른 이유가 있었소. 물과는 정반대로, 인간의 분노 혹은 불과 결합되었을 때 이를 더 크게 번지게 하거나 불꽃을 일으키게 하는 것으로 술이란 것이 있소. 사람들이 펀치라고 부르는 독한 술도 바로 그중 하나요. 따라서 심오한 학식을 가진 체니 박사**가 펀치를 마시는 것은 액체로 된 불을 목구멍에 쏟아 붓는 것과 마찬가지라고 한 것은 전혀 근거 없는 말은 아닌 것이오.

　불운하게도 어너는 바로 이 액체로 된 불을 목구멍에 너무 많이 부어

---

* 엘리노어 넬 귄Eleanor Nell Gwynn(1650~1687): 영국의 찰스 2세의 정부였던 여배우. 다음에 소개되는 내용은 어느 익명의 저자가 쓴 『엘리노어 귄의 삶에 대한 회고록 Memoirs of the Life of Eleanor Gwynn』(1752)에 나온 것이다.
** 조지 체니(George Cheyne, 1671~1743): 18세기 영국의 채식주의 의사. 『건강과 장수에 관한 에세이 An Essay of Health and Long Life』(1724)에서 술 특히 펀치의 위험성에 대해 경고했다.

넣어, 그 불에서 피어오른 연기가 그녀의 두개골까지 올라가 (그곳에 거주한다고 사람들이 생각하는) 이성의 눈을 멀게 했고, 그사이 위(胃)에서부터 올라와 심장에까지 도달한 불은 그곳에 있는 자부심이라는 고결한 열정에 불을 지폈던 것이오. 따라서 언뜻 보기에는 인과관계의 법칙에 맞지 않는 것처럼 보이지만, 전체적으로 볼 때 어녀 여사가 이처럼 격분하는 건 이상한 일은 아닌 것이오.

소피아와 소피아의 사촌은 여관 전체에 요란스럽게 번져나가던 불길을 끄기 위해 할 수 있는 모든 것을 총동원하여, 결국은 성공을 거두었소. 좀더 비유적으로 말하자면, 언어가 제공할 수 있는 모든 연료, 즉 언어에 존재하는 모든 욕설이 다 소모되자, 불길은 저절로 꺼지게 되었던 것이오.

이층에는 다시 평화가 찾아왔지만, 아래층은 그렇지 못했소. 가래처럼 매서운 어녀의 손톱에 남편의 멋진 외모가 손상당한 사실을 알고는 몹시 분개한 여관 안주인이 어녀에게 앙갚음하겠다고 맹세하는 동시에 어녀의 처벌을 큰 소리로 요구하고 있었기 때문이었소. 하지만 정작 이 싸움에서 가장 큰 피해를 입은 불쌍한 여관 주인은 아주 조용했소. 그가 흘린 피가 그의 분노를 식혀서 그런 것인지 모르겠지만 말이오(어녀가 손톱으로는 그의 뺨을, 주먹으로는 그의 코를 공격해, 여관 주인의 코에선 엄청나게 많은 양의 피가 마치 눈물처럼 쏟아져 나오고 있었소). 이유가 더 있다면 자신이 저지른 실수에 대해 곰곰이 생각해보느라 잠자코 조용히 있는 거라고 추측해볼 수도 있을 것이오. 하지만 그가 실수를 저질렀다는 사실을 알려주기 위해 어녀가 사용한 방법만큼 그의 분노를 효과적으로 잠재운 것은 없었소. 즉 어녀의 과격한 행동이 그로 하여금 자신의 생각이 옳았다는 확신을 더욱 굳히게 했던 것이오. 게다가 수행원을 대동하고 아주 좋은 마차를 타고 온 상당한 신분의 어떤 남자가 이 여자 중 한 사람은 상당히 지체가 높고 자신과 아주 가까운 사이라고 하자, 그의 생각은 더욱 확고해졌소.

이 지체 높은 신사의 지시에 따라, 여관 주인은 위층으로 올라가 우리의 아름다운 여행객들에게 어떤 지체 높은 신사가 이들을 찾아뵙기 위해 아래층에서 기다리고 있다고 알려주었소. 비록 여관 주인이 큰 실수를 저지르긴 했지만, 독자들로서는 소피아가 이 전갈을 자신의 아버지가 보낸 것이라고는 생각지 않으리라고 믿을 것이오. 왜냐하면 그렇게 생각하기에는 전갈 내용이 너무도 정중했기 때문이오. 하지만, 이 말을 전해 들은 소피아의 얼굴은 창백해졌고, 온몸은 떨렸소. 일단 두려움에 사로잡히면, 우리 인간은 실수를 저지르는 치안판사처럼, 양쪽 증언을 다 검토해 보지도 않고 아주 사소한 상황에 근거해 성급한 판단을 내리기 쉽기 때문이오.

따라서 독자들의 걱정보다는 독자들의 호기심을 덜어주기 위해 어떤 아일랜드 귀족이 런던으로 가던 도중, 그날 저녁 아주 늦게 이 숙소에 도착했다는 사실을 알려주고자 하오. 앞에서 전한 허리케인이 몰아칠 당시 저녁식사를 하고 나온 이 귀족은 이곳에서 우연히 피츠패트릭 부인의 하인을 만나게 되었소. 잠시 후 이 하인을 통해 뭔가를 알아낸 그는 자신이 잘 알고 지냈던 어떤 부인이 이 숙소 이층에 묵고 있다는 사실을 알게 되자, 여관 주인을 찾아가 우선 그의 흥분을 가라앉힌 뒤, 그 부인에게(여관 주인이 실제로 소피아와 피츠패트릭 부인에게 한 것보다 훨씬 더) 정중하게 인사를 전해달라며 여관 주인을 이층으로 보냈던 것이오.

이런 경우 하녀가 메신저 역할을 하는 것이 상례일 텐데 하고 독자들은 좀 의아하게 생각할 수 있을 것이오. 하지만 유감스럽게도 현재 어너는 이 일을, 아니 그 어떤 일도 할 수 있는 상태가 아니었소. 럼주(여관 주인은 몰트에서 증류한 술을 이렇게 부르길 바랐소)가 이 불쌍한 여인이 느끼고 있던 피로에 야비하게 편승해, 어떠한 공격에도 이미 저항할 수 없었던 어녀의 고귀한 신체 기능을 끔찍스럽게 망가뜨렸기 때문이었소.

이 비극적인 장면을 세세히 이야기하지는 않겠소. 하지만 우리는 있는 그대로 이야기하겠다고 공언했기 때문에, 그렇지 않았더라면 기꺼이 넘겼을 내용을 간단하게나마 언급할 의무는 있다고 생각하오. 성실하지도 근면하지도 않은(더 이상의 악평은 하지 않겠지만) 역사가들은 이런 세세한 상황들을 알려주지 않아(스스로 찾아내도록 하기 위해선지는 모르겠지만) 때때로 독자들을 혼란스럽고 당황스럽게 만들지만 말이오.

피츠패트릭 부인을 잘 알고 있었을 뿐만 아니라, 그녀와 각별한 사이이기도 한 이 아일랜드 귀족이 들어오자, 소피아는 자신의 근거 없는 두려움에서 벗어날 수 있었소. 사실 피츠패트릭 부인이 남편에게서 도망칠 수 있었던 것은 바로 이 귀족의 도움 덕분이었소. 그는 우리가 영웅 이야기에서 흔히 볼 수 있는, 갇혀 있는 아름다운 여인들을 무수히 구해낸 그 유명한 기사들처럼 의협심이 넘치는 사람이었소. 방랑의 기사가 마법사들의 야만적인 힘에 대항하듯이, 이 귀족은 젊고 사랑스런 부인이나 딸에게 그 남편과 아버지가 흔히 야만적으로 행사하는 권위에 몹시 적대적이었소(사실 나는 로맨스에 자주 등장하는 마법사들은 그 시대의 남편들이고, 아름다운 여인들이 감금되었다고 전해지는 마법의 성은 결혼생활 그 자체인지도 모른다는 생각을 종종 해왔소).

피츠패트릭의 집 근처에 영지를 소유하고 있던 이 귀족은 피츠패트릭 부인과 잘 알고 지내던 사이였소. 따라서 피츠패트릭 부인이 감금되었다는 소식을 듣자마자, 그녀를 구해내기 위해 전력을 다했고, 곧 그 뜻을 이룰 수 있었소. 하지만 과거의 영웅들처럼 성을 습격하는 방법 대신, 용기보다는 계략이 낫고, 납이나 강철보다는 금이 더 저항하기 힘들다는 현대 전술가의 전략 지침에 따라, 교도소 간수장을 매수하는 방법을 택했던 것이오.

하지만 피츠패트릭 부인은 이 사실을 소피아에게 알려주어야 할 만큼 중요하다고 생각하지 않았기 때문에, 당시에 우리도 이 사실을 독자들에게 말하지 않았던 것이오. 피츠패트릭 부인이 보기에 언급할 가치도 없는 이런 이야기를 전하기 위해 그녀의 이야기를 중단시키느니, 그녀가 간수장을 매수할 돈을 어디선가 찾아냈는지 아니면 만들었는지 그것도 아니면 아주 놀라운 혹은 초자연적인 방법으로 얻게 되었는지, 독자 스스로 추측해보도록 했던 것이오.

잠시 대화를 나눈 뒤 이 귀족은 이런 곳에서 피츠패트릭 부인을 만나게 되어 놀랍다며, 자신은 그녀가 이미 바스에 도착했으리라 생각하고 있었노라고 말했소. 이 말에 피츠패트릭 부인은 언급할 가치도 없는 사람이 갑자기 나타나는 바람에 그러지 못했다고 아무 거리낌 없이 대답했소. 그러고는 "간단히 말해, 남편에게 붙잡힐 뻔했어요. 세상 사람들이 이미 다 알고 있는 사실을 굳이 숨기는 척할 필요는 없잖아요. 하지만 운이 좋게 도망쳐 나와, 지금은 제 남편처럼 지독한 폭군에게서 도망쳐 나온 여기 제 가까운 친척과 같이 런던으로 가는 중이에요"라고 말했소.

이 폭군이라는 단어 역시 남편을 지칭한다고 생각한 이 귀족은 두 여성에게는 온갖 찬사를, 자신과 같은 남성에 대해서는 갖은 비난을 퍼붓고는, 결혼 제도와 결혼 제도로 남성들이 갖게 된 (자신보다 더 현명하고 더 존중받아야 할 여성을 지배할 수 있는) 부당한 권력에 대해 빈정거렸소. 그러고는 두 여성을 폭군으로부터 보호해주겠다며, 자신의 6두마차를 사용하라고 제안했소. 피츠패트릭 부인은 이 제안을 즉시 받아들였고, 그녀의 설득으로 소피아도 결국 그렇게 하기로 했소.

일이 이렇게 정리되자, 이 아일랜드 귀족은 방을 나섰고 두 여인은 휴식을 취하기 위해 자리에 들었소. 이때 피츠패트릭 부인은 소피아에게 그 귀족의 성품에 대해 수많은 찬사를 보내며, 특히 아내에 대한 그의 지고지순한 사랑에 대해 상세히 이야기했소. 그러고는 그가 상류층 신사들 중에 바람을 피우지 않는 유일한 사람일 거라며 "소피, 그건 상류층 남자들에게선 아주 찾아보기 힘든 미덕이야. 너는 결혼할 때 그런 미덕일랑 기대도 하지 않는 게 좋을 거야. 정말이야, 그런 기대를 품으면 분명히 실망도 클 테니까 말이야"라고 말했소.

소피아는 이 말을 듣고 한숨을 내쉬었소. 아마도 이 말에 소피아가 그날 별로 기분 좋지 않은 꿈을 꾸게 되었는지 모르겠지만, 소피아가 그 꿈에 대해서 아무에게도 이야기하지 않았기 때문에, 독자들도 소피아가 꾼 꿈이 무엇인지 듣게 될 거라고는 기대하지 않는 편이 좋을 것이오.

9장

멋진 글로 소개되는 아침. 역마차. 하녀들이 예의상 하는 인사치레.
소피아의 담대한 성격. 소피아의 후한 인심과 그에 대한 보답. 여관을 나서는
소피아 일행. 런던에 도착한 소피아 일행. 여행객들에게 도움이 될 몇 가지 조언.

타인에게 즐거움을 제공하기 위해 태어난 계층의 구성원들이 그 즐거움을 누리도록 태어난 사람들을 위해 하루 일과를 시작하려고 촛불을 켜기 시작했소. 건장한 머슴은 자신의 동료인 황소와 아침 상견례를 했고, 노련한 숙련공과 부지런한 수리공은 딱딱한 침상에서 일어났으며, 건장한

하녀는 어지럽혀진 대야회장(大夜會場)을 정리하기 시작했소. 술 마시고 떠들어대며 대야회장을 어지럽혔던 사람들이 깃털 침대가 너무나도 딱딱해서 숙면을 방해받기라도 한 듯, 여러 번 잠에서 깨어 몸을 뒤척이는 동안 말이오.

간단히 표현하자면 시계가 7시를 쳤소. 소피아 일행은 떠날 준비가 되어 있었고, 이들의 청에 따라 귀족과 그의 마차도 이들을 수행할 준비를 갖추었소.

하지만 이때 좀 곤란한 상황이 발생했소. 그것은 이 귀족이 어떻게 갈 것인가 하는 문제였소. 승객을 아주 당연하다는 듯이 짐으로 여기는 영악한 역마차 마부는 네 명이 들어갈 공간에 여섯 명도 아주 손쉽게 싣지만(마부는 뚱뚱한 안주인이나 잘 먹은 시 참사회원에게도 날씬한 아가씨나 깡마른 남자들이 차지하는 공간 이상을 허용하지 않소. 잘 욱여 넣으면 좁은 공간에 모두 들어갈 수 있는 내장처럼 승객도 그런 속성을 갖고 있기 때문이오) 일반 마차보다 크긴 해도, 일반 마차와 구분하기 위해 신사의 마차라고 부르는 이 마차에서는 그런 식으로 승객을 싣지는 않기 때문이오.

이 귀족은 아주 정중하게 자신은 말을 타고 가겠다고 함으로써, 이 곤란한 문제를 쉽게 해결하려고 했지만, 피츠패트릭 부인이 그의 제안을 완강히 거부했기 때문에, 결국은 하녀들이 교대로 이 귀족의 말을 타고 가기로 결정했고, 이에 따라 여성용 안장을 말에 채우게 되었소.

여관비를 다 치른 뒤, 소피아 일행은 안내인들을 돌려보냈소. 소피아는 자기 밑에 깔리는 바람에 상처를 입은 데다 화가 난 자기 하녀에게 고통을 겪기도 한 여관 주인에게 보상 차원에서 선물을 주었소. 그런데 이때 소피아는 부친을 마지막으로 만났을 때 부친에게 받은 1백 파운드짜리 은행권을(약간의 푼돈을 제외하고는 그것이 소피아가 갖고 있던 전 재산이었소) 잃어버렸다는 사실을 처음으로 알게 되고는 다소 불안해졌소. 모든 곳을 샅샅이 찾아보고, 갖고 있던 물건을 모두 흔들어보고 뒤져도 보았지만, 어디서도 은행권을 발견할 수 없었던 소피아는 지난밤 어두운 길에서 불운하게도 말에서 떨어질 때, 호주머니에서 돈도 떨어져나간 게 틀림없다고 생각하기에 이르렀소. 당시 호주머니 안이 엉망이었던 데다가 곤란한 상황에 처한 피츠패트릭 부인을 도와주기 위해 말에서 떨어지기 직전 몹시 어렵게 손수건을 꺼냈던 일이 떠오르자, 그럴 가능성이 가장 커보였던 것이오.

이런 불운을 겪은 다음에는 불편한 상황이 뒤따라오기 마련이지만, 강인한 정신을 가진 사람은, 탐욕스러운 마음만 없다면 이런 불운에 굴복하지 않는 법이오. 따라서 이런 상황에서 돈을 잃어버린 건 무척 좋지 않은 일이었지만, 소피아는 즉시 걱정을 떨쳐내고 평소처럼 침착하고 유쾌한 표정으로 일행에게로 돌아갔소. 아일랜드 귀족이 소피아와 피츠패트릭 부인을 마차 안으로 안내하자, 뒤이어 어너와 피츠패트릭 부인의 하녀는 서로를 '친애하는 부인'이라고 부르며 서로 먼저 마차에 타라고 정중히 말했소. 그러다 결국은 예의를 갖추며 먼저 마차에 오르라고 권하는 상대의 말에 굴복한 어너가 귀족의 안내를 받으며 먼저 마차에 오르게 되었소. 하지만 마차를 타고 간다는 사실에 내내 만족해한 어너는 목적지까지 이대로 갔을지도 모르오. 몇 번이나 눈치를 주었지만 전혀 통하지 않자, 결국 억지로 어너를 말에 타도록 소피아가 조처를 취하지 않았다면 말이오.

이제 일행이 다 타자, 마차는 많은 하인들과 두 명의 아첨꾼(앞서는 귀족과 함께 마차를 탔지만, 두 귀부인에게 편의를 제공하는 것보다 훨씬 덜 중요한 경우라도 마차에서 내렸을 이들은 비록 신사처럼 행동했지만, 귀족과 동행하는 영광을 누리기 위해서라면 혹은 귀족의 식탁에 앉을 수 있는 권리를 얻기 위해서라면, 언제든지 하인이 하는 일 심지어 하인이 하는 일보다도 더 천한 일도 기꺼이 수행할 준비가 되어 있는 그런 사람들이었소)의 수행을 받으며 앞으로 나아가기 시작했소.

우리의 여관 주인도 소피아에게 받은 선물이 몹시 흡족해 자신의 몸에 생긴 멍 혹은 긁힌 상처를 애통해하기보다는 오히려 즐거워했소(그가 선물로 얼마를 받았는지 독자들이 궁금해할 수도 있겠지만, 나는 그 궁금증을 풀어줄 수 없소). 선물로 얼마를 받았든 간에, 신체에 입은 상처의 대가로 받은 것이라 할지라도 그는 그 선물에 만족했소. 하지만 소피아가 얼마나 돈을 하찮게 여기는지 나중에 알게 되었을 때는 "모든 항목에 실제 비용의 두 배를 청구했다 하더라도 아무런 트집도 잡지 않았을 텐데"라며, 진즉에 그런 사실을 알지 못한 것을 한탄했소.

하지만 그의 아내의 생각은 달랐소. 남편이 입은 상처를 남편 이상으로 가슴 아프게 느껴서인지 알 수는 없지만, 소피아의 후한 사례에 대해 남편보다 훨씬 덜 만족스러워했던 여관 안주인은 이렇게 소리쳤소. "여보, 가만 보이 그분이 당신 생각하는 것보단 돈 쓰는 법을 쪼매 아네요. 우리가 아무 생각 없이 그 사실을 알리지 않았을 끼라고는 지도 생각했을 낀데요. 고소를 당했다믄 당신한테 준 몇 푼 안 되는 그 돈(당신이 그걸 덥석 받은 게 당최 이해는 안 되지만)보다는 훨씬 더 들어갔을 낀데 말이에요." 이 말에 그녀의 남편이 대답했소. "당신 참 대단히 똑똑하군. 우리가 고소를 했다면, 물론 그 여자는 돈이 더 많이 들었겠지. 내가 당신보다 그런 사실을 몰랐을 거라 생각해? 그렇지만 그만큼의 돈이 우리 수중에 들어왔을까? 톰 변호사가 살아 있었더라면, 이런 짭짤한 돈벌이를 기꺼이 맡겼을 거야. 그러면 톰도 상당한 수입을 올렸을 테니 말이야. 하지만 이제 변호사 친척도 없는데 뭐 때문에 알지도 못하는 사람을 위해 고

소를 해?" 이 말에 그의 아내는 "하이고메, 그러고 보이 글네. 역시 그런 일은 당신 따라갈 사람이 읍네요"라고 말했소. 그러자 여관 주인은 "나도 그렇다고 생각해. 돈벌이가 생기면, 난 누구보다도 빨리 돈 냄새를 맡을 수 있어. 정말이지, 말만 가지고 누구나 다 이런 돈을 얻을 수는 없는 거야. 명심해! 누구나 다 그 여자를 구워삶아 이런 돈을 얻어낼 수 있는 게 아니란 말이야. 이 사실은 꼭 명심하라고!"라고 말했고, 그의 아내는 남편의 현명함에 찬사를 보내며 이 문제에 대해 그들이 나눈 짧은 대화는 이렇게 끝이 났소.

우리는 이제 이 선량한 사람들과 작별을 고하고, 아일랜드 귀족과 그의 일행을 따라가고자 하오. 빠르게 말을 몬 덕에 이틀 동안 140킬로미터를 간(그동안 이들은 언급할 만한 일을 겪지 않았소) 이들은 길 떠난 뒤 두 번째로 맞는 저녁에 드디어 런던에 도착했소. 우리도 이들의 여행 방식을 따름으로써 이들과 보조를 맞추고자 하오. 이런 식으로 글을 쓸 경우 작가들은 특정 장소가 제공하는 아름답고 고상하고 진기한 볼거리에 따라 그곳에서의 체류 시간을 결정하는 현명한 여행객의 방식을 따르는 것이 좋을 것이오. 에셔, 스토우, 윌턴, 이스트버리, 그리고 프라이어스 파크*에서 보내는 하루는, 자연을 더욱 아름답게 만드는 예술의 놀라운 힘에 탄복하면서 마음껏 상상의 나래를 펴기에는 너무도 짧은 시간이오. 이 중 어느 곳에서는 예술이 우리의 감탄을 자아내게 하고, 어느 곳에서는 자연과 예술이 우리의 찬사를 받기 위해 서로 다투기도 하오. 하지만 마지막으로 언급한 프라이어스 파크에서는 자연이 승리를 거둔 것처럼 보이오. 이곳에서 자연은 가장 화려한 옷을 입고 나타나 자신이 여태껏 세상에 아

---

* 이곳은 모두 당시 영국에서 아름다운 정원이 딸린 고급 저택 단지로 유명했다.

낌없이 베푼 최상의 보물을 쏟아내고 있으며, 소박하게 치장한 예술은 자신의 자애로운 주인인 자연을 뒤따르고 있기 때문이오(이곳에서는 인간의 본성이 오직 자연만이 능가할 수 있는 훌륭한 모습으로 드러나고 있소).

하지만 우리는 우리의 심미안과 상상력에 호사스런 즐거움을 선사하는 이런 아름다운 장면에서뿐만 아니라, 이보다 훨씬 덜 유명한 곳에서도 우리의 심미안과 상상력을 발휘해 즐거움을 찾을 수 있소. 따라서 데번과 도싯셔의 숲과 강, 그리고 잔디도 상상력이 풍부한 여행객의 눈길을 끌어, 그들의 발걸음을 늦추게 할 것이오. 하지만 이로 인해 지체된 시간을 만회하기 위해 우리의 여행객은 배그숏의 히스*가 무성한 황야나 스톡브리지 서쪽으로 시원하게 쭉 펼쳐진 들판은(지친 우리의 영혼을 동정하여 구름이 다양한 모양의 저택을 우리의 시야 앞에 펼쳐주지 않는다면 말이오) 빠른 속도로 지나갈 것이오. 왜냐하면 이런 황야나 들판은 25킬로미터를 가는 동안 그저 나무 한 그루 정도의 볼 거리만 제공할 뿐 다른 것은 구경할 게 없기 때문이오.

돈만 생각하는 장사꾼, 현명한 재판관, 위엄 있는 박사님들, 따뜻한 옷차림을 한 목축업자, 그리고 부를 추종하는 우둔한 인간의 후예들은 이런 방식으로 여행하지 않소. 이들은 푸릇푸릇한 목초지를 지날 때나 히스가 우거진 황야를 지날 때나, 언제나 말의 속도를 정확하게 시속 7킬로미터로 유지하며 지나갈 것이기 때문이오. 주인과 말 모두는 시선을 앞으로 향하고, 같은 물체를 같은 식으로 응시하면서 말이오. 또 이 훌륭한 여행객께서는 말을 타고 지나면서 건축가들이 최고로 자랑하는 건축물과 익명의 인물이 부유한 의류 도시(이곳에 있는 벽돌 더미는 과거 이곳에 돈더미

---

* 진달랫과에 속하는 관목.

가 쌓여 있었다는 사실을 나타내는 일종의 기념비와 같소)에 세운 건축물을 똑같은 마음으로 바라볼 것이오.

독자들이여, 이제 우리는 우리의 여주인공을 서둘러 뒤따라가야 하기 때문에, 독자들의 현명한 판단 아래 독자적으로 우리가 지금 나눈 이야기를 보이오티아 왕국의 작가들이나* 이들과 정반대의 성향을 가진 작가들에게 한번 적용해보기 바라오. 그대들은 우리의 도움 없이도 잘해나갈 수 있을 것이니 이번엔 분발하기 바라오. 또 우리가 한 말의 의미를 알아내기 위해, 몇몇 사람들이 그랬던 것처럼, 그대들은 점괘에 의존할 거라고 생각하지 않기 때문에, 그대들이 어려움에 봉착하게 될 시에는 적절한 도움을 줄 것이오. 하지만 주의만 기울이면 그 의미를 알아낼 수 있을 경우엔, 그대들이 태만에 빠지도록 가만 내버려두지는 않을 것이오. 이 위대한 작품에 착수했을 때, 우리가 현명한 독자들에게 일거리를 주지 않을 거라고 생각했거나, 독자들이 자신의 재능을 발휘하지 않고도 이 책에서 즐거움이나 이득을 얻을 수 있을 거라고 생각했다면, 그것은 상당한 오산일 것이오.

10장
미덕에 관한 한두 가지 견해와 의심에 관한 몇 가지 견해

런던에 도착한 소피아 일행이 아일랜드 귀족의 집에 짐을 풀고 쉬고 있는 사이, 이 두 여인이 머물 숙소를 알아보기 위해 하인이 급파되었소.

---

* 바보가 많기로 유명했던 고대 그리스의 소왕국 보이오티아를 빗대서 우둔하고, 문학, 예술에 몰이해한 작가를 말한 것.

당시 이 아일랜드 귀족의 아내는 런던에 없었기 때문에, 이곳에서 하룻밤을 보내라는 귀족의 제안을 피츠패트릭 부인은 결코 받아들일 수 없었기 때문이었소.

몇몇 독자들은 과하다 싶을 정도로 예민한(이렇게 말할 수 있다면) 그녀의 이러한 태도를 지나치게 까다롭고 또 지나치게 신중한 것이 아니냐고 나무랄지도 모르오. 하지만 우리는 아주 미묘하다고 인정할 수밖에 없는 그녀의 상황을 참작해야 하오. 트집 잡기 좋아하는 사람들은 모든 것을 악의적으로 해석한다는 사실을 고려해볼 때, 그녀의 이러한 행동은 (설령 그것이 잘못된 것이라 할지라도) 그녀가 지나칠 정도로 올바르게 처신하려는 데서 비롯된 결과라는 점과, 그녀와 같은 상황에 처한 여자라면 누구나 그녀처럼 처신하는 게 현명하리라는 점은 인정해야 할 것이오. 추상적으로 생각할 때는, 외형적으로만 미덕을 갖추는 것이 실제로 미덕을 갖추는 것보다 덜 칭찬받을 일처럼 보이지만, 외형적으로 미덕을 갖추는 것이 실제로는 더 칭송받는 법이오. 또 아주 특별한 경우를 제외하고는, 모든 여자들이 전자나 후자 중 한 가지 미덕을 유지할 필요가 있다는 사실은 누구나 인정할 거라고 믿소.

숙소가 마련되자, 소피아는 그날 저녁은 사촌과 같이 보내기로 했소. 하지만 다음 날 아침 일찍, 부친의 집을 나올 당시 자신의 신변을 부탁하기로 마음먹었던 귀부인을 찾아가기로 결심했소. 소피아가 이렇게 마음먹은 데에는 마차를 타고 이곳으로 오는 동안 목격하게 된 어떤 일 때문이었소.

소피아에게 툭하면 남을 의심하는 사람이라는 불쾌한 오명을 씌우고 싶지는 않기 때문에, 현재 피츠패트릭 부인에 대해 그녀가 어떤 의심을 품고 있는지 독자들에게 공개하는 게 두렵기는 하오. 나쁜 사람들이 주로 의심을 품는 경향이 있기 때문이오. 따라서 의심에 관한 일반론에 대해 한두 마디 한 뒤에, 소피아가 품고 있는 의심이 무엇인지 좀더 구체적으로 언급하는 게 적절하리라 생각하오.

　의심에는 두 가지 등급이 있는 것 같소. 그중 첫번째 등급은 마음에서 나오는 것으로 상대방을 간파하는 속도가 엄청나게 빠른데, 이는 그 전에 이미 의심하고자 하는 내면적 충동이 존재하고 있었다는 사실을 나타내오. 이런 의심 중 최고의 경지에 달한 것은 의심의 대상을 종종 스스로 만들어내기도 하고 존재하지 않는 것을 보기도 하며 실제로 존재하는 것 이상의 것을 볼 수 있게도 하는 의심이오. 이것은 이른바 '척하면 삼천리'와 같은 경지에 다다른 것인데 이는 매의 눈처럼 어떠한 악의 징후도 놓치지 않으며, 다른 사람들의 행동뿐만 아니라 그들의 말과 표정까지도 놓치지 않소. 또한 관찰자의 마음에서 생겨난 이것은 피관찰자의 마음속으로 들어가, 소위 말해 그곳에서 막 잉태된 악, 심지어 잉태되었다고 말할 수도 없는 악을 찾아내기도 하오. 실수만 저지르지 않는다면, 이건 매우 탄복할 만한 능력이오. 하지만 이 정도로 완벽한 간파력을 가지고 있다고 주장할 수 있는 사람은 단 한 사람도 없기 때문에, 이러한 놀라운 능력을 가졌다는 사람들의 실수로 인해 아무런 잘못도 없는 사람들이나 선량한 사람들이 통탄할 만큼 수많은 피해를 입고 또 가슴 아픈 일을 겪게 되기도 하오. 따라서 악을 재빨리 간파한다는 이 비상한 능력은 사악하고 잔악하며 그 자체가 매우 유해한 악으로 간주될 수밖에 없는 것이오. 앞서 말한 이유에서, 또한 선량한 사람은 이런 의심을 절대로 하지 않는다는 점에서, 마음 나쁜 사람들만이 이런 의심을 한다는 나의 생각은 더욱 확고하오. 하지만 여기서 나는 소피아가 이런 종류의 의심은 조금도, 아니 전혀 품고 있지 않다는 사실을 알려주고자 하오.

의심의 두번째 등급은 머리에서 비롯되는 것이오. 이것은 정말이지 눈앞에 있는 것만을 보고, 오직 그것으로부터만 어떤 결론을 유추해내는 능력이오. 눈앞에 있는 것을 보는 것은 눈이 있는 사람이라면 피할 수 없는 행위고, 본 것으로부터 어떤 결론을 이끌어내는 것은 두뇌를 가진 사람이라면 필연적으로 할 수밖에 없는 일이오. 앞서 말한 의심이 아무 죄 없는 사람들에게 철천지원수이듯이, 이번 의심은 죄를 지은 사람들에게 철천지원수요. 인간인지라 때로는 실수를 저지르기도 하지만, 이런 종류의 의심을 나는 나쁘게 생각하지 않소. 예를 들어 어떤 남자가 오쟁이 진 남편*을 만드는 기술을 전문적으로 발휘하는 예쁘장한 젊은 신사**의 무릎에 자기 아내가 앉아 있는 것을 보거나 혹은 자기 아내가 그의 품에 안겨 있는 현장을 우연히 보게 된다면, 자신이 목격한 이들의 친밀한 행동을 근거로 혹은 불순한 의도가 없었다면 호의적으로 봐줄 수 있다고들 쉽게 말하는 바로 그런 행동을 근거로, 자신이 본 것 이상의 어떤 결론을 내린다 하더라도 우리는 그를 비난하지 않을 것이오. 독자들도 이와 비슷한 사례를 어렵지 않게 제시할 수 있을 것이오. 혹자는 비기독교적이라고 생각할지 모르겠지만, 정당하다고 인정할 수밖에 없는 어떤 사례를 한 가지만 더 말하겠소. 그것은 바로 남자들은 과거에 했던 일을 다시 할 수 있을 거라는 의심, 그러니까 한때 악당 짓을 했던 사람은 똑같은 짓을 다시 저지를 수 있다는 의심이오. 솔직히 말해 소피아는 지금 이런 종류의 의심을 품고 있고, 여기에 근거해 자신의 사촌언니가 실제로는 온당하게 처신하지 않는다고 생각하고 있었던 것이오.

---

　* 아내가 바람이 난 남편을 가리키는 말.
** 오쟁이 진 남편을 만드는 기술을 전문적으로 발휘하는 예쁘장한 젊은 신사란 남의 부인을 유혹하여 바람을 피우게 만드는 사내를 의미한다.

실제 벌어진 상황은 이런 것 같소. 젊은 여자는 밖으로 나가기만 하면 적과 부딪힐 수밖에 없게 되는 불쌍한 토끼의 처지와 같다고 생각했던 피츠패트릭 부인은, 남편에게서 벗어날 기회가 오면 다른 남자의 보호를 요청하기로 결심했소. 하지만 지위와 재산도 있고 명예를 존중하는 사람 중, 그녀가 보호자로 선택할 수 있는 사람이 누구였겠소? 여성을 존중하고 의협심을 발휘해 어려운 처지에 놓인 여성을 보호해주며, 그 여성에 대한 열정적인 사랑을 피력하면서도 그 열정이 진실하다는 사실을 입증할 만한 실례를 여러 번 보여준 사람 말고, 피츠패트릭 부인이 그 누구를 자신의 보호자로 선택할 수 있었겠느냐 말이오.

하지만 우리의 어리석은 법이 남편에게서 달아난 여성의 대리 남편이나 보호자에 대해서 미처 그 법적 근거를 만들지 못한 데다가 악의적인 사람들은 이런 역할을 하는 사람을 아주 불쾌한 호칭으로 부르기 때문에, 이 아일랜드 귀족은 피츠패트릭 부인의 보호자로 공개적으로 나서지 않고 비밀리에 그 역할을 수행하기로 결심했던 것이오. 더 나아가 사람들이 이 아일랜드 귀족을 그런 시각으로 보지 않도록 피츠패트릭 부인은 곧장 바스로 가고, 이 귀족은 우선 런던으로 갔다가 그곳에서 주치의의 권고에 따라 바스로 가, 둘이 만나기로 합의했던 것이오.

소피아는 이 모든 사실을 피츠패트릭 부인의 말이나 행동이 아니라, 그녀보다 비밀을 유지하는 데 훨씬 덜 전문적인 이 아일랜드 귀족을 통해서 아주 분명히 알게 되었소. 그리고 피츠패트릭 부인이 본인의 이야기를 하던 중에도 이 문제에 대해서는 철저히 함구했다는 사실이 떠오르자 소피아의 마음속에 일기 시작하던 이러한 의구심은 더욱 증폭되었던 것이오.

소피아는 자신이 찾던 귀부인의 저택을 쉽게 찾을 수 있었소. 그 귀부인의 집을 모르는 가마꾼은 런던에 단 한 사람도 없었기 때문이었소.

자신을 의탁하려 했던 귀부인에게 편지를 보내자마자 답신으로 꼭 찾아오라는 초대를 받은 소피아는 즉시 이를 받아들였소. 피츠패트릭 부인은 그저 예의상 소피아에게 함께 지내자고 했을 뿐 사실은 같이 지내고 싶은 마음이 없다는 것을 소피아도 알게 되었기 때문이었소. 앞에서 언급한 것처럼 소피아가 자신에게 의구심을 품고 있다는 사실을 알아차리고 화가 나서 그랬는지 아니면 다른 이유에서 그랬는지는 모르겠소. 하지만 소피아가 이곳을 떠나고 싶어 하는 것만큼이나, 피츠패트릭 부인도 그녀와 같이 있고 싶어 하지 않았다는 것만큼은 분명했소.

사촌언니에게 작별을 고하러 온 소피아는 피츠패트릭 부인에게 약간의 조언을 하지 않을 수 없었소. 제발 몸조심하고, 현재 본인이 얼마나 위태로운 상황에 처해 있는지 한번 생각해보라고 간곡히 청하고는, 남편과 화해할 방법을 찾기 바란다며 다음과 같이 말했소. "웨스턴 고모가 우리 둘에게 좌우명처럼 자주 하시던 말씀이 있었지! '결혼동맹이 깨져 남편과 아내 사이에 전쟁이 선포될 때에도, 아내는 어떤 상황에서도 불리한 강화를 맺어서는 안 된다'고 말이야. 이건 고모가 한 말씀 그대로야. 그러니 이 말을 꼭 명심해, 언니. 고모는 세상 경험도 아주 많잖아." 그러자 피츠패트릭 부인은 깔보는 듯한 미소를 지으며 대답했소. "내 걱정은 하지 말고, 너나 몸조심해. 넌 나보다 나이도 어리잖아. 며칠 뒤에 찾아갈게. 그런데, 소피, 너에게 충고 하나 하지. '미스 근엄이'의 모습은 시골에나 남겨둬. 그런 모습은 런던에서는 정말 안 어울리거든."

이렇게 두 사촌은 헤어졌소. 사촌과 헤어진 뒤 곧장 레이디* 벨라스턴의 집을 찾아간 소피아는 아주 정중하고 진심 어린 환대를 받았소. 레

---

* 레이디Lady는 '부인'이 아니라 귀족계급의 여성을 부르는 호칭이다.

이디 벨라스턴은 예전에 소피아가 웨스턴 여사와 같이 있을 때 본 뒤로 소피아에게 호감을 갖게 되었는데, 이렇게 그녀를 다시 만나게 되어 매우 반가워했소. 특히 소피아로부터 그녀가 부친에게서 달아나 런던으로 오게 된 사연을 듣자, 소피아의 판단과 결심을 몹시 칭찬하더니 소피아가 피해 있을 곳으로 자기 집을 선택한 것으로 보아 그녀가 자신을 어떻게 생각하고 있는지 잘 알 수 있어 매우 만족스럽다며, 힘닿는 대로 보호해주겠다고 약속했소.

이제 소피아를 안전한 사람에게 데려다주었으니, 소피아는 잠시 그곳에 남겨두고, 다른 사람들, 특히 자신의 지난 잘못(악의 본질상, 잘못을 저지른 사람은 그 잘못에 대한 벌을 이미 충분히 받는 법이기는 하지만 말이오)을 충분히 회개하도록 내버려둔 우리의 불쌍한 존스를 돌보려 하는데, 독자들도 이에 찬성할 거라고 생각하오.

12권

앞 권에서 일어난 일과 같은 시기에 벌어진 일

1장

현대 작가에게 무엇이 표절이고 무엇이 합법적인 전리품인지
알려주는 장

이 방대한 작품이 진행되는 동안, 가끔은 인용부호 안에 넣지 않거나 차용한 책의 출처를 언급하지 않은 채, 과거 위대한 작가의 글을 번역하여 삽입했다는 사실을 유식한 독자들은 분명 알아차렸을 것이오.

프랑스의 천재적인 저술가인 아베 바니에르*는 탁월한 학식과 그에 못지않은 발군의 판단력이 돋보이는 자신의 저서 『신화학과 고대의 우화』 서문에서 글을 쓸 때의 이런 행위의 의미를 아주 적절하게 설명한 바 있소. "독자들은 내가 나 자신의 명성보다 독자들을 더 배려했다는 사실을 쉽게 눈치챌 수 있을 것이오. 작가는 자신이 접한 학술적인 인용문을, 따라서 단지 베끼는 수고만 하면 되는 인용문을, 출처를 밝히지 않고 사용할 때, 독자에 대해 상당한 경의를 표하는 것이기 때문이오."

자신의 작품을 이런 발췌문들로 채우는 것은 학자들에게는 명백한 기만 행위로 간주될 수도 있소. 이런 발췌문으로 채워진 글에 속아, 자신의

---

* 아베 앙투안 바니에르(Abbé Antoine Banier, 1673~1741): 18세기 프랑스의 저술가로 그의 저서 『신화학과 고대의 우화』가 1740년경에 영역된 뒤 헨리 필딩이 『자코바이트 저널』을 통해 그 책에 대한 논평을 발표한 바 있다.

기억 속에는 남아 있지 않지만, 자신의 책꽂이에 꽂혀 있던 책의 일부 내용을 발췌한 책을 학자들은 다시 사게 되기 때문이오. 이는 라틴어나 그리스어를 모르는 사람들에게는 한층 더 잔인한 일일 것이오. 그들은 꼬임에 빠져 자신들에게는 아무 짝에도 쓸데없는 것을 구입하는 데 돈을 쓰게 되기 때문이오. 상당한 분량의 그리스어와 라틴어를 자기 작품에 섞어 넣는 작가는, 경매품을 뒤죽박죽으로 섞어놓아 원하는 물건을 구매하기 위해선 쓸모없는 것들도 살 수밖에 없도록 만드는 경매꾼들과 똑같이 비열한 행위를 저지르는 셈이기 때문이오.

그러나 무지로 인해 그 뜻이 곡해되거나 악의 때문에 그 의미가 잘못 전달되지만 않는다면, 사실 이처럼 공정하고 사심 없는 행위도 없소. 하지만 나는 남의 작품에 나타난 사상이나 표현을 이용할 때마다 비록 독자들에 대한 경의를 표하지 못하게 된다 하더라도, 내 명예를 지키기 위해, 가끔씩 원작을 그대로 옮겨 적거나 최소한 인용한 구문의 장과 절은 정확하게 밝히고 싶은 유혹을 느끼오. 그러나 그렇게 하지 않았기 때문에 내가 종종 곤란에 처하지 않았나 하는 의구심이 들기도 하오. 즉 원저자의 이름을 밝히지 않음으로써, 저 유명한 프랑스인이 앞에서 언급한 우호적인 동기에서 그랬을 거라고 평가받기보다는, 표절 의혹을 받는 게 아니었나 하는 의구심이 종종 들었단 말이오.

앞으로는 이런 오명을 피하기 위해 여기서 한 가지 사실을 밝히고, 그것이 옳다는 것을 입증하고자 하오. 나는 고대 작가들을 일종의 비옥한 공유지로 간주하며 파르나소스 산*에 작은 집이라도 한 채 가지고 있는 사람이라면 누구나 돈을 따로 내지 않더라도, 이 공유지에서 자신의 뮤즈

---

* Parnassus: 아폴로 신과 뮤즈의 영지(靈地)로 작가들에게는 영감의 원천으로 간주된다.

를 살찌울 권리가 있다고 생각하오. 좀더 명확하게 설명하자면, 현대 작가와 고대 작가와의 관계는 가난한 사람과 부자와의 관계와 같다고 할 수 있소. 여기서 내가 말하는 가난한 사람이란 우리말로 군중이라고 부르는 거대한 집단을 의미하는데, 이런 군중과 영광스럽게도 어느 정도 친밀한 관계를 맺고 있는 사람들은, 부유한 이웃을 아무 거리낌 없이 노략질하고 약탈하는 것이 이들 군중들의 공인된 행동 방침이라는 사실과 이런 행동 방침을 군중들은 죄악이나 수치로 여기지 않는다는 사실을 잘 알고 있을 것이오. 이들 군중들은 이 행동 방침을 변함없이 따르며 이에 따라 행동하기 때문에, 우리나라 대부분의 교구에서는 영주라고 불리는 부유한 사람을 상대로 일종의 공동 모의가 벌어지는 것이오. 즉 영주의 가난한 이웃들은 영주의 재물을 전리품으로 간주하여 이를 약탈하는 걸 죄라고 생각하지 않고, 영주 자신도 이들의 약탈 행위를 눈감아줄 뿐만 아니라, 심지어 이런 일이 벌어지는 경우에도 이들이 처벌받지 않도록 하는 걸 자신의 명예가 걸린 일로 혹은 자신의 도덕적 의무로 여기고 있소.

　이와 마찬가지로 호메로스, 베르길리우스, 호라티우스, 키케로 등과 같은 고대 작가들은 우리 같은 현대 작가들한테는 부유한 영주와 같은 존재이기 때문에, 파르나소스 산에 사는 가난뱅이인 우리 현대 작가들은 이들로부터 얻어낼 수 있는 것은 모두 가져가도록 허용했던 태곳적부터 내려온 관례를 인정해줄 것을 요구하는 바이오. 나는 이러한 권리를 요구함과 동시에 가난한 나의 이웃들에게도 이런 권리가 허용되기 바라오. 단지 내가 형제들에게 바라는 것은 군중들이 서로에게 그랬던 것처럼, 우리끼리는 서로에게 정직하자는 것이오. 다른 사람의 소유물을 훔치는 건 커다란 범죄 행위며 아주 꼴사나운 짓이오. 엄밀히 말해, 이것은 가난한 사람(때로는 우리보다 더 가난한 사람)들에 대한 사기 행각, 심하게 말한다면,

벼룩의 간을 빼먹는 행위와 같다고도 할 수 있기 때문이오.

양심을 걸고 말하지만, 아무리 돌이켜보아도, 나는 그런 한심한 절도 행각을 벌인 적은 결코 없었소. 하지만 전자의 잘못, 즉 인용문의 출처를 밝히는 잘못을 저질렀다는 것은 순순히 인정하고 앞으로 고대 작가의 글 중 내 의도에 부합되는 구절을 발견하면, 고대 작가의 이름을 굳이 밝히지 않고 조금도 망설임 없이 그 구절을 가져올 것이오. 뿐만 아니라 그 구절을 내 글로 옮기는 순간, 나는 그 구절의 소유권을 주장할 것이며 나의 모든 독자들도 그 구절을 전적으로 나의 소유물로 간주해주길 바라는 바이오. 그러나 가난한 나의 형제들에게는 아주 정직하게 대할 거라는 조건에서만 이런 권리가 허용되기 바라오. 형제들이 소유한 것 중 아주 작은 것이라도 빌려오게 된다면, 나는 언제라도 정당한 주인에게 되돌려줄 수 있도록 거기에 그들의 것이라고 표시할 것이오.

이런 점에서 예전에 포프 씨와 그의 동료들이 함께 쓴 시에서 몇 행을 차용하고, 그중 6행을 자신의 희곡 『라이벌 모드』에 뻔뻔스럽게 옮겨놓고서도 그 사실을 언급조차 하지 않은 무어 씨*는 비난받아 마땅하오. 다행히 포프 씨가 그 희곡에서 자신이 쓴 시행을 발견하고는 다시 자기 작품으로 옮겨놓았지만 말이오. 이런 못된 행위에 대한 벌로 결국 무어 씨는 『던시어드』**에서 끔찍한 지하 감옥에 갇히게 되었는데, 동료 시인에게 부당한 짓을 저질러 벌을 받게 된 본보기로 현재에도 그곳에 남아 있고, 앞으로도 영원히 남아 있게 될 것이오.

---

* 제임스 무어 스미스(James Moore Smythe, 1702~1734): 18세기 영국의 드라마 작가로 『라이벌 모드 The Rival Modes』를 썼다.
** 『던시어드 Dunciad』: 알렉산더 포프가 18세기 당시의 문인, 비평가들을 바보로 묘사하며 쓴 풍자시. 포프는 이 작품의 각주에서 제임스 무어를 표절자라고 비난하고 있다.

2장

딸을 찾지 못한 채, 웨스턴 영주의 추격이 중단된 사연

우리는 다시 업턴에 있는 여관으로 돌아가, 그곳에서부터 웨스턴 영주의 발자취를 따라가고자 하오. 웨스턴 영주는 곧 이 여행을 끝내게 될 것이므로 앞으로 우리는 우리 주인공과 함께할 시간을 충분히 갖게 될 것이기 때문이오.

독자들도 기억하겠지만 웨스턴 영주는 몹시 화가 난 상태에서 여관을 나와 소피아를 쫓아갔소. 소피아가 세번 강을 건너갔다는 여관 말구종의 말에, 그도 수행원을 대동하고 그 강을 건너 전속력으로 말을 달렸소. 잡기만 하면 철저히 응징하겠다고 맹세하면서 말이오.

얼마 가지 않아 갈림길에 당도한 웨스턴 영주는 간단한 작전 회의를 소집해 여러 의견을 청취한 뒤, 선택은 운명의 여신에게 맡기기로 결정하고는 곧장 우스터로 가는 길로 들어섰소.

길을 따라 대략 3킬로미터쯤 갔을 때, 웨스턴 영주는 간간이 "참말로 어이없제! 나같이 불쌍한 놈도 없을 기야"라고 소리치며 몹시 비통한 표정으로 탄식하더니, 갑작스럽게 저주와 욕설을 퍼붓기 시작했소.

이를 본 서플 목사는 그를 위로하려고 다음과 같이 말했소. "아무런 희망도 없는 분처럼 그렇게 슬퍼하진 마십시오. 아직 아가씨를 따라잡지는 못했지만, 지금까지는 제대로 따라온 것만도 얼마나 다행입니까. 아마 아가씨는 곧 지쳐서 어떤 숙소에 묵게 되실 거예요. 그렇게 되면 곧 틀림없이 영주님의 소망(所望)이 성취(成就)될 겁니다."

이 말에 웨스턴 영주는 "빌어먹을 계집애! 이마이 사냥하기 좋은 아

침에 허송세월하는 기 뼈아파서 그러는 기지. 겨울 내내 얼었던 서리도 녹아가꼬, 누가 봐도 사냥하기 억수로 좋은 날인데 이래 시간을 보내고 있으이, 속에서 천불이 나가 미치것구만"이라고 말했소.

짓궂은 장난을 치면서도 때로는 약간의 동정심을 보여주는 운명의 여신이 웨스턴 영주를 불쌍히 여겨서 그랬는지, 아니면 소피아가 붙잡히게 내버려두지 않기로 작정한 운명의 여신이 영주에게 다른 식으로 보상해주기 위해서 그런 건지는 모르겠소. 웨스턴 영주가 두세 마디 욕설을 더 퍼붓자마자, 얼마 떨어지지 않은 곳에서 한 무리의 사냥개들이 아름다운 목소리로 짓기 시작했던 것이오. 그러자 웨스턴 영주와 영주의 말은 즉각 귀를 쫑긋 세웠고, 이어서 웨스턴 영주는 "저짜 가네, 저짜 가. 도망가게 내비둘 거 같애?"라고 소리치고는 즉시 말에(말도 주인과 같은 마음이어서 사실 그럴 필요도 없었을 것이오) 박차를 가했소. 웨스턴 영주의 일행도 영주의 뒤를 따라 사냥개 부추기는 소리를 계속 지르며 곡물 밭을 가로질러 사냥개를 향해 곧장 달려갔고, 가련한 서플 목사도 성호를 그으며 그 뒤를 따라갔소.

어떤 우화집을 보면, 열정적으로 사랑에 빠진 한 남자의 청으로 사랑의 여신 비너스가 어떤 고양이를 아름다운 여인으로 변신시켰는데, 비록 사람이 되었지만 고양이로서의 본능은 여전히 가지고 있었던 이 그리말킨이라는 여인은 쥐를 보자마자 과거의 노리갯감을 떠올리며, 그 쥐를 쫓아가기 위해 남편의 침대에서 뛰쳐나왔다고 하오.

이 우화를 통해 우리는 무엇을 알 수 있겠소? 이 우화의 주제는 신부가 사랑에 빠진 신랑의 품에 안기는 걸 싫어한다는 것이 아니오. 어떤 사람들은 고양이가 배은망덕한 동물이라고 말하지만, 여자든 고양이든 어떤 경우에는 기분이 좋아져 그르렁거리는 법이기 때문이오. 현명한 로저 레스트랑주 경*이 그의 심오한 저서에서 말했듯이, 본능이 들어오지 못하게 문을 닫아버리면, 본능은 창문으로라도 들어오는 법이며, 정숙한 부인으로 변했다 하더라도 고양이는 여전히 쥐 잡는 동물이 틀림없소. 이와 마찬가지로 우리는 딸에 대한 사랑이 부족하다고 웨스턴 영주를 비난할 수는 없소. 사실 웨스턴 영주는 딸을 무척 사랑하고 있었기 때문이오. 따라서 우리는 그가 영주이며 동시에 사냥꾼이라는 사실을 염두에 두고, 이 우화를 (레스트랑주 경의 심오한 결론도 마찬가지로) 그에게 적용시켜야 할 것이오.

사냥개들은 사냥감을 아주 바짝 쫓아갔소. 이에 뒤질세라 웨스턴 영주도 평소처럼 고함치면서 민첩하게, 그리고 평소처럼 신이 나서 울타리와 도랑을 넘어 사냥감을 뒤쫓아갔소(웨스턴 영주의 말에 따르면, 이때 한 사냥이 그가 평생 한 사냥 중 최고였으며, 이런 사냥을 다시 할 수만 있다면 백 리도 마다하지 않고 달려갈 거라고 했소). 물론 말을 달리는 내내 사냥하는 즐거움을 감소시킬 수도 있는 소피아 생각은 단 한 번도 하지 않은 채 말이오. 웨스턴 영주가 딸에 대해 잊고 있었기 때문에, 그의 하인들도 소피아의 일을 잊어버렸을 거란 사실은 독자들도 어렵지 않게 짐작할 수 있을 것이오. 얼마나 놀랐는지 라틴어로 중얼거리던 서플 목사도 결국은 소피아에 대한 생각은 더 이상 하지 않고, 뒤에 떨어져 터벅터벅 걸으며 다음 주일날 설교할 내용에 대해서만 생각하기 시작했듯이 말이오.

사냥개들의 주인인 영주는 자신과 마찬가지로 영주이자 사냥꾼인 웨스턴이 찾아온 것을 무척 기뻐했소. 사람들은 모두 나름대로의 방식으로

---

* Sir Roger L'Estrange(1616~1704): 17세기 영국의 저널리스트로 1692년 『이솝우화와 다른 유명한 신화들: 도덕과 반성』을 번역 출간했다. 본문에서 말하는 저서는 바로 이 책을 가리킨다.

상대방의 가치를 평가하는 법인데, 웨스턴 영주만큼 사냥의 전문가는 없었으며, 그만큼 사냥개들을 잘 부추기고, 사냥에 활기를 불어넣을 수 있는 사람은 없었기 때문이었소.

사냥에 열이 오른 사냥꾼들은 사냥에만 지나치게 몰입한 나머지 예의를 차리는 것은 물론, 심지어 사람으로서 해야 할 당연한 도리조차도 신경 쓰지 못하기 일쑤였소. 일행 중 하나가 도랑이나 강으로 굴러 떨어질 때도, 나머지는 전혀 개의치 않고 그저 운명에 맡긴 채 그냥 지나쳤고, 사냥하는 동안 종종 가까이 있게 될 때에도, 두 영주는 한마디 말조차 나누지 않았으니 말이오. 하지만 이번 사냥을 주도했던 영주는, 사냥개가 사냥감 냄새를 놓쳤을 때 종종 놀라운 판단력을 발휘하며 사냥개를 불러 모으는 웨스턴 영주를 보고는 그의 상황 판단 능력을 상당히 높이 평가하게 되었고, 또한 웨스턴 영주를 수행하는 자들의 숫자를 보고는 그의 신분에 상당한 존경심을 갖게 되었소. 따라서 이 사냥의 시발점이 된 작은 동물의 죽음으로 사냥이 끝나자마자, 두 영주는 영주로서의 예를 갖춰 서로 인사를 나누었던 것이오.

이들이 나눈 대화는 매우 유쾌해 이 책에 부록을 만들어 싣거나 다른 기회를 빌려 소개할 수도 있겠지만, 우리 이야기와는 그다지 연관이 없는 터라 여기에 옮기지는 않겠소. 이들의 대화는 결국 다음에 다시 한 번 사냥을 하자는 결론으로 이어졌고, 그것은 다시 식사 초대로 이어졌소. 웨스턴 영주가 식사 초대를 수락하여 이들 간에는 한바탕 술판이 벌어졌고, 결국 웨스턴 영주는 깊은 잠에 빠지게 되었소.

그날 저녁에 가진 술자리에서 웨스턴 영주는 집주인이나 서플 목사의 맞수가 전혀 되지 못했소(하지만 이는 극도의 정신적·육체적 피로가 그 원인이었기 때문에, 웨스턴 영주의 체면을 조금도 손상시키지는 않을 것이오).

속된 말로 웨스턴 영주는 술에 취해 곤드레만드레가 되었던 것이오. 세번째 병을 마시기도 전에 웨스턴 영주는 완전히 나가떨어졌기 때문에(한참 뒤에야 웨스턴 영주는 침대로 옮겨졌소), 그가 옆에 없는 것과 다름없다고 생각한 서플 목사는 집주인에게 소피아에 대해 낱낱이 들려준 다음, 다음 날 아침 웨스턴 영주에게 집으로 돌아가자고 할 테니 좀 거들어달라고 부탁했고, 집주인으로부터 도와주겠다는 약속을 받아냈소.

다음 날 아침 잠에서 깨어난 웨스턴 영주가 해장술을 한잔 청하고는, 소피아를 다시 추적하기 위해 말을 준비하라고 지시하자, 서플 목사는 웨스턴 영주에게 집으로 돌아가자고 설득하기 시작했고, 집주인도 강력하게 그를 거들어 결국 이들의 뜻은 관철되었소. 사실 어디로 가야 할지 알지도 못했고 또 소피아가 간 길을 따라가는 것이 아니라 소피아로부터 더 멀어질 수도 있다는 목사의 말에 수긍하게 된 웨스턴 영주는 집으로 돌아가자는 그의 제안을 받아들이게 되었던 것이오. 따라서 동료 사냥꾼에게 작별을 고한 뒤 웨스턴 영주는 서리가 녹아(이 사실이 그가 서둘러 집으로 돌아가는 작지 않은 이유였을 것이오) 몹시 기쁘다면서 수행원 중 일부를 소피아를 쫓도록 급파하고는, 생각해낼 수 있는 가장 심한 욕설을 딸에게 퍼부은 다음, 서머싯셔를 향해, 더 정확히 말하자면 서머싯셔로 되돌아가기 시작했소.

3장
업턴을 떠나 길을 가던 중 존스와 패트리지 사이에 벌어진 일

마침내 우리는 우리의 주인공에게 돌아왔소. 사실 우리는 너무 오래

그와 헤어져 있었기 때문에, 그를 두고 왔을 때의 상황을 고려해본다면, 많은 독자분들은 우리가 존스를 영원히 버리려는 것이 아닌가 하는 의구심을 품었을 것이오. 목을 매 자살했다는 충격적인 소식을 들을까 봐, 친구의 안부를 물어볼 수도 없는 그런 상황에 존스는 처해 있었기 때문이오.

사실 존스의 현 상황보다 훨씬 더 비참한 상황을 상상하는 건 쉽지 않겠지만, 존스에게 돌아가, 그가 운명의 여신의 축복을 받으며 살고 있기나 한 것처럼, 부지런히 그를 따라다닐 것이오.

그 당시 존스와 그의 일행 패트리지는 웨스턴 영주가 출발한 지 몇 분 뒤에 여관을 떠나 영주가 간 길을 따라 걸어갔소. 여관의 말구종이 그 시각에 업턴에서는 결코 말을 구할 수 없다고 했기 때문이었소. 당시 무거운 마음으로 걸어가고 있던 이들은 서로 다른 이유에서 마음의 동요를 느꼈지만, 똑같이 기분은 좋지 않았소. 존스가 씁쓸하게 한숨을 쉬었다면, 패트리지는 한 걸음 한 걸음 옮길 때마다 존스 못지않게 슬픈 마음으로 투덜거렸던 것이오.

웨스턴 영주가 작전 회의를 하기 위해 멈췄던 갈림길에 이르자, 존스도 가던 걸음을 멈추고는 어느 길로 가야 할지 패트리지의 견해를 물었소. 이에 패트리지가 "도련님! 제 말대로 하시면 좋겠어요"라고 말하자, 존스는 "그 말대로 하지 않을 이유가 뭐겠소? 어디로 가든 내가 어떻게 되든 나한테는 아무 상관도 없는데 말이오"라고 대답했소. 그러자 패트리지는 "그렇다면 제가 드릴 말씀은 즉시 방향을 바꾸어 집으로 돌아가시라는 겁니다. 도련님처럼 돌아갈 좋은 집이 있는 분이 부랑아처럼 이렇게 시골을 떠돌아다녀서야 되겠습니까? 죄송하지만 그 격(格) 밖엔 없습니다."*

---

* 이튼스쿨에서 라틴어 교재로 쓰던 『라틴어 입문Introduction to the Latin Tongue』에서 불규칙 명사를 설명하는 데 쓰인 문장으로 여기서는 "그 길밖에는 없다"라는 의미다.

라고 말했소.

그러자 존스는 "하지만 슬프게도 난 돌아갈 집이 없소. 설령 아버지가 나를 받아주신다 하더라도 소피아가 떠난 그곳에 내가 남아 있을 수 있을 것 같소? 잔인한 소피아! 그대는 너무 잔인하오! 아니, 다 내 탓이야! 아냐, 당신 때문이야! 지옥에나 가, 이 바보, 이 멍청아! 날 이 꼴로 만들었으니, 죽여버리겠어!"라고 소리치면서, 불쌍한 패트리지의 멱살을 붙잡고는 격렬하게 흔들어대어, 패트리지는 학질에 걸렸을 때나 예전에 그 어떤 공포에 사로잡혔을 때보다도 더 격렬하게 몸을 떨었소.

패트리지는 무릎을 꿇으며 온몸을 떨기 시작하더니, 자신은 해를 끼칠 의도가 전혀 없었다며 살려달라고 애원했소. 존스는 얼마 동안 패트리지를 미친 듯이 노려본 뒤 놓아주고는, 스스로에 대한 분노(다른 사람에게 터뜨렸다면, 그 사람의 목숨을 앗아갔을 정도로 격렬한 분노였소)를 터뜨렸소.

이때 존스가 한 이 미친 듯한 행동을 독자들이 공들여 읽을 거라고 확신했다면, 우리 또한 더욱 공들여서 그의 행동을 세심하게 묘사했을 것이오. 하지만 아무리 공들여 이 장면을 그려낸다 하더라도, 십중팔구 독자들은 이 장면을 읽지 않고 건너뛸 것 같아 그런 수고를 하지 않았던 것이오. 사실 이 작품에 수록될 수도 있었을 여러 뛰어난 장면들을 빠뜨린 것도 단지 이런 이유에서였소(이로 인해 이런 장면을 잘 묘사할 수 있는 우리의 재능을 발휘하지 못했지만 말이오). 솔직히 독자들이 읽지 않을 거라는 의심을 갖게 된 것은 인간의 사악한 마음 때문이오. 두꺼운 역사책을 통독해야 할 때, 우리도 자주 건너뛰면서 읽으니 말이오.

따라서 한참을 미친 사람처럼 행동하다가 점차 정신을 차리게 된 존스가 패트리지를 쳐다보며, 너무 화가 난 나머지 이성을 잃고 그만 폭력을 행사했다며 진심으로 용서를 구하고는, 고향으로 돌아가지 않기로 결심했으니, 다시는 돌아가자는 말을 하지 않기 바란다며 자신의 말을 맺었다는 정도만 이야기해두겠소.

존스를 용서한다면서 자신에게 내려진 명령을 따르겠다고 패트리지가 약속하자, 존스는 활기차게 소리쳤소. "나의 천사가 간 길을 더 이상 쫓아가는 건 불가능하니, 이제 나는 영광의 길을 쫓겠노라, 자, 용맹스런 청년이여! 군대로 가자. 그것은 영광스런 일이니, 기꺼이 이 목숨 바치리라." 그러면서 웨스턴 영주가 간 길과는 다른 길(이 길은 소피아가 간 길이었기 때문에, 아주 우연하게도 존스는 소피아를 뒤따르게 된 셈이오)로 즉각 들어섰소.

존스가 혼잣말로 중얼거렸을 뿐, 우리의 여행객들은 서로 한마디도 나누지 않은 채 1킬로미터 정도를 걸어갔소. 그동안 패트리지가 전혀 말을 하지 않았던 이유는, 공포에서 아직 완전히 벗어나지 못해서일 수도 있지만, 존스를 자극해 다시 그의 분노를 살까 봐 염려가 되어서이기도 했소. 그가 특히 이런 염려를 하게 된 이유는 독자들도 크게 의아스럽게 여기지 않을 어떤 의심을 품기 시작했기 때문이었소. 간단히 말해, 패트리지는 존스가 제정신이 아닐 수도 있다고 의심하기 시작했던 것이오.

마침내 홀로 중얼거리는 데 지친 존스가 패트리지에게 말을 걸었소. 하지만 패트리지가 아무 대답도 하지 않아, 존스는 그를 나무랐소. 그러자 이 가련한 사람은 자신이 입을 열면 존스를 화나게 할까 봐 염려가 되어서 그랬다고 아주 솔직하게 이유를 밝혔소. 이 말에 존스가 아무런 책임도 묻지 않겠다고 분명하게 약속하자, 걱정에서 벗어난 패트리지는 자기 입에서 재갈을 풀고, 고삐를 풀어 초원에 풀어놓은 망아지처럼, 자신의 입이 자유를 되찾은 것을 즐거워했소.

가장 먼저 떠오른 화제에 대해선 존스가 말을 하지 못하게 했기 때문에, 패트리지는 그다음으로 자신의 마음속에 떠오른 산사람에 관한 이야기를 하기 시작했소. "도련님, 남들과는 다르게 특이한 옷을 입고, 이상한 방식으로 사는 그 산사람은 분명 사람일 리가 없어요. 게다가 그 노파 말이, 그 사람은 주로 채소만 먹는다고 하던데, 채소란 원래 기독교인보다는 말이 먹기에 적합한 거잖아요. 업턴의 여관 주인도 그러더군요, 그곳 사람들은 그 산사람을 아주 무서워한다고요. 그래서 전 그 산사람이 우리에게 어떤 경고를 하기 위해 나타난 유령이 틀림없다는 생각이 자꾸 들어요. 누가 알겠어요? 그 사람이 우리에게 한 모든 이야기가, 그러니까 싸우러 갔다든가, 잡혀서 감옥에 갇혔다든가, 교수형 당할 뻔했다든가 하는 등등의 이야기가 모두 우리한테 주는 경고일 수도 있어요. 앞으로 우리가 무얼 하려는지 생각해보면 말이에요. 게다가 전 어젯밤 내내 싸우는 꿈만 꾸었는데, 코에선 피가 술통 꼭지에서 술이 나오듯 줄줄 흘러나왔던 것 같아요.* '왕후(王后)시여, 당신이 상기(想起)시킨 비애(悲哀)는 형용불가(形容不可)요.'"

"패트리지, 당신 이야기는 당신이 구사하는 라틴어처럼 앞뒤가 맞지 않소. 전쟁에 나가는 사람에게 죽는 것만큼 가능성이 높은 일이 어디 있겠소? 우리 둘은 결국 전쟁터에서 싸우다 죽게 될 거요. 그런데 그런 경고가 무슨 의미가 있겠소?"라고 존스가 반문하자, 패트리지는 다음과 같이 대답했소. "무슨 의미가 있냐고요! 우린 끝난 거죠. 안 그렇습니까? 내가 사라지면 모든 게 끝장이에요. 내가 죽는다면, 대의명분이 뭐가 중요하고 누가 이기든 그게 뭐가 중요하겠습니까? 그 덕도 보지 못하는데 말입니다! 땅속 2미터 아래 묻힌 사람들에게 승리의 종소리나 승리를 축

---

* 당시의 점성술 책자에 따르면 코피 흘리는 꿈은 불운의 징후로 해석되었다.

하하는 화톳불이 무슨 의미가 있겠어요? 이 불쌍한 패트리지는 이미 끝장 났는데 말입니다." 이 말에 존스는 "불쌍한 패트리지의 종말은 언젠가는 올 일이오. 당신이 라틴어를 좋아한다면, 겁쟁이에게 용기를 불어넣어주 는 호라티우스의 멋진 시 구절을 하나 들려주겠소"라고 소리쳤소.

자국(自國)을 위해 연구(捐軀)하지 않을 자 어디 있겠소?
천박(淺薄)한 외구(畏懼)로 인해 비겁(卑怯)하게 후퇴(後退)한다 하여도
사멸(死滅)을 피면(避免)치 못할 것이오. 용사(勇士)든 나부(懦夫)든
묘지(墓地)는 공동(共同)의 귀속(歸屬)이기에.*

"도련님이 해석 좀 해주세요. 호라티우스 시는 어려워서 이해할 수가 없어서요"라고 패트리지가 소리치자, "좀 어설픈 번역이지만, 정확히 말 해 내가 한 의역이지만 말해주겠소. 사실 난 시에는 좀 서툴거든"이라고 존스는 말했소.

자신의 소중한 조국을 위해 죽지 않을 자 그 누가 있겠소?
천박한 두려움 때문에 비겁하게 뒤로 물러선다 해도
죽음으로부터 달아날 수는 없소. 누구나 다 가야 하는 무덤은
결국 겁쟁이와 용감한 자 모두를 받아들이기 때문에.

"그건 분명해요. 예, 맞아요. '사망(死亡)은 삼라만상(森羅萬象) 공통(共通) 의 운명(運命)이다'**는 말은 맞는 말이에요. 하지만 나이가 한참 든 뒤 친

---

* 호라티우스의 『송시』에 나오는 구절로 라틴어를 한문 투로 옮긴 것.
** 『라틴어 입문』에 나온 문장으로 키케로의 글로 추정된다. '모든 것은 다 죽는다'는 의미다.

지들이 주위에 모여 우는 가운데, 선량한 기독교인처럼 침실에서 죽는 건, 미친개처럼 총에 맞아 죽거나 혹은 자신의 죄를 모두 참회하기도 전에 칼로 수십 번 난도질당해 죽는 것과는 큰 차이가 있죠. 오, 주여! 자비를 베푸소서! 군인들은 분명히 나쁜 사람들이에요. 그래서 그런 사람들과는 아무런 관계도 맺고 싶지 않고요. 도저히 그 사람들을 기독교인으로 볼 수도 없어요. 저주와 욕설밖에는 하지 못하니까요. 그러니 도련님도 참회하세요. 너무 늦기 전에 참회하시길 진심으로 바래요. 그러니 군인들한테 갈 생각은 하지도 말아요. 근묵자흑(近墨者黑)이라는 말이 있지 않습니까. 제가 군인들을 가까이하지 않으려는 가장 큰 이유가 바로 그겁니다. 그리고 제가 다른 사람들보다 죽는 걸 더 두려워하는 건 아니에요. 그건 정말 아니에요. 누구나 다 죽게 된다는 건 나도 아니까요. 하지만 그렇기는 해도, 오래 살 수 있는 사람들도 있어요. 이제 중년의 나이입니다만 저도 앞으로 꽤 오래 살 수도 있고요. 백 년 이상 산 사람들이나 백 년을 훨씬 넘게 산 사람들에 대해 읽은 적이 있어요. 그렇게까지는 바라지 않겠지만(그 나이까지 살 수 있을 거라고 기대하지는 않는다는 말입니다) 여든이나 아흔까지 살 수 있다면, 다행히 아직 시간은 많이 남아 있어요. 다른 사람들처럼 그때 죽는 건 무섭지 않아요. 하지만 천명을 다하기도 전에 사신을 시험하는 건 명백한 죄악이고 주제넘은 짓이죠. 게다가 대의명분이 무엇이든 간에, 두 사람이 얼마나 대단한 일을 할 수 있겠어요? 저로선 도무지 그걸 이해할 수도 없고요. 전 평생 총을 쏘아본 게 열 번도 채 안 돼요. 그것도 장전되지 않은 상태에서요. 게다가 전 검술은 배운 적도 없고 칼에 대해선 전혀 몰라요. 그러니 대포를 쏜다는 건 저에겐 진짜 주제넘은 짓이죠. 미친놈 아니면, 아무도…… 죄송합니다. 맹세컨대, 나쁜 의도로 한 말은 아니니 화내진 마세요."

이 말에 존스가 "걱정 마시오, 당신이 얼마나 겁쟁이인지 이제 확실하게 알았으니, 무슨 말을 해도 날 화나게 하지는 못할 거요"라고 소리치자, 패트리지는 "아니, 제가 겁쟁이라고요? 도련님 원하시는 대로 부르셔도 좋습니다. 사지를 다치지 않고 멀쩡하게 죽고 싶다고 해서 겁쟁이 취급을 받는다면 '어떤 인간(人間)도 그런 과실(過失)을 피면(避免)치 못하는 법이죠.'* 싸우지 않고는 훌륭한 남자가 될 수 없다는 말을 라틴어 문법책에서 읽은 적은 없거든요. '누가 선인(善人)인가? 이는 원로원(元老院)의 결정(決定)과 법규(法規)를 준수(遵守)하는 자들이다.'** 이 말에 싸움이란 단어는 하나도 없어요. 성경도 분명히 싸움을 금하고 있고요. 그러니 아무리 날 설득하려 해도 다른 기독교인의 피를 흘리게 하면서도 자신은 훌륭한 기독교인이라고 주장하는 사람의 말은 믿지 않을 겁니다."라고 말했소.

4장
어느 걸인이 겪은 예기치 않은 일

앞 장 마지막 부분에서처럼 패트리지가 그토록 훌륭하고 경건한 교리를 설파하자마자, 이들 앞에(이때 이들은 또 다른 갈림길에 다다랐소) 넝마를 걸친 절름발이가 나타나 적선을 베풀어달라고 했소. 패트리지가 그를 심하게 핀잔 주면서 "가난뱅이들은 교구에서 먹여 살려야죠"라고 말하

---

* '아무도 그런 잘못에서 자유롭지 않다'라는 의미로 이 구문은 『문법 개요 A Short Intro-duction to Grammar』(1720)라는 라틴어 문법책에 예문으로 나온다.
** 호라티우스의 『서한집』에 나오는 구절. '누가 선량한 사람인가? 그건 원로원의 결정과 법규, 그리고 법을 준수하는 자들이다'라는 의미다.

자, 존스는 껄껄 웃더니 입으로는 그렇게 사랑을 떠들어대면서도 마음속에는 사랑이 전혀 없다는 게 부끄럽지도 않느냐며 "당신이 믿는 종교는 당신이 저지르는 잘못에 대한 변명거리만 제공해주고, 선행을 베풀도록 장려하지는 않나 보군. 진정한 기독교인이라면 저렇게 비참한 상황에 처한 형제를 어떻게 도와주지 않을 수 있겠소?"라고 말하면서, 주머니에서 1실링을 꺼내 그 불쌍한 자에게 주었소.

그러자 걸인은 고맙다고 하고는 "소인 주머니에 진기한 기 하나 있는뎁쇼. 3킬로미터 정도 떨어진 곳에서 줏았는데, 혹시 원하시믄 사시도 되는뎁쇼. 아무한테나 뵈주지는 않았습니다만, 소인 같은 거렁뱅이한테도 친절하게 대해주신 분이니 없는 놈이라꼬 도둑놈으로 몰 것 같지는 않아가 뵈드리는 거구만요"라고 말하더니 금박 입힌 자그마한 지갑을 꺼내 존스의 손에 건네주었소.

즉시 지갑을 열어본 존스는(독자들이여, 이때 존스의 느낌이 어떠했을지 한번 추측해보시오) 지갑 맨 앞에 소피아가 예쁜 글씨로 직접 쓴 소피아 웨스턴이라는 글자를 보았소. 소피아라는 이름을 읽자마자 존스는 지갑에 입술을 맞추고는, 옆에 사람이 있는 것도 아랑곳하지 않고 미친 듯이 기뻐했고, 너무나도 기쁜 나머지 자신이 지금 혼자 있는 것이 아니라는 사실을 잊어버린 것만 같았소.

버터 바른 갈색의 고급 빵조각을 입에 넣은 것처럼 혹은 자신이 진짜 책벌레인 것처럼 혹은 자기가 쓴 책 말고는 먹을 게 하나도 없는 작가라도 된 것처럼, 존스가 지갑에 입을 맞춘 뒤 지갑을 우물우물 씹었을 때, 종잇조각 하나가 지갑에서 나와 바닥에 떨어졌소. 패트리지가 그것을 집어 그에게 건네자, 이를 살펴본 존스는 그것이 은행권임을 곧 알게 되었소. 그것은 집을 떠나기 전날 밤 소피아가 웨스턴 영주로부터 받은 은행권, 그러니까 유대인이라면 1백 파운드에서 5실링 모자라는 돈으로 사려고 달려들었을, 바로 그 은행권이었던 것이오.

존스가 큰 소리로 이를 알리자, 패트리지의 눈은 반짝거렸고, 지갑을 발견했지만 열어보지도 않은(정직해야 한다는 신념 때문에 그랬을 거라고 생각하고 싶소) 이 가난한 자의 눈도 반짝거렸소. 비록 패트리지와는 다른 표정을 지으면서 그랬지만 말이오. 그런데 여기서, 별로 중요하지 않을 수도 있지만 있는 그대로 이야기를 전하기 위해서, 독자들에게 알려주지 않으면 안 될 사실이 하나 있소. 그것은 이 가난한 자가 글을 읽지 못한다는 것이오.

이 지갑을 처음 보았을 때 황홀경에 빠져 그저 기쁘기만 했던 존스에게 걱정스러운 마음이 들기 시작했소. 이 은행권을 전달하기 전에, 소피아가 이 은행권을 꼭 필요로 하는 상황에 처하게 될지도 모른다는 생각이 들었던 것이오. 하여튼 존스는 지갑 주인을 알고 있으니 가능한 한 빨리 주인에게 돌려주겠다고 지갑을 발견한 걸인에게 말했소.

이 지갑은 웨스턴 여사가 최근에 소피아에게 준 선물로, 유명한 보석상에게서 25실링을 주고 산 것이었소. 하지만 이 지갑의 죔쇠 부분에 있는 은의 실제 값어치는 대략 18펜스 정도였고, 보석 가게에서 판매되었을 때와 똑같은 상태였기 때문에, 앞서 말한 보석상은 지금이라도 18펜스를 주고 이 지갑을 도로 사갔을 것이오. 하지만 세상사에 밝은 사람이라면 이 지갑을 주운 사람이 무지하다는 걸 이용해 1실링 이상 아니 6펜스 이상 주지 않았을 것이오. 어쩌면 어떤 사람은 아무것도 주지 않아 이 걸인으로 하여금 횡령물 반환소송을 제기하게 만들지도 모르오. 박학한 고등변호사라면 이런 상황에서 그 법을 적용하겠다고 나서는 사람을 의아하게 생각할지도 모르지만 말이오.

이와 반대로 지나칠 정도로 후해 혹 낭비벽이 있지 않나 하는 의심을 받을 정도였던 존스는 지갑을 받은 대가로 망설이지 않고 걸인에게 1기니를 주었소. 오랫동안 이처럼 많은 돈을 가져본 적이 없었던 이 가난한 사람은 존스에게 수없이 사의를 표하며, 소피아 웨스턴이라는 글자를 처음 읽었을 때 존스가 느꼈던 것만큼이나 황홀한 기분을 얼굴을 통해 드러내었소.

지갑을 발견한 곳까지 동행해달라는 우리의 여행객들의 요청에 기꺼이 응했던 이 가난한 사람은 그곳을 향해 곧장 출발했지만, 존스가 기대했던 만큼 빨리 가지는 못했소. 길 안내를 맡은 그는 불행히도 다리를 절어 한 시간에 1.5킬로미터 이상 갈 수가 없었기 때문이었소. 게다가 이 가난한 사람이 말했던 것과는 달리 그곳은 5킬로미터 이상 떨어진 곳이었기 때문에, 그곳까지 걸어가는 데 얼마나 걸렸을지는 굳이 독자들에게 말할 필요가 없을 것이오.

걸어가면서도 존스는 수백 번이나 지갑을 펼쳐 입을 맞추었소. 그러고는 계속 혼잣말만 하면서 일행에게는 거의 말도 걸지 않았소. 이를 본 걸인이 패트리지에게 놀랍다는 신호를 보내자, 패트리지는 여러 번 고개를 저으면서 "불쌍한 양반! '그가 강건(强健)한 심신(心身)을 갖도록 기원(祈願)해야 하오'"*라고 소리쳤소.

마침내 소피아가 불행히도 지갑을 떨어뜨렸던 곳, 그러니까 길 안내를 맡은 사람이 다행히도 지갑을 발견했던 곳에 도착하자, 존스는 여기까지 길 안내를 해준 걸인과 작별을 고하고 발걸음을 재촉하려 했소. 하지만 처음 1기니를 받았을 때 느꼈던 놀라움과 기쁨이 상당히 사그라지고,

---

* '그가 건강한 몸에 건강한 정신을 갖도록 기도해야 합니다'라는 의미로 이 구문은 유베날리스의 『풍자시집』에 나오는데, 『문법 개요』에 라틴어 예문으로도 나온다.

이제 냉정하게 마음을 가라앉힐 시간을 얻게 된 이 걸인은 불만족스런 표정을 짓고는 머리를 긁적이면서 말했소. "나리도 함 생각해주십쇼. 만약 지가 정직하지 않았다믄, 그냥 지가 묵고 입 닦아뿟을깁니다(이 말이 사실임을 독자들도 인정해야 할 것이오). 그 종이쪼가리가 백 파운드짜리라 카믄, 그걸 발긴한 사람은 보상으로다가 1기니 이상 받을 수 있는 거 아인가 싶은뎁쇼. 게다가 나리가 지갑 주인을 만나지 못한다거나 그 돈을 전해주지 못하게 된다믄(솔직히 나리가 신사처럼 보이고 또 그래 말씀하시긴 해도, 나리 말만 듣고 우예 알겠습니꺼?) 그리고 나리가 원래 주인을 못 찾는다 카믄 처음 발견한 사람이 그 돈을 가지야겠지요. 그러이 소인 생각도 좀 해주십쇼. 소인 같은 거렁뱅이가 우째 그 돈을 다 가질라 카겠습니까. 제 몫 만큼만 가지가겠다는 기지요.

나리는 좋은 분이 맞는 것 같으이 지가 정직했다 카는 걸 쫌 생각해주십쇼. 아닌 말로 제가 다 챙길 수도 있었습니더. 글고 그걸 알 사람도 없었을 기구요." 이 말에 존스가 "내 명예를 걸고 말하지만, 난 진짜 주인을 알고 있소. 그리고 이것은 반드시 그분에게 돌려줄 것이오"라고 목소리를 높여 말하자, 길 안내를 했던 사람은 "소인 몫으로 그 돈의 절반만 주시고 나머지는 나리 맘대로 하십쇼. 원하신다믄 그 나머지를 그냥 꿀꺽 하시도 뭐……"라고 말하며, 절대로 이 일에 대해선 한마디도 하지 않겠다고 힘주어 맹세했소.

이 말에 존스가 "이봐요. 내 분명히 말하는데, 지갑 주인에게 이 돈 모두 돌려줄 것이오. 그리고 현재로서는 선생에게 더 이상의 보상을 해줄 수가 없소. 하지만 선생 이름과 사는 곳을 알려주면, 오늘 아침에 일어난 이 예기치 않은 일을 나중에라도 기뻐할 이유가 생길 것이오"라고 다시 한 번 분명히 말하자, 걸인은 "나으리가 말하는 그 예기치 않은 일이 뭔지 소인은 도무지 모르겠는뎁쇼. 오히려 나으리가 그 돈을 주인한테 돌리줄 긴지 아인지가 제게는 더 모를 일이구만요. 하이튼 나리, 소인 생각도 좀 해주십쇼"라고 대꾸했소. 이에 패트리지는 "이봐요, 도련님께 당신 이름과 거처를 알려주시오. 그러면 이 돈을 도련님께 맡긴 걸 절대 후회하지 않을 거라고 내 장담하겠소"라고 말했소. 지갑을 되찾을 가망성이 없어 보이자, 이 걸인은 자신의 이름과 거처를 알려주었고, 존스는 이를 소피아의 펜으로 종이에 받아 적었소. 그러고는 소피아의 이름이 씌어진 면에 그 종이를 올려놓고 "이보시오, 선생은 이 세상에서 제일 행복한 사람이오. 선생의 이름을 천사 이름 옆에 적어두었으니 말이오"라고 말하자, 걸인은 "천사는 무신 얼어 죽을…… 그냥 소인한테 돈을 쪼매 더 주시든가 아니믄 그 지갑을 돌리주싯으면 하는뎁쇼"라고 대답했소. 이에 화가 난 패트리지는 이 불쌍한 절름발이에게 심한 욕설을 퍼붓고는 때리려고 했소. 하지만 존스는 그렇게 하도록 내버려두지 않았소. 패트리지를 막으며 존스는 자신이 앞으로 이 걸인을 도와줄 기회가 분명히 있을 거라고 말하고는 최대한 서둘러 그곳을 떠났고, 1백 파운드라는 돈에 고무된 패트리지도 존스를 뒤따라갔소. 반면에 뒤에 처질 수밖에 없었던 걸인은 부모가 자신을 자선학교*에라도 보내, 쓰고 읽고 셈하는 걸 배우도록 했다면 다른 사람들처럼 그 종이의 값어치를 알아보았을 거라며, 존스와 패트리지뿐만 아니라 자기 부모도 욕하기 시작했소.

---

* 1699년 영국에서 기독교 교육을 증진시키기 위해 설립된 학교로 가난한 집 자녀들의 직업 훈련이나 도덕 교육을 주로 맡았다.

5장

존스와 그의 일행이 여행 중 겪게 된 예기치 않은 사건

우리 여행객들은 너무 빨리 걸었기 때문에 대화할 시간도 여유도 없었소. 게다가 가는 내내 존스는 소피아에 대해서, 패트리지는 은행권(은행권이 생겨 패트리지는 기뻤지만, 이와 동시에 자신이 정직하다는 사실을 보여줄 기회를 단 한 번도 주지 않은 운명의 여신에게 불평하기도 했소)에 대해서만 생각했기 때문에 더더욱 그럴 수밖에 없었소. 5킬로미터 정도를 더 가자, 더 이상 존스와 보조를 맞출 수 없었던 패트리지는 존스를 불러 조금만 걸음을 늦춰달라고 부탁했소. 서리가 녹았기 때문에 바닥에 생긴 말발굽 자국을 따라 몇 킬로미터를 왔지만, 얼마 전부터 말발굽도 보이지 않았고 게다가 여러 갈래의 길이 나 있는 넓은 공유지에 다다랐기 때문에, 존스도 이 요청을 기꺼이 받아들였소.

따라서 이 지점에서 발걸음을 멈추고 어느 길로 가야 할지 생각하고 있을 때, 그리 멀지 않은 곳에서 북소리가 들려왔소. 북소리에 두려움을 느낀 패트리지가 "주여, 우리 모두에게 자비를 베푸소서. 그들이 오고 있는 게 틀림없어요!"라고 소리치자, 이미 오래전부터 두려움보다는 달콤한 생각에 잠겨 있던 존스는(그는 다리를 절던 걸인을 만난 이후로 적에 대해선 한 번도 생각하지 않고 오로지 소피아를 쫓아갈 생각만 하고 있었소) "누가 온다고?"라고 물었소. 이에 패트리지는 이렇게 대답했소. "누구냐고요? 반란군 말입니다. 하지만 우리의 생각과는 정반대로 정직한 신사들일지도 모르는데, 왜 반란군이라고 불러야 하는지 모르겠군요. 그 사람들과 대적하는 사람들은 악마가 붙잡아갈 거예요. 나한테 뭐라고 하지도 않았으니, 그 사람들을 정중하게 대해야 하지 않겠어요? 도련님, 그 사람들이 온다고 해도 절대 맞서지는 마세요. 우리를 해치진 않을 거예요. 그 사람들이 지나갈 때까지, 저기 덤불 속으로 기어들어가 숨어 있는 게 현명하지 않을까요? 무기도 없는데 우리 둘이 어떻게 5만 명의 병사들을 상대해서 싸울 수 있겠어요? 미친놈 아니면 누가 그러겠어요. 도련님, 기분 나빠 하지는 마세요. 하지만 '강건(强健)한 심신(心身)'을 가진 사람은 분명히……" 이때 존스는 두려움에 사로잡혀 연신 떠들어대는 패트리지의 말을 막으며, 북소리가 들리는 것을 보니 자신들이 도시 가까이에 왔다는 걸 알겠다고 했소. 그러더니 반란군이 그렇게 가까이까지 왔을 리는 없고 또 위험한 곳으로 패트리지를 데려가지도 않을 테니, 용기를 내라며 소리 나는 쪽을 향해 곧장 나아갔소.

반란군이 그렇게 가까이까지 와 있을 수는 없다는 말에 다소 안심이 된 패트리지는 공유지를 가로질러 좁은 길에 다다를 때까지 계속되는 북소리에 따라 심장이 두근거리는 것을 느끼며(하지만 영웅처럼 가슴 두근거린 것은 아니었소) 존스를 따라갔소. 이와 반대 방향으로 갔더라면 더 기뻤겠지만 말이오.

존스와 보조를 맞추어 걷던 패트리지는 바로 몇 미터 앞에서 그림이 그려진 뭔가가 공중에 펄럭이는 것을 보고는 적의 깃발일 거라 단정하며 큰 소리로 외쳤소. "도련님! 그 사람들이 왔어요. 저기 왕관과 관* 그림이 그려진 걸 보니 말이에요. 맙소사! 이렇게 끔찍스런 광경은 본 적이 없어요. 우리는 이미 그 사람들의 사정거리 안에 들어온 거예요."

위를 쳐다본 존스는 패트리지가 이처럼 오해하고 있는 것의 정체가

---

* 당시 영국인들은 자코바이트를 상징하는 깃발이 이와 유사하다고 조롱조로 말했다.

무엇인지 분명하게 알게 되자 "패트리지, 당신 혼자서도 저기 있는 군대를 상대할 수 있을 것 같소. 저 깃발을 보니, 우리가 좀 전에 들었던 북소리는 인형극 공연을 알리는 소리인 것 같으니 말이오"라고 말했소. 이에 패트리지는 몹시 기뻐하며 대답했소. "인형극 공연이라고요! 정말 그겁니까? 구경거리 중에서도 제가 제일 좋아하는 게 바로 인형극이거든요. 도련님, 좀 기다렸다 보고 가죠. 게다가 배도 고파 죽을 지경이고요. 이제 깜깜해졌는데도 새벽 3시 이후로 아무것도 먹은 게 없잖아요."

　여관에 (더 정확히 말해 선술집에) 도착하자, 패트리지의 설득에(더 정확히 말하자면 자신들이 지금 가려는 길에 들어선 것인지 더 이상 확신이 서지 않게 되자), 존스는 이곳에서 잠시 머무르기로 했소. 따라서 선술집의 부엌으로 들어가자마자, 존스는 그날 아침에 어떤 귀부인들이 이쪽 길을 지나가지 않았는지, 패트리지는 이곳에서 먹을 수 있는 음식이 무엇인지, 각자 열심히 조사했는데, 패트리지의 조사가 더 성공을 거두었소. 존스는 소피아에 대한 소식을 전혀 들을 수 없었지만, 몹시 만족스럽게도 패트리지는 김이 모락모락 나는 베이컨 조각에 반숙한 계란이 얹어진 멋진 광경을 곧 기대할 수 있다는 사실을 알았기 때문이었소.

　사랑은 강하고 건강한 체격을 가진 사람과 허약한 인간에게 각각 판이한 영향을 미치는 법이오. 후자의 경우, 사랑은 생명 유지에 필요한 모든 식욕을 잃게 하오. 하지만 전자의 경우, 사랑은 모든 것을 다 잊게 하고 종종 식음도 전폐하게 하지만, 그것은 예외적인 것이오. 배고픈 연인 앞에 맛있게 양념된 큼지막한 살코기를 한번 놓아보시오. 그러면 그는 틀림없이 아주 훌륭하게 자신의 본분을 다할 것이오. 바로 지금 이러한 상황이 벌어졌소. 자극을 주는 사람이 있어서였겠지만(혼자였다면 존스는 아무것도 먹지 않고 이보다 훨씬 먼 길을 갔을 것이오), 베이컨 조각에 반숙

된 계란을 얹은 음식이 바로 앞에 놓인 이 순간 존스는 패트리지만큼이나 게걸스럽게 먹기 시작했던 것이오.

우리의 여행객들이 저녁식사를 마치기도 전에 밤이 되었소(보름이 아니었기 때문에, 밖은 몹시 어두웠소). 그러자 패트리지는 이곳에 남아 곧 시작하게 될 인형극을 보자고 존스에게 졸라댔고, 이에 발맞추어 인형극 공연자도 자신의 인형극이야말로 세상에서 가장 훌륭한 것으로 모든 도회지에 사는 상류층 귀족들도 아주 만족해했다며, 인형극을 꼭 보라고 권했소.

인형극은 규정에 맞추어 저속한 내용을 담지 않았소.* 「성난 남편」** 에 나오는 훌륭하고 진지한 장면이라는 제목의 이 인형극은 저속한 위트나 유머, 그리고 익살을 전혀 사용하지 않고, 아주 근엄하고 엄숙하게 공연되었소. 즉 정확한 평가를 내리자면, 이 인형극은 웃음을 유발하는 요소를 전혀 가지고 있지 않았는데, 바로 이 때문에 관객들은 이 인형극을 좋아한 것 같았소. 어떤 점잖은 노부인은 인형극 공연자에게 이 인형극에는 허튼소리가 없어 좋다며 다음 날 밤 두 딸을 데리고 다시 보러 오겠다고 했고, 변호사 서기와 세금징수관은 '타운리 경'과 '타운리 경 부인'의 성격이 실제로 살아 있는 인물처럼 사실적이라고 했는데, 패트리지도 이들의 견해에 공감을 표했소.

이런 칭찬에 무척 고무된 인형극 공연자는 자화자찬하며 다음과 같이

---

* 17세기 말부터 영국에서는 연극과 인형극의 내용이 저속하다는 비판이 나오기 시작하면서 부도덕하고 외설적인 내용을 극에서 추방하자는 움직임이 있었다.
** 1728년에 영국에서 공연된 콜리 시버의 「성난 남편The Provoked Husband」은 존 밴브루 John Vanbrough 경의 『런던으로의 여행A Journey to London』을 도덕적으로 각색한 극으로 연극의 도덕성을 강조했던 당시 사람들의 취향에 맞춘 것이다. 하지만 필딩은 극이 도덕성을 강조함으로써 극 자체가 갖고 있던 유머와 위트가 사라진 것을 유감으로 여겼다.

말했소. "오늘날의 인형극처럼 많이 개선된 것도 없어요. 펀치와 펀치의 아내 조앤,* 그리고 그런 쓸데기 없는 천박한 것들을 다 없애버렸기 때문에 아주 건전한 공연이 됐죠. 처음 제가 이 일을 시작했을 때 인형극에는 관객들을 웃기는 데는 효과가 아주 컸지만 젊은이들의 도덕심을 고양시키는 데는 전혀 도움이 되지 못하는 저급한 내용들이 아주 많았죠. 모든 인형극은 사람들의 도덕심을 고양시키는 걸 주목적으로 삼아야 하는데도 말입니다. 훌륭하고 교훈적인 가르침은 이런 방법을 통해서도 전달될 수 있으니까요. 제 인형들은 실제 사람 크기만 하고 사람들이 살아가는 모습을 아주 세세하게 표현하고 있어, 인생이라는 거대한 드라마에서 사람들이 교훈을 얻듯이, 제가 연출하는 이 작은 드라마를 보고서도 많은 교훈을 얻으리라고 확신합니다." 이 말에 존스가 "결코 선생 직업을 폄하하려는 것은 아니지만, 선생의 말씀에도 불구하고 오랫동안 등장하던 펀치를 다시 볼 수 있었더라면 더 좋을 뻔했소. 내 생각엔 펀치와 펀치의 발랄한 아내 조앤을 빼버려 인형극을 망친 것 같으니 말이오"라고 말하자, 이 말을 듣고 존스에 대해 강한 경멸감을 품게 된 인형극 공연자는 몹시 혐오스런 표정을 짓고는 대답했소. "선생의 견해는 그럴지 모르겠소만, 다행스럽게도 최고의 비평가들은 다르게 생각하고 있습니다. 물론 모든 사람의 취향을 다 만족시킬 수는 없겠지요. 사실 2, 3년 전에 바스에 묵었던 어느 지체 높은 분은 펀치를 다시 무대에 올려야 한다고 아주 강력하게 주장했으니 말입니다. 그 말을 따르지 않아 제가 금전적으로 손해를 보았다는 건 압니다. 다른 사람들은 하고 싶은 대로 하라고 해요. 하지만

---

* 당시 인형극에서 많은 인기를 누렸던 펀치와 조앤이라는 인형극 캐릭터는 이탈리아 인형극에서 유래한 것이다. 이 캐릭터들이 부도덕을 조장한다고 해서 금기시하는 풍토도 있었지만 필딩은 이 캐릭터가 극의 활력을 불어넣는다고 생각했다.

사소한 것 때문에 제 직업의 품위를 떨어뜨리는 일은 절대 없을 겁니다. 그리고 그런 저급한 것을 도입하여, 제 인형극의 품위와 제 원칙을 결코 훼손시키지도 않을 거고요."

이 말에 변호사 서기가 "맞소. 선생 말이 진짜 맞아요. 저급한 내용은 상연해서는 안 됩니다. 그래서 런던에 있는 제 몇몇 지인들은 저급한 내용을 무대에서 공연하지 못하게 하기로 결의도 했습니다"라고 말하자, 세금징수관은 입에서 담배파이프를 빼면서 말했소. "그건 참 적절한 조처요.「성난 남편」이 초연되던 날, 난 위층 관람석 맨 뒷자리*에 앉아 있었던 것으로 기억하는데(그때는 내가 주인님을 모시고 있었기 때문이죠), 그 극은 의원직에 입후보하기 위해 런던으로 상경한 시골 신사와 관련된 저급한 내용을 많이 다루었지요. 그 시골 신사의 하인도 많이 등장했는데, 그중에서도 특히 마부가 기억나네요. 하지만 우리 관람석에서 나와 같이 지켜보던 사람들도 그 저급한 내용을 더 이상 참을 수 없어 욕을 해댔지요. 보아하니 선생은 그런 저급한 내용을 전부 뺀 것 같으니, 그런 점에서 선생은 칭찬받을 만하오."

이 말에 존스가 "하여튼 선생들 생각이 나와 그렇게들 다르니, 내가 옳다고 고집 부릴 수는 없겠군요. 대부분의 사람들이 펀치라는 인물을 싫어한다면, 이 극을 공연하는 저 학식 깊은 신사 양반이 더 이상 펀치를 등장시키지 않은 건 아주 잘한 일일 수도 있겠네요"라고 대답하자, 인형극 공연자는 타의 모범이 되는 인물의 영향력이 얼마나 대단한지에 대해, 그리고 혐오스러운 상류층의 악행을 보게 됨으로써, 많은 하층민들이 그런 악행을 저지르지 않게 되는 효과에 대해, 두번째 장광설을 늘어놓기 시작

---

* gallery: 극장의 위층 관람석은 가장 싼 좌석으로 주로 하층민들이 이용했다.

했소. 그런데 그때, 다른 때 같으면 이야기하지 않았겠지만 현재로선 이야기할 수밖에 없는 어떤 사건이 벌어져 불운하게도 그의 이야기는 중단될 수밖에 없었소. 하지만 그 사건이 무엇인지는 이 장이 아니라 다음 장에서 이야기하겠소.

6장
최고의 것은 오해의 소지가 많고 잘못 해석되기도 쉽다는 게
사실임을 추론할 수 있는 장

그때 이 인형극 공연장 입구에서 큰 소란이 일어났소. 여관 안주인이 주먹과 세 치 혀를 총동원해서 여관 하녀를 호되게 때리고 있었던 것이오. 시킬 일이 있어서 하녀를 찾아다녔던 여관 안주인은 하녀가 인형극 무대 위에서 어릿광대와 말하기조차 매우 민망한 모습으로 함께 있는 걸 보게 되었던 것이오.

그레이스(이것이 하녀의 이름이었소)*는 자신이 순결하다고 주장할 자격을 이미 상실했지만, 현장을 목격당한 사실을 부인할 정도로 뻔뻔하지는 않았기 때문에 다른 방법으로 자신의 잘못을 완화해보려 했소. "왜 날 때려요? 내 행동이 그렇게 마음에 안 들면 쫓아내면 될 거 아니에요. 내가 창녀라면(여관 안주인은 하녀를 여러 차례 그렇게 불렀소) 나보다 지체 높다는 사람들도 다 창녀겠네요. 지금 인형극에 나오는 저 귀부인**좀 보세요. 저 귀부인이 아무 이유 없이 저녁 내내 집밖에 나와 있는 건 아니

---

* 그레이스는 「성난 남편」에 등장하는 타운리 경의 누이의 이름이기도 하다.
** 「성난 남편」에 나오는 타운리 부인을 말함.

170

라고 생각하는데요."

이 말에 안주인은 갑자기 부엌으로 들어가, 남편과 인형극 공연자에게 욕을 해댔소. "여보, 당신이 이런 사람들을 집 안에 불러들이는 바람에 집 안 꼴이 어떻게 됐나 봤죠? 이 사람들 때문에 술을 쪼금 더 팔긴했지만, 이 불결한 버러지 같은 인간들이 우리 집을 난장판으로 또 매음굴처럼 만들었으니, 술 쪼금 더 판 것 가지고는 택도 없어요. 간단히 말하죠. 인형극 하는 양반, 내일 아침 당장 우리 집에서 나가요. 당신이 하는 짓거리를 더 이상 참고 봐줄 수가 없네요. 이런 인형극을 보니까 하인들이 게으름 피우고 허튼 생각을 하게 되잖아요. 이런 쓸데기 없는 인형극에서 배울 게 그것밖에 더 있겠어요. 「입다의 성급한 맹세」*처럼 성서에서 따온 내용으로 만들어진 인형극이나 악마가 나쁜 놈들을 모두 잡아가는 그런 인형극**이 상연되던 시절이 기억나네요. 그런 인형극들은 좀 볼만했는데 말이에요. 하지만 지난 일요일에 목사님이 말씀하시기를, 요새는 아무도 마귀를 믿지 않는데요. 그런데 당신네들은 귀족과 귀부인처럼 옷을 입힌 인형들을 가져와, 한심한 시골 여자애들이 헛바람 들게 만들었어요. 일단 헛바람 들면 모든 게 뒤죽박죽되는 건 순식간이라고요."

베르길리우스는 이렇게 말했소. "군중들이 요란하게 소동을 피우고, 온갖 물건들이 무기처럼 사방에 날아다닐 때, 위엄과 권위를 갖춘 사람이 등장하게 되면, (한데 모이면 당나귀에 비유될 정도로 어리석은) 군중들은 곧 소동을 멈추고 그 긴 귀***를 쫑긋 세우며 이 근엄한 사람의 말에 귀를

---

* 『구약성서』「사사기」11, 12장에서 소재를 따온 극으로 18세기 당시 인기가 많았다.
** 많은 전통적인 인형극은 악마가 악인이나 부도덕한 인물들을 지옥으로 끌고 가는 것으로 끝이 났다.
*** 귀가 길다는 것은 당나귀를 암시하는데 이는 '바보'라는 의미도 내포하고 있다.

기울이게 된다"고 말이오.*

　이와는 반대로 근엄한 사람들과 철학자들이 논쟁을 벌이고 있을 때
(어떤 의미에서는 지혜의 여신도 이곳에 참석하여 논쟁을 벌이는 사람들에게
논지를 제공해주고 있을 때), 군중들 사이에서 소란이 벌어지게 되면(다른
식으로 표현하자면, 거대한 군중들이 지르는 소리와 맞먹을 정도의 큰 소리
로 앙알거리는 여자가 앞서 언급한 철학자들 앞에 나타나게 되면), 철학자들
은 일시에 논쟁을 중단하고, 지혜의 여신은 더 이상 자신의 임무를 수행
하지 않으며, 모든 사람들의 관심은 이 앙알거리는 여자에게 즉시 쏠리게
되는 법이오.

　이처럼 소란이 벌어지고 앙알거리는 여관 안주인이 나타나자, 철학자
같은 인형극 공연자는 침묵했고, 독자들이 이미 충분히 맛보았던 그의 근
엄하고 엄숙한 장광설은 마무리되었소. 사실 인형극 공연자에게는 이처럼
시기적절치 못한 일도 없었을 것이오. 자신의 인형극이 사람들의 도덕심
을 고취한다며 의기양양하게 설명하던 이 가련한 자를 이보다 더 곤혹스
럽게 만들 운명의 여신의 계책은 더 이상 존재할 수 없을 것이기 때문이
오. 따라서 자신이 만든 알약과 가루약의 효능에 대해 한창 열변을 토하
는 순간, 그 약의 순교자 중 한 명의 시체가 그가 행한 치료술의 증거로
무대 앞에 놓여질 때의 돌팔이 의사의 입처럼, 인형극 공연자의 입도 완
전히 닫히게 되었던 것이오.

　여관 안주인의 말에는 아무런 대꾸도 하지 않은 채, 인형극 공연자는
자신이 고용한 어릿광대를 혼내주기 위해 달려갔고, 시인들의 말처럼 달
이 아름다운 은빛을 발하기 시작하던 그때(솔직히 당시의 달은 구리 조각

---

* 베르길리우스의 『아이네이스』에 이와 유사한 구절이 나온다.

처럼 보였소) 존스는 여관 주인에게 청구서를 달라고 하면서, 안주인 때문에 막 깊은 잠에서 깬 패트리지에게는 떠날 차비를 하라고 지시했소. 하지만 독자들도 보았듯이, 최근 자신의 주장을 두 번이나 관철한 바 있는 패트리지는 대담하게도 자기주장을 한 번 더 관철하려 했는데, 그것은 바로 그날 밤 이 여관에서 묵자는 것이었소. 지금 여기를 떠나야겠다는 존스의 말에 짐짓 놀란 척하며 이 숙소를 떠나는 걸 반대할 수밖에 없는 아주 그럴듯한 이유를 무수히 많이 밝힌 뒤, 설령 이곳을 떠난다고 해서 무슨 득이 있겠냐고 강력하게 주장했소. 소피아가 어디로 갔는지 모른다면, 존스가 내딛는 한 걸음 한 걸음이 오히려 그녀에게서 점점 더 멀어지게 만들 수도 있다면서 "도련님, 이 여관 사람들에게서 소피아 아가씨가 이 길로 가지 않았다는 사실을 알아내셨잖아요. 내일 아침엔 물어볼 만한 사람을 만날 수도 있으니, 아침까지 여기서 머무르는 게 훨씬 낫지 않겠습니까?"라고 말하면서 말이오.

패트리지가 마지막으로 댄 이유에 상당한 영향을 받은 존스가 이에 대해 곰곰이 생각하는 동안, 여관 주인도 자신의 수사력을 총동원하여 패트리지와 같은 주장을 폈소. "맞습니다. 나리. 나리 하인이 아주 좋은 의견을 주셨네요. 누가 이 밤중에 길을 나서겠어요?" 그러더니 평상시 어조로 자기 여관의 시설이 얼마나 훌륭한지 떠들어대기 시작하자, 그의 아내도 이에 맞장구치면서 열을 올렸소. 하지만 모든 여관 주인과 안주인이 공통적으로 하는 말로 독자들을 붙잡아두고 싶지는 않기에, 머리를 다치는 사건이 벌어졌던 그 여관을 나선 이후로 거의 제대로 눈도 붙이지 못해 휴식이 몹시 필요했던 존스가 이들의 설득으로 단 몇 시간 동안만이라도 이곳에서 머물며 휴식을 취하기로 정했다는 사실만 알려주겠소.

그날 밤은 더 이상 길을 나서지 않기로 결정한 존스는 자신의 잠자리

파트너인 소피아의 지갑과 머프를 가지고 잠자리에 들었소. 하지만 낮잠을 몇 차례 잔 덕에 기운을 회복했던 패트리지는 잠보다는 뭔가 먹고 싶었고, 뭘 먹기보다는 술을 마시고 싶었소.

그레이스 때문에 벌어졌던 소동이 끝이 나고, 홧김에 인형극 공연에 대해 점잖지 못한 비난을 한 여관 안주인이 인형극 공연자를 용서하고 그와 화해를 하자, 부엌에는 완벽한 평화와 고요가 다시 찾아온 것 같았소. 이때 여관집 주인 부부와 인형극 공연자, 변호사 서기, 세금징수관, 그리고 영리한 패트리지가 취사용 불 주변에 모여앉아 즐거운 대화를 나누었는데, 그들의 대화 내용은 다음 장에서 알게 될 것이오.

7장
우리의 한두 마디 소견과 부엌에 모인 선량한 사람들의 더 많은 소견

패트리지는 자존심 때문에 자신은 하인이 아니라고 주장했지만, 세부적인 면에서는 하인에 걸맞게 행동했소. 한 예로 그는 자신의 동행인을 존스라고 부르면서도, 동행인의 재산 정도를 몹시 과장했소. 이것은 낯선 사람들과 함께 있을 때, 자신들이 거렁뱅이의 하인으로 여겨지는 걸 꺼려하는 모든 하인들이 일반적으로 보이는 행태로, 이는 주인의 신분이 높으면 높을수록 자신의 신분도 그만큼 높아진다는 생각에 기인하는데, 이것이 사실이라는 것은 모든 귀족 하인들의 행동을 보면 알 수 있을 것이오.

높은 지위나 많은 재산을 가진 사람은 주변의 모든 사람들에게 자신의 광채를 더해주기 때문에, 높은 신분과 상당한 영지를 가진 사람의 하인은 주인의 신분과 영지에 대해 타인이 품는 존경심의 일부를 자신도 받

174

을 자격이 있다고 생각하는 법이오. 하지만 미덕이나 분별력과 관련된 경우에는 이와 상당히 다르오. 미덕과 분별력은 순전히 개인적인 것이라, 이를 갖춘 특정 개인에 대한 존경심은 그 개인이 모두 받기 때문에, 남에게 넘겨줄 것이 없기 때문이오. 솔직히 말하자면, 특정 개인에 대한 존경심은 그 양이 너무 적어, 다른 사람에게까지 나누어줄 여유가 없는 것이오. 따라서 주인이 이런 것을 가지고 있다고 해서 하인이 자긍심을 느낄수 없는 것처럼, 주인이 한탄스러울 정도로 미덕이나 분별력이 부족하다고 해서, 하인들이 굴욕감을 느낄 일도 전혀 없는 것이오. 하지만 하인이 섬기는 안주인에게 소위 말해 정숙함이 결여되었다면 상황은 매우 다르오. 이런 불명예는 가난처럼 일종의 전염성을 갖고 있어, 이를 가까이하는 사람들을 모두 불명예스럽게 만들기 때문이오.

이런 이유로 하인들이(남자들 사이에서만 그렇다는 의미요) 자기 주인의 재산에 대해서는 상당한 존경심을 보이지만, 주인의 성품에 대해서는 거의 혹은 전혀 존경심을 갖지 않는다는 사실, 그리고 자신들이 거렁뱅이처럼 돈도 없는 사람의 하인이라는 건 수치스러워하면서도, 악당이나 멍청이의 하인이라는 것에 대해서는 전혀 수치스러워하지 않는다는 사실, 따라서 주인의 악행이나 어리석은 행위는 조금도 망설이지 않고 가능한 널리, 그것도 종종 우스꽝스럽고도 재미있게 알린다는 사실에 놀랄 필요는 없소. 사실, 하인이라는 존재는 자신에게 하인의 제복을 입도록 한 주인을 제물로 삼아 자신의 재담을 과시하고 자신을 돋보이게 하려는 종족들이기 때문이오.

따라서 패트리지는 존스가 엄청난 재산을 상속받게 될 것이라며 이에 대해 매우 상세하게 말한 뒤, 전날부터 자신이 품기 시작한 의심(당시에 암시했듯이, 존스의 기이한 행동은 패트리지의 의심을 충분히 뒷받침할 만한 것처럼 보였소)에 대해서도 거리낌 없이 말했던 것이오. 간단히 말해, 패트리지는 존스가 지금 제정신이 아니라는 생각을 보다 확고하게 가지게 되었고, 이 생각을 취사용 불 주변에 모인 선량한 사람들에게 아주 단도직입적으로 전했던 것이오.

인형극 공연자도 패트리지의 생각에 즉시 동조하면서 다음과 같이 말했소. "솔직히 말해, 그 신사분이 내 인형극에 대해 너무 황당하게 말해 몹시 놀랐소. 사실 제정신인 사람이 그런 잘못된 생각을 갖고 있다는 건 상상조차 할 수도 없거든요. 지금 선생이 한 말을 들으니, 그 사람이 그런 황당한 생각을 하게 된 연유를 이제 알 수 있을 것 같군요. 불쌍한 분이구려. 정말 안됐소. 사실 그 사람의 눈에는 이상한 광기가 서려 있었소. 말은 안 했지만 그전에 이미 난 눈치채고 있었소."

여관 주인도 이 마지막 주장에 동감한다며, 자신도 그전에 눈치채고 있었다면서 이렇게 말했소. "확실합니다. 그건 분명해요. 미친 사람이 아니면 어떻게 이런 좋은 숙소를 떠나 이 밤중에 시골을 떠돌아다닐 생각을 했겠어요?"

이 말에 세금징수관은 입에서 담배파이프를 빼내며 자기 생각에도 존스가 미친 것처럼 보이고 또 말도 그렇게 하는 것 같다며 "그 사람이 미쳤다면, 이곳을 이렇게 떠돌아다니게 해선 안 됩니다. 누굴 해칠 수도 있으니까요. 그 사람을 붙잡아서 가족이 있는 고향으로 보내지 않는 게 유감천만이네요"라고 패트리지를 쳐다보며 말했소.

사실 패트리지의 심중에도 이런 생각이 도사리고 있었소. 패트리지는 존스가 올워디 영주의 집에서 도망쳐 나온 거라고 지금도 확신하고 있었기 때문에, 무슨 수를 써서라도 그를 집으로 돌려보내기만 한다면 큰 보상을 받게 될 거라고 기대하고 있었던 것이오. 하지만 자신이 직접 목격했고, 실제로 경험했던 존스의 흉포함과 괴력이 두려워 그와 같은 계획은 실행 가능하지 않다고 생각했기 때문에 자신의 목적을 이루기 위해 어떠한 계획도 짤 엄두를 내지 못했던 것이오. 하지만 세금징수관의 제안을 듣자마자, 이를 자기 생각을 밝힐 기회로 삼고는 그렇게 할 수 있으면 좋겠다는 간절한 소망을 피력했소.

이 말에 세금징수관이 "그렇게 할 수 없느냐고요? 그보다 쉬운 일이 어디 있겠소"라고 대답하자, 패트리지는 "선생! 그건 그 사람이 얼마나 무서운지 몰라서 하는 말이오. 그 사람은 나를 한 손으로 잡아 창밖으로 던져버릴 수도 있어요. 내가 이런 일을 꾸민다고 상상만 해도 나한테 그렇게 할 겁니다"라고 말했소. 이에 세금징수관은 "흥! 나도 그 사람 정도는 된다고 생각하는데! 게다가 우리는 다섯이나 되지 않소"라고 말했소.

"어떻게 다섯이 되는지 모르겠네요"라고 여관 안주인이 소리치며 말했소. "우리 남편이 그런 일에 끼어들도록 절대로 내버려두지 않을 거예요. 그리고 우리 집에 묵고 있는 손님에게 폭력을 쓰도록 내버려두지도 않을 거고요. 그 젊은 신사분은 지금까지 내가 봤던 사람 중 제일 잘생긴 분이에요. 그리고 우리처럼 미치지도 않았고요. 그 사람 눈에 광기가 서려 있다고 그랬어요? 그 사람 눈은 내가 본 젤로 멋있는 눈이었어요. 그분은 진짜 멋있을 뿐만 아니라 아주 겸손하고 점잖기도 하더라고요. 저 구석에 있는 신사분한테서 그분이 이루어질 수 없는 사랑을 하고 있단 말을 듣고부터는 그분이 정말 가여워졌어요. 그런 일을 겪으면 누구라도, 특히 그분처럼 멋있는 젊은 신사분이라면 전과는 좀 다르게 보일 거예요. 도대체 귀부인들이란! 대체 어떻게 생겨먹은 귀부인이기에 저렇게 잘생긴 데다 재산도 많은 남자보다 더 괜찮은 남자를 바란단 말이에요? 그 여자 분은 어젯밤 인형극에 나오는 타운리 집안의 여자들처럼, 자신들이 무엇을 원하는지도 모르는 그런 사람인가 보죠?"

변호사 서기도 위원회의 견해를 듣기 전에는 이 일에 개입하지 않겠다고 선언하며 "불법적으로 감금했다고 소송이 제기되면, 대체 우리가 무슨 항변을 할 수 있죠? 배심원에게 그 사람이 미쳤다는 충분한 증거를 제시할 수 있나요? 게다가 저만 놓고 봐도 그래요. 정식 변호사가 아니라 개인 자격으로 제가 이런 문제에 관여하는 건 좋아 보이지 않아요. 배심원은 늘 누구보다도 우리 같은 변호사에게 덜 호의적이기도 하고요. 그렇다고 톰슨 씨(세금징수관을 말하는 것이오)한테, 저 신사분한테도, 아니 그 누구한테도 그렇게 하지 말라고 설득하려는 것은 아니에요."

세금징수관이 이 말에 고개를 젓자, 인형극 공연자가 말했소. "광기의 문제는 배심원이 판단하기에 어려운 문제죠. 옛날에 어떤 사람이 미쳤는지 아닌지에 대한 판결을 내리는 재판을 구경한 적이 있어요. 20명의 증인들은 그 사람이 완전히 미쳤다고 증언했고, 또 다른 20명은 그 누구보다도 그가 제정신이라고 증언했지요. 그런데 대다수 사람들은 그 재판이 그 불쌍한 사람의 권리를 빼앗기 위해 그의 친척들이 벌인 술책에 지나지 않는다고 생각했었죠."

이 말에 여관 안주인은 "그럴 가능성이 아주 높아요! 나도 자기 가족들에 의해 평생 동안 정신병원에 갇혀 지낸 불쌍한 신사를 알고 있어요. 그래놓고 그 가족들은 그 사람 재산을 모두 차지했죠. 하지만 그 재산이 그 사람들에게 전혀 득이 되지 못했어요. 법적으로는 재산을 차지했지만, 소유권은 다른 사람이 가지고 있었으니까요"라고 소리쳤소.

이 말에 변호사 서기는 아주 경멸하는 듯이 "흥! 법에 따른 권리 말고 또 다른 권리가 어디에 있소? 법적으로 내가 이 나라에서 가장 큰 영지를 얻었다면, 누가 그 영지의 소유권을 가지고 있든 나는 전혀 신경 쓰지 않을 거요"라고 소리쳤소. 그러자 패트리지는 "만약 그렇다면, '타인(他人)의 과실(過失)을 타산지석(他山之石)으로 삼는 자(者)는 지복(至福)할지어다'"*라고 대답했소.

이때 말을 타고 이곳에 도착한 손님을 맞이하러 나갔다가 부엌으로 돌아온 여관 주인이 놀란 표정으로 소리쳤소. "이보시오들, 어떻게 생각하시오? 반란군들이 공작을 따돌리고 거의 런던까지 당도했답니다. 이건 확실한 정보예요. 지금 말 타고 오신 손님이 방금 그렇게 말했으니까요." 이 말에 패트리지는 "진짜 기쁜 소식이군요. 그렇게 되면 여기서는 싸움이 벌어지지 않겠네요"라고 소리쳤소.

이에 변호사 서기가 "기쁜 일이군요. 그보다는 좀더 명분 있는 이유에서지만요. 정당한 권리를 가진 사람이 제자리를 찾아가기를 전 항상 바라고 있었거든요"라고 말하자, 여관 주인은 "하지만 그 사람에게는 그럴 권리가 전혀 없다고 누군가 말하는 걸 들은 적이 있어요"라고 대답했소.

이 말에 변호사 서기는 "그 반대가 옳다는 걸 당장 증명해 보이겠소. 만약 우리 부친이 어떤 권리를 소유한 채 돌아가셨다면(내가 하는 말에 주의하시오. 난 권리를 소유한 채라고 말했소) 그 권리는 아들에게 상속되지 않겠습니까? 어떤 권리든 다른 모든 권리와 마찬가지로 상속되는 것이 아닌가요?"라고 소리쳤소. 이에 여관 주인이 "하지만 어떻게 그 사람이 우리를 가톨릭교도로 만들 권리가 있소?"**라고 반문하자, 패트리지는 "그

---

* '다른 사람의 잘못을 거울 삼아 잘못을 저지르지 않는 사람은 행복한 사람이다'라는 의미로 고대 로마의 시인 티불루스(Tibullus, 기원전 55~기원전 19)의 시집에 나오는 구절이다.

** 왕위 요구자(Pretender)를 반대하던 영국인들은 가톨릭 성향의 그가 영국의 왕위에 오르면 영국을 다시 가톨릭 국가로 만들 거라고 염려했다. 실제로 왕위 요구자를 지지하는 세력에는 가톨릭교도들이 많았다.

건 걱정하지 않아도 돼요. 권리 문제에 대해선 저 신사 양반이 아주 분명하게 설명해주었고, 종교 문제에 관해서라면 그 말은 전혀 사실이 아니니까요. 가톨릭교도들도 그런 걸 바라지는 않아요. 내가 아주 잘 아는 어느 정직한 가톨릭 신부님이 그 사람들은 그런 의도를 전혀 갖고 있지 않다고 자기 명예를 걸고 맹세하셨거든요"라고 대답했소.

이 말에 여관 안주인도 "내가 아는 신부님도 같은 말을 했어요. 하지만 제 남편은 가톨릭교도들을 항상 무서워해요. 저는 아주 정직하고 돈도 아주 많이 쓰는 가톨릭교도들을 많이 알고 있어요. 돈은 누구의 것이든 간에 다 똑같다는 게 제 인생 철학이에요"라고 말했소. 그러자 인형극 공연자가 "그건 분명 사실이오. 부인, 장로파가 득세하지만 않는다면, 난 무슨 종교든 상관이 없소. 장로주의자들은 인형극을 아주 싫어하거든요"*라고 말했소. 그러자 세금징수관은 "그럼 당신은 자신의 이해관계 때문에 종교까지 희생시키겠다는 거요? 또 가톨릭이 우리나라에 들어와 판을 치는 걸 보고 싶은 거요?"라고 소리쳤소. 그러자 상대방은 "진짜 그렇게 되기를 바라진 않소. 나도 다른 사람처럼 가톨릭을 싫어하니까. 그렇지만 장로주의자들이 득세하면 생계가 위태롭게 되지만, 가톨릭이 득세하는 세상에선 살아가는 데 지장이 없다는 사실은 위안이 되긴 하오. 분명히 모든 사람에게는 자신의 생계 문제가 제일 중요하니 말이오. 그건 인정해야 하는 사실 아니오? 솔직히 말해, 선생도 직장을 잃게 될까 봐 걱정이 되는 것 아니오? 하지만 걱정 마시오. 현 정권에서뿐만 아니라 다른 정권이 들어서도 세금은 여전히 걷을 테니 말이오"라고 대답했소.

이 말에 세금징수관은 "분명히 그건 그럴 거요. 왕이 주는 녹을 먹고

---

* 장로주의자, 특히 청교도들은 인형극을 신성모독적인 오락물로 간주하여 적대적이었다.

살면서 왕을 존중하지 않는다면 아주 나쁜 사람이죠. 사람들 말처럼 그건 아주 당연한 거요. 하지만 다른 정권이 들어서도 세무서는 여전히 존속할 거라는 사실이 내게 무슨 의미가 있겠소? 동료들이 다 퇴출당하고 나도 그들을 따라 나갈 수밖에 없을 텐데 말이오. 다른 정권이 들어서도 내 자리를 지킬 수 있을 거란 헛된 희망에 속아, 종교를 버리는 일은 절대 없을 거요. 그리고 분명한 것은 지금보다 내 처지는 십중팔구 더 나빠질 거요"라고 대답했소.

이 말에 여관 주인이 소리쳤소. "무슨 일이 일어날지 누가 알겠느냐고 사람들이 말할 때마다, 내가 하는 말이 그겁니다. 환장할! 돈을 돌려줄 수도 있을 거라는 기대에 누군지도 모르는 사람에게 돈을 빌려준다면 바보가 아니겠소? 돈은 장롱에 보관하는 게 제일 안전해요. 그래서 난 거기에만 보관할 거요."

변호사 서기는 패트리지의 총명함에 반했소. 이것이 이 서기의 뛰어난 통찰력에서 비롯되었든 아니면 이들 사이의 공감대에서 비롯되었든 (이들은 진심으로 제임스 왕을 지지하는 사람들이었소) 이들은 진심 어린 마음으로 악수를 나누며, 독한 맥주를 한 잔 가득 채워 그 누구의 건강을 기원하며 축배를 들었는데, 우리는 이 사실을 망각 속에 묻어두는 게 적절하다고 생각하오.

이곳에 있는 사람들은 모두 축배를 들었소. 내키진 않았지만 심지어 여관 주인도 축배를 들었소. 이를 거절하면 다시는 이 집에 발을 들여놓지 않겠다는 서기의 협박에 굴복했던 것이오. 가득 채운 축배의 잔을 비운 탓에 이들의 대화도 곧 끝이 나, 우리도 여기서 이 장을 마감하겠소.

8장
지금까지보다 존스에게 좀더 우호적으로 변한 운명의 여신

피곤보다 더 건강에 유익하고 더 강력한 수면제는 없을 것이오. 이 수면제를 상당량 복용했다고 할 수 있는 존스에게 이 수면제는 매우 강력하게 작용했소. 이미 아홉 시간이나 잤지만, 그의 방문 앞에서 아주 요란한 소리만 나지 않았다면 잠을 더 잤을 것이기 때문이오. 방문 앞에서 들려오는 육중한 타격 소리와 살려달라는 비명을 여러 차례 듣고는 즉각 침대에서 일어나 문밖으로 나간 존스는 그곳에서 인형극 공연자가 어릿광대의 등과 갈비뼈를 무자비하게 때리는 광경을 보게 되었소.

존스는 즉시 약자의 편을 들며, 공격을 가하고 있는 승자를 꼼짝달싹 못하게 벽에 밀어붙였소. 얼룩덜룩한 의상을 입은 불쌍한 어릿광대가 힘으로는 인형극 공연자에게 대적할 수 없었던 것처럼, 인형극 공연자도 존스에게 대적할 수 없었던 것이오.

체구가 작고 힘이 세지는 않았지만, 성깔은 있었던 이 어릿광대는 적의 손아귀에서 빠져나오자마자, 인형극 공연자가 갖고 있는 것과 대등한 자신의 유일한 무기로 상대를 공격하기 시작했소. 먼저 그는 잡다한 욕설을 퍼부은 다음, 구체적인 예를 들어가며 인형극 공연자를 비난하기 시작했던 것이오. "이 빌어먹을 악당아, 돈도 벌게 해주고(여태까지 돈을 번 것은 모두 내 덕이다), 교수형 당할 뻔한 것도 막아주었는데, 나한테 이럴 수 있어? 바로 어제 여기 있는 뒷골목에서 어떤 아가씨의 값비싼 승마복을 빼앗으려 했잖아? 그 예쁜 그 아가씨의 옷을 벗기려고 숲 속으로 끌고 가고 싶어 했잖아? 아니라고 할 수 있어? 그런 작자가 나한테 뭐라고 하면서 죽이려고 해? 난 그레이스한테 아무런 피해도 입히지 않았어. 그런데 그레이스가 날 더 좋아한다는 이유만으로 날 죽이려 하느냔 말이야!"

이 말을 듣자마자 존스는 인형극 공연자에게 더 이상 어릿광대를 손찌검하지 말라고 아주 단호하게 말하고는 놓아주었소. 그런 다음 이 불쌍한 어릿광대를 자기 방으로 데리고 가, 그에게서 소피아 소식을 듣게 되었는데, 바로 전날 북을 치며 인형극 공연자와 같이 가고 있을 때, 소피아가 지나가는 것을 이 어릿광대가 보았다는 것이오. 존스는 이 젊은이를 설득하여 그곳까지 함께 가기로 하고는, 패트리지를 불러 최대한 서둘러 출발 준비를 마치도록 했소.

하지만 거의 8시가 되어서야 모든 출발 준비가 끝났소. 이렇게 시간이 지체된 이유는 패트리지가 서두르지 않았기 때문이기도 하고, 여관비로 얼마를 치러야 할지 금방 결정이 되지 않았기 때문이기도 했으며 또 이 두 가지 문제가 해결된 뒤에도, 인형극 공연자와 그의 부하 직원 사이의 분쟁을 완벽하게 매듭 짓기 전에는 존스가 그곳을 떠나려 하지 않았기 때문이었소.

다행히 문제가 해결되어 출발할 수 있게 된 존스는 믿음직한 어릿광대의 안내로 소피아가 지나갔던 장소에 도착할 수 있었소. 존스는 이곳까지 안내해준 어릿광대에게 후하게 보상한 뒤, 소피아에 대한 정보를 이처럼 예기치 않게 얻게 된 걸 몹시 기뻐하면서 최대한 서둘러 출발했소. 존스에게서 이 소식을 들은 패트리지도 존스가 결국은 성공을 거두게 될 거라고 아주 진지하게 예언하고, 장담하기조차 했는데, 그 근거로 패트리지는 하나님이 애당초 두 사람을 만나게 할 의도가 없었다면, 소피아가 갔던 길로 인도하게 된 이 두 가지 우연이 발생하지 않았을 거라는 주장을 폈소(이때 처음으로 존스도 패트리지의 이 미신에 가까운 믿음에 주의를 기울이게 되었소).

3킬로미터도 채 못 갔을 때, 갑자기 세찬 비가 이들을 덮쳤소. 그때
우연히도 이들의 시야에 술집이 들어오자, 패트리지는 그곳으로 들어가
비를 피하자고 아주 간곡하게 존스를 설득하려 했소.

허기는 프랑스인보다 영국인의 기질을 더 많이 갖고 있는 적(그렇게
부를 수 있다면 말이오)이오. 아무리 정복당해도 시간이 지나면 항상 재집
결하니 말이오. 패트리지의 경우가 그랬소. 여관의 부엌에 들어가자마자,
전날 밤에 했던 질문을 똑같이 하여 맛있고 차가운 고기 등살이 이들의
식탁에 오르게 되었소. 이 덕분에 존스는 이곳 여관 사람들에게서 소피아
에 관한 새로운 정보를 들을 수 없어서 다시 불안해지기는 했지만, 패트
리지와 마찬가지로 아주 맛있는 아침식사를 할 수는 있었소.

여전히 비가 세차게 내리고 있었지만, 식사를 마친 존스는 다시 떠날
채비를 했소. 하지만 패트리지는 술을 한 잔만 더 마시자고 존스에게 간
청했소. 그러던 중 부엌 난로 주변에 서 있던 어떤 젊은이를 우연히 쳐다
보고는(당시 그 젊은이도 패트리지를 뚫어지게 바라보고 있었소) 갑자기 존
스에게 소리쳤소. "도련님, 한 잔 가지고는 모자라겠는데요. 런던에 간
소피아 아가씨 소식을 더 들을 수 있을 것 같으니 말입니다. 저기 저 난롯
가에 서 있는 저 젊은 친구가 소피아 아가씨의 길 안내를 맡았던 바로 그
친구예요. 저 친구 얼굴에 붙어 있는 저 고약은 내가 붙여준 게 틀림없고
요." 이 말에 그 젊은이도 소리쳤소. "하나님의 가호가 있기를. 이거는
선생님이 주신 고약이 틀림없습니다. 참말로 선생님 은혜는 잊지 못할 깁
니다. 이거 덕분에 거의 다 나았다 아입니꺼."

이 말을 듣고 존스는 의자에서 벌떡 일어나, 그 젊은이에게 당장 따
라오라고 한 뒤 부엌을 나와 자기 방으로 갔소. 소피아와 관련된 문제에

대해선 몹시 조심스러워했던 존스는 많은 사람들 앞에서 그녀의 이름을 결코 언급하고 싶지 않았기 때문이었소. 사실, 소피아를 생각하면 마음이 벅차올라, 장교들과 함께 소피아를 위해 건배는 했지만, 그때에도 존스는 사람들이 소피아를 알 리 없다고 생각했고 또 사람들이 소피아의 성까지 말해야 한다고 하도 고집을 피워서 그랬지, 그렇지 않았다면 소피아의 이름을 결코 밝히지 않았을 거란 사실을 독자들도 기억할 것이오.

따라서 현명한 독자라면 존스가 지금과 같은 상황에 처하게 된 이유가 소피아에 대한 세심한 배려가 부족했기 때문이라는 주장은 매우 불합리하고 터무니없다고 생각할 것이오. 사실 소피아는 그때 당시 존스가 다른 여자와 놀아났다는 사실보다는, 존스가 자기 이름과 자기 이야기를 아무 데서나 하고 다녔다고 생각했기 때문에(소피아가 이런 생각을 한 데에는 근거가 없는 것은 아니었지만) 몹시 화가 났던 것이었소. 따라서 사랑하는 사람에 대한 세심한 배려가 전혀 보이지 않고 또한 존경심도 없어 보이는 데다 경박함까지 분명하게 드러낸 그 두 가지 사례만 없었더라면, 어너가 아무리 강력하게 존스를 만나지도 말고 업턴을 떠나자고 소피아를 설득하려 했어도 아무 소용없었을 거라고 나는 생각하오.

하지만 실제로 그런 일이 벌어졌기 때문에, 나는 그 일들을 거론하지 않을 수 없소. 따라서 독자들이 그런 일은 자연스럽지 못하다며 놀란다 하더라도 어쩔 수 없는 일이오. 그런 사람들에게는 내가 어떤 논리적 체계에 따라 기술하는 게 아니라, 하나의 이야기를 쓰고 있다는 사실을 상기시켜야 할 것 같소. 진실은 어떻고 실제 세계는 어떻다는 일반적 견해에 모든 것들을 맞추어야 할 하등의 의무가 나에게는 없고, 거기에 맞추는 것도 결코 쉬운 일은 아니기 때문에 그렇게 하지 않는 게 보다 현명할 것이기 때문이오. 예를 들어, 내가 아무런 논평도 하지 않았던 어떤 사건은 언뜻 보기에 독자들을 불쾌하게 할 수도 있소. 하지만 좀더 깊이 생각해보면 모든 사람들을 기쁘게 할 수도 있을 것이오. 현명하고 선량한 사람들은 업턴에서 존스에게 벌어진 일이 그의 못된 여자관계 때문에 벌어진 결과물, 즉 존스에 대한 응분의 벌로 간주할 것이고, 어리석고 나쁜 사람들은 사람의 평판은 그 사람이 갖고 있는 미덕이 아니라 우연에 좌우된다고 생각하면서, 자신의 나쁜 평판은 악행을 저질러서가 아니라 재수가 없어 그렇게 된 거라고 스스로 위로할 수 있기 때문이오. 하지만 이번 일을 통해 말하고 싶은 것은 앞의 두 가지 견해와는 상반되는 것이오. 즉 이 우연한 사건들이 작품 전체를 통해 내가 주장하고 싶은 그 위대하고, 유용하며, 범상치 않은 진리를 확인시키는 데 기여했다는 것이오. 하지만 목사들이 매 문단이 끝날 때마다 성경 구절을 반복해 설교 내용을 채우듯, 우리도 이 진리를 매번 언급하여 이 책의 분량을 늘리지는 않을 것이오.

　불행히도 소피아는 존스에 대해 잘못 생각하고 있었지만, 그렇게 생각한 데에는 충분한 근거가 있다는 사실에 우리는 만족해야 하오. 다른 모든 젊은 여인들도 소피아와 같은 상황에 처했다면, 이와 같은 실수를 저질렀을 거라 생각되기 때문이오. 그리고 존스가 이곳을 떠나자마자 소피아가 바로 이 여관으로 들어온다면 소피아는 업턴의 여관 하녀가 그랬던 것처럼, 이곳 여관 주인도 자신의 이름과 신상에 대해 충분히 들어 알고 있다는 걸 깨닫게 될 것이오. 왜냐하면 존스가 소피아의 길 안내를 맡았던 젊은이를 안쪽 방으로 데리고 가 귓속말로 물어보는 사이, 그리 세심한 성격이 아닌 패트리지는 부엌에서 피츠패트릭 부인을 수행했던 다른 안내인에게 아주 공개적으로, 그것도 문답식으로 질문했기 때문이오. 따라서 모든 이야기에 귀를 곤두세우고 있었던 여관 주인은, 소피아가 말에서 떨어졌던 일, 소피아가 제니 캐머런으로 오해받은 일, 그리고 어너가 펀치를 마신 뒤 벌인 일, 간단히 말해, 우리의 두 여인이 6두마차를 타고 여관을 떠나기 전에 벌어졌던 일들을 모두 알게 되었던 것이오.

9장
몇 가지 특이한 견해

거의 반시간 뒤에 급하게 부엌으로 돌아온 존스는 여관 주인에게 얼마를 지불해야 하는지 물어보았소. 이제 따뜻한 난롯가를 떠나야 하고, 술도 마실 수 없게 되었다는 사실에 패트리지는 실망스러웠지만, 이제부터는 걸어갈 필요가 없다는 말에 다소 위안을 받았소. 존스는 소피아를 수행했던 안내인에게 소피아에게 안내했던 여관까지 데려가달라고 황금의 논리*를 통해 설득했던 것이오. 하지만 이 젊은이는 다른 안내인이 이곳에서 기다려준다는 조건 하에서만 그렇게 하겠다고 했소. 업턴의 여관 주인과 글로스터의 여관 주인이 매우 가까운 사이이기 때문에, 글로스터의 여관 주인이 자기 말을 여러 사람이 빌려 탔다는 사실을 언젠가는 틀림없이 알게 될 것이고, 그렇게 되면 지금 자신이 현명하게 호주머니에 넣으려고 하는 돈의 출처를 여관 주인에게 설명해야 하는 상황이 올지도 모른다는 생각이 들었기 때문이었소.

사소한 일처럼 보이지만 이런 상황은 존스의 출발을 상당히 지연시켰기 때문에, 이를 언급하지 않을 수 없었소. 피츠패트릭 부인을 수행했던 안내인의 도덕성은 다소 고급스러워, 다시 말하면 좀 비싸서, 영악한 패

---

* 돈을 주었다는 의미.

트리지가 교활하게도 안내인에게 동료를 기다리는 동안 술 마시는 데 쓰라고 반 크라운을 던져주지 않았다면, 존스는 아마도 상당히 비싼 비용을 지불해야 했을 것이오. 돈 냄새를 맡자마자 여관 주인은 아주 강력하고 설득력 있게(사냥감 냄새를 맡은 사냥개처럼) 부르짖어 곧 기세가 꺾인 이 젊은이는 반 크라운을 더 받고 이곳에서 기다리기로 했소. 하층민들도 이 처럼 정치적으로 머리를 쓸 줄 아는 걸 보면, 야바위 치는 데는 최하층민 보다도 뒤처지는 지체 높은 분들이, 오히려 본인들이 세련되었다고 생각 하는 건 스스로에 대한 과대평가라는 사실을 언급하지 않을 수 없소.

말이 당도하자마자, 존스는 소피아가 앉았던 여성용 보조 안장에 곧 장 올라탔소. 안내인은 아주 정중하게 자기 안장을 사용하라고 권했지만, 존스가 이 여성용 보조 안장을 선택한 이유는 아마 이 안장이 더 부드러 워서였을 것이오. 하지만 존스 못지않게 여성적이었던 패트리지는, 남자 로서의 자존심을 구길 수도 있다는 생각에 안내인의 제안을 받아들였소. 즉 존스는 소피아가 앉았던 여성용 보조 안장에, 안내인은 어너가 앉았던 안장에, 패트리지는 또 다른 말 위에 걸터앉아 길을 나섰던 것이오. 이렇 게 말을 타고 4시간가량 가자, 독자들도 이미 많은 시간을 보냈던 그 여 관에 당도했소. 가는 내내 기분이 몹시 좋았던 패트리지는(게다가 패트리 지는 존스가 영광보다는 소피아를 쫓는 게 훨씬 더 만족스러웠소) 최근에 존 스에게 찾아왔던 행운(미신을 전혀 믿지 않는다 하더라도, 존스가 몹시 운 이 좋았다는 사실을 독자들도 인정해야 할 것이오)은 존스의 일이 앞으로는 잘 풀릴 거라는 징조라고 여러 번 말했소. 또한 이를 통해 패트리지는 존 스와 소피아가 서로 사랑한다는 사실을 처음으로 분명하게 알게 되었소. 패트리지가 이제서야 이들의 사랑을 인지하게 된 까닭은, 존스가 집을 떠 난 이유를 처음부터 잘못 짚는 바람에 존스와 소피아 사이의 사랑에 대해선 거의 관심을 기울이지 않았고, 업턴에서 벌어진 일로 업턴을 떠나기 직전과 직후에 너무도 놀란 상태였던지라, 존스가 완전히 미쳤다고 생각했기 때문이었소(그가 이렇게 생각한 것은 글로스터를 떠날 때 존스가 보인 광기 어린 행동이 존스에 대해 패트리지가 품었던 생각과 전혀 부합되지 않는 건 아니었기 때문이오). 하지만 지금의 여행길이 몹시 만족스러웠던 패트리지는 존스의 정신 상태를 훨씬 더 우호적으로 평가하기 시작하게 된 것이오.

그들이 목적지에 도착했을 때, 시계는 막 3시를 쳤소. 존스는 즉시 파발마를 예약하려 했지만 불행하게도 그 어디에서도 말을 구할 수가 없었소. 하지만 온 나라가, 특히 이 지역이(이곳은 밤낮 가리지 않고 시시각각 급보가 전해지고 또 급보가 오고 가던 곳이었소) 혼란스런 상황에 처해 있었다는 점을 고려해보면, 이는 놀랍지 않은 일일 것이오.

존스는 안내인에게 코번트리까지 데려다달라고 최대한 설득하려 했지만, 그는 꿈적도 하지 않았소. 존스가 여관 마당에서 안내인을 설득하려고 애쓰는 동안, 어떤 사람이 존스에게 다가와 이름을 부르며 인사를 하더니, 서머싯셔에 있는 존스 가족의 안부를 물었소. 존스는 그가 글로스터에서 만나 같이 식사를 했던 다울링 변호사임을 즉시 알아보고는 정중하게 인사를 했소.

다울링은 거의 밤이 다 되었다는 점, 길도 아주 질척거린다는 점, 그리고 날이 밝을 때 여행을 하는 게 훨씬 낫다는 점 등등 반박할 수 없는 여러 이유와 존스도 이미 생각해봤음 직한 다른 여러 이유를 들며, 그날 밤엔 길을 나서지 말라고 아주 진지하게 존스에게 말했소. 하지만 이는 아무 소용 없었소. 걸어서 갈 수밖에 없었지만 존스의 결심은 여전히 확고했기 때문이었소.

존스를 설득할 수 없다는 사실을 깨달은 다울링은 이번에는 존스를 데려다주라고 안내인을 열심히 설득하려 했소. 하지만 존스를 데려다줄 마음이 들도록 여러 동기를 제시했지만 아무 소용없자, 결국 그는 "자네가 수고해준다면 이 신사분이 크게 보답할 거라고 생각하지 않나?"라는 말로 안내인을 설득했소.

이 대 일로 싸우면 축구에서뿐만 아니라 다른 일에서도 승산이 있는 법이오. 이렇게 힘을 합치면 남을 설득하거나 부탁하는 데 상당한 이점을 갖게 된다는 사실은 호기심 많은 관찰자는 금방 알 수 있을 것이오. 어떤 한 사람이 제시할 수 있는 이유를 모두 대고 아무리 설득하려 해도, 이를 완강하게 거부했던 아버지, 주인, 아내 혹은 어떤 권위 있는 사람들이 나중에 제2 혹은 제3자가 새로운 이유를 대지 않고서도 똑같은 주장을 반복할 때, 이를 수용하는 경우를 종종 보아왔을 터이니 말이오. 이런 사실에서 어떤 주장이나 제안을 '재청하다'*는 용어가 생겨났으며, 이런 재청 행위는 공개 토론에서 엄청난 효과를 낳기 때문에, 학식 있는 신사(일반적으로 고등변호사)는 자기 말을 하기에 앞서 종종 다른 학식 있는 신사가 이전에 했던 말을 한 시간 동안이나 반복해 말하는 것이오.

이러한 사실을 말로 설명하는 대신, 안내인의 행동을 통해 입증해 보이겠소. 결국 안내인은 존스가 했던 말을 반복한 다울링에게 설득당해 다시 한 번 존스를 여성용 보조 안장에 태우겠다고 약속했으니 말이오. 하지만 그는 길을 다시 떠나기 전, 우선 무리하게 먼 길을 달려온 말들에게, 충분히 쉬게 할 겸 먹이를 듬뿍 주어야 한다고 주장했소. 하지만 그는 이런 걱정을 할 필요가 없었소. 마음이 급하고 초조하기는 했지만, 동물을

---

* second라는 단어는 '반복하다'는 의미와 '재청하다'는 의미를 함께 갖고 있다.

단순히 기계로 여기며 말의 배에 박차를 가할 때 말과 박차가 같은 양의 고통을 느낄 거라고 생각하는 사람들의 견해에 결코 동의하지 않았던 존스는 자신이 직접 이런 지시를 내리려 했기 때문이오.

말들이 여물을 먹고 있는 동안, 더 정확히 말하면 말들이 여물을 먹고 있을 거라고 모두들 생각하는 동안(안내인이 부엌에서 무얼 먹고 있는 동안, 말구종은 마구간에서 여물이 줄어들지 않도록 상당히 신경을 쓰고 있었기 때문이오) 존스는 다울링의 간곡한 요청에 따라 그의 방으로 가 함께 술을 마셨소.

10장
다울링과 함께 술을 마시는 존스

술을 한잔 따르고는 올워디 영주의 건강을 기원한 뒤, 다울링은 이렇게 말했소. "선생, 그분의 조카이자 그분의 상속자가 되실 미래의 젊은 영주님을 위해서도 건배합시다. 자, 블리필 씨를 위해 건배! 분명히 말씀드리는데, 그분은 장차 아주 큰 인물이 될 거요. 그분한테 맞는 지역 선거구를 하나 봐둔 것도 있소."*

이 말에 존스는 "선생, 날 모욕하려는 의도는 없다고 생각하기 때문에 화내진 않겠소. 하지만 두 사람을 연결하여 말씀하신 것은 전혀 타당하지 않소. 앞서 말한 분은 인간이라는 사실을 자랑스럽게 여기도록 만드

---

* 18세기 당시 영국의 두 정당, 즉 토리당과 휘그당 그 어느 쪽을 일방적으로 지지하지 않는 선거구는 경제적으로 많은 조건을 제시하는 후보에게 표를 주는 경향이 있었다. 다울링 변호사는 그런 선거구를 하나 추천할 수 있다는 뜻으로 한 말이다.

는 분이지만, 뒤에 언급한 자는 같은 인간이라는 사실을 부끄럽게 만드는 불한당이니 말이오"라고 대답했소.

그러자 다울링은 눈을 동그랗게 뜨고는 두 사람 모두 나무랄 데 없는 인격자라고 생각했다며 다음과 같이 말했소. "올워디 영주님을 뵌 적은 없지만, 세상 사람들이 모두 그분의 덕망을 칭송하고 있어 좋은 분이란 건 알고 있었소. 그리고 그 젊은 신사분은 그분 모친의 임종 사실을 전하기 위해 찾아갔을 당시 한 번밖에는 보지 못했지만(그때 난 너무나도 할 일이 많고 시간에 쫓겨 이야기를 나눌 시간이 거의 없었소) 아주 정직해 보였고 행동거지도 훌륭해 내 평생 그렇게 마음에 든 신사는 정말이지 없었소."

이 말에 존스가 대답했소. "잠깐 만난 사이에 그 친구가 선생을 그렇게 속일 수 있었다는 사실이 놀랍진 않소. 여우처럼 교활해, 오랫동안 같이 살아도 진짜 모습을 알기 힘든 자니 말이오. 어려서부터 함께 자랐고, 떨어져본 적도 거의 없었지만, 그 친구의 극악무도함의 반이라도 알게 된 건 아주 최근이니 말이오. 솔직히 말해, 그 친구를 그다지 좋아하진 않았소. 인간을 위대하고 고귀하게 만드는 관대한 마음을 전혀 가지고 있지 않다고 생각해서였소. 그가 내가 몹시도 경멸하는 이기심 덩어리란 사실은 오래전에 알았지만, 몹시 비열하고 음흉한 음모까지 꾸밀 수 있는 자란 사실은 아주 최근에서야 알게 되었소. 실제로 그 친구는 내 솔직한 성격을 이용해, 날 파멸시키려고 은밀한 계획을 꾸몄고, 여러 사악한 술책까지 동원해 결국은 성공을 거두었소."

이에 다울링은 "아! 그렇다면, 그런 사람이 선생의 삼촌이신 올워디 영주님의 그 많은 재산을 물려받게 될 거라는 사실은 정말이지 유감스럽군요"라고 소리쳤소.

이 말에 존스는 이렇게 말했소. "슬프지만, 선생! 선생께서는 내가 누릴 자격이 없는 영광을 내게 부여하셨소. 난 한때 그분의 호의로 지금 선생이 말씀하신 것보다 훨씬 더 가까운 이름으로 그분을 부를 수 있었소. 하지만 그건 그분이 자발적으로 내게 베푸신 선의에서 나온 것이기 때문에, 그분이 그런 영광을 내게서 박탈하신다 해서 그걸 부당하다고 불평할 수는 없소. 원래부터 그런 선물을 받을 자격이 없었기 때문에, 그걸 잃게 된 게 부당한 것은 아니니 말이오. 사실, 난 올워디 영주님의 친척이 아니오. 그분의 덕망을 제대로 알아보지 못하는 세상 사람들이 그분이 내게 하신 행동을 보고는 그분이 자기 혈육을 모질게 대한다고 생각한다면, 그것은 이 세상에서 가장 훌륭한 분을 부당하게 평가하는 것이오. 하지만 나에 대한 시시콜콜한 이야기로 선생을 번거롭게 하지는 않겠소. 이런 말씀을 드리게 된 건, 내가 올워디 영주님의 친척이라고 생각하시는 것 같아, 그건 사실이 아니란 걸 밝혀 그분이 잘못된 비난을 받지 않도록 하기 위해서였소. 영주님을 비난받게 하느니 차라리 내 목숨을 내놓는 게 나으니 말이오."

이 말에 다울링은 "정말 신의를 중히 여기는 신사답게 말씀하시는군요. 하지만 선생 이야기를 듣는 게 전혀 번거롭지 않소. 오히려 올워디 영주님의 친척도 아닌데, 어떻게 그분 친척이라고 남들이 생각하게 되었는지 그 사연을 듣고 싶소. 30분 안에 타고 가실 말이 준비될 것 같지는 않고, 그때까지는 이야기할 시간도 충분하니, 어떻게 해서 그렇게 됐는지 말씀해주시면 고맙겠소. 어떻게 선생이 올워디 영주님의 친척으로 알려지게 되었는지 진짜 놀라우니 말이오"라고 청했소.

남의 요청을 거부하지 못한다는 면에서 (신중하라고 할 때는 그렇지 않았지만) 사랑하는 소피아와 어느 정도 닮은 존스가 이 말에 쉽게 설득되어, 오셀로처럼 '소년 시절부터, 말하기 어려운 바로 그 순간까지' 자신이 어떻게 태어나서 어떻게 교육받았는지 세세하게 다 말하자, 존스의 이야기를 아주 심각하게 듣고 있던 다울링은 데스데모나*처럼 '별일이네, 진짜 별일이야. 이런 불쌍해라, 진짜 불쌍해'라고 대꾸했소.

　　다울링은 존스 이야기에 상당히 감명 받았소. 변호사가 되었다고 해서 인간성까지 다 버리지는 않았기 때문이었을 것이오. 사실 직업에 대한 편견을 그 직업을 가진 개개인의 사생활로까지 확대하는 것이나, 어떤 직업에 대한 생각을 그 직업을 가진 사람에게 적용하는 건 몹시 부당한 일이오. 직업상 불가피하게 습관적으로 하게 되는 행동에 대해 우리가 기존에 갖고 있던 혐오감은 그런 행위를 습관적으로 하다 보면 점차 감소된다는 것은 사실이오. 하지만 직업상의 일이 아닌 경우엔, 인간의 본성은 모든 직업의 모든 사람들에게 똑같이 작용하는 법이오. 직업상 해야 할 일을 하기 위해 자신의 본성을 잠시 잊었던 사람들에게, 인간의 본성은 더욱 강력하게 작용할 수 있는 것이오. 푸주한도 멋진 말이 도살당하는 것을 보고 양심의 가책을 느낄 수 있고, 타인의 손이나 발을 잘라내면서도 아무런 정신적 고통을 느끼지 못하던 외과 의사가 통풍으로 고통받는 사람을 동정할 수도 있소. 수백 명의 목을 매단 교수형 집행자도 머리 수술을 처음 받을 때는 떨었다고 하오. 또한 전시에는 자신과 같은 직업을 가진 사람들뿐만 아니라 아녀자와 어린이를 포함해 수천 명을 도살해도 아무런 양심의 가책도 느끼지 않던 전문 살육가들도, 북과 나팔을 내려놓은 평화 시에는 종종 잔인한 근성을 버리고 사회의 아주 온순한 일원이 되기도 하는 법이오. 이와 마찬가지로 변호사도 이해관계상 반대할 입장에 서

---

* Desdemona: 『오셀로』에 나오는 오셀로의 아내로 오셀로가 젊은 시절 자신이 겪은 이야기를 들려주자 동정심과 존경심이 생겨 오셀로를 사랑하게 된다. 앞뒤의 따옴표 안의 문장들은 『오셀로』1막 3장에 나온다.

지만 않는다면, 타인의 불행과 고통을 똑같이 느낄 수 있는 것이오.

독자들도 알다시피, 존스는 그때까지도 자신이 올워디 영주에게 얼마나 나쁜 사람으로 비추어졌는지 까맣게 모르고 있었소. 게다가 존스는 앞서 언급한 부분들 말고 다른 문제에 대해서는 자신에게 크게 불리하게 이야기하지 않았소. 자신을 아끼고 도와주었던 과거의 은인을 비난하고 싶지는 않았지만, 너무 많은 것을 자신의 탓으로 돌리고 싶지도 않았던 것이오. 따라서 누군가가 존스에게 몹시 못된 짓을 한 게 틀림없다고 생각하게 된 다울링은(그의 생각에는 어느 정도 근거가 있었소) 다음과 같이 말했소. "젊은 사람들이라면 누구라도 저지를 수 있는 그런 몇 가지 잘못 때문에 영주님께서 선생의 상속권을 박탈하지는 않았을 거라는 건 분명하오. 물론 상속권 박탈이라는 표현은 적절하지 않겠지요. 선생은 법적으로 상속자라고 주장할 수도 없으니 말이오. 따라서 그 문제로 변호사를 찾아갈 필요는 더더군다나 없을 것이오. 하지만 그분이 선생을 어떤 의미에서는 양자로 삼으셨으니, 전부는 아니더라도 상당량의 상속을 기대하는 건 당연하오. 설령 영주님 재산을 모두 상속받기 원하신다 해도, 아무도 선생을 탓할 순 없을 것이오. 누구나 가능한 한 많을 걸 얻기를 바란다는 건 아주 자명한 사실이기 때문에, 그런 일로 선생을 비난할 수는 없으니 말이오."

이 말에 존스는 이렇게 대답했소. "선생은 정말로 절 오해하고 계시오. 전 아주 적은 것에도 만족했을 거요. 영주님 재산을 바란 적도 없었을 뿐만 아니라 솔직히 말해, 그분이 나에게 무엇을 줄 수 있을까 혹은 무엇을 주려고 하실까 하는 따위의 생각을 해본 적도 단 한 번도 없소. 나 때문에 영주님께서 자기 조카에게 불이익을 준다면, 난 그것을 되돌려주겠다고 엄숙히 맹세할 수도 있소. 다른 사람의 재산을 차지하기보다는 내 자신의 양심을 지키고 싶소. 관대하고 자비로운 일을 했을 때 선량한 사람이 누리는 만족감과 뿌듯함, 그리고 전율조차 느끼게 하는 황홀감과 가슴 떨 듯한 환희, 이런 것과 비교하면 웅장한 집, 수많은 시종과 마차, 화려한 식탁, 그 밖에 부가 가져다주는 여러 이점과 부자처럼 보이는 데서 느끼는 자부심은 정말 보잘것없는 것이기 때문이오. 따라서 블리필이 영주님 재산을 모두 상속받고 또 소유하게 된다 해도, 부러워하지는 않을 거요. 서로 상황이 뒤바뀌었으면 하는 그런 못된 생각을 해본 적도 결코 없고요. 하지만 선생이 말씀하신 그런 생각을 내가 품었을 거라고 블리필이 의심했을 수도 있겠구나 하는 생각은 드는군요. 그런 의심은 원래 비열한 사람의 마음에서 나오는 것이기 때문에, 블리필이 내게 그런 의심을 품고 그런 비열한 행동을 한 것 같소. 하지만 다행히도 난 아직 순수하다는 걸 느낄 수 있고, 또 이런 느낌을 결코 포기하고 싶지도 않소. 내가 아는 한, 나는 그 누구에게 해를 끼친 적도, 해를 끼치려 한 적도 없으니 말이오.

나를 인도(引導)해주오. 하계(夏季)의 미풍(微風)이 대지(大地)를
융화(融化)하고, 수목(樹木)을 온난(溫暖)하게 하는 곳이 아니라,
안면(顔面)을 잔뜩 찌푸린 오운(烏雲)이 침침(沈沈)하고,
진노(震怒)한 주피터 신(神)이 일기(日氣)를 험악(險惡)하게 하는 곳에

나를 거(居)하게 해주오.
질주(疾驅)하는 태양전차(太陽戰車)의 화륜(火輪) 아래
사랑의 여신(女神)과 감미(甘美)로운 미소(微笑)의 요정이
나의 노역(勞役)을 황홀(恍惚)케 하는 그곳에.

나를 데려다주오. 여름날의 산들바람이 대지를
녹이고 나무를 따스하게 덥히는 곳이 아니라,
얼굴을 잔뜩 찌푸린 구름이 나타나고,
성난 주피터 신이 날씨를 험악하게 하는 곳에.

나를 있게 해주오. 재빠른 태양의 전차가 달리는
불타는 태양 아래,
사랑의 신과 달콤하게 말하고 달콤하게 미소 짓는 요정이
나의 노역을 칭송하여 기분 좋게 하는 곳에*

　이 시를 읊은 존스는 술잔을 채워 사랑하는 랄라게**의 건강을 기원하며 잔을 비운 뒤, 다울링의 잔을 넘치도록 채우고 나서 그를 위해서도 건배하려 했소. 그러자 다울링은 "자, 진심으로 랄라게 아가씨의 건강을 위해 건배! 랄라게 아가씨***를 위해 건배하는 소리를 여러 번 들었지만, 사실 난 랄라게란 아가씨를 한 번도 본 적은 없소. 하지만 정말 예쁘다지요?"라고 말했소.
　존스의 말 중 다울링이 완전히 이해하지 못하는 것은 라틴어뿐만은 아니었지만, 존스의 말에는 다울링에게 아주 강한 인상을 남긴 그 무엇인가가 있었소. 눈을 껌뻑이고 고개를 끄덕이며 코웃음 치고 씽긋 웃기도

* 호라티우스의 『송시』에 나오는 구절. 라틴어로 된 시를 한문투로 옮겼으며, 그다음에 나오는 것은 필딩이 각주에 소개한 프랜시스의 영어 번역을 우리말로 다시 옮긴 것이다.
** 라틴어로 '요정'이라는 뜻으로 여기서는 사랑하는 여인을 상징한다.
*** 다울링은 라틴어를 이해하지 못해 랄라게라는 단어를 사람 이름으로 착각하고 있다.

하면서 존스에게서 받은 인상을 애써 감추려 했지만(사람은 자신이 잘못 생각하고 있다는 것뿐만 아니라 제대로 알고 있다는 사실도 드러내고 싶어 하지 않기 때문이오) 존스의 견해에 은밀히 동조하면서 동시에 그에게 강한 동정심을 느꼈던 것만은 분명하오. 하지만 이 문제에 대해 다시 언급할 기회(특히 다울링을 다시 만나게 될 기회)가 있을 것이기 때문에, 다소 급작스럽기는 하지만 이 신사와 작별을 고해야 되겠소. 밤도 깊었고 비까지 세차게 오기 시작했지만, 패트리지에게서 말이 준비되었다는 소식을 듣자마자 셈을 치를 돈을 카운터에 올려놓고선, 다울링에게 인사한 뒤, 말에 올라타 코번트리로 출발한 존스처럼 말이오.

11장
코번트리로 향해 가던 중 존스에게 닥친 재앙과 패트리지의 현명한 충고

당시에 이들이 있던 곳에서 코번트리까지 가는 길은 너무도 분명해, 존스나 패트리지, 안내인이 그쪽으로 여행해본 적이 없었다 하더라도, 앞 장 말미에서 언급한 두 가지 이유만 아니었으면 이들이 길을 잃을 가능성은 거의 없었을 것이오.

하지만 이 두 가지 이유가 동시에 발생해 우리의 여행객들은 가려던 길에서 벗어나 인적이 드문 어떤 길로 들어서고야 말았소. 따라서 10킬로미터 정도나 말을 달렸지만 코번트리의 웅장한 첨탑에 다다르기는커녕 몹시 질척거리는 길을 여전히 벗어나지 못했으며, 대도시 외곽에 가까이 갔다는 어떠한 징후도 찾을 수 없었소.

이에 존스가 길을 잃은 게 틀림없다고 했지만, 안내인은 그건 불가능

하다며 이 길이 맞다고 고집을 피웠소. 하지만 이 '불가능하다'는 말은 일상 대화에서는 있을 법하지 않은 일을 의미하면서도 종종 '가능성이 아주 많다'는 의미로, 때로는 '분명히 벌어진 일'을 뜻하기도 하는 용어로, '끝이 없다'나 '영원하다'는 단어처럼 종종 과장할 때 사용되어왔소. 즉 '끝이 없다'는 단어가 대개 50센티미터 정도의 길이를 나타내고, '영원하다'는 단어가 5분 동안 지속되는 상태를 나타내듯이, 실제로는 이미 잃어버린 것을 '잃는 게 불가능하다'고 주장하는 건 흔히 있는 일이오. 지금의 경우가 바로 그랬소. 그렇지 않다는 안내인의 확신에 찬 단언에도 불구하고, 남을 속여 이득이나 챙기는 탐욕스럽고 잔인하고 위선적인 구두쇠가 천국으로 가는 길에 들어서지 못하듯이, 이들도 코번트리로 가는 길에 들어서지 않았다는 건 분명했으니 말이오.

이런 상황을 겪어본 적 없는 독자들은 한밤중에 길을 잃고 모진 날씨와 싸우면서도 자신들에게 힘이 되어줄 따뜻한 불과 마른 옷 그리고 음식을 곧 접하게 되리라는 즐거운 기대를 할 수 없는 사람들에게, 어둠과 비바람이 얼마나 공포스러울지 상상하기 쉽지 않을 것이오. 하지만 이럴 때 느끼는 공포가 어떤지 제대로 알 수는 없다 하더라도, 현재 패트리지의 뇌리를 가득 채운 생각이(이제 곧 공개해야겠지만) 무엇인지는 충분히 짐작할 수 있을 것이오.

존스는 길을 잃었다고 점점 더 확신하게 되었고, 안내하던 젊은이도 결국은 자신들이 들어선 길이 코번트리로 가는 길이 아니란 걸 인정하면서도 길을 잃을 가능성은 없노라는 주장을 굽히지 않았소. 하지만 패트리지는 이와는 다른 견해를 가지고 있었소. 그는 처음 출발할 때부터 이러저러한 재앙이 닥칠 거라고 예상했다며 다음과 같이 말했소. "도련님, 도련님이 막 말에 오르실 때 문 앞에 서 있던 노파를 못 보셨나요? 전 그때 도련님이 그 노파에게 뭐라도 좀 주시길 진짜 바랐어요. 그때 그 노파가 도련님에게 후회하게 될 거라고 말하자마자, 비가 오고 바람이 일기 시작했거든요. 딴사람들은 어떻게 생각할지 모르겠지만, 마녀들은 원하기만 하면 바람을 일으킬 수 있다고 전 생각해요.* 그런 일을 아주 여러 번 보았거든요. 그리고 평생에 제가 마녀를 본 적이 있다면, 그 노파가 바로 마녀였을 거예요. 바로 그 순간에 그런 생각이 들었거든요. 그래서 주머니에 한 푼이라도 있었다면 그 노파에게 주었을 거예요. 무슨 일이 닥칠지 모르니까요. 그런 사람들한테는 항상 적선하는 게 좋아요. 가래로 막을 걸 호미로 막아야 하는 경우가 생길 수도 있으니까요."

존스는 안내인의 실수로 여행이 지연될 것 같아 몹시 짜증이 났지만, 우연히 발생한 사고를(패트리지가 말에서 굴러 떨어진 일을 의미하는데 패트리지는 옷에 흙이 묻은 것 말고는 그 어떤 해도 입지 않았소) 근거로 자기 생각이 옳다고 확신하는 패트리지를 보고는 웃지 않을 수 없었소.

패트리지는 일어나자마자 자신이 말에서 떨어진 게 자신의 주장이 사실이라는 결정적인 증거라고 했지만, 그가 다치지 않았다는 걸 알게 된 존스는 미소 지으며 이렇게 대답했소. "패트리지, 당신이 말하는 마녀는 아주 배은망덕한 못된 여자인가 보구려. 화가 나면 친구와 다른 사람도 구분하지 못하나 보지. 자신을 무시한 나 때문에 화가 났다면, 자신을 그렇게 존중해주는 당신을 왜 말에서 떨어뜨렸는지 도무지 이해가 안 가거든."

이 말에 패트리지가 소리쳤소. "이런 일을 할 수 있는 사람들이 저지르는 못된 장난이 바로 그런 거예요. 이 사람들은 종종 아주 악의적이거든요. 내가 알던 어떤 편자공이 이런 능력을 가진 어떤 노파에게 악마와

---

* 18세기 영국인들은 자코바이트들이 마녀의 존재를 믿는 등 미신적인 성향을 갖고 있다고 생각했다. 자코바이트인 패트리지를 필딩이 미신적으로 그린 것도 이 때문이다.

의 계약 기간이 언제 끝나느냐고 물어 노파를 화나게 한 적이 있었어요. 그랬더니 3개월도 채 안 돼, 그 친구가 갖고 있던 제일 좋은 암소 한 마리가 물에 빠져 죽었다지 뭡니까. 하지만 노파는 그것만으론 화가 풀리지 않았나 봐요. 얼마 지나지 않아 그 친구는 제일 좋은 술도 한 통이나 버리게 되었죠. 이웃 사람들과 즐겁게 한잔 하기 위해 술통에 꼭지를 단 바로 그날 저녁, 그 늙은 마녀가 술통 마개를 뽑아 술이 지하실 바닥으로 온통 흘러내린 거예요. 간단히 말해 그날 이후로, 그 친구에겐 잘되는 일이 하나도 없었죠. 마녀가 그 불쌍한 친구를 몹시 괴롭혀 그 친구는 결국 술독에 빠지게 되었고, 1, 2년 후엔 전 재산이 압류당해 그 친구뿐만 아니라 가족들도 모두 교구에서 주는 밥을 얻어먹어야 하는 신세가 됐으니 말이에요."

안내인은 물론 그의 말까지도, 패트리지의 이야기에 너무 몰두해서 그랬는지 아니면 주의하지 않아서 그랬는지 그것도 아니면 마녀의 원한 때문에 그랬는지 모르겠지만, 둘 다 땅에 큰대자로 눕고 말았소.

자신이 말에서 떨어진 것과 똑같은 이유로 안내인도 말에서 떨어졌다며, 패트리지는 다음 차례는 분명히 존스니 지금이라도 돌아가 노파를 달래자고 했소. 그러고는 "곧 그 여관에 도착할 거예요. 우리가 지금 앞으로 가고 있는 것 같지만, 이미 한 시간 전에 지났던 곳에 다시 돌아와 있는 게 확실하니까요. 맹세하건대 낮이 되면 우리가 떠나온 여관이 다시 보일 거예요"라고 덧붙였소.

패트리지의 충고에는 아무런 대답도 하지 않은 채, 존스는 안내인에게만 관심을 두었소(안내인은 패트리지가 좀 전에 입은 정도의 피해만 입었고, 이 같은 일을 수년 동안이나 당해 익숙해 있던 그의 옷도 별다른 손상을 입지는 않았소). 하지만 안내인이 곧 보조 안장을 다시 말 위에 올려놓고 말에게 심한 욕설을 퍼부으며 매질하는 것을 본 존스는, 그가 전혀 다치지 않았다는 사실을 금방 알 수 있었소.

12장
패트리지의 충고를 듣지 않고 여행을 계속하던 중 벌어진 일

어느 정도 떨어진 곳에 있는 불빛을 발견했을 때, 존스는 몹시 기뻤지만, 자신이 무언가에 홀렸다고 생각한 패트리지는 그 불빛은 분명 도깨비불이거나 아니면 그보다 더 사악한 악마의 불빛이라고 생각하고 적지 않은 공포를 느꼈소.

하지만 불빛(이제 보니 그 불빛은 여러 개였소)에 좀더 가까이 다가가자, 사람들이 노래하고 웃고 소리치는 소리와 악기 소리 같지만 음악이라고는 부를 수 없을 듯한 기이한 소리가 한데 뒤엉켜 들려왔을 때 이들의 두려움은 얼마나 더 커졌겠소? 패트리지의 견해를 조금만이라도 따른다면, 이 소리는 사람 홀리는 음악이라고 불릴 만했기 때문이오.

이때 패트리지를 사로잡았던 공포가(이보다 훨씬 더 큰 공포를 상상하기란 불가능했을 것이오) 그의 말을 경청했던 안내인에게 전염되었소. 안내인은 방금 전에 패트리지가 한 말을 자신도 믿는다며, 말들이 앞으로 가는 것처럼 보이지만 적어도 30분 동안 한 발자국도 나아가지 못하고 있다며, 패트리지와 합세하여 존스에게 돌아가자고 간청했소.

두려움에 떠는 이 가련한 사람들을 보고는 짜증이 나면서도 웃을 수밖에 없었던 존스는 다음과 같이 말했소. "우리가 저 불빛을 향해 가고 있든가 아니면 저 불빛이 우리를 향해 오든가 둘 중 하나는 틀림없을 것이오. 저 불빛과 얼마 떨어지지 않은 곳까지 왔으니 말이오. 그런데 흥겹게 노는 사람들을 왜 그렇게 무서워하는 것이오?"

그러자 패트리지는 "도련님, 흥겹게 논다고요! 이런 밤중에, 이런 곳에서, 이런 날씨에 누가 흥겹게 놀 수 있어요? 저자들은 귀신이나 마녀 그것도 아니면 악령일 거예요. 그건 확실해요"라고 대답했소. 이 말에 존스는 "저들이 누구건 간에 저들한테 가서 코번트리로 가는 길을 물어봐야겠소. 패트리지, 우리가 지난번에 재수 없게 만난 노파처럼, 마녀들이라고 해서 모두 성질이 못된 건 아닐 거요"라고 소리쳤소.

이 말에 패트리지는 "맙소사! 도련님, 지금 저들의 기분이 어떤지는 아무도 몰라요. 분명한 건 저들에게는 항상 공손하게 구는 게 상책이라는 거죠. 하지만 마녀보다 더 끔찍한 악령을 만나면 어떻게 하죠? 제발, 도련님, 제 말 좀 들으세요. 제발요! 도련님이 이런 일에 관한 무시무시한 얘기를 저처럼 많이 읽었다면, 그렇게 고집 피우시지는 않을 거예요. 우리가 어디에 왔는지 지금 어디로 가고 있는지 도무지 모르겠어요. 이렇게 깜깜한 밤은 생전 처음이거든요. 저승도 지금보다 더 어둡진 않을 거예요"라고 소리쳤소.

하지만 존스는 패트리지의 조언과 경고를 무시한 채 최대한 빨리 앞으로 나아갔고, 앞으로 나아갈 용기는 없었지만 뒤에 남아 있을 용기는 더욱 없었던 불쌍한 패트리지는 어쩔 수 없이 존스의 뒤를 따랐소.

마침내 불빛과 여러 소리가 함께 흘러나오는 곳에 다다랐을 때, 존스는 이곳이 많은 남녀가 모여 매우 흥겹게 놀고 있는 헛간이라는 사실을 알게 되었소.

존스가 열려 있는 헛간 문 앞에 당도하자, 안에서 몹시 우악스런 남자 목소리로 누군가가 "거기 누구요"라고 물었소. 이에 존스가 "같은 편이오"라고 점잖게 대답하고는 곧이어 코번트리로 가려면 어느 쪽으로 가야 하는지 물어보자 "우리와 같은 편이라면 비바람이 멈출 때까지 말에서 내려 쉬었다 가시오(당시에 비바람은 더욱 거세졌소). 헛간 저쪽 끝에 충분히 자리가 있으니, 거기에 말을 세워놓으면 될 거요"라고 헛간에 있던 다른 남자가 소리쳤소.

이에 존스가 "정말 친절하시군요. 그러면 비가 내리는 동안만 그렇게 하지요. 그런데 똑같은 호의를 베풀어주시면 기뻐할 사람이 여기 둘 더 있소"라고 말하자, 상대방은 이들에게도 같은 호의를 베풀었소. 하지만 호의를 받은 사람은 호의를 베푼 사람만큼 이를 선의로 받아들이지 않았소. 패트리지는 도깨비라고 믿는 자에게 자신을 맡기느니 차라리 혹독한 날씨를 감수하기 바랐고, 그와 똑같은 공포에 감염되었던 안내인도 같은 생각이었기 때문이오. 하지만 이들 둘은 존스를 따라갈 수밖에 없었소. 안내인은 말을 남겨두고 갈 수 없었고, 패트리지는 혼자 남는 걸 가장 두려워했기 때문이오.

이 이야기가 미신을 믿던 시대에 쓰어졌다면, 독자들을 동정해 마지 않는 우리는 독자들이 마왕이나 악마가 지옥의 수행원들을 데리고 직접 등장한 것이 아닌가 하고 오랫동안 마음 졸이도록 내버려두지는 않았을 것이오. 하지만 오늘날 이런 존재를 믿는 사람은 거의 없기 때문에, 우리가 그런 공포를 독자들에게 심어주었다고는 생각지 않소. 사실 지옥과 관련된 비품들은 극장 지배인*들이 오랫동안 전유물처럼 사용해온 것인데, 최근에는 그들도 우리 독자들이라면 거의 앉아본 적이 없을 게 뻔한 맨

---

* 코번트가든의 극장 지배인이었던 존 리치는 악마와 지옥 불 등을 종종 무대에 올렸던 것으로 유명하다.

위층 관람석*의 관객들에게만 영향을 미칠 쓰레기로 이 비품들을 간주하게 된 것 같소.

이번 경우에 독자들이 상당한 두려움을 느낄 거라고 생각지도 않고 또 그렇게 만들 생각도 없지만, 독자들이 다른 우려를 할지도 모른다는 걱정은 드오. 혹시 우리가 어리석게도 많은 사람들이 아직도 쓰고 있고, 이를 읽는 데에도 상당한 시간을 허비해야 하지만, 유치한 사람들조차도 믿지 않는 동화 속에나 나오는 인물들을 등장시킨 건 아닌가 하는 우려 말이오.

따라서 실제 세계에서만 소재를 따오겠다고 공언한 역사가로서 신뢰를 잃게 만들지 모를 의혹을 해소하기 위해, 갑작스럽게 등장해 패트리지와 안내인을 두려움에 떨게 하고 심지어 존스조차도 놀라게 한 저들이 과연 누구인지 이제 알려주고자 하오.

이 헛간에 모인 사람들은 일단의 이집트인들, 속된 말로 집시**였는데, 이때 이들은 동료 집시의 결혼을 축하하고 있었던 것이오.

여기 모여 있던 사람들보다 더 행복한 사람들을 상상하기란 불가능할 정도로 이들 모두의 표정에는 환희가 넘쳤소. 그렇다고 이들이 즐기고 있는 이 멋진 모임에서 질서나 예법을 전혀 찾아볼 수 없는 것은 아니었소. 오히려 지방의회가 개최될 때보다도 질서나 예법이 더 잘 지켜지는 것 같았으니 말이오. 이들은 자신들만의 통치 제도와 법에 순응하며, 자신들이 왕이라고 부르는 사법권을 가진 사람에게 복종하며 살고 있었던 것이오.

또한 그 어디에서도 이 헛간에 차려진 것보다 더 풍성한 음식을 볼

---

* 무대에서 가장 멀리 떨어졌기 때문에 가장 싼 좌석이다.
** 당시 영국인들은 집시는 원래 이집트인으로 프랑스에서 살다가 영국으로 건너왔다고 믿고 있었다.

수는 없었을 것이오. 비록 섬세함이나 우아함은 찾아볼 수 없고 까다로운 입맛을 가진 손님들이 딱히 요구할 만한 것도 없었지만 말이오. 그 대신 이곳에는 엄청난 양의 베이컨과 닭고기, 양고기가 준비돼 있었고, 이곳에 모인 사람들은 모두 프랑스 요리사가 만드는 최고의 값비싼 소스보다도 더 훌륭한 소스*를 스스로 준비해가지고 왔소.

'망연자실(茫然自失)하게 일방(一方)을 응시(凝視)하며' 주노의 신전에 서 있던 아이네이아스도 이 헛간에서 목격한 것을 보고 놀란 우리의 주인공보다 더 놀랐을 거라고 할 수는 없을 것이오. 존스가 놀라 주변을 둘러보고 있을 때, 근엄하게 생긴 사람이 다가와 존스에게 여러 차례 인사를 했소. 그저 인사치레가 아닌 진심 어린 마음에서 건네는 인사였소. 그는 다름 아닌 집시들의 왕이었는데, 옷차림은 자신의 백성들과 거의 다르지 않았고, 자신의 위엄을 떠받쳐줄 왕권을 나타내는 그 어떤 표상도 가지고 있지 않았지만 존스의 말처럼 그의 태도에는 권위적이며, 보는 사람으로 하여금 경외심과 존경심을 품게 하는 그 무엇인가가 있어 보였소. 이 모든 것이 존스의 상상이었을지는 모르겠지만, 존스가 느낀 이런 감정은 권력이 수반될 때 느껴지는 것, 따라서 권력과는 불가분의 관계라는 건 사실일 것이오.

존스의 호남형의 외모와 솔직한 표정 그리고 예의 바른 행동에는 처음 보는 사람들로 하여금 상당한 호감을 품게 하는 그 무엇인가가 있었소. 게다가 지금 집시 왕의 신분을 알자마자 존스가 보여준 깊은 존경심

---

* '훌륭한 소스'란 허기진 상태를 말하는 것으로 '시장이 반찬이다(Hunger is the best sauce)'라는 속담을 연상시킨다.
** '넋이 나간 것처럼 한쪽을 바라보면서'라는 의미로 베르길리우스의 『아이네이스』에 나오는 구절.

은 그 호감도를 조금 더 상승시켰을 것이오. 집시 왕은 자기 백성 말고는 그 누구에게서도 이런 존경을 받아본 적이 없었기 때문에 그만큼 더 기분이 좋았던 것이오.

집시 왕은 존스를 접대하기 위해 자신들이 갖고 있는 최상의 음식으로 상을 차리라고 명령하고는 존스의 오른쪽에 직접 자리한 다음 이렇게 말했소.*

"여기저기 떠도라다녀 당신들 파견대라 부르는 내 백성드를 선생도 봤을 거요. 이리 큰 집단이라고 우리가, 선생은 못 상상했을 거요. 집시 우리가 잘 질서 지키고 잘 통치 따르는 거 누구보다도 더 그런 거 알면 마니 놀랄 거요.

나 영광스럽게 집시 왕 됐고, 내 백성 나한테 충성하고 마니 애껴 어떤 왕보다 나 자랑할 수 있소. 얼마나 마니 존경 나 받을 수 있는지 자격 모르지만, 이건만은 말할 수 있소. 백성 위한 일만 하려고 난 하오. 허나, 자랑삼아 그걸 난 말하고 다니지 않겠소. 최고 좋은 거 나한테 바치려고 백성들 떠도라 다니는데, 나 딴 생각 뭘 하겠소, 불쌍한 내 백성 위한 거 말고. 백성 사랑하고 돌보는 거 나 하니까, 백성도 나 사랑하고 존경하오. 그게 전부요. 다른 건 웁소.

천 년인가, 2천 년 전인가, 쓰지도 익지도 못해 정확카게 말하는 거 난 모르지만, 대반란이 있었소 집시들 사이에서. 당시 집시 사회는 귀족 있었는데, 자리 때문에 싸웠소. 집시 왕이 그래서 무찌렀고, 백성 신분 똑까치 모두 만드렀소. 모두들 그때부터 조케 사이 지냈소. 왕 될 생각 안코 각자 자기 신분 조아하게 된 고요. 왕 돼가지고 정의 지키는 거 힘드

---

* 집시 왕이 하는 영어에는 비문이 많고 문법적으로 틀린 경우가 많기에 이에 준하여 우리말로 옮겼다.

오 마니. 애끼는 친구, 친척 안 벌주면 안 될 때, 평민 되면 좋겠다 때때로 바랐소. 사형 절대 안 시키지만 아주 처벌 무서우니까. 우리 주는 벌은 수치심 느끼게 만드는 거요. 더 무서운 벌 이보다 받은 집시는 못 들어봤소."

그런 다음 집시 왕은 다른 나라에서는 수치심을 주는 그런 처벌이 왜 없는지 의아스럽다고 말했소. 이 말에 존스는 그렇지 않다며, 영국 법에는 수치심을 형벌로 삼는 범죄가 상당히 많다며 형벌을 받게 되면 누구나 다 수치심을 느낀다고 말했소. 이 말에 집시 왕은 "고거 참 이상하오. 석여서 선생들과 살진 안았지만, 선생들 마니 이야기 알고 마니 들었는데, 수치가 보상 결과도 원인도 된다고 나 들었소. 그럼 선생 나라에서 보상과 처벌이 같은 거시오?"

집시 왕과 존스가 이렇게 이야기를 나누는 동안 헛간에서 갑작스럽게 소동이 벌어졌소. 소동이 벌어진 내막은 이렇소. 집시들의 정중한 대접으로 비로소 두려움에서 벗어난 패트리지는 이들의 권유에 따라 배불리 음식을 먹었을 뿐만 아니라 그들이 준 술을 맛보기도 했소. 따라서 술 덕분에 두려움에서 완전히 벗어나게 된 패트리지는 기분이 몹시 좋아지게 되었던 것이오.

이때 외모보다는 번뜩이는 기지 때문에 튀어 보이는 어떤 젊은 여자 집시가 패트리지의 운세를 봐준다며 이 순진한 사람을 꼬여냈소. 적당히 피곤했을 때 마시면 무절제한 욕망을 자극하기 쉬운 독주 때문에 그랬는지 아니면 이 아름다운 여자 집시*가 여자로서의 수줍음과 품위를 팽개치고 패트리지를 노골적으로 유혹해서 그랬는지, 어쨌든 이들은 헛간의 후

---

* 앞에서 화자는 이 여자 집시가 기지가 뛰어나다고 했지 외모가 아름답다고 하지는 않았기 때문에 이 집시를 아름답다고 한 것은 일종의 역설적인 표현이다.

미진 곳에서 매우 부적절한 행동을 하던 중에 여자 집시의 남편에게 발각되었소. 질투심에 내내 아내를 주시하던 여자 집시의 남편이 이곳까지 그녀를 미행해 마침내 외간 남자 품에 안겨 있는 아내를 잡아내었던 것이오.

패트리지는 즉시 왕 앞에 끌려나오게 되었고, 이에 존스로서는 무척 당혹스럽지 않을 수 없었소. 왕은 패트리지의 죄상을 들은 뒤 죄인의 항변도 들었소. 하지만 패트리지가 할 수 있는 항변은 거의 없었소. 이 불쌍한 자는 자신에게 불리한 명백한 증거에 당황해 그 어떤 변론의 말도 떠올릴 수 없었던 것이오. 그러자 왕이 존스를 향해 말했소. "선생, 저드리 하는 말 드렸지요. 무슨 벌 선생 하인 받아 한다 생각허시오?"

이 말에 존스는 "이런 일이 일어난 것에 대해 유감입니다. 죄인은 자신이 할 수 있는 최대한의 보상을 저 여자의 남편에게 해야 한다고 생각합니다"라고 대답하고는, 현재 가지고 있는 돈이 얼마 되지 않는다며 호주머니에서 1기니를 꺼내 집시 여인의 남편에게 주었소. 그러자 집시 여인의 남편은 바로 "5기니 이하를 줄 생각은 하지도 마시오" 하고 대답했소.

얼마간의 언쟁 끝에 금액은 2기니로 줄어들었고, 존스는 패트리지와 여자 집시 둘 다 완전히 용서해야 한다는 단서를 단 다음, 그 돈을 지불하려 했소. 하지만 집시 왕은 존스의 손을 막으며 증인을 쳐다보고는 "첨 맻 시에 이 죄인들 발견했나"라고 물었소. 이 질문에 증인은 집시 여인이 이 낯선 자에게 처음 말을 걸 때부터 그녀의 남편이 자기 아내의 행동을 지켜봐달라고 부탁해서 이들이 이런 짓을 저지를 때까지 한 번도 여자 집시에게서 눈을 뗀 적이 없었다고 대답했소. 그러자 왕은 집시 여자의 남편도 숨어서 같이 지켜보았느냐고 물었고, 이에 그렇다고 증인이 대답하자, 이 이집트 왕은 집시 여인의 남편에게 이렇게 말했소. "자기 아내 정절 돈 때문에 팔기까지 하려는 집시 참 유감스럽다. 아내 사랑했다면, 이

일 막고, 창녀로 니 처를 만들라고 안 했을 거다. 그 돈 너 가지지 못하게 하겠노라. 보상 아니라 넌 벌 받아야 하기 때문이다. 파렴치한 집시라 너 이제 부르고, 이마에 한 달 동안 뿔 두 개 곳고, 니 처 창녀라 부르고, 내 내 송가락질 당하게 명하것다. 너도 파렴치한 집시지만, 니 처도 너가치 파렴치한 창녀니 말이다."

집시들은 왕이 내린 선고를 즉시 실행에 옮겼고, 이제는 존스, 패트리지, 그리고 왕만 남게 되었소.

존스가 집시 왕의 판결이 공정하다고 크게 칭송하자, 집시 왕은 그를 보며 말했소. "놀랐을 것 생각카오. 우리 집시 당신들 아주 안 조케 생각카고 모두 도둑이라 생각카는 거 알기 때문이오."

존스가 "솔직히 말씀드려 집시들에 대해 좋게 말하는 걸 들어본 적이 없습니다"라고 대답하자, 집시 왕은 "당신과 우리 차이 마래주겠소. 내 백성들 당신들 약탈하지만, 당신들 서로를 약탈한다는 거요"라고 말했소.

존스는 이어 이런 현명한 왕의 통치 아래 사는 백성들은 얼마나 행복하겠느냐며 매우 진지하게 집시 왕에게 찬사를 보냈소. 사실 이곳의 집시들은 완벽할 정도로 행복해 보여 전제권력을 옹호하는 사람들이 전제주의 통치방식에 수반되는 큰 이점의 예로 이 집시들을 들지도 모른다는 걱정이 들 정도였소.

여기서 우리는 아무도 예상하지 못했을 법한 한 가지 사실을 인정하겠소. 그것은 어떤 입헌정치제도도 이와 같이 완벽한 단계에 도달할 수는 없으며 이와 같은 이익을 사회에 가져다줄 수는 없을 거라는 사실이오. 과거의 역사를 보면 대부분의 나라는 단 한 명의 통치자의 지배 아래 있었고 이때만큼 인간이 행복한 적은 없었소. 그리고 이런 지복의 상태는 다섯 명의 군주가 연속해서 통치한 기간* 동안 계속되었소. 이때가 진정한 황금기이자, 인간이 에덴동산에서 쫓겨난 시점에서 현재에 이르기까지 실제로 존재했던 유일한 황금기였소. 시인의 상상 속에서만 존재하는 황금기를 제외하고 말이오.

사실 절대군주제를 반대하는 이유는 하나밖에 없소. 이 훌륭한 통치 제도의 유일한 결함은 절대군주의 직무를 이행하기에 적합한 사람을 찾기 힘들다는 점이오. 역사를 통해 드러났듯이, 이 자리는 군주들에게서는 매우 찾기 어려운 세 가지 자질을 반드시 갖출 것을 요구하기 때문인데, 그 자질 중 첫째는, 자신이 가질 수 있는 권력에 만족할 줄 아는 절제력이고, 둘째는, 자신의 행복이 무엇인지 아는 지혜이며, 셋째는, 자신의 행복과 양립할 뿐만 아니라 자신의 행복에 도움이 되는 경우엔, 다른 사람도 행복하도록 힘써주는 덕망이오.

이 드문 자질을 모두 갖춘 절대군주가 백성들에게 최상의 행복을 가져다줄 수 있다는 사실을 인정한다면, 이와는 반대로 이 세 가지 자질이 부족한 사람에게 절대 권력이 부여되었을 경우 이에 못지않은 재앙이 수반될 수도 있다는 사실 또한 인정해야 할 것이오.

간단히 말해 절대 권력에 뒤따라올 수 있는 축복뿐만 아니라 저주가 어떤 것인지 우리의 종교가 잘 보여주고 있소. 바로 천국과 지옥이 이 둘에 대한 매우 생생한 이미지를 보여주기 때문이오. 비록 지옥의 군주가 갖고 있는 권력이 천국에 계신 전능한 군주에게서 받은 것이 고작이라지만, 지옥에서의 절대 권력이 바로 그 악마에게 주어진다는 사실이 성서에

＊ "네르바, 트라야누스, 하드리아누스, 그리고 두 명의 안토니우스다." (필딩의 주)
  이른바 '5현제'가 로마 제국을 통치한 시기, 즉 96년부터 180년까지를 말하며, '5현제'는 네르바, 트라야누스, 하드리아누스, 안토니우스 피우스, 마르쿠스 안토니우스 아우렐리우스를 말한다.

분명히 나타나 있소. 성서에 따르면 이것이 천국으로부터 부여받은 유일한 절대 권력인 것이오. 따라서 지상의 전제군주들이 그 권한을 누릴 자격이 있음을 입증한다면, 그 권한은 사탄에게 부여된 권한에서 유래된 것이 틀림없소. 따라서 사탄의 특성을 명백하게 갖고 있는 이 전제군주들은 사탄에게서 유래한, 사탄의 대리인이 되는 셈이오.

결론적으로 말해 모든 시대에 걸쳐 나타난 사례를 통해 알 수 있듯이, 인간은 대체로 남을 해치기 위해 권력을 열망해왔으며, 일단 권력을 얻게 되면 그 목적을 이루는 데에만 권력을 사용해왔소. 따라서 우리를 공포에 떨게 하는 천 가지 사례 중 두세 가지의 예외적인 경우에 기대 보잘것없는 희망을 이어가면서, 위험을 무릅쓰고 전제군주제로의 변화를 시도하는 건 신중함과는 아주 거리가 먼 것이오. 따라서 백성의 고충을 들어주고자 하는 열정적인 독재자의 열린 귀에 호소해 불편을 개선하려는 것보다는, 특별히 누구의 말에도 귀를 기울이지 않는 냉정한 법이 야기하는 몇 가지 불편을 감수하는 편이 훨씬 더 현명할 것이오.

비록 집시들은 이러한 통치 형태 아래에서 오랫동안 행복할 수 있었는지는 모르겠지만, 이 집시들의 사례를 가지고 자신의 주장을 우리에게 강요할 수는 없소. 집시들이 우리와는 매우 다른 중요한 점(어쩌면 그들의 행복을 전적으로 좌지우지하는 점), 즉 그들은 그릇된 명예심을 갖고 있지 않으며, 수치심을 느끼게 하는 걸 가장 고통스러운 형벌로 여긴다는 사실을 우리는 기억해야 하기 때문이오.

13장

존스와 패트리지 간의 대화

가톨릭 사제들이 사악하고 뻔뻔하게 자신들의 사악한 교리를 옹호하는 데 우리의 이야기를 이용하는 걸 막기 위해, 앞장의 결말 부분에서 내가 긴 여담을 늘어놓은 것을 자유를 진정으로 사랑하는 독자들이라면 분명히 용서해줄 거라 의심치 않소.

이제 우리는 존스와 함께 다시 길을 나설 것이오. 비바람이 멈추자, 존스는 집시 왕의 정중하고 친절한 접대에 여러 번 감사를 표하고 작별을 고한 뒤, 코번트리까지 안내하라고 지시를 받은(아직 어두웠기 때문이었소) 집시와 함께 코번트리를 향해 출발했으니 말이오.

존스는 길을 잘못 든 상태에서 10킬로미터가 아니라 20킬로미터나 갔고, 갔던 길 대부분도 산파를 부르러 가야 한다 해도 가지 않았을 몹시 험한 길이었기 때문에, 12시가 다 돼서야 코번트리에 도착할 수 있었소. 그런데 여기서는 말을 구하기도 쉽지 않아 2시가 넘어서야 간신히 말을 탈 수 있었는데, 설상가상으로 말구종 아니, 마부조수도 별반 서두르지 않고, 패트리지의 느긋한 성격을 따라 하기 시작했소. 패트리지는 잠이라는 자양분을 거부당하자, 기회 있을 때마다 온갖 형태로 이 자양분을 보충하면서, 여관에 도착했을 때는 더없이 좋아했지만 어쩔 수 없이 다시 떠나야 했을 땐 더없이 불만스러워했소.

이제 서둘러 길을 나선 존스의 뒤를 따라 우리도 갈 것이지만, 우리는 롱기누스의 원칙*을 준수하며 그를 따라갈 것이오. 존스는 코번트리를 떠나서 대번트리에 도착한 뒤 그곳에서 다시 스트랫포드를 거쳐 다음 날 정오가 조금 지났을 무렵 던스터블에 도착했는데, 소피아가 그곳을 떠난 지 몇 시간 되지 않았을 때였소. 대장장이가 존스가 타고 갈 파발마에 아주 세심하게 편자를 박는 바람에, 존스는 계획했던 것보다 더 오래 이곳에 머무를 수밖에 없었지만, 존스는 소피아가 세인트올번스를 떠나기 전에 그녀를 따라잡을 수 있을 거라 생각했소. 자신의 합리적인 판단에 따르면, 소피아는 동행한 귀족과 세인트올번스에 잠시 머물며 식사를 같이 할 거라고 생각했기 때문이었소.

이런 추측이 맞았다면 존스는 십중팔구 앞에서 언급한 장소에서 자신의 천사를 따라잡았을 것이오. 하지만 불운하게도 그 아일랜드 귀족은 런던에 있는 자기 집에 식사 준비를 시키고는, 제 시간에 그곳에 도착하기 위해 세인트올번스에서 머물지 않고 갈아탈 말만 준비하도록 지시했소. 따라서 그곳에 도착했을 때, 존스는 이미 두 시간 전에 6두마차가 그곳을 출발했다는 이야기를 듣게 되었던 것이오.

설령 새 역마가 당장 준비된다 하더라도(사실은 그렇지 못했지만) 런던에 도착하기 전에 그 6두마차를 따라잡는다는 건 확실히 불가능해 보였기 때문에, 패트리지는 지금이야말로 자기 동료가 완전히 잊고 있는 듯한 한 가지 사실을 알려줄 적절한 기회라고 생각했소. 소피아를 데려다주고 돌아온 안내인을 처음 만났던 술집에서 나온 뒤로 존스가 먹은 것은 삶은 계란 한 개뿐이었다는 사실을(집시들과 같이 있을 때, 존스는 자신의 지성만을 위한 축연을 베풀어 음식은 전혀 먹지 않았소) 알려주면, 그것이 무엇인지 독자들은 짐작할 수 있을 것이오.

패트리지가 존스에게 이곳 여관에서 머물며 식사하자는 말을 하자마

---

* 롱기누스Longinus의 원칙: 고대 그리스의 수사학자 롱기누스는 『숭고함에 대하여』라는 책에서 사소하고 지루한 내용은 피해야 한다고 주장했다.

자, 그의 견해에 전적으로 공감을 표한 여관 주인이 한마디 거들었소. 곧 말을 제공하겠다고 한 좀 전의 약속을 철회하고는 풀밭에서 말을 데려와 여행에 대비해 여물을 먹이는 것보다 식사가 더 빨리 준비될 수 있으니 식사를 주문한다 해도 여행이 지체되지는 않을 거라고 장담했던 것이오. 존스는 결국(특히 여관 주인이 마지막으로 편 논리에) 설득을 당해, 불판 위에는 큰 양고기 한 덩어리가 올려졌고, 고기가 익는 동안 존스의 동료 인지 하인인지 모르겠지만, 존스와 같은 방에 들어간 패트리지는 다음과 같이 장광설을 늘어놓기 시작했소.

"도련님, 남자가 젊은 아가씨를 차지할 자격이 있다면, 도련님은 분명히 웨스턴 아가씨를 차지할 자격이 있어요. 도련님처럼 아무것도 먹지 않고 사랑만 먹고 살 수 있으려면, 얼마나 많은 사랑을 갖고 있어야 하겠어요? 지난 스물네 시간 동안 도련님보다 수십 배는 더 먹었지만, 전 지금 거의 기아 상태거든요. 여행처럼, 특히 이렇게 습하고 으스스하게 추운 날씨에 하는 여행처럼, 사람을 배곯게 하는 건 없어요. 하지만 어찌 된 건지는 모르겠지만, 도련님은 정말 건강해 보이시고 아주 생기도 있어 보여요. 그건 분명히 도련님이 먹고 계신 사랑 덕분일 거예요."

이 말에 존스가 "아주 영양가 많은 음식이기도 하지. 게다가 운명의 여신이 어제 나에게 이처럼 맛있는 것을 보내주지 않았소! 이 귀중한 지갑을 갖고 있는데, 스물네 시간 이상 살 수 없을 거라 생각하시오?"라고 말하자, 패트리지는 "틀림없이 그렇죠. 맛있는 음식을 많이 살 수 있는 충분한 돈이 지갑에 들어 있으니 말이에요. 가진 돈이 거의 다 떨어져가니, 때맞추어 운명의 여신이 우리에게 보내준 거겠지요"라고 소리쳤소.

이에 존스가 "그게 도대체 무슨 말이오? 이것이 웨스턴 아가씨의 것이 아니라 다른 사람의 것이라 하더라도, 내가 정직하지 않게 행동할 거라고 생각하지는 않기 바라오"라고 대답하자, 패트리지가 말했소. "정직하지 않다니요! 제가 도련님을 그렇게 나쁘게 생각할 리 있겠습니까? 하지만 지금 쪼금 빌려 쓰는 게 왜 정직하지 못한 건가요? 나중에 아가씨에게 충분히 갚을 수 있는데 말이에요. 절대 그건 아니에요. 도련님 형편 닿는 대로, 어떻게 해서든지 그 돈을 갚기를 저도 바라요. 하지만 필요할 때 그걸 좀 쓰는 게 무슨 잘못이겠어요? 이 돈이 가난한 사람 거라면 이야기는 다르죠. 하지만, 그렇게 지체 높은 아가씨가 이 돈이 없다고 해서 곤란해질 리는 절대로 없을 거예요. 특히 아가씬 지금 필요한 건 뭐든지 갖게 해주실 영주님과 같이 계실 테니까 말이에요. 설령 아가씨가 돈이 좀 필요하시다고 해도, 이 돈 모두 필요하시진 않을 거예요. 그러니 저 같으면 아가씨에게 조금만 드릴 거예요. 하지만 이걸 내가 맨 처음 발견했다느니, 이 중 얼마는 내가 갖겠다느니 하는 소리는 절대 하지 않을 거예요. 그러느니 차라리 교수형을 당하겠습니다. 런던은 돈 없는 사람에게는 최악이라고 들었어요. 사실 그 돈의 주인이 누군지 몰랐다면, 악마의 것이라고 생각해서 쓰지 않으려 했을 거예요. 하지만 도련님도 아는 분의 것이고 또 부정하게 얻은 것도 아니니, 돈이 이렇게 절실한 지금 이 돈을 포기한다는 건 운명의 여신에 대한 모욕이에요. 도련님은 운명의 여신이 또다시 그런 친절을 베풀 거라고 기대해서는 절대 안 돼요. '오! 명운(命運)을 관장(管掌)하는 여신(女神)이여! 그대는 항시(恒時) 관대(寬大)하지 아니하구나.'[*] 제가 뭐라고 하든 좋을 대로 하세요. 이 문제에 대해서 제가 한마디라도 더 하느니 차라리 교수형을 당하겠어요."

이에 존스가 "패트리지, 내가 아는 바로는, 교수형은 '스카에볼라의 이

---

[*] '운명의 여신이시여! 그대는 항상 친절하지는 않구나'라는 의미로 푸블리우스 테렌티우스의 극 『헤키라Hecyra』에 나오는 구절.

해관계와 관련이 없지 않은(non longe alienum a Scaevolae studiis)'* 문제요"라고 말하자, 패트리지는 "'alienum'이 아니라 'alienus'라고 해야 합니다.** 그 구절이 기억나는데, 그 말은 'communis, alienus, immunis 같은 단어는 여러 격을 취한다'***는 항목에 나온 예문이었죠." 이 말에 존스는 "당신이 그 구절을 기억한다 해도, 이제 보니 그 의미를 모르고 있는 것 같군. 그러면 우리말로 쉽게 설명해주지. 내 말은 다른 사람의 물건을 발견하고서도 그것을 자신도 알고 있는 소유주에게 전해주지 않는 건, '양심(良心)이라는 재판정(裁判廷)'에서는 도둑질한 것이나 다를 바 없기 때문에 교수형감이란 뜻이오. 나는 내 천사의 소유물이자, 한때 그녀가 갖고 있던 이 은행권을 그녀 손에 직접 전해줄 거요. 절대 다른 사람에게 넘기진 않을 거란 말이오. 내가 당신처럼 배가 고프고 그걸 해결할 방도가 달리 없다 하더라도 말이오. 그렇게 하기 전까지는 난 잠도 자지 않겠소. 설령 내가 그렇게 하지 못한다 하더라도, 영원히 내 눈 밖에 나고 싶지 않다면, 조금이라도 그런 역겹고 천박한 말은 더 이상 하지 마시오."

이 말에 패트리지는 다음과 같이 대답했소. "저도 그럴 것 같다는 생각이 들었다면, 그런 말을 하지 않았을 겁니다. 저도 누구 못지않게 악행을 혐오하는 사람이니까요. 도련님이 저보다 올바른 판단을 내릴지도 모르죠. 사리분별도 제대로 하지 못하면서 그토록 오랫동안 살아왔고 또 그토록 오랫동안 학생들을 가르쳐왔는가 싶어지는군요. 하지만 사람은 살아

---

* 키케로의 『아티쿠스에게 보내는 편지』에서 인용된 문장으로 스카에볼라는 키케로의 스승이자 유명한 법률가였다.

** 위에 인용된 원문에는 톰이 말한 'alienum'이 아니라 'alienus' (관련이 없는)로 되어 있다.

*** 18세기에 출판된 『라틴어 문법 개요』에 나오는 항목의 하나로 톰이 키케로의 글에서 인용한 것은 이 항목 아래 나온 한 예다. communis는 '공통의', alienus는 '이상한', immunis는 '자유로운'이라는 의미의 라틴어.

가면서 배운다는 말은 맞는 것 같네요. 아주 훌륭하신 학자였던 제 옛 스
승께서 '청출어람(靑出於藍)'이라는 말씀을 하시던 게 기억나는군요. 그분
말씀이, 이걸 우리말로 표현하면 '아이도 때로는 할머니에게 달걀 빨아먹
는 법을 가르쳐줄 수 있다'라고 하셨죠. 이 나이에 라틴어 문법에 관해 훈
수를 듣다니, 제가 인생을 아주 제대로 살았네요! 젊은 도련님도 내 나이
까지 살면 생각이 바뀔지도 모르죠. 내가 스물한두 살밖에 안 되던 애송
이 시절에도 지금만큼 현명하다고 생각했었으니까. 어쨌든 저는 항상
'alienus'라고 가르쳤고, 우리 스승께서도 그렇게 읽으신 게 분명하긴 합
니다."

　　패트리지가 존스를 화나게 하는 경우는 그리 많지 않았고, 또 존스에
게 무례하게 구는 경우도 많지는 않았소. 하지만 불행히도 그들은 지금
서로 이 두 가지 중 하나를 건드리고 말았소. 이미 보았듯이 패트리지는
자신의 학식이 공격당하는 걸 참지 못했고, 존스도 패트리지가 한 말 중
어느 부분에 대해선 참을 수 없었으니 말이오. 따라서 존스는 패트리지를
경멸하듯이 쳐다보며(이는 존스의 평소 모습과는 다르오) 소리쳤소. "패트
리지, 이제 보니 당신은 참 오만한 늙은 멍청이로군. 하지만 늙은 악당은
아니길 바래. 오만한 늙은 멍청이에다 늙은 악당이라는 확신이 든다면,
더 이상 함께 가지는 않을 테니 말이야."

　　이 현명한 전직 학교 선생은 화풀이한 것만으로도 이미 만족했기 때
문에, 시쳇말로 즉각 꼬리를 내렸소. 그는 자기 말에 기분 상했다면 미안
하다며, 그럴 의도는 전혀 없었다고 하고는 **'사람이 항시**(恒時) **현자**(賢者)**가
될 수는 없다'***라는 말로 얼버무렸소.

　　발끈하는 면이 있긴 하지만, 존스는 냉정한 성격은 결코 아니었소.
존스에게 우호적인 사람들도 존스가 쉽게 화내는 성격이라는 점을 인정은

해야겠지만, 존스를 적대시하는 사람들도 존스가 금방 화를 가라앉히는 성격이라는 사실, 즉 폭풍이 불 때보다는 폭풍이 지난 뒤 더 사납고 더 위험하게 파도치는 바다를 전혀 닮지 않았다는 사실만은 인정해야 할 것이오. 따라서 존스는 패트리지의 항복을 즉시 수락하고는 그와 악수를 나눈 뒤, 최대한 부드러운 표정을 지으며 친절하게 수차례 말을 건넸소. 그러고는 스스로에 대해서는 매우 엄하게(수많은 선량한 독자들이 존스에게 퍼부었을 비난의 강도에 비하면 절반도 안 되겠지만 말이오) 질책했소.

존스를 화나게 했다는 두려움에서 일시에 벗어나자 패트리지의 마음은 아주 편해졌소. 그리고 존스가 자신의 오류를 인정해 자존심을 완전히 회복한 패트리지는 투덜대듯 말했소. "그래요, 도련님의 학식이 어떤 면에서는 저보다 나을지도 몰라요. 하지만 라틴어 문법에 관해서라면 전 누구에게라도 대적할 자신이 있어요. 적어도 문법에 관해선 저도 통달했다고 자부하거든요."

이 가련한 사람의 만족감을 더 채워줄 수 있는 뭔가가 있다면, 그것은 바로 이 순간 식탁에 올려진 김이 모락모락 나는 맛있는 양고기였소. 이 둘은 이 양고기를 양껏 먹고는 다시 말을 타고 런던을 향해 출발했소.

14장
세인트올번스를 떠난 뒤 존스에게 벌어진 일

이들이 바넷을 지나 3킬로미터가량 가자 어스름한 저녁이 되었소. 그

---

* '사람이 항상 현명할 수는 없다'라는 의미로 로마의 철학자 대(大)플리니우스의 『박물지』에 나오는 구문.

때 몹시 초라한 말을 타고는 있지만 신사처럼 보이는 어떤 사람이 존스에게 다가와 런던으로 가느냐고 물었소. 존스가 그렇다고 대답하자, 그는 "같이 가도록 허락해주신다면 정말 감사하겠소. 날도 저문 데다가 이 길이 처음이라서요"라고 말했소. 존스가 그의 청을 즉시 받아들여, 이럴 경우 늘 나누게 되는 이야기를 하면서 이들은 함께 여행을 계속했소.

같이 여행을 할 때 나누는 이야기 중에선 강도 이야기가 단연 으뜸 화제인 법이오. 따라서 강도 이야기를 하게 되었을 때 이 낯선 사람이 몹시 걱정을 하자, 존스는 자신은 잃을 게 없기 때문에 두려워할 것도 없다고 했소. 그러자 이 말을 들은 패트리지는 한마디 거들지 않을 수 없었소. "도련님은 별거 아니라고 생각하실지 모르겠지만, 제가 도련님처럼 주머니에 1백 파운드짜리 지폐를 갖고 있다가 그걸 잃어버리게 된다면, 분명히 뚜껑이 열릴 겁니다. 하지만 제 평생 지금처럼 무섭지 않은 적은 없어요. 우리는 네 명이나 되고, 서로 도와주기만 한다면 아무리 흉악한 강도라도 우리를 털진 못할 테니까요. 혹 강도가 총을 가졌다 하더라도 우리 중 한 사람밖에는 죽이지 못할 테니 말이에요. 그리고 사람은 어차피 한 번은 죽게 돼 있잖아요. 그렇게 생각하면 그게 뭐 대수겠어요. 어차피 한 번은 죽는 거니까요."

패트리지가 지금 보여주고 있는 이 대단한 용기를 갖게 된 데에는 수적 우세(지금 어떤 나라는 이로 인해 생긴 용기 덕분에 대단한 영광을 누릴 수 있었소)*뿐만 아니라 또 다른 이유가 있었소. 패트리지는 지금 술이 부여할 수 있는 최대한의 용기를 갖추고 있었던 것이오.

이들이 하이게이트에서 1.5킬로미터가 채 안 되는 지점에 도착했을

---

* 필딩이 생각하기에 군사의 수적 우세로 영국과의 전쟁에서 많은 승리를 거둔 프랑스를 일컫는다.

때, 존스와 같이 가던 이 낯선 사람은 존스를 쳐다보며 갑자기 권총을 꺼내 들이대고는 패트리지가 말한 '그 얼마 안 되는' 은행권을 내놓으라고 요구했소.

존스는 예기치 못한 그의 요구에 처음에는 다소 충격을 받았지만 곧 정신을 차린 뒤, 노상강도에게 주머니에 있는 돈을 다 가져가도 좋다며 3기니가 넘는 돈을 꺼내주려 했소. 하지만 상대방이 욕설을 퍼부으며 그것 가지고는 안 된다고 하자, 그럼 아주 유감이라며 냉정하게 대답한 뒤 돈을 다시 주머니에 넣었소.

이에 노상강도가 당장 은행권을 내놓지 않으면 총을 쏠 수밖에 없다고 협박하면서 존스의 가슴에 총을 가까이 갖다 대는 순간, 존스는 재빨리 강도의 손을 덥석 움켜쥐었소. 그러자 총을 쥐고 있던 강도의 손이 사정 없이 흔들려 자연스레 총구의 방향이 다른 곳을 향하게 되었고 둘 사이에 곧바로 몸싸움이 벌어졌소. 그 와중에 존스는 마침내 상대방의 손에서 권총을 빼앗을 수 있었으나, 둘 다 똑같이 말에서 떨어지고 말았소. 결국 노상강도는 바닥에 쓰러졌고, 승자인 존스는 그의 위에 올라타게 되었소.

힘으로는 결코 존스의 상대가 되지 못했던 이 불쌍한 사람은 승리자에게 자비를 베풀어달라고 간청하기 시작했소. "선생님, 전 사실 선생님을 쏠 생각이 전혀 없었습니다. 총알이 장전되지도 않았다는 걸 보면 아실 겁니다. 강도짓을 하려고 한 건 이번이 처음이었고요. 너무나 가난해 이런 짓까지 하려고 한 겁니다."

이 순간 150미터 정도 떨어진 곳에서 바닥에 누운 채, 이 노상강도보다 훨씬 더 큰 소리로 살려달라고 소리를 지르는 또 다른 사람이 있었으니 그는 다름 아닌 패트리지였소. 도망치다가 말에서 떨어진 그는 언제라도 총에 맞을 거라는 생각에 위를 쳐다보지도 못하고, 얼굴을 땅에 바짝 대고 있었소.

오로지 자기 말만 걱정하는 안내인이 말을 안전하게 확보한 뒤 이런 자세로 계속 누워 있던 패트리지에게 다가가 존스가 노상강도를 물리쳤다고 말하자, 패트리지는 자리에서 벌떡 일어나 존스가 있는 곳으로 달려갔소. 그러고는 손에 칼을 빼 든 채 이 가련한 사람을 감시하고 있던 존스를 보고는 "도련님, 그 악당을 해치워버려요. 칼로 찔러 당장 죽여버리라고요"라고 소리쳤소.

하지만 운 좋게도 이 가련한 사람의 운명은 패트리지보다는 더 자비로운 사람에게 맡겨져 있었소. 권총을 살펴본 뒤 정말 장전되지 않았다는 사실을 알게 된 존스는, 패트리지가 다가오기 전에 강도가 한 말을 모두 믿게 되었던 것이오. 즉 그가 이런 일을 한 것은 이번이 처음이며, 다섯 명의 자식들이 굶주리고 있는 데다 아내는 여섯번째 아이를 출산할 예정으로, 극도의 궁핍 상태에 처해 있기 때문에 이 일을 저지르게 되었다는 강도의 말을 믿기 시작한 것이었소. 강도는 자신의 말이 모두 사실이라고 강력하게 주장하고는, 여기서 채 3킬로미터도 떨어지지 않은 곳에 있는 자기 집에 가본다면, 자신의 말이 모두 사실임을 확인할 수 있을 거라며, 자기 말이 모두 사실이 아니라면 어떤 호의도 바라지 않겠노라고 말했소.

처음 존스는 이 사람의 말을 곧이곧대로 받아들이는 척하며, 그를 어떻게 처리할지는 전적으로 그의 말이 사실이냐에 달렸다고 하고는 그의 집을 찾아갈 것처럼 굴었소. 하지만 이 말이 떨어지기가 무섭게 이 불쌍한 사람이 주저없이 움직여 존스는 그의 말이 사실임을 확신하게 되었고, 거꾸로 이제는 그를 동정하기에 이르렀던 것이오. 따라서 존스는 빈 권총을 돌려주면서 그런 어려운 상황에서 벗어날 수 있는 정직한 방법을 찾아볼 생각을 해보라며, 돈이 좀더 많았으면 좋았을 테지만, 아까 말한 1백 파운드는 자기 것이 아니라면서, 그의 아내와 가족이 당장의 끼니를 해결하는 데 쓰라고 2기니를 주었소.

독자들은 존스의 이런 행동에 대해 견해가 나뉠 수도 있을 것이오. 어떤 독자는 존스의 이러한 행동을 흔치 않은 인간적인 행동이라고 환영할지도 모르고, 좀 성미가 까다로운 독자는 존스의 이 행동이 모든 사람들이 고국을 위해 지켜야 할 정의를 존스가 존중하지 않은 데서 나온 것이라고 생각할 수도 있을 것이오. 존스의 이 행동을 후자의 관점에서 보았던 패트리지도 이번 일에 상당한 불만을 털어놓으며 격언을 하나 인용한 뒤 "런던에 도착하기 전에 이 강도가 우리에게 다시 덤벼든다 해도 놀랄 일은 아닐 겁니다"라고 말했소.

강도는 거듭 감사의 뜻을 표하며 실제로 눈물까지 흘렸소(혹은 그러는 척했소). 그는 곧장 집으로 가겠다고 하고는 앞으로는 절대 이런 잘못을 저지르지 않겠다고 맹세했소(그가 이 약속을 지켰는지 아닌지는 나중에 밝혀질 것이오).

다시 말에 올라탄 우리의 여행객들은 더 이상의 불운을 겪지 않고 런던에 무사히 도착할 수 있었소. 도중에 존스와 패트리지는 자신들이 겪은 최근의 일을 화제로 즐거운 대화를 많이 나누었는데, 대화 도중 존스는 어쩔 수 없는 가난 때문에 대개는 수치스런 죽음에 이르는 이런 불법적인 행동을 저지를 수밖에 없게 된 노상강도들에 대해 상당한 동정을 표하고는 이렇게 말했소. "내가 말하는 강도는 그러니까 비록 최악의 죄를 짓는 것이긴 해도 강도질 외에는 상대에게 공격을 가하거나 모욕을 주지 않는 강도들을 말하는 거요. 우리나라로서는 자랑스러운 일인데, 이게 바로 우리나라 강도와 다른 나라 강도의 차이인 것 같아. 다른 나라 강도들은 살인도 저지르거든."

이 말에 패트리지는 다음과 같이 대꾸했소. "남의 목숨을 빼앗는 것보다는 돈을 빼앗는 게 분명히 낫기는 해요. 하지만 볼일을 보기 위해 길을 나설 때마다 이런 악당들에게 강도당할 수도 있다는 건 우리같이 정직한 사람들에게는 너무나도 가혹한 일이에요. 정직한 사람이 한 명이라도 그런 불운한 일을 당하게 두느니 이 세상의 모든 악당들을 교수형에 처해 거리에서 완전히 쓸어버리는 게 더 낫죠. 제 손에 강도의 피를 묻히고 싶지는 않지만 법에 따라 모든 강도를 교수형에 처하는 건 합당한 처사이기도 하니까요. 내가 주지 않는데, 누가 나한테서 6펜스라도 빼앗아갈 권리가 있어요? 그런 자들에게 정직이라는 개념이라도 있겠어요?"

이에 존스가 "물론 없지. 다른 사람의 마구간에서 말을 훔치고, 누구 것인지 뻔히 알면서도 주은 돈을 자신이 쓰려는 사람에게 정직이라는 개념이 없듯이 말이오"라고 소리치자, 이처럼 넌지시 자신을 비꼬는 말에 패트리지는 말문을 닫았소. 하지만 존스가 다시 패트리지에게 비겁하다고 빈정거리듯이 놀리자, 패트리지는 무기가 달라서 어쩔 수 없었노라고 변명을 늘어놓으며 "아무리 천 명이라도 맨몸이라면 총 한 자루 가진 사람에게는 아무것도 아니에요. 총이 한 번 발사될 때마다 한 명만 죽는다는 건 사실이지만 그 한 명이 바로 자신이 될지도 모르니까 말이에요"라고 대답했소.

3부

13권
12일 동안 벌어진 일

1장
기원

　사랑스런 명성의 신이여! 와서 타오르는 내 가슴에 영감을 불어넣어 주오. 하지만 내가 소리쳐 부르는 것은, 수많은 사람들의 한숨이 돛을 활짝 펼친 배를 점점 불어나는 피눈물의 파고를 넘어 실어 나르는 동안, 영광의 길로 영웅을 안내하는 그대가 아니라, 행복한 요정 므네모시네*가 헤브루스**의 강가에서 낳은 아름답고 상냥한 처녀인 뮤즈 그대인 것이오. 마에오니아***에서 교육받고 만토바****에 매료되어 영국의 자랑스러운 대도시를 내려다보는 저 아름다운 언덕 위에서 밀턴과 함께 앉아, 수금으로 영웅들의 이야기를 노래에 담아 달콤하게 연주했던 그대여! 황홀경에 빠진 나의 마음을 다가올 멋진 시대에 대한 희망으로 채워주오. 예언해주시오. 후세에 태어날 어떤 동정심 많은 처녀(그녀의 조모는 아직 태어나지도 않았을 것이오)가 이 책을 읽고, 소피아라는 가공의 이름으로 우

---

* Mnemosyne: 뮤즈의 어머니.
** Hebrus: 발칸 반도의 고대 국가 트라키아에 있는 강으로 술의 신 디오니소스와 하프의 신 오르페우스와 연관이 있다. 오르페우스는 트라키아 여자들에 의해 사지가 찢겨져 강물에 던져진다.
*** Maeonia: 리디아의 옛 이름. 호메로스의 탄생지로 추정된다.
**** Mantova: 이탈리아 북서부의 도시로 베르길리우스의 탄생지.

리 이야기에 등장하는 샬럿*이라는 여인의 진정한 가치를 알게 된 순간, 깊은 공감의 탄식을 내뱉게 될 거라는 사실을 말이오. 또한 후세에 내가 어떤 칭송을 받게 될지 알려주어, 그 칭송을 지금 미리 즐기고, 그 칭송에 위안을 받으며 살 수 있게 해주오. 지금 내가 앉아 있는 이 작은 거실이 형편없는 가구가 비치된 작고 초라한 방으로 변할지라도, 나를 알지도 못하고 보지도 못한 그리고 내가 알 수도 볼 수도 없는 사람들이 내게 존경심을 품으며 내 글을 읽게 될 거라고 엄숙하게 약속하여, 나를 위로해주오!

풍만한 시신(詩神)이여! 공허한 형식이나 환영과도 같은 헛된 상상은 거부하고, 오직 양념이 잘된 쇠고기와 자두를 잔뜩 넣은 푸딩만을 즐기는 그대여! 소리쳐 그대를 부르오! 거나하게 취한 암스테르담의 상인이 네덜란드 운하를 떠다니는 짐배에서 임신시킨 '재물'이라는 이름의 뚱뚱한 여인이 낳은 그대여! 그럽스트리트**에 있는 학교에서 학문의 기초를 터득한 그대여! 좀더 나이 든 후, 그대는 시를 통해 상상력을 배양하지는 않고, 후원자의 자만만 충족시켰소.*** 코미디는 그대에게서 근엄함과 엄숙함을 배웠고, 비극은 그대에게서 큰 소리로 호통치고 우레 같은 소리로 극장을 진동시키는 법을 배웠소.**** 지친 그대를 재우기 위해 '역사'라는 시의회 의원은 그 지루한 이야기를 들려주었고, 그대를 다시 깨우기 위해

---

  * 샬럿 크래독(Charlotte Cradock) : 필딩의 첫번째 부인으로 소피아의 모델이기도 하다.
 ** Grub Street: 18세기 영국에서 돈벌이를 목적으로 싸구려 글을 쓰는 삼류작가들이 모여 살았던 지역.
 *** 작가에게 재정적 지원을 해주는 사람의 취향에 맞는 글만 썼다는 의미.
**** 18세기 당시 중산층을 중심으로 한 대중들은 기존의 희극이 너무 저속하다고 비판하면서 진지하고 도덕적인 내용을 담은 희극을 좋아했고, 비극은 비극적 분위기로 충만한 것을 선호했다. 필딩은 이런 대중의 기호에 맞추어 글을 쓰는 작가들을 겨냥해서 한 말이다.

'로맨스'라는 신사는 능숙하고도 놀라운 기교를 부렸소. 뚱뚱한 출판업자 역시 그대의 지배 아래 놓이게 되었소. 그대의 충고에 따라 먼지 긴 선반에서 오랫동안 졸고 있던 묵직하고 읽히지 않았던 수많은 2절판 책들이 호별로 조각조각 나누어져,* 온 나라를 민첩하게 돌아다니고 있소. 그대의 지도 아래 몇몇 책들은 돌팔이 의사처럼 기적을 일으킬 것이라고 약속하며 세상 사람들을 속이고 있기도 하오. 반면 어떤 책들은 그대의 가르침을 받아 외모에만 신경 쓰는 골 빈 남자처럼, 자신의 모든 가치를 금도금된 외양에만 두고 있소. 환히 빛나는 얼굴의 실리적인 그대여, 영감 따윈 집어치우고, 솔깃한 보상금, 그러니까 반짝반짝하며 짤랑거리는 돈더미, 눈에 보이지는 않지만 즉시 현금화할 수 있는 은행권, 시시때때로 값어치가 변하는 주식, 따뜻하고 안락한 집, 그리고 마지막으로 (탐욕스럽고 무자비하게 자기 형제들을 어머니의 젖꼭지에서 몰아내지만 않는다면) 수많은 자식들이 먹을 수 있는 양식을 공급하는 어머니의 풍만한 가슴을 내게 주시오. 오소서, 그대여! 그대가 베풀어주는 그 귀중한 보물의 가치를 내가 몰라본다면, 그 보물을 다른 이에게 줄 수도 있다는 사실을 상기시켜 날 흥분하게 해주오! 그리고 지금의 내 일이 재잘거리는 어린아이들**의 순진한 놀이를 종종 방해하기도 하지만, 언젠가는 그대에게서 받게 될 하사품으로 그 아이들에게 충분한 보상을 할 수 있을 것이라 말해주오.

　서로 어울리지 않는 한 쌍의 여신, 즉 야위고 실속 없는 허깨비 같은

---

* 출판업자는 장편소설을 구매하기가 부담되는 독자들을 위해 작품을 호별로 나누어 매주 혹은 매달 팔았다. 하지만 결국 전체를 합치면 본래의 책값을 훨씬 넘기 때문에 필딩은 이를 비판한 것이다.
** 필딩이 첫번째 부인과 낳은 아이들.

여신*과 통동하고 실리적인 여신** 둘 다 내게 글을 쓰라고 하지만, 이 글을 쓰는 데 도대체 누구의 도움을 청하란 말이오?

첫번째로 내가 갈구하는 건 신이 선물하신 재능이오. 재능 없이는 실제 세계를 표현하고자 아무리 노력해도 그 뜻을 이룰 수 없기 때문이오. 기교를 통해 키우고 완성할 수 있는 풍요로운 씨앗을 뿌려주는 재능이여! 내 손을 친절히 부여잡고 저 실제 세계의 구불구불한 미로를 빠져나오게 해주시오. 비속한 눈으로는 결코 볼 수 없는 그 모든 불가사의한 비밀을 나에게 전수해주오. 그대에겐 결코 어려운 일이 아니겠지만, 인간이 스스로에 대해 아는 것 이상을 내가 알도록 해주오. 지성을 흐리게 하고 술수를 일삼는 인간들을 존경토록 만드는 연막을 제거해주고, 타인을 속이는 교활한 자들을(실상 그들은 스스로를 기만하고 있기 때문에 조롱의 대상이 될 수밖에 없소) 경멸하게 해주오. 자기 기만이 쓰고 있는 지혜라는 얄팍한 가면, 탐욕이 쓰고 있는 풍요라는 얄팍한 가면, 야망이 쓰고 있는 영광이라는 얄팍한 가면을 벗겨주오. 아리스토파네스, 루시안, 세르반테스, 라블레, 몰리에르, 셰익스피어, 스위프트, 그리고 마리보***에게 영감을 불어넣어주었던 그대여, 오소서! 와서 나의 이 책에 계속 유머를 불어넣어주시오. 인간이 선한 마음을 배워, 타인의 어리석음에 대해서만 비웃고, 인간이 겸손을 배워, 자신의 어리석음에 대해 슬퍼할 때까지 말이오.

진정한 재능의 변함없는 동반자인 인간애여! 그대의 애정 어린 마음

---

* 돈에 초연하여 예술성 그 자체를 추구하는 시신(詩神).
** 대중의 취향에 맞추어 상업적인 글쓰기를 추구하는 상업주의 정신.
*** 피에르 드 마리보(Pierre Carlet de Chamblain de Marivaux, 1688~1763): 18세기 프랑스의 극작가이자 소설가.

을 나에게도 주시오. 앨런과 리틀턴*에게 그대의 애정 어린 마음을 다 나누어주었다면, 그들의 가슴에서 조금이라도 훔쳐다 주시오. 그런 마음 없이는 사랑스런 장면을 그려낼 수 없소. 고결하고 사심 없는 우정, 감동적인 사랑과 관대한 마음, 넘쳐나는 감사의 마음과 따스한 연민, 솔직담백한 생각, 촉촉하게 눈물로 채우고 달아오른 뺨에 피를 공급하며 우리의 가슴을 슬픔과 기쁨 그리고 자비로움으로 넘치게 하는 (선량한 사람만이 갖고 있는) 강력한 에너지, 이 모든 것이 그런 마음에서 나오기 때문이오.

오, 그대, 학식이여! (그대의 도움 없이는 아무리 재능이 많아도 있는 그대로를 정확히 나타내는 글을 쓸 수 없소) 내 글을 이끌어주시오. 맑고 잔잔히 흐르는 템스 강이 이튼의 교정 강둑**을 적시던 곳, 그대가 좋아하는 그 강변에서 나는 어린 시절을 보내며 그대를 숭배했소. 회초리로 만든 그대의 제단*** 위에 진짜 스파르타 식으로 나는 내 피를 그대에게 바쳤소. 그러니, 와서 그대의 거대하고 호사스런 창고를 열어 그대가 오랫동안 쌓아두었던 그 풍요로운 재물을 쏟아주오. 열어주오, 그대의 마에오니아와 만토바의 금고를, 그리고 철학, 시, 역사의 보물이 담겨 있는 금고도(그 묵직한 금고에 그대가 그리스어나 라틴어로 된 글을 남겨놓았다 할지라도) 열어주오. 그리고 그대가 워버턴****에게 맡겨두었던, 이 온갖 보물이 담긴 금고를 여는 그 열쇠를 잠시만이라도 내게 주오.

마지막으로, 오시오, 경험이여! 현자들, 선량한 자들, 학식이 깊은

---

* Allen, Lyttleton: 올워디 영주의 모델인 랠프 앨런과 이 작품을 필딩이 헌사한 조지 리틀턴을 각각 지칭한다.
** 필딩은 이튼스쿨을 다녔다.
*** 학교 시절에 공부를 게을리 할 경우 회초리로 체벌을 당했다는 의미.
**** 윌리엄 워버턴(William Waburton, 1698~1779): 18세기 영국의 성직자이자 문학비평가. 뛰어난 학자이자 논쟁가로 널리 알려져 있었다.

자들, 그리고 예의 바른 자들과 오랫동안 알고 지내는 그대는 이들뿐만 아니라, 왕을 접견하는 대신부터 채무자, 구류소의 집행관, 대야회(大夜會)에 참석한 공작부인, 그리고 술집 안주인에 이르기까지 온갖 부류의 사람들을 잘 알고 있소. 따라서 오직 그대를 통해서만 우리는 인간의 풍속도를 알 수 있는 것이오. 아무리 재능이 뛰어나고 학식이 깊다 해도 속세를 떠난 현학자들은 모르는 인간의 풍속도 말이오.

이 모든 것들이여, 내게 오소서! 가능하면 더 많이 와도 좋소. 그대들의 도움 없이 감당하기엔 내가 맡은 이 일이 나에게는 너무나도 버거우니 말이오. 하지만 그대들이 나의 노고에 미소만이라도 지어준다면, 나는 이 일을 행복하게 마칠 수 있을 것이오.

2장
런던에 도착하자마자 존스에게 일어난 일

학식이 깊은 미소뱅* 박사는 자기 집 주소를 '이 세상에 사는 미소뱅 박사'라고 썼다는데 이는 자신의 명성을 모르는 사람이 없을 거라는 의미를 내포하고 있소. 이 문제를 아주 면밀히 검토해보면, 이처럼 세상 사람들에게 널리 알려진다는 것이 위엄을 갖춘 사람들이 누리는 축복 중에서도 상당히 중요한 것이라는 사실을 알게 될 것이오.

앞 장에서 우리도 이렇게 될 수 있을 것이라는 희망을 품으며 즐거워했지만, 후손에게까지 알려지는 지고의 행복은 아주 소수의 몫이오. 시든햄**

---

* 18세기에 영국에 정착한 프랑스 출신 의사인 존 미소뱅을 말한다.
** 토머스 시든햄(Dr. Thomas Sydenham, 1624~1689): 17세기 영국의 의사이자 수필가.

박사 식으로 말하자면, 우리의 이름을 구성하는 몇 가지 철자들이 지금부터 천 년 동안 반복적으로 거론된다는 것은 지위와 부로는 얻을 수 없는 선물이며, 무력이나 필력을 사용하지 않고서는 얻을 수 없는 것이오. 하지만 아직 살아 있는 동안 '아무도 자신을 알아보지 못하는' 수치(내친김에 하는 말인데, 이는 호메로스 시대에도 있었던 아주 오래된 수치요*)를 겪지 않는 것이 합법적으로 상당한 지위와 재산을 소유한 사람들이 늘 부러워하는 일이오.

소피아를 런던으로 데려다준 아일랜드 귀족이 우리 이야기에 처음 등장했을 때의 모습으로 미루어 보아 독자들은 틀림없이 그 귀족이야말로 '모두가 다 아는' 사람일 것이기에, 그가 거주하는 거리나 광장 이름을 구체적으로는 모른다 하더라도 런던에 있는 그의 집을 찾는 건 쉬울 거라고 생각했을 것이오. 사실대로 말하자면 고관들이 사는 지역을 자주 찾아가는 상인들에게는 특히 그랬을 것이오. 지체 높은 분들의 집에 들어가기가 어려울 뿐, 그분들의 집을 찾는 건 대개는 그보다 훨씬 쉽기 때문이오. 하지만 패트리지나 존스 모두 런던에 처음 와보는 데다 존스가 처음 도착한 곳이 하노버나 그로스브너 광장**에 사는 사람들과는 거의 교류가 없는 사람들이 사는 지역(존스는 그레이스 인 로***를 통해 런던으로 진입했소)이었기 때문에, 얼마간 주변을 배회한 뒤에야 그 훌륭한 저택들(운명의 여신이 일반 사람들과는 분리시켜놓은 고귀한 분들, 즉 좋은 시절에 태어

---

* 『오디세이아』 2권 175연을 보시오." (필딩의 주)
　『오디세이아』에서 오디세우스는 고향을 떠난 지 20년 후에야 돌아오지만 아무도 그를 알아보지 못할 것이라는 예언을 듣는다.
** 런던 북서쪽의 외곽에 있는 이 지역에는 당시 상류층들이 주로 거주했다.
*** Gray's Inn Lane: 런던 북쪽에 위치한 길. 이 길로 런던에 진입하면 상류층 이하의 사람들이 주로 사는 킹스 크로스King's Cross로 들어오게 된다.

니 여러 잡다한 공적을 세워 부와 명예를 쌓은 뒤 이를 물려준 조상을 갖고 있는 고대 브리튼 족과 색슨 족, 데인 족의 후손들이 살고 있는 곳)이 있는 곳으로 가는 길을 찾을 수 있었소.

따라서 마침내 이 지상 낙원과도 같은 지역에 도착한 존스는 이제 그 귀족의 집을 금방 발견할 수 있을 거라 생각했소. 하지만 불운하게도 그 귀족은 아일랜드로 떠나기 전 다른 집으로 이사해 이제 막 새 집으로 돌아와 살고 있기 때문에, 그의 마차에 관한 명성이 그 근방에 아직 제대로 퍼지지 못해, 존스는 11시까지 아무 소득 없이 찾아 헤맬 수밖에 없었소. 그러다 결국 패트리지의 성화에 못 이겨 자신과 같은 상황에 처한 사람들이 필요로 하는 휴식을 취하기 위해, 이곳 런던에 당도했을 때 첫번째로 갔던 홀본에 있는 불 앤 게이트*라는 숙소로 갔소.

아침 일찍 존스는 소피아를 찾아 다시 길을 나섰소. 피곤한 발걸음을 수없이 옮겼지만 전처럼 아무 소득이 없었소. 하지만 마침내 운명의 여신이 마음을 누그러뜨려서 그랬는지 아니면 존스를 더 이상 방해할 힘이 없어서 그랬는지, 존스는 그 귀족이 거주하는 영광을 누리던 바로 그 거리에 도착하게 되었고, 결국 귀족의 집으로 안내 받아 집 문을 살짝 두드릴 수 있게 되었소.

조심스럽게 노크하는 사람을 대단치 않게 여겼던 문지기는 퍼스티언 천으로 만든 옷을 입고, 전에 하사관에게 산 칼(칼날은 단단한 강철로 만들어졌을지 모르지만 손잡이는 놋쇠, 그것도 별로 반짝거리지도 않는 놋쇠로 만들어진 칼이었소)을 옆구리에 차고 있는 존스를 보고는 역시나 대수롭지 않게 생각했소. 따라서 존스가 아일랜드 귀족과 함께 런던으로 온 젊

---

* 홀본에 위치한 불 앤 게이트라는 곳은 말을 바꾸어 탈 수 있는 여관이었다.

은 여성에 대해 물어보자, 자기 집에는 어떤 여자도 살고 있지 않다고 퉁명스럽게 대답했던 것이오. 이 말에 존스가 집주인을 만나고 싶다고 하자 문지기는 오늘 아침엔 집주인이 아무도 만나고 싶어 하지 않는다고 말했소. 하지만 존스가 계속 조르자, 아무도 들여놓지 말라는 주인의 엄명을 받았다며 "하지만 이름을 남기면 주인에게 알려주죠. 다음에 오면 주인을 언제 만날 수 있을지 알게 될 거요"라고 말했소.

이 말에 존스가 그 젊은 여성과 특별히 볼 일이 있기 때문에 만나보지 않고서는 갈 수 없다고 분명히 밝히자, 문지기는 별로 친절하지 않은 목소리와 표정으로 이 집에는 젊은 여자가 없기 때문에 그런 사람은 만날 수도 없다고 단호하게 말하고는 "참 이상한 분이구려. 왜 남의 말을 믿지 않으려는 거요"라고 반문했소.

나는 『아이네이스』 6권에서 베르길리우스가 지옥의 문지기 케르베로스*에 대해 상세히 묘사한 것이 베르길리우스가 살았던 당시의 지체 높은 사람들의 문지기를 풍자하기 위한 게 아닌가 하는 생각을 종종 하오. 최소한 그 모습이 지체 높은 분들의 집 문을 지키는 영광을 누리는 사람들과 닮았기 때문이오. 사실 지체 높은 사람의 거처를 지키는 문지기는 굴에서 지내는 케르베로스와 정확하게 일치하오. 문지기의 주인에게 다가가기 위해서는 케르베로스한테 그래야 하듯이 빵 덩이**를 주어 달래야만 하니 말이오. 문지기를 그런 시각으로 보고 있던 존스는 아이네이아스가 저승에 들어갈 수 있도록 스틱스 강가를 지키는 개에게 시빌레가 빵 덩이

---

* Cerberus: 머리가 셋 달린 개로 지옥문을 지킨다. 『아이네이스』에서 아이네이아스를 저승에 있는 스틱스Styx 강으로 데려가던 무녀 시빌레Sybil는 저승문을 지키는 케르베로스라는 개에게 약이 든 빵조각을 주어 잠들게 한다. 여기서 케르베로스에게 빵을 준다는 말이 뇌물을 준다는 의미가 되었다.
** 원문의 단어 sop는 뇌물이라는 뜻도 있다.

를 제공했다는 사실을 기억해낸 것 같았소. 그와 똑같은 방식으로 인간 케르베로스에게 뇌물을 제시하자 이를 엿듣던 다른 하인이 앞으로 나와 존스가 제시한 돈을 준다면, 존스가 말한 여자에게 데려다주겠다고 했소. 존스가 즉각 그렇게 하겠다고 하자, 전날 피츠패트릭 부인과 소피아를 숙소까지 안내했던 그 하인은 즉시 피츠패트릭 부인의 숙소로 존스를 안내했소.

성공을 바로 눈앞에 두고 실패하는 것만큼 화나는 일은 없소. 1점 차이로 카드게임에서 진 도박꾼은 이길 가망이 전혀 없던 사람보다 열 배는 더 자신의 불운함을 통탄하기 마련이오. 마찬가지로 큰 상금에 당첨된 복권의 바로 뒷자리 번호가 찍힌 복권을 가진 사람은 다른 사람보다 훨씬 더 자신이 운이 없다고 생각하기 쉬운 법이오. 간단히 말해 간발의 차이로 행운을 놓치는 것은 우리를 제물 삼아 재미로 이런 장난을 치는 운명의 여신의 무례한 농간처럼 보이오.

이미 여러 번 이 이교도 여신*의 장난을 경험한 바 있는 존스는 다시 한 번 전처럼 아슬아슬하게 자신의 뜻을 이루지 못하게 되었소. 피츠패트릭 부인의 숙소에 도착했을 때는 소피아가 그 집을 떠난 지 10분가량 지난 뒤로, 존스는 피츠패트릭 부인의 하녀에게서 어떤 아가씨가 이미 이곳을 떠났으며 어디로 갔는지는 모른다는 좋지 않은 소식을 들었던 것이오 (존스는 후에 이와 똑같은 말을 피츠패트릭 부인에게서도 직접 들었소. 존스가 웨스턴 영주가 소피아를 찾기 위해 보낸 사람이 틀림없다고 생각했던 고매한 성품의 피츠패트릭 부인은 소피아를 배신할 수 없었던 것이오).

피츠패트릭 부인을 한 번도 본 적 없는 존스는 소피아의 사촌 중 한

* 운명의 여신을 가리킴.

명이 그런 이름을 가진 사람과 결혼했다는 말을 예전에 들은 기억이 있었지만, 지금처럼 혼란스런 상태에선 그 사실을 좀처럼 떠올리지 못했던 것이오. 하지만 아일랜드 귀족의 집에서 이곳까지 안내한 하인에게서 두 여자가 아주 가까운 것 같았고, 서로 사촌이라고 불렀다는 말을 전해 듣자 소피아가 사촌의 결혼에 대해 언급했던 일을 기억해낸 존스는, 피츠패트릭 부인이 바로 소피아의 사촌이라고 확신하게 되었소. 이에 소피아가 어디로 갔는지 모른다는 답변에 더욱 놀란 존스는 피츠패트릭 부인을 만나게 해달라고 간곡하게 청했지만, 부인은 아주 단호하게 그런 영광을 베풀길 거부했소.

궁전에 가본 적은 없었지만, 궁전 출입이 잦은 사람들보다도 예의가 발랐던 존스는 숙녀에게 절대로 무례하거나 퉁명스럽게 대하지 않았소. 부인이 단호하게 그의 청을 거절하자, "부인을 뵙기 부적절한 시간이라면 오후에 다시 오겠으니 그때 부인을 만날 수 있는 영광을 베풀어주시길 바랍니다"라고 하녀에게 말하고는 그곳을 떠났소. 아주 잘생긴 데다 말하는 태도도 정중해 존스에게서 좋은 인상을 받았던 하녀는 "아마 그러실 수 있을 거예요"라고 대답하지 않을 수 없었소. 그러고는 이렇게 잘생긴 젊은 신사(실제로 하녀는 존스를 그렇게 불렀소)의 방문을 허락하도록 안주인을 설득하는 데 도움이 될 거라고 생각하며 모든 사실을 말했소.

존스는 소피아가 현재 사촌과 함께 있으면서도 업턴에서 벌어진 일로 화가 나 자신을 만나고 싶어 하지 않는다고 생각했소. 따라서 숙소를 구하라고 패트리지를 보낸 뒤, 자신의 천사가 숨어 있을 거라고 추정되는 집 문을 쳐다보면서 하루 종일 거리에서 기다렸지만, 하인 말고는 그 누구도 그 집에서 나오는 것을 보지 못했소. 그날 저녁 존스는 피츠패트릭 부인을 만나기 위해 다시 그 집을 찾았고, 그 선량한 부인은 결국 존스의 방문을 허락해주었소.

옷의 힘으로는 얻을 수도 없고 그렇다고 감출 수도 없는 고상한 분위기를 타고난 사람이 있소. 전에 암시한 것처럼 존스에게서는 이런 분위기가 물씬 풍겼기 때문에 존스는 집주인에게서 자신이 입고 있던 옷에 걸맞지 않을 정도로 좋은 대접을 받을 수 있었소(존스가 적절한 경의를 표하자 피츠패트릭 부인이 존스에게 자리에 앉으라고 권했던 것을 보면 말이오).

가련한 존스에게는 전혀 만족스럽지 않게 끝난 두 사람 간의 대화 내용을 독자들이 모두 알고 싶어 하진 않을 거라고 생각하오. 피츠패트릭 부인은 존스가 소피아를 사랑한다는 사실을 즉시 알아차렸지만(모든 여자들이 이런 일에 있어서는 매처럼 정확한 눈을 가졌기 때문이오) 소피아의 우군인 자신은 소피아의 행방을 알려주어서는 안 된다고 생각했소. 간단히 말해 그녀는 존스가 소피아가 도망친 바로 그 상대, 즉 블리필이라고 생각했고, 존스에게서 교묘하게 얻어낸 올워디 영주의 가족과 관련된 대답을 통해 자신의 생각이 맞다고 확신하기에 이르렀던 것이오. 따라서 소피아가 어디로 갔는지 전혀 모른다고 단호하게 대답했고, 존스는 다음 날 저녁 다시 찾아와도 된다는 허락 말고는 그 어떤 것도 얻어낼 수 없었던 것이오.

존스가 떠난 뒤, 피츠패트릭 부인이 하녀에게 이곳을 찾아왔던 사람은 블리필일 거라고 말하자, 하녀는 "제 생각에 그분은 그 어떤 여자도 도망가기엔 너무나도 잘생긴 분이에요. 제가 보기엔 존스라는 분 같은데요"라고 대답했소. 이 말에 피츠패트릭 부인은 "존스라고? 어떤 존스를 말하는 거야?"라고 물었소. 지난번에 소피아가 자신의 이야기를 들려줄 때 그런 사람에 대해선 단 한 번도 언급하지 않았기 때문이었소. 하지만 소피아보다 훨씬 수다스러웠던 하녀에게서 그에 관한 이야기를 모두 전해

들은 피츠패트릭 부인의 하녀는 자신이 들은 이야기를 다시 안주인에게 해주었소.

이야기를 듣자마자 피츠패트릭 부인은 하녀의 생각이 맞는 것 같다고 즉시 공감을 표했소. 그러자 정말 설명할 수 없는 일이 벌어졌소. 피츠패트릭 부인은 무시당하고 있던 블리필에게는 없는 매력을 이 멋진 소피아의 연인에게서 발견하게 된 것이오. 그녀는 이렇게 말했소. "베티, 네 말이 분명히 맞아. 아주 잘생긴 남자야. 그러니까 소피아의 하녀가 그렇게 많은 여자들이 그 남자를 좋아한다고 한 것도 놀랄 일이 아니야. 그러고 보니 소피아가 지금 어디 있는지 가르쳐주지 않아 미안하네. 하지만 네 말처럼 그렇게 끔찍한 바람둥이라면, 소피아가 그 사람을 다시 만나는 건 유감천만한 일이지. 지 아버지의 반대를 무릅쓰고 그런 바람둥이이자 거렁뱅이와 결혼해봤자 신세 망치는 일밖에 더 있겠어? 그 여자가 너한테 말한 것처럼 그 사람이 정말 그런 사람이라면 소피아를 그 사람에게서 떼어놓는 건 은혜를 베푸는 일이야. 그런 결혼 때문에 이렇게 쓰라린 불행을 겪고 있는 내가 그렇게 하지 않는다면 난 용서받지 못할 거야."

이 말을 하던 중 손님이 찾아와 피츠패트릭 부인의 말이 중단되었는데, 그는 다름 아닌 아일랜드 귀족이었소. 하지만 이 장면에선 새롭거나 특이한 혹은 우리 이야기와 관련된 중요한 일은 전혀 일어나지 않았기 때문에 여기서 이 장을 마감하고자 하오.

3장

피츠패트릭 부인의 계획
레이디 벨라스턴을 찾아간 피츠패트릭 부인

잠자리에 들면서도 피츠패트릭 부인은 온통 소피아와 존스에 대한 생각뿐이었소. 이제야 알게 된 소피아의 솔직하지 못한 면에 화가 난 피츠패트릭 부인은 이런저런 상상을 하며 시간을 보냈소. 그러던 중 그녀에게 기발한 생각이 하나 떠올랐소. 소피아를 존스로부터 지켜내어 그녀의 부친에게 돌려보낸다면 (이는 소피아 집안에 상당한 기여를 하는 셈이 되기 때문에) 자신은 십중팔구 웨스턴 삼촌과 고모하고 화해할 수 있을 거라는 생각이었소.

피츠패트릭 부인이 가장 바라는 것이 바로 이것이었고 이 계획이 성공하게 될 거라는 생각은 아주 타당해 보였기 때문에, 이제 그녀가 해야 할 일은 계획을 성사시킬 적절한 방법을 생각해내는 것뿐이었소. 하지만 소피아를 설득하는 건 적절한 방법은 아닌 것 같았소. 베티가 어너에게서 들은 바에 따르면, 소피아가 존스를 너무도 좋아한다고 하니 존스와 결혼하지 말라고 설득하는 건 나방에게 촛불로 날아들지 말라고 간청하는 것과 마찬가지로 헛수고라는 생각이 들었기 때문이었소.

소피아가 레이디 벨라스턴을 알게 된 곳이 웨스턴 여사의 집이었고, 이들이 좀더 잘 알게 된 시기가 피츠패트릭 부인이 웨스턴 여사와 같이 살던 때였다는 사실을 상기해본다면, 피츠패트릭 부인도 레이디 벨라스턴과 안면이 있을 거라는 사실을 독자들은 별도의 정보 없이도 알 수 있을 것이오(게다가 소피아와 피츠패트릭 부인 둘 다 레이디 벨라스턴의 먼 친척이기도 했소).

　상당한 심사숙고를 거듭한 끝에 피츠패트릭 부인은 아침 일찍 레이디 벨라스턴을 찾아가 소피아 모르게 자초지종을 알리기로 결심했소. 그녀와의 대화 도중 이 현명한 부인이 낭만적 사랑과 경솔한 결혼에 대해 비웃곤 했기 때문에, 소피아의 결혼에 대한 자신의 생각에 레이디 벨라스턴이 쉽게 동조하고 이를 막기 위해 최대한 도와줄 거라는 걸 조금도 의심치 않았기 때문이었소.

　따라서 피츠패트릭 부인은 자신의 결심을 실행에 옮기기로 하고 다음 날 아침 해가 뜨기도 전에 서둘러 옷을 갈아입고는 당시 유행에 맞지도 않고, 시의적절하지도 않으며, 남의 집을 방문하기엔 그야말로 부적절한 시각에, 레이디 벨라스턴의 집을 찾아갔소. 그러고는 잠에서 깼지만 그대로 침대에 누운 채 옆에서 어너가 코고는 소리를 듣고 있던 소피아가 전혀 눈치채지도 못하게 레이디 벨라스턴을 만났소.

　이처럼 이른 시각에 갑작스럽게 찾아온 걸 여러 번 사과한 뒤 피츠패트릭 부인은 "너무도 중대한 일이 아니었다면 이처럼 폐 끼칠 생각은 하지 못했을 거예요"라고 서두를 꺼내고는 레이디 벨라스턴에게 모든 사실을 털어놓았는데, 베티에게서 들은 이야기와 존스가 전날 저녁에 자신을 찾아온 일도 잊지 않고 다 말했소.

　그러자 레이디 벨라스턴은 웃으면서 대답했소. "그렇다면 그 굉장하다는 남자도 봤겠군요. 남들 말처럼 정말 그렇게 멋있었나요? 에토프가 어젯밤 거의 두 시간 동안 그 사람 이야기로 날 즐겁게 해주었거든. 에토프는 소문만 듣고도 그 남자를 사랑하게 된 것 같아요." 레이디 벨라스턴의 말에 독자들은 의아해할 것이오. 사실인즉, 영광스럽게도 레이디 벨라스턴의 옷 수발을 드는 에토프가 앞에서 언급한 존스에 관한 모든 정보를 다른 사람으로부터 전해 듣고는, 전날 밤 (정확히 말하자면 그날 아침) 레이디 벨라스턴의 옷을 벗겨주면서 모두 전달했던 것이오. 이 때문에 자기 일을 하는 데 한 시간 반 이상 지체했지만 말이오.

레이디 벨라스턴은 대체로 에토프가 하는 이야기를 재미있게 듣곤 했지만, 그녀가 전하는 존스에 대한 이야기에 특별한 관심을 보였소. 어느가 존스의 외모가 출중하다고 했고 에토프도 그 바쁜 와중에, 존스의 외모에 대해 많이 이야기했기 때문에 존스가 일종의 경이로운 존재가 아닌가 하는 생각에 이르렀던 것이오.

이처럼 레이디 벨라스턴은 자기 하녀의 말을 듣고 존스에게 호기심을 느끼게 되었는데, 피츠패트릭 부인이 찾아와 존스의 출생과 성품, 그리고 재산에 대해서는 흠을 잡으면서도 그의 외모는 호의적으로 평가하자 그 호기심은 더욱 커지게 되었소.

피츠패트릭 부인의 이야기를 다 듣고, 레이디 벨라스턴은 다음과 같이 진지하게 대답했소. "이건 진짜 중요한 문제예요. 그러니 아주 칭찬받을 만한 일을 한 거예요. 나도 많이 아끼는 소피아를 지켜내는 데 일조하게 된다면 나로서도 몹시 기쁜 일이지요."

이 말에 피츠패트릭 부인이 "삼촌에게 당장 편지를 써 소피아가 어디 있는지 알려드리는 게 좋지 않을까요?"라고 묻자, 레이디 벨라스턴은 잠시 생각에 잠기더니 이렇게 대답했소. "아니, 안 그러는 게 좋을 것 같아요. 웨스턴 여사가 그러는데 자기 오라버니는 아주 야만적이라고 했어요. 그러니 그런 인간에게서 도망 나온 사람을 다시 돌려보내는 것에는 찬성할 수 없어요. 그 인간은 자기 부인한테도 아주 못되게 굴었다는 소릴 들었거든요. 우리 여자들을 학대할 권리가 있다고 생각하는 못된 인간이기도 하지요. 불행하게도 그런 인간의 손아귀에 놓인 여자들을 구해내는 것이야말로 같은 여자인 우리가 사명으로 생각해야 할 일이라고 봐요. 그러니 우리가 할 일은 소피아가 이곳에서 앞으로 만나게 될 좋은 배필감이 그녀에게 더 적절한 기회를 제공할 때까지, 소피아가 그 남자를 못 만나게 하는 거예요."

이 말에 피츠패트릭 부인이 "만약 그 사람이 소피아가 어디 있는지 알아내면, 소피아에게 접근하기 위해 별의별 시도를 다 할 거라는 건 분명히 아셔야 해요"라고 말하자, 레이디 벨라스턴이 대답했소. "하지만 그 사람이 여기 내 집으로 찾아오는 건 불가능해요. 설령 소피아가 어디 있는지 알아내 우리 집 주변에서 숨어 기다린다 해도 말이에요. 하여튼 그 이유 때문에라도 그 사람이 어떻게 생겼는지 알고 싶은데 혹 그 사람을 만나볼 방법은 없을까요? 내가 그 사람을 몰라본다면 소피아가 나 몰래 여기서 그 사람을 만나려고 할지도 모르니까 말이에요." 이 말에 피츠패트릭 부인은 존스가 그날 오후 자신을 다시 찾아오겠다고 으르댔다며 레이디 벨라스턴이 그때 자신이 묵고 있는 숙소를 방문하는 영광을 베풀어준다면 6시에서 7시 사이에는 반드시 존스를 볼 수 있을 것이고 혹 존스가 좀더 일찍 오게 되면 무슨 수를 써서라도 레이디 벨라스턴이 도착할 때까지 붙들어놓겠다고 했소. 이 말에 레이디 벨라스턴은 존스의 생김새를 꼭 알아두어야 하기 때문에 식사가 끝나는 대로 아무리 늦어도 7시 전에는 가겠다고 대답했소. 그러고는 "소피아에게 이렇게 신경 써주는 건 정말 잘하는 거예요. 하지만 우리가 이러는 건 우리 집안만을 위해서가 아니라, 인간적으로도 해야 할 일이라고 생각해요. 안 그러면 소피아는 정말 끔찍한 결혼을 하게 될 테니 말이에요"라고 말했소.

이렇게 말한 뒤 레이디 벨라스턴이 소피아에 대한 칭찬의 말을 하자 이에 적절한 대꾸를 한 피츠패트릭 부인은 그녀와 별로 중요치 않은 대화를 나눈 뒤, 그 집을 나와 소피아와 어너에게 들키지 않게 최대한 서둘러 마차를 타고 집으로 돌아갔소.

4장
피츠패트릭 부인을 찾아간 존스

존스는 온종일 피츠패트릭 부인이 묵고 있는 숙소의 문이 잘 보이는 곳 주변을 서성거렸소. 그날은 일 년 중 낮이 가장 짧은 날이었지만, 그에게는 가장 긴 날처럼 느껴졌소. 마침내 시계가 5시를 치자마자 피츠패트릭 부인의 숙소를 다시 찾아간 존스를, 남의 방문을 받기에는 족히 한 시간은 이른 시각이었지만 피츠패트릭 부인은 아주 정중히 맞이했소. 하지만 여전히 소피아의 행방에 대해서는 모른다고 대답했소.

존스가 소피아의 소식을 묻던 중 사촌이라는 단어를 무심코 내뱉자, 피츠패트릭 부인은 "그렇다면, 우리가 친척 사이란 걸 알고 계시군요. 우린 친척이니까, 내 사촌동생에게 무슨 특별한 볼일이 있는지 물어볼 권리도 있다는 걸 인정하시겠네요"라고 말했소. 이 말에 존스는 한참을 망설이다가 결국 수중에 상당한 액수의 소피아의 돈을 갖고 있는데 그 돈을 전해주고 싶다며, 소피아의 지갑을 꺼내 그 안에 든 내용물과 그 지갑을 어떻게 입수하게 되었는지 알려주었소. 존스가 말을 마치자마자 집 전체를 뒤흔들 정도의 아주 요란한 소리가 들렸소. 이런 소리를 들어본 적이 있는 사람에게 이 소리가 어떤지 말해주는 것은 부질없을 것이고, 들어본 적이 없는 사람들에게 이 소리가 어떤지 알려주려고 하는 것은 더더욱 부질없을 것이오. 하지만 이렇게 말할 수는 있을 것이오.

"키벨레*의 사제(司祭)들도 그들의 황동판(黃銅板)을 이처럼 요란(搖亂)하게 고
(敲)한 적은 없었소."**

　간단히 말하자면 어떤 하인이 문을 두드렸소. 더 정확히 말하자면 문
을 부수듯이 가격했소. 이런 소리를 한 번도 들어본 적이 없는 존스는 조
금 놀랐지만, 피츠패트릭 부인은 손님이 오신 모양이니 지금은 아무 대답
도 할 수 없다고 아주 조용히 말하고는, 손님이 떠날 때까지 기다린다면
무엇인가 해줄 말이 있을 듯한 암시를 했소.

　방문을 활짝 열어젖히고 치마에 두른 테를 약간 기울여 옆으로 밀어
넣은 후, 레이디 벨라스턴이 들어왔소. 무릎을 아주 약간만 굽혀 피츠패트
릭 부인에게 인사를 건넨 그녀는 존스에게도 역시 아주 약간의 무릎만 굽
혀 인사를 하고는 안내를 받아 방으로 들어갔소(우리가 이런 세세한 내용까
지 언급하는 것은 우리가 아는 시골 귀부인들 중 남자에게 무릎을 굽혀 인사
하는 것은 겸양의 미덕에 어긋난다고 생각하는 분들이 있기 때문이오).

　모두들 자리를 잡고 앉자마자 앞서 언급한 바 있는 아일랜드 귀족이
당도해 다시금 소란을 떨며 인사치레가 반복되었소.

　인사가 끝나자 대화가 (흔히 하는 말로) 몹시 활달하게 시작되었소.
하지만 우리 이야기에 중요하거나 혹은 그 자체로도 중요한 내용은 없었
기 때문에, 특히 고상한 상류층 간의 대화는 책으로 문자화되거나 무대

─────────────

＊ Cybele: 그리스 신화에 나오는 프리지아의 대지의 여신. 이 대지의 여신의 추종자들은
　자신들의 기쁨을 표현하기 위해 노래하고 춤을 추며, 북이나 창과 방패를 요란하게 두드
　렸다고 한다.
＊＊ 호라티우스의 『송시』에 나오는 구절로, '키벨레의 사제도 그들의 황동판을 이처럼 요란하
　게 두드리지는 않았소'라는 의미다.

위에서 재현될 때 몹시 지루하다는 사실을 잘 알고 있기 때문에, 그 내용을 전하진 않겠소. 사실 이들이 나누는 정신적 양식은 일종의 진미와도 같기 때문에, 상류층이 되지 못한 사람들은 지체 높은 양반들의 식탁에만 제공되는 진귀한 프랑스 요리를 모르듯, 이 정신적 진미에 대해 모를 수밖에 없소. 사실 이 둘 중 그 어느 것도 모든 사람의 취향에 맞는 것은 아니기 때문에, 일반 대중들에게 제공해봤자 쓸데없는 낭비만 될 것이오.

가련한 존스는 이 멋진 장면에서 배우보다는 관객의 역할을 했소. 남자 귀족이 도착하기 전까지는 (아주 잠깐 동안이었지만) 레이디 벨라스턴이 먼저, 피츠패트릭 부인이 나중에 말을 건넸지만, 아일랜드 귀족이 방에 들어오자마자 두 부인은 그에게만 관심을 기울였소. 이 아일랜드 귀족도 가끔씩 존스를 노려보는 것 말고는 마치 존스가 존재하지도 않는다는 듯 아는 척도 하지 않자, 두 부인도 그와 똑같이 존스를 대했소.

손님들이 모두 오래 머무르자 저마다 다른 손님보다 더 오래 머무르려 한다는 사실을 깨닫게 된 피츠패트릭 부인은 최소한의 예의만 갖추면 되는 방문객이라고 생각했던 존스를 먼저 보내기로 마음먹고는, 대화가 중단된 틈을 이용해 존스에게 진지하게 말했소. "오늘 밤에는 도저히 답변을 드릴 수 없을 것 같네요. 하지만 전갈을 보낼 거처를 알려주시면 내일이라도……"

꾸미지 않은 타고난 교양을 갖추었던 존스는 하인이 아니라 피츠패트릭 부인에게 직접 자신이 거처하고 있는 숙소를 상세히 알려준 뒤 공손하게 자리를 떴소.

같이 있었을 때는 존스를 아는 척도 하지 않던 아일랜드 귀족은 존스가 떠나자마자 그의 존재를 상당히 의식하기 시작했소. 하지만 활달한 대화 내용도 전하지 않은 우리를 이미 용서한 바 있는 독자들은 상스러운 욕설이라고도 할 만한 내용을 전하지 않는 걸 아주 기꺼이 용서할 거라 생각하오. 그렇더라도 존스가 떠난 지 몇 분 뒤 레이디 벨라스턴이 이곳을 나서면서 "소피아 문제는 잘됐어요. 소피아가 이제 그 사람을 만나게 될 일은 없게 되었으니 말이에요"라고 말했다는 사실을 알려주는 건 우리 이야기의 전개상 중요할 것이오.

레이디 벨라스턴처럼 우리도 이제 두 사람밖에 남지 않은 이 모임에 작별을 고하겠소. 우리나 독자들의 관심을 조금이라도 끌 만한 일이 두 사람 사이에 전혀 일어나지 않은 데다 우리 주인공의 일에 관심 있는 사람들에게는 이들의 일보다 훨씬 중요한 일이 있으니 엉뚱한 이야기를 늘어놓아 독자들이 정신을 흐트러뜨리고 싶지는 않으니 말이오.

5장
숙소에서 존스에게 일어난 일
그곳에 거처하고 있는 어떤 젊은 신사와 집주인,
그리고 집주인의 두 딸에 관한 이야기

다음 날 아침 예의에 어긋나지 않을 시각에 존스는 피츠패트릭 부인의 숙소를 다시 찾아갔지만, 부인은 부재중이라는 말만 들었소. 날이 샐 무렵부터 이 집 앞을 왔다갔다했던 존스에게 이는 놀라운 답변이었소. 피츠패트릭 부인이 외출했다면, 그녀를 보았을 것이 틀림없기 때문이었소. 하지만 존스는 이런 답변을 이번뿐만 아니라, 그날 다섯 차례나 계속 들어야만 했소. 솔직히 말하자면 존스를 한심한 인간으로 본 아일랜드 귀족이 이런저런 이유를 대며 (아마도 피츠패트릭 부인의 체면을 생각해서였겠지만) 피츠패트릭 부인에게 더 이상 존스를 만나지 말라고 했고, 그렇게 하겠다고 약속한 피츠패트릭 부인이 (우리가 본 바와 같이) 그 약속을 철저히 지켰기 때문이었소.

하지만 피츠패트릭 부인보다는 존스를 좀더 호의적으로 생각할, 더 나아가 관심을 더 기울일 친절한 우리의 독자들이 불행히도 소피아와 헤어진 존스가 그동안 내내 여관이나 길거리를 전전하지는 않았나 하고 걱정할지도 모르니, 런던에서도 아주 괜찮은 지역에 위치한 평판이 매우 좋은 어떤 집에 존스가 현재 묵고 있다는 사실을 알려주고자 하오.

존스는 올워디 영주가 런던에 갈 때마다 묵곤 했던 어느 숙소의 안주인에 대해 말하는 걸 자주 들었소. 본드 스트리트에 살고 있는 그 집 주인은 어느 목사의 미망인으로 죽은 남편에게서 물려받은 거라곤 두 딸과 남편이 쓴 설교 원고뿐이었는데, 두 딸 중 큰딸인 낸시는 이제 열일곱 살, 작은딸 베티는 열 살이 되었소.

존스가 패트리지에게 거처를 알아보라고 보낸 곳이 바로 이곳이었고, 이 집 이층 방에는 자신이, 사층 방에는 패트리지가 각각 묵기로 했소.

이 집 일층에는 과거라면 능히 재사나 한량이라고 불렸을 젊은 신사한 사람이 묵고 있었소. 남자들은 보통 자신이 하는 일이나 직업에 따라이름이 붙여지는데, 운명의 여신의 혜택을 입어 먹고살기 위해 직업을 가질 필요가 없었던 이 과거의 신사들에게는 오직 즐거운 일만 쫓아다니는것이 주요 일과이자 직업이라고 말할 수 있을 것이오. 극장이나 커피숍, 술집이 이들이 만나는 장소였고, 좀 자유로울 때는 익살과 유머가, 보다진지할 때는 사랑이 이들의 놀이였으니 말이오. 술의 신과 뮤즈가 힘을합쳐 이들 가슴에 열정의 불꽃을 일으킬 때, 이들은 단지 아름다움을 찬미하는 데 그치지 않고, 이를 시로 기릴 줄도 알았고 또 그런 시의 진가를 알아볼 줄도 알았소.

　이런 의미에서 과거의 이런 신사들은 재사 혹은 한량이라고 불릴 만하오. 하지만 자신의 재능을 통해 남과는 다른 존재가 되고 싶은 야망을 가진 우리 시대의 젊은 신사들에게 이러한 호칭을 붙이는 게 과연 타당할지는 의심스럽소. 오늘날 이런 부류에 속하는 신사들은 재사로서의 자질을 전혀 가지고 있지 않기 때문이오. 공정한 평가를 내리자면 이들은 자신들의 선배보다 한 단계 더 앞선 사람들로 지혜로운 사람, 미술품에 조예가 깊은 사람(미덕 있는 사람이라고 읽지 않도록 주의하시오*)이라고 불릴 수 있을 것이오. 따라서 앞서 언급한 과거의 신사들이 아름다운 여인을 위해 축배를 들고 그 여인을 찬미하는 소네트를 짓기도 하며, 극장에서 상연되는 연극을 보거나 윌스나 버턴스**에서 시에 대한 자신의 견해를 밝히는 데 시간을 보내던 그 나이에, 오늘날의 이 신사들은 협회를 매수하는 방법을 궁리하거나 하원에서 행할 연설문, 더 정확히 말하자면 잡지에 연재할 의사당 연설문***을 생각하는 데 시간을 보내고 있소. 하지만 무엇보다도 이들의 머릿속을 꽉 채우고 있는 것은 도박술이었소. 진지할 때 이들은 주로 이런 것들을 연구 대상으로 삼았지만, 여흥을 즐기고자 할 때는 미술품 감정이나 그림, 음악, 조각과 자연철학, 더 정확히 말하자면 괴상한 것과 불완전한 것을 제외하고는 자연과 아무 상관도 없는 비자연적인 철학에 빠졌던 것이오.

---

　* 미술품이라는 의미의 vertù라는 단어는 미덕이라는 의미의 virtue라는 단어와 발음이 유사하다.
　** 윌스Will's, 버턴스Button's는 18세기 당시 영국 작가들이 자주 찾던 카페.
*** 의사당에서 행한 연설문을 그대로 출판하는 것은 불법이었기 때문에 당시에 여러 잡지들은 의사당에서 행한 연설문을 흉내 낸 글을 싣곤 했다. 따라서 작가들 중에는 돈벌이 수단으로 의사당 연설문을 흉내 내서 기고하는 사람들도 있었다.

하루 종일 피츠패트릭 부인의 행방을 물어봤지만 허탕치고 만 존스는 수심에 잠긴 채 숙소로 돌아왔소. 존스가 방에서 혼자 탄식에 젖어 있던 중, 아래층에서 큰 소란이 벌어지더니 곧이어 제발 살인을 막아달라고 간청하는 어떤 여자의 목소리가 들려왔소. 어떤 경우에든 어려움에 처한 사람을 도와주는 데 주저하지 않았던 존스는 곧장 아래층으로 달려 내려갔소. 소란이 벌어지고 있던 식당에 들어선 존스는, (자기 하인에 의해) 벽에 밀쳐져 꼼짝달싹 못하고 있는 앞서 말한 지혜롭고도 미술품에 조예가 깊은 젊은 신사와 그 옆에서 자기 손을 쥐어틀며 "이 사람 죽어요. 이 사람 죽는다고요"라고 소리치는 젊은 여자를 보게 되었소. 실제로 이 젊은 신사는 질식할 위험에 처한 것 같았기 때문에 존스는 그를 도우러 급히 달려가서는 상대방에게 무자비하게 목이 졸려 숨을 거두기 직전에 놓인 그 젊은 신사를 구해냈소.

기백은 있지만 힘이 모자랐던 몸집 작은 주인에게 몇 차례 발로 걷어차이고 손바닥으로 얻어맞긴 했지만, 양심상 주인을 때리진 못하고 목을 조르는 데만 만족해했던 하인은 존스에게는 그런 존경심을 품고 있지 않았소. 따라서 새로 등장한 적이 자신을 거칠게 대하자, 그는 존스의 배에 펀치를(브로턴*이 나오는 원형경기장의 관중들이 보면 정말 짜릿했겠지만, 이를 몸소 겪을 땐 아무런 즐거움도 느끼지 못하게 하는 그런 펀치였소) 날렸던 것이오.

펀치를 맞자마자, 감사의 마음으로 이에 보답하기로 마음먹은 우리의 혈기왕성한 젊은이 존스와 이 신사의 하인 사이에는 싸움이 벌어졌소. 싸

---

* 존 브로턴(John Broughton, 1705~1789): 1734년에서 1750년까지 영국의 권투 챔피언을 지낸 사람. 1743년부터 법으로 폐쇄된 1750년까지 브로턴의 원형경기장에서는 권투 시합, 곤봉 싸움, 칼 싸움 경기가 벌어졌다.

움은 매우 격렬했지만 금방 끝이 났소. 하인의 주인이 자기 하인과 겨루기에는 역부족이었던 것처럼 이 하인도 존스와 겨루기에는 역부족이었던 것이오.

늘 그렇듯이 운명의 여신은 이번에도 상황을 뒤바꾸어놓았소. 과거의 승자는 지금 숨을 헐떡거리며 바닥에 쓰러져 눕게 되었던 것이오. 이전에 참패를 당했던 젊은 신사가 이제는 호흡을 가다듬고 시의적절하게 자신을 도와준 존스에게 감사를 표하자, 그 자리에 함께 있던 젊은 여자(그녀는 다름 아닌 이 집의 장녀 낸시였소)도 존스에게 진심 어린 감사의 인사를 했소.

정신을 차리고 일어난 하인은 존스를 보고 머리를 절레절레 흔들면서 이제 뭔가 알겠다는 표정으로 "빌어먹을! 당신하고는 더 이상 상대 안 해. 당신은 권투선수가 분명해. 그게 아니라면 내가 우라지게도 상대를 잘못 만났든가"라고 소리쳤소. 그가 이런 의심을 품게 된 까닭을 우리는 이해할 수 있을 것이오. 우리의 주인공은 일류 복서와 대적할 수 있을 정도로 민첩하고 힘이 넘쳐, 브로턴 씨가 운영하는 권투 학교를 졸업한 권투 글러브*를 낀 선수들 모두를 아주 손쉽게 때려눕힐 수 있는 사람이었기 때문이오.

---

* "후세의 사람들이 이 용어가 무슨 뜻인지 몰라 어리둥절할지 모르니 1747년 2월 1일에 나온 광고를 통해 이를 설명하는 것이 적당하리라 생각하오.
'주의를 기울일 것: 브로턴 씨는 적절한 도움을 받아 헤이마켓에 위치한 그의 집에 권투에 입문하기를 원하는 사람들에게 권투를 가르치기 위한 학교를 열기로 했다. 이 학교에서는 진정한 영국 무술의 모든 이론과 실습은 물론 여러 방어법과 상대에게 타격을 입히는 방법 그리고 불시에 공격을 감행하는 방법 등 싸움을 하는 데 필요한 모든 기술을 설명하고 가르칠 것이다. 그리고 신분이 높거나 저명인사들이 이 강좌에 등록하는 걸 꺼려하지 않도록, 또 체력이 약한 수강생들을 최대한 배려하기 위해 권투 글러브를 제공할 것이다. 이 권투 글러브를 사용하면 눈에 멍이 들거나 턱이 부서지거나 코피를 쏟는 등의 불상사를 효과적으로 막을 수 있을 것이다.'"(필딩의 주)

너무도 분해 입에 거품을 문 주인은 자신의 하인에게 당장 옷*을 벗으라고 명령했소. 급여를 받는다는 조건으로 하인이 이에 기꺼이 응하자, 그는 조건을 곧바로 이행하고 하인을 즉시 해고했소.

　나이팅게일이라는 이름을 가진 이 젊은 신사는 자신을 구해준 사람과 술을 한잔 꼭 해야겠다고 했소. 너무도 여러 번 간청하는 바람에 존스는 원해서라기보다는 예의상(당시 존스는 마음이 편치 않아 다른 사람과 말을 나누고 싶지 않은 상태였소) 그의 청을 받아들였고, 어머니와 여동생이 연극을 보러 가 집에 홀로 남게 된 낸시도 이들과 합석하기로 했소.

　술병과 술잔이 테이블에 놓이자, 나이팅게일은 소동이 벌어지게 된 연유를 말하기 시작했소. "이번 일로 제가 습관적으로 하인이나 때리는 그런 사람이라고 생각하지는 마세요. 제가 이런 행동을 한 건 정말 이번이 처음이니까요. 오늘 그놈이 절 너무도 화나게 해 손찌검은 했지만, 그 전까지는 절 화나게 할 잘못을 수도 없이 저질렀어도 못 본 척했었죠. 하지만 오늘 밤에 무슨 일이 있었는지 제 말을 들어보시면 제 행동을 이해하시게 될 겁니다. 평소보다 몇 시간 일찍 집에 와보니, 하인 네 명이 내 방 난롯가에 앉아 휘스트 게임**을 하고 있는 게 아니겠어요. 1기니를 주고 산 내가 가장 아끼는 호일***의 책에서 가장 중요한 비법이 적힌 부분이 쏟아진 흑맥주로 흥건히 젖은 채 테이블 위에 펼쳐져 있었고요. 이건 정말 성질나는 일이란 걸 선생도 인정하실 겁니다. 하지만 아무 말도 하지 않다가 그 녀석 일행이 떠나서야, 그 녀석을 점잖게 꾸짖었죠. 그랬더

　＊ 하인복을 말한다.
　＊＊ 카드놀이의 일종.
＊＊＊ 에드먼드 호일(Edmond Hoyle, 1672~1769): 1742년에 출판된 『휘스트 게임의 규칙을 포함한, 휘스트 게임에 관한 간략한 글A Short Treatise on the Game of Whist, Containing the Laws of the Game』이라는 휘스트와 도박 비법에 관한 책을 쓴 영국인.

니 어떻게 해야 하느냐고 걱정하기는커녕, 하인도 다른 사람들처럼 나름 대로의 기분 전환을 해야 한다면서 책이 그렇게 된 건 미안하지만 자기가 아는 사람들이 그 책을 1실링에 샀다며, 원한다면 월급에서 그만큼 까라고 아주 건방지게 대답하더라고요. 그 말에 화가 나 좀더 심하게 나무라자, 그 악당 같은 놈이 무례하게 말하더군요. 간단히 말해 내가 집에 일찍 온 이유가…… 한마디로 말하면, 그놈은 날 비난하더니 어떤 젊은 아가씨 이름까지 들먹거리지 뭡니까. 도저히 참을 수 없을 정도로 말입니다. 그래서 홧김에 한 대 치게 된 거죠."

이 말에 존스는 "누구도 선생을 비난하진 않을 거라고 생각해요. 그 친구의 마지막 행동에는 나라도 그렇게 했을 거고요"라고 대답했소.

이들이 자리에 앉은 지 얼마 되지 않아 연극을 보고 돌아온 낸시의 어머니와 둘째 딸까지 합석해 모두들 그날 저녁을 아주 즐겁게 보냈소. 존스를 제외한 모든 사람들이 정말로 즐거워했고, 존스도 최대한 즐거운 표정을 지었소. 사실 쾌활한 성격의 존스는 평상시의 반밖에는 활기차지 못했지만 모두가 다 존스에게 커다란 호감을 갖게 되었소. 게다가 마음이 무거우면서도 기분 좋게 그 자리를 함께하자 자리가 파할 무렵 나이팅게일은 그와 더 가까이 지내기를 간절히 원하게 되었고, 낸시와 안주인도 새 숙박인이 무척 마음에 들어 다음 날 아침식사에 나이팅게일과 존스를 초대했소.

존스 역시도 이들이 마음에 들었소. 낸시는 몸집이 작았지만 아주 예뻤고, 안주인은 쉰이 가까운 여자에게서 찾아볼 수 있는 아름다움을 고루 갖추고 있었소. 안주인은 아주 순수하고 쾌활한 사람이기도 했소. 나쁜 생각이나 나쁜 말을 결코 하지 않았고, 누가 잘못되기를 바라지도 않았으며, 항상 다른 사람들을 즐겁게 해주기를 소망했소. 그녀의 이런 소망은 위선으로 더럽혀지지 않은 순수한 것이어서 가장 행복한 소망이라고 불릴 만한 것이었소. 간단히 말해 힘은 비록 미약했지만, 그녀는 마음이 따스한 친구이며 사랑스런 아내였고, 자식에 대한 사랑이 넘치는 어머니였던 것이오.

우리는 신문기사처럼,* 한 번도 들어본 적이 없거나 앞으로도 들어볼 일이 없을 그런 인물들에 대해선 그 어떤 칭찬도 하지 않을 것이기 때문에, 독자들은 이 훌륭한 여성이 우리 이야기에 계속해서 등장하게 될 중요 인물임을 짐작할 수 있을 것이오.

존스는 자신에게 술을 대접한 이 젊은 신사가 적잖이 마음에 들었소. 도회지 사람들이 갖고 있는 겉치레 의식에 다소 퇴색은 되었지만 그가 건전한 양식(良識)을 갖추고 있다는 사실을 알 수 있었기 때문이었소. 하지만 무엇보다도 그가 마음에 들었던 이유는 말하는 도중 그가 우연하게 피력한 관대함과 인간애에 대한 견해, 특히 사심 없는 사랑에 대한 찬양 때문이었소. 이 주제에 대해 이 젊은 신사는 고대의 아르카디아**에 사는 목동에게나 어울릴 말로 자기 생각을 피력했는데, 오늘날의 세련된 신사(그는 요즘 신사를 모방하려고 했지만 실제로는 요즘 신사보다 훨씬 나은 사람이었소)가 한 말치고는 상당히 독특한 것이었소.

---

* 필딩은 신문기사에, 특히 결혼 소식이나 장례식을 알리는 신문기사에 나오는 특정 인물에 대한 과장된 찬사를 조롱하고 있다.
** Arcadia: 고대 그리스의 산속에 존재하던 이상향.

6장
아침식사를 하던 도중 도착한 물건
딸 교육에 관한 몇 가지 조언

전날 밤 헤어질 때 서로에게 느꼈던 호감을 여전히 간직한 채 이들은 다음 날 아침 다시 모였소. 하지만 피츠패트릭 부인이 집을 나와 어디로 갔는지 알 수 없다는 패트리지의 전갈을 이제 막 받은 존스는 수심이 가득 찼소. 따라서 이 소식을 듣고 마음이 몹시 괴로웠던 그는 그러지 않으려고 애를 써보았지만 그의 행동과 표정엔 혼란스런 마음이 극명하게 드러날 수밖에 없었소.

아침 식탁에 모인 이들은 전처럼 사랑에 관한 이야기를 나누었소. 나이팅게일은 사랑에 대해 다시 한 번 따뜻하고 관대하며 사심 없는 감정을 표명했는데, 현명하고 냉철한 남자들은 낭만적이라 부르겠지만, 현명하고 냉철한 여자들은 이보다 더 호의적으로 볼, 열정적이고 관대하며 사심 없는 사랑을 다시금 옹호했소. 밀러 부인은(이 집 안주인의 이름이오) 그의 생각에 찬성한다고 말했지만, 이 젊은 신사가 동의를 구한 낸시는 가장 말이 없는 어떤 신사분이 이런 사랑을 가장 많이 느낄 거라고 생각한다는 말로 대답을 대신했소.

이 칭찬은 명백히 존스를 겨냥한 것이었기 때문에, 존스가 이 말을 못들은 척하고 넘겼다면 우리는 유감스러웠을 것이오. 이에 존스는 아주 정중하게 낸시에게 대답하고는, 낸시의 침묵도 똑같은 의심을 살 거라고 넌지시 말했소. 사실 낸시는 지금은 물론 어젯밤에도 거의 입을 열지 않았기 때문이오.

이 말에 밀러 부인은 다음과 같이 말했소. "낸시, 이 신사분이 이왕 말을 꺼내셨으니 하는 말인데 사실 나도 같은 생각이야. 도대체 무슨 일이라도 있니? 네가 그렇게 달라진 걸 본 적이 없는데 말이야. 그 활달하던 네 모습은 다 어디 간 거야? 제가 이 아이를 꼬마 수다쟁이라고 불렀었다는 걸 어떻게 생각하세요? 그런데 이번 주엔 거의 입도 떼지 않았어요."

바로 이때 하녀가 손에 꾸러미를 들고 와 이들의 대화는 중단되었소. "짐꾼이 존스 씨에게 전해달라고 주고 간 꾸러미예요. 그런데 답장은 필요 없다고 하곤 곧장 가버렸어요"라고 하녀가 말하자, 존스는 놀랍다며 분명 뭔가 실수가 있는 것 같다고 했소. 하지만 하녀가 자신이 들은 이름이 존스 씨가 확실하다고 주장하자, 여자들은 모두 꾸러미를 당장 열어보고 싶어 했소. 따라서 존스의 동의 아래 꼬마 베시*가 꾸러미를 열어보니 그 안에는 가면무도회에서 입는 도미노 복장**과 가면, 그리고 무도회 티켓이 들어 있었소.

이를 본 존스는 더더욱 이 꾸러미가 실수로 자신에게 배달되었다고 확신하게 되었고, 밀러 부인도 의아해하며 어떻게 생각해야 할지 모르겠다고 했소. 하지만 어떻게 생각하느냐는 질문을 받은 나이팅게일은 아주 색다른 견해를 피력했소. "이 일에 대해 제가 내릴 수 있는 결론은 존스 씨가 아주 행운아라는 사실이에요. 이것들은 어떤 숙녀 분이 보낸 게 틀림없어요. 존스 씨는 아마도 가면무도회에서 그분을 만날 행운을 누리게 될 겁니다."

존스는 그런 기분 좋은 상상을 할 정도로 허영심이 많지도 않았고, 밀러 부인도 나이팅게일이 한 말에 별로 동의하지 않았소. 하지만 낸시가

---

* 밀러 부인의 막내딸 이름이 처음에는 베티였지만 여기부터는 베시로 기술되어 있다.
** 검은 망토와 얼굴 윗부분을 가리는 가면이 달려 있는 전형적인 가면무도회의 의상.

가면무도회용 겉옷을 꺼내 들자, 소매에서 카드가 떨어졌는데, 그 카드에 "존스 씨에게. 요정 여왕이 보냅니다. 여왕의 호의를 곡해하진 마세요"라고 적힌 것을 보고는, 밀러 부인과 낸시도 나이팅게일의 생각에 동의하게 되었고, 심지어 존스 자신도 비슷한 생각을 갖게 되었소. 피츠패트릭 부인 말고는 그 누구도 자신의 거처를 모를 거라 생각한 존스는 이를 피츠패트릭 부인이 보낸 것이라고 판단하고, 가면무도회에서 소피아를 볼 수 있을지도 모른다는 희망을 품기 시작했소. 그가 이런 희망을 품는 데는 분명히 별다른 근거는 없었지만, 약속대로 만나주지도 않고 거처를 떠난 피츠패트릭 부인의 행동은 너무도 이상하고 설명할 수 없는 것이기에(존스는 그녀의 성격이 몹시 변덕스럽다는 말을 들은 적이 있었소) 평범하지 않은 아주 특이한 방식으로 자신을 도와주려고 하는 것인지도 모른다는 어렴풋한 생각이 들어서였소. 사실 이처럼 기이하고 평범치 않은 일에 대해 단정적으로 결론내릴 수는 없겠지만, 원래부터 낙관적인 기질이었던 존스는 자신이 원하는 대로 자유롭게(사랑하는 소피아를 이날 저녁에 만날 수 있으리라는 기대를 뒷받침할 만한 수많은 상상도 포함하여) 상상을 했던 것이오.

독자들이여, 그대들이 나에게 호의를 갖고 있다면 거기에 대해 충분히 보답하고자, 그대들도 이런 낙관적인 기질을 갖게 되길 바라오. 행복을 주제로 쓴 위대한 문인들의 수많은 글을 읽고 오래 숙고한 끝에, 어떤 의미에서 행복은 운명의 여신의 손아귀에서 벗어나 운명의 여신의 도움 없이도 우리를 행복하게 해주는 바로 이런 성격을 갖는 거라는 내 나름의 결론에 도달했기 때문이오. 사실 이런 성격을 갖게 될 때 누리는 즐거움은 눈먼 운명의 여신이 선사하는 즐거움보다 훨씬 더 강력하고 훨씬 더 지속적이오. 현명하게도 자연의 여신은 즐거움에 지나치게 몰입되어 그 이상의 것을 추구하지 않게 되는 걸 방지하기 위해 진정한 즐거움 뒤엔 항상 싫증과 권태가 뒤따라오게 했으니 말이오. 이런 점에서 이제 막 변호사 자격을 얻은 미래의 대법관, 크레이프 천*으로 된 옷을 입은 미래의 대주교, 야당의 최하위직에 있는 미래의 총리가, 지금 이런 지위에 올라 이에 따른 권한과 이득을 누리는 사람들, 즉 대법관, 대주교, 총리보다 진정으로 더 행복하다는 사실을 나는 조금도 의심치 않는 것이오.

존스가 그날 저녁 가면무도회에 가기로 결심하자, 나이팅게일은 존스에게 그곳으로 안내해주겠다면서, 낸시와 그녀의 어머니에게도 가면무도회에 같이 가자고 제안했소. 하지만 이 선량한 부인은 이 제안을 받아들이지 않으며 이렇게 말했소. "몇몇 사람들처럼 저는 가면무도회가 나쁘다고는 생각지 않아요. 하지만 그런 곳에 가는 건 신분이 높고 돈도 많은 사람들에게나 어울리지, 우리처럼 생계를 위해 돈을 벌어야 하고 기껏해야 돈 좀 있는 장사꾼과 혼인하는 것밖에는 바랄 수 없는 여자들에게는 어울리지 않아요." 이 말에 나이팅게일이 "장사꾼이라니요! 낸시를 너무 과소평가하지 마세요. 낸시는 귀족에게도 아까워요"라고 소리치자, 밀러 부인이 대답했소. "저런! 나이팅게일 씨, 그런 망상을 이 애한테 심어주면 안 돼요. 하지만 우리 애가 운이 좋아서(이때 밀러 부인은 억지웃음을 지으며 말했소) 나이팅게일 씨처럼 관대한 생각을 갖고 계신 신사를 만나게 된다면, 거기에 보답하기 위해서라도 과도한 여흥에 마음을 두지 않았으면 해요. 사실 결혼할 때 많은 재산을 가져온 지체 높은 집안의 여자들에게는 자신들이 가지고 온 돈을 모두 쓰겠다고 주장할 권리가 있어요. 그 때문에 돈 많은 여자보다는 가난한 여자와 결혼하는 편이 더 나을 수도 있다

---

* 값싼 얇은 천으로 하위 성직자들의 옷을 만드는 데 사용되었다.

고 어떤 신사분이 말하는 걸 들은 적도 있고요. 하지만 제 딸들은 누구와 결혼하든 간에 남편에게 축복이 되는 사람으로 만들 거예요. 그러니 더 이상 가면무도회 이야기는 꺼내지 않았으면 해요. 낸시는 착한 애라서 그곳에 가고 싶어 하지도 않을 거라고 확신해요. 나이팅게일 씨를 따라 작년에 그곳에 갔다 온 뒤로, 너무도 혼란스러워해 거의 한 달 동안이나 정신을 차리지 못하고 바느질도 못했던 것을 본인도 분명히 기억하고 있을 테니까 말이에요."

낸시에게서 흘러나온 가벼운 한숨이 자기 어머니의 생각을 인정할 수 없다는 내심을 비친 것 같았지만, 감히 드러내놓고 어머니 말에 이의를 달지는 못했소. 이 선량한 부인은 자식을 몹시 사랑면서도, 부모로서의 권위 또한 유지하고 있었기 때문이오. 부인이 자식이 원하는 걸 허용하지 않는 경우는 자식의 안전과 미래가 걱정스러울 때 뿐이었기 때문에 부인은 자신이 그런 우려에서 내린 명령을 딸들이 따르지 않거나 거부하는 걸 결코 허용하지 않았던 것이오. 따라서 이 집에서 2년 동안이나 기거해 이 사실을 잘 알고 있는 이 젊은 신사는 부인의 뜻을 따를 수밖에 없었소.

시간이 지날수록 존스가 점점 더 마음에 든 나이팅게일은 존스에게 자신의 지인을 소개해주고 싶었소. 따라서 그날 저녁 술집에서 존스와 저녁식사를 함께하기를 몹시 바랐지만, 존스는 입을 옷이 아직 런던에 당도하지 않았다며 이를 사양했소.

솔직히 말하자면, 지금 존스는 때로는 자신보다 훨씬 더 지체 높은 젊은 신사들도 처하게 되는, 간단히 말해 주머니에 한 푼의 돈도 없는 그런 상황에 놓여 있었소. 즉 존스는 롬바드 거리*에 있는 집에서 거주하거

---

* Lombard: 은행가나 상인계층이 주로 거주하는 런던의 한 구역.

나 화이트 초콜릿하우스**를 자주 찾는 현대 사회의 현명한 사람들보다는 고대 철학자들에게서 훨씬 더 신뢰를 받는 그런 상황에 처해 있었던 것이오(고대 철학자들은 빈 주머니를 대단히 명예스럽게 생각했지만, 앞서 말한 거리와 초콜릿하우스에서는 바로 이 이유 때문에 이런 명예를 얻는 걸 몹시 경멸했소).

덕만 갖추고 있으면 아주 편안하게 살 수 있다는 고대인들의 견해가 바로 앞서 언급한 현대 사회의 현자들의 주장처럼 아주 잘못된 것이라면, 사람은 사랑만 먹고도 살 수 있다는 몇몇 로맨스 작가들의 주장 또한 그릇된 것이라 생각되오. 사랑이 인간이 지닌 일부 감각과 욕구에 맛있는 음식을 제공해줄지는 모르지만, 나머지 감각과 욕구에는 아무런 음식도 제공할 수 없다는 사실은 너무나 분명하기 때문이오. 따라서 로맨스 작가들의 말을 지나치게 신뢰했던 사람들도 결국에는 그것이 사실이 아님을 깨닫게 되지만 그때는 너무 늦는 법이오. 즉 장미꽃이 귀를 즐겁게 하지 못하고 바이올린 소리가 후각을 만족시키지 못하듯이, 사랑이 배고픔을 경감시키지 못한다는 사실을 우리는 너무 늦게 알게 되는 것이오.

사랑이 존스 앞에 차려준 온갖 진수성찬, 즉 가면무도회에 가면 소피아를 볼 수 있다는 희망(아무런 근거도 없었지만 존스가 하루 종일 탐닉하고 있었던 것이었소)에 존스는 푹 빠져 있었지만, 저녁이 되자마자 사랑보다 조야한 음식을 간절히 바라게 되었소. 직관적으로 이를 간파한 패트리지가 이 기회를 틈타 은행권에 대해 완곡하게 언급했지만 존스가 그의 제안을 경멸하듯이 거절하자, 패트리지는 다시 한 번 용기를 내 올워디 영주에게 돌아가는 게 어떻겠느냐고 말했소.

---

* Chocolate House: 18세기 영국의 도박자들이 주로 찾던 런던의 사교 클럽.

이 말에 존스는 "패트리지, 내 상황은 당신이 생각하는 것보다도 더 절망적이오. 그래서 당신이 살던 곳을 떠나 날 따라오도록 내버려둔 걸 지금 진심으로 후회하고 있소. 그러니 이제라도 당신이 고향으로 돌아갔으면 하오. 나 때문에 겪은 노고와 비용에 대한 보답으로 당신에게 맡겼던 내 옷을 모두 가지시오. 다른 사례는 하지 못해 미안하오."

존스가 몹시 비장한 어조로 이 말을 했기 때문에 단점이 많기는 하지만 결코 심술궂거나 냉담하지는 않았던 패트리지는 왈칵 울음을 터뜨리며 어려운 상황에 처한 존스를 결코 떠나지 않겠다고 맹세한 뒤, 고향으로 돌아가자고 진심 어린 마음으로 다시 애원하기 시작했소. "제발, 도련님, 생각 좀 해보세요. 도련님이 무얼 할 수 있겠어요? 돈도 없이 이 도시에서 어떻게 살아갈 수 있겠어요? 도련님께서 무엇을 하든 어디로 가든 도련님을 떠나지 않기로 결심은 했지만, 제발 다시 한 번 생각 좀 해보세요. 도련님을 위해서예요. 제발 생각 좀 해봐요. 잘 생각해보시면, 집으로 돌아가야 한다는 생각이 드실 거예요."

이 말에 존스는 "내가 몇 번을 말했소. 나는 돌아갈 집이 없다고! 올워디 영주님이 문을 활짝 열고 날 받아주실 거란 희망을 가질 수만 있다면, 이런 결정을 내리진 않았을 거요. 그분에게 달려가지 못하는 이유는 단 하나, 슬프지만 그건 내가 그분에게서 영원히 추방당했다는 거요. 그분이 마지막으로 내게 하신 말씀은……, 오! 패트리지! 아직도 그 말씀이 귀에 생생하오. 상당한 액수의 돈을 주시면서(얼마인지는 모르지만 상당한 금액이라는 건 확실하오) '앞으로는 어떤 일이 있어도 너와 다시 말을 섞지 않겠다'고 마지막으로 말씀하셨단 말이오."

이렇게 말하고는 존스는 감정에 복받쳐 말을 멈췄고, 이에 놀란 패트리지도 잠시 말을 멈추었소. 하지만 곧 정신을 차린 패트리지는 자신은 남의 일을 캐묻는 성격은 아니라고 짤막하게 서두를 꺼낸 뒤, 존스가 말한 상당한 액수라는 게 무슨 뜻이고 정확한 액수를 모른다는 건 또 무슨 말이며, 그 돈이 어떻게 되었는지 물었소.

이 두 가지 질문에 관해 충분한 답변을 들은 패트리지가 자기 생각을 말하려는 순간, 존스에게 자기 방으로 와달라는 나이팅게일의 전갈이 당도하여 패트리지의 말은 중단되었소.

두 신사 모두 가면무도회용 옷으로 갈아입자, 나이팅게일은 가마를 불렀소. 하지만 이때 많은 독자들에게는 몹시도 우스꽝스럽게 보일 수도 있는 곤란한 상황이 존스에게 벌어졌소. 그것은 1실링을 어떻게 구하느냐 하는 문제였소. 하지만 이런 상황이 우습게 느껴지는 독자들도 하고 싶었던 계획을 실행에 옮기는 데 1천 파운드 혹은 10 또는 20파운드가 부족했을 때, 어떤 기분이 들었을까 잠시만 생각해본다면, 당시 존스의 기분을 잘 이해할 수 있을 것이오. 결국 존스는 처음이자 마지막이 될 거라고 생각하면서 패트리지에게 돈을 빌려달라고 했소. 사실 최근 들어서 패트리지는 돈을 빌려주겠다는 제안을 존스에게 하지 않았소. 존스가 은행권을 허는 것을 보고 싶어서였는지 아니면 궁핍한 상황에 못 이겨 존스가 고향으로 돌아갈 거라는 기대감에서였는지 아니면 또 다른 이유에서 그랬는지는 모르겠지만 말이오.

7장
가면무도회의 풍경

이제 우리의 멋진 신사들은 위대한 사치(奢侈)의 품평(品評)가이자, 위대한 "쾌락의 대제사장"인 하이데거 씨*가 관장하는 사원(이곳에서 하이데거는 이교도의 사제처럼, 마치 이런 신이 실제로 존재하는 듯이 쾌락의 신의 숭배자들을 기만하고 있었소)에 도착했소.

나이팅게일은 존스와 함께 이곳을 한두 번 둘러본 뒤 "자, 이제 이곳에 왔으니 자네 사냥감은 자네가 알아서 찾아야 할 거네"라고 말하고는 존스를 남겨두고 어떤 여자와 함께 다른 곳으로 가버렸소.

소피아가 이곳에 있을 거라는 큰 기대(우울한 기분을 날려주는 데 아주 강력한 효력을 발휘하는 조명과 음악, 그리고 이곳에 모인 사람들보다도 이 기대감이 존스를 더욱 힘나게 했소)를 품기 시작했던 존스는 키와 외형, 그리고 분위기가 소피아와 약간이라도 비슷한 사람을 보게 되면 이들의 대답을 이끌어내기 위해 뭔가 재치 있는 말을 하려 했소. 대답을 들으면 자신이 모를 리 없다고 생각하는 목소리의 주인공을 찾아낼 수 있을 거라고 생각했기 때문이오. 이 중 몇몇은 새된 목소리로 "저를 아세요?"라고 반문했고, 대다수의 사람들은 "제가 모르는 분인데요"라고 대답하고는 더 이상 아무 말도 하지 않았소. 어떤 사람은 존스를 무례하다고 했고, 어떤 이는 아무런 대답도 하지 않았으며, 또 어떤 이는 "모르는 분 목소리네요. 말씀드릴 게 없는데요"라고 말했소. 많은 사람들이 존스의 기대를 저버리지 않고 최대한 친절히 대답했지만, 존스가 듣고 싶어 하는 목소리로 대답하지는 않았던 것이오.

존스가 후자의 경우에 해당하는 사람 중 하나와(이 여자는 여자 목동

---

* 존 제임스 하이데거(John James Heydegger, 1659~1749): 18세기에 가면무도회를 부흥시킨 스위스 출신의 영국 이주자. 그는 조지 2세의 궁정에서 연회를 주관했고, 헤이마켓 오페라 하우스Heymarket Opera House의 지배인 역할도 했는데, 이때 그는 가면무도회를 주관했다.

의 의상을 입고 있었소) 이야기를 나누고 있을 때, 후드가 달린 겉옷을 입은 어느 여인이 다가와 존스의 어깨를 치면서 존스의 귀에다 속삭였소. "저 채신머리없는 여자와 계속 이야기를 나눈다면 웨스턴 양에게 그 사실을 알리겠어요."

웨스턴이라는 이름을 듣자마자 존스는 이야기를 나누던 목동 복장의 여인을 두고 후드가 달린 겉옷을 입은 여인에게 다가가 조금 전 말한 사람이 무도회장에 있다면 그곳으로 안내해달라고 간곡하게 청했소.

가면을 쓴 여인은 존스의 질문에 아무런 대답도 하지 않은 채 무도회장의 안쪽 끝으로 서둘러 간 뒤, 자리에 앉고는 피곤하다고 했소. 하지만 존스가 옆에 앉아 계속 채근하자, 그 여인은 "저는 존스 씨가 가면을 써도 자기 애인을 알아볼 정도는 되는 분이라고 생각했어요"라고 냉담하게 말했소. 이에 존스가 "그럼 소피아 아가씨가 여기 있다는 말씀인가요, 부인?" 하고 아주 힘주어 묻자, 그 여인은 "쉬, 남들이 보겠어요. 내 명예를 걸고 분명히 말씀드리는데, 웨스턴 양은 지금 여기에 없어요"라고 소리쳤소.

이 말에 존스는 그녀의 손을 잡고 아주 간곡하게 소피아가 지금 어디에 있는지 알려달라고 부탁했소. 하지만 직접적인 대답을 듣지 못하자, 존스는 전날 자신에게 한 약속을 지키지 않은 것을 가볍게 나무라며 "요정의 여왕이시여! 목소리를 일부러 바꾸셨지만 전 여왕 폐하를 아주 잘 압니다. 피츠패트릭 부인, 제게 이런 식으로 고통 주시는 걸 즐기시다니 좀 잔인하시군요"라고 말했소.

이 말에 가면 쓴 여인이 대답했소. "영리하게도 제가 누군지 알아내셨지만, 다른 사람들은 절 알아보지 못하도록 계속 같은 목소리로 말해야겠어요. 본인 자신뿐만 아니라 결국은 소피아의 신세도 망쳐놓을 게 뻔한 두 사람 사이의 사랑이 계속 이어지도록 도와줄 정도로 제가 사촌동생에게 관심이 없을 거라고 생각해요? 게다가 단언하는데, 소피아를 유혹해 파멸시키고 싶어 할 정도로 당신이 소피아에게 원수 같은 사람이라 할지라도, 소피아는 자신이 파멸되어도 개의치 않을 정도로 미치진 않았어요."

이에 존스가 "아, 진짜 한스럽네요, 부인. 저를 소피아의 원수라고 부르시다니, 제 마음을 정말 모르시는군요"라고 말하자, 상대방은 이렇게 대답했소. "하지만 다른 사람을 파멸시키는 건 원수들이나 하는 짓이에요. 그건 인정하시겠지요? 그리고 그것 때문에 본인 스스로도 파멸하게 될 거라는 사실을 분명히 알면서도 그런 일을 한다면, 그것은 죄악이면서 동시에 어리석고 미친 짓이 아닌가요? 지금 내 사촌은 아버지에게서 재산을 물려받지 못한다면 아무것도 가진 게 없는 신세예요. 신분에 비해 가진 게 거의 없단 말이에요. 당신도 내 사촌의 부친이 어떤 사람인지 알고 있으니 본인의 상황이 지금 어떤지도 잘 알고 있을 거 아니에요?"

이 말에 존스는 자신은 소피아를 그렇게 만들 의도가 전혀 없다고 맹세하고는, 자신의 욕심 때문에 소피아를 희생시키느니 차라리 가장 비참한 죽음이라도 감수하겠다고 했소. 그리고 어느 모로 보나 자신은 소피아의 사랑을 받을 자격이 없다는 사실을 잘 알고 있기 때문에 이미 오래전에 그런 희망은 다 버리고 소피아와 영원히 작별하기로 마음먹었는데, 어떤 기이한 상황이 벌어져 소피아를 다시 한 번 만나야 할 일이 생겼다며 결론적으로 다음과 같이 말했소. "저는 사랑하는 사람이 가장 소중히 여기는 것을 희생시켜가면서, 제 자신의 욕심을 좇을 정도로 비열한 인간은 아닙니다. 소피아를 얻기 위해서라면 무엇이든 다 희생할 수 있지만, 소피아만은 절대 희생시키지 않을 겁니다."

독자들은 가면을 쓴 이 여인의 인품을 대단치 않게 생각할지 모르지만, 또 훌륭한 여성이라는 평판을 얻을 자격이 없다고 볼지도 모르지만, 존스의 이 고결한 생각에 강한 인상을 받은 그녀는 우리의 젊은 주인공에 대해 전보다는 훨씬 큰 호감을 품게 되었소.

잠깐 동안 침묵이 흐른 뒤 이 여인은 소피아에게 다가가는 것은 주제넘기보다는 경솔한 행동이라고 생각한다며 다음과 같이 말했소. "젊은 사람들은 아무리 큰 야망을 품어도 지나치지 않은 법이에요. 나도 젊은 사람들이 야망을 품는 걸 좋게 생각하고, 또 존스 씨가 야망을 크게 갖기를 바라기도 해요. 어쩌면 존스 씨는 최고의 상류층 여자들과 잘될 수 있을지도 몰라요. 아니 존스 씨와 좋은 인연을 맺게 될 상류층 여자들이 분명히 있을 거예요. 존스 씨를 잘 알지도 못하고 또 존스 씨의 행동을 좋게 생각할 이유도 없는 사람이 이런 충고를 한다고 해서 절 이상한 사람으로 보지는 말아요."

이 말에 존스는 이 여인에게 사과하며 그녀의 친척에 대해 자신이 한 말에 기분 상하지 않았기를 바란다고 했소. 그러자 가면 쓴 여인이 대답했소. "다른 여자에 대해 그토록 열정적으로 표현하는 말을 듣는 것만큼 여자에게 더 모욕적인 것은 없다는 사실을 모를 정도로 우리 여자들을 그렇게 모르나요? 여자에 대한 예의가 그 정도밖에 안 되는 사람이라고 생각했다면, 요정 여왕도 가면무도회에서 만나자고 요구하진 않았을 거예요."

존스는 지금 이 순간처럼 다른 여인과 연애를 벌이고 싶지 않았던 적은 없었소. 하지만 여자들에게 정중한 예의를 갖추는 건 명예를 걸고 지켜야 할 일이었기 때문에, 마치 결투 신청처럼 사랑의 도전을 받아들이는 게 자신에게 주어진 임무라고 생각했소. 더군다나 이 여인이 소피아가 있는 곳으로 데려다줄 수도 있다고 생각한 존스는 소피아에 대한 사랑 때문에라도 이 여인과 더더욱 잘 지낼 필요가 있었던 것이오.

이 여인의 마지막 말에 존스가 아주 열렬히 화답하려는 순간, 예의에 벗어나는 말을 서슴지 않고 내뱉을 뿐만 아니라 수단 방법을 가리지 않고 사람들의 흥을 깨는 등 오직 심술을 부리기 위해서 가면무도회에 참석하는 부류의 여자 중 하나가 노파 가면을 쓰고 이들 사이에 끼어들었소. 자신이 잘 아는 부인이 웬 젊은이와 방 한쪽 구석에서 친밀하게 이야기를 나누는 것을 보고는 심술 부릴 방편으로 이들을 방해하는 것보다 더한 것은 없다고 생각한 이 여인은 이들을 추궁하며 방의 외진 곳에서 몰아붙였소. 게다가 여기에 만족하지 않고 자신을 피해 구석으로 도망간 이들을 계속 쫓아다녔소. 친구의 곤경을 알게 된 나이팅게일이 그녀가 다른 사람들을 쫓아다니도록 유도할 때까지 말이오.

존스와 가면을 쓴 여인이 자신들을 못살게 구는 여인을 피하기 위해 방 주위를 함께 걷는 동안, 존스는 자신과 같이 걷고 있는 이 여인이 가면을 쓴 다른 몇몇 사람들에게 마치 그들이 가면을 쓰고 있지 않은 것처럼 잘 아는 듯한 태도로 친숙하게 말을 거는 걸 보고는 놀라서 말했소. "부인, 가면 쓴 사람들을 모두 알아보시는 걸 보니 정말 대단하시네요." 그러자, 이 여인이 대답했소. "상류층 사람들에게 가면무도회만큼 김빠지고 유치한 건 없다는 사실을 모르실 거예요. 상류층 사람들은 보통 모임이나 접견실에서처럼 여기서도 서로 잘 알아요. 게다가 모르는 사람들과는 이야기를 나누지도 않고요. 간단히 말해 여기 있는 대다수 사람들이 시간을 죽이고 있다고 보면 될 거예요. 그래서 대개는 아주 긴 설교를 듣고 났을 때보다 더 피곤을 느끼며 이곳을 떠나게 되죠. 솔직히 말해 나도 그런 상황에 놓이게 된 것 같네요. 게다가 당신도 별로 즐거워하지 않는 것 같으니, 이만 집으로 돌아가는 게 당신을 위해 내가 할 수 있는 유일한 자선 행위 같군요." 이 말에 존스가 "저를 위한 자선 행위라면 거기에 필적할 만한 걸 한 가지 알고 있습니다. 그건 제가 집까지 모셔다드리는 걸 허락해주시는 겁니다"라고 소리치자, 여인이 말했소. "서로 잘 알지도 못하는데 이 밤중에 우리 집 앞까지 동행하도록 허락할 거라고 생각하는 걸 보니, 저를 이상한 사람으로 보는 게 분명하군요. 제가 사촌에게 관심을 갖는 이유가 다른 데 있다고 생각하시나봐요. 솔직히 말해봐요. 이렇게 계획적으로 만난 게 노골적인 밀회라고 생각하진 않나요? 존스 씨, 이렇게 갑작스럽게 여자의 마음을 빼앗는 데 익숙하신가요?" 이 말에 존스는 "아니요, 부인. 저는 그렇게 갑작스럽게 여자의 마음을 얻는 데 익숙하지 않습니다. 하지만 제 마음을 이렇듯 예기치 않게 빼앗아가셨으니, 제 몸도 부인을 따라갈 권리는 있겠지요. 그러니 부인이 가는 곳이면 어디든지 따라간다 해도 절 용서하셔야 합니다"라고 말하면서, 이 말에 어울리는 행동을 덧붙였소. 그러자 여인은 존스를 가볍게 나무란 뒤, 이렇게 친밀하게 행동하는 걸 남들이 봤을지도 모른다고 걱정하고는, 아는 사람과 저녁 식사를 할 예정이니 그곳까지 따라오진 않기를 바란다며 이렇게 말했소. "당신이 저를 따라오면 남들은 저를 이해할 수 없는 사람이라고 생각할 거예요. 물론 가까운 사람들은 저를 비난하지 않겠지만 말이에요. 하여튼 저를 따라오지 말아요. 그래도 따라온다면 무슨 말을 해야 할지 모르겠지만 말이에요."

이 말을 남기고는 여인은 곧 가면무도회장을 나섰고 따라오지 말라는 경고에도 불구하고 존스는 대담하게 여인을 따라가려 했소. 하지만 그는 전에 말한 것과 똑같은 곤란한 상황에 처하게 되었소. 즉 수중에 단 1실링도 없었던 것이오. 하지만 지금은 전처럼 돈을 빌려 이 곤경에서 빠져나올 수도 없었던 터라 존스는 여인이 탄 가마의 뒤를 대담하게도 쫓아 걸어가기 시작했소. 자신보다 신분이 높은 사람들이 걸어 다니는 걸 창피하게 느끼도록 가마꾼들이 지르는 커다란 함성을 들으면서 말이오. 하지만 다행히도 오페라 하우스에 있던 사람들은 너무도 바빠 자리를 뜰 수 없었고, 시간도 너무 늦어 다른 사람들을 만나지 않았기 때문에 다른 때 같으면 많은 사람들을 뒤따라오게 할 의상을 입고 있었던 존스는 아무런 방해도 받지 않고 계속 걸어갈 수 있었소.

여인이 하노버 광장에서 멀지 않은 어떤 집 앞에 당도하자, 곧 대문이 열렸소. 가마에서 내린 여인이 그 안으로 들어갔고, 존스도 아무 격식을 차리지 않고 그녀를 따라 그 집으로 들어갔소.

존스와 여인은 가구가 잘 구비된 따뜻한 방에 함께 있게 되었소. 그때까지도 가면을 쓰고 있을 때의 목소리로 말을 하던 여인은 만나기로 한 친구가 약속을 까맣게 잊은 게 놀랍다며 몹시 화를 냈소. 그러더니 갑작스럽게 존스에게서 무슨 해코지나 당할 것처럼 두려워하더니, 이 밤중에 둘만 있는 걸 보면 세상 사람들이 어떻게 생각하겠느냐고 물었소. 하지만 존스는 이 중요한 질문에 대답은 하지 않고 가면을 벗어보라고 끈질기게 졸라댔소. 결국 여인이 가면을 벗자, 피츠패트릭 부인이 아니라 레이디 벨라스턴의 얼굴이 드러났소.

새벽 2시부터 아침 6시까지 계속된 이들의 매우 평범하고 일상적인 대화 내용을 상세히 전하는 건 지루한 일일 것이오. 따라서 우리 이야기에 조금이라도 중요한 내용만 말하고자 하오. 그것은 레이디 벨라스턴이 소피아를 찾아내 며칠 안에 존스와 만나게 해주겠다고 약속했다는 것이오. 소피아와 헤어진다는 조건을 걸고 말이오. 조건에 완전한 합의가 이루어지자 그날 저녁 같은 곳에서 두번째 만남을 갖기로 한 뒤 이들은 헤어져 레이디 벨라스턴은 자기 집으로, 존스는 자기 숙소로 각각 돌아갔소.

8장

대부분의 독자들에게는 몹시 놀라울 정도로 비참한 장면

서너 시간을 잔 뒤 자리에서 일어난 존스는 패트리지를 불러 50파운드짜리 은행권을 주면서 바꿔 오라고 지시했소. 처음 패트리지는 눈을 번뜩이며 이 은행권을 받았지만, 잠시 생각에 잠긴 뒤 주인이 자신의 명예에 심각한 손상이 될 어떤 일을 저지른 게 아닌가 하는 의혹을 품게 되었소. 가면무도회에 대해 갖고 있는 뭔가 섬뜩한 생각과 주인이 변장을 하고 외출했다가 변장한 채로 돌아왔다는 사실, 그리고 밤새 주인이 밖에 있었다는 사실에 이런 의혹을 품게 되었던 것이오. 간단히 말해 존스가 이 은행권을 소유할 수 있는 유일한 방법은 강도짓밖에 없다고 패트리지는 생각했던 것이오. 솔직히 말해 독자들도 존스가 이 돈을 갖게 된 것이 레이디 벨라스턴의 후한 인심 덕분일 거라고 생각지 않는다면, 이 돈의 출처가 어딘지 달리 생각해내지 못했을 것이오.

따라서 존스의 명예를 회복해주고 레이디 벨라스턴이 얼마나 후한 사람인지 제대로 알리기 위해, 존스가 레이디 벨라스턴에게서 이 돈을 선물로 받았다는 사실을 밝히고자 하오. 병원 설립 등과 같은 진부한 자선사업*에는 많은 돈을 기부하지 않았지만, 그렇다고 기독교적인 미덕을 전혀 갖추지 못한 사람은 아니었기 때문에, 레이디 벨라스턴은 단 1실링도 없는 이 훌륭한 젊은이가 자신의 기독교적인 미덕을 발휘할 적합한 대상이 된다고(나도 그것이 매우 옳다고 생각하오) 생각했던 것이오.

---

* 1739년 2월에 발행된 『챔피언』에서 필딩은 자선사업으로 병원을 설립한 당대 영국인들을 칭송했다.

그날 밀러 부인에게 식사 초대를 받은 존스와 나이팅게일은 약속한 시간이 되자 부인의 두 딸과 함께 거실로 가 그곳에서 밀러 부인을 기다렸소. 하지만 밀러 부인이 올 때까지 그들은 3시부터 5시까지 두 시간이나 기다려야 했소. 런던 교외에 사는 친척을 만나고 뒤늦게 돌아온 그녀는 다음과 같이 말했소.

"기다리시게 해서 미안해요. 하지만 그 이유를 알게 되면 분명히 양해해주실 거라고 생각해요. 산후 조리 중인 친척을 만나러 10킬로미터 정도 떨어진 곳에 다녀왔거든요. 그런데 지금 하는 말은 (밀러 부인은 딸들을 보면서 말했소) 신중하지 못한 결혼이 어떤 결과를 초래하는지 알려주는 일종의 경고가 될 거야. 어느 정도의 돈이 없이는 이 세상에서 행복할 수가 없단다, 낸시야! 네 불쌍한 외숙모가 지금 얼마나 비참한 상황에 처했는지 어떻게 설명해야 할지 모르겠구나. 해산한 지 일주일도 안 됐는데 이 끔찍한 날씨에 불 지필 석탄 한 덩어리도 없이 커튼도 달리지 않은 침대에 누워 있단다. 귀엽게 생긴 둘째 아들은 편도선염에 걸렸지만, 침대가 없어 지 엄마와 같은 침대에 누워 있고 말이야. 토미가 정말 불쌍해! 낸시야, 네가 제일 좋아하는 그 애를 더 이상 못 보게 될 것 같구나. 진짜 많이 아프거든. 나머지 아이들은 건강하지만 말이야. 그런데 몰리의 몸이 많이 상할 것 같아 걱정이야. 나이팅게일 씨, 그 앤 이제 겨우 열세 살밖에 안 되었지만 내 평생 그렇게 훌륭한 간병인은 보지 못했어요. 지금 지 엄마와 동생을 간호하고 있는데, 놀라운 건 그런 어린아이가 지 엄마에게는 아주 밝은 모습만 보여준다는 거예요. 하지만 전 보았어요, 나이팅게일 씨. 그 불쌍한 아이가 돌아서서 몰래 눈물을 훔치는 걸 말이에요." 이 말을 하고 밀러 부인은 눈물 때문에 더 이상 말을 잇지 못했고, 그 자리에 있던 사람 중 밀러 부인을 따라 울지 않는 사람은 없었소. 하지만 마음이 어느 정도 진정되자, 밀러 부인은 말을 이었소. "이 모든 역경 속에서 아이 엄마는 놀랍게도 정신을 놓지 않고 있었어요. 아이가 위독한 게 아이 엄마의 마음을 가장 많이 짓눌렀지만, 남편 때문에 그런 걱정조차도 최대한 감추려 하더라고요. 하지만 너무도 슬픈 나머지 그런 노력도 가끔씩 허사가 되었지만요. 아이 엄마는 아주 똑똑하고 착한 그 아이를 무척 사랑했거든요. 정말이지 아직 일곱 살도 채 안 된 불쌍한 아이가 지 엄마가 눈물로 자기 몸을 적시는 걸 보고는 걱정하지 말라고 하는 말을 들었을 때만큼 가슴 아팠던 적은 제 평생 없어요. 아이가 말하더군요. '괜찮아, 엄마. 난 죽지 않을 거야. 전능하신 하나님이 이 토미를 절대로 데려가시지는 않을 거야. 천국이 아무리 좋아도 그곳에 가는 것보다 여기서 엄마랑 아빠랑 굶는 게 더 좋아'라고요. 미안합니다. 어쩔 수가 없네요(눈물을 닦으면서 그녀가 말했소). 어린아이가 그렇게 섬세하고, 부모를 그렇게 사랑하다니! 하지만 그 애가 그중에서 제일 불쌍한 사람은 아닐 거예요. 하루 이틀만 지나면 십중팔구 인간의 불행이 전혀 미치지 못하는 곳으로 갈 테니까 말이에요. 진짜 제일 동정받아야 할 사람은 그 아이의 아버지예요. 불쌍한 사람 같으니라고! 애 아버지는 겁에 질린 표정을 하고 있었어요. 살아 있다기보다는 죽은 사람 같았죠. 처음 방에 들어갔을 때 제가 무엇을 보았는지 아세요? 그 착한 사람은 덧베개를 베고 누워 아이와 애 엄마를 동시에 떠받치고 있었는데 담요가 없어서 자기 코트를 침대에 깔아놓았기 때문에 얇은 조끼 말고는 아무것도 입고 있지 않았어요. 방에 들어갔을 때 침대에서 일어난 그 사람을 전 거의 알아보지 못할 뻔했어요. 존스 씨, 그 사람은 2주 전만 해도 존스 씨가 만난 사람 중에서도 제일 잘생긴 사람이었을 거예요. 나이팅게일 씨는 본 적 있어요. 하지만 지금은 눈이 쑥 들어간 데다 얼굴은 창백하고 수염은 텁수룩하더군요. 추위에 몸을 떨며 먹지 못해 지쳐 있었죠. 그 사람 처가 그러더군요. 아무리 말해도 먹지 않으려고 한다고. 그 사람이 직접 제게 작은 소리로 말했어요. 뭐라고 했냐면…… 그 말을 다시 할 수가 없네요…… 자식들도 먹어야 할 빵을 자기가 먹을 순 없다고요. 그런데 믿을 수 있겠어요? 이런 비참한 상황에서도 그 사람의 처는 부잣집 산모처럼 아주 좋은 커들*을 먹고 있더군요. 맛을 한번 보았는데 여태까지 그보다 맛있는 커들은 먹어 본 적 없었어요. 그 사람은 하늘에서 내려온 천사 덕분에 아내에게 그걸 마련해줄 수 있었다고 하더군요. 하지만 그 말이 무슨 뜻인지는 모르겠어요. 무엇 하나 물어볼 기분이 아니었거든요.

두 사람은 남들이 말하는 소위 연애결혼을 했어요. 간단히 말하자면 거지 두 사람이 결혼한 셈이죠. 이 두 사람보다 서로를 사랑하는 부부를 본 적은 없어요. 하지만 서로를 아프게 하는 것 말고는 사랑이 무슨 도움이 되나요?" 이 말에 낸시가 "엄마, 사실. 나는 앤더슨 외숙모(이 부인의 이름이었소)가 이 세상에서 제일 행복한 여자라고 항상 생각해왔어"라고 소리치자, 밀러 부인이 말했소. "분명히 말하지만, 지금은 그렇게 말할 수 있는 상황이 아니야. 서로의 고통을 애정 어린 눈으로 바라보는 것만큼 남편과 아내 둘 다에게 참기 힘든 불행은 없을 거란 걸 누구라도 알 수 있을 거야. 거기에 비하면 몸만 느끼는 배고픔과 추위는 불행이라고 할 수도 없어. 이제 두 살도 채 안 된 막내아이를 뺀 나머지 아이들도 똑같이 느낄 거야. 정말 서로를 사랑하는 가족이거든. 목숨을 부지하는 데 필요한 약간의 돈만 있어도 이 세상에서 제일 행복한 사람들이 되었을 거야." 이에 낸시가 "전 외삼촌 가족이 불행해하는 걸 전혀 본 적이 없는데, 엄

---

* 달걀, 포도주, 향료를 넣어 만든 임산부용 죽.

마 말씀을 들으니 참 마음이 아프네요"라고 말하자, 낸시의 어머니는 "애야, 네 외숙모는 어떻게 해서든지 참아내려고 항상 노력해왔어. 사실은 항상 가난하게 살아왔거든. 하지만 이렇게 완전히 망하게 된 건 다른 사람 때문이었어. 네 불쌍한 외삼촌이 그 못된 형의 보증을 섰던 탓이야. 한 일주일 전 그러니까 아기를 낳기 바로 전날 집에 있던 물건들이 모두 몰수되고 강제집행영장으로 팔려나갔어. 이 사실을 내게 알리려고 네 외삼촌은 집달관을 통해 편지를 보냈는데, 그 못된 사람이 편지를 전하지 않았던 거야. 그런 일이 있고 일주일이 지나서야 나한테서 소식을 들었으니 네 외삼촌이 날 어떻게 생각했겠니?"

눈물 없이는 밀러 부인의 이야기를 들을 수 없었던 존스는 이야기가 끝나자마자 밀러 부인을 다른 방으로 데리고 가서는 50파운드가 든 지갑을 건네면서 밀러 부인이 생각하기에 적당한 정도의 돈을 그 불쌍한 사람들에게 보내주기 바란다고 했소. 이때 존스를 쳐다보는 밀러 부인의 표정을 묘사하기란 쉽지 않았소. 밀러 부인은 뛸 듯이 기뻐하면서 "어머나! 세상에 이런 분이 있다니?"라고 소리치더니 좀더 차분히 생각해본 뒤 "정말로 그런 분을 알아요. 하지만 그런 분이 여기 또 있다니!"라고 말했소. 이에 존스는 "부인, 이 정도의 인정은 대부분의 사람들도 베풀어요. 그런 어려운 상황에 처한 사람을 도와주는 건 평범한 사람들도 다 하는 거고요"라고 대답하며 최대한 돈을 많이 가져가라고 했소. 하지만 존스의 지갑에서 10기니만 꺼낸 밀러 부인은 "내일 아침 일찍 이 돈을 전달할 방법을 찾아볼게요"라고 하면서 자신도 그 불쌍한 사람들을 위해 조그마한 일을 했다며, 그들을 자신이 처음 보았을 당시의 그 비참한 상황에 그냥 내버려두고 오지는 않았다고 말했소.

이들이 거실로 돌아왔을 때 나이팅게일은 밀러 부인의 집에서 여러 번 보아 자신도 알고 지내던 이 불쌍한 사람들의 끔찍한 상황을 많이 걱정하고 있었소. 나이팅게일은 남의 빚보증을 서는 건 어리석은 행동이라고 통렬히 비난하면서 그 사람의 형제에게도 심한 욕설을 퍼부었소. 그러더니 이 불행한 가족을 위해 뭔가 해주었으면 좋겠다며 "그 사람들을 도와달라고 올워디 영주님께 부탁드리면 어떨까요? 아니면 모금하는 것도 좋을 것 같고요. 전 기꺼이 1기니 내겠습니다"라며 말을 마쳤소.

이 말에 밀러 부인은 아무런 대꾸도 하지 않았고 어머니에게서 존스의 후한 인심에 관해 귓속말로 전해 들은 낸시의 얼굴은 창백해졌소. 이들이 나이팅게일에게 화가 났다면 그건 타당한 일은 아닐 것이오. 설령 나이팅게일이 존스의 후한 마음을 알았다 하더라도 그걸 따라 할 의무는 없기 때문이오. 이 세상에는 한 푼도 기부하지 않으려는 사람들이 많은데 이때의 나이팅게일이 실제로 그랬소. 그는 돈을 꺼내지도 않았고, 다른 사람들도 그에게 돈을 내라고 요구하지 않는 게 적절하다고 생각했기 때문에, 나이팅게일은 호주머니에 돈을 그냥 가지고 있었던 것이오.

사실 이런 일을 줄곧 관찰해온 나로서는 내가 관찰한 바를 알려주기에 지금처럼 적절한 때는 없을 것 같아 이야기하겠소. 자선에 대한 세상 사람들의 생각은 대체로 두 가지 상반되는 의견으로 갈려 있소. 한쪽은 자선과 관련한 모든 행위는 자발적으로 이루어지는 일종의 선물로 간주되어야 하기 때문에, 아무리 조그만 자선도(그것이 단지 행복을 비는 마음에 그칠지라도) 매우 훌륭하다고 생각하는 것 같소. 이와는 대조적으로 자선 행위를 명백한 의무라고 생각하는 다른 쪽 사람들은 가난한 사람들의 어려움을 덜어주는 일에 인색한 부자들이 적선하듯 보잘것없는 선물을 던져주는 행위는 결코 칭찬받을 만한 것이 아니며, 그 부자들은 의무를 제대로 이행하지 못했기 때문에 어떤 의미에서는 자기 의무를 완전히 무시한 사람들보다 오히려 더 경멸받을 만하다고 생각하는 것 같소.

이와 같이 상반된 견해를 조정하는 건 내 능력 밖이니 나는 단지 한 마디만 덧붙이자 하오. 자선을 베푸는 사람들은 일반적으로 전자의 생각을 가졌고, 자선의 수혜자들은 거의 대부분 후자의 생각을 가지고 있다는 것이오.

9장
앞 장에서 벌어진 사건과 아주 다른 일

그날 저녁 존스는 레이디 벨라스턴을 다시 만났고 둘 사이에는 지난번과 마찬가지로 긴 대화가 이어졌소. 하지만 이번 대화도 지난번처럼 평범한 내용인지라, 독자들에게 별로 유쾌하게 느껴지지 않을 것 같은 이들의 대화 내용을 세세하게 전하지는 않겠소. 교황주의자*들이 성인을 숭배할 때처럼 여성을 숭배하기 위해서 그림을 필요로 하는 독자들이 아니라면 말이오. 대중들에게 이런 그림**은 결코 보여주고 싶지 않기 때문에 최근 어떤 프랑스 소설에 묘사된 것과 비슷한 장면(그 소설의 형편없는 모작이 번역물***이라는 미명 아래 대중에게 선보이고 있소)을 연출하는 이들의 만남을 커튼으로 가리고 싶을 뿐이오.

존스는 소피아를 만나고 싶어 점점 더 안달이 났소. 하지만, 레이디

---

* Papist: 가톨릭교도들을 경멸적으로 부르는 칭호.
** 남녀 간의 애정행각을 보여주는 그림을 말함.
*** 1745년까지 많은 프랑스 포르노 소설들과 글들이 영어로 번역되고 유통되어 영국 당국은 이를 억제하려는 조처를 취했다.

벨라스턴과 여러 차례 만나는 가운데 그녀를 통해서는 자기 목적을 이룰 가망이 없다는 사실을 깨닫게 되자(존스의 기대와는 달리, 레이디 벨라스턴은 소피아라는 이름만 들어도 화를 냈기 때문이오) 존스는 다른 방법을 써보기로 결심했소. 소피아가 어디 있는지 레이디 벨라스턴은 알고 있을 거라고 믿고 있었던 존스는 십중팔구 그녀의 하인 중 몇몇은 그 비밀을 알 거라고 판단해, 그들로부터 비밀을 캐내기 위해 패트리지에게 그들과 친해지도록 지시했소.

패트리지의 불쌍한 주인이 현재 처한 것보다 더 힘든 상황을 상상하기는 어려울 것이오. 소피아를 찾느라 겪게 되는 난관, 소피아를 화나게 할지도 모른다는 두려움, 그리고 존스를 피해 소피아가 숨었다는 레이디 벨라스턴의 확언(존스에게는 이 말이 사실이라는 충분한 근거가 있었소) 이외에도, 존스에게는 여전히 극복해야 할(소피아가 아무리 자신에게 호의적이라 할지라도 그녀의 힘으로는 제거할 수 없는) 난관이 있었소. 그것은 웨스턴 영주의 허락(존스는 영주의 허락을 받을 수 있을 거라는 기대를 할 수 없었소) 없이 그들이 결혼할 때 필연적으로 수반되는 결과, 그러니까, 소피아가 부친의 재산을 상속받지 못할 위험에 처하는 것이었소.

이 모든 것에다가, 존스에게 완전히 빠져 있는 레이디 벨라스턴(우리는 더 이상 이 사실을 숨길 수 없소)이 그에게 수많은 호의까지 베풀었다는 사실을 생각해보면, 존스의 처지는 더욱더 그랬소. 레이디 벨라스턴 덕분에 존스는 옷을 제일 잘 입는 한량이 되었고, 앞서 언급한 그 우스꽝스런 곤경에서 벗어나게 되었을 뿐만 아니라, 여태까지 경험해보지 못한 풍족함을 누릴 수 있게 되었기 때문이오.

아무런 보답도 하지 않으면서 여자의 전 재산을 소유하는 것에 대해 전혀 양심의 가책을 느끼지 않는 신사들이 많기는 하지만, 교수형을 당해도 쌀 정도로 심보가 못되지 않은 사람들에겐 자신이 받는 사랑을 감사해하는 마음 하나로 때우는 것보다(특히 자신의 마음은 다른 사람에게 있으면서 말이오) 더 곤혹스런 일은 없을 거라고 생각하오. 존스의 경우가 바로 그랬소. 소피아에 대한 고결한 사랑으로(이 사랑이 결실을 맺기는 거의 불가능했지만) 다른 여자를 사랑할 여지가 거의 없었던 존스는 레이디 벨라스턴의 열정에 적절한 보답을 할 수 없었기 때문이었소. 한때는 사람들의 흠모의 대상이었고, 지금도 옷차림이나 행동거지는 젊은 사람처럼 화려하고 활달했지만 (더 정확히 말하자면 여전히 자신의 볼을 장밋빛으로 유지하고 있었지만) 이제는 초로(初老)에 들어선 레이디 벨라스턴은 철이 지나 인위적으로 피어나게 한 꽃과 같았소. 그녀의 장밋빛 얼굴에는 자연의 여신이 자신의 창조물에게 부여한 생기 넘치는 청춘의 신선함이 전혀 없었소. 게다가 그녀는 보기에는 매우 아름답지만 어떤 불완전함(이 때문에 그녀는 사랑을 속삭이기에 너무나도 어울리지 않았소) 때문에 아름다운 야생화들과 같이 있기에는 부적절한 꽃과 같았소.

존스는 그녀의 이런 실망스러운 점들을 알게 되었지만 그녀에 대해 아주 강한 의무감을 느꼈소. 자신에 대한 강렬한 열정으로 레이디 벨라스턴이 자신에게 호의를 베풀었다는 사실을 분명히 알고 있었고 또 이 강렬한 열정에 부응하지 못한다면 그녀가 자신을 배은망덕한 사람이라고 생각할 거라는 사실도(설상가상으로 존스 자신도 그렇게 생각하고 있었소) 잘 알고 있었기 때문이오. 레이디 벨라스턴이 자신에게 호의를 베푸는 그 무언(無言)의 이유를 알고 있었던 존스는 형편상 그 호의를 받아들일 수밖에 없었지만 자신의 명예를 지키기 위해선 그 대가를 지불해야 한다고 생각했던 것이오. 따라서 자신이 아무리 비참해진다 하더라도 대가를 치르기로 결심했던 존스는 정의의 위대한 원칙(어떤 나라에는 이 원칙에 따라 빛을 갚을 수 없는 채무자를 채권자의 노예로 만드는 법이 있소)에 따라 그녀에게 헌신하기로 마음먹었던 것이오.

존스가 이 문제에 대해 곰곰이 생각하고 있을 때 레이디 벨라스턴에게서 다음과 같은 쪽지가 도착했소.

"지난번 만난 이후에 아주 황당하고도 골치 아픈 일이 벌어져, 그동안 만났던 곳에서 더 이상 만나는 건 적절치 않을 것 같네요. 가능하면 내일까지 다른 장소를 물색해볼게요. 그동안, 잘 있어요."

이 소식이 존스에겐 그리 실망스러운 것은 아니었을 거라고 독자들은 생각할 것이오. 하지만 설령 실망스럽다 하더라도, 독자들은 그런 실망감에서 금방 벗어나게 될 것이오. 한 시간도 채 지나지 않아, 똑같은 사람이 쓴 또 다른 쪽지가 도착했기 때문이오.

"앞서 보낸 편지를 쓴 뒤 마음이 바뀌었어요. 사랑이 뭔지 모르지 않는다면 이렇게 마음이 바뀐 걸 의아하게 생각하진 않겠죠? 결과가 어떻게 되든 오늘 밤 우리 집에서 당신을 만나야겠어요. 그러니 정확히 7시에 집으로 오세요. 밖에서 식사를 하게 되겠지만 그때까지는 돌아올 거예요. 진정으로 사랑하는 사람들에겐 하루가 생각했던 것보다 길다는 걸 알았어요. 혹시 나보다 조금이라도 일찍 오게 되면 거실로 안내해달라고 하세요."

사실 앞에 온 편지보다 나중에 온 편지가 존스에게는 덜 달가웠소. 나중에 온 편지로 인해 이제 우정을 쌓아가고 있던 나이팅게일의 부탁을 (자기 친구들과 함께 그날 저녁 새로 공연될 연극을 보러 가자는 부탁이었소) 들어주지 못하게 되었기 때문이었소. 나이팅게일이 아는 사람의 친구이자 상연될 연극의 극본을 쓴 작가를 싫어하던 이들은 연극을 보며 같이 악평을 하기로 합의했던 것이오. 고백하기 부끄럽지만 우리의 주인공도 앞서 말한 약속을 지키는 것보다도 이런 종류의 흥미거리를 선호했소. 하지만 자신의 명예를 지키기 위해 존스는 이날 하고 싶었던 일을 포기하기로 했소.

자신의 라이벌이 묵고 있는 곳으로 자기 애인을 불러들이는 레이디 벨라스턴의 이 현명치 못한 행동에 독자들은 상당히 놀랄 수도 있기 때문에, 존스가 예정대로 그녀를 만나는 장면을 묘사하기 전 레이디 벨라스턴이 앞서 보낸 두 개의 쪽지에 대해 설명할 필요가 있을 것 같소.

이 두 연인이 지금까지 만났던 장소로 사용했던 집의 주인은 몇 년 동안 레이디 벨라스턴에게 일정액의 돈을 받아오고 있었소. 하지만 이제 감리교도가 된 집주인은 감리교도가 된 바로 그날 아침 레이디 벨라스턴을 찾아와 그녀의 행실을 호되게 꾸짖은 뒤, 앞으로는 결코 그런 일을 벌이는 데 들러리 역할을 하지 않겠다고 단호하게 선언했소.

이 일로 몹시 다급해진 레이디 벨라스턴은 그날 저녁 존스와 만날 수 있는 다른 장소를 도저히 찾을 수 없을 거라고 생각하게 되었소. 하지만 이런 낙망스런 일로 혼란에 빠졌던 그녀에게 다행스럽게도 소피아에게 연극 구경을 하고 오라고 제안하면 되겠다는 생각이 떠올랐소. 따라서 소피아가 이 제안을 즉각 받아들이자, 소피아와 같이 연극 구경 갈 적당한 여자로 어너와 에토프도 함께 보냈소. 따라서 남들에게 들키지 않고 자기 집에서 존스를 만날 수 있을 거라고 생각했던 레이디 벨라스턴은 런던 시내에서 상당히 떨어진 지인의 집(이 집은 최근까지 그러니까 레이디 벨라스턴의 비밀을 알고 있던 사람이 정신적·도덕적 대변화를 겪기 전까지, 레이디 벨라스턴이 자신의 밀회 장소로 사용한 곳과 가까운 곳에 있었소)에서 식사하고 돌아온 뒤, 두세 시간 동안은 아무런 방해도 받지 않고 존스와 밀회를 즐길 수 있을 거라고 생각했던 것이오.

10장
짧지만 사람들의 눈물을 자아낼 수 있는 장

존스가 레이디 벨라스턴을 만나러 나가려고 막 옷을 차려입었을 때, 밀러 부인이 그의 방문을 두드렸소. 존스의 방에 들어온 밀러 부인은 아래층 거실에서 차를 한잔 같이 하자고 간곡히 청했소.

그녀의 청에 따라 존스가 거실로 들어오자마자, 밀러 부인은 존스에게 곧 어떤 사람을 소개하면서 이렇게 말했소. "존스 씨에게 큰 신세를 진 제 친척 동생인데, 존스 씨에게 진심으로 감사드리고 싶어 해요."

밀러 부인이 이처럼 친절하게 서두를 꺼내자 그녀의 말을 받아 이제 막 그녀의 친척이 말을 시작하려는 순간, 그와 존스는 서로를 빤히 바라보다가 몹시 놀란 표정을 지었소. 그러더니 밀러 부인의 친척은 곧 말을 더듬거리기 시작하더니 결국은 말을 마치지도 못한 채, 의자에 철퍼덕 주저앉아 "그렇군요. 확실해요!"라고 소리쳤소. 이를 본 밀러 부인이 "아니! 무슨 일이야? 아픈 건 아니지? 물 아니 당장 술을 좀 가져와!"라고 큰 소리로 외치자, 존스는 "부인, 놀라지 마세요. 저도 이분처럼 술이 필요하니까요. 이렇게 예기치 않게 만나게 되어 우리 둘 다 똑같이 놀랐거든요. 밀러 부인, 부인의 친척 되시는 이분은 저와 아는 사이예요"라고 말했소. 이에 밀러 부인의 친척이 "아는 사이라고요!"라고 큰 소리로 말하자, 존스는 "그럼요, 아는 사이고말고요"라고 반복해서 말했소. "영광스럽게도 제가 새로 알게 된 분이죠. 언제 닥칠지 모르는 죽음에서 처자식을 구하기 위해 위험을 무릅쓰고 무슨 일이든 다 하려는 사람을 사랑하고 존경하지 않는다면, 제가 곤경에 처하게 될 때 친구들도 절 버릴지 모르니 말이에요."

이 말에 밀러 부인이 "맞아, 넌 아주 훌륭한 사람이야. 네, 정말 그래요. 이 불쌍한 사람은 할 수 있는 건 다 했어요. 타고난 체력이 강골이라 그렇지, 그렇지 않았다면 벌써 죽었을 정도로요"라고 외치자, 이제 정신을 차린 남자가 소리쳤소. "누님, 이분이 내가 말한 하늘나라에서 오신 바로 그 천사예요. 이분 덕분에 우리 딸 페기를 살릴 수 있었거든요. 페기에게 필요한 것을 줄 수 있었던 것은 바로 이분 덕분이니까요. 이분은 정말이지 너무도 훌륭하고 용기 있고, 고결하신 분이에요. 누님! 전 이분에게 정말 너무나도 큰 은혜를 입었어요!"

"은혜라니요." 존스가 힘주어 말했다. "그런 말은 하지도 말아요. 절대 한마디도 하지 말아요." (존스는 그 사람이 자신이 저지르려 했던 강도짓을 그 누구에게도 발설하지 못하게 하려는 것 같았소) "제가 드린 그 보잘것없는 것으로 선생의 가족 모두를 살렸다면, 전 너무도 싼값에 이처럼 큰 기쁨을 산 셈이니 말이오."

"선생님, 당장이라도 저희 집에 와주십시오. 조금 전에 말씀하신 그런 기쁨을 누릴 자격이 있는 사람이 있다면 그것은 분명 선생님 자신입니다. 여기 제 사촌누님이 그러더군요. 우리 가족의 궁핍한 상황을 선생님께 말씀드렸다고요. 선생님 덕분에 궁핍한 상황에서 벗어날 수 있게 됐습니다. 아이들에겐 이제 누울 침대와, 그 밖에 여러 가지 것들이 생겼으니까요. 이런 은혜를 베푸신 선생님께 하나님의 축복이 영원히 함께하길 빌겠어요. 이제 애들한테는 먹을 빵이 생겼고, 막내아들의 병도 나았고요. 그리고 제 아내도 이제는 위험한 상태에서 완전히 벗어났어요. 그래서 전 이제 행복하답니다. 이 모든 것이 다 선생님과 여기 계신 우리 사촌누님 덕분입니다. 선생님, 선생님을 꼭 저희 집에 모셔야겠어요. 아내가 선생님을 뵙고 꼭 감사하다는 말씀을 드리고 싶어 하거든요. 아이들도 감사하다는 말을 해야 하고요. 우리 애들도 선생님께 큰 은혜를 입었다는 사실을 알고 있어요. 이 모든 것이 어느 분 덕분인지 이제 알게 되어 제 아이들도 선생님께 감사의 마음을 전할 수 있게 되었다는 걸 생각하니 정말 기뻐요. 선생님! 선생님이 따뜻하게 해준 우리 아이들은 선생님 도움이 없었다면 지금쯤 얼음처럼 차가워졌을 거예요."

여기서 존스는 이 가련한 사람이 더 이상 말을 하지 못하게 하려 했지만, 감정이 복받친 그는 저절로 말이 막히고 말았소. 그러자 밀러 부인은 사촌동생을 대신해서뿐만 아니라 자기 몫까지 더해 존스에게 감사의 말을 쏟아내기 시작하더니, 이런 선행을 베푼 존스는 틀림없이 영광스런 보상을 받게 될 거라며 말을 맺었소.

이 말에 존스는 자신은 이미 충분히 보상을 받았다며 "부인의 사촌 분 말씀이 제게 가장 큰 행복을 느끼게 해주었습니다. 이런 이야기를 듣고도 감동받지 않는 사람은 분명히 가여운 사람일 겁니다. 다행히 이분들이 행복해지는 데 제가 적게나마 역할을 했다는 생각 자체만으로도 얼마나 기분이 좋은지 모릅니다. 다른 사람을 행복하게 해주는 데서 오는 기쁨을 느끼지 못하는 사람을 전 진심으로 불쌍하게 생각하거든요. 야망에 가득 찬, 탐욕스럽고 방탕한 사람들은 이처럼 영광스럽고도 달콤한 기쁨을 맛볼 수 없을 테니까요."

약속 시간이 다가왔기 때문에 어쩔 수 없이 서둘러 작별해야 했지만,

존스는 이 남자와 진심 어린 마음으로 악수를 나누고는 가능한 한 빨리 다시 만나고 싶다면서, 기회가 되면 가급적 빨리 그의 집을 찾아가겠다고 약속했소. 그러고는 자신이 이 불쌍한 가족에게 행복을 안겨다준 사실에 몹시 기뻐하면서, 가마를 타고 레이디 벨라스턴의 집으로 향했소. 대로에서 그에게 공격당했을 때 자비보다는 엄정한 법의 목소리에 귀를 기울였다면 거기에 뒤따랐을 끔찍스런 결과에 대해 생각하고는 몸서리치면서 말이오.

밀러 부인이 저녁 내내 존스를 칭찬하는 동안, 그녀의 사촌 앤더슨도 그녀의 말에 열렬히 맞장구치면서 자신이 저지르려고 했던 강도 행위에 대해서 여러 차례 말할 뻔했소. 하지만 다행히 그때마다 냉정을 되찾은 그는 몹시 엄격하고 철저한 원칙주의자였던 밀러 부인에게는 더더욱 신중하지 못할 이런 행동을 자제했소. 밀러 부인이 수다스럽다는 걸 잘 알고는 있었지만, 존스에 대한 고마운 마음이 너무 커서 자신의 평판을 훼손시킨 사실을 하마터면 발설할 뻔했던 것이오. 자신이 겪게 될 수치는 생각하지 않고 자신의 은인이 얼마나 훌륭한 사람인지 제대로 알려주기 위해서 말이오.

11장
독자가 놀라게 될 장

약속 시간보다 일찍 도착한 존스는 식사 장소가 멀기도 했지만 예기치 못한 짜증나는(현재의 레이디 벨라스턴의 상태에서는) 일 때문에 지체할 수밖에 없었던 레이디 벨라스턴보다 먼저 도착했소. 미리 이야기된 대로 거실로 안내된 존스가 그곳에서 기다린 지 얼마 되지 않아 누군가 문을 열고 들어왔는데 그 사람은 다름 아닌 소피아였소. 우리의 여주인공은 새로 상연된 연극을 혹평하기 위해 극장에 모인 사람들과 연극을 옹호하기 위해 모인 사람들 사이에 심한 고성이 오가더니 급기야는 싸움으로 번지는 것을 보고는 몹시 놀라 연극의 1막이 끝나기도 전에 극장 문을 나섰고, 어떤 젊은 신사의 보호를 받아 가마를 타고 곧장 집으로 돌아왔던 것이오.

레이디 벨라스턴이 집에 늦게 들어올 거라고 말했기 때문에 집에 아무도 없을 거라고 예상했던 소피아는 급히 거실로 들어와, 존스가 석상처럼 전혀 움직이지 않고 서 있는 거실 구석으로는 한 번도 눈길을 주지 않은 채 앞에 놓인 거울 쪽으로 곧장 갔소. 사랑스런 자신의 얼굴을 한참 바라본 뒤에야 거울에 비친 그 석상 같은 사람을 보게 된 소피아는 고개를 돌렸소. 그러고는 그것이 실제로 사람인 것을 알게 되자, 큰 소리로 비명을 지르며 기절하려는 순간, 존스가 달려와 부축했소.

이 두 연인이 이때 어떤 표정을 지었고 어떤 생각을 했는지 독자들에게 알려주는 건 내 능력 밖이오. 단지 두 사람은 서로에게 아무 말도 하지 않았던 것으로 미루어 보아 이들의 감정은 말로 표현하기에는 너무도 벅찼을 거라고 판단되기에 아무도 우리가 이들의 감정을 표현할 수 있을 거라고는 생각지 않을 것이오. 그리고 불행히도 당시 이들이 느낀 감정을 헤아릴 수 있을 정도로 사랑에 빠져본 독자도 거의 없을 거라 생각하는 바이오.

잠시 동안 침묵이 흐른 뒤 존스가 "아가씨, 놀라셨지요"라고 더듬거리면서 말하자, 소피아는 "놀랐냐고요! 정말 많이 놀랐어요. 진짜 제가 아는 사람이 맞는지 의심스러울 정도였다니까요"라고 대답했소. 이에 존스는 큰 소리로 말했소. "그래, 맞아요. 나의 소피아! 이번만 이렇게 부를 테니 용서해주시오. 그렇게 여러 번 날 낙담시키던 운명의 여신이 결국에는 친절을 베풀어 당신에게 인도한 그 비참한 존스가 바로 나요. 오! 나의 소피아! 아무 소득도 없이 이처럼 오랫동안 찾아다니면서 그간 내가 얼마나 많은 고통을 겪었는지 아시오?" 이 말에 약간 정신을 되찾은 소피아는 거리를 두는 듯한 태도로 대답했소. "누구를 찾아다녔는데 그래요?" 이에 존스가 "그렇게 묻다니 정말 잔인하오. 당신을 찾아다녔다는 사실을 말할 필요가 있소?"라고 소리치자, 소피아는 "저라고요? 존스 씨가 제게 그렇게 중요한 볼일이 있나요?"라고 반문했소. 그러자 존스는 소피아에게 지갑을 주면서 "어떤 사람에게는 이것이 중요한 일처럼 보일 수 있소. 이 지갑을 잃어버렸을 때와 비교해서 한 푼의 차이도 없길 바라오"라고 말했소. 지갑을 건네받은 소피아가 말을 하려는 순간, 존스는 그녀의 말을 막으며 말했소. "친절하게도 운명의 여신이 우리에게 준 이 소중한 시간을 낭비하지 않기 바라오. 오, 나의 소피아! 나에겐 이보다 훨씬 중요한 일이 하나 있소. 이렇게 무릎 꿇고 당신의 용서를 빌겠소." 이 말에 소피아가 "제 용서를 빌다니요? 그런 일이 있었는데, 어떻게 그러길 바랄 수 있죠? 내가 그런 소릴 다 들었는데 말이에요"라고 소리치자, 존스가 말했소. "무슨 말을 해야 할지 나도 모르겠소. 당신이 날 용서해주길 바랄 순 없을 거요. 오, 나의 소피아! 앞으로 나같이 비참한 자에 대해선 생각도 하지 말아요. 나에 대한 기억으로 사랑스런 당신의 마음이 한 순간이라도 불편해진다면, 내가 얼마나 당신의 사랑을 받을 자격이 없는지만 생각해요. 업턴에서 일어난 일을 되새기면서 당신의 기억에서 영원히 나를 지워버려요."

그동안 소피아는 내내 떨고 있었소. 그녀의 얼굴은 눈보다 더 창백해졌고, 그녀의 심장은 코르셋이 움직일 정도로 쿵쿵 뛰었소. 하지만 업턴이라는 말에 소피아의 얼굴은 상기되었고, 그 전까지는 내내 아래만 쳐다보고 있던 눈을 치켜들어 경멸하는 듯한 표정으로 존스를 바라보았소. 이 말없는 비난의 의미를 이해하고 존스는 이렇게 대답했소. "오, 나의 소피아! 단 하나밖에 없는 내 사랑이여! 그곳에서 벌어진 일로 나 자신보다 나를 더 미워하고 경멸하진 못할 거요. 하지만 마음으로는 당신에게 부정한 일을 저지른 적이 결코 없었다는 사실과, 내 마음은 내가 저지른 어리석은 행동을 따라 하지 않았다는 사실, 그리고 그 어리석은 일을 저지를 당시에도 내 마음은 항상 당신 것이었다는 사실만 알아주시오. 당신의 마음을 얻을 수는 없겠지만, 아니 더 이상 당신을 볼 수도 없겠지만, 여전히 아름다운 당신만을 생각하느라 그 어떤 여자도 진심으로 사랑할 수는 없을 것이오. 그 저주스런 곳에서 우연히 함께 있었던 그 여자에게 내 마음을 준 적은 없었소. 또, 그 여인은 내가 사랑한 사람도 아니오. 내 말을 믿어주시오. 나의 천사여! 그날부터 오늘까지 나는 그 여자를 본 적도 없고 다시 만날 생각도 다시 만나고 싶은 생각도 없소." 이 말을 듣고 소피아는 마음속으로는 몹시 기뻤지만 그 어느 때보다도 냉정한 표정을 억지로 지으며 말했소. "존스 씨, 누가 뭐라고 하지도 않는데 왜 굳이 변명을 하시나요? 존스 씨를 비난할 가치라도 있다고 생각했다면, 저는 존스 씨가 저지른 용서받을 수 없는 잘못에 대해 말씀드렸을 거예요." 이 말에 존스는 소피아가 자신과 레이디 벨라스턴 사이의 염문에 대해 말하는 거라고 지레짐작하고는 창백해진 얼굴로 부들부들 떨면서 "무슨 말을 하는 거요?"라고 물었소. 이에 소피아가 "어떻게 그럴 수 있어요! 고결한 것과 천박한 것이 어떻게 한 사람의 마음에 동시에 존재할 수 있나요?"라고 말하자, 레이디 벨라스턴에게 돈을 받으며 정부 노릇을 하고 있는 현재 자신의 수치스런 상황을 다시금 떠올린 존스는 그 어떤 대답도 하지 못하고 입을 다물었소. "내가 존스 씨에게서 아니 그 어떤 신사나 명예를 존중하는 그 어떤 사람에게서든 그런 취급을 받을 거라고 상상이나 할 수 있었겠어요? 제 이름을 여관에서 그것도 아주 비천한 사람들 앞에서 함부로 거론하며 욕되게 하시다니요! 별 생각 없이 가볍게 베푼 호의를 그런 곳에서 자랑하고 다니시다니요! 심지어 제가 존스 씨를 좋아하기 때문에 존스 씨가 절 피하느라고 달아날 수밖에 없었단 말까지 들어야 되나요!" 소피아의 이 말보다 존스를 더 놀라게 한 것은 없었을 것이오. 하지만 자신은 그런 잘못을 저지르지 않았기 때문에, 양심에 찔리는 민감한 부분을 소피아가 건드렸을 때보다는 훨씬 덜 당황스러웠소. 이에 존스는 소피아에게 몇 가지 질문을 던진 끝에 소피아가 자신이 그토록 충격적인 무례를 저지르며 사랑하는 여인의 평판을 해쳤다고 생각하게 된 것은 전적으로 패트리지가 여관 주인과 하인들 앞에서 한 말 때문이었다는 사실을 알게 되었소. 소피아 또한 바로 그들에게서 그 이야기를 들었다고 시인했기 때문이오. 따라서 존스가 소피아에게 자신의 성격과는 전혀 어울리지 않는 그런 잘못을 저지르지 않았다는 사실을 해명하고 믿게 하는 데는 별 어려움이 없었소. 하지만 소피아는 곧바로 숙소로 돌아가 패트리지를 죽여버리겠다고 여러 차례 맹세하는 존스를 막는 데 상당한 애를 먹었소. 둘 사이의 오해가 완전히 풀리자, 두 사람은 서로에 대한 사랑을 다시 확인하게 되어, 존스는 자신이 대화를 시작할 때만 해도 소피아에게 앞으로 자기 생각은 하지 말라고 간청했다는 사실을 까맣게 잊고 전혀 다른 내용의 간청을 했고, 소피아도 존스의 새로운 간청에 귀 기울일 기분이 들었소. 따라서 이 사실을 깨닫기도 전에 마음이 지나치게 앞서간 존스는 마치 청혼처럼 들릴 수도 있는 말을 무심코 했고, 소피아는 부친이 허락해준다면 다른 사람과 풍족하게 사는 것보다는 설령 몰락한다 해도 존스와 함께하는 게 더 좋다고 대답했소. 몰락이라는 말에 존스는 소스라치게 놀라며 한동안 잡고 있던 소피아의 손을 놓고선 가슴을 치며 소리쳤소. "소피아! 어떻게 내가 당신을 몰락하게 하겠소? 맹세코, 그런 비열한 짓은 절대 하지 않을 거요. 사랑하는 소피아! 그렇게 될 경우엔 무슨 대가를 치르더라도 나는 당신을 단념할 거요. 당신을 포기할 거란 말이오! 당신의 진정한 행복에 방해가 될 그런 소망은 내 가슴에서 도려내겠소. 영원히 간직은 하겠지만, 내 사랑은 침묵할 것이오. 당신과 멀리 떨어져 다른 나라로 갈 것이오. 그러면 내가 외치는 절망의 소리도 절망의 한숨도 더 이상 들을 수 없게 되어 당신도 더 이상의 혼란은 겪지 않게 될 것이오. 그리고 내가 죽을 때……" 존스는 말을 계속하려 했지만 소피아가 한마디도 하지 않은 채 그의 가슴에 기대어 눈물을 쏟는 바람에 말을 멈출 수밖에 없었소. 존스가 입술로 그녀의 눈물을 닦아주자 소피아는 한동안 아무런 저항도 하지 않고 이를 허락했소. 하지만 잠시 후 정신을 차린 소피아는 존스의 품에서 살며시 빠져나와 이처럼 감당할 수 없는 민감한 상황에서 화제를 돌리기 위해 "이 집에 어떻게 오게 됐어요?"라고 이제까지는 물어볼 여유조차 없어 미처 하지 못했던 질문을 던졌소. 이에 존스가 말을 더듬거리며 십중팔구 소피아의 의심을 샀을 게 뻔한 대답을 하려는 순간 문이 열리고 레이디 벨라스턴이 들어왔소.

몇 걸음 걸어오다가 존스와 소피아가 함께 있는 것을 본 레이디 벨라스턴은 갑자기 걸음을 멈추었소. 처음 그녀의 목소리와 표정에는 놀라움이 역력했지만, 잠시 후 레이디 벨라스턴은 감탄할 정도로 침착하게 "웨스턴 양, 연극을 보러 갔다고 생각했는데?"라며 말을 꺼냈소.

존스가 자신의 거처를 어떻게 알아냈는지 그 대답을 미처 듣지 못한 데다가 실제 상황을 전혀 짐작조차 할 수 없었던 소피아로서는 존스와 레이디 벨라스턴이 서로 아는 사이라고는 생각할 수 없었기에 별로 당황해하지 않았소. 그리고 자신의 문제를 두고 레이디 벨라스턴과 이야기를 나눌 때면, 그녀가 아버지에 맞서 전적으로 자기편을 들어주었기 때문에 이 상황에서 더더욱 당황할 이유가 없었던 소피아는 조금도 망설이지 않고 극장에서 일어났던 일과 서둘러 귀가한 이유를 말했소.

소피아가 말하는 동안, 정신을 가다듬고 어떤 식으로 대응해야 할지 생각할 기회를 갖게 된 레이디 벨라스턴은 소피아의 행동을 보고는 존스가 자신에 대해 말하지 않았다는 생각이 들자, 유쾌한 척하면서 "일행이 있다는 걸 알았더라면 이렇게 갑작스럽게 들이닥쳐 방해하지는 않았을 텐데"라고 말했소.

레이디 벨라스턴이 소피아의 눈을 응시하며 말했기 때문에, 얼굴이 붉어지고 당황하게 된 이 불쌍한 젊은 여성은 더듬거리는 목소리로 대답했소. "부인, 분명히 말씀드리지만, 전 부인과 자리를 같이하는 걸 항상 영광으로 생각할 거예요." 이 말에 레이디 벨라스턴이 "난 단지 용무를 방해하지 않았나 해서 말한 것뿐이었어요"라고 말하자, 소피아는 "아니에요, 이제 제 용건은 다 끝났어요. 부인도 기억하시겠지만 제가 지갑을 잃어버렸다고 몇 번 말씀드렸잖아요. 그런데 다행히도 여기 이 신사분이 제 지갑을 발견하시고는 친절하게도 돈이 든 지갑을 통째로 돌려주셨어요"라고 대답했소.

레이디 벨라스턴이 도착한 뒤로는 내내 전전긍긍하며 언제라도 철퍼덕 주저앉을 기색이었던 존스는 상류층 모임에 처음으로 소개되었을 때의 촌뜨기 영주보다도 더 바보처럼 발뒤꿈치로 바닥을 차며 손가락을 만지작거리면서 앉아 있었소. 하지만 점차 정신을 차리기 시작한 그는 자신을 아는 척도 하지 않는 레이디 벨라스턴의 행동에서 힌트를 얻어 자신도 그녀를 전혀 모르는 척하기로 마음먹고는 지갑을 손에 넣은 뒤 지갑 안에 적힌 소피아라는 사람의 소재를 알아내려고 사방팔방으로 뛰어다니다, 바로 그날에야 알아낼 수 있었다고 말했소.

실제로 소피아는 레이디 벨라스턴에게 자신이 지갑을 잃어버렸다는 말을 한 적이 있었지만, 존스는 이런저런 이유로 자신이 소피아의 지갑을 가지고 있다는 사실을 한 번도 밝히지 않았소. 따라서 레이디 벨라스턴은 소피아의 말을 한마디도 믿지 않았고 그저 소피아가 재빨리 구실을 꾸며 대었다고 생각하고는 몹시 탄복할 뿐이었소. 게다가 소피아가 극장에서 서둘러 나오게 된 이유 또한 믿지 않았소. 두 연인이 어떻게 만나게 되었는지는 알 수 없었지만, 우연은 아닐 거라고 확신하고 있었던 것이오.

따라서 레이디 벨라스턴은 억지웃음을 지으며 말했소. "웨스턴 양, 돈을 찾았다니 정말 운이 좋군요. 이렇게 명예를 존중하는 신사분의 손에 그 지갑이 들어간 것도 그렇고, 이 신사분이 지갑의 주인이 누구인지 알아낸 것도 그렇고 말이에요. 지갑을 잃어버렸다는 사실을 사람들에게 알리고 싶지 않았던 것 같은데. 하여튼 돈의 주인을 찾아내다니 정말 운이 좋았네요."

이에 존스가 큰 소리로 "이분의 이름이 지갑 안에 적혀 있었거든요"라고 대답하자, 레이디 벨라스턴은 "정말 운이 좋았군요. 그리고 웨스턴 양이 우리 집에 있다는 걸 들은 것도 운이 좋았던 거예요. 사실 웨스턴 양을 아는 사람이 거의 없거든요"라고 말했소.

이제 완전히 정신을 차린 존스는 레이디 벨라스턴이 들어오기 바로 직전에 소피아가 한 질문에 답변할 기회를 잡았다고 생각하고는 이렇게 말을 이었소. "그래요, 부인. 제가 그걸 알게 된 것은 아주 운이 좋아서였죠. 요 전날 밤에 가면무도회에서 만난 어떤 부인에게 제가 지갑을 주웠다는 것과 지갑의 주인 이름을 말해주었더니, 지갑 주인을 만날 수 있는 곳을 알 것 같다면서, 다음 날 아침 자기 집에 찾아오면 알려주겠다고 했어요. 하지만 약속대로 그 집에 갔을 때 그분은 집에 없더군요. 오늘 아침에야 그분을 다시 만날 수 있었는데, 부인의 집으로 가보라고 하더군요. 그래서 이곳으로 와 아주 특별한 용무가 있다고 말하곤 부인을 뵙게 해달라고 청하자 하인이 저를 이 방으로 안내했어요. 그리고 얼마 지나지 않아 여기 이 아가씨께서 연극을 보고 돌아오신 거고요."

소피아가 눈치챌 거라고는 염려하지 않았던 존스가(소피아는 몹시 당황하여 그 어떤 것도 눈치챌 수가 없었소) 가면무도회라는 말을 하면서 레이디 벨라스턴을 흘끗 쳐다보자, 몹시 놀란 레이디 벨라스턴은 아무 말도 하지 못했소. 소피아가 불안해하는 것을 본 존스는 소피아를 안심시키기 위해서 이곳을 떠나기로 마음먹었소. 하지만 떠나기 전에 이렇게 말했소. "이런 경우엔 보상을 하는 게 관례라고 알고 있는데요. 정직하게 행동했으니 아주 큰 보상을 해주시기 바랍니다. 제 말은 다시 한 번 이곳에 와도 좋다는 허락을 해주십사 하는 겁니다."

이 말에 레이디 벨라스턴이 "신사분이라는 건 의심하지 않아요. 저희 집 문은 신사분에게는 항상 열려 있고요"라고 말하자, 존스는 예의를 갖추어 인사를 한 뒤 몹시 흡족해하며 그곳을 떠났고, 레이디 벨라스턴이 이미 잘 알고 있다는 사실을 모르는 소피아로서는 레이디 벨라스턴이 존스의 정체를 눈치챌까 봐 노심초사했기 때문에 그녀 역시 존스 못지않게 매우 만족해했소.

계단에서 존스는 오래전부터 알고 지내던(전에는 존스에 대해 나쁘게 말했지만 지금은 존스에게 정중하게 대할 정도로 교양을 갖춘) 어너를 만났는데, 이는 존스에게 아주 운이 좋은 일이었소. 소피아에게는 알려주지 못했던 자신의 숙소 주소를 그녀에게 알려줄 수 있었기 때문이었소.

12장
13권의 마지막 장

어느 책에서인지는 모르겠지만 고상한 새프츠베리 경은 지나치게 솔직히 말하는 것에 반대했소.* 그의 말에서 우리는 어떤 경우에는 거짓말이 양해될 수 있을 뿐만 아니라 오히려 칭찬받을 만하다는 사실을 추론할 수 있을 것이오.

진실을 말하지 않아도 되는 이런 훌륭한 권리를 사랑에 빠진 젊은 여인보다 더 많이 누릴 자격이 있는 사람은 분명히 없을 것이오. 자연스럽게 느끼는 충동을 따르지 못하게 하는 건 아니지만(이걸 금하는 건 아주 어리석은 일일 것이오) 그런 충동을 인정하지 말라는 훈계와 교육, 그리고 무엇보다도 관습을, 자신들이 이런 권리를 누려야 하는 이유로 내세울 수 있기 때문이오.

따라서 우리는 우리의 여주인공이 앞에서 말한 훌륭한 철학자의 지시를 따랐다는 사실을 수치스럽게 여기지 말아야 할 것이오. 소피아는 레이디 벨라스턴이 존스를 모를 거라고 확신했기 때문에 약간의 악의 없는 거짓말을 해서라도 레이디 벨라스턴이 그에 대해 계속 모르도록 할 작정이었던 것이오.

---

* 새프츠베리 경이 쓴 「공통 감각Sensus Communis」에 나오는 글로, 이는 그가 쓴 『인간, 풍습, 여론, 시대의 특징』에도 수록되어 있다.

존스가 떠난 지 얼마 되지 않아 레이디 벨라스턴이 큰 소리로 "정말이지, 아주 잘생긴 젊은이군요. 그런데 누구지요? 그 사람 얼굴을 본 기억이 없는데 말이에요"라고 말하자, 소피아도 큰 소리로 "저도 그래요. 하여튼 제 돈을 돌려주신 걸 보니 신사라는 사실은 틀림없는 것 같아요"라고 대답했소. 이에 레이디 벨라스턴이 "그래, 그건 그렇고, 정말 잘생겼네요. 그렇게 생각하지 않아요?"라고 묻자, 소피아는 "제대로 보지 않아서 그건 잘 모르겠어요. 하지만 제가 보기에는 좀 서투르고 세련돼 보이지는 않던데요"라고 대답했소. 이 말에 레이디 벨라스턴은 다음과 같이 말했소. "그 말은 정말 맞아요. 그 사람 태도를 보니, 괜찮은 사람들과 다니진 않는 것 같아요. 돈을 돌려주면서 사례금을 받지 않겠다고는 했지만, 진짜 신사인지는 의심스러워요. 훌륭한 가문 출신의 사람들에게는 다른 사람이 도저히 넘볼 수 없는 무엇인가가 있는 걸 항상 보아왔거든요. 다시 그 사람이 찾아오면 내가 부재중이라고 말하도록 하인들에게 지시할까 해요."

"지갑을 돌려주셨는데 그런 사람일 거라고 의심할 수는 없을 것 같아요. 게다가 부인도 보셨겠지만 말도 품위 있게 하고 표현도 섬세하고 훌륭했어요"라고 소피아가 말하자, 레이디 벨라스턴은 "그래요, 그 사람 말재주는 인정해요. 그런데 소피아, 날 용서해줘요, 정말 날 용서해줘야 해요"라고 말했소. 이 말에 소피아는 "부인을 용서하다니요!"라고 반문하자, 레이디 벨라스턴은 "그래요, 정말 날 용서해야 해요. 거실에 처음 들어왔을 때, 난 정말이지 끔찍한 의심을 했거든요. 그러니 날 용서해줘요. 난 그 사람이 존스라는 사람이 아닌가 하고 의심했었단 말이에요"라고 웃으면서 대답했소.

이 말에 얼굴이 붉어진 소피아가 억지 미소를 지으며 "정말 그러셨나요?"라고 큰 소리로 묻자, 레이디 벨라스턴은 "그래요, 분명히 그랬어요. 왜 그런 생각이 들었는지는 모르겠지만 말이에요. 소피아가 아는 그 사람과는 달리 신사 차림을 하고 있었는데도 말이에요"라고 대답했소.

그러자 소피아는 "부인께 이미 약속드렸는데 그렇게 절 놀리시다니 좀 잔인하시네요"라고 외쳤소. 이에 레이디 벨라스턴은 이렇게 말했소. "전혀 그렇진 않아요. 예전 같으면 내가 그렇게 말하는 게 잔인하게 느껴졌을 거예요. 하지만 아버지 허락 없이는 절대 결혼하지 않겠다고 이미 나에게 약속했고, 그 약속에는 존스란 사람을 포기한다는 의미도 포함되어 있으니, 젊은 시골 아가씨가 품고 있다고 해서 크게 흉이 될 것도 없고, 또 스스로도 완전히 벗어났다고 한 그런 감정을 가지고 내가 조금 농담한 정도는 참을 수 있는 것 아니에요? 그런데 그 사람 옷차림에 대해 조금 놀린 걸 갖고 참을 수 없다고 한다면, 그걸 내가 어떻게 생각해야 하죠? 소피가 너무 많이 나간 게 아닌가 하는 걱정이 슬슬 들기 시작하네요. 그리고 소피가 지금 나에게 솔직히 말하고 있는지도 의심이 들고 말이에요."

이 말에 소피아가 "제가 그 사람 때문에 이렇게 말씀드렸다고 생각하신다면, 그건 정말 오해하신 거예요"라고 소리치자, 레이디 벨라스턴은 "그 사람 때문이라니요? 날 오해하고 있군요. 난 그 사람 옷 이야기만 했는데 말이에요. 그 밖에 다른 걸 비교해서 소피아의 취향에 대해 흉보고 싶지는 않았거든요. 소피, 난 소피가 말하는 존스 씨가 바로 그 사람이라고는 생각하지 않는데 말이에요"라고 말했소. 이 말에 소피아가 "전 부인께서 그 사람이 잘생겼다고 인정하셨다고 생각했거든요"라고 대답하자, 레이디 벨라스턴은 급히 "지금 누구를 말하는 거예요?"라고 소리쳤소. 이에 소피아가 "존스 씨요"라고 대답한 뒤 금방 자신의 실수를 깨닫고는 자신의 실수를 만회하고자 "존스 씨라니! 아니, 제 말은 방금 전에 여기 있었던 그 신사분 말이에요"라고 말했소.

이에 레이디 벨라스턴이 "오, 소피! 그 존스라는 사람이 여전히 소피의 머릿속에 꽉 차 있군요"라고 말하자, 소피아는 "분명히 말씀드리는데, 지금 막 이곳을 떠난 그 신사분과 마찬가지로 존스 씨도 저하곤 아무 상관 없어요"라고 대답했소. 이에 레이디 벨라스턴은 "그 말을 난 분명히 믿어요. 그러니 별 뜻 없이 한 내 장난을 용서해요. 더 이상 그 사람 이름은 거론하지 않겠다고 약속할게요"라고 말했소.

좀더 오래 자신의 라이벌을 괴롭히고 싶었지만 당장 처리해야 할 중요한 일이 있었던 레이디 벨라스턴은 소피아와의 대화를 그만둘 수밖에 없었소. 소피아는 대화를 그만두게 된 것이 레이디 벨라스턴보다 훨씬 더 기뻤지만 난생처음 거짓말을 한 그녀의 마음은 그리 편치 않았소. 방에 들어온 소피아는 거짓말을 한 것이 몹시 마음에 걸렸고, 수치심도 느꼈소. 특히 곤란한 상황에서 어쩔 수 없이 그렇게 하기는 했지만, 그녀의 마음은 이를 받아들이기 어려웠던 것이오. 몹시 마음이 여린 소피아는 비록 상황이 그럴 수밖에 없었다 하더라도, 자신이 거짓말을 했다는 생각만으로도 참기가 힘들어 밤새 눈을 붙이지 못했소.

14권

이틀 동안 벌어진 일

1장

주제에 관한 지식을 갖추고 있어야 더 좋은 글을 쓸 수 있다는 사실을 입증하기 위한 에세이

요즈음 몇몇 신사들은 학식도 없고 글을 제대로 읽을 능력도 없으면서 단지 놀라운 천부적 재능 덕분에 문학계에서 상당한 두각을 나타내고 있소. 이 때문에 일부 현대 비평가들이 학식이란 작가들에게는 전적으로 무용지물이며, 더 나아가 상상력의 자연적인 활기와 활동력에 족쇄를 채워 상상력이 높이 나는 것을 막는다는 주장을 펴기 시작했다는 말을 들었소.

하지만 이러한 주장은 지나치다고 생각하오. 왜 글쓰기가 다른 예술 분야와 크게 다르겠소? 댄스 교사의 민첩한 동작이 몸 움직이는 법을 배운다고 해서 전혀 둔화되지 않듯이, 도구 사용하는 법을 배운다고 해서 장인이 도구를 더 잘못 다루게 될 거라고는 생각지 않소. 호메로스나 베르길리우스가 당시의 모든 학문을 섭렵하지도 않고, 오늘날의 대부분의 작가들처럼 아주 무지했다면, 오히려 더 많은 시적 영감을 가지고 글을 썼을 거라고는 생각하지 않소. 또한 나는 오늘날의 영국 상원의원이 피트 씨*와

---

* 윌리엄 피트(William Pitt, 1708~1778): 뛰어난 웅변술로 유명한 18세기 영국의 정치가로 필딩과 이튼스쿨을 같이 다녔다.

같은 상상력과 열정 그리고 판단력을 가졌다 하더라도, 데모스테네스*와 키케로의 글을 잘 알고, 그들의 글에 담긴 정신뿐만 아니라 그들의 학식도 자기 연설에 담아내지 못한다면, 그리스와 로마 시대의 웅변가와 대적할 정도의 웅변을 구사할 수 있을 거라고도 믿지 않소.

그렇다고 내가 지금, 키케로가 웅변가에게 반드시 필요하다고 주장한** 정도의 학식을 우리 시대의 동료 작가들도 갖추어야 한다고 주장하는 것은 아니오. 이와는 반대로 오히려 나는 시인에게는 아주 적은 학식, 비평가에게는 그보다 더 적은 학식, 그리고 정치인에게는 이 중에서도 가장 적은 학식만 있으면 되기 때문에, 시인은 비시***의 『영시의 기예』와 다른 몇몇 현대 시인의 작품을, 비평가는 적당량의 희곡을, 마지막으로 정치인은 약간의 정치 잡지만 읽으면 충분할 거라고 생각하오.

사실 나는 "만인(萬人)이 각자(各自) 인지(認知)하고 있는 재능(才能)을 개발(開發)하게 하라"****는 오래된 금언에 따라, 자신이 다루는 주제에 대해 약간의 지식이라도 가져야 한다고 생각하오. 이것만 있어도 작가는 그럭저럭 글을 써나갈 수 있을 것이오. 하지만 이것이 없다면 다른 모든 지식을 갖추고 있다 해도 그 지식들은 그에게 아무런 도움도 되지 않을 것이오.

예를 들어 호메로스와 베르길리우스, 아리스토텔레스와 키케로, 투

---

* Demosthenes(기원전 384~기원전 322): 기원전 4세기의 그리스 웅변가.
** 『변론가에 관하여』에서 키케로는 훌륭한 웅변가가 되기 위해서는 학식이 필요하다고 주장했다.
*** 에드워드 비시Edward Bysshe는 1702년 『영시의 기예Art of English Poetry』를 출간했다.
**** '모든 사람들은 자신이 갖고 있다고 알고 있는 재능을 개발하게 하라'는 의미로 키케로의 『투스쿨란의 대화』에 나온다.

키디데스와 리비우스*가 함께 만나 춤의 기교에 대한 논문을 쓰기 위해 각자의 재능을 다 합친다 해도, 에섹스 씨**가 이를 주제로 쓴 「상류층을 위한 교육의 기본 원리」라는 훌륭한 논문에 필적하지 못할 거라는 사실에 누구나 쉽게 동의할 거라고 생각하오. 그 위대한 브로턴 씨가 권투의 기본 원리를 완성하여 이를 기록했다면, 사람들은 고대나 현대 작가들 중 왜 아무도 이 고귀하고 유용한 기술에 대해 다루지 않았느냐고 한탄하지 않을 것이오.

이처럼 간단한 사실을 설명하기 위해 수많은 예를 들지 않고 단도직입적으로 요점만 말하자면, 이 나라의 많은 작가들이 상류사회의 관습을 묘사하는 데 전적으로 실패를 거듭하는 단 한 가지 이유는 거기에 대해서 전혀 모르기 때문이라는 것이오.

불행히도 이것은 대다수의 작가들이 얻을 수 없는 정보요. 책은 상류사회에 대해 불충분한 정보만을 제공해줄 뿐이고, 극장도 이보다 별반 나은 정보를 주지 못하기 때문이오. 책을 통해 훌륭한 신사가 되는 경우 하나같이 학자연하거나, 연극 무대를 통해 신사가 되는 경우 대부분 한량같이 되는 것은 다 이 때문이오.

이런 인물들을 근거로 해서 창조한 인물은 더욱 현실성이 떨어지오. 밴브루와 콩그리브***는 실세계를 모방했지만 이들을 모방하는 사람들은 마치 호가스가 티치아노와 반다이크**** 풍의 옷을 입고 저녁 파티나 대

---

* Thukydides(기원전 460?~기원전 400?): 그리스의 역사가.
  티투스 리비우스(Titus Livius, 기원전 59~17): 고대 로마의 역사가.
** 존 에섹스John Essex: 18세기 영국의 춤 이론가. 그는 춤에 관한 몇 권의 저서를 남겼다.
*** 윌리엄 콩그리브(William Congreve, 1670~1729): 영국의 왕정복고 시대의 극작가.
**** 티치아노 바첼리오(Tiziano Vacellio, 1477~1576): 베네치안 학파의 화가.
  앤 반다이크(Anthony Vandyke, 1599~1641): 17세기 플랑드르의 화가.

야회(大夜會)에 모인 사람들을 그릴 경우처럼 실제 세계와는 완전히 동떨어진 모습을 그리게 될 것이오. 간단히 말해 모방만으로는 충분치 않다는 뜻이오. 그림은 자연을 직접 모방해야 하오. 따라서 이 세상에 대한 참 지식은 사람과의 교통을 통해서만 가능한 것이고, 모든 계층의 사람들의 풍습을 알려면 직접 이들을 보아야만 하는 것이오.

그런데 문제는 이 상류층 인사들이 보통 사람들처럼 길거리나 가게, 커피숍에서 공짜로 볼 수 있는 존재가 아니며, 고등동물처럼 돈만 주면 볼 수 있는 것도 아니라는 사실이오. 간단히 말해 신분이나 재산상에 하나라도 결격사유가 있는 사람들, 혹은 이들이 갖고 있는 신분과 재산의 가치에 필적할 만한 도박꾼이라는 존경스런 직업을 갖고 있지 않은 사람들은 만나볼 수 없는 사람들인 것이오. 게다가 참으로 불행한 일이지만, 이러한 사람들은, 별다른 재원이 필요하지 않기 때문에 하층민이나 가난한 사람들이 주로 선택하는 작가라는 별 볼일 없는 직업을 택하지도 않소.

따라서 레이스와 자수가 달린 옷 혹은 실크와 브로케이드로 만든 옷을 입고 큰 가발을 쓰거나 큰 스커트 버팀테를 착용한 기이한 존재들은, '경'이나 '레이디'라는 이름으로 무대 위를 우쭐거리며 걸으면서, 일층 관람석에 앉아 있는 법률대리인과 서기관, 그리고 맨 위층 관람석에 앉아 있는 시민들과 도제들을 몹시 기분 좋게는 하지만, 이들은 켄타우로스나 키메라* 또는 가상의 존재들처럼, 실제 삶 속에서는 찾아볼 수 없는 것이오. 하지만 비밀을 하나 말해주겠소. 상류층 사람들의 삶에 대한 이런 정

---

* 켄타우로스는 그리스 신화에 나오는 반인반마(半人半馬)의 괴물. 키메라는 반인반수(半人半獸)의 괴물 티폰과 에키드나 사이에서 태어났는데, 머리는 사자, 몸통은 염소, 꼬리는 뱀 또는 용의 형상을 하고 있으며, 날개는 있기도 하고 없기도 한데, 날개와 상관없이 하늘을 날 수 있다고 하며 입에서 불을 내뿜는다고도 한다.

보는 실수를 방지하기 위해 필요하긴 해도, 희극이나 지금 내가 쓰고 있는 이런 희극적인 소설*을 쓰는 작가들에게는 별로 중요하지 않소.

포프 씨가 여자에 대해 한 말,** 즉 여자들은 허례허식과 가장만을 일삼기 때문에 인격이 전혀 없거나 혹은 없는 것처럼 보이는 존재라는 말이 이 계층에 속하는 대부분의 사람들에게 아주 잘 적용될 수 있을 것이오. 따라서 최상류층 사람들의 삶은 아주 재미없고 웃음이나 즐거움을 거의 가져다주지 못한다고 감히 말하겠소(낮은 계층에 속하는 다양한 직업을 가진 사람들만이 다양한 흥미로움을 제공하기 때문이오). 최상류층 사람들 중 야망을 좇는 데 전념하는 소수의 사람들과 쾌락을 즐기는 극소수의 사람들을 제외한 나머지 모두는 허영심에 가득 차 남을 모방하기에 급급하며, 살아가면서 하는 일이라고는 옷을 잘 차려입거나 카드놀이를 하거나 먹고 마시거나 머리를 숙여 인사하거나 무릎을 굽혀 인사하는 게 고작이기 때문이오.

하지만 이 계층의 사람들 중에도 열정에 휘둘리고, 이로 인해 조급한 나머지 예법이 정한 한계를 훨씬 벗어나는 사람들도 있소. 상류사회의 정숙한 여성들이 우아함과 섬세한 감수성을 통해 소작농이나 상점 주인의 아내와 차별화되듯이, 상류층 여성들 중에는 귀족다운 대담함을 보이며 세상의 평판을 무시함으로써, 낮은 신분의 유약한 여자와 자신을 차별화하려는 사람들도 있소. 레이디 벨라스턴은 바로 이런 대담한 부류에 속하는 인물이오. 하지만 시골 출신의 독자들은 레이디 벨라스턴의 행동을 상

---

* 필딩은 자신의 소설을 "산문으로 쓴 희극적 서사시"라고 『조지프 앤드루스』의 서문에서 밝힌 바 있다.
** 알렉산더 포프는 「어느 여인에게 보낸 편지Epistle to a Lady」에서 "대부분의 여자들은 인격이라는 것이 전혀 없다"고 말했다.

류층 여성들의 일반적인 행동으로 섣불리 판단하거나 그녀가 상류층 여성들을 대변하는 것이 아니냐는 생각은 하지 않기 바라오. 그렇게 생각하는 것보다는 차라리 스와컴이 모든 성직자를, 노서턴이 모든 군인을 대변한다고 생각하는 편이 더 나을 것이오.

무지한 풍자가의 견해를 빌려 이 시대를 음란의 시대로 낙인찍는 사람들 사이에 널리 퍼져 있는 이러한 생각보다 잘못된 것은 없소. 그들의 생각과는 반대로 상류층 사이에서 이루어지는 밀회가 오늘날보다 적었던 적은 없었다고 나는 확신하기 때문이오. 오늘날의 여성들은 어머니로부터 야망과 허영만 중시하고 사랑의 기쁨은 고려할 가치도 없는 하찮은 것으로 여기라는 가르침을 받아온 덕에, 나중에 남편을 소유하지도 못하는 결혼생활을 하면서 어머니 말씀이 옳다고 확신하게 되는 것 같소. 그러니 이들은 따분한 여생 동안, 순진하면서도 유치한, 우리 이야기의 위엄에 손상을 끼칠까 봐 언급하기가 꺼려지는 그런 여흥거리를 추구하는 데서 만족을 느끼는 것이고, 따라서 내 좁은 소견으로는 현재 상류계층의 특징을 가장 잘 드러내는 말은 '악'이라기보다는 '어리석음'이며, 이 시대의 특징을 잘 설명할 수 있는 말은 바로 '경박함'이라는 단어인 것 같소.

2장
편지
사랑에 뒤따르는 일들

숙소에 돌아온 지 얼마 되지 않아 존스는 다음과 같은 편지를 받았소.

당신이 가버렸다는 사실을 알고는 정말이지 놀랐어요. 방을 나섰을 때 나를 다시 보지도 않고 가버릴 거라고는 상상도 못했으니까요. 당신 행동은 진짜 일관성이 있더군요. 바보 같은 아이에게 푹 빠진 사람을 경멸해야만 하는 이유를 분명히 깨닫게 해줄 만큼 말이죠. 사실 그 아이의 바보 같은 단순함보다는 교활함에 더 감탄해야 할지는 모르겠지만, 아무튼 두 가지 다 놀라웠어요! 아무리 우리 사이에 오간 이야기들을 전혀 모른다고 해도 그렇지 그처럼 능숙하게, 아니 뭐라 할까, 아주 뻔뻔스럽게 내 면전에서 당신을 모르는 척하고 당신을 한 번도 본 적 없는 것처럼 구는 것을 보고 말이에요. 이건 당신과 소피아가 짠 계략인가요? 어떻게 나를 그처럼 비열하게 배신할 수 있어요? 나는 정말 그 아이를, 당신을, 그리고 모든 세상 사람들을, 특히 나 자신을 경멸해요. 나중에 다시 읽어보고 화가 날 이야기는 쓰지 않겠어요. 하지만 명심해요. 나는 사랑했던 것만큼이나 증오할 수도 있다는 사실을요.

존스가 편지를 읽고 제대로 생각할 시간도 갖기 전에, 같은 사람이 쓴 두번째 편지가 도착했소. 앞서의 편지와 마찬가지로 이 편지의 내용도 한 자 한 자 정확히 기록하겠소.

먼저 보낸 편지를 쓸 당시 내 마음이 얼마나 조급했을지 헤아려본다면, 먼젓번 편지 내용에 놀라진 않았을 거예요. 하지만 다시 생각해보니 내가 너무 흥분한 것 같네요. 이 모든 게 그 불쾌하기 그지없는 연극과 약속 시간이 지나서까지 나를 붙잡아두었던 어떤 뻔뻔스런 바보 때문이라고 생각할 거예요. 사랑하는 사람을 좋은 쪽으로만 생

각하는 게 얼마나 쉬운지 알아요? 아마 당신도 내가 그렇게 생각해주
길 바랄 거예요. 오늘 밤 꼭 만나야겠어요. 그러니 당장 와줘요.

추신: 당신만 집에 들여보내도록 이야기해놨어요.

추신: 당신이 변명하는 데 내가 도움을 줄 거라고 믿어도 될 거예
요. 당신이 나를 속이려 하는 것보다 나 스스로가 속기를 더 바라니
말이에요.

추신: 당장 오세요.

존스를 불안하게 만든 것이 레이디 벨라스턴이 화가 나서 쓴 편지였
는지 아니면 다정한 편지였는지 판단하는 건 불륜을 일삼는 남자들의 몫
으로 남겨두겠소. 하지만 확실한 것은 존스는 그날 저녁 단 한 사람을 제
외하고는 그 누구도 더 이상은 찾아가고 싶지 않았다는 것이었소. 하지만
존스는 레이디 벨라스턴의 요구에 응하느냐 마느냐에 자신의 명예가 달렸
다고 생각했고, 설령 그렇지 않더라도 레이디 벨라스턴을 더 이상 분노하
게 만들 용기도(존스에게는 레이디 벨라스턴이 그럴 것이라고 생각할 충분
한 이유가 있었소) 없었소. 그렇게 되면 소피아에게 밀회 사실이 알려지
게 될지도 모르기 때문이었소. 따라서 존스는 불편한 마음으로 방 안을
한동안 서성였소. 그러고는 마침내 떠날 결심을 하고 채비를 하려는데,
이번에는 편지가 아니라, 친절하게도 레이디 벨라스턴 자신이 직접 찾아
와 존스는 굳이 집을 나설 필요가 없게 되었던 것이오. 흐트러진 옷매무
새를 하고 몹시 불안한 표정으로 방에 들어온 그녀는 의자에 철퍼덕 앉아
숨을 가다듬고는 이렇게 말했소. "보다시피 우리 여자들은 일단 한 걸음
만 더 나아가면 멈추질 못해요. 일주일 전에 누가 내게 이렇게 말했다면,
아마 나는 믿지 않았을 거예요." 이에 존스가 "레이디 벨라스턴, 부인이

베풀어주신 그 많은 은혜를 너무도 잘 아는 사람에 대해 누군가 안 좋은 말을 한다 해도 믿지 않길 바랍니다"라고 말하자, 레이디 벨라스턴은 "은혜를 알고 있다니요! 존스 씨한테 그런 냉정한 말을 듣게 될 줄은 정말 몰랐네요"라고 대답했소. 이에 존스가 "용서해주시오, 나의 천사여! 부인 편지를 받은 뒤, 내가 무슨 잘못을 저질러 부인이 화가 났는지는 모르겠지만, 부인이 화가 난 게 두려워서였습니다"라고 대답하자, 레이디 벨라스턴은 미소를 머금고 말했소. "내가 그렇게 화난 표정이었단 말이에요? 정말 내가 당신을 책망하는 표정을 지었나요?" 이 말에 존스가 "명예를 걸고 말씀드리지만 전 부인이 화내실 그 어떤 일도 저지르지 않았습니다. 부인이 제게 지시한 일을 기억하십니까? 전 시킨 대로 그때 간 것뿐입니다"라고 대답하자, 레이디 벨라스턴은 "제발 그 불쾌한 이야길랑 다시는 하지 말고, 한 가지 질문에만 대답해줘요. 그러면 내 마음이 편안해질 거예요. 소피아에게 내 이야기를 했나요?"라고 소리쳤소. 존스가 무릎을 꿇고 아주 강력하게 그렇지 않다고 항변하기 시작했을 때, 패트리지가 기쁨에 취한 사람처럼 춤을 추며 방 안으로 뛰어 들어와서는 소리쳤소. "찾았어요! 도련님, 여기로 왔어요. 어너가 지금 계단 위까지 왔어요." 이 말에 존스가 "어너를 잠깐만 좀 막아줘. 부인, 여기 이 침대 뒤로 가세요. 부인이 몸을 숨길 만한 다른 방이나 옷장이 없어서요. 진짜 빌어먹을 일이 벌어졌군"이라고 말하자, "진짜, 그런 것 같군요!" 하고 침대 뒤로 몸을 숨기면서 레이디 벨라스턴이 소리쳤소. 곧이어 방으로 들어온 어너는 "어머머! 존스 도련님, 뭔 일 있어요? 저 뻔뻔시런 잡놈이 계단 위로 못 올라가구로 하든데. 업턴에서 그랬던 거맨키로 똑같은 이유로 도련님한테 못 가구로 한 거는 아이길 바랍니더. 하이튼, 여서 지를 다시 보게 될 끼라곤 생각도 못하싯을 거예요. 도련님은 우리 애기씰 호린 게 분명해요. 아이고, 우짜노 우리 애기씨! 친동생처럼 내가 애끼는 우리 애기씨. 우리 애기씨한테 하나님의 은혜가 있으시길! 도련님이 우리 애기씨한테 좋은 남편이 못 된다 카믄, 도련님은 천벌을 받아도 쌉니더." 이 말에 존스가 옆방에 임종을 앞둔 레이디가 있으니 작은 소리로 말해달라고 간곡히 부탁하자, 어너는 "레이디라고요! 그라믄 도련님이 만나고 댕기는 레이디들 중 하나겠네요. 도련님! 세상에 레이디란 것들이 을매나 많은지. 우리도 그런 레이디 집에 드갔긴 하지만요. 레이디 벨라스턴도 그런 레이디들처럼 질이 별로 안 좋은 사람이 뻔할 거예요"라고 소리쳤소. 이 말에 존스가 "쉬! 쉬! 우리가 하는 말이 옆방에서 모두 들린다니까"라고 말하자, 어너는 이렇게 대답했소. "실컷 들으라 카지요 뭐. 지는 스캔들이나 퍼뜨리는 사람은 아이니까요. 근데 하인들은 레이디 벨라스턴이 딴 데서 남자들을 만난다 카더라는 이야기를 아무렇지도 않게 하데요. 만나는 집이 어느 가난한 양가집 부인 맹이로 돼 있다 카드라만, 레이디 벨라스턴이 월세도 대주고 이거저거 마이 대준다 카더라구요." 이 말에 존스는 몹시 불안해하며, 어너의 입을 막으려 하자 어너는 이렇게 소리쳤소. "아이고! 도련님! 말도 내 맘대로 못합니꺼. 너므 스캔들을 말하는 기 아이라, 다른 사람들한테서 들은 걸 말하는 거뿐인데요 뭘. 그래 잘못된 방법으로 돈을 모으면 그기 양가집 부인한테 과연 득이 되것나 하는 생각이 들데요. 차라리 가난해도 정직하이 사는 게 더 낫죠." 이에 존스가 "그 못된 놈의 하인들, 자기 주인에게 그렇게 터무니없이 욕을 하다니"라고 소리치자, 어너는 "와 아니라예, 맨날 못된 짓 하는 건 하인들 아입니꺼. 우리 애기씨도 그래 말씀하시고는 지 말은 한마디도 안 들을라 카데요"라고 대답했소. 이 말에 존스가 "그랬을 거요. 우리 소피아는 그런 불순한 비방에 귀 기울일 사람은 분명히 아니니까" 하고 말하자, 어너는 "어데요, 지는 그게 근거없는 비방이라꼬는 절대 생각 안 합니더. 레이디 벨라스턴이 왜 너므 집에서 남자들을 만나야 하는데요? 캥기는 게 있으이 그라는 거죠. 레이디 벨라스턴이 떳떳하이 남자들하고 교제할 생각이 있다 카믄, 다른 여자들처럼 남자들하고 정식으로 자리를 가지믄 될 긴데, 그래 안 하는 기 뭐 땜에 그렇겠습니꺼?"라고 소리치자, 존스는 "정말이지, 지체도 높고 소피아 아가씨의 친척 분이기도 한데, 레이디 벨라스턴을 그런 식으로 말하는 건 더 이상 못 참겠소. 게다가 지금 하는 말에 옆방에 계신 부인도 정신 사나울 테니 제발 나랑 내려갑시다"라고 말했소. 그러자 어너는 "이래 말도 못하게 하시믄 지도 그만둘랍니다. 여기 우리 애기씨가 보낸 편지가 있는데 이걸 받게 되든 남자들이라면 뭘 해주겠습니꺼? 근데 도련님은 그래 인심이 후할 것 같지는 않데요. 지도 하인들이 떠들어대는 애기를 들었다 아입니꺼. 하이튼 지가 이제껏 한 번도 도련님 돈을 귀경도 하지 못한 건 사실 아입니꺼?"라고 대꾸했소. 이 말에 존스는 급하게 편지를 받고선 어너에게 5실링을 재빨리 쥐어주었소. 그런 다음 소피아에게 고맙다는 말을 전해달라고 아주 여러 번 귓속말을 하고는 소피아의 편지를 읽게 내버려달라고 간청했소. 그러자 어너는 존스의 후한 인심에 여러 번 고맙다고 하고는 곧 그곳을 떠났소.

이때 커튼 뒤에서 나온 레이디 벨라스턴의 분노를 어떻게 묘사할 수 있겠소? 처음에 그녀는 아무 말도 할 수 없을 정도로 몹시 분노하여, 그녀의 눈에선 불꽃이 튀는 것처럼 보였소. 아니 실제로 불꽃이 튀었을 수도 있었소. 그녀는 온통 분노의 불길에 휩싸였으니 말이오. 하지만 말문이 터지자마자 레이디 벨라스턴은 어너나 자기 하인들에 대해 분통을 터뜨리는 대신, 불쌍한 존스를 공격하기 시작했소. "이제 알았죠. 당신 때문에 내가 어떤 대가를 치렀는지. 내 평판 말이에요. 이제 난 얼굴을 들고 다닐 수조차 없게 되었다고요. 그렇다고 내가 무슨 보상을 받은 것도 아닌데 말이에요. 촌뜨기 계집애 때문에, 그 멍청한 것 때문에 이렇게 무시 당하고 모욕까지 받다니." 이 말에 존스가 "제가 무슨 무시를 했나요? 아니, 무슨 모욕을 주었나요?"라고 소리치자, 레이디 벨라스턴은 "아닌 척해도 소용없어요. 나를 진정시키려면 그 아이를 완전히 포기해요. 그리고 그럴 마음이 있다는 증거로 그 편지를 보여줘요"라고 말했소. 이에 존스가 "부인, 무슨 편지를 말씀하시는 겁니까?"라고 반문하자, 레이디 벨라스턴은 "아니, 그 못된 계집애한테서 편지를 받았다는 사실을 뻔뻔하게 부인할 작정이에요?"라고 대답했소. 이에 존스가 "제가 명예를 저버려야만 할 수 있는 일을 지금 저보고 하라고 하시는 겁니까? 제가 부인께 그런 식으로 행동했습니까? 지금 아가씨는 아무것도 모르는데 아가씨에 관해 부인께 고해바친다면, 제가 앞으로 부인한테도 똑같이 하지 않을 거라고 어떻게 확신하실 수 있겠습니까? 조금만 생각해보시면 여자의 비밀을 지켜주지 않는 남자는 몹시 경멸스러운 자라는 사실을 분명히 아실 텐데 말입니다"라고 말하자, 레이디 벨라스턴은 "좋아요, 당신이 생각하는 그런 경멸스런 사람이 되라고 고집 피울 필요는 없어요. 편지 내용은 이미 다 알고 있는 것일 테니까요. 그리고 존스 씨 현재 입장이 어떤지도 잘 알고요"라고 대답했고, 곧이어 긴 대화가 이어졌는데 호기심이 많지 않은 독자들은 장황하게 그 내용을 여기에 끼워 넣지 않은 것에 감사해할 것이오. 따라서 우리는 레이디 벨라스턴이 점차 화를 누그러뜨렸고, 소피아를 만난 것은 단지 우연이었다는 존스의 주장과, 독자들도 이미 알고 있고 존스도 강력하게 해명했던 것처럼, 그녀가 사실상 존스에게 화낼 이유가 없다는 사실을 여러 정황을 통해 그녀가 믿도록 존스가 마침내 설득했다는 것 혹은 믿는 척하게 만들었다는 사실만 이야기하겠소.

하지만 레이디 벨라스턴은 존스가 편지를 보여주지 않으려는 것이 못내 불만스러웠소. 이성적으로 아무리 옳다고 해도 그 이성이 우리의 지배적인 감정과 부딪힌다면 우리는 더 이상 이성에 귀를 기울이지 않기 때문이오. 레이디 벨라스턴은 소피아가 자신보다 먼저 존스의 마음에 둥지를 틀었음을 잘 알고 있었기 때문에 뻔뻔스럽고 욕정에 사로잡힌 이 귀부인은 두번째 자리라도 감수하겠다고 결심했소. 이것을 법률적 용어로 좀더 적절히 표현하자면, 레이디 벨라스턴은 다른 여자가 소유권을 가지고 있는 것을 잠시 공유하는 데 만족하기로 했던 것이오.

결국 존스는 레이디 벨라스턴의 집을 찾아가기로 합의를 보았소. 소피아와 소피아의 하녀, 그리고 레이디 벨라스턴의 모든 하인들은 존스가 소피아 때문에 그녀의 집을 찾아오는 것으로, 그리고 그녀는 이런 목적을 위해 단지 이용당하는 사람으로 보이는 데 합의했던 것이오.

어찌 되었든 간에 앞으로 소피아를 만날 수 있게 될 거란 사실에 존스는 레이디 벨라스턴이 짠 이 계획을 기쁘게 받아들였고, 존스가 자기 자신 때문에라도 이 사실을 소피아에게 절대로 알리지 않을 거라고 생각한 레이디 벨라스턴 역시 소피아를 속인다는 사실에 적지 않게 기뻐했소.

다음 날을 존스의 첫 방문 일로 정한 다음, 존스와 작별 인사를 나눈 뒤 레이디 벨라스턴은 자기 집으로 돌아갔소.

3장
여러 내용

홀로 남게 되자마자, 존스는 급히 편지를 뜯어보았소.

존스 씨가 이 집을 떠난 뒤 얼마나 많이 고민스러웠는지 말로 표현할 수 없을 정도예요. 존스 씨가 이곳에 다시 오실 것 같아, 밤이 늦었지만 어너가 존스 씨 숙소를 안다고 해, 이곳에 오시지 말라고 어너를 보냅니다. 절 생각하신다면 이곳에 오실 생각은 결코 하지 마세요. 우리 사이가 들통날 게 분명하니까요. 레이디 벨라스턴이 우연히 흘린 말에서 그분이 우리 사이를 의심하는 게 아닌가 하는 생각까지 들었어요. 앞으로 좋은 일이 일어날 수도 있으니 참고 기다려야 해요. 하여튼 다시 한 번 부탁드려요. 제 마음이 편하기 바라신다면 부디 이곳으로 올 생각은 하지 마세요.

이 편지를 읽고 존스는 옛날 욥*이 자기 친구들에게서 받았던 것과 비슷한 위로를 받았소. 소피아를 만나보게 될 거라는 모든 희망이 좌절되었을 뿐만 아니라, 레이디 벨라스턴과의 문제로 인해서도 곤궁에 처하게 되었기 때문이었소. 존스 자신도 잘 알고 있듯이 레이디 벨라스턴과의 약속을 지킬 수 없는 구실을 달리 생각해낼 수도 없었고, 그렇다고 오지 말라는 소피아의 부탁을 무시하고 그곳으로 갈 수도 없는 노릇이었으니 말이오. 결국 그날 밤새 숙고한 끝에, 존스는 아픈 척하기로 마음먹었소. 레이디 벨라스턴의 진노를 사지 않고(존스에게는 레이디 벨라스턴을 화나게 하지 말아야 할 여러 이유가 있었소) 그녀와의 약속을 지키지 않아도 될 유일한 방법이라고 생각해서였소.

아침에 일어나자마자 존스는 맨 먼저 소피아에게 답장을 써 이를 어

---

* 『구약성서』에 나오는 인물로 엄청난 고난을 겪는데, 그를 위로하러 온 세 친구는 욥이 이런 고난을 당할 만한 나쁜 짓을 했을 거라고 주장하여 오히려 욥을 더 우울하게 만든다.

너에게 보내는 편지에 동봉했소. 그런 다음 앞에서 말한 구실을 적은 또
다른 편지를 레이디 벨라스턴에게 보냈는데, 편지를 보내자마자 존스는
다음과 같은 회신을 받았소.

　오늘 오후 당신을 볼 수 없게 돼 짜증이 나기는 하지만, 당신 걱정
이 앞서요. 각별히 몸조리 잘하고 좋은 의사의 진찰을 한번 받아봐
요. 심각한 건 아니겠죠? 오늘 아침 내내 멍청한 것들이 성가시게 굴
어 당신에게 편지 쓸 시간도 거의 없었어요. 그럼 잘 있어요.
　추신: 오늘 밤 9시에 갈 테니 꼭 혼자 있어요.

　편지를 다 읽었을 때, 밀러 부인이 존스를 찾아왔소. 먼저 의례적인
이야기를 한 뒤 밀러 부인은 다음과 같이 말했소. "이런 일로 찾아오게
돼 정말 유감이에요. 하지만 남들이 우리 집을 매춘굴이라고 떠들어대기
시작하면 불쌍한 우리 딸들에게 어떤 영향이 미칠지 한번 생각해주셨으면
해요. 그러니 더 이상 야밤에 여자들을 불러들이지 말아달라고 부탁한다
고 해서 저를 주제넘다고 생각하진 마세요. 그중 한 여자는 새벽 2시가
넘어서야 갔다지요?" 이 말에 존스가 "부인, 분명히 말씀드리는데, 그중
한 여자는 편지만 전달하러 온 거고, 제일 늦게까지 계셨던 부인은 지체
높은 제 친척 분입니다"라고 대답하자, 밀러 부인은 "그분이 얼마나 지체
높은 분인지는 몰라요. 하지만 아주 가까운 친척이 아니라면 그리고 정숙
한 분이라면, 밤 10시에 젊은 남자를 찾아와 단둘이서 네 시간 동안이나
한 방에 같이 있진 않았을 거예요. 그리고 그 부인을 모셔온 가마꾼의 행
동을 보고 그분이 어떤 사람인지 알았어요. 우리 집 문 앞에서 저녁 내내
농담만 하더니 우리 집 하녀가 듣는 앞에서 패트리지 씨에게 물어보았다

는 거예요. 부인이 존스 씨와 같이 밤새 있을 거냐고 말이에요. 다시 말하기 거북한 말도 많이 하면서요. 저는 존스 씨를 정말 존경해요. 또 제 사촌동생에게 베풀어주신 일로 큰 신세도 졌고요. 사실 최근까지도 존스 씨가 얼마나 좋은 분인지 몰랐어요. 너무도 힘든 상황에 사촌동생이 얼마나 끔찍한 길에 들어서게 되었는지 상상도 하지 못했으니까요. 그래서 존스 씨가 10기니를 주셨을 때, 그 돈을 노상강도에게 주었다고는 전혀 상상도 못했어요! 정말, 존스 씨에게 큰 은혜를 입었어요. 제 사촌동생네 가족도 모두 살려주셨고요. 그리고 올워디 영주님이 전에 존스 씨 성품에 대해 말씀하신 게 모두 사실이란 것도 알게 되었고요. 설령 존스 씨에게 아무런 은혜를 입지 않았다 하더라도, 올워디 영주님에게서 입은 은혜만도 너무 커, 그분 때문에라도 존스 씨를 존중했을 거예요. 존스 씨, 우리 딸들이나 제 평판에 아무런 영향을 미치지 않는다 하더라도, 이렇게 훌륭하신 분이 그런 여자들과 어울리는 건 존스 씨 자신을 위해서라도 유감스런 일이라고밖에는 생각할 수가 없군요. 하지만 존스 씨가 계속 그러시겠다면, 다른 거처를 찾아보시라고 부탁드릴 수밖에 없어요. 저뿐만 아니라, 내세울 게 조신하다는 것밖에 없는 우리 딸들 때문에라도, 그런 일이 우리 집에서 벌어지는 건 원치 않으니까요." 올워디라는 이름을 듣고 깜짝 놀라 안색이 변한 존스는 다소 흥분하여 이렇게 대답했소. "밀러 부인, 부인 말씀을 좋게 받아들일 수가 없네요. 부인 집에 그 어떤 오명도 씌우지 않을 겁니다. 하지만 제 방에서 제가 만나고 싶은 사람은 만나야겠습니다. 그게 불쾌하시다면 가능한 한 빨리 다른 거처를 찾아보겠습니다." 이 말에 밀러 부인이 "그럼, 유감이지만, 여기서 그만 끝을 내야겠네요. 올워디 영주님이 우리 집 평판에 대해 조금이라도 의심하시게 되면, 분명히 우리 집에 얼씬도 하시지 않을 테니까요"라고 말하자, 존스는 "알았습니다, 부인"이라고 대답했고, 이 말에 밀러 부인은 "제게 화나시지 않았길 바래요. 저도 올워디 영주님 가족을 언짢게 하고 싶지는 않으니까요. 저도 이 문제로 밤새 한숨도 못 잤어요"라고 말했소. 그러자 존스는 "부인의 휴식을 방해해서 미안합니다. 하여튼 패트리지를 당장 올려 보내주십시오"라고 말했고, 밀러 부인은 그렇게 하겠다고 한 뒤, 아주 조금만 무릎을 굽혀 인사하고는 방을 나섰소.

패트리지가 방에 들어오자마자 존스는 그에게 달려들며 몹시 화가 난 어조로 이렇게 말했소. "당신의 그 바보 짓거리 때문에, 아니 멍청하게도 당신을 데리고 다닌 탓에 언제까지 내가 이런 곤욕을 치러야 해? 그 주둥이로 날 망치게 할 작정이야?" 이에 놀란 패트리지가 "제가 어쨌길래요? 도련님" 하고 묻자, 존스는 "누가 당신더러 강도 당할 뻔한 이야길 해도 좋다고 했어? 그리고 여기서 만났던 그 사람이 바로 그 강도라고 누가 이야기하랬어?"라고 소리쳤소. 이에 패트리지가 "도련님, 제가 그랬다고요?"라고 반문하자, 존스가 "아니라고 거짓말하지 마!"라고 말했소. 이에 패트리지가 "설령 제가 그런 말을 했더라도 누구에게 해를 끼칠 생각에서 그런 것은 분명히 아니었을 거예요. 이 일을 더 이상 소문내지 않을 그 사람 친지나 친척에게가 아니었다면 절대 입도 벙긋하지 않았을 거예요"라고 말했소. 그러자 존스는 "그것만이 아니야. 당신은 그것보다 훨씬 더 큰 잘못도 저질렀어. 내가 그렇게 주의를 주었는데 어떻게 올워디 영주님의 이름을 감히 들먹거려?"라고 소리쳤소. 이에 패트리지는 수차례 맹세하며 그런 말을 한 적은 결코 없었다고 부인했소. 그러자 존스는 "그렇지 않았다면, 어떻게 밀러 부인이 내가 올워디 영주님과 관계 있다는 사실을 알아? 방금 전에 나한테 올워디 영주님 때문에라도 날 존중한다고 말했단 말이야!"라고 소리쳤소. 이 말에 패트리지는 "맙소사! 도련님, 제 말을 끝까지 들어주세요. 이렇게 재수 없는 일이 또 있을는지는 모르겠지만, 하여튼 끝까지 제 말을 들어주세요. 그러면 도련님이 저를 오해해서 나무랐다는 사실을 인정하게 될 거예요. 어젯밤 계단을 내려온 어너가 현관에서 저를 보고는 도련님이 올워디 영주님 소식을 들은 게 언제냐고 물어봤는데, 그때 밀러 부인이 그 말을 들었던 게 분명해요. 어너가 가자마자 밀러 부인이 저를 거실로 부르더니 '패트리지 씨, 아까 그 여자 분이 말씀하신 올워디 영주님이란 분이 누구예요? 서머싯셔의 올워디 영주님을 말씀하는 건가요?'라고 묻는 거예요. 그래서 저는 '부인, 맹세코 전 그 문제에 대해선 아는 게 없습니다'라고 대답했죠. 그랬더니 밀러 부인이 '패트리지 씨의 주인이 올워디 영주님이 말씀하시던 그 존스 씨는 아니죠?'라고 묻더군요. 그래 저는 '부인, 맹세컨대, 저는 그 문제에 대해선 아무것도 모릅니다'라고 다시 대답했죠. 그러자 밀러 부인이 낸시를 쳐다보며 '그렇다면, 분명히 이분이 바로 그분이야. 영주님이 말씀하신 것과 아주 똑같거든'이라고 말하더군요. 누가 밀러 부인에게 그런 말을 했는지는 몰라요. 제 입에서 그런 말이 나왔다면, 저는 이 세상에서 제일 못된 악당일 겁니다. 도련님, 저는 부탁받은 일은 꼭 비밀로 할 줄 압니다. 사실 저는 올워디 영주님에 대해 무슨 말을 하기는커녕 정반대로 말했어요. 뭐든지 두 번 생각해보는 게 좋다고들 해서 그 당시엔 밀러 부인의 말이 틀렸다고 하지는 않았지만, 다시 생각해보니 누군가 밀러 부인에게 알려준 게 틀림없다는 생각이 들어, 그런 이야기가 더 이상 나오지 못하도록 하기 위해 시간이 조금 지난 뒤 거실로 돌아가서 말했죠. 맹세코, 누가 밀러 부인에게 영주님이 말씀하시던 신사가 존스 씨라고 했든 간에, 그러니까 이곳에 있는 존스 씨가 바로 그 존스 씨라고 누가 말했든 간에, 그건 터무니없는 거짓말이라고요. 그리고 우리 주인은 틀림없이 내가 밀러 부인에게 그런 말을 했을 거라고 생각할 테니, 다시는 이런 말을 꺼내지 말라고 부탁도 했죠. 제가 그런 말을 했다고 할 수 있는 사람 있으면 한번 나와보라고 해요. 하여튼, 도련님, 참 놀랄 일이에요. 그 이후에 저는 밀러 부인이 어떻게 그 사실을 알게 되었는지 생각해봤어요. 우리에게 해코지했던 워릭셔에서 만난 그 노파와 비슷하게 생긴 사람이 지난번 문 앞에서 구걸하던 걸 못 본 건 아니었지만 말이에요. 노파한테 아무것도 주지 않고 그냥 지나치는 건 결코 좋은 일이 아니에요. 특히 노파가 우리를 쳐다볼 때는요. 노파들에겐 남을 해칠 수 있는 힘이 없다고 암만 저를 설득하려 해도 안 될 거예요. 다시 노파를 만나게 되면 **왕후(王后)시여, 당신이 상기(想起)시킨 비애(悲哀)는 형용불가(形容不可)요**'라는 말을 전 분명히 다시 떠올리게 될 거예요."

원래 마음속에 오랫동안 화를 담아두지 않는 성격인 존스는 패트리지의 이 단순한 면을 보고는 웃으며 화를 풀었소. 그러고는 패트리지의 변론에 대한 자신의 생각을 밝히는 대신 이곳을 곧 떠날 예정이니 다른 숙소를 알아보라고 지시했소.

4장
젊은 남녀들이 주의 깊게 읽어야 할 글

패트리지가 떠나자마자, 존스와 아주 친해지게 된 나이팅게일이 찾아와서는 간단한 인사를 한 뒤 이렇게 말했소. "그래, 톰, 어젯밤에 찾아온 손님하고 아주 늦게까지 같이 있었다고 들었네. 런던에 온 지 2주일도 채 안 됐는데, 벌써 새벽 2시까지 가마를 집 앞에 대기시켜놓다니 자네는 진짜 행운아야." 그러더니 이와 비슷한 식의 일상적인 농담을 계속하자, 존스는 그의 말을 막으며 "아무래도 자네 조금 전 내게 경고를 하고 돌아간 밀러 부인에게 얘기를 들은 모양이군. 부인은 자기 딸들한테 나쁜 영향이 미칠까 봐 염려하는 것 같았어"라고 존스가 말하자, "그래! 그분은 그런 문제에 대해선 몹시 까다롭지. 자네도 기억하겠지만 낸시가 우리와 가면 무도회 가는 것도 허락하지 않았잖아"라고 나이팅게일이 대답했소. 이에 "솔직히 나는 밀러 부인 말이 옳다고 생각하네. 그래서 밀러 부인 말대로 하려고 해. 그 일 때문에 다른 숙소를 알아보라고 패트리지를 보냈고 말이야"라고 존스가 말했소.

"자네가 그렇게 할 거라면 다시 나랑 같이 지낼 수도 있을 것 같네. 내 비밀 하나 이야기하겠는데, 이 집 사람들한테는 말하지 말게. 사실, 나는 오늘 이 집을 떠날까 하네."

"아니! 밀러 부인이 자네한테도 경고를 했단 말이야?"

"그건 아니네. 하지만 여기가 그렇게 편하진 않아서 그러네. 이 지역도 지겨워지기 시작했고 말이야. 그래서 좀 놀 곳이 많은 지역 가까이에 살고 싶어 팰맬 가(街)*로 갈 참이네." 이 말에 존스가 "그럼 자네는 여기를 몰래 떠날 생각인가?"라고 묻자, "분명히 말하지만 숙박비를 떼어먹으려는 건 아니야. 하지만 정식으로 작별할 수 없는 남모를 사정이 있네"라고 나이팅게일이 대답했소.

"그렇게 남들이 모르는 사정 같지는 않은데? 이 집에 온 지 이틀째 되는 날 나도 알았으니 말이네. 하여튼 자네가 떠나면 울 사람이 있을 거야, 불쌍한 낸시. 정말 낸시가 안됐어. 자넨 낸시를 농락한 거야. 자넨 낸

---

* Pall Mall: 런던의 클럽 중심지.

시에게 그 어떤 것으로도 채워줄 수 없는 기대감을 심어주었거든" 하고 존스가 말하자 나이팅게일이 "그럼 도대체 나더러 어떻게 하라는 건가? 낸시의 기대감을 채워주기 위해 내가 결혼이라도 해야 된단 말인가?"라고 되물었소.

"아니네. 나 같으면, 자네가 그런 식으로 낸시의 마음을 사는 걸 내버려두지 않았을 거네. 난 낸시 어머니가 그걸 전혀 모른다는 사실에 아주 놀랐네"라고 존스가 대답하자, "모르다니! 도대체 뭘 모른다는 말인가?"라고 나이팅게일이 소리쳤소.

"밀러 부인의 딸이 자네를 정신없이 사랑하도록 만든 것 말이네. 그 불쌍한 아가씨는 그런 사실을 한시도 숨기지 못하더군. 자네한테서 한시도 눈을 떼지도 않고, 자네가 방에 들어올 때마다 얼굴을 붉혔으니 말이야. 진짜 낸시가 불쌍하네. 착하고 순진한 아가씨 같은데 말이야." 그러자 나이팅게일이 "그래, 자네 원칙에 따르면 여자들이 사랑할까 봐, 여자들에게 흔히 하는 친절도 베풀지 말아야겠군"이라고 말하자, 존스는 "이봐, 자네 지금 일부러 내 말을 못 알아듣는 척하는군. 나는 여자들이 그렇게 쉽게 사랑에 빠진다고는 생각지 않네. 하지만 자네는 여자들에게 보통 베푸는 친절의 도를 훨씬 넘어섰어"라고 대답했소. "자네 지금 우리가 같이 자기라도 했다는 거야?"라고 나이팅게일이 반문하자, 존스는 아주 진지하게 대답했소. "절대 그럴 거라고는 생각하지 않네. 자네가 그렇게 나쁜 사람이라고는 생각하지 않아. 그리고 좀더 이야기하면, 자네가 그 가여운 아가씨의 마음을 어지럽히려고 미리 계획적으로 이런 일을 꾸몄다거나 혹은 이런 결과를 예상했다고는 더더욱 생각하지 않네. 나는 자네가 선량한 사람이라는 것도 알아. 그런 사람은 결코 그런 잔인한 죄를 짓지 못하는 법이지. 하지만 자네는 그 불쌍한 아가씨가 상처를 입을 수도 있다는 생각을 하지 않은 채, 자네 허영심만 채웠던 거야. 한가한 시간을 즐겁게 보내려는 것 말고는 아무 의도도 없었겠지만, 자네는 낸시에게 자네가 진지한 마음을 품고 있다는 헛된 망상을 갖게 만든 거야. 솔직하게 대답해보게. 애정이나 서로 열정적인 사랑을 통해 느끼는 행복에 대해 그렇게 멋지고 달콤하게, 그리고 사심 없는 관대한 사랑에 대해 그렇게 열렬하게 이야기한 이유가 무언가? 낸시가 그 말을 자신에게 적용하지는 않을 거라고 생각한 거야? 솔직히 말해 자네는 낸시가 그렇게 하길 바라지 않았나?"

이 말에 나이팅게일이 "자네에게 그런 면이 있는 줄은 정말 몰랐네. 자넨 진짜 존경받는 목사님이 되겠어. 그래, 자네는 낸시가 허락한다 해도 낸시와 잠자리에 들지 않겠다는 말인가?"라고 소리치자, "그래, 난 절대 그러지 않을 거네"라고 존스가 대답했소. 그러자 나이팅게일은 이렇게 말했소. "톰, 톰, 지난밤, 지난밤을 기억해봐."

'모든 사람이 눈을 감고, 그 절도 행위를 알면서도
창백한 달과 별들이 아무 말 없이 빛을 비추고 있을 때' *

"이봐, 나이팅게일, 난 성인군자인 척하는 위선자도 아니고 다른 사람보다 더 순결한 척도 하지 않겠네. 내가 여자들과 그런 일을 했다는 사실은 인정하네. 하지만 그 누구에게도 상처를 입혔다고는 생각지 않아. 그리고 쾌락을 위해서 의도적으로 다른 사람을 불행하게 만들지도 않을 것이네."

---

* 영국의 극작가 니컬러스 로의 『아름다운 참회자*The Fair Penitent*』(1703) 1막 1장에서 로사리오Lothario가 칼리스타Calista를 유혹하는 장면.

"좋아, 좋아, 자네 말을 믿지. 나 또한 자네가 나를 그런 인간으로 생각하지 않는다는 걸 확신하네."

"난 자네가 낸시를 유혹하지 않았다고 진심으로 믿고는 있지만, 낸시의 마음을 얻지 않았다는 자네의 주장에는 동의할 수 없네."

이 말에 나이팅게일이 대답했소. "내가 낸시의 마음을 얻었다면 그건 유감이네. 하지만 시간이 지나고, 서로 못 보게 되면 그런 마음도 곧 사라질 거야. 그건 내가 치러야 할 대가겠지. 솔직히 말해 난 여태까지 낸시의 반만큼도 좋아한 여자는 없었어. 자네에게 다 털어놓겠네. 톰, 우리 부친께선 내가 한 번도 본 적이 없는 어떤 여자와 나를 결혼시키려고 하시네. 그 여자가 지금 런던으로 오고 있는데, 나는 그 여자에게 청혼해야만 하네."

이 말을 듣고 존스가 갑자기 큰 웃음을 터뜨리자 나이팅게일은 큰 소리로 말했소. "제발. 나를 놀리지 말게나. 나는 지금 이 문제로 미쳐버릴 것 같단 말이네! 불쌍한 우리 낸시! 오, 존스! 나도 내 소유의 재산이 있었으면 좋겠네."

이 말에 존스는 "나도 자네가 그렇게 되길 진심으로 바라네. 그리고 사실이 그렇다면 둘 다 정말 안됐네. 하지만 낸시에게 작별 인사도 하지 않고 떠날 생각은 분명히 아니겠지?"라고 물었소.

이에 나이팅게일이 대답했소. "억만금을 준다고 해도 작별을 고해야 하는 그런 고통을 겪고 싶지는 않네. 게다가 그러는 게 불쌍한 낸시에게 도움이 되는 게 아니라, 더 흥분만 시킬 거라고 확신하네. 그러니 부탁하는데, 오늘은 이 문제에 대해 한마디도 하지 말아주게. 오늘 저녁이나 내일 아침에 떠날 거니 말이네."

그렇게 하겠다고 약속한 뒤 존스는, 다시 생각해보니, 낸시와 헤어지기로 결심했고 또 그럴 수밖에 없다면 가장 신중한 방법을 택한 것 같다고 하고는, 나이팅게일과 같은 곳에서 기거할 수 있으면 좋겠다고 말했소. 이 말에 나이팅게일은 존스가 1층이나 3층에 방을 얻으면 자신은 2층에 묵겠다고 했고, 존스도 이에 동의했소.

앞으로 좀더 이야기하게 될 이 나이팅게일이라는 인물은 일상적인 일에선 신의를 잘 지키는, 특히 젊은 한량으로서는 보기 드물게 신의를 잘 지키는 사람이었소. 하지만 여자 문제에는 도덕적으로 다소 느슨했는데, 남자들이 때때로 그렇듯이 (더 흔히는 그런 척하듯이) 이런 문제에 원칙이 없는 사람이어서 그런 것은 아니었소. 하지만 변명의 여지 없이 그가 여자들에게 배신을 일삼았고, 소위 구애라고 하는 그 불가사의한 일을 하는 데 상당히 많은 속임수(장사하는 데 이런 속임수를 썼다면 그는 지상 최고의 악당으로 간주되었을 것이오)를 썼던 것만은 분명하오.

그 이유는 잘 모르겠지만 세상 사람들은 이런 배신 행위를 호의적으로 보고 있기 때문에,* 이런 죄악을 부끄러워하기는커녕 오히려 자랑으로 여겼던 나이팅게일은 여자를 자기 사람으로 만들고 여자의 마음을 정복하는 자신의 능력을 종종 자랑하곤 했소. 하지만 존스는 나이팅게일의 이런 점을 나무랐소. 존스에 따르면 (마땅히 그래야겠지만) 가장 소중한 친구라는 관점에서 보면 여자들은 남자들이 지극한 사랑과 애정으로 존중하고 감싸주어야 할 대상이며, 설령 여자를 적으로 간주한다 하더라도, 여자를 정복하는 건 자랑스러워할 것이 아니라 부끄러워해야 할 일이라는 것이었소. 따라서 존스는 여자들에게 이런 비행을 저지르는 남자를 볼 때마다

---

* 왕정복고 시대부터 18세기 중반까지 영국의 유한 계층의 남자들은 다른 여자들과 염문을 뿌리는 것을 부끄럽게 생각하지 않고 오히려 자랑스러워해서, 실제로는 아무런 관계도 없는 여자들과 자신들이 마치 내연의 관계인 것처럼 말하고 다니는 경우가 흔했다고 한다.

몹시 비난했던 것이오.

5장
밀러 부인에 대한 짤막한 이야기

아픈 사람치고는 상당히 많은 식사, 즉 큼직한 양 어깨고기를 반이나 먹은 존스는 그날 오후 차를 함께 마시자는 밀러 부인의 초대에 응했소. 패트리지를 통해서든 아니면 자연스런 혹은 초자연적인 방법을 통해서든, 존스와 올워디 영주와의 관계를 알게 된 이 선량한 부인은 화가 난 상태에서 존스와 작별한다는 것은 생각조차 할 수 없었던 것이오.

찻주전자가 치워지고 딸들이 방을 나가자마자 이 미망인은 별다른 서두 없이 다음과 같이 말했소. "세상에는 정말 놀랄 일이 많이 있기는 하지만, 우리 집에 올워디 영주님의 친척이 있었는데도 그걸 전혀 몰랐다는 건 정말 놀라운 일이에요. 그분이 저와 제 아이들에게 얼마나 잘해주셨는지 존스 씨는 상상도 못 할 거예요. 그래요, 그런 사실을 인정하는 건 하나도 부끄럽지 않아요. 몹시 가난했는데도 오래전에 죽지 않고, 아무것도 가진 것 없이 세상천지에 도와줄 이 하나 없는 고아가 될 뻔한 불쌍한 우리 아이들이 이 잔인한 세상에 내버려지지 않을 수 있었던 것은 다 그분이 베푸신 은혜 덕분이었으니까요.

존스 씨, 지금은 생계를 위해 방을 세주는 처지가 되었지만, 저는 양가집에서 태어나 자랐답니다. 아버지께서는 군 장교셨고 돌아가실 때는 상당한 지위에 계셨죠. 하지만 전적으로 아버지의 급여로만 생활을 유지하던 우리 가족은 아버지가 돌아가셔서 급여가 중단되자 알거지와 다를 바 없게 되었어요. 우리는 세 자매였는데, 운 좋게도 그중 하나는 천연두로 곧 세상을 떠났고 또 하나는 어떤 귀부인이 적선을 베푸는 마음에서 (그 사람 말에 따르면) 데려가 시중을 들게 했죠. 그 귀부인의 모친이 우리 할머니의 하녀였는데, 그 귀부인은 전당포를 해 재산을 많이 모은 자기 부친에게서 상당한 재산을 상속받은 뒤 역시 재산이 많은 어느 지체 높은 신사와 결혼해서 귀부인이 된 거예요. 그런데 부인은 우리 언니를 귀부인이라고 조롱하듯 부르며, 언니의 신분과 빈곤한 처지를 두고 욕을 하며 학대를 해 결국 불쌍한 우리 언니의 가슴을 뭉그러뜨렸지요. 간단히 말해 언니는 아버지가 돌아가신 지 1년도 안 되어 화병으로 세상을 뜨게 된 거예요. 하지만 운명의 여신은 저에게 그보다는 나은 배려를 하는 게 적절하다고 생각했던 것 같아요. 아버지가 돌아가신 지 한 달도 안 돼, 오래전부터 연인 사이로 지내던(그것 때문에 부친으로부터 몹시 구박받았던) 어느 목사와 저는 혼인을 했거든요. 가난하셨던 우리 아버지는 우리에게 남겨줄 돈이 한 푼도 없었지만, 우리가 마치 돈 많은 상속녀이기라도 한 듯이 스스로를 귀하게 여기도록 키우셨어요. 하지만 사랑하는 남편은, 제가 부친을 여의자마자 여태까지 자신이 받았던 그 모든 푸대접을 다 잊고 제게 열렬히 청혼했죠. 그래서 항상 그 사람을 좋아했지만 그 어느 때보다도 더욱 존경하게 된 저는 그이의 청혼을 받아들여 세상에서 제일 훌륭한 남자와 아주 행복하게 살게 되었던 거예요. 그러다가 5년 뒤* 잔인한 운명이 우리를 영원히 갈라놓고 말았어요. 저한테는 이 세상에서 가장 친절한 남편을, 불쌍한 우리 딸들한테서는 가장 다정한 아버지를 빼

---

* 13권 5장에서 지금 낸시의 나이는 17세, 베티의 나이는 10세라고 화자가 밝힌 것을 고려할 때, 즉 두 자매는 일곱 살 차이가 나기 때문에, 밀러 부인의 남편이 결혼한 지 5년 만에 죽었다는 말과 모순된다.

앗아간 것이죠. 불쌍한 우리 딸들! 너희들이 누리지 못하게 된 축복이 어떤 것인지 너희들은 결코 알 수 없을 거야. 존스 씨, 이런 나약한 여자의 모습을 보여주게 되어 부끄럽네요. 하지만 남편 이야기만 하면 눈물이 나요." 이 말에 존스가 "부인, 부인을 따라 같이 눈물을 흘리지 않는 제가 오히려 부끄러울 따름입니다"라고 대답하자, 밀러 부인은 계속 말을 이었소. "하여간 저는 전보다 훨씬 더 곤란한 상황에 처하게 되었어요. 제가 겪어야 할 끔찍한 고통 말고도, 부양할 두 명의 아이가 있었고 게다가 저는 그 어느 때보다도 궁핍했거든요. 그때 그 인정 많고 거룩하시기조차 한 올워디 영주님께서, 제 남편과는 약간의 면식밖에는 없었지만, 제 곤란한 처지에 대해 우연히 들으시고는 제게 곧바로 편지를 쓰셨어요. 여기 그 편지가 있어요. 존스 씨에게 보여주려고 호주머니에 넣어왔는데, 바로 이거예요. 존스 씨에게 이 편지를 꼭 읽어드려야겠어요.

'부인, 남편을 여의신 데 대해 진심으로 애도를 표합니다. 하지만 원래 분별력을 갖추신 분이고, 훌륭하신 남편 분으로부터 여러 가르침도 받으셨을 테니 제가 굳이 충고를 드리지 않아도 현재의 슬픔을 잘 감당하시리라 믿습니다. 또 아이들에게는 다정다감하신 어머니이시기도 하다니 과도하게 슬픔에 빠져 그 어느 때보다도 부인의 사랑이 절실히 필요한 아이들을 위해 해야 할 일을 내버려두시리라곤 생각지 않습니다.

하지만 지금은 현실적인 문제를 제대로 생각할 여유가 없을 것 같으니, 사람을 시켜 부인을 찾아뵙고 20기니를 전달하라고 지시했습니다. 양해해주시고 받아주시기 바랍니다. 곧 부인을 찾아뵙겠습니다.'

남편과 사별한 지 2주일도 채 안 돼 이 편지를 받았고, 이 편지를 받은 지 2주가 채 안 돼서 영주님께서는(그분은 진짜 하나님의 축복을 받으신 분이에요) 저를 찾아와 지금 이 집을 거처로 정해주시고는, 이 집에 가구를 비치하는 데 쓰라고 많은 돈도 주셨어요. 그러고는 매년 50파운드씩의 연금을 정해주셔서 그 뒤부터 계속 받아오고 있지요. 존스 씨, 제 목숨과 제가 살아가는 유일한 이유인 제 자식들의 목숨을 구해주신 그분을 제가 얼마나 존경하고 있을지 한번 생각해보세요. 그러니 존스 씨, 존스 씨에게 그런 못된 여자들과 가까이하지 말라고 간청한다 해도 주제넘다고 생각하지는 말아요(올워디 영주님이 그렇게 아끼시는 분을 전 존경해야 하니까요). 존스 씨는 아직 젊어서 그 여자들의 교활한 간계를 절반도 몰라요. 또 우리 집 평판이 걱정되어서 한 제 말엔 화내지 마세요. 우리 집 평판이 나빠지면 내 가여운 딸들 신세도 망가지게 될 거란 사실을 잘 아실 테니까요. 게다가 올워디 영주님 자신도 이런 일을 제가 묵인하는 걸, 특히 존스 씨와 관계된 이런 일을 묵인하는 걸, 절대 용서하시지 않으리라는 것 또한 잘 아실 테니까요."

"부인, 더 이상 제게 사과하실 필요는 없습니다. 부인께서 하신 말씀을 조금도 섭섭하게 생각하지 않으니까요. 하지만 누구보다도 올워디 영주님을 존경하기 때문에 영주님께 누가 될지도 모르는 오해는 풀어드리고 싶습니다. 분명히 말씀드리지만, 전 올워디 영주님의 친척이 아닙니다"라고 존스가 말했소.

이 말에 밀러 부인은 이렇게 대답했소. "슬픈 사실이지만, 저도 잘 알고 있어요. 존스 씨가 어떤 분인지 잘 알고 있어요. 올워디 영주님이 모두 말씀해주셨거든요. 존스 씨가 그분의 자식이었다 하더라도 영주님이 제 앞에서 자주 말씀하셨던 것 이상으로, 존스 씨를 아끼는 그분의 마음을 더 잘 표현할 수는 없었을 거예요. 존스 씨는 자신의 신분에 대해 부끄러워할 필요 없어요. 선량한 사람이라면 그런 이유 때문에 존스 씨를 덜 소중히 여기지는 않을 거라고 장담해요. 그렇지 않을 거예요, 존스 씨.

사랑하는 우리 남편 말처럼, 수치스럽다는 말은 부모에게나 적용될 수 있을 뿐, 수치스런 태생이라는 말은 있을 수 없어요. 자신이 저지르지도 않은 일 때문에, 자식들이 수치스러워할 수는 없는 거니까요."

존스는 깊은 한숨을 쉰 뒤 다음과 같이 말했소. "부인, 정말로 저를 알고 계시고, 영주님께서도 이미 제 이름을 말씀하셨다니, 게다가 부인 자신에 대해서도 숨김없이 말씀해주셨으니 저도 제 상황에 대해 좀더 말씀드리지요." 이 말에 밀러 부인이 존스의 상황이 몹시 궁금하다며 그에 관한 이야기를 듣고 싶다고 하자, 존스는 소피아라는 이름은 단 한 번도 언급하지 않은 채, 자신의 관한 이야기를 모두 해주었소.

정직한 사람들에게는 서로의 말을 쉽게 믿게 해주는 일종의 공감대라는 것이 있소. 존스가 사실이라며 한 말을 밀러 부인은 모두 믿었고, 거기에 대해 많은 유감과 우려의 뜻을 나타내며 자신의 생각도 피력하려 했소. 하지만 존스는 밀러 부인의 말을 막았소. 레이디 벨라스턴과의 약속 시간이 다가오자, 이 집에서 레이디 벨라스턴을 만나는 것에 관해 밀러 부인과 협상하려 했던 것이오. 존스는 레이디 벨라스턴을 이 집에서 만나는 건 이번이 마지막이 될 거라고 약속하면서, 자신이 만나기로 한 부인은 지체가 아주 높은 사람이며 자신과 그 어떤 불미스런 일도 벌어지지 않을 거라고 맹세까지 했소(나도 존스가 이 약속을 지키려 했다고 굳게 믿는 바이오).

마침내 밀러 부인을 설득한 뒤, 방으로 돌아간 존스는 밤 12시까지 혼자 기다렸지만 레이디 벨라스턴은 나타나지 않았소.

이미 말했듯이 레이디 벨라스턴은(아파서 방에 꼼짝 않고 있을 수밖에 없는 존스가 자신이 찾아오기를 몹시 원할 거라고 생각했을 것이오) 존스에게 상당한 연정(戀情)을 품고 있었고, 틀림없이 그렇게 보이기도 했기 때문에, 존스를 찾아가겠다는 약속을 이렇게 지키지 않은 것에 대해 독자들은 의아하게 생각할지도 모르오. 따라서 레이디 벨라스턴의 이런 행동을 어떤 이들은 자연스럽지 않다고 비난할 수도 있소. 하지만 이건 우리의 잘못은 아니오. 우리가 할 일은 단지 진실만을 기록하는 것이니 말이오.

6장
모든 독자들을 틀림없이 감동시킬 장면

존스는 밤새 눈을 감지도 못했소. 그가 잠을 자지 못한 것은, 레이디 벨라스턴이 약속을 어겨 마음이 편치 않아서도 아니었고 (깨어 있던 대부분의 시간 동안 소피아만 생각하기는 했지만) 소피아 때문만도 아니었소. 선량한 마음씨를 지닌 존스는, 타인에게 아무리 큰 재앙이 닥친다 해도 자신만을 생각하게 하는 (매끈하게 다듬어진 나무 공처럼 잠시도 멈추지 않고 굴러가게 하는*) 확고한 마음가짐과는 확연히 다른, 연민이라는 약점을 가지고 있었기 때문에, 가여운 낸시를 걱정하는 마음에서 잠을 이루지 못했던 것이오. 또한 낸시가 나이팅게일을 사랑한다는 사실이 명백한데도 불구하고, 낸시의 어머니가 이를 전혀 모른다는 사실에도 무척 놀랐소. 밀러 부인은 아주 활기차고 쾌활하던 자기 딸이 갑자기 몹시 우울해하고 침울해졌다며, 낸시의 성격이 많이 변했다고 전날 밤에도 여러 번 말했던 것이오.

하지만 마침내 잠은 모든 저항을 물리쳐, 존스는 이제, 고대인이 상상

---

* 호라티우스의 『풍자시편』에 나오는 구절.

했던 신,* 그것도 누가 더 오래 잘 수 있나 하는 도전을 받은 잠의 신이라도 되는 것처럼, 비싼 대가를 치르고 얻은 승리를 즐기는 것 같았소. 아무런 은유를 사용하지 않고 쉽게 표현하자면, 존스는 다음 날 아침 11시까지 잠을 잤고, 요란한 소동 때문에 깨지 않았다면 이보다 훨씬 더 오랫동안 잤을 것이오.

잠에서 깬 존스가 패트리지를 불러 무슨 일이냐고 물어보자, 패트리지는 "아래층에 무서운 폭풍이 한바탕 불어 닥쳤습니다. 낸시가 발작을 일으켰고 낸시의 여동생과 모친은 지금 낸시 때문에 울고불고 야단이 났으니까요"라고 대답했소. 이 소식에 존스가 상당한 우려를 표명하자, 패트리지는 그의 우려를 덜어주기 위해 웃음을 머금고는 자기 생각에 낸시가 죽을 염려는 없다며 수전(이 집의 하녀 이름이오)의 말에 따르자면 아주 흔한 일이 벌어진 것뿐이라고 전했소. 그런 다음 "간단히 말하자면, 낸시가 자기 모친처럼 알고 싶었던** 것 같습니다. 그게 다예요. 배가 좀 고파 식사기도를 하기도 전에 식사를 해, 고아원에 갈 아이가 생긴 것뿐입니다"라고 말했소. 이 말에 존스는 "그 허튼소리 좀 그만둬. 저 가여운 사람들의 불행을 웃음거리로 삼을 거야? 밀러 부인에게 당장 가서 내가 만나보기를 청한다고 해. 잠깐, 또 큰 실수를 저지를지도 모르니, 내가 직접 가봐야겠어. 밀러 부인이 아침식사를 같이하자고 했으니 말이야"라고 소리치며, 자리에서 일어나 최대한 서둘러 옷을 입기 시작했소. 존스가 옷을 입는 동안, 존스에게 심한 꾸지람을 들었음에도 불구하고, 패트리지는 이 일에 대해 흔히 재담이라고 하는 그 무례한 말들을 쏟아내었

---

* 그리스 신화에서는 힙노스Hypnos, 로마 신화에서는 솜누스Sommus라고 불리는 잠의 신을 말한다.
** '안다'는 것은 이성과의 성적인 접촉을 암시한다.

소. 옷을 입자마자 계단을 내려간 존스가 방문을 두드리자, 하녀가 곧 문을 열어주며 바깥 거실로 안내했소. 하지만 그곳에는 식기뿐만 아니라 식구들도 보이지 않았소. 밀러 부인은 딸과 안쪽 방에 있었던 것이오. 안쪽 방에 있던 밀러 부인에게서 전갈을 받은 하녀는 이를 곧 존스에게 전해주었소. 약속을 지키지 못한 걸 용서해주기 바란다면서, 사고가 일어나 아침식사를 같이할 기쁨을 누리지 못하게 되었다며, 좀더 일찍 알려주지 못한 걸 용서해달라는 내용의 전갈이었소. 이에 존스는 자신과의 약속 같은 사소한 일에는 신경 쓰지 않기 바란다며, 이런 일이 발생해 진심으로 유감이라고 하고는 혹 자신이 조금이라도 도움이 된다면 언제든지 알려달라고 전하라고 하녀에게 말했소. 존스가 이 말을 마치자마자, 방 안에서 그의 말을 다 듣고 있던 밀러 부인이 갑자기 문을 열어젖히더니 눈물을 펑펑 쏟으며 존스에게 다가와 말했소. "존스 씨! 존스 씨는 정말 좋은 분이에요. 도와주시겠다는 말씀 정말 감사합니다. 하지만 슬프게도, 우리 불쌍한 딸아이를 존스 씨도 지켜줄 수는 없군요. 우리 딸이, 우리 딸아이가, 이제는 틀렸어요. 완전히 신세를 망쳤단 말이에요." 이 말에 존스가 "아니 어떤 악당이……"라며 말을 하려 하자, 밀러 부인은 "존스 씨! 어제 우리 집을 나간 바로 그 악당이 우리 불쌍한 딸아이를 배신했어요. 우리 아이의 신세를 망쳐놓았단 말이에요. 저는 존스 씨가 신의 있는 분이라는 걸 아주 잘 알아요. 아주 선량하고 고귀한 마음씨를 지니신 분이라는 것을요. 존스 씨, 제가 직접 본 존스 씨의 그런 행동은 다른 사람들은 절대 따라 할 수 없는 것이에요. 존스 씨에게 전부 다 말씀드리죠. 아니, 이미 엎질러진 물인데, 더 이상 비밀로 할 수도 없어요. 그 나이팅게일이란 작자가, 아니 그 잔인한 악당이 우리 딸애의 신세를 망쳐놓았어요. 우리 딸이, 우리 딸이 말이에요. 존스 씨! 그놈이 우리 딸아이를 임신시키고 나선 도망쳐버렸어요. 여기에, 바로 여기에, 그놈이 쓴 잔인한 편지가 있어요. 존스 씨, 한번 읽어보시고 그런 흉악한 악당이 이 세상에 과연 또 있을지 한번 말해보세요."

　　사랑하는 낸시에게

　　나 자신에게는 물론 당신에게도 충격적인 말을 도저히 꺼낼 수 없어, 이 방법으로 알리게 되었소. 우리 부친은 내 (그 혐오스런 단어를 쓸 필요조차 없겠지요) 신…감*으로 데려오시겠다는 어떤 돈 많은 여자에게 당장 청혼하라고 내게 강요하고 계시오. 당신은 판단이 뛰어나니, 내가 부친의 말에 전적으로 따를 수밖에 없고, 그렇게 되면 나는 사랑스런 당신의 품을 영원히 떠날 수밖에 없다는 사실을 잘 알고 있을 거요. 당신 어머니는 당신을 사랑하고 계시니, 우리의 사랑이 낳은 불행한 결실을 당신 스스로 맡으려고 하실 게 틀림없소. 그러니 세상 사람들에게 우리 일을 비밀로 부치는 것은 어렵지 않을 것이오. 나는 당신뿐만 아니라 우리 사랑의 결실도 보살필 것이오. 하여튼 이 일로 나보다는 덜 고통받았으면 하오. 그러니 최대한 용기를 내보시오. 그리고 확실하게 파멸이 다가올 거라고 생각하지 않았다면 절대 이런 편지를 쓰지 않았을 그 어떤 사람을 용서하고 잊어주시오. 부디 나를 잊어버리란 말이오. 하지만 내 말은 단지 연인으로서만 잊어달라는 뜻이오. 당신의 가장 좋은 친구로는 영원히 남을 테니 말이오.

---

* 신붓감이란 단어가 들어가야 한다.

당신의 충직한, 그러면서도 불행한
나이팅게일로부터

존스가 편지를 읽는 동안, 두 사람은 1분 동안이나 아무 말 없이 서로를 응시하기만 했소. 그러다 마침내 존스가 말문을 열었소. "부인, 이 편지를 읽고 제가 얼마나 큰 충격을 받았는지 말로 표현할 수조차 없군요. 하지만 이번 경우에 한해서만은 이 편지를 쓴 사람의 말을 따라주셨으면 합니다. 따님의 평판을 생각하셔야지요." 그러나 밀러 부인은 큰 소리로 말했소. "이미 다 끝났어요. 우리 딸아이가 순결을 지켜왔다는 것도, 좋은 평판을 쌓아왔던 것도 이제는 다 과거지사가 되고 말았단 말이에요. 존스 씨, 우리 딸아이가 많은 사람들 앞에서 이 편지를 열어보자마자 기절했기 때문에, 같이 있던 사람들 모두 편지 내용이 어떤 것인지 알게 됐어요. 하지만 딸아이가 그동안 쌓아온 좋은 평판을 잃게 된 것이 최악의 상황은 아니에요. 저는 딸아이를 잃게 생겼거든요. 딸아이가 벌써 두 번이나 죽으려 했다고요. 지금까지는 제가 막았지만, 딸아이는 이런 일을 겪고서 자신은 도저히 살아갈 수 없을 거라고 말하더군요. 저 또한 이런 일을 겪고 나니 살아갈 자신도 없어졌고요. 그렇게 되면 우리 어린 베시, 아무도 돌봐줄 사람도 없이 고아가 될 우리 베시는 어떻게 되나요? 그 어리고 불쌍한 것도 지 언니나 제가 고통을 겪는 것을 보게 되면, 영문도 모르면서 가슴 아파 할 거예요. 그 아인 아주 여리고 착한 애거든요. 그 잔인한 놈이 우리 가족 모두의 신세를 망쳤어요. 불쌍한 내 자식들! 이게 여태까지 제가 아이들을 보살펴온 것에 대한 보상인가요? 이것이 제가 기대했던 결과인가요? 온갖 힘든 일과 엄마로서 해야 할 일들을 기꺼이 감당해왔는데 말이에요. 아이들이 어렸을 땐 사랑도 많이 베풀고 교육

330

에도 그렇게 신경 썼는데, 그리고 그 오랜 세월 동안 아이들에게 좀더 잘 해주기 위해 입을 것 먹을 것도 아끼면서 힘든 일도 마다하지 않았는데, 결국 이런 식으로 제가 아이들을 잃어야 한단 말인가요?" 이 말에 눈가에 눈물이 고인 존스가 "진심으로 애석하게 생각합니다"라고 말하자, 밀러 부인은 이렇게 말했소. "존스 씨! 존스 씨가 얼마나 착한 분인지는 알지만, 제 마음은 모르실 거예요. 우리 아이들은 이 세상에서 제일 착하고, 이 엄마한테 항상 사근사근하고 효심이 깊었어요. 불쌍한 우리 딸 낸시! 보기만 해도 기쁘고 항상 자부해왔던 우리 딸. 하지만 제가 너무 자만했던 것 같아요. 딸아이가 예쁘게 생겨 제가 어리석은 희망을 품은 탓에 우리 딸아이의 신세를 망쳐놓았다는 걸 인정해요. 사실 그 젊은이가 우리 딸아이에게 호감을 갖고 있다는 사실을 저는 늘 기쁘게 생각했어요. 그게 진실한 애정이라고 생각하고는, 딸아이가 자신보다 신분이 훨씬 높은 사람과 결혼하게 될 거란 생각에 전 어리석게도 허영심에 부풀었죠. 제 앞에서 수없이, 심지어 존스 씨 앞에서도 여러 번 그 젊은이가 불쌍한 우리 딸아이를 쳐다보면서 사심 없는 사랑에 대해 말해, 저나 딸아이는 그 말이 진심이라고 믿고는 그런 헛된 희망을 품게 되었던 거예요. 그런 말들이 순진한 우리 딸아이를 꼬여내고 우리 모두를 파멸시키기 위해 그놈이 놓은 덫일 뿐이었다는 사실을 제가 어떻게 알았겠어요?" 이때 베시가 방으로 달려 들어오면서 큰 소리로 외쳤소. "엄마, 언니에게 가봐. 언니가 또 발작을 시작했는데, 사촌언니가 붙들지 못하고 있어." 그러자 밀러 부인은 베시에게 우선 존스와 같이 있으라고 한 뒤, 존스에게는 잠시만 베시를 데리고 있어달라고 부탁했소. 그러고는 몹시 애처로운 목소리로 "하나님! 제발 한 아이만이라도 지켜주십시오"라고 말하면서 방을 나섰소.

밀러 부인의 이야기를 듣고 존스 자신도 몹시 심란했지만, 그녀의 부탁에 따라 베시를 위로하기 위해 최대한 노력했소. 존스는 언니는 곧 좋아질 거라며 베시가 그렇게 슬퍼하면 언니 몸도 더 나빠지고 엄마도 아프게 될 거라고 말했소. 그러자 베시는 이렇게 대답했소. "언니와 엄마를 아프게 하는 일은 절대로 하지 않을 거예요. 제가 우는 걸 엄마와 언니도 절대 보지 않게 할 거고요. 그러는 것보단 제 마음이 아픈 게 더 나아요. 그러니까 불쌍한 언니는 제가 우는 걸 볼 수 없을 거예요. 그런데 정말 저는 제가 우는 걸 언니가 더 이상 보지 못하게 될까 봐 걱정돼요. 저는 언니랑 헤어질 수 없어요. 정말로 그럴 순 없어요. 언니가 떠나면 불쌍한 우리 엄만 어떻게 되죠? 엄마가 말했어요. 그럼 엄마도 돌아가시게 되고 결국은 저만 남겨지게 될 거라고요. 그렇지만 저는 혼자 남지 않을 거예요." 이 말에 존스가 "그런 넌 죽는 게 무섭지 않니?"라고 묻자, "무서워요. 전 죽는 게 항상 무서웠어요. 엄마와 언니를 떠나야 하니까요. 그렇지만 사랑하는 사람과 같이라면 어디를 가도 무섭진 않아요"라고 베시가 대답했소.

이 대답이 무척 마음에 든 존스가 아이에게 힘껏 뽀뽀를 해주었을 때, 막 돌아온 밀러 부인은 이제 낸시가 정신을 차려 다행이라며 "베시야, 방에 들어가도 좋아. 네 언니가 이제 좀 나아졌거든. 널 보고 싶어 한단다"라고 말했소. 그러고는 존스에게 아침식사 약속을 지키지 못한 것에 대해 다시 한 번 사과했소.

이에 존스가 말했소. "부인, 부인이 저를 위해 준비해주실 수 있는 것보다 더 맛있는 식사를 할 작정입니다. 사랑으로 뭉친 부인의 가족을 위해 제가 무언가 할 수 있는 게 있다면 그것이 바로 제가 원하는 식사니까요. 하여튼 결과가 어떻게 될지 알 순 없지만 한번 시도해보겠습니다. 제가 나이팅게일을 잘못 본 게 아니라면, 그 친구는 근본적으로 선량하고 또 따님을 열렬히 사랑하고 있는 게 틀림없습니다. 설령 제가 잘못 보았다 하더라도 지금의 이런 상황을 이야기해주면, 무언가 느끼는 게 있을 거라 생각합니다. 그러니 부인, 마음을 편히 가지시고, 우선은 낸시 양을 최대한 위로해주십시오. 저는 지금 당장 나이팅게일을 만나러 가겠습니다. 그리고 좋은 소식을 가져올 수 있게 되길 바라겠습니다."

이 말에 밀러 부인은 무릎을 끓더니 존스에게 하늘의 축복이 함께하기를 기원하고는 열렬히 감사의 마음을 표했소. 존스가 나이팅게일을 만나러 집을 나서자, 이 선량한 여인은 딸을 위로하러 방 안으로 돌아왔고, 밀러 부인의 말에 기분이 다소 나아진 낸시는 그녀와 함께 존스를 칭송했소.

7장
존스와 나이팅게일의 대화

우리가 타인에게 행한 선행이나 악행은 종종 우리 자신에게로 되돌아온다고 나는 믿소. 마음이 온유한 사람이 자신이 선행을 베푼 사람들과 함께 자신의 선행에 대해 즐거워하듯이, 다른 사람을 파멸시키고도 그 어떠한 고통도 느끼지 않을 정도로 철두철미하게 사악한 인간은 이 세상에 없을 것이오.

나이팅게일은 적어도 그런 사람은 아니었소. 그런 사람과는 정반대로 그는 새로 정한 숙소의 난롯가에 우울하게 앉아, 자기 때문에 불행해진 가련한 낸시에 대해 아무 말 없이 슬퍼하고 있었소. 이때 존스가 들어오자, 그를 본 나이팅게일은 존스를 맞이하러 자리에서 급히 일어나 수차례 인사를 건넨 뒤 "지금처럼 적절한 때에 날 찾아올 순 없었을 거네. 내 평생 지금처럼 우울한 적이 없었거든"이라고 말했소.

이에 존스가 "자네 마음을 편하게 해주지 못할 소식을, 솔직히 말하면 분명히 자네에게는 아주 충격적인 소식을 가져오게 돼 유감이네. 하지만 자네가 꼭 알아야만 하기에 더 이상 긴말하지 않고 이야기하겠네. 나이팅게일, 나는 자네 때문에 고통과 파멸에 처한 사람들 문제로 여기에 왔네"라고 말하자, 나이팅게일의 안색이 변했소. 하지만 존스는 이에 개의치 않고 독자들이 앞 장에서 이미 알게 된 비극적인 이야기를 아주 생생하게 전해주었소.

존스가 이야기하는 중간 중간 나이팅게일은 여러 번 격한 감정을 드러냈지만, 존스의 이야기를 단 한 번도 끊지는 않았소. 하지만 존스가 이야기를 마치자, 나이팅게일은 깊은 한숨을 쉰 뒤 말했소. "이보게, 자네 말을 들으니 진짜 가슴이 아프네. 내가 쓴 편지 내용이 어떤 것인지 남들이 알게 된 건 진짜 불운한 일이야. 그런 일이 일어나지만 않았더라도, 이번 일은 비밀에 부쳐져 낸시의 평판은 나빠지지 않고, 낸시의 상황도 더 나빠지지는 않았을 테니 말이네. 런던에서는 이런 일이 아주 비일비재하거든. 설령 나중에 남편이 이런 사실을 의심하게 된다 하더라도, 자신이 의심한다는 사실을 아내나 세상 사람들에게 감추는 게 더 현명하기 때문에 말하고 다니진 않기 때문이야."

이 말에 존스는 이렇게 대답했소. "이보게, 낸시의 경우는 그것과는 다르네. 자네에게 마음을 다 빼앗긴 낸시가 진짜 괴로워하는 이유는 자네를 잃게 되어서지 자신의 평판이 나빠져서가 아니네. 결국 이 일로 낸시와 낸시 가족은 모두 파멸하게 될 거네." 그러자 나이팅게일은 "아니, 그 문제에 관해선 나도 분명히 말하겠네. 낸시도 내 마음을 모두 가져가, 누가 내 아내가 되더라도 내 마음을 갖지는 못하게 될 거네"라고 소리쳤소.

이에 존스가 "그런데도 자네는 낸시를 버릴 생각을 하는 거야?"라고 묻자, 상대방은 "그럼 내가 뭘 할 수 있겠나?"라고 반문했소. 이 말에 존스는 흥분한 어조로 말했소. "그건 낸시에게 물어봐. 자네가 낸시를 그런 상황에 빠뜨렸으니, 어떤 보상을 해주어야 할지는 낸시가 결정해야 한다고 생각하네. 자네는 자네가 아니라 낸시를 위한 생각을 해야 한단 말이네. 하지만 자네가 뭘 할 수 있는지 내게 묻는다면, 나는 자네가 낸시와 낸시의 가족이 원하는 것만 해주면 된다고 대답하겠네. 진심으로 말하는데, 자네와 낸시가 함께 있는 걸 처음 보았을 때부터 나는 그렇게 되기를 바랐네. 그 불쌍한 사람들이 안타깝기는 하지만, 자네가 내게 보여준 우정을 믿고 말하는 것이니 주제넘게 들린다 하더라도 용서하게. 낸시와 낸시의 모친이 자네가 낸시에 대해 진지하게 생각한다고 느끼게끔 자네가 의도적으로 행동한 적이 과연 한 번도 없었는지는 자네 자신이 제일 잘 알고 있을 걸세. 만일 그랬다면 드러내놓고 결혼을 약속하진 않았더라도, 자네가 어떻게 해야 할지에 대해서는 자네의 훌륭한 판단에 맡기겠네."

이 말에 나이팅게일이 "자네가 말한 그런 행동을 했고, 자네가 언급한 바로 그 약속까지도 내가 했다는 사실을 인정하네"라고 말하자, 존스는 "그런 사실을 인정하면서 어떻게 조금이라도 망설일 수 있는가?"라고 반문했소. 그러자 나이팅게일은 "여보게, 한번 생각해보게. 자네가 명예를 존중하는 사람이라는 거, 그리고 누구한테도 명예에 어긋나는 행동을 하지 말라고 충고할 거라는 건 나도 알고 있네. 하지만 다른 문제가 없더라도, 이런 창피스런 일이 알려진 뒤에 낸시와 결혼하는 게 명예롭게 생각될 수 있겠는가?"라고 반문했소. 이에 존스는 이렇게 말했소. "의심의 여지없이 그렇지. 진실로 명예를 지키기 위해서라도 그렇게 해야 하네. 자네가 그런 이유로 주저한다면, 내가 한번 그 이유를 세세히 따져보겠네. 우선 사랑을 빙자해서 젊은 여자와 그 가족을 기만하고 젊은 여자의 순결을 비열하게 빼앗은 것이 명예로울 수 있겠나? 또 다른 사람이 파멸될지 알면서도 의도적으로 또 간교하게 그런 일을 저지른 사람이 명예로울 수 있겠나? 또 낸시의 평판을 더럽히고 낸시의 마음의 평화, 심지어 낸시의 목숨과 영혼까지 파괴하면서도 명예로울 수 있겠나? 그것도 당사자가 연약하고 자신을 방어할 수조차 없는 힘없는 젊은 여자라는 사실을 명예를 존중하는 사람이라면 무시할 수 있겠나? 자네를 사랑하고 맹목적으로 따르는 여자를 그래서 자네를 위해서라면 죽을 수도 있는 그런 여자를, 그리고 자네의 약속을 철석같이 믿고 그 믿음 때문에 자신에게 소중한 모든 것을 희생한 여자를 말이야. 명예를 가진 사람이라면 그런 여자에게 그런 일을 저지를 생각을 한 순간이라도 할 수 있느냐 말일세?"

그러자 나이팅게일은 "상식적으로 자네 말이 다 맞아. 하지만 세상 사람들은 그것과는 정반대로 내가 창부와 결혼했다고 생각할 거네. 그리고 나는 창피해서 얼굴을 들고 다니지도 못하게 될 거고 말이야"라고 대답했소.

이에 존스는 "나이팅게일, 자네가 어떻게 낸시를 그런 식으로 몰인정하게 부를 수 있는가? 자네가 낸시에게 결혼 약속을 했을 때, 낸시는 이미 자네의 아내가 되었네. 그러니 낸시는 정숙하지 못했다기보다는 신중하지 못했다는 죄를 지었을 뿐이야. 자네가 얼굴 들기 부끄럽다고 하는 세상 사람들이란 도대체 누군가? 비열하고 멍청한 탕아들 아닌가? 자네가 말하는 그런 수치심은 그릇된 명예심에 항상 그림자처럼 뒤따라 다니는 잘못된 체면 때문에 생기는 거네. 하지만 진정으로 지각 있고 선량한 사람들 중에 그와 같은 행동에 존경심을 보이며 박수 치지 않을 사람은 없을 거라고 확신하네. 자네도 마음속으로는 그런 행동에 박수를 치지 않겠는가? 정직하고 고결하고 관대한 그리고 자비로운 행동을 했다고 느낄 때 우리가 갖게 되는 기쁨이 수백만 명의 가치 없는 칭찬보다 우리를 더 기쁘게 하지 않나? 자네가 취할 수 있는 두 가지 선택을 아주 공정하게 비교해보겠네. 우선 한쪽에는, 불쌍한 어머니 품에서 마지막 숨을 쉬고 있는 가엾고 불행한, 하지만 여전히 자네를 믿고 있는 사랑스러운 여인이 있네. 자네 이름을 한숨 쉬듯 부르며 고뇌와 비탄에 잠겨, 자신을 파멸시킨 그 잔인한 행동을 비난하기보다는, 한탄만 하고 있는 그 여인의 소리를 한번 들어보게. 그리고 사랑하는 딸을 잃게 되어 미쳐버리거나 아니면 죽음에 이르게 될지도 모르는 낸시의 모친을 상상해보게. 그리고 마지막으로 아무도 도와줄 이 없는 고아가 될 불쌍한 아이도 한번 상상해보게. 그런 상상을 잠시 해보면서, 자네가 이 모든 것의 원인 그러니까, 불쌍하고 힘없는, 훌륭하지만 자신을 방어할 수 없는 가족을 파멸시킨 장본인이라는 사실도 생각해보게. 그리고 다른 한편으로는, 이들이 겪고 있는 고통을 자네가 덜어주는 걸 한번 상상해보게. 그 사랑스런 여인이 너무도 기뻐하면서 황홀감에 젖어 자네 품으로 달려오는 것을 상상해보게. 그리고 창백한 그녀의 뺨에 다시 핏기가 돌고, 힘없는 그녀의 눈에 활기가 찾아오며, 고통받던 그녀의 가슴에 기쁨이 다시 찾아오는 것을 한번 그려보게. 그녀의 모친도 기뻐하고 모든 사람들이 행복해하는 것도 말이네. 그리고 자네의 행동 하나로 이 가여운 가족들이 누리게 될 행복을 한번 생각해보란 말이네. 결론적으로 이 두 가지 선택에 대해 한번 생각해보게. 이 불쌍한 사람들을 영원히 몰락시킬 것인가, 아니면 관대하고 고결한 결단을 통해 이들 모두를 비참과 절망의 나락에서 구해내 최상의 행복으로 끌어올릴 것인가에 대해서 말이네. 자네가 이 두 가지 선택에 대해 오랫동안 생각해야만 한다면, 내가 자네를 잘못 본 게 틀림없을 걸세. 여기에 딱 하나 더 생각해야 할 것이 있네. 그것은 그렇게 하는 게 자네의 의무라는 것, 그러니까 이 불쌍한 사람들이 겪고 있는 불행은 자네가 고의적으로 안겨다준 것이기 때문에 자네가 그들이 그 불행에서 벗어나게 해주어야 한다는 사실 말이네."

"친구여!" 나이팅게일이 큰 소리로 말했소. "나를 정신 차리게 하기 위해 굳이 그런 열변을 토할 필요는 없네. 나는 진심으로 낸시를 가엾게 생각하고 있으니 말일세. 그리고 우리 사이에 그런 친밀한 관계가 벌어지지 않도록 할 수만 있었다면, 내가 가진 모든 걸 기꺼이 내놓았을 것이네. 내 말을 믿어주게. 그 불행한 가족에게 고통을 안겨준 그 잔인한 편지를 쓰기로 결심하기까지 나는 내 자신의 열정과 무수히 많은 싸움을 벌였네. 원하는 대로 할 수만 있다면, 나는 내일 아침이라도 낸시와 결혼할 것이네. 반드시 그럴 것이야. 하지만 부친이 낸시와의 결혼에 동의하도록 설득하는 건 불가능하리란 걸 자네도 쉽게 상상할 수 있을 걸세. 게다가 내 결혼 상대까지 물색해놓으셨으니, 내일 나는 부친의 엄명에 따라 그 여자를 만나야만 하네."

이 말에 존스가 "자네 부친을 알지는 못하지만, 내가 자네 부친을 설득한다면 그 불쌍한 가족을 살릴 수 있는 그 유일한 방법을 따르겠나?"라고 묻자, 나이팅게일이 대답했소. "내 자신의 행복을 위해서라도 그 방법을 따르겠네. 다른 그 어떤 여자에게서도 나는 그런 행복을 찾을 수 없을 테니 말이야. 친구여! 불쌍한 낸시 때문에 지난 열두 시간 동안 내가 무엇을 느꼈는지 짐작할 수 있겠나? 자네만 낸시를 동정하는 게 아니야. 내 열정도 오직 낸시에게만 향해 있네. 내가 그 어리석은 체면 때문에 망설였다면, 자네가 그 문제는 완전히 해결해주었어. 우리 부친을 설득해 내가 원하는 대로 해도 좋다는 허락만 받게 해준다면, 나나 낸시의 행복을 이루기 위해 그 이상 필요한 것은 없을 것이네."

　그러자 존스는 "그러면 내가 한번 해보겠네. 하지만 이 일을 해결하기 위해 어떤 식으로 처리하든 나한테 화를 내면 안 되네. 확실한 것은 자네 부친에게 이 일을 오랫동안 숨길 수는 없다는 거네. 불행히도 이미 벌어지긴 했지만, 이런 일은 일단 소문이 나면 급속도로 번지기 마련이기 때문이네. 게다가 수습할 수 없는 사고라도 발생하게 되면(당장 막지 않으면 그런 일이 일어날 건 자명하다고 생각하네) 사람들은 자네 이름을 떠들고 다닐 테고, 그러면 자네 부친의 귀에도 들어가 자네 부친(자네 부친이 보통 분이라면)은 틀림없이 진노하게 될 거네. 그러니 자네 부친을 어디 가면 뵐 수 있는지 알려주면 당장이라도 어떻게 해보겠네. 내가 자네 부친을 만나러 간 사이, 자네가 그 불쌍한 아가씨를 만나러 간다면 그보다 더 도량 있는 행동은 없을 걸세. 그리고 가보면 낸시 가족의 비참한 상황에 대해 내가 한 말이 결코 과장이 아니란 걸 알게 될 걸세."

　나이팅게일은 존스의 이 제안을 즉시 받아들인 뒤 존스에게 자기 부친의 집주소와 부친을 만날 가능성이 높은 커피하우스의 이름도 알려주며, 잠시 망설인 뒤 이렇게 말했소. "이봐 톰, 자네는 지금 불가능한 일을 하겠다는 거야. 자네가 우리 부친이 어떤 분인지 안다면, 우리 부친의 동의를 얻어낼 생각은 아예 하지도 않을 걸세. 잠깐! 한 가지 방법이 있네. 내가 이미 결혼했다고 말한다면, 이미 엎질러진 물로 생각해 이 상황을 보다 쉽게 받아들이실지도 모르겠네. 정말이지, 나는 자네 말에 감명 받았어. 낸시를 너무도 사랑하니, 결과가 어떻게 되든 이번 일이 성사되었으면 하는 생각이 드네."

　존스도 그 제안에 찬성하고는 한번 그렇게 해보겠다고 약속했소. 그러고 나서 나이팅게일은 낸시를 만나러 가기 위해, 존스는 노신사를 만나기 위해 서로 헤어졌소.

8장
우리 이야기에서 아직까지 한 번도 언급되지 않은 어떤 인물의 도착
존스와 나이팅게일 부친이 주고받은 말

    어떤 로마의 풍자가는 운명의 여신의 신성(神性)을 부인했고,* 세네카도 운명의 여신에 대해 이와 비슷한 견해를 가졌지만,** 내 생각엔 이들보다 더 현명한 키케로는 이들과 정반대되는 견해를 가지고 있었던 게 분명하오.*** 하여튼 살다 보면 인간의 능력이나 예지력을 넘어서는 매우 기이하고 설명할 수 없는 일이 일어난다는 것은 분명하오. 지금 존스에게 바로 이런 일이 일어났소. 존스가 나이팅게일의 부친을 찾아갔을 때, 로마인이 경배하던 운명의 여신이(실제로 이 여신이 그런 경배를 받을 자격이 있다 할지라도) 또다시 시도할 수 있을 것 같지 않은 그런 일이 벌어졌던 것이오. 간단히 말해 존스가 이곳을 찾아왔을 때, 아들의 배우자로 삼고자 하는 젊은 여성의 부친과 장시간 동안 심한 신경전을 벌인 이 노신사는 상대방을 막 떠나 보낸 뒤, 미래의 신랑 신부 아버지들 사이에 벌어진 이 긴 싸움에서 자신이 승리했다는 생각에 흡족해하고 있었던 것이오. 보다 정확히 말하면, 상대방보다 유리한 고지를 점령하려는 이 싸움에서

---

  * 유베날리스는 『풍자시집』에서 이와 비슷한 진술을 했다.
  ** 세네카의 『도덕에 관한 서한』 참고.
*** 『투스쿨란의 대화』에서 키케로는 "지혜가 아니라, 운명이 인간의 삶을 지배한다"고 기술했다.

(이런 경우 드물지 않게 발생하듯이) 두 사람은 각자 자신이 승리했다고 생각하고는 아주 만족스러워하며 헤어졌던 것이오.

존스가 찾아간 이 노신사는 소위 말해 세속적인 사람, 즉 내세는 없다고 확신하기 때문에 이승에서의 삶을 가장 중시하기로 작정한 사람처럼 처신하는 그런 사람이었소. 젊은 시절부터 장사를 했던 이 노신사는 돈을 아주 많이 번 최근에야 그 일을 그만두었소. 더 정확히 말하자면, 물건을 취급하는 사업을 하다 최근에는 돈만 취급하는 일로 업종을 바꾸었던 것이오. 마음대로 유용할 수 있는 큰 돈을 항상 수중에 가지고 있었던 그는 그 돈을 자신에게 어떻게 유리하게 사용할지 그리고 때로 돈이 필요한 개인들이나 공인(公人)들을 어떻게 다루면 이득을 볼지 아주 잘 알고 있었기 때문이오. 실제로 그는 돈만 아는 사람이라 이 세상에 돈 말고 다른 것도 존재한다는 생각을 하는지조차 의심스러울 정도였소. 하여튼 그가 돈 말고는 아무것도 가치가 없다고 굳게 믿고 있다는 것만은 단언할 수 있소.

운명의 여신이 존스가 공략하기에 이보다 성공 가능성이 낮은 사람을 선택할 수는 없었을 거라는 사실과 이보다 더 적절치 못한 순간에 이 변덕스런 귀부인*께서 이런 공격을 지휘할 수는 없었을 거라는 사실을 독자들도 인정할 것이라 생각하오.

이 당시 이 노신사의 마음에 가장 먼저 떠오르는 것은 돈이었기 때문에, 자기 집에 들어온 낯선 사람을 본 순간, 그는 상대방이 자신에게 돈을 가져다주러 온 것인지 아니면 돈을 가져가러 온 것인지, 이 두 가지 생각이 동시에 떠올랐소. 이 중 어느 생각이 더 우세하느냐에 따라 그가 자

---

* 운명의 여신을 말함.

신에게 다가오는 사람을 우호적으로 생각할지 비우호적으로 생각할지 그 향방이 결정되기 때문에 이는 중요한 것이오.

하지만 존스에게는 불행하게도, 이 노신사에게는 후자의 생각이 더 우세했소. 전날 어떤 젊은 신사가 자기 아들의 연극 관람비 청구서를 들고 그를 찾아왔기 때문에, 존스를 보자마자 이와 같은 일로 존스가 자신을 찾아온 것일지도 모른다는 우려를 했던 것이오. 따라서 존스가 이 노신사의 아들 문제로 왔다고 말하자마자, 자신의 짐작이 확실하다고 생각한 그는 "헛수고했소"라고 소리를 질렀소. 이 말에 존스가 "그렇다면, 제가 무슨 일로 온 건지 짐작하신단 말씀입니까?"라고 묻자, 이 노신사는 이렇게 말했소. "내가 제대로 짐작했다면, 다시 한 번 말해주지. 당신 지금 헛수고하는 거야. 당신은 분명 내 아들놈을 꼬여내어 술 마시고 떠들고 계집질이나 하는 곳으로 데려가는 그런 골빈 젊은 놈 중 하나일 거야. 하지만 분명히 말하는데, 더 이상 그 녀석 빚을 대신 갚아주지는 않겠어. 앞으로는 그 녀석도 당신 같은 사람들과 어울리진 않을 거라고 생각해. 그렇게 생각하지 않았다면, 지 마누라 될 사람을 얻어주지도 않았을 거고. 나는 누구건 간에 남의 신세 망치는 일을 도와주고 싶지는 않거든." 이 말에 존스가 "어르신께서 주선하신 그 여자 분은 어떠세요?"라고 묻자, 노신사는 "그게 당신과 무슨 상관이야?"라고 반문했소. 그러자 존스는 이렇게 대답했소. "그렇긴 하나, 제가 존경하고 소중히 여기는 어르신 아드님의 행복과 관련된 일이니 그 일에 제가 관심 갖는 걸 언짢아하진 마십시오. 제가 어르신을 찾아온 것도 바로 그 때문이니까요. 지금 어르신께서 하신 말씀이 저로서는 말로 다 할 수 없을 정도로 만족스럽습니다. 정말이지 저는 어르신의 아드님을 존경하고 있으니까요. 그리고 단언하건대, 아드님을 이 세상에서 가장 행복하게 해줄 여자 분을 어르신께서 그처럼 호의적으로 그리고 관대하게 결혼 상대로 정해주신 것에 대해서도 존경스런 마음을 금할 길도 없고요."

처음 나타났을 때 경계심을 품게 하는 것만큼 다른 사람의 마음에 드는 좋은 방법은 없소. 일단 의심이 사라지면, 의심이 불러일으킨 두려움은 곧 잊히게 되고 이렇게 마음이 편안해진 게 처음 두려움을 불러일으켰던 바로 그 사람 덕분이라고 생각하기 때문이오.

바로 이러한 상황이 나이팅게일의 부친에게 벌어졌소. 처음 자신이 했던 의심과는 달리 존스가 그 어떠한 요구도 하지 않을 거라는 사실을 알게 되자, 존스가 찾아온 것에 흡족해진 그는 다음과 같이 말했소. "젊은 양반, 자리에 앉아요. 전에 만난 기억은 없지만, 내 아들 녀석 친구라니 내가 며느릿감으로 점찍어둔 여자에 대해 할 말이 있다면, 내 기꺼이 듣겠소. 내가 점찍은 여자와 결혼하고도 행복하지 못한다면 그건 내 아들 잘못일 것이오. 나는 가장 중요한 일을 처리했으니, 내 의무는 다한 셈이오. 내가 정한 여자는 합리적이고 신중하고 제정신 있는 남자라면 행복해질 정도로 많은 재산을 가져올 테니 말이오." 이에 존스가 대답했소. "물론이지요. 그 여자 분 자체가 큰 재산이니까요. 아름답고 품위 있고 친절하면서 교육도 제대로 받았으니 말이죠. 그 여자 분은 진짜 교양 있는 분입니다. 게다가 탄복할 정도로 노래도 잘하고 하프시코드 연주 실력도 빼어나죠."

"그런 사실은 몰랐는데? 사실 나는 그 여자를 본 적도 없거든. 하지만 지금 젊은 양반이 말한 그런 점들을 갖췄다고 해서 그 여자를 덜 좋아해야 할 이유는 없지. 협상할 때 그 여자 부친이 그 점을 강조하지 않은 걸 보니 그 사람이 더 마음에 드는군. 머리가 제대로 박힌 사람이라는 증거이기도 하고 말이야. 바보 같은 사람이라면 그런 점을 여자가 가져올 재산 항목에 끼워 넣으려 했을 테니 말이야. 하지만 그 여자의 부친은 전혀 그런 말은 하지 않았어. 그런 점을 갖고 있다는 게 여자에게 흉이 되는 건 분명히 아닌데도 말이야." 이에 존스는 이렇게 말했소. "분명히 그런 면에 있어서 그 여자 분은 상당한 수준입니다. 솔직히 말씀드리면 저는 어르신께서 이 결혼을 주저하시는 게 아닌가 아니면 별로 마음에 들어 하시지 않는 건 아닌가 하는 걱정을 했습니다. 어르신의 아드님 말이, 어르신께선 아직 그 여자 분을 만난 적이 없다고 하시니, 좀 전에 말씀드린 장점 말고도 좋은 점이 아주 많은 그 여자 분과 아드님의 혼인을, 무엇보다도 아드님의 행복을 중시하시는 어르신께 반대하지 말아달라고 간청드리러 온 겁니다."

"그 일로 온 거라면, 우리 부자가 젊은이에게 감사해야겠군. 그러니 마음 편히 가져도 되오. 분명히 말하지만 결혼 상대자가 가지고 올 지참금에 대해선 대만족이니까."

"어르신, 점점 더 어르신이 존경스럽네요. 그 부분에 대해서도 그처럼 쉽게 만족해하시고 욕심을 내시지 않는 것을 보니 건전한 정신과 고결한 마음을 지닌 분이 확실하네요."

"그렇게 욕심 내지 않는 것은 아니오, 젊은 양반. 그렇게 욕심 내지 않는 건 아니라니깐."

"어르신이 점점 더 고결하신 분이라는 생각이 듭니다. 제가 당연한 말씀 하나만 더 올리겠습니다. 돈만 있으면 행복할 거라고 생각하는 건 미친 짓이죠. 재산이라고 부를 만한 것도 거의 없는 이런 여자 분이……"

"이제 보니, 젊은 양반이 돈에 대해 제대로 알고 있구먼. 아니라면 아들놈의 결혼 상대자의 재산보다는 외모에 대해 더 잘 알고 있는 거든지. 그래, 그 여자가 얼마만큼의 재산을 가지고 있다고 생각하시오?"

"얼마만큼의 재산이 있냐고요? 아드님한테 가져올 재산으로 거론하기엔 너무도 보잘것없지요."

"글쎄, 하긴, 좀더 나은 조건을 가진 사람과 혼인할 수도 있었을 테지." 그러자 존스는 "그건 아닙니다. 그 여자 분은 아주 훌륭한 분이거든요"라고 말했소. "아니, 내 말은 재산 문제에서 그렇다는 말이오. 하여튼 그 문제에 대해 한번 이야기해보지. 그래 젊은 양반의 친구가 얼마나 돈을 받을 수 있을 거라 생각하오?"라고 노신사가 물어보자, "얼마냐고요? 기껏해야 2백 파운드 정도 아닐까요?"라고 존스가 대답했소.

이 말에 나이팅게일의 부친이 버럭 화를 내며 "이봐, 젊은 양반, 지금 날 놀릴 셈이오?"라고 말하자, "결코 아닙니다. 전 지금 진심으로 말씀드린 겁니다. 제 생각엔 최대한의 액수를 말씀드린 거라고요. 제가 그 여자 분에 대해 부당하게 말했다면, 그분께 용서를 구하겠습니다"라고 존스가 대답했소. 그러자 나이팅게일의 부친은 큰 소리로 말했소. "그건 그 여자에 대해 진짜 부당하게 말한 거요. 나는 그 여자가 그 액수의 50배 되는 재산을 가지고 있다고 확신하오. 그리고 내 아들과의 혼인을 승낙받기 위해서는 그 금액에다가 다시 50은 더 내야 할 거요."

"아니, 이제 승낙하실 건지 아닌지에 대해서 생각하시기엔 너무 늦었습니다. 그 여자 분이 50파딩*도 갖고 있지 않더라도 이미 아드님과 결혼했으니까요"라고 존스가 말하자, 이에 놀란 노신사가 "내 아들이 결혼을 했다고!"라고 소리쳤소. 이에 존스가 "어르신께선 이 사실을 아직 모르고 계실 거라고 생각했습니다"라고 말하자 노신사는 다시 "내 아들이 해리스 양과 결혼했다고!"라고 소리쳤소. 그러자 존스는 "해리스 양이라니요?

---

* farthing: 영국의 옛 화폐 단위로, 1파딩은 0.25페니에 해당한다.

아닙니다, 어르신. 아드님은 묵고 있던 하숙집 주인이신 밀러 부인의 딸 낸시 밀러 양과 결혼했습니다. 양가집 규수죠. 비록 모친은 하숙을 쳐야 하는 처지가 되었지만요"라고 대답했소. 이에 나이팅게일의 부친이 몹시 정색을 하며 "당신 지금 날 놀리는 거야? 아니면 진심으로 말하는 거야?"라고 소리치자, 존스는 "어르신, 저는 농이나 하는 사람이라는 말을 듣는 걸 수치로 여기고 있습니다. 전 아주 진지한 마음으로 어르신을 뵈러 온 겁니다. 그 여자 분의 평판을 생각해서라도 이 문제를 더 이상 비밀로 부칠 수도 없겠지만, 아드님이 자신보다 훨씬 재산이 적은 사람과 결혼했다는 사실을 어르신께 알리지 못했을 거란 생각이 들어(그리고 그것이 사실임을 알게 되었지만요)서였습니다"라고 대답했소.

나이팅게일의 부친이 깜짝 놀라 꿀 먹은 벙어리처럼 멍해 있는 동안 어떤 신사가 방에 들어와 그를 형님이라고 부르며 인사를 건넸소.

이 두 사람은 아주 가까운 혈족이었지만 성격은 정반대였소. 지금 이곳에 도착한 노신사의 동생도 장사를 했지만, 6천 파운드를 벌자마자 돈의 대부분을 들여 시골에 작은 땅을 샀소. 그러고는 미모도 출중하지 않고 돈도 없었지만, 쾌활한 성격이 마음에 들어, 성직록(聖職祿)을 받지 못한 어느 목사의 딸과 결혼해 그곳에서 살았소.

그는 이 여인과 요즘 시대에서는 찾아볼 수 없고, 어느 시인들의 말처럼 황금시대에서만 찾아볼 수 있는 아주 모범적인 삶을 25년간이나 지속했소. 모두 네 명의 자식을 낳았지만, 딸 하나를 제외하고는 성장하기도 전에 모두 세상을 떠났소. 그런데 그와 그의 처는 하나 남은 이 딸을, 속된 말로 응석둥이로 키웠던 것이오. 즉 이 신사와 그의 아내는 지극한 애정과 사랑으로 딸을 교육시켰으나, 이에 대한 보답으로 딸은 부모와 도저히 헤어질 수 없다는 이유를 내세우며, 이제 마흔이 갓 넘은 남자와의 매우 유리한 혼인을 거부했던 것이오.

나이팅게일의 부친이 자기 아들과 혼인시키려고 한 젊은 여자는 바로 이 신사의 가까운 이웃으로 그의 조카딸과도 잘 아는 사이였소. 사실 이 신사가 지금 런던에 온 것은 바로 이 혼사 문제 때문이었소. 하지만 이 혼사를 진척시키기 위해서가 아니라, 조카인 나이팅게일의 인생을 틀림없이 망치게 할 것 같으니 이 혼사를 추진하지 말자고 형을 설득하기 위해서였소. 그에게는 해리스 양이 재산이 많기는 하지만 키가 너무 크고 비쩍 말랐으며 아주 못생긴 데다 머리에 바람만 들고 몹시 어리석고 성질도 못 돼, 그녀와 결혼하면 조카가 행복해질 가망성이 전혀 없어 보였기 때문이었소.

따라서 조카가 밀러 양과 결혼했다는 말을 듣자마자 그는 몹시 만족스러워하며, 나이팅게일의 부친이 아들에 대해 심한 욕설을 퍼부으며 앞으로 알거지로 만들겠다고 선언하자, 이렇게 말했소.

"형님이 좀더 냉정을 찾는다면, 한 가지만 물어볼게요. 형님이 아들을 사랑하는 것이 아들을 위해서입니까, 아니면 형님 자신을 위해서입니까? 당연히 아들을 위해서라고 말씀하시겠지요. 형님이 그 아이에게 이 결혼을 제안한 건 틀림없이 그 아이의 행복을 위해서일 거라고 저도 믿습니다.

그런데, 형님. 어떻게 해야 행복할 수 있는지를 다른 사람한테 정해주는 건 불합리해 보이는군요. 게다가 반드시 그렇게 해야 한다고 강요하는 건 독선이죠. 누구나 그런 실수를 한다지만 그래도 잘못된 건 잘못된 겁니다. 다른 일도 물론이지만, 당사자 간에 애정이 있어야 행복할 수 있는 결혼 문제를 두고 그렇게 하는 건 특히 더 불합리한 것 같군요.

그래서 부모가 자식을 대신해 배우자를 선택하고 싶어 하는 건 이치에 맞지 않다고 항상 생각해왔어요. 사랑은 강요할 수 없는 것이니까 말이죠. 게다가 우리는 사랑을 강요당하는 걸 싫어하고, 불운하게도 사랑 문제에선 누구나 치유 불가능할 정도로 고집스럽기 때문에, 남이 누굴 사랑하라고 설득하는 것조차 참지 못하지 않습니까.

물론 부모가 그런 식으로 강요하지 않더라도, 결혼 문제에서만큼은 부모의 의견을 물어야 하고, 엄밀히 말해 적어도 부모가 반대 의견을 피력할 수는 있어야 한다는 것은 사실입니다. 그래서 조카가 형님의 의견을 묻지도 않고 결혼한 것은 잘못이라는 점도 인정해요. 하지만 솔직히 말해 조카 녀석이 이런 잘못을 저지르도록 형님이 조장한 부분도 적지 않아요. 이런 문제에 대해 형님이 자주 그런 식으로 말했기 때문에, 그 녀석이 재산이 적은 여자와 결혼하는 걸 형님이 틀림없이 반대할 거라고 확신해서 그렇게 된 게 아니냐는 거죠. 뿐만 아니라 형님이 지금 화를 내는 것도 그 여자가 단지 재산이 적다는 이유에서가 아닙니까. 조카가 형님에게 결혼 사실을 알리지 않았다는 점에서 자기 의무를 이행하지 않았다면, 아들에게 알리지도 않고 본인도 본 적 없는 여자와 아들을 결혼시키려고 했던 형님도 도를 넘은 건 아닌가요? 형님이 저처럼 그 여자를 본 적도 있고 잘 안다면, 그런 여자를 집안에 들이는 건 미친 짓이라고 생각할 겁니다.

조카가 잘못했다는 점은 저도 인정해요. 하지만 결코 용서받을 수 없는 잘못을 저질렀다고는 생각하지 않습니다. 반드시 형님께 의견을 물었어야 하는 일을 형님의 동의도 없이 처리한 것은 사실이지만, 그 일은 그 아이 자신의 이해관계가 가장 많이 개입된 문제잖습니까. 형님도 그 아이가 무얼 원하는지만 생각해야 한다는 사실을 인정해야 하고 또 그렇게 될 겁니다. 하지만 불행히도 그 아이 생각이 형님의 생각과 다르고 행복에 대해 잘못된 생각을 갖고 있더라도, 아들을 사랑한다면서 그 아이를 더더욱 행복에서 멀어지게 할 겁니까? 형님은 그 아이가 어리석은 선택을 해서 벌어진 일을 더 악화시킬 작정입니까? 불행한 결과를 초래할지도 모를 일을 더욱 확실하게 불행한 일로 만들 작정입니까? 간단히 말해, 형님이 바라는 만큼 그 아이를 부유하게 해주지 못한다고 해서, 그 아이를 극도의 궁핍한 상황에 빠뜨릴 셈이에요?"

진실한 가톨릭 교도의 신앙심으로 성 안토니우스*는 물고기를 물 위로 뛰어오르게 했고, 오르페우스**와 암피온***은 음악이라는 마력으로 무생물까지 매료시켰다고 하오. 이 두 가지 다 경이로운 일이오. 하지만 논리와 이성으로 인간의 타고난 탐욕에 승리를 거둔 예는 그 어떤 역사나 전설에도 기록된 적이 없소.

나이팅게일의 부친은 동생의 말에 대답하는 대신, 자식 교육에 관해선 항상 서로 의견이 달랐다며 "네 딸 걱정이나 해. 내 아들 녀석 문제엔 신경 쓰지 말고. 너를 본받고 네 가르침을 받아 아들 녀석이 득을 본 게 없으니 말이야"라고 말했소. 이 작은아버지의 대자(代子)였던 나이팅게일은 부친보다는 작은아버지와 더 오래 살았기 때문에, 나이팅게일의 부친은 이렇게 말했던 것이고, 또 그런 까닭에 나이팅게일의 작은아버지도 나이팅게일을 자기 자식과 똑같이 사랑한다고 말하곤 했던 것이오.

존스는 이 훌륭한 신사의 말에 깊은 감명을 받았소. 하지만 아무리 설득하려 해도 나이팅게일의 부친이 진정되기는커녕 점점 더 화를 내는

---

* St. Anthony(1195~1231): 12세기의 성인으로 그의 놀라운 웅변을 들으러 물고기가 물 위로 뛰어올랐다는 전설이 있다.
** Orpheus: 그리스 신화에 나오는 하프의 명수로 그의 음악에 나무와 돌조차도 매료되었다고 한다.
*** Amphion: 신들의 왕인 제우스의 아들로 하프를 타서 돌을 움직여 테베의 성벽을 쌓았다고 한다.

것을 보고는 나이팅게일의 작은아버지를 밀러 부인의 집에 있는 그의 조
카에게로 모시고 갔소.

9장
기이한 일들

거처에 돌아온 존스는 자신이 이곳을 떠났을 때와는 상황이 많이 달
라진 걸 알게 되었소. 밀러 부인과 그녀의 두 딸, 그리고 나이팅게일이
함께 저녁식사를 하고 있었고, 이때 이곳에 도착한 나이팅게일의 작은아
버지는 별다른 격식을 차리지 않고 자발적으로 식사 자리에 합류했소(나
이팅게일의 작은아버지는 조카를 만나러 여러 번 이곳에 왔었기 때문에, 이
곳에 모인 사람을 모두 잘 알고 있었던 것이오).

이 노신사는 즉시 낸시 양에게 다가가 인사를 건네며 축하해준 다음,
낸시의 모친과 동생에게도 축하 인사를 건넸소. 그리고 마지막으로 매우
호의적으로 나이팅게일에게도 적절한 축하 인사를 건넸소. 마치 조카가
결혼 전에 했어야 할 일들을 모두 처리한 뒤, 자신과 재산이 비슷하거나
자신보다 재산이 많은 사람과 혼인이라도 한 것처럼 말이오.

이를 본 낸시와 나이팅게일 두 사람의 얼굴은 창백해졌고, 그 어느
때보다도 멍한 표정을 지었소. 기회가 생기자마자 자리를 뜬 밀러 부인은
사람을 시켜 존스를 식당으로 불러낸 다음 그의 발밑에 엎드려 눈물을 쏟
으며, 존스를 천사이자 불쌍한 자기 가족의 보호자라고 불렀을 뿐만 아니
라 그 밖에 존경과 애정이 넘치는 여러 호칭으로 부르며, 아주 큰 은혜를
입은 사람만이 할 수 있는 온갖 감사의 말을 쏟아냈소.

이렇게 털어놓지 않았다면 가슴이 터져버렸을 것 같다며 자신의 벅찬 감정을 한바탕 쏟아낸 뒤, 밀러 부인은 나이팅게일과 딸 사이의 문제가 모두 해결되었으며, 다음 날 아침 결혼할 거라고 존스에게 알려주었소. 이 말에 존스가 크게 기뻐하자 이 가여운 여인은 다시 기쁨에 넘쳐 감사하다는 말을 또다시 쏟아내기 시작했소. 이에 존스는 어렵사리 밀러 부인의 말을 막고는 그녀를 설득해 식탁으로 돌아갔는데 식탁에 모인 사람들은 여전히 유쾌한 기분이었소.

이렇게 이들은 두세 시간 동안 몹시 유쾌하게 보냈소. 이때 술을 몹시 좋아하는 나이팅게일의 작은아버지가 너무 자주 술을 권해 취할 정도는 아니었지만 약간 취기가 돌기 시작한 나이팅게일은 최근까지 자신이 묵었던 이층 방으로 이 노신사를 데리고 가 다음과 같이 속내를 털어놓았소.

"작은아버지는 저를 항상 다정하게 대해주셨고, 지금은 다소 신중치 못하다고도 생각될 수 있는 이 결혼을 그 누구보다도 관대하게 용서해주셨으니, 조금이라도 제가 작은아버지를 속이려고 한다면 제 스스로가 절 용서하지 못할 겁니다"라고 서두를 꺼낸 뒤, 상황의 전모를 이야기했소.

이에 노신사가 "뭐라고! 그럼 넌 이 아가씨와 결혼한 것이 아니란 말이냐?"라고 묻자, 나이팅게일은 "맹세코, 안 했어요. 작은아버지에게 지금 드린 말씀은 사실입니다"라고 대답했소. 그러자 그의 작은아버지는 나이팅게일의 입을 맞추며 이렇게 말했소. "그래, 그 말을 들으니 정말 기쁘구나. 내 평생 지금처럼 기쁜 적이 없어. 설사 네가 결혼을 했더라도, 나는 이 잘못된 상황을 최대한 좋은 쪽으로 이끌기 위해 힘닿는 대로 널 도와주었을 거다. 하지만 이미 벌어져 돌이킬 수 없는 일과 아직 벌어지지 않은 일에는 큰 차이가 있는 법이다. 얘야, 이성적으로 생각해보거라. 그러면 이 결혼이 정말 어리석고 상식을 벗어난 일이란 걸 알게 될 거고,

네가 이 결혼을 단념하도록 내가 설득할 필요조차 없을 것이다." 나이팅게일이 "작은아버지! 이미 벌어진 것과 명예를 지키기 위해 하기로 한 것 간에 무슨 차이가 있나요?"라고 묻자, 그의 작은아버지는 "흥, 명예라는 것은 세상 사람들이 지어낸 거야. 그래서 자신들이 마치 창조주처럼 자신들이 원하는 대로 명예가 뭐라고 떠들어대는 거지. 아주 엄청난 약속 위반도 단 하루 동안의 놀라움이나 이야깃거리밖에 안 되는 걸 보면, 너도 약속 하나 위반하는 게 얼마나 사소한 일로 여겨질지 알게 될 거다. 이런 일로 너에게 자기 여동생이나 자기 딸을 주는 걸 망설일 남자가 있을 것 같으냐? 이 일로 너를 받아들이는 데 망설일 여자가 있을 것 같아? 이런 문제는 명예와 아무런 관계가 없어"라고 말했소. 그러자 나이팅게일은 "용서하세요, 작은아버지. 저는 결코 그런 식으로 생각할 수가 없어요. 이 문제는 제 명예뿐만 아니라 저의 양심과 인간성과도 연결된 것이니까요. 제가 낸시를 실망시킨다면, 낸시는 죽게 될 게 분명해요. 그러면 저는 제 자신을 낸시의 살인자, 그것도 사람의 마음을 갈기갈기 찢어 죽인 가장 잔인한 살인자로 생각하게 될 거예요"라고 소리쳤소. 이 말에 그의 작은아버지가 "마음을 갈기갈기 찢는다고! 그렇지 않아. 아니야! 여자들 마음은 그렇게 쉽게 찢어지지 않아. 여자들 마음이 얼마나 독한데! 독하고말고!"라고 말하자, 나이팅게일은 "하지만, 작은아버지. 전 낸시를 사랑하고 있어요. 다른 여자와는 결코 행복할 수 없을 거라고요. 자식들이 스스로 배우자를 선택할 수 있도록 해주어야 한다며, 해리엇도 그렇게 하도록 해주실 거라고 작은아버지가 말씀하시는 걸 제가 얼마나 여러 번 들었는데요!"라고 대답했소. 이에 이 노신사는 "그래, 그렇게 할 생각이다. 그래도 나는 자식들이 현명한 선택을 하도록 할 작정이다. 애야, 너는 그 여자를 떠나야 해! 아니 떠나게 될 거다"라고 말했소. 그러자 나이팅게일은 "정말이지, 저는 낸시와 결혼해야 하고 또 그렇게 할 거예요"라고 소리쳤소. 이에 나이팅게일의 작은아버지는 이렇게 말했소. "정말 그럴 거냐? 네가 나한테 그런 말을 할 줄은 정말 몰랐구나. 네가 네 아버지에게 그런 말을 했다면 나는 놀라지 않았을 거다. 네 아버지는 너를 항상 개처럼 취급했고, 폭군이 자기 신하에게 그러듯이, 너와 항상 거리를 두었으니 말이다. 하지만 너를 항상 대등하게 대우해주었기 때문에 나는 그보다는 나은 대접을 기대했었다. 하지만 이제 이 모든 일이 왜 벌어졌는지 알 수 있을 것 같구나. 이 모든 게 네가 받은 그 터무니없는 교육(나는 거기에 관여하지 않았다) 때문에 벌어진 일이야. 친구처럼 대해주고 키웠던 우리 딸은 무슨 일을 하더라도 그 전에 반드시 내 의견을 묻지. 내 충고를 따르지 않는 일도 결코 없고 말이야." 이 말에 나이팅게일은 "작은아버지는 이런 문제로 해리엣에게 충고하신 적은 아직 없잖아요. 만일 해리엇이 자신이 바라는 걸 포기하라는 작은아버지의 명령을 (설령 그것이 아무리 단호한 명령이라 할지라도) 아주 쉽게 따른다면, 제가 해리엣을 잘못 알고 있는 게 분명해요"라고 말했소. 그러자 이 노신사는 흥분하여 "우리 딸을 매도하지 마라. 해리엇을 매도하지 말란 말이야! 나는 내 뜻을 거스르도록 내 딸을 키우진 않았다. 해리엇이 원하는 건 모두 하도록 해주었기 때문에, 해리엇도 내가 원하는 것이면 모두 하는 습관을 갖게 되었으니 말이야"라고 말했소. 이 말에 나이팅게일은 "죄송해요, 작은아버지. 사촌동생을 흉볼 의도는 전혀 없었어요. 작은아버지가 해리엣에게 그런 가혹한 시련을 겪게 하거나 지금 저한테 하시는 그런 가혹한 명령을 내리시지 않을 거라고 확신해요. 하여튼 작은아버지, 사람들한테 다시 돌아가시지요. 오랫동안 나타나지 않으면 다른 사람들 마음이 불편해질 테니까요. 작은아버지께 한 가지만 부탁드릴게요. 낸시와 낸시 어머니에겐 이런 충격적인 말씀은 하지 마세요"라고 말했소. 이 말에 나이팅게일의 작은아버지는 "그런 건 걱정할 필요 없다. 나는 여자를 모욕하는 그런 사람은 아니니 말이다. 그러니 네 부탁은 기꺼이 들어주마. 그 대신 나도 네게 부탁할 게 하나 있다"라고 말했소. 이에 나이팅게일이 "말씀만 하세요. 작은아버지의 명령이라면 기꺼이 따르겠어요"라고 말하자, 그의 작은아버지는 "네게 명령할 건 없다. 다만 내가 바라는 것은 이 문제를 좀더 논의하기 위해 우리 집에 같이 가자는 것뿐이다. 자기 딴에는 가장 현명하다고 생각하시는 우리 형님이 어리석게도 계속 고집을 피우고는 있지만, 가능하다면 나는 우리 집안을 구해내고 싶구나"라고 대답했소.

작은아버지가 자신의 부친만큼 고집불통이라는 사실을 잘 알고 있던 나이팅게일은 작은아버지 집으로 따라가기로 하고, 이 노신사도 앞서처럼 예의범절에 어긋나지 않게 행동하기로 약속한 뒤, 그들은 사람들이 모여 있는 방으로 돌아갔소.

10장
14권을 마무리하는 짤막한 장

작은아버지와 조카가 오랫동안 자리를 비우자 남은 사람들은 약간 불안해졌소. 그런데 앞서 벌어졌던 두 사람의 대화 도중 나이팅게일의 작은아버지가 계단 아래서도 들릴 정도로 여러 번 목소리를 높였기 때문에, 무슨 말을 하는지 알아들을 수는 없었지만 낸시와 낸시의 어머니, 심지어 존스 자신도 어떤 불길한 예감이 들었고, 이 때문에 모두는 더더욱 불안감에 휩싸이게 되었소.

따라서 다시 한자리에 모였을 때, 이들 모두의 얼굴 표정에는 눈에 띄는 변화가 생겼소. 좀 전에 모였을 때 모든 사람의 표정에서 환히 빛나던 그 유쾌한 모습은 이제 훨씬 덜 유쾌한 표정으로 바뀌었던 것이오(이러한 변화는 화창한 날씨가 구름 낀 날씨로 바뀌듯, 혹은 6월 같은 날씨가 12월 같은 날씨로 바뀌듯, 이 지역에서는 흔히 볼 수 있는 날씨의 변화와 같았소).

하지만 여기 있던 그 누구도 이 변화를 분명하게 감지하지는 못했소. 모두들 자기 생각을 감추려 하고 있었고, 자신이 해야 할 모종의 역할에 지나치게 몰두한 나머지 이 변화를 보지 못했던 것이오. 따라서 나이팅게일의 작은아버지나 나이팅게일은 밀러 부인과 그녀의 딸이 어떤 의심을 품고 있다는 징후를 전혀 눈치채지 못했고, 밀러 부인이나 낸시도 이 노신사의 지나치리만큼 정중한 행동이나 나이팅게일의 표정에 나타난 작위적인 만족감을 감지하지 못했던 것이오.

이러한 상황은 두 친구가 서로 상대방을 속이기 위해 자신이 해야 할 역할에만 지나치게 몰입한 나머지 상대방의 계략을 알아차리지도 의심하지도 못할 때 빈번히 발생한다고 생각하는데, 이런 경우 서로가 동시에 일격(이번 경우에 적절한 비유를 빌려서 말하자면)을 가하게 되는 상황이 벌어지기도 하오.

눈먼 말을 팔고 부도어음을 받은 사람처럼 한쪽이 다른 쪽보다는 항상 더 손해를 보는 법이긴 하지만, 결국 양쪽 다 이와 같은 이유로 속게 되는 것은 흔한 일이오.

30분 뒤 모임이 파하자, 나이팅게일의 작은아버지는 나이팅게일을 낚아채듯 데리고 나갔소. 하지만 떠나기 전 나이팅게일은 낸시에게 귓속말로 다음 날 아침 일찍 다시 와 자신이 한 약속을 지키겠다고 말했소.

이 상황에 가장 덜 연루되어 누구보다도 많은 것을 볼 수 있었던 존스는 실제 일이 어떻게 돌아가는지 의심을 품게 되었소. 나이팅게일의 작은아버지가 갑작스럽게 태도를 달리해 의도적으로 사람들과 거리를 두는 동시에 낸시에게는 지나치리만큼 친절히 대한다는 사실을 눈치챈 그는 이 밤중에 신랑을 신부에게서 떼어가는 범상치 않은 일을 보고는, 워낙 솔직한 데다가 취기까지 돈 나이팅게일이 십중팔구 모든 사실을 자기 작은아버지에게 밝힌 게 아닌가 하는 의심을 품게 되었던 것이오. 그렇지 않다면 이 기이한 현상을 달리 설명할 길이 없었기 때문이었소.

존스가 자신이 품게 된 의심을 이 불쌍한 사람들에게 알려주어야 할지 말아야 할지 생각에 잠겨 있을 때, 밀러 부인 집의 하녀가 들어와 어떤 부인이 존스와 이야기를 나누고 싶어 한다고 알려주었소. 이 말에 즉시 방을 나선 존스는 하녀가 건네는 촛불을 받아들고, 자신을 찾아온 방문객을 이층 자기 방으로 안내했소. 하지만 어너라는 이름의 이 방문객에게서 소피아에 관한 끔찍한 소식을 전해 듣자마자 존스는 다른 사람들의 문제는 까맣게 잊게 되었고, 자기 자신의 불행과 소피아의 불행한 상황에 대해 생각하느라 그들에 대한 동정심도 순식간에 묻히고 말았소.

그 끔찍한 일이 무엇인지는, 이 일을 야기한 그 이전 사건(우리는 다음 권에서 그 일들을 다룰 것이오)에 대해 먼저 이야기한 뒤, 독자들에게 알려주겠소.

15권

대략 이틀 동안 벌어진 일

1장

너무도 짧아서 서문이 필요없는 장

미덕은 행복으로, 악덕은 불행으로 가는 확실한 길이라고 가르치는 일단의 종교적 혹은 도덕적 작가들이 있소. 이는 매우 건전하고 위안이 되는 교리이지만, 여기에 대해 우리는 한 가지 이의가 있소. 다름이 아니라 그것은 이 교리가 사실이 아니라는 것이오.

저 종교적 혹은 도덕적 작가들이 말하는 미덕이라는 것이 기본적인 덕목, 즉 선량한 가정주부처럼 집 안에 머무르면서 자기 가족 문제에만 신경을 쓰는 것을 의미하는 거라면, 그들의 말이 맞다고 기꺼이 인정하겠소. 이런 기본적인 덕목은 우리들의 행복에 이바지하여 우리를 행복으로 이끌기 때문에, 고대와 현대의 현인들과 달리 나는 이런 덕목을 미덕이라기보다 지혜라는 이름으로 부르고 싶을 정도요. 현세의 삶에 있어서, 이러한 지혜가 선을 형성한다고 주장하는 고대 금욕주의 철학*보다 더 현명한 철학 체계는 없고, 이와 반대로 모든 행복을 육체적인 욕구를 충족하는 데 두는 현대의 쾌락주의 철학보다 더 어리석은 철학 체계는 없다고

---

* 고대 그리스의 철학자 에피쿠로스(Epicurus, 기원전 341~기원전 270)는 쾌락을 인생 최대의 선(善)이라고 주장하고, 이는 절제와 정서적 고요를 유지함으로써 이루어진다면서 금욕주의를 주장했다.

생각하오.

하지만 이 미덕이란 것이 부지런히 집 바깥을 나다니며, 다른 사람의 이익을 마치 자신의 이익인 양 추구하는(나는 그래야 한다고 생각하고 있소) 행위를 의미하는 것이라면, 이 미덕이 행복으로 이끄는 가장 확실한 방법이라는 주장에는 쉽게 동의할 수 없소. 만일 그렇다면, 험담과 시기심, 배은망덕이 우리 인간에게 끼칠 수 있는 모든 해악과 더불어 빈곤과 경멸도 행복의 개념에 포함시켜야 하며, 때로는 앞에서 말한 행복이 감옥으로 이끄는 것도 감수해야 할 것이오. 앞에서 말한 미덕에 의해 많은 사람들이 그곳으로 갔기 때문이오.

나는 지금 내 앞에 펼쳐지는 이런 광대한 사색의 장에 돌입할 여유가 없소. 내가 하려던 것은 단지 이 교리를 무너뜨리려는 것일 뿐이오. 존스가 다른 사람을 파멸로부터 구해내기 위해 선행을 베풀고 있는 사이, 악마 혹은 인간의 탈을 쓴 사악한 악귀는 소피아를 파멸시켜 존스를 비참하게 만들려는 일에 열중하고 있었기 때문이오.

따라서 이러한 사실은 앞에서 말한 원칙(그것이 진정 원칙이라면)에 대한 하나의 예외처럼 보일 수 있을 것이오. 하지만 우리는 살아가면서 이에 대한 많은 예외를 보아왔기 때문에, 나는 이 원칙이 근거하고 있는 교리를 반박하고 싶소. 이 교리는 기독교적 교리도 아니고 확신컨대 진실도 아니며, 이성만이 불멸에 대한 믿음의 근거를 제공할 수 있다는 그 고귀한 주장에 배치되기도 하기 때문이오.

허나 독자들의 호기심이(혹 호기심을 가지고 있다면) 이제 슬슬 발동하기 시작하여 점차 커질 게 틀림없으니, 가능한 한 빨리 그 호기심을 충족시켜주겠소.

2장

소피아에 대한 아주 사악한 음모

나는 어느 현명한 노신사가 "아이들이 아무것도 하지 않을 때, 그때야말로 못된 장난을 하고 있는 것이다"라고 말하던 것이 기억나오. 이 색다른 진술을 피조물 중 가장 아름다운 존재인 여성 모두에게 확대 적용하지는 않겠소. 하지만 여자의 질투심이 분노와 격분의 형태로 공공연하게 그 모습을 드러내지 않을 때에도, 자신이 공공연하게 공격하지 못한 그 대상을 해치기 위해 여자의 분노가 은밀하게 작용하고 있을지도 모른다는 의심을 할 수는 있을 것이오.

이런 사실은 온갖 미소 뒤에 소피아에 대한 강한 분노를 감추고 있는 레이디 벨라스턴의 행동을 통해 잘 드러나고 있소. 자신의 욕망을 충족시키는 데 소피아가 방해가 된다는 사실을 분명히 알고 있던 그녀는 무슨 수를 써서라도 소피아를 제거하기로 마음먹었는데, 얼마 지나지 않아 이를 이룰 수 있는 아주 적절한 기회를 잡을 수 있었소.

극장에 갔다가 자칭 시민이라고 하는 젊은이들의 조롱 섞인 우스꽝스러운 말장난에 대경실색한 소피아가 어떤 젊은 귀족에게 보호를 요청하여, 그가 소피아를 마차까지 데려다준 적이 있다는 사실을 독자들은 기억할 것이오.

종종 레이디 벨라스턴의 집을 방문했던 이 귀족은 소피아가 런던에 도착한 이래로, 그녀를 몇 번 본 뒤 아주 큰 호감을 갖게 되었소. 곤경에 처했을 때 미인은 가장 아름답게 보이는 법이오. 따라서 놀란 소피아를 보고 그녀에게 더욱 큰 호감을 갖게 된 이 귀족은 결국 소피아를 사랑하게 되었다고 말한다 해도 그다지 부적절하진 않은 상태가 되었소.

그러니 예의상으로라도 소피아를 찾아와야 할 마당에, 사랑하는 사람과 좀더 가까워질 수 있는 이 좋은 기회를 그가 놓치지 않으려 했을 거라는 사실은 누구나 쉽게 짐작할 수 있을 것이오.

따라서 극장에서의 일이 있고 난 다음 날 아침 소피아를 찾아간 그는 의례적인 인사를 하고는 지난밤 일로 마음의 상처를 입지 않았기를 바란다고 했소.

사랑은 불꽃과 같아서 일단 제대로 불이 붙으면 곧 활활 타오르는 법이오. 따라서 얼마 지나지 않아 이 귀족은 소피아에게 완전히 마음을 빼앗기게 되었고, 시간이 흐르는 걸 의식하지 못한 채 소피아와 두 시간이나 같이 있은 뒤에야, 자신이 너무 오래 머물렀다는 생각을 하게 되었던 것이오. 그보다는 시간이 얼마나 흘렀는지 확실하게 의식하고 있었던 소피아에게 이러한 사실은 경계심을 불러일으키기에 충분했소. 게다가 소피아는 그의 눈을 통해 자신을 사랑하는 그의 마음속에 무슨 일이 벌어지고 있는지 잘 알 수 있었소. 자신의 열정을 드러내놓고 표현하지는 않았지만, 이 귀족의 표정에는 여성에 대한 예의 때문이라고 하기에는 지나칠 정도로 애정과 사랑이 듬뿍 담겨 있어서, 예의범절을 지키는 것이 유행한 시대라고 해도(이와는 정반대가 오늘날의 지배적인 분위기라는 것은 잘 알려진 사실이오) 그의 표정은 단순히 예의상 짓는 표정이라고 말할 수 없었으니 말이오.

그가 처음 이곳에 도착했을 때 레이디 벨라스턴은 이 귀족이 자기 집을 찾아왔다는 전갈을 받았소. 그의 방문 시간이 길어지는 것을 본 레이디 벨라스턴은 바라던 대로 상황이 돌아가는 것 같고, 또한 이 젊은 커플을 또다시 이곳에서 보게 될 거라는 예상이 들자 상당히 만족스러웠소.

하지만 이들 자리에 끼어들어서는 일을 진척시킬 수 없다고 판단한(내 생각에도 그 판단은 옳았다고 여겨지오) 그녀는 귀족이 떠나기 전 그와 이야기를 나누고 싶다는 메시지를 전하라고 하인에게 지시한 뒤, 그동안 그가 기꺼이 이행할 거라고 의심치 않는 어떤 계획을 성공적으로 이루기 위한 최선의 방책에 대해 생각했소.

　펠라머 경(이것이 이 젊은 귀족의 이름이었소)이 자신을 찾아오자마자, 레이디 벨라스턴은 다음과 같은 식으로 그에게 포문을 열었소. "맙소사, 여태까지 이곳에 계셨군요. 나는 또 하인들이 실수를 해서 그냥 보내신 줄 알았어요. 중요한 문제로 좀 만나뵙고 싶었거든요." 이 말에 펠라머 경이 "레이디 벨라스턴, 제가 이곳에 이렇게 오랫동안 있었으니 놀라시는 건 당연합니다. 두 시간도 더 지났는데 30분도 채 안 되었다고 생각했거든요"라고 대답하자, 레이디 벨라스턴은 "그 말을 듣고 어떤 결론을 내릴 수 있을까요? 자신도 모르는 사이에 시간이 그처럼 빨리 지나갔다고 느끼시는 걸 보니 몹시 마음에 드는 사람과 같이 있었던 게 틀림없겠군요"라고 말했소. 이에 펠라머 경이 "명예를 걸고 말씀드리지만, 제가 여태껏 만났던 사람 중 가장 마음에 드는 분입니다. 그런데 갑작스럽게 제게 소개해주신 눈부실 정도로 아름다운 저 아가씨는 누구죠?"라고 묻자, 레이디 벨라스턴은 짐짓 놀라는 척하며 "누구를 말하는 거예요?"라고 반문했소. 그러자 펠라머 경은 "지난밤 극장에서 제가 모시고 나온 분 말이에요. 일전에 여기서 만나뵌 적도 있고, 예의에 어긋날 정도로 제가 조금 전까지 같이 있었던 분 말입니다"라고 대답했소. 이에 레이디 벨라스턴이 "아! 소피아를 말하는가 보군요! 제 친척 아이죠. 경께서 눈부실 정도로 아름답다고 한 그 아이는 촌뜨기 영주의 딸인데, 난생처음 런던에 왔어요. 온 지는 2주쯤 됐고요"라고 말하자, 펠라머 경은 "분명히 그분은 궁정에서 자랐을 겁니다. 아름답기도 하지만 그렇게 품위와 분별을 갖추신, 또 그렇게 정중한 분을 저는 여태까지 보지 못했거든요"라고 말했소. 이에 레이디 벨라스턴이 "이제 보니, 내 친척 아이가 경의 마음을 완전히 사로잡았군요!"라고 소리치자, 펠라머 경은 "제 명예를 걸고, 저도 그렇게 되길 바라고 있습니다. 그 아가씨에게 몹시 반했거든요"라고 대답했소. 이 말에 레이디 벨라스턴은 "그게 나쁜 일은 아닐 거예요. 그 아인 재산도 상당하거든요. 외동딸인데, 그 아이 부친은 1년에 3천 파운드 정도의 수입은 충분히 나오는 영지를 가지고 있으니까요"라고 말했소. 이에 펠라머 경이 "그렇다면 부인, 제 생각에 그 아가씬 우리나라에서 제일 훌륭한 결혼 상대입니다"라고 대답하자, 레이디 벨라스턴은 "그 아이가 마음에 드신다면, 저도 경이 그 아이와 혼인할 수 있기를 진심으로 바라겠어요"라고 대답했소. 이 말에 펠라머 경이 "저를 그렇게 호의적으로 생각해주신다면 그분의 친척이시니, 그분 부친께 저와의 혼사를 제안해주실 수는 없겠습니까?"라고 묻자, 레이디 벨라스턴은 "그럼, 지금 진심으로 말씀하시는 거예요?"라고 짐짓 위엄을 부리며 말했소. 이에 펠라머 경이 "제가 이런 문제로 농담할 사람이라고는 생각하시지 않겠죠?"라고 대답하자, 레이디 벨라스턴은 이렇게 말했소. "그러면 기꺼이 경의 청혼 사실을 그 아이 부친에게 전해드리죠. 분명히 경의 청혼을 기쁘게 수락할 거예요. 그런데 말하기조차 창피스런 장애물이 하나 있어요. 경은 결코 극복할 수 없는 장애물이에요. 제 말은 경에게 경쟁 상대가 있다는 말이에요. 그 사람 이름을 말하는 것조차 부끄러운 일이지만, 경이나 이 세상누구도 이길 수 없는 경쟁자예요." 이에 펠라머 경이 "레이디 벨라스턴, 저를 낙담하게 만들어 살아갈 힘조차 모두 앗아가시는군요"라고 소리치자, 레이디 벨라스턴은 "저런! 경의 마음속에 사랑의 불꽃을 일으키기 바랐는데, 사랑에 빠진 사람이 고작 낙담한다는 말이나 하다니요! 나는 경께서 그 경쟁자와 당장이라도 겨루기 위해 경쟁자 이름을 물어볼 거라고 생각했단 말이에요"라고 대답했소. 그러자 펠라머 경은 "단언하건대, 부인의 그 아름다운 친척 분을 위해서라면 제가 하지 못할 일은 없을 겁니다. 그런데 세상에서 제일 행복한 그 사람은 도대체 누구입니까?"라고 물었소. 이에 레이디 벨라스턴이 "세상에서 제일 행복한 사람이라고 말하기에는 유감스러운 그 사람은 세상에서 가장 천한 사람이에요. 가진 게 한 푼도 없는 데다가 누가 주워서 키운 사생아거든요. 한마디로 경의 하인보다도 더 천한 사람이에요"라고 대답하자, 펠라머 경은 "그처럼 완벽한 아가씨가 어떻게 그런 천한 사람에게 자신을 의탁할 생각을 할 수 있나요?"라고 소리쳤소. 이 말에 레이디 벨라스턴은 "슬픈 일이지요. 하지만 그 아이가 자란 곳이 시골이란 사실을 한번 생각해보세요. 모든 젊은 여자들의 신세를 망치게 하는 사랑이라는 그 헛된 망상과 어리석은 생각을 배우는 곳이 바로 시골이에요. 일단 시골에서 그런 걸 배우고 나면 겨울 내내 런던에서 지내며 좋은 사람들과 함께 보낸다 해도 그걸 뿌리째 뽑을 수는 없어요"라고 대답했소. 이에 펠라머 경이 "그래요, 부인. 부인의 친척 분은 그렇게 버려지기에는 너무나도 귀하신 분입니다. 그러니 그런 식으로 파멸하는 건 반드시 막아야죠"라고 말하자, 레이디 벨라스턴은 "슬픈 일입니다만, 어떻게 막죠? 그 아이 가족들은 할 수 있는 건 이미 다 해보았어요. 하지만 그 아이는 사랑에 취해 파멸이라도 달갑게 받아들일 것 같아요. 좀더 솔직히 말하자면, 당장이라도 그 남자와 달아날 것 같아요"라고 소리쳤소. 이에 펠라머 경은 "레이디 벨라스턴의 말씀을 들으니 마음이 몹시 아프군요. 그분을 사모하는 제 마음도 작아지기는커녕 연민만 더 생기고요. 그러니 그처럼 고귀한 보석 같은 분을 구해낼 방도를 꼭 찾아야겠네요. 부인께서는 한번 설득해보려고 하셨나요?"라고 물었소. 이에 레이디 벨라스턴은 짐짓 웃는 척하더니 "그런 마음을 버리도록 젊은 여자를 설득할 수 있을 거라고 생각할 정도로 우리 여자들을 모르지는 않겠죠? 그 고귀한 보석 같은 여자 분들은 자기들이 끼고 있는 보석처럼 실제로 귀가 먹었으니까요. 시간만이 젊은 여자들의 어리석음을 고칠 수 있는 확실한 약이에요. 하지만 소피아가 그 약을 먹으려 하지 않을 거란 건 확실해요. 그래서 그 아이 때문에 시시각각 걱정 속에서 지내고 있어요. 간단히 말해 강압적인 방법 말고는 달리 방도가 없어요"라고 말했소. 이에 펠라머 경이 "그러면 어떻게 하죠? 무슨 방법을 써야 하죠? 도대체 방법은 있는 겁니까? 레이디 벨라스턴! 이런 보물을 얻기 위해서라면 저는 무슨 일이든 할 겁니다"라고 말하자, 잠시 후 레이디 벨라스턴은 "진짜 저도 모르겠어요"라고 대답하더니, 잠시 말을 멈춘 뒤 소리쳤소. "맹세코, 저도 이 아이 일에 대해선 어떻게 해야 할지 정말 모르겠어요. 이 아일 보호하려면 당장 무언가 하긴 해야 하는데, 이미 말했듯이 강압적인 방법밖에는 없으니까요. 그 아이에 대해 솔직히 말하면, 지금은 그 어리석은 감정에 빠져 있지만(곧 그 감정이 얼마나 어리석은지 깨닫게 될 거예요) 그럴 때를 제외하고는 어느 모로 보나 아주 좋은 신붓감이에요. 하여튼 경께서 제 친척 아이를 진심으로 사랑하신다면 한 가지 방법이 있을 수도 있어요. 하지만 그건 아주 마음에 들지도 않고, 생각하기조차 두려운 방법이에요. 그리고 분명 상당한 용기가 필요한 것이기도 하고요." 이 말에 펠라머 경은 "부인, 그 점에 있어선 제가 부족하다고 생각지 않습니다. 또 부족할 거라는 의심도 받고 싶지 않고요. 이런 상황에서 제가 꽁무니를 뺀다면, 전 틀림없이 지독한 겁쟁이일 겁니다"라고 말했소. 그러자 레이디 벨라스턴은 "아니에요, 절대 그럴 거라고 생각하지는 않아요. 사실 제게 과연 그럴 용기가 있는지 더 의심이 드는 걸요. 저로선 아주 큰 위험을 감수해야 하니까요. 간단히 말해 현명한 여자라면 결코 어떤 남자에게도 가질 수 없는 그런 믿음을 제가 경에게 가져야 하기 때문이죠"라고 대답했소. 그러나 이 점에 대해서도 펠라머 경은 레이디 벨라스턴을 안심시켰소. 그의 명성은 오점 하나 없었을 뿐 아니라 보다 공정한 세간의 평도 좋았기 때문이었소. 이에 레이디 벨라스턴은 다음과 같이 말했소. "그래요. 하지만 그 방법에 대해선 생각만 해도 걱정이 되네요. 아니에요, 그건 안돼요. 최소한 다른 방법을 모두 써봐야 해요. 모든 약속을 취소하고, 오늘 우리 집에서 식사할 수 있어요? 그러면 소피아에 대해 좀더 알 수 있는 기회를 갖게 될 거예요. 분명히 말하지만 더 이상 지체할 시간이 없어요. 오늘 우리 집에 레이디 베티하고 이글 양, 그리고 햄스테드 대령과 톰 에드워즈 씨가 오긴 하지만 모두들 금방 떠날 거예요. 다른 사람이 오면 하인에게 내가 집에 없다고 말하도록 시킬 거고요. 그럼 경께서는 좀더 분명한 태도를 취하시게 될 거예요. 전 소피아가 그 사람에게 얼마나 집착하고 있나 확실하게 보여줄 방법을 찾아보겠어요." 이 말에 펠라머 경은 적절한 경의를 표하고는 그녀의 초대를 받아들였소. 그러고는 새벽 3시, 옛날 시간 계산 방식을 따르자면 오후 3시가 지났기 때문에, 이들은 옷을 갈아입기 위해 각기 헤어졌소.

3장
앞에서 진행되고 있던 음모에 대한 보다 상세한 설명

독자들은 레이디 벨라스턴이 상류사회의 구성원(그것도 상당한 지위의 구성원)일 거라고 이미 오래전에 결론 내렸겠지만, 사실 그녀는 얼마 전부터 영국에서 커나가기 시작한 매우 고귀하고 명예로운 소수 상류층 모임에서 상당한 지위를 갖는 구성원이었소.

이 모임이 그 존립 근거로 삼고 있는 훌륭한 원칙 중에 매우 주목할 만한 것이 하나 있소. 최근에 전쟁*이 끝나고 전쟁 영웅들이 회합을 가졌을 때,** 이 명예로운 모임의 구성원들은 최소한 하루에 한 번은 싸워야 한다는 원칙을 세운 바 있는데, 이 원칙에 근거하여 이 소모임에 속한 구성원들 또한 하루에 최소한 한 가지씩은 재미있는 거짓말을 해야 하고, 동료들은 이 거짓말을 퍼뜨리기로 되어 있었소.

이 모임에 관한 허황된 이야기들이 수없이 많았는데, 이 모임의 특성을 고려해볼 때 아마 이 모임 자체에서 나온 거라고 추측해도 틀리지 않을 것이오. 그런 이야기 중 하나가 이 모임의 의장은 악마로, 그는 테이블 상단 끝에 있는 팔걸이의자에 앉아 있다는 것이었소. 하지만 아주 면밀히 조사해본 결과 이 이야기는 전혀 사실무근임이 밝혀졌소. 사실 이 모임은 매우 훌륭한 사람들로 구성되어 있으며, 이들이 퍼뜨리는 거짓말은 무해한 것들로, 단지 사람들을 즐겁게 하고 웃음을 자아내기 위한 것이기 때문이오.

에드워즈***라는 인물도 이 흥미로운 모임의 구성원이었소. 따라서 자신의 목적을 이루기 위한 하나의 방편으로 그를 이용하기로 결심한 레이디 벨라스턴은 그에게 한 가지 거짓말을 제공할 테니, 그녀가 신호를

---

* 프랑스와 영국 간에 벌어졌던 오스트리아 왕위 계승 전쟁을 말함.
** 18세기 오스트리아 왕위 계승 전쟁 후 군인들 사이에는 결투가 유행하게 되었다.
*** 필딩의 라이벌 소설가인 새뮤얼 리처드슨Samuel Richardson의 지지자로 필딩의 명성과 인품을 종종 비난했던 토머스 에드워즈(Thomas Edwards, 1699~1757)를 암시한다.

보낼 때마다 이 거짓말을 퍼뜨려달라고 부탁했소. 펠라머 경과 에드워즈를 제외한 나머지 방문객들이 모두 떠나자, 남은 세 사람이 세 판 승부로 승리를 결정하는 휘스트 게임을 하고 있던 어느 날 저녁이었소.

그러니 우리도 이 게임이 벌어지던 저녁 7시와 8시 사이로 독자들을 안내하겠소. 레이디 벨라스턴과 펠라머 경, 소피아와 톰 에드워즈가 휘스트 게임의 세 판 중 마지막 판을 벌이고 있던 당시, 레이디 벨라스턴은 톰 에드워즈에게 이렇게 말했소. "톰, 요즘 정말 재미없는 사람이 됐어. 전에는 런던에서 벌어지는 일을 모두 이야기해주었는데, 요새는 런던 밖에 사는 사람처럼 세상 돌아가는 일에 대해 아는 게 하나도 없으니 말이야." 그러자 에드워즈는 다음과 같이 대답했소. "부인, 그건 제 잘못이 아니라 이야기할 만한 일을 하지 않는 지루한 요즘 사람들 탓이에요. 아, 그런데 지금 생각해보니, 불쌍한 윌콕스 대령, 그러니까 네드에게 닥친 끔찍한 사고가 하나 있군요! 펠라머 경도 그 사람을 알고 계시죠? 하긴 모든 사람들이 네드를 알긴 하니까. 정말 네드가 많이 걱정돼요."

이 말에 레이디 벨라스턴이 "무슨 일인데 그래?"라고 묻자, 에드워즈는 "글쎄, 네드가 오늘 아침 결투를 벌이다가 어떤 사람을 죽였다지 뭡니까. 그게 다예요"라고 대답했소.

이 말에 이들의 비밀스런 음모를 모르고 있던 펠라머 경이 그가 누구를 죽였는지 심각하게 묻자, 에드워즈는 "우리 중 아무도 아는 사람이 없는 어떤 젊은 친구예요. 서머싯셔에서 런던으로 막 올라온 젊은 사람인데 이름이 존스라고 하더군요. 펠라머 경께서도 들어보셨을 거예요. 올워디 영주의 가까운 친척이라니까요. 커피하우스 바닥에 있는 그 친구 시체를 보았는데, 평생에 내가 본 것 중 가장 멋진 시체였어요"라고 대답했소.

톰 에드워즈가 어떤 사람이 죽었다고 했을 때 막 카드를 돌리기 시작했던 소피아는 손을 멈추고 정신을 집중해 그의 말에 귀를 기울였소(소피아는 이런 종류의 이야기를 아무렇지도 않게 넘기지 못했기 때문이오). 하지만 그가 한 이야기의 뒷부분을 들었을 때, 다시 카드를 돌리기 시작한 소피아는 한 사람에게는 석 장의 카드를 다른 사람에게는 일곱 장의 카드를 나머지 사람에게는 열 장의 카드를 돌렸소. 그러고는 남은 카드를 모두 떨어뜨리고 의자에서 그대로 쓰러지고 말았소.

이곳에 모인 사람들은 이런 경우 늘상 하던 대로 행동했소. 평소처럼 소동이 벌어지자, 평소처럼 응급조치를 취했고, 이런 경우 늘 그렇듯이 결국 정신을 차린 소피아는 방으로 데려다달라고 간곡히 청해 사람들의 부축을 받으며 방으로 돌아갔소. 그리고 펠라머 경의 요청에 따라 레이디 벨라스턴은 소피아에게 사실을 모두 밝히고, 이 모든 것이 자신이 주도한 단순한 장난이라며 이 일을 대수롭지 않은 듯 넘기려 했소. 그러고는 위로한답시고, 톰 에드워즈에게 그렇게 말하도록 시켰지만, 펠라머 경이나 톰 에드워즈도 상황의 전모는 모르고 있다고 몇 번이고 말했소.

소피아에 대해 레이디 벨라스턴이 말해준 내용이 얼마나 정확한지 펠라머 경이 확인하기 위해 더 이상의 증거는 필요 없었소. 레이디 벨라스턴의 방으로 돌아온 두 귀족은 펠라머 경에게는 별로 가증스럽게 보이지 않았지만(펠라머 경은 소피아와 결혼함으로써 자신이 베풀 수 있는 최대한의 보상을 소피아에게 해주기로 진심으로 다짐했고 이를 실행에 옮기기로 결심했기 때문이오) 많은 독자들은 당연히 혐오스럽게 여길 어떤 음모를 꾸몄소.

다음 날 저녁 7시에 이 흉악한 음모를 실행에 옮기기로 결정한 뒤, 레이디 벨라스턴은 그 시각에 소피아만 집에 남아 있도록 조처를 취하기로 했고, 펠라머 경은 혼자 있는 소피아를 찾아가기로 했소. 이를 위해 집에 있는 모든 사람들을 통제하기로 한 레이디 벨라스턴은 하인들을 모두 그 시각에 집 밖으로 내보내고, 의심을 사지 않도록 하기 위해 어느는 펠라머 경이 오기 전까지는 소피아와 함께 있도록 하겠지만, 그 이후에는 소피아의 소리가 들리지 않는 곳, 그러니까 음모가 실행에 옮겨질 장소로부터 가능한 한 멀리 떨어진 방에 레이디 벨라스턴이 직접 붙잡아두기로 했소.

이렇게 합의한 뒤, 펠라머 경은 작별을 고하며 레이디 벨라스턴의 집을 나섰고, 레이디 벨라스턴은 성공하지 못할 하등의 이유가 없는 이 계획을 몹시 만족스럽게 생각하며 잠자리에 들었소. 이 계획은 자신과 존스와의 사랑에 장애물이 될 소피아를 아주 효과적으로 제거할 수 있을 것 같았고, 설령 이 일이 세상에 알려진다 해도, 자신은 아무런 잘못도 저지르지 않은 것처럼 보일 수 있기 때문이었소. 게다가 겁탈당한 소피아가 쉽게 동의할 수밖에 없는, 그리고 소피아의 가족들도 기뻐하게 될, 펠라머 경과의 혼사를 서두른다면, 자신이 이 계획을 주도한 사실이 알려지는 것도 막을 수 있을 거라고 생각했던 것이오.

하지만 레이디 벨라스턴과 함께 음모를 꾸민 다른 공모자의 마음은 그처럼 평탄하지만은 않았소. 그의 마음은 셰익스피어가 묘사한 것처럼 극심한 고뇌로 인해 크게 동요되고 있었던 것이오.

> 가공(可恐)할 일을 모의한 순간부터
> 이를 실행에 옮길 때까지의 시간은,
> 흡사 환상이나 악몽과 같다.
> 수호신과 인간이 모의를 하는 동안
> 인간의 정신 상태는 소왕국처럼 내란에
> 빠지는구나.*

강렬한 열정에 사로잡힌 펠라머 경은 처음 이 계획에 대해 들었을 때는 (특히 이 계획이 소피아의 친척에게서 나온 것이었기 때문에) 기꺼이 따르기로 했지만, 베개를 베고 누워 심사숙고해보니, 자신이 저지르기로 한 행위가 얼마나 사악한 것인지 그리고 그 뒤에 일어날 수 있는, 아니 일어날 게 분명한 결과가 어떤 것인지에 대해 생각이 미치자, 그의 결심은 약해지기 시작했소(정확히 말해 반대편으로 기울기 시작했소). 따라서 밤새 명예와 욕망 사이에서 긴 갈등을 겪은 뒤, 마침내 명예를 따르기로 결심하고는 레이디 벨라스턴을 찾아가 그 계획을 포기하겠다는 의사를 전하기로 마음먹게 되었소.

아주 늦은 아침이었지만 레이디 벨라스턴은 그때까지 침대에 누워 있었고, 소피아는 그녀의 침대 옆에 앉아 있었소. 이때 하인이 들어와 펠라머 경이 아래층 거실에 있다고 전하자, 레이디 벨라스턴은 곧 만나러 가겠으니 기다려달라고 전하라고 했소. 하인이 방을 나서자마자 소피아는 그 혐오스런 귀족(이 말이 정당하지는 않지만, 소피아는 펠라머 경을 그렇게 불렀소)이 자신을 만나러 오는 걸 막아달라고 간청하며 이렇게 말했소. "저는 그분이 무슨 마음을 품고 있는지 알아요. 어제 아침엔 노골적으로 저를 대했거든요. 하지만 절대 그분을 받아들이지 않기로 결심했으니, 더 이상 그분과 둘만 있게 내버려두진 말아주세요. 혹 그분이 저를 만나고 싶어 하시면 만날 수 없다고 전하라고 하인들에게 지시해주세요."

이 말에 레이디 벨라스턴은 "어머나! 시골 여자들 머릿속에는 애인 생각밖에는 없나보죠! 정중히 대해주는 남자들이 모두 자신에게 구애하

---

* 셰익스피어의 『줄리어스 시저』의 2막 1장에 나오는 구절.

고 있다고 생각하니 말이에요! 펠라머 경은 런던에서도 여자들을 가장 정중히 대해주는 사람이에요. 그러니 소피아에게도 정중하게 대해주려고 했던 것뿐인 게 틀림없어요. 펠라머 경이 구애를 하다니! 나도 그랬으면 정말 좋겠어요! 펠라머 경이 진짜로 구애했는데, 그걸 거부한다면 진짜 미친 사람이 틀림없어요"라고 대답했소.

이 말에 소피아가 "저는 차라리 그런 미친 사람이 될 테니, 그 사람이 더 이상 저를 찾아오지 않았으면 해요"라고 소리치자, 레이디 벨라스턴은 "그렇게 무서워할 필요는 없어요. 소피아가 그 존스란 사람과 달아나기로 결심했다 해도, 막을 수 있는 사람은 없을 테니까 말이에요"라고 말했소. 이에 소피아가 "분명히 말씀드리는데, 지금 말씀은 제게 상처가 되네요. 전 누구하고도 도망가지 않을 거고, 아빠가 반대하는 사람과도 절대 결혼하지 않을 거예요"라고 소리치자, 레이디 벨라스턴은 "소피아, 오늘 아침 그 사람을 만날 기분이 아니면, 소피아는 방에 가도 좋아요. 하지만 난 펠라머 경이 무섭지 않으니, 내 방으로 올라오게 할 거예요"라고 말했소.

레이디 벨라스턴에게 고맙다고 하고는 소피아가 방을 나서자, 레이디 벨라스턴은 펠라머 경을 곧 이층으로 올라오도록 했소.

4장
여자가 자신의 사악한 목적을 위해 웅변술을 발휘할 때,
얼마나 위험한 주장을 하는지 보여주는 장

소위 뉴게이트 감옥의 변호사*라고도 불리는 법에 박식한 자들이 젊

은 증인들이 느끼는 양심의 가책을 비웃듯이, 레이디 벨라스턴은 양심의 가책을 느낀다는 이 젊은 귀족의 말을 비웃으며 이렇게 말했소. "강심제가 필요하신 게 틀림없군요. 에질리 부인에게 사람을 보내 최상급 강심제라도 좀 얻어와야겠어요. 정말 꼴불견이군요! 마음을 좀 단단히 먹어요. 아니! 겁탈이라는 말에 그렇게 놀란 거예요? 아니면 걱정이 되는 거예요? 헬레네** 이야기가 요즘 이야기라면 자연스럽지 않다고 생각할 거예요. 내 말은 헬레네가 파리스 왕자를 좋아한 것이 자연스럽지 않다는 게 아니라, 파리스 왕자의 행동이 자연스럽지 않다는 거예요. 여자들은 원래 기백 있는 남자를 좋아하니까요. 이탈리아 사비니 출신 여자들에 관한 이야기도 있죠. 다행히 그것도 아주 옛날이야기지만요. 내 독서량에 놀랄지도 모르겠지만, 후크***는 사비니 출신 여자들이 나중에 꽤 괜찮은 아내가 되었다고 한 것 같아요. 내가 아는 사람 중에도 남편에게 겁탈당해 결혼하게 된 경우가 제법 있고 말이죠." 이 말에 펠라머 경이 "레이디 벨라스턴, 그런 식으로 절 비웃진 마십시오"라고 소리치자, 레이디 벨라스턴은 "왜요? 영국 여자 중에 겉으로는 아무리 숙녀인 척할지 모르겠지만, 마음속으로는 경을 비웃지 않을 여자가 있을 거라고 생각해요? 경 때문에 이런 이상한 말을 하고, 우리 여자들의 본 모습을 아주 가증스럽게도 폭로까지 하게 됐네요. 하지만 좋은 의도에서 그리고 친척을 위해서 한 거

---

* 영국 뉴게이트 감옥에 갇힌 죄수를 전문적으로 변호하는 부정직한 변호사를 말함.

** 스파르타의 왕 메넬라우스Menelaus의 왕비로 트로이의 왕자 파리스Paris와의 야반도주로 트로이 전쟁을 야기한 인물.

*** 너대니얼 후크(Nathaniel Hooke, 1664~1763): 18세기 영국 역사가로 『로마의 역사: 로마의 건립과 공화국의 멸망』이라는 저서를 남겼다. 이 책에서 그는 로마 남자들에게 겁탈 당한 사비니 여자들이 처음에는 증오심에 불탔지만, 결국은 로마인들의 훌륭한 점에 매료되어 충실한 아내가 되었다고 전한다.

니까 괜찮아요. 제가 이런 말을 해도 경은 결국 소피아의 남편이 될 거라고 생각하니까요. 그렇지 않다면 맹세코, 저는 소피아에게 이름뿐인 직함 때문에 자신을 버리라고 설득하진 않을 거예요. 그리고 소피아도 적대적인 사람들조차도 용기 있다고 인정하는 존스라는 남자를 나 때문에 놓치게 되었다고, 나를 원망하게 만들지는 않을 거예요"라고 대답했소.

이런 식의 비난을 아내나 애인에게 들은 적이 있는 사람들은, 여자한테서 들었기 때문에 이런 비난이 더 달콤하게 들렸는지 한번 말해보시오. 어쨌든 레이디 벨라스턴의 이 말은 데모스테네스나 키케로가 이런 경우에 했음 직한 말보다도 펠라머 경의 가슴속에 더 깊이 파고들었던 것만은 분명했소.

이 젊은 귀족의 자존심에 불을 질렀다는 사실을 알게 된 레이디 벨라스턴은 이제 진정한 웅변가처럼 또 다른 감정을 불러일으키기 위해 더욱 근엄한 목소리로 말했소. "이 문제를 먼저 언급한 사람은 경이었다는 사실을 기억했으면 해요. 소피아를 경에게 떠맡기려 하는 것처럼 보이고 싶지는 않으니까요. 8만 파운드라는 돈은 그 자체만으로도 매력적이잖아요." 이 말에 펠라머 경은 "웨스턴 아가씨는 달리 재산이 없다 해도 그분 자체가 매력입니다. 아가씨가 갖고 있는 매력의 반이라도 가진 여자는 이 세상에 없다고 생각합니다"라고 말했소. 그러자 레이디 벨라스턴은 거울을 보면서 대답했소. "아니에요, 소피아가 가진 매력의 반 이상 가진 여자들은 분명히 있어요. 그렇다고 소피아를 깎아내리려는 것은 아니에요. 소피아는 아주 매력적이죠. 그건 분명해요. 그리고 앞으로 몇 시간 안에 자신에게 과분한 어떤 분의 품에 안기게 될 거예요. 그리고 솔직히 말해 그분은 진짜 용기 있는 사람이고요."

이 말에 펠라머 경이 "제가 소피아 아가씨를 얻을 자격이 없다는 건 인정하지만, 그렇게 될 수 있기를 바랍니다. 신이나 부인께서 제 계획을 막으시지만 않는다면, 소피아는 그 시간 안에 제 것이 될 테니까요"라고 말하자, 레이디 벨라스턴은 "말 잘했어요. 제가 방해하는 일은 절대 없을 거라고 약속하지요. 이번 주 안에 사람들 앞에서 경을 친척이라고 부를 수 있게 될 거라고 저는 확신해요"라고 대답했소.

이 장면의 나머지 부분은 주로 '아주 큰 기쁨입니다' 혹은 '그래서 그렇게 된 것입니다'라는 식의 해명과 상대방에 대한 칭찬으로 채워졌소. 당사자에게서 직접 듣기에는 기분 좋지만 전해 들을 때는 아주 따분한 내용이기 때문에, 여기서 이들의 대화를 끝내고 불쌍한 소피아를 파멸시키기 위한 만반의 준비가 다 된 그 운명의 시간으로 서둘러 이동하고자 하오.

하지만 이 이야기는 우리가 하는 이야기 중에서도 가장 비극적이기 때문에 별도의 장에서 다루겠소.

5장
독자들에게 영향을 미칠 내용과 독자들을 놀라게 할 내용

시계가 7시를 쳤을 때, 소피아는 혼자서 우울하게 『파멸적인 결혼』*이라는 비극을 읽고 있었소. 이 책의 여주인공 이사벨라가 돈 한 푼 없어 결혼반지를 처분하는 장면에 이르자, 손에 들고 있던 책을 떨어뜨린 소피아는 눈물을 줄줄 쏟아내, 가슴에까지 흘러내렸소. 이런 상태로 1분이 홀

---

* The Fatal Marriage: 18세기 영국의 극작가 토머스 서던(Thomas Southerne, 1659~1746)이 1894년에 발표한 희곡. 시부모의 반대를 무릅쓰고 결혼한 이사벨라는 남편이 죽은 줄로 믿고 경제적으로도 쪼들리는 상태에서 결혼반지를 처분할 결심을 하게 된다.

렀을 때, 방문이 열리고 펠라머 경이 들어왔소. 이를 본 소피아가 의자에서 벌떡 일어나자 펠라머 경은 앞으로 다가오면서 가볍게 목례를 하고서는 "결례를 용서하세요. 웨스턴 아가씨, 제가 불쑥 들어온 것 같군요"라고 말했소. 이 말에 소피아가 "정말 그래요. 이렇게 예기치 않게 찾아오셔서 좀 놀랐어요"라고 대답하자, 펠라머 경은 "제가 다시 찾아오리라는 예측을 하지 못하셨다면, 지난번 영광스럽게도 아가씨를 뵈었을 때, 저의 눈이 제 마음을 제대로 전달하지 못한 게 틀림없군요. 그렇지 않았더라면, 제 마음을 다 가져가신 아가씨께서 그 마음의 주인이 찾아오리라는 걸 예측하셨을 테니 말입니다"라고 말했소. 이 말에 당황은 했지만 이 과장된 말(과장되었다는 것은 아주 적절한 표현이라고 생각하오)에 믿을 수 없을 만큼 경멸하는 표정으로 소피아가 답변을 대신하자, 펠라머 경은 이와 비슷한 내용의 말을 다시 길게 했소. 이에 소피아가 몸서리를 치며 "지금 경께서 제정신이 아니라고 생각해야 하나요? 그렇게 행동하시니 달리 생각할 수가 없네요"라고 말하자, 펠라머 경은 "그래요, 아가씨가 생각하시는 것처럼 저는 지금 그런 상태입니다. 아가씨 때문에 미쳐서 이런 것이니 절 용서해주셔야 합니다. 사랑 때문에 이성을 완전히 잃어버려 제 행동에 대해 제가 책임질 수 없게 되었으니까 말입니다"라고 소리쳤소. 이 말에 소피아가 "정말 지금 하시는 말씀이나 행동을 도무지 이해할 수가 없군요"라고 말하자, 펠라머 경은 이렇게 말했소. "그러면, 아가씨 발아래 엎드려 제 영혼을 다 보여드리고 아가씨를 미치도록 사랑한다고 말할 수 있도록 허락해주십시오. 그러면 그 둘 다를 이해하실 수 있을 테니까요. 오! 찬미 받아 마땅한 여신이시여! 제 마음을 그 어떤 말로 표현할 수 있겠소?" 이에 소피아가 "분명히 말씀드리는데, 여기 남아 더 이상 이런 이야기를 듣고만 있지는 않을 거예요"라고 말하자, 펠라머 경은 "저를 이렇게 버려두고 잔인하게 떠날 생각은 하지 말아요. 제가 겪는 이 고통의 반만이라도 아신다면 아가씨로 인해 고통받는 저를 틀림없이 동정하게 될 테니 말이오"라고 소리치고는, 깊은 한숨을 내쉬며 소피아의 손을 잡고, 소피아에게나 독자들에게는 별로 유쾌하지 않은 말을 수분 동안 계속했소. 그러고는 자신이 온 세상을 다 가졌다면, 그것을 소피아의 발아래 바치겠다며 말을 마쳤소. 이에 소피아가 그의 손을 세차게 뿌리치고는 "분명히 말씀드리지만, 저에게 주신다는 그 세상과 그 세상의 주인 모두를 전 똑같이 경멸하고 있으니, 둘 다 거절하겠어요"라고 대답하고는 방을 나서려 하자, 펠라머 경은 다시 소피아의 손을 잡고 말했소. "절망에 빠져 저지른 무례를 용서해주시오. 사랑하는 천사여! 아가씨와 비교해서는 보잘것없는 것이지만, 제 재산과 직위를 아가씨께서 받아주실 거라고 기대할 수만 있다면, 아주 겸허하게 그것 모두를 바치겠소. 하지만 아가씨를 놓칠 수는 없소. 그럴 거라면 차라리 제 목숨을 내놓겠소. 아가씨는 제 것이며 제 것이 되어야 하고, 제 것이 될 것이오." 이에 소피아가 "아무 소용 없으니 이제 제발 그만두세요. 맹세코 이 문제에 대한 말씀은 더이상 듣지 않겠어요. 그러니 제 손을 놓아주세요. 지금 당장 펠라머 경을 떠나 두 번 다시 보지 않기로 결심했으니까요"라고 말하자, 펠라머 경은 "그렇다면, 지금 이 순간을 그냥 허비할 순 없겠군요. 저는 아가씨 없이는 살아갈 수도, 살 수도 없으니 말이오"라고 소리쳤소. 이에 소피아가 "그게 무슨 말씀이세요? 그러시면 사람들을 부르겠어요"라고 말하자, 펠라머 경은 "아가씨를 잃는 것 말고는 아무것도 두렵지 않소. 그러니 절망적인 상황에서만 취할 수 있는 방법을 써서라도 아가씨를 절대 놓치지 않을 거요"라고 소리치더니 소피아를 잡았소. 이에 소피아가 큰 소리로 비명을 질러, 레이디 벨라스턴이 아무도 듣지 못하도록 사람들을 모두 멀리 내보내지 않았더라면, 누군가가 소피아를 도우러 달려왔을 것이오. 하지만 이 불쌍한 소피아에게 다행스런 일이 일어났소. 소피아의 비명 소리를 훨씬 압도하는 더 큰 소리가 들려왔던 것이오. 집 전체가 "그 애 어디 있어? 빌어⋯을! 어디 숨어 있는지 내 당장 끄집어낼 거야. 이봐, 그 아이 방이 어디야? 내 딸 어데 있어? 이 집에 있는 거 다 알아! 땅속에 묻히지만 않았다면 찾아낼 거야. 그러니 있는 곳으로 안내해!"라는 말로 쩌렁쩌렁 울렸던 것이오. 그리고 이 마지막 말과 함께 문이 확 젖혀지더니, 웨스턴 영주가 서플 목사를 비롯한 수행원들과 함께 방 안으로 들어왔소.

아버지의 분노에 찬 목소리가 반갑게 들렸으니(실제로 소피아에게 그 소리는 몹시도 반가웠소), 소피아의 당시 상황은 얼마나 절박했겠소? 아버지의 등장이 매우 다행스러웠던 것은, 그것이 소피아의 마음의 평화가 영원히 파괴되는 걸 막을 수 있는 이 지상의 유일한 사건이었기 때문이었소.

몹시 놀라긴 했지만 소피아는 아버지의 목소리를 금방 알아차렸고, 격정에 휩싸이기는 했지만 펠라머 경도 지금은 악행을 저지를 때가 아니라고 단호하게 말하는 이성의 목소리에 귀를 기울일 수 있었소. 따라서 목소리가 가까이 다가오자 또 그것이 누구의 목소리인지 알게 되자(웨스턴 영주가 '딸'이라는 말을 여러 번 큰 소리로 외치자, 발버둥 치던 도중에도 소피아는 큰 소리로 대답했기 때문이었소) 소피아의 가슴 윗부분을 가리던 천을 풀어 젖히고, 야만적인 입술로 소피아의 사랑스런 목에 불경스런 짓을 저질렀던 펠라머 경은 자신의 먹잇감을 놓아주는 게 적절하다고 생각했던 것이오.

독자들이 상상력을 동원해 나를 도와주지 않는다면, 웨스턴 영주가 방에 들어왔을 때 두 사람 사이에 벌어진 장면을 결코 묘사하지 못할 것이오. 혼란스럽고 창백한 표정으로 비틀거리며 의자에 주저앉은 소피아는

숨을 헐떡거리면서 펠라머 경에 대한 분노를 터뜨렸소. 아버지가 와서 두려웠지만 동시에 기뻐하면서 말이오.

소피아 가까이 앉아 있던 펠라머 경의 주머니 가발은 그의 한쪽 어깨 위에 걸쳐 있었고, 옷들은 다소 헝클어졌으며 속옷의 상당 부분은 평상시보다 가슴 부분에서 더 노출되어 있었소. 그리고 그의 나머지 옷 상태는 펠라머 경을 아연실색케 하고 난처하게 또한 수치스럽게 할 정도였소.

이 당시 웨스턴 영주는 영국 시골 신사들 대부분을 쫓아 다니다가 결국에는 붙잡고야 마는 바로 그런 적에게 붙잡혀 있었소. 다시 말하면 그는 만취상태였던 것이오. 현재 이런 상태에 처한 데다가 원래부터 충동적인 성격이었던 웨스턴 영주는 곧장 딸에게 달려가서는 늘 하던 식으로 혀를 이용해 맹공을 퍼붓기 시작했소. 서플 목사가 끼어들어 다음과 같이 말하지 않았다면 아마 손찌검까지도 마다하지 않았을 것이오. "지금 귀부인 댁에 와 계신다는 사실을 명심하시고 제발 화를 누그러뜨리세요. 이제 따님을 찾으셨으니 되지 않았습니까? 보복은 우리 인간이 해서는 안 될 일입니다. 아가씨 얼굴을 보니 무척 반성하고 계신 것 같네요. 그러니 아가씨를 용서해주시면 지난날의 모든 과오를 뉘우치시고 앞으로는 자신의 의무를 다하실 겁니다."

처음에는 목사의 팔 힘이 그의 웅변술보다 더 도움이 되었소. 하지만 그의 마지막 말이 모종의 효과를 보아서인지 웨스턴 영주는 이렇게 대답했소. "그 녀석하고 결혼하겠다면 용서하지. 소피, 그 녀석이랑 결혼하겠다면 용서해주겠다 하잖아. 머 땜에 암 말도 없어? 그 녀석하고 결혼할 거야? 떠그랄, 그 자슥하고 결혼할 거냐고? 와 대답을 안 해? 이래 바보 같은 기 있어?"

이 말에 목사가 "제발 조금만 더 부드럽게 대해주세요. 아가씨를 너

378

무 무섭게 몰아치시니 아무 말도 못 하시잖아요"라고 말하자, 웨스턴 영주는 "빌어먹을, 당신 지금 이 아이 편을 드는 거야? 애비 에미 말이라곤 듣지도 않는 아이 편을 들다니 앵가이도 훌륭한 목사로구만. 그럼른 이제부터 당신한테 성직록 줄 때 염병도 같이 주야겠서. 쪼매라도 염라대왕한테 빨리 보내뿌야지"라고 대답했소.

이에 목사가 "진심으로 죄송합니다만, 그런 의도는 아니었다는 걸 분명히 말씀드리죠"라고 말하는 순간, 방에 들어온 레이디 벨라스턴이 웨스턴 영주에게 다가갔소. 레이디 벨라스턴을 본 웨스턴 영주는 누이동생이 일러준 대로 하기로 마음먹고는 그녀에게 아주 정중하게 시골 식으로 인사를 했소. 그리고 할 수 있는 최상의 치하를 한 다음, 불평을 늘어놓으며 말했소. "부인, 이 세상에서 제일 불효막심한 녀석이 바로 여기 있소. 거렁뱅이나 다름없는 천한 놈을 좋아해 내가 붙여준 영국 최고의 신랑감과 혼인하려고 하지 않으니 말이오."

이 말에 레이디 벨라스턴은 "웨스턴 영주님, 소피아를 잘못 알고 계신 게 틀림없군요. 소피아는 그렇게 분별없는 아이가 아니에요. 자신에게도 유리한 줄 잘 알고 있으니 분명히 거부하진 않을 거예요"라고 대답했소.

레이디 벨라스턴은 자신이 오해하고 있는 척하기 위해 의도적으로 이렇게 말했소. 웨스턴 영주가 펠라머 경의 청혼을 금방 수락할 거라고 생각했던 그녀는 웨스턴 영주가 의미하는 바를 잘 알고 있었기 때문이오.

이 말에 웨스턴 영주가 "너 들었어? 부인이 하시는 말씀을? 우리 집안사람 모두가 이 혼사에 찬성해. 그러니 소피아, 아빠 말 잘 들어. 그래야 이 아빠가 행복할 거 아니니"라고 말하자, 소피아는 "제가 죽어야 아빠가 행복해지신다면, 곧 그렇게 되실 거예요"라고 대답했소. 그러자 웨스턴 영주는 "그건 거짓말이야. 그건 말도 안 되는 거짓말이야. 너도 잘 알고 있잖아"라고 말했소.

이에 레이디 벨라스턴이 "그래, 소피아, 소피아는 지금 아버지에게 상처를 주고 있는 거예요. 아버지는 단지 소피아를 위해서 이 결혼을 원하시는 것뿐이잖아요. 나나 소피아 가족 모두 이 결혼이 영광스런 결혼이라는 걸 인정해야 할 거예요"라고 말하자, 웨스턴 영주는 이렇게 말했소. "그래요, 우리 모두 다 그렇소. 뿐만 아니라, 이건 내가 한 제안이 아니었소. 이 아이도 잘 알고 있듯이 이건 이 아이 고모가 나한테 먼저 제안한 것이었단 말이오. 자, 소피. 다시 착한 아이로 돌아와줘. 이 친척 어른 앞에서 그래하겠다고 함 말해바라."

이에 레이디 벨라스턴이 "혼인 문제는 내가 도와줄게요. 시간을 질질 끌면서 오랫동안 연애하는 건 요새 유행이 아니에요"라고 말하자, 웨스턴 영주는 "흥! 뭐 땜에 시간을 끌어? 나중에 서로 치근덕거릴 시간은 충분히 있을 텐데 말이야? 일단 침대에 들어가면, 서로 잘 치근덕거리더라고" 하고 대답했소.

펠라머 경은 레이디 벨라스턴이 말하는 혼인 상대가 자신이라는 걸 확신한 데다 블리필에 대해선 한 번도 들어본 적이 없었기 때문에, 웨스턴 영주가 말하는 신랑감이 바로 자신이라는 사실을 조금도 의심치 않고 웨스턴 영주에게 다가가서는 "영주님을 알 영광을 아직 누리지 못했습니다만 제 청혼이 받아들여진 걸 알게 되었으니, 소피아 아가씨를 위해 한 말씀 드리겠습니다. 지금은 더 이상 아가씨에게 어떤 요구도 하지 말아주셨으면 합니다"라고 말했소.

이에 웨스턴 영주가 "내 딸을 위해 한마디한다고! 도대체 당신 누구야?"라고 묻자, 펠라머 경은 "펠라머라고 합니다. 영광스럽게도 영주님께서 사윗감으로 받아주신 그 행복한 사람입니다"라고 대답했소. 이 말에 웨스턴 영주가 "레이스 달린 코트를 입었지만, 넌 호로자식이 틀림없어. 뭐, 내 사위라고! 빌어먹을 놈 같으니라고" 하고 소리치자, 펠라머 경은 "누구의 말보다도 어르신 말씀은 참겠지만, 그런 말을 듣고도 화를 내지 않은 적은 없었다는 사실은 분명히 말씀드리지요"라고 말했소.

그러자 웨스턴 영주는 "뭐, 화를 내? 옆구리에 칼을 차고 있다 캐서 내가 니 같은 놈을 무서워할 끼라고 생각하는 갑지? 칼 치우지, 안 그라믄 상관도 없는 일에 간섭한 대가를 단디 치르게 해줄 끼니까. 나를 장인이라고 부르믄 용서하지 않을 거야. 내 두들겨 패뿔 거니까"라고 말했소. 이에 펠라머 경은 "좋습니다. 숙녀 분들 앞에서 소란 피우지 않겠습니다. 충분히 알았으니까요, 어르신. 레이디 벨라스턴, 자, 그럼" 하고 말하고는 집을 나섰소.

펠라머 경이 떠나자마자 레이디 벨라스턴은 웨스턴 영주에게 다가가서는 말했소. "어머나! 지금 무슨 일을 저지른 줄 아세요? 영주님이 지금 모욕한 분이 누군 줄 모르시죠? 그분은 우리나라 최고의 지위와 재산을 가진 귀족이에요. 어제 소피아에게 청혼을 했단 말이에요. 영주님께서도 기꺼이 그 청혼을 받아들이실 거라 확신은 하지만요."

이 말에 웨스턴 영주는 "그건 부인에게나 그렇고요. 난 부인이 말하는 그런 귀족들과는 아무 거래도 하지 않을 작정이오. 내 딸아인 정직한 시골 신사와 결혼할 거요. 딸아이를 위해 내가 벌써 골라논 사람이랑 결혼할 기니까. 하여튼 우리 딸 때문에 부인이 겪은 고초에 대해선 진심으로 미안하오"라고 말했소. 레이디 벨라스턴이 '고초'란 말에 대해 정중하게 한마디하자, 웨스턴 영주는 "참 친절하신 말씀이오. 나도 부인을 위해서라면 그만한 일쯤은 해드렸을 거요. 친척지간에는 서로 돕고 살아야 하니까. 자, 그럼 오늘 밤은 편히 쉬시오"라고 말하고서는 "애야, 가자, 좋게 이야기할 때 같이 가. 안 그라믄, 억지로라도 마차까지 끌고 갈 거다"
라고 소리쳤소. 소피아가 억지로 끌고 가지 않아도 따라가겠다며 다른 곳
으로 갈 수도 없으니 가마를 타고 가게 해달라고 청하자, 웨스턴 영주는
"마차 타고는 못 가겠다고 자꾸 엉뚱한 소리 하지 말그라. 말도 되도 안
하는 소리니까. 니가 결혼하기 전까진 내 눈에서 절대 못 벗어날 끼다.
거짓말인가 아인가 함 봐라"라고 소리쳤소. 이 말에 소피아가 아버지가
자기 마음을 갈기갈기 찢어놓기로 작정한 걸 이제 알겠다고 말하자, 웨스
턴 영주는 "네 마음을 갈기갈기 찢는다고? 아무리 훌륭한 서방이라도 그
러면 내 가만 안 놔둘 끼다. 하지만 부모 말 안 듣는 가시나는 눈꼽만치도
존중해줄 수 없어"라고 말하더니 소피아의 손을 거칠게 잡았소. 이때 서
플 목사가 다시 한 번 나서서 소피아를 부드럽게 대하라고 간청하자, 웨
스턴 영주는 그에게 욕설을 퍼부으면서 입 닥치라고 하고는 이렇게 말했
소. "당신 지금 내한테 설교하는 기야? 당신이 지금 설교단에 서 있다 캐
도 난 당신이 떠들어쌌는 말에 눈꼽만치도 신경 안 써. 내가 목사 말을 듣
지 싶어? 당신이 내한테 이래라저래라 칼 위치야? 부인, 안녕히 계시오.
소피아, 고마 가자, 어여. 이제 모든 기 다 잘될 끼다. 넌 이제 그 눔과
결혼하게 될 끼거든. 떠그랄! 결혼하게 될 끼라고."

이때 어너가 아래층에 나타나, 웨스턴 영주에게 무릎을 살짝 굽혀 인
사를 하고는 소피아의 뒤를 따르려 하자, 웨스턴 영주는 그녀를 밀어제치
더니 "따라오지 마. 따라오지 말란 말이야. 다시는 내 집 근처에 얼씬도
하지 마"라고 말했소. 이에 소피아가 "제게서 하녀도 떼어놓으시려는 거
예요?"라고 항의하자, 웨스턴 영주는 "그래, 그럴 거다. 하지만 하녀는
붙여줄 테니 걱정은 하지 말거라. 내 장담하건대 하녀라기보다는 할망구
같은 이 여자보단 나은 하녀를 얻어다줄 거니까. 그리고 앞으로 이 여자

가 니가 도망갈 방법을 궁리하도록 내버려두진 않을 거다"라고 소리쳤소. 그러더니 소피아와 서플 목사를 마차에 급하게 밀어 넣고, 그 뒤를 이어 자신도 마차에 올라타더니 거처로 가라고 지시했소. 가는 내내 아무 말도 하지 않는 소피아는 내버려두었지만, 서플 목사에게는 예의범절과 윗사람에게 어떻게 대하는 것이 옳은지 설교를 하면서 말이오.

레이디 벨라스턴이 소피아를 붙잡아두려고 했다면 웨스턴 영주는 그처럼 쉽사리 딸을 데려오지는 못했을 것이오. 하지만 레이디 벨라스턴은 소피아가 이제부터는 갇히는 신세가 될 거라는 사실에 몹시 기뻐 이를 막지 않았던 것이오. 자신과 펠라머 경이 세운 계획은 성공하지 못했지만, 다른 남자 때문에 또 다른 강압적인 방법이 사용될 거라는 사실에 몹시 만족스러웠던 것이오.

6장
웨스턴 영주가 딸의 거처를 알아낸 경위

여러 이야기를 읽으면서 독자들은 앞서 본 웨스턴 영주의 등장보다도 훨씬 더 설명하기 어려운 인물들의 등장을 제대로 납득도 하지 못한 채 받아들일 수밖에 없는 경우를 많이 겪었을 것이오. 하지만 우리는 가능하다면 언제나 독자들에게 호의를 베풀고자 하기에 웨스턴 영주가 어떻게 딸의 거처를 알아냈는지 알려주고자 하오.

앞 권 3장에서 우리는 삼촌이나 고모와 몹시 화해하고 싶어 하던 피츠패트릭 부인이 자신이 친척들의 분노를 산 죄를 소피아도 똑같이 저지르는 것을 막는다면, 이들과 화해할 기회를 얻게 될 거라고 생각했다는 사실을 암시(당시 상황에 필요 이상으로 정보를 제공하는 건 우리 작가들의 관례가 아니기 때문이었소) 한 적 있었소. 따라서 소피아의 행방을 알려주기로 결심하게 된 그녀는 상당한 심사숙고를 거친 뒤 웨스턴 여사에게 다음과 같은 편지를 썼는데, 몇 가지 이유에서 그 내용을 상세히 알려주고자 하오.

존경하는 고모

제가 이런 편지를 쓰는 이유가 사랑하는 고모의 어떤 조카딸을 위해서기 때문에 고모에게는 흡족할 수도 있겠지만, 고모의 또 다른 조카딸 때문에 이 편지를 받아보는 게 흡족하지 않을 수도 있을 거예요.
더 이상의 사죄의 말은 그만두고 이제 말씀드릴게요. 고모의 발아래 이 불쌍한 몸을 엎드리고 고모의 용서를 빌려고 가던 참에, 정말 이상한 우연으로 소피아를 만났어요. 소피에 대해선 저보다 잘 아시겠지만, 저도 소피아의 안타까운 사연을 잘 알게 되어 말씀드리는데, 당장이라도 소피아를 막지 않으면 고모의 현명하시고도 신중한 충고를 어리석게도 거부해 제 스스로 자초한 그 끔찍스런 재앙을 지금 소피아도 맞이하게 될 위험이 있어요.
간단히 말씀드리자면, 그 남자를 만났어요. 어제 온종일 함께 있었는데, 분명히 말씀드리지만 참 매력적인 사람이었어요. 그 사람이 어떻게 알고 저를 찾아왔는지까지 말씀드리자면 지루해하실 거예요. 하여튼 그 사람이 저를 통해 소피아를 찾아낼까 봐, 그 사람을 보지 않으려고 오늘 아침 제 거처를 바꾸었어요. 그 사람은 아직 소피아가 어디 있는지 모르니, 삼촌이 소피아를 붙잡기 전에는 소피아가 어디에 있는지 계속 모르도록 하는 게 좋을 것 같아요. 하지만 지체할 시간이 없어요. 우선 지금은 소피아가 레이디 벨라스턴과 함께 지내고 있다는 사실만 말씀드릴게요. 그분을 만나봤는데 소피아를 숨겨주시려고만 하세요. 고모도 아시겠지만 좀 이상한 분이잖아요. 하지만 사실을 알려드리는 것 이외에 고모처럼 세상 돌아가는 걸 잘 이해하시고 많이 아시는 분에게 주제넘게 떠드는 건 맞지 않는 것 같네요.

고모, 제가 우리 집안일에 이처럼 관심 갖고 있다는 사실을 어여삐 여기셔서, 우리 집안 모두의 명예와 진정한 이익을 위해 항상 열정을 다해주셨던 고모가 저에게 다시 한 번 호의(과거에도 그랬지만, 앞으로의 제 행복에도 고모의 호의는 필요하거든요)를 가져주시길 그리고 저를 다시 좋게 생각해주시길 바라요.

가장 존경하는 고모님께 공경을 담아,
늘 고모님의 보살핌을 받으며 충직하고 순종하는 조카
해리엇 피츠패트릭 경백(敬白)

웨스턴 여사가 이 편지를 받은 곳은 웨스턴 영주의 집이었소. 그녀는 불쌍한 영주를 위로하기 위해(그녀가 매일 일정한 양을 정해 자기 오라버니에게 베푼 위로라는 것이 어떤 것인지는 이미 보여준 바 있소) 소피아가 도망친 이후로 줄곧 이곳에 머물고 있었던 것이오.

웨스턴 여사가 편지를 받은 때는, 난로를 등지고 서서 약간의 코담배를 쥔 채, 오후 늦게 파이프 담배를 피우고 있던 영주에게 그날 하루 치의 위로를 하고 있던 중이었소. 편지를 읽자마자 웨스턴 여사는 영주에게 편지를 건네주며 "오라버니, 오라버니의 잃어버린 양에 관한 편지예요. 운명의 여신이 소피아를 다시 오라버니에게 되돌려주었네요. 오라버니가 내 충고대로만 한다면, 소피아를 구할 가능성은 아직 있을 거예요"라고 말했소.

웨스턴 영주는 편지를 읽자마자 의자에서 벌떡 일어나 담배파이프를 난로에 집어던지고는 기쁨에 젖어 만세라고 소리쳤소. 그러더니 하인을 불러 신발을 가져오게 하고는 말 슈발리에와 다른 말들에게도 안장을 채우고 서플 목사를 즉시 데려오라고 지시했소. 그러고는 고개를 돌려 웨스턴 여사를 꼭 껴안으며 말했소. "에잇! 넌 기쁜 것 같지 않구나. 누가 보면 내가 소피아를 찾은 걸 너는 못마땅하게 여긴다고 생각하겠다."

그러자 웨스턴 여사가 말했소. "오라버니, 모든 것을 밑바닥까지 꿰뚫어볼 수 있는 심오한 정치가는 겉으로 보이는 것과는 아주 다른 뭔가를 보는 법이에요. 루이 14세가 암스테르담 성문까지 들이닥쳤을 당시* 네덜란드의 상황보다는 현재 상황이 훨씬 덜 절망적으로 보이는 건 사실이에요. 하지만 이런 문제를 다룰 때는 세심함이 필요해요. 그런데 미안한 말이지만, 오라버니는 그 세심함이 부족한 것 같아요. 오라버니, 레이디 벨라스턴처럼 지체 높은 사람을 대할 때는 예의범절을 따라야 해요. 그러기 위해선 오라버니가 아는 세상보다 더 상류층 사람들이 사는 세상에 대한 지식을 갖고 있어야 한다는 게 문제예요."

이 말에 웨스턴 영주는 다음과 같이 소리쳤소. "네가 나를 신통치 않게 생각한다는 건 다 알고 있어. 하지만 이번엔 누가 진짜 바보인지 너한테 보여주겠다. 뭐, 지식이라고! 나도 시골서 웬만큼 살아 영장제도나 법에 대해선 좀 알고 있어. 어디에서 얻어내든 간에 영장을 갖고 가야 한다

---

* 프랑스의 루이 14세는 1672년에 네덜란드를 침공했다.

는 건 알고 있단 말이야! 소피아가 있는 데로 안내만 해. 내가 내 딸을 데려오는 방법을 모른다면, 평생 날 바보라고 불러도 좋아. 다른 데처럼 런던에도 치안판사는 있을 거 아니냐?"

그러자 웨스턴 여사도 다음과 같이 말했소. "정말 결과가 어떻게 될지 몹시 불안하군요. 내 충고대로 하면 결과가 좋겠지만요. 오라버니, 지체 있는 귀부인의 집을 영장을 발부받아서, 아니면 그 야만적인 치안판사 따위를 이용해 쳐들어갈 수 있다고 생각하는 거예요? 어떻게 해야 하는지 알려주죠. 우선 런던에 도착하자마자 품위 있는 옷을 사서 입어요. 현재 오라버니는 입고 다니기에 적당한 옷이 전혀 없으니까요. 그리고 레이디 벨라스턴에게 문안인사를 전하면서 방문을 허락해달라고 하세요. 그래서 부인을 만나게 되면(분명히 그렇게 되겠지만) 자초지종을 설명하고, 내 이름을 적절히 입에 올리면(오라버니는 레이디 벨라스턴과 친척지간이지만 안면만 있다는 사실이 이제 생각났네요) 자신을 속여온 소피아를 더 이상 보호해주려고 하진 않을 거라고 나는 확신해요. 이게 유일한 방법이에요. 치안판사라니, 말도 안 돼! 문명국에 살고 있는 지체 높은 귀부인에게 정말로 그런 짓을 할 수 있다고 생각하는 거예요?"

이 말에 웨스턴 영주는 이렇게 소리쳤소. "빌어먹을 놈의 지체 좋아하네. 여자들이 법보다 위에 있는 나라가 문명국이라고! 뭐? 아버지에게서 딸을 숨기는 그런 빌어먹을 매춘부 같은 여자한테 꾹 참고 문안인사를 하라고? 내 말 들어봐. 네가 생각하는 것처럼 난 그렇게 무식하지 않아. 네가 법보다 여자들을 위에 두고 싶어 한다는 것도 알아. 하지만 그건 잘못된 거야. 아무도 법을 어길 순 없다고 재판관이 말하는 걸 순회재판 때 들었거든. 네가 말하는 법은 하노버 왕가 놈들의 법인 것 같구나."

이에 웨스턴 여사가 "오라버니, 매일매일 더 무식해지더니 이제는 진짜 곰처럼 무식해졌네요"라고 말하자, 웨스턴 영주는 "너만큼 곰은 아니야. 염병할! 오야 그래! 네가 말하는 그 예의범절이란 것에 대해 한번 말해보자. 넌 나한테 그 예의범절이란 걸 지킨 적이 한 번도 없어. 난 곰도 아니고, 개도 아니야. 쌍시옷으로 시작되는 누군가를 알기는 하지만 말이야. 염병할! 난 누구보다도 매너가 좋다는 사실을 너한테 한번 보여주마"라고 대꾸했소.

그러자 웨스턴 여사는 다음과 같이 말했소. "오라버니, 하고 싶은 말이 있으면 다 해도 좋아요. 'Je vous mésprise de tout mon cœur.'* 그래서 화도 내지 않을 거예요. 하여튼 그 가증스런 아일랜드 이름을 가진 조카 아이 말대로, 나는 우리 집안의 명예와 이득을 무엇보다도 중요하게 여겨왔고 또 조카딸을 누구보다도 걱정하는 사람이니, 이번엔 직접 런던으로 가기로 했어요. 오라버니는 야만인들과 협상하는 그린란드** 같은 곳에 가야 할 사람이지, 상류층들이 모이는 궁정에 파견되기에 적합한 공사(公使)는 아니니까 말이에요."

이 말에 웨스턴 영주는 "다행히 네가 지금 한 말을 통 못 알아먹겠다. 하노버 왕가 똘마니들이 쓰는 그런 알 수 없는 말을 쓰니 말이야. 하지만 예의를 지키는 데 있어선 너에게 뒤지지 않는다는 건 보여주마. 내 말에 화내지 않았으니, 나도 네 말에 화내진 않겠다. 가족끼리 다투는 건 바보짓이라고 항상 생각해왔으니 말이야. 그리고 가족끼리 가끔씩 성급한 말을 주고받는다 하더라도(사람들은 원래 그런 식으로 말을 주고받잖아) 난 절대 악감정을 품지는 않아. 하여튼 네가 런던에 가준다니 고맙게 생각하마. 나는 평생 런던엔 두 번밖에 가지 않았고, 게다가 그것도 한 번에 2주

---

* "당신을 진짜 경멸합니다"라는 의미의 프랑스어.
** 당시 영국인들은 그린란드를 야만적인 지역으로 인식했다.

일 이상 머물러본 적이 없어서 런던 거리나 런던 사람들에 대해 잘 몰라. 또 네가 이런 일을 나보다 더 잘 안다는 사실도 부인하지는 않겠어. 그런 문제로 너와 입씨름하는 건 네가 사냥개 다루는 방법과 숨어 있는 토끼를 찾아내는 방법에 대해 나와 입씨름하는 것과 똑같은 거니 말이야"라고 소리쳤소. 이에 웨스턴 여사가 "그건 약속하지요. 그런 문제에 대해 오라버니와 절대 논쟁하지는 않을 거예요"라고 말하자, 웨스턴 영주는 "그래, 나도 약속하지, 런던에 대해 너와 절대로 논쟁하지 않겠다고 말이야"라고 대꾸했소.

이 시점에서 웨스턴 여사의 표현을 빌리자면, 두 적군 사이에 협정이 체결되었소. 이윽고 서플 목사가 도착하고 말이 준비되자, 웨스턴 영주는 누이의 충고대로 하겠다고 약속한 뒤 길을 나섰고, 웨스턴 여사도 다음 날 영주를 뒤따라갈 채비를 시작했소.

하지만 런던으로 가던 도중 웨스턴 영주가 웨스턴 여사와 논의했던 일을 서플 목사에게 알려주자, 이 둘은 권고된 절차를 밟지 않아도 될 거라는 데 의견의 일치를 보았소. 이에 따라 웨스턴 영주는 마음을 바꾸어, 앞서 본 바와 같은 방식으로 이 일을 처리했던 것이오.

7장
가련한 존스에게 닥친 여러 불운한 일

밀러 부인의 집에 도착한 어너가 다른 사람과 함께 있던 존스를 불러냈을 때는 앞에서 말한 그런 상황이 벌어진 뒤였소. 존스와 단둘이 있게 되자 어너가 말했소.

"도련님, 우예 말을 꺼내야 될지 모르것네요. 도련님은 이제 끝장나 뿟어요. 우리 애기씨도 나도 끝장났고요." 이 말에 존스가 미친 사람처럼 어녀를 쳐다보면서 "소피아에게 무슨 일이 일어났소?"라고 소리치자, 어녀는 "최악의 일이 벌어짓다 아입니꺼! 앞으로 그런 애기씨를 언제 모시 보겠는지! 살다 살다 이런 일이 생기다이!"라고 대답했소. 이에 얼굴이 백지장처럼 창백해진 존스는 떨면서 말을 더듬거렸소. 그러나 어녀가 "존스 도련님! 다시는 애기씨를 못 보게 되뿟네요"라고 말을 이어가자, 존스는 "어떻게 된 거요, 도대체 무슨 일이냔 말이오! 제발 이야기 좀 해봐요. 오! 사랑하는 소피아!"라고 외쳤소. 이에 어녀가 "와 아이겠어요. 지한테도 애기씨는 젤로 소중한 분이셨으이 말입니다. 지가 이런 일자리를 어데 가서 또 찾겠습니꺼"라고 말하자, 존스는 "그놈의 빌어먹을 일자리 타령은 그만 하고, 무슨 일이오! 우리 소피아가 어떻게 됐소?"라고 소리쳤소. 그러자 어녀는 "하모요. 우리 하인들이 사달 난다 캐도 뭔 상관이것어요. 하인들이 쫓기나든 신세를 조지든 아니믄 무신 끔찍한 일을 당하든 신경이나 쓰것어요? 하인들은 보통 사람들처럼 피와 살을 가진 인간도 아이니까요. 하모요 하인들에게 무슨 일이 닥치든 그게 무신 의미가 있을라꾸요"라고 대답했소. 이에 존스가 "나를 조금이라도 불쌍히 여기거나 동정한다면, 소피아에게 무슨 일이 일어났는지 지금 당장 말해주시오"라고 소리치자, 어녀가 "도련님이 지를 동정하는 거보다 지가 도련님을 더 동정하는 기 분명합니더. 도련님은 분맹히 동정 받을 만하고요. 하지만 지도 동정 받을 만하다 아입니꺼. 울 애기씨만치 좋은 주인이 있으믄……" 하며 말을 이으려는 순간, 존스가 거의 미친 사람처럼 "무슨 일이 일어난 거요?"라고 소리쳤소. 이에 어녀는 "무슨 일이냐고요? 도련님이나 지한테나 최악의 일이 터지뿐 거죠. 애기씨 부친이 런던에 와가꼬 애기씨를 델꼬 가뿟습니더"라고 대답하자, 존스는 최악은 아니라며 무릎을 꿇고 감사의 기도를 올렸소. 그러자 어너는 "최악은 아이라니요! 우리 둘한테 이보다 더 나쁜 일이 어데 있다고요? 블리필 도련님하고 혼인시키겠다고 벼르면서 영주님이 애기씨를 델꼬 가뿟는데 말입니더. 그기 도련님한테는 위로가 되는가배요? 지는 불쌍하게도 쫓기날 신세가 됐는데 말입니더"라고 말했소. 이에 존스는 "어너, 난 당신 때문에 진짜 놀랐소. 소피아에게 그보다 더 끔찍한 일이 일어났을 거라고 생각했거든. 소피아가 블리필과 혼인하는 건 사소하게 느껴질 정도로 끔찍한 일 말이오. 하지만 어너, 살아만 있으면 희망은 있소. 자유를 존중하는 우리나라에 사는 여자들에게 물리적인 힘을 행사하여 억지로 결혼시킬 수는 없을 테니 말이오"라고 대답했소. 그러자 어너는 "하기사, 그건 맞네요. 도련님한테는 아직 희망이 있을 수도 있겠네요. 근데 불쌍한 지한테는 무신 희망이 있습니꺼? 지가 이래 된 기 전부 도련님 때문인 거는 아십니꺼? 웨스턴 영주님이 지한테 이래 해코지를 하는 건 지가 블리필 도련님이 아니라 존스 도련님 편을 들어서 그런 거 아입니꺼"라고 말했소. 이에 존스가 "그래, 나도 어너에게 빚을 졌다는 걸 잘 알고 있소. 힘닿는 대로, 내 보상해드리리다"라고 대답하자, 어너는 "쫓기난 일자리하고 맞먹는 일자리 찾아주는 거 말고 뭐가 보상이 될라꼬요!"라고 말했소. 이에 존스가 "희망을 잃지 말아요, 어너. 내가 어너를 복직시켜줄 수 있을지도 모르니 말이오"라고 대답하자, 어너는 이렇게 말했소. "슬픈 일이지만 될 일이 아이란 걸 잘 아는데, 우예 제가 그런 희망을 품을 수 있겠습니꺼. 웨스턴 영주님은 완전히 지한테 등을 돌리싯단 말입니더. 하지만 도련님이 소피아 애기씨랑 결혼하신다믄 지를 복직시키주실 거 같기는 합니더. 도련님은 맴도 넓고 착하신 분이니까요. 도련님이 애기씨를 사랑하고 계시고, 애기씨도 도련님을 억수로 사랑하신다 카는 건 틀림없는 사실이죠. 그걸 우예 부인하겠어예. 애기씨를 쪼매라도 아는 사람은 누구라도 알아요. 불쌍한 우리 애기씨는 자기 마음을 못 숨기니까요. 서로서로 사랑하는 두 사람이 행복하도 못하믄, 어느 누가 행복할 수 있겠습니꺼? 마이 가짓다고 행복한 건 아이죠. 게다가 애기씨한텐 두 분이 쓰고도 남을 만한 재산도 있고요. 아인 말로, 사랑하는 사람을 갈라놓는 건 참말로 안타까운 일인 기죠. 그치만 전 두 분이 우옜든지 다시 만나게 될 끼라고 확신합니더. 이건 운명인기라예, 아무도 못 막십니더. 결혼은 하늘이 맺아주는 기라믄, 이승의 그 어떤 치안판사도 그걸 막을 수는 없는 기지요. 서플 목사님이 쪼매만 더 용기를 내가꼬, 소피아 애기씨를 억지로 결혼시킬라 카는 건 잘못된 기라고 영주님한테 말씀해주시믄 좋을 긴데 말입니다. 목사님은 참말로 고매하신 분이라가 그건 잘못된 기라고 영주님 뒤에서는 말하고 그캐도, 밥줄이 영주님한테 달리 있으이 영주님 앞에선 당당하이 말씀 못하시는 거 같습니다. 그래도 이번처럼 목사님이 대담하이 행동하는 건 본 적이 없었어예. 영주님이 목사님을 때리면 우야나 싶은 생각까지 들더라고예. 하여튼 우울해하거나 낙담하진 마시소. 애기씨에 대해 마음 단단히 잡숫고 있는 한(그러리라고 확신하지만) 상황은 나아질 거라예. 애기씨라믄 절대로 다른 사람캉은 결혼 안 할 끼니까예. 그래도 홧김에 영주님이 애기씨한테 뭔 해코지라도 할까 봐 쪼매 걱정이 되기는 해요. 영주님은 걸핏하면 화를 내시는 분이라꼬 불쌍한 애기씨가 맘 아파하실까 걱정이 태산이네예. 애기씨는 마음이 디게 여리거든예. 지가 갖고 있는 용기의 절반이라도 있으믄 이마이는 걱정 안 할 긴데. 지가 어떤 남잘 사랑한다 캐서 울 아버지가 날 가둘라고 하믄, 전 아버지 눈을 뽑아뿟고 그 사람한테 달리갈 깁니더. 근데, 지금 상황에는 많은 재산이 걸렸고, 그 재산을 애기씨에게 줄 낀지 말 낀지 하는 건 영주님 권한이니까, 지하고는 상황이 쪼매 다르네예."

존스가 어너의 열변을 주의 깊게 듣기 위해서였는지 아니면, 어너가 말을 멈추지 않아서 그랬는지는 모르겠소. 하여튼 패트리지가 방으로 달려와 어떤 귀부인이 이층으로 올라왔다고 알려줄 때까지 존스는 한 번도 어너의 말에 대답하지 않았고, 어너는 한 번도 말을 쉬지 않았소.

존스가 현재 처한 상황만큼 곤혹스러운 것은 없을 것이오. 어너는 존스와 레이디 벨라스턴의 관계를 모르고 있었고, 두 사람의 관계를 존스가 가장 알려주고 싶지 않은 사람이 바로 어너였기 때문이오. 이런 다급하고 곤란한 상황에서 존스는 (사람들이 이런 경우 그러듯이) 최악의 선택을 했소. 설령 어너가 이곳에 있다는 사실을 레이디 벨라스턴이 알게 된다 하더라도 별 파급 효과는 없을 터였지만, 존스는 이 사실을 레이디 벨라스턴에게 감추기로 했던 것이오. 따라서 어너를 숨기기로 마음먹고는 존스는 어너를 침대 뒤쪽으로 데려가서는 레이디 벨라스턴이 방으로 들어오기 직전 커튼을 드리웠소.

불쌍한 집주인과 집주인 가족 문제로 하루 종일 노심초사한 데다, 어너의 말을 듣고 놀란 것으로도 모자라 레이디 벨라스턴의 갑작스런 방문까지 겹치자 존스는 당혹감으로 인해 좀 전에 했던 생각을 완전히 잊어버리게 되었소. 따라서 현재 입고 있는 화사한 옷이나 자신의 건강한 혈색이 아픈 사람처럼 보이게 하는 데 전혀 도움이 되지도 않았지만, 자신이 아픈 사람처럼 행동해야 한다는 생각조차 하지 못해 존스는 (레이디 벨라스턴의 예상과는 달랐지만, 그녀에게는 흡족하게도) 조금도 아프거나 아픈 척하지 않고, 아주 기분 좋은 표정으로 레이디 벨라스턴을 맞이했던 것이오.

레이디 벨라스턴은 방에 들어오자마자 침대 위에 웅크리고 앉더니 "존스 씨, 무슨 일이 있어도 당신과 오래 떨어져 있지 않을 거란 걸 이젠 알았죠? 하루 종일 당신을 보지도, 당신 소식을 듣지도 못했으니 당신에게 화를 내야 할지도 모르겠군요. 지금 보니 외출도 하지 못할 정도로 아픈 건 아니니 말이에요. 게다가 아이를 낳은 후 찾아오는 사람들을 맞이하기 위해 옷을 차려입고 하루 종일 자기 방에 앉아 있는 여자같이 하루를 보낸 것 같지도 않고요. 하지만 당신을 나무랄 생각은 없어요. 여자들이 남편들에게 보이는 언짢은 태도를 취하여 남자들이 아내에게 하는 냉정한 행동을 내게 할 구실을 절대로 주지는 않을 작정이니 말이에요"라고 말했소.

이에 존스가 "레이디 벨라스턴, 부인의 지시만 기다리고 있었는데, 제가 할 일을 게을리 했다고 꾸짖으시지는 않을 거라 생각합니다. 부인, 오히려 불평해야 할 사람이 누구인지 아십니까? 어젯밤 약속을 지키지 않아서 이 불행한 남자를 혼자 기다리게 하다가 결국은 한숨 짓게 하고 괴로워하게 만든 사람이 누구인지 아십니까?"라고 말하자, 레이디 벨라스턴은 이렇게 대답했소. "그 얘긴 하지 말아요. 그때 상황을 알게 되면 오히려 나를 동정할 거예요. 간단히 말해 살아가면서 벌여야 하는 어릿광대극 때문에 상류층 여자들이 주제넘은 바보들에게서 당해야 하는 고통을 당신은 상상도 하지 못할 거예요. 하지만 괴로워하고 번민했다면서도 몸이 상한 것 같지는 않으니 기쁘네요. 지금 당신은 아주 건강해 보이거든요. 존스, 지금 당신은 진짜 아도니스*처럼 보여요."

명예를 존중하는 남자들이 보기에는 오직 주먹으로만 응답할 수 있는 도발적 언사가 분명히 있듯이, 연인들 사이에서는 오직 키스로만 응답할 수 있는 말이 있소. 지금 레이디 벨라스턴이 존스에게 한 칭송이 바로 이

---

* 사랑의 여신 아프로디테가 사랑한 남자로 미남의 대명사로 쓰이기도 한다.

런 부류의 것이었소. 특히 말로 표현할 수 없는 깊은 애정을 그녀의 표정이 보여주었기 때문에 더욱 그러했소.

이 순간 존스는 상상할 수 없을 정도로 불편하고 곤란한 상황에 처하게 되었소. 앞서 한 비유를 계속 사용하여 말하자면, 존스는 제삼자가 있는 관계로 레이디 벨라스턴의 도발에 대응할 수도, 더 정확히 말해 대응을 시도조차 할 수도 없었고, 게다가 이런 종류의 대결에선 입회인이 있는 것은 결투의 규칙에도 어긋나기 때문이오. 방 안에 자기 말고 다른 여자가 있다는 사실을 몰랐기 때문에 그의 이 곤란한 상황을 인식하지 못했던 레이디 벨라스턴은 얼마 동안 존스의 답변을 기다렸지만, 자신의 우스꽝스런 모습을 의식하면서도 적절한 답변을 할 수 없어 아무런 대답도 하지 않은 채 거리를 두고 계속 서 있기만 하는 존스를 보고는 상당히 놀랐소. 이런 상황이 좀더 지속되었다면 이보다 더 희극적이거나 혹은 더 비극적인 장면은 없었을 것이오. 그사이 레이디 벨라스턴은 두세 번 낯빛을 바꾸었고, 침대에서 일어났다 앉았다를 반복했기 때문에, 존스는 땅이 꺼지거나 집이 무너져 머리 위로 떨어졌으면 하고 바라기조차 했소. 바로 그 순간 우연히 발생한 기이한 일로, 존스는 아무런 창피를 당하지 않고 키케로의 웅변술이나 마키아벨리의 책략을 사용해서도 빠져나올 수 없었을 이 곤란한 상황에서 벗어날 수 있게 되었소.

그것은 바로 만취한 상태에서, 더 정확히 말하자면 손발은 쓸 수 있지만 이성적 판단을 할 수 있는 능력을 빼앗긴 상태에서, 나이팅게일이 존스를 찾아온 것이었소.

밀러 부인과 그녀의 딸은 이미 잠자리에 들었고 패트리지는 부엌 난롯가에서 담배를 피우고 있었기 때문에, 그는 아무런 저지도 받지 않고 존스의 방문 앞까지 올 수 있었던 것이오. 나이팅게일은 존스의 방문을 확 열어젖히고는 아무런 예의도 차리지 않은 채 들어왔소. 이때 자리에서 벌떡 일어난 존스가 달려가 그를 저지했기 때문에 나이팅게일은 누가 침대에 앉아 있는지 볼 수 있을 정도로 방 안쪽까지는 들어오지 못했소.

존스의 방을 자신이 전에 묵었던 방으로 착각해 이곳으로 온 나이팅게일은 자기 방으로 꼭 들어가야겠다고 소리를 지르며 고집을 피웠소. 하지만 존스는 그를 저지하며, 이층 계단에서 벌어지는 실랑이 소리에 주인을 도우러 황급히 달려온 패트리지에게 넘겨주었소.

그러고는 어쩔 수 없이 다시 방으로 돌아오게 된 존스는 방에 들어선 순간, 그리 큰 소리는 아니었지만 레이디 벨라스턴의 외마디 비명을 듣고, 가냘픈 귀부인에게는 히스테리적인 발작에 맞먹는 몹시 흥분된 상태에서, 그녀가 의자에 철퍼덕 주저앉는 것을 보게 되었소.

자기 방으로 꼭 들어가야겠다고 몇 번이고 말하며 나이팅게일이 존스와 몸싸움을 벌이자, 이에 놀란 레이디 벨라스턴은(레이디 벨라스턴으로서는 그 결과가 어떻게 될지 알 수 없었기 때문이었소) 자신이 알고 있던 은신처로 가려다, 다른 사람이 이미 그곳을 차지하고 있다는 사실을 알게 되고는 몹시 놀랐던 것이오.

방으로 들어온 존스에게 레이디 벨라스턴이 "존스 씨, 어떻게 나한테 이럴 수 있어? 비열한 사람 같으니라고! 나를 웃음거리로 보이게 한 이 천한 여자는 누구야?"라고 소리치자, 숨어 있던 곳에서 나온 어너는 분노에 찬 목소리로 외쳤소. "천한 여자라고예! 별꼴 다 보겠네! 흥, 천한 여자라니! 지는 가난하긴 해도 정숙한 여자라꼬요. 돈 많은 누구보다 더요."

좀더 노련한 한량이었다면 즉시 어너의 화를 누그러뜨리려고 했겠지만, 그렇지 못했던 존스는 자신의 운명을 저주하며 자신은 이 세상에서 가장 불운한 사람이라고 신세한탄을 하더니, 레이디 벨라스턴에게 자신은 아무것도 모른다는 황당한 변명을 늘어놓기 시작했소. 이때 이 세상 어느 여자보다도 특히 이런 경우에, 쉽게 냉정을 되찾는 레이디 벨라스턴이 조용히 대답했소. "존스 씨, 사과할 필요 없어요. 이제 누군지 알았으니까요. 처음엔 어너였는지 몰랐지만, 이젠 알았으니 됐어요. 어너와 존스 씨 사이에 불미스런 일이 있을 수 없다는 걸 잘 알고 있으니까요. 어너도 올바른 판단을 할 줄 아는 사람이니, 내가 존스 씨를 찾아온 이유를 오해하는 일은 없을 거라고 생각해요. 그리고 어너에게는 항상 호의를 갖고 있었으니 나중에 더 큰 호의를 베풀 기회가 있을 거예요."

어너는 화를 잘 내기도 하지만 달래기도 쉬운 사람이었소. 따라서 레이디 벨라스턴이 부드러운 어조로 말하자, 자신도 어조를 부드럽게 하여 말했소. "마님, 지를 따뜻하게 대해주신 거는 은제나 고맙게 생각해왔어예. 마님처럼 지한테 잘 대해주신 분도 없었으니까예. 근데 지가 마님에게 그딴 말을 했다고 생각하이, 그 미친 말을 씨부린 제 혀를 짤라뿌고 싶은 맘이네예. 마님처럼 귀하신 분한테 그런 생각을 가진다는 거 자체가 지 같은 하인한테는 말도 안 되는 기지예. 지 말은 지가 누군가의 하인이었다는 기죠. 지금은 누구의 하인도 아이거든예. 지는 세상에서 제일 불쌍한 사람입니다. 참말로 좋은 주인을 떨가뺏거든예." 그러고는 그렇게 하는 것이 적절하다고 생각해서였는지 이 대목에서 한바탕 눈물을 쏟아내었소. 그러자 이 선량한 귀부인은 "울지 말아요. 어너에게 보상해줄 방법이 나한테 있을 것 같으니. 내일 아침 찾아와봐요"라고 말하더니, 바닥에 떨어졌던 부채를 집어 들고 존스를 쳐다보지도 않은 채, 아주 위엄 있게 (지체 높은 부인의 오만한 태도에는 지체 낮은 사람들은 아무리 해도 가질 수 없는 범상치 않은 위엄이 있기 마련이오) 방을 나섰소.

존스는 레이디 벨라스턴을 따라 계단을 내려가며 그녀의 손을 잡아주

려 했으나 레이디 벨라스턴은 이를 단호히 거부했고 심지어 고개 숙여 인
사하는 존스를 아는 척도 하지 않은 채 마차에 올랐소.

다시 이층으로 올라온 존스는 당혹감에서 벗어나 마음을 추스른 어너
와 오랫동안 대화를 나누었는데, 그 대화의 주제는 소피아에 대한 존스의
배신이었소. 어너는 아주 비통하게 존스의 배신 행위를 장황하게 늘어놓
았지만, 존스는 어떤 방법을 사용해 결국 그녀와 화해했소. 그뿐 아니라
이 일을 반드시 비밀로 하겠다는 약속과 소피아의 행방과 웨스턴 영주가
소피아를 어떻게 했는지 알아내 다음 날 아침에 알려주겠다는 약속까지
받아내었소.

이처럼 이 불운한 사건은 어너에게만 만족스럽게 끝이 났소. 경험상
몇몇 독자들도 인정하겠지만 비밀이란, 비밀을 충실히 지키는 사람들뿐만
아니라 그 비밀을 (이미 다 알려진 사실을 감추어준 것에 대해 대가를 지불
하는 자를 제외한 모든 사람들의 귀에 그 비밀이 들어갈 때까지) 떠들고 다
니는 사람들에게도 아주 소중한 자산이기 때문이오.

8장
짧지만 기분 좋은 일이 벌어진 장

존스에게 많은 은혜를 입었지만, 지난밤 존스 방에서 일어났던 소동
에 대해 밀러 부인은 가볍게라도 항의하지 않을 수 없었소. 하지만 그녀
의 항의는 매우 부드러웠고 우호적인 마음에서, 사실 존스를 진정으로 위
하는 마음에서 한 것이었기 때문에, 존스는 화내기는커녕 이 선량한 여인
의 충고를 감사히 받아들였소. 그러고는 지난밤에 일어난 일에 대해 유감

을 표명하며 최대한 변명을 하고는, 다시는 이와 같은 소란을 일으키지 않겠다고 약속했소.

이날 아침 존스를 처음 보았을 때 밀러 부인은 그에게 은밀하게 짤막한 훈계를 하지 않을 수 없었지만, 그를 아래층으로 부른 이유는 이보다 훨씬 기분 좋은 일 때문이었소. 낸시 아버지를 대신해 결혼식에서 낸시를 나이팅게일에게(이미 옷을 차려입고 있었던 나이팅게일은 신중치 못한 일을 저질러 아내를 맞이하게 된 남자라면 마땅히 그래야 한다고 독자들도 생각하듯이 상당히 엄숙했소) 인도하는 일을 맡아달라고 존스에게 부탁하기 위해서였던 것이오.

여기서 우리는 이 젊은 신사가 어떻게 작은아버지에게서 도망쳤는지, 그리고 어떻게 해서 어젯밤에 만취한 상태에서 이곳에 나타났는지 설명하는 게 적절할 것이오.

나이팅게일을 데리고 자신의 숙소에 도착한 그의 작은아버지는 술을 마시기 위해(그는 상당한 애주가였소) 또 조카가 벌이려는 일을 막기 위해, 술을 한 병 주문하고는 그에게 부지런히 술을 권해 평소에 술을 많이 마시지는 않았지만 예의에 어긋날 정도로 혹은 윗사람 말을 거역할 정도로 술 마시기를 거부하지는 않았던 나이팅게일은 곧 만취하게 되었소.

술로 상대를 제압한 나이팅게일의 작은아버지가 나이팅게일의 잠자리를 준비하는 순간, 이때 도착한 전령에게서 몹시 당황스럽고 충격적인 소식을 듣고는, 조카 일은 순식간에 다 잊고 자신이 직면한 문제에 온전히 사로잡히게 되었소.

그 갑작스럽고도 괴로운 소식이란 자신이 없는 틈을 타, 딸이 이웃에 사는 젊은 목사와 함께 달아났다는 것이었소(자기 딸이 목사와 결혼하는 것을 그가 반대했던 이유는 단 한 가지, 즉 그 목사는 가진 게 없다는 것이었소. 따라서 그의 딸은 목사에 대한 연모의 마음을 부친에게도 알려주지 않는 게 적절하다고 생각해 자신의 사랑이 이루기지기 전까지는 그 누구에게도 자신이 목사를 사랑하고 있다는 의심을 받지 않도록 행동했던 것이오).

이 소식을 전해 듣고 큰 혼란에 빠진 나이팅게일의 작은아버지는 마차를 대기시켜놓으라고 지시하고는 하인에게 조카를 맡긴 뒤, 무엇을 해야 할지 어디로 가야 할지도 모른 채 곧장 숙소를 나섰소.

나이팅게일의 작은아버지가 떠난 뒤, 그의 하인이 침실로 안내하려고 나이팅게일을 깨우면서 그의 작은아버지가 떠났다는 사실을 알려주었소. 이 말을 들은 나이팅게일은 침실로 안내하려는 하인의 호의를 받아들이는 대신 마차를 불러달라고 했소. 그렇게 하지 말라는 엄명을 받지는 않았던 터라 하인은 그의 부탁을 기꺼이 들어주었고, 이렇게 해서 밀러 부인의 집으로 다시 돌아간 나이팅게일은 앞서 말한 것처럼 비틀거리며 존스의 방까지 가게 되었던 것이오.

작은아버지라는 장애물이 사라지자(아직까지도 나이팅게일은 어떻게 된 일인지 알 수 없었지만) 당사자, 즉 낸시의 어머니와 존스, 나이팅게일과 그가 사랑하는 낸시 모두는 재빨리 준비를 갖추고 마차에 올라 민법박사 회관*에 갔소. 그리고 그곳에서 곧 낸시는, 속된 말로 깨끗한 여자가 되었고, 낸시의 불쌍한 모친은, 말 그대로 이 세상에서 가장 행복한 사람이 되었던 것이오.

자신이 도와준 덕분에 불쌍한 낸시와 그녀의 가족이 행복하게 된 것을 본 존스는 이제 자신의 문제에 전념하기 시작했소. 하지만 많은 독자들이 남의 일에 이처럼 신경 쓰는 존스를 어리석다고 질책하지 않도록 하

---

* Doctor's Commons: 18세기 당시 영국에서 유언, 결혼, 이혼을 처리했던 기관.

기 위해, 또한 존스가 아무런 사심 없이 행동했다고 몇몇 독자들이 오해하지 않도록 하기 위해, 존스가 이 일에 전혀 관련이 없는 것이 아니며 이 일을 추진하는 데 그의 이해관계가 상당히 작용했다는 사실을 알려주는 게 적절하다고 생각하오.

역설적으로 보이는 이 말을 간단히 설명하자면, 존스는 테렌티우스의 희곡에 나오는 사람처럼 "나는 인간이라 타인지사(他人之事)에 유관심(有關心)하오"*라고 진심으로 말할 수 있는 사람이었소. 즉 존스는 타인의 행복과 불행을 무심하게 지켜만 보는 그런 사람이 결코 아니었던 것이오. 따라서 타인의 불행과 행복에 자신이 기여했을 때 자신도 그런 불행과 행복을 느꼈던 존스는 자기가 힘쓴 덕분에 비참한 상황에 놓여 있던 밀러 부인의 가족들 모두가 큰 기쁨을 맛보게 되자, 세속적인 사람들이 각고의 노력을 통해서 혹은 아주 심각한 죄를 저질러 종종 얻는 것보다도 훨씬 더 큰 행복을 느꼈던 것이오.

존스와 같은 품성을 지닌 독자들은 이 짧은 장이 매우 중요한 내용을 담고 있다고 생각할지 모르겠지만, 다른 독자들은 이 장이 짧기는 하지만 우리의 주목적(우리 이야기의 주목적이 존스를 교수대에 보내는 것이거나, 가능하다면 존스가 지금보다 더 가혹한 재앙을 맞이하도록 하는 거라고 이들은 생각할지도 모르겠소)과는 아무런 관계가 없다고 판단하며, 이 장을 완전히 빼길 바랄지도 모르겠소.

---

* 푸블리우스 테렌티우스의 희곡 『고행자 *Heauton Timorumenos*』(기원전 163)에 나오는 크레메스Chremes라는 인물이 하는 말. '나는 사람이라 다른 사람의 일에 관심을 가지고 있소'라는 의미의 라틴어 문장을 한문 투로 옮긴 것.

9장
여러 종류의 연애편지

집으로 돌아왔을 때 존스는 다음 편지들이 탁자 위에 놓인 것을 발견했는데, 다행히도 보낸 순서대로 편지를 개봉했소.

편지 1

내가 아주 이상한 열정에 사로잡혀 있는 게 분명해요. 아무리 마음 단단히 먹고 올바른 결심을 내려도, 그 결심을 잠시 동안도 유지할 수 없으니 말이죠. 지난밤엔 당신을 더 이상 만나지 않기로 결심했었지만, 오늘 아침에는 당신이 그 일을 깔끔하게 설명해줄 수 있다면 그 말을 한번 들어보고 싶어졌어요. 하지만 그건 불가능하다는 걸 잘 알아요. 나는 당신이 생각해낼 수 있는 구실이 무엇인지 모두 생각해 보았어요. 하지만 다 생각해볼 수는 없었을 거예요. 아마도 당신이 지어낸 구실이 더 그럴듯할 거예요. 그러니 이 편지를 받는 즉시 와 줘요. 당신이 어떤 변명거리를 지어내더라도 무조건 믿겠다고 약속할 게요. 그런 여자한테까지 우리 일이 알려지게 되다니! 더 이상 생각도 하기 싫네요. 당장 오세요! 이건 내가 세번째로 쓴 편지예요. 먼저 쓴 두 통의 편지는 이미 태워버렸으니까요. 지금은 이 편지까지도 태워버리고 싶은 심정이에요. 나는 지금 정신이 온전하기만 바랄 정도예요. 당장 와요.

편지 2

용서를 바란다면 아니면 우리 집에 발을 들여놓기 바란다면, 당장 와요.

편지 3

내 편지가 당신 숙소에 도착했을 때 당신은 집에 없을 거라는 사실을 이제야 알았어요. 이 편지를 받자마자 나를 만나러 와요. 집에서 꼼짝 않고 기다릴 테니까요. 당신을 빼놓고는 아무도 집 안에 들여놓지 않을 거예요 나를 오래 기다리게 하진 않을 거란 거 알아요.

존스가 이 세 통의 편지를 막 읽었을 때 나이팅게일이 방으로 들어와서는 "지난밤 그 일 이후에 레이디 벨라스턴에게서 아무 소식 없었어?(그 귀부인이 누구인지는 이제 이 집에서는 더 이상 비밀이 아니었소)"라고 묻자, 존스는 "레이디 벨라스턴 말인가?"라고 아주 심각하게 대답했소. 그러자 나이팅게일은 "그래, 톰. 친구들한테까지 그렇게 숨기지는 말게. 지난밤에 너무 취해서 보지는 못했지만, 가면무도회에서 본 적이 있거든. 자넨 내가 그 요정 여왕이 누군지 모를 거라고 생각한 거야?"라고 소리쳤소. 이에 존스가 "그럼 자네는 가면무도회에서 만난 그 부인을 진짜 안단 말인가?"라고 묻자, 나이팅게일은 "맹세코, 그렇다네. 자네가 그 문제에 대해 민감한 것 같아 대놓고 말하지는 않았지만, 그 이후로 그 부인에 관한 여러 가지 힌트를 자네에게 주기는 했지. 하지만 이 문제에 대해 자네가 몹시 민감한 걸 보니 그 부인에 대해 여전히 모르는 것 같군. 톰, 화내진 말게나. 맹세코 말하지만, 그 부인이 주색에 빠지게 한 사람이 자네가 처음은 아니야. 평판도 더 이상 나빠질 수 없을 정도로 안 좋고 말이야. 내 말을 믿게"라고 말했소.

레이디 벨라스턴과 연애를 시작할 때, 그녀가 순결한 처녀일 거라고 생각할 이유는 없었지만 도회지에 대해 전혀 몰랐고 아는 사람도 거의 없었던 존스는 소위 말해 '행실이 좋지 않은 여자'(다시 말하면 선행을 베푼다는 명분 아래 원하는 남자들과 심상치 않은 관계를 맺어, 지나치게 결벽성 있는 여자들은 함께하기 꺼리지만 도회지 사람들은 아무렇지도 않게 만나는 그런 부류의 여자)가 어떤 사람인지 거기에 대해 아는 바가 없었소. 간단히 말해 아무도 그렇게 부르지는 않았지만 레이디 벨라스턴은 바로 그런 부류의 여자였던 것이오.

자신과 레이디 벨라스턴과의 심상치 않은 관계를 모두 알고 있었다는 나이팅게일의 말에 존스는 지금까지 해온 조심스런 행동이 이젠 불필요하다는 생각이 들었소. 따라서 존스는 나이팅게일에게 이 문제에 대해 터놓고 말해도 좋다며, 그가 알고 있는 사실이나 레이디 벨라스턴에 대해 들은 것이 있으면 분명하게 말해달라고 부탁했소.

다른 많은 경우에 나이팅게일은 상당히 소극적이었지만, 소문을 전하는 건 무척 좋아했소. 따라서 존스가 터놓고 말해도 좋다고 하자, 나이팅게일은 레이디 벨라스턴에 대한 이야기를 길게 늘어놓기 시작했소. 하지만 그가 한 이야기에는 그녀에게는 상당히 불명예스러운 세부적인 내용이 많아, 지체 높은 여성들에게 상당한 호감을 품고 있는 우리는 이를 전하지 않을 것이오(이렇게 함으로써 앞으로 이 작품을 평가할 사람들은 우리가 전한 말을 악의적으로 이용하거나 혹은 우리를 추문을 퍼뜨린 장본인으로 곡해할 기회를 갖지 못하게 될 것이오).

나이팅게일의 말을 주의 깊게 들은 뒤 존스는 깊은 한숨을 내쉬었소.

이를 본 나이팅게일이 "이런! 자네 진짜로 사랑에 빠진 건 아니겠지! 자네가 충격 받을 거라고 생각했다면 결코 이런 이야기는 안 했을 거네"라고 소리치자, 존스는 이렇게 말했소. "그런데 어쩌면 좋겠나. 그 부인과 너무나 깊숙히 얽혀서 어떻게 빠져나와야 할지 모르겠거든. 진짜로 사랑에 빠졌냐고? 아니야! 하지만 나는 그 부인에게 빚을 졌어. 그것도 아주 많이 졌다네. 자네도 상당 부분 알고 있는 것 같으니, 솔직하게 말하겠네. 내가 지금까지 밥을 굶지 않을 수 있었던 것은 다 그 부인 덕분이네. 그런데 어떻게 내가 그분을 버릴 수 있겠나? 하지만 그 부인과의 관계를 끝내긴 해야 하네. 안 그러면 나 같은 사람보다 훨씬 더 나은 사람을 만날 자격이 있는 여인에게 아주 몹쓸 배신을 저지르게 되거든. 다른 사람들은 상상도 못할 열정을 품고 있는 어떤 여인에게 말이야. 그래서 어떻게 해야 할지 몰라 미쳐버리겠어." 그의 말에 나이팅게일이 "그런데 그 다른 여자는 정숙한 사람이야?"라고 묻자, 존스는 "정숙하냐고? 그 누구도 그녀의 평판을 더럽힐 시도조차 할 수 없을 정도지. 가장 달콤한 공기도 그녀만큼 순수하지 못하고 맑고 투명한 시냇물도 그녀의 평판만큼 깨끗하지 못하네. 마음과 몸 모두 더할 나위 없이 완벽하고 이 세상에서 가장 아름답고 가장 고귀하고 가장 고결한 마음을 지녔어. 내 뇌리에서 잠시도 떠난 적은 없지만, 그녀의 아름다움을 생각할 때마다 실제로 그 아름다운 모습이 눈앞에 어른거린다네"라고 대답했소. 이 말에 나이팅게일이 "이보게 친구, 마음속으로 그런 여인을 사랑하면서, 어떻게 그 따위 인간에게서 떠나길 망설이는 거야?"라고 소리치자, 존스는 "그만두게. 더 이상 그 부인을 욕하지 말게. 배은망덕한 사람이 되고 싶지는 않으니까 말이네"라고 말했소. 그러자 나이팅게일은 "흥! 그 부인이 그런 식으로 빚을 지게 한 사람이 자네가 처음은 아니야. 자신이 원할 때는 돈을 아주 잘 쓰지.

하지만 호의를 베풀 때도 아주 계산적이어서, 상대 남자에게 고마운 마음보다는 허영심만 불러일으키네"라고 대답했소. 간단히 말해, 나이팅게일은 자신이 하는 말은 모두 사실이라고 맹세하면서, 레이디 벨라스턴에 관한 많은 이야기를 해주어 존스의 마음속에 남아 있던 레이디 벨라스턴에 대한 존경심은 완전히 사라졌고, 동시에 그녀에 대한 감사의 마음도 이와 비례해서 감소되었소. 이제껏 자신이 받아왔던 호의를 은혜라기보다는 급료로 여기게 된 존스는 레이디 벨라스턴뿐만 아니라 자만에 빠져 있던 스스로도 혐오스러워져, 자신과 레이디 벨라스턴이 못마땅하게 느껴졌소. 이런 혐오감이 들자 존스의 마음은 자연스럽게 소피아에게로 향했소. 그러고는 소피아의 정숙함과 순결함, 그리고 자신에 대한 사랑과 자신 때문에 그녀가 겪은 고통에 생각이 미치자 자신과 레이디 벨라스턴과의 관계가 더욱더 가증스럽게 보였소. 자신과 레이디 벨라스턴의 관계를 고용주와 고용인의 관계로 간주하게 된 존스는 이 고용살이에서 벗어나게 되면, 앞으로 먹고살 게 없을 거라는 사실을 잘 알고는 있었지만, 그럴듯한 구실을 생각해낼 수만 있다면 레이디 벨라스턴을 떠나기로 결심했소. 존스가 이러한 자신의 결심을 밝히자, 잠시 생각에 잠긴 나이팅게일은 다음과 같이 말했소. "이보게, 방법이 하나 있어. 확실한 방법을 생각해냈어. 그 부인에게 청혼을 해보게. 그러면 반드시 성공할 거야. 내 목을 걸고 장담하지." 이 말에 존스가 "청혼을 하라고!"라고 소리치자, 나이팅게일은 "그래, 청혼을 해봐. 그러면 그 부인은 이 일에서 금방 손을 뗄 거네. 전에 그 부인에게 돈을 받았던 젊은 친구를 아는데, 아주 진지하게 그 부인에게 청혼했더니 금방 쫓겨났다지 뭔가"라고 대답했소.

하지만 존스는 그렇게 위험한 시도는 할 수 없다며 이렇게 말했소. "누가 청혼을 하느냐에 따라 레이디 벨라스턴이 덜 충격을 받을 수도 있

지 않겠나? 만일 그 부인이 내 말을 곧이곧대로 받아들이면 어떻게 하겠
나? 내가 만든 함정에 내 스스로가 빠져 영원히 파멸되는 꼴이 되지 않겠
어?" 이 말에 나이팅게일은 "아니네, 언제라도 그 함정에서 빠져나올 비
책을 알려준다면, 절대 그렇게 되지는 않을 걸세"라고 대답했소. 존스가
"그 비책이 뭔가?"라고 묻자, 나이팅게일은 이렇게 대답했소. "바로 이거
네. 좀 전에 말했던 그 젊은 친구는 사실 나와 가까운 사이인데, 레이디 벨라
스턴이 그 이후에 못된 짓을 많이 해 몹시 화가 나 있어, 레이디 벨라
스턴이 그 친구한테 쓴 편지를 그리 어렵지 않게 자네에게도 보여줄 걸
세. 레이디 벨라스턴이 자네와 결혼하기를 바라지 않을 거라고 확신하지
만, 설령 진짜로 결혼하고 싶어 한다 하더라도 그 편지를 이용하면 뒤끝
없이 관계를 끝낼 수 있을 거라 생각하네."

    잠시 망설였던 존스는 확신에 찬 나이팅게일의 말을 믿고, 그의 제안
을 따르기로 했소. 하지만 레이디 벨라스턴의 면전에서 뻔뻔스럽게 그런
제안을 할 자신이 없었기 때문에, 나이팅게일이 구술하는 대로 다음과 같
은 편지를 썼소.

    부인,
    밖에 볼일이 있어서 불행히도 부인의 명을 이처럼 뒤늦게 받아, 이
    제서야 제 상황을 해명할 수밖에 없게 되어 심히 우려가 됩니다. 얄
    궂은 일로 부인의 명예에 누가 될까 몹시 걱정이 되는군요. 부인의
    명예를 지키는 방법은 하나밖에 없습니다. 그것이 무엇인지 거론할
    필요는 없겠지만, 한마디만 말씀드리겠습니다. 부인의 명예는 제 자
    신의 명예만큼이나 제게는 소중하기 때문에, 제 유일한 소망은 제 자
    유를 부인께 바치는 것입니다. 부인을 영원히 저의 것이라고 부를 수

있는 합법적인 권리를 주시지 않는다면, 전 결코 완전한 행복을 누릴 수 없을 겁니다.

　　　　　부인을 깊이 존경하는 부인의 충직한 종 토머스 존스로부터

레이디 벨라스턴은 곧 다음과 같은 답신을 보내왔소.

　　당신의 그 심각한 편지에 담긴 냉정함과 형식적인 말투를 보고는, 당신은 이미 당신이 말한 그 합법적인 권리를 누려왔고, 우리가 부부라는 그 끔찍한 짐승들의 삶을 오랫동안 함께해왔다는 생각조차 들게 됐어. 진짜 나를 바보로 생각하는 거야? 아니면 당신의 향락을 위해 당신이 내 돈을 마음대로 쓸 수 있도록 내가 전 재산을 당신에게 넘겨줄 정도로 내가 제정신이 아니라고 생각하는 거야? 그게 내가 기대했던 사랑의 증표야? 그게 나에 대한 보답이냐고? 당신을 비난하는 것조차 수치스러워. 당신이 내게 갖고 있다는 그 깊은 존경심에 대해선 정말이지 탄복할 수밖에 없네.
　　추신: 편지 내용을 고칠 수가 없었어요. 마음에도 없는 말까지 한 것 같군요. 오늘 저녁 8시에 집으로 와줘요.

이에 존스는 자신의 자문단인 나이팅게일의 충고에 따라 다음과 같은 답장을 보냈소.

　　부인이 저에게 의심을 품고 있다는 사실에 얼마나 충격을 받았는지 말로 표현할 수조차 없습니다. 그런 비열한 의도를 갖고 있을 수 있

다고 믿는 사람에게 그 많은 호의를 베푸셨던 겁니까? 그렇지 않다면 사랑의 숭고한 결실인 결혼을 경시하시는 겁니까? 결국은 오래지 않아 세상 사람들에게 알려질 부인과의 관계를, 또 알려지게 되면 부인의 평판에 틀림없이 누가 될 것이 뻔한 이런 관계를 제가 계속 이어갈 거라고 생각하십니까? 제가 그럴 사람이라고 생각하신다면, 불행히도 부인에게 제가 진 금전적인 빚을 가급적 빨리 갚을 기회를 갖기 바라야겠군요. 그리고 부인에게 빚진 애정에 대해선 항상 감사하게 생각할 겁니다.

그러고는 앞서 쓴 편지의 마지막 말로 이 편지도 끝맺었소.
이 편지에 레이디 벨라스턴은 다음과 같은 답장을 보냈소.

이제 보니 진짜 악당이군! 당신이란 작자 진짜 혐오스러워. 이곳을 찾아온다 해도 집에 들이지 않을 거야.

경험해본 사람이면 결코 가볍게 생각하지 못할 이런 노예 같은 상태에서 벗어난 존스는 몹시 만족스러웠지만, 마음이 홀가분한 것만은 아니었소. 이 계책에는 너무도 많은 속임수가 동원돼 거짓과 기만을 몹시 혐오하는 사람에게는 만족스러울 수가 없었기 때문이오. 따라서 둘 중 한 여자를 굴욕스럽게 할 수밖에 없는 이런 난처한 상황에(사랑하기 때문만이 아니라 정당한 원칙에 따라서도 존스는 소피아 편을 들어야 한다는 사실을 독자들도 분명히 인정할 것이오) 처하지 않았더라면, 존스는 절대로 이 계책을 실행에 옮기지 않았을 것이오.
자신의 전략이 성공을 거둔 데 상당히 고무된 나이팅게일은 존스에게서 많은 감사의 말과 칭찬을 듣자 이렇게 말했소. "톰, 우린 아주 다른 종류의 빚을 서로에게 지게 됐네. 자넨 나에게 자유를 빚졌고, 나는 자네 덕분에 자유를 빼앗겼으니 말이야. 하지만 내가 자유를 잃어서 행복한 것만큼이나 자네도 자유를 찾아 행복하니, 우린 분명히 행복한 남자들일 걸세."

두 젊은 신사는 딸의 결혼을 축하하기 위해 요리 솜씨를 한껏 발휘한 밀러 부인의 식사 호출을 받고 아래층으로 내려갔소. 존스 덕분에 이 모든 행복을 누리게 되었다고 생각한 밀러 부인은 존스에 대한 감사의 마음으로 가슴이 뜨거워져 얼굴 표정뿐만 아니라 말과 행동으로 감사의 마음을 표현하는 데 몰두한 나머지, 딸이나 심지어 새로 얻은 사위에 대해서도 신경 쓰지 못할 지경이었소.

식사를 마치자마자 밀러 부인은 한 통의 편지를 받았소. 하지만 이 장에서 이미 충분한 양의 편지를 읽었으니, 이 편지의 내용은 다음 장에서 알려주고자 하오.

10장
어떤 사실과 그 사실에 대한 견해

앞 장의 끝부분에서 도착한 편지는 올워디 영주가 보낸 것으로, 그 요지는 조카 블리필과 함께 곧 런던에 당도할 것이니, 늘 그랬던 것처럼 일층은 자신이 사용하고 이층은 조카가 사용했으면 좋겠다는 것이었소.

편지를 읽은 뒤 이 가련한 여인의 얼굴에서 좀 전까지 보였던 쾌활한 기색에 그늘이 드리워졌소. 이 소식은 밀러 부인에게는 상당히 당혹스러운 것이었기 때문이오. 아무런 이해타산도 따지지 않고 이제 막 자기 딸과 결혼한 사위를 당장 집 밖으로 쫓아버리는 건 자신이 보기에도 옳지 못한 일이지만, 올워디 영주에게서 많은 은혜를 입고서도, 엄밀히 말하면 올워디 영주가 차지해야 할 이 거처를 그에게 제공할 수 없다는 변명을 늘어놓는다는 건 생각조차 할 수 없는 일이었기 때문이었소. 사실 올워디 영주는 호의를 베풀 때 대부분의 사람들과는 정반대의 방식으로 했소. 즉 호의를 베풀 때, 그는 어떤 경우에서도 자신이 호의를 베푼다는 사실을 세상 사람에게뿐만 아니라 호의를 받는 당사자에게도 숨기려고 했던 것이오. 따라서 '준다'라는 말 대신 '빌린다'거나 '지불한다'는 말을 항상 사용했고, 생각해낼 수 있는 방법을 총동원해 자신이 베풀려고 하는 호의가 별것 아닌 것처럼 보이게 하려고 애를 썼던 것이오. 따라서 밀러 부인에게 1년에 50파운드를 고정적으로 주기로 결정했을 때도 올워디 영주는 이렇게 말했소. "제가 런던에 올 때 이 집 일층을 항상 사용할 수 있게 해주시는 데 대한 사례요(하지만 실제로 그는 그럴 의향이 전혀 없었소). 하지만 평상시에는 다른 사람들에게 세를 놓을 수 있도록 반드시 이곳에 오기 한 달 전에 미리 알려드리리다." 하지만 올워디 영주는 지금 너무도 급작스럽게 런던에 오게 되어 그런 통지를 할 기회가 없었고 또 몹시 급한 나머지 숙소에 관해 편지를 쓸 때 "그 방이 비어 있으면"이라는 단서를 붙이지 못했던 것 같았소. 지금 밀러 부인이 댈 수 있는 이유보다도 덜한 이유만으로도 이 숙소를 틀림없이 포기했을 테지만 말이오.

하지만 프라이어*라는 시인의 표현처럼,

---

* 매슈 프라이어(Matthew Prior, 1664~1721): 왕정복고 시대의 영국 시인. 인용된 구절은 1708년에 출판된 그의 시 「파울로 퍼건티와 그의 아내: 정직하지만 단순한 한 쌍Paulo Purganti and His Wife: An Honest, but a Simple Pair」의 3행에 나오는 것이다.

학교에서 가르치는
악과 미덕에 관한 규정을 넘어선,
그리고 법문의 자의(字義)를 넘어선

그 무엇인가에 따라 행동하는 부류의 사람들이 있소.

이런 부류의 사람들은 런던의 중앙형사재판소에서 무죄판결을 받고 가장 엄격한 재판관인 양심에 의해서도 무죄 방면된다 할지라도, 전혀 만족스러워하지 못하오. 공명정대함과 명예가 설정한 기준에 미치지 못한다면 이들의 마음은 흡족하지 못하며, 본인들 기준에 미치지 못하는 행동을 할 경우 이들은 침울해지고 슬퍼하며 유령이나 교수형 집행관을 두려워하는 살인범처럼 마음이 불편해 잠을 이루지 못하게 되오.

밀러 부인은 바로 이런 부류의 사람이었소. 편지를 받고 불편한 마음을 감출 수 없었던 그녀는 편지 내용을 사람들에게 알려준 뒤 자신의 난처한 상황에 대해 넌지시 말했소. 그러자 그녀의 수호천사인 존스가 곧 그녀의 걱정을 덜어주며 "부인, 제 거처는 언제라도 부인이 원하실 때 사용하십시오. 나이팅게일은 아직 신부를 맞이할 적당한 거처를 준비하지 못했으니 자기 숙소로 돌아갈 거고, 나이팅게일 부인도 그곳으로 가는 데 분명히 찬성할 겁니다"라고 말하자, 이 부부는 존스의 이 제안을 즉각 받아들였소.

독자들은 밀러 부인의 뺨이 존스에 대한 감사의 마음으로 또다시 뜨거워지기 시작했다고 하면 이를 쉽사리 믿을 수 있을 것이오. 하지만 존스가 밀러 부인의 걱정거리를 해결해준 것보다 말미에서 밀러 부인의 딸을 나이팅게일 부인이라고 칭한(밀러 부인이 이 기분 좋은 단어를 들은 것은 이때가 처음이었기 때문이었소) 것에 대해 그녀가 더 만족스러워했고, 이로 인해 존스에 대해 감사의 마음을 더 갖게 되었다고 독자들을 믿게 하는 건 좀 어려울지도 모르겠소.

하여튼 갓 결혼한 이 부부와 함께 같은 곳에 거처를 정하기로 한 존스가 이사하기로 한 것은 바로 다음 날이었소. 이제 이들에게는 다시 평온이 찾아왔고, 존스를 제외한 나머지 사람들은 모두 기분 좋은 시간을 보냈소. 겉으로는 존스도 이들의 즐거움에 동참했지만 소피아 때문에 겪고 있던 그의 고통은 블리필이 런던에 온다는 소식에 더욱 극심해졌던 것이오(존스는 블리필이 이곳에 오는 이유를 명확하게 알고 있었기 때문이오). 하지만 그를 더욱 걱정하게 만든 것은 소피아의 상황을 알아보고 다음 날 저녁 일찍 그 결과를 알려주겠다고 한 어너가 약속을 지키지 않았기 때문이었소.

현재 상황에서 좋은 소식을 접하게 될 것이라는 희망을 품을 그 어떤 근거도 없었지만, 자신과 만날 약속이 담긴 소피아의 편지라도 어너가 가져올 것으로 기대하고 있었기 때문에, 존스는 어너가 오지 않자 몹시 실망하게 되었던 것이오. 어너에게서 소식을 듣고 싶어 하는 존스의 이런 마음이 최악의 상황이라도 알고 싶어 하는(인간은 불확실한 것을 가장 참을 수 없는 고통으로 여기기 때문이오) 인간의 타고난 약점에 기인하는 것인지 혹은 존스가 아직도 은밀한 희망을 품고 있었기 때문인지는 모르겠소. 하지만 후자의 경우 때문일 거란 사실을 사랑에 빠져본 사람은 모를 리 없을 것이오. 사랑이라는 열정이 우리 마음에 끼치는 가장 놀라운 힘은 절망 가운데서도 희망을 잃지 않게 하는 것이기 때문이오. 이처럼 사랑은 어려운 일, 일어날 수 없을 것 같은 일, 심지어 일어나기 불가능한 일도 일어나길 바라게 하기 때문에 애디슨*이 카이사르에 대해 "그의 앞에서는 알프스 산과 피레네 산이 가라앉았다"고 한 말이 사랑에 푹 빠진 사람들에게 적용될 수 있을 것이오. 하지만 거꾸로 이 사랑이라는 열정은 모든 것을 침소봉대하여 한창 희망을 품고 있는 사람에게 절망감(갑작스럽게 찾아오는 이런 절망감도 성격 좋은 사람에게는 오래가지 않소)을 가져다줄 수도 있다는 것 역시 사실이오. 지금 존스가 어떤 상태인지 정확한 정보를 가지고 있지 않기 때문에 이에 대해선 독자의 추측에 맡기겠소. 하지만 확실한 것은 여전히 희망을 갖고 두 시간 정도 보내던 존스가 자신의 불편한 마음을 더 이상 숨길 수 없어 방으로 돌아갔다는 것이오. 홀로 방 안에 있던 존스가 걱정으로 인해 거의 미칠 지경이 되었을 때, 어너로부터 편지가 도착했소. 우리는 이 편지의 내용을 자구 하나 고치지 않고 있는 그대로 독자들에게 알려주겠소.

　　"도련님께**

　　마님이 막찌만 아느셧다면, 약쏙칸 대로 지는 도런니믈 차자갔을 거에요. 도련님도 잘 아시것찌만, 사라믄 우선 자기 집안부터 살펴야지요. 분맹이 이거 비스탄 재안을 두 번 다시 밧지 몬할 수도 잇으니까요. 지가 그런 부탁을 하진 아낫찌만, 마님케서 친절아개도 지를 고용아시겟다꼬 할 거시란 걸 지가 얘상아지 몯햇다믄, 지는 욕을 무도 싸지요. 마니믄 분맹이 이 시상에서 재일 훌룽안 부니애요. 그러

---
* 조지프 애디슨의 『카토』에서 셈프로니우스Sempronius가 한 말이다.
** 원문에서 어너의 편지는 철자법에 맞지 않는 표현투성이여서 일부러 철자법에 맞지 않게 옮겼다.

치 안타꼬 카는 사람드른 심성이 아주 더러븐 사라미 틀림음써요. 혹 지가 그런 마를 햇다믄 그거는 지가 잘 몰라가꼬 그랫을 기애요. 그리고 진짜 후해가 대요. 도런니믄 신이를 중시아고, 졍지칸 부니라서 도런니믈 항상 존킹하는 이 불쌍안 하이늘 다치지 안케 할라꼬 지가 한 마를 어데 가서 허진 안을 기란 걸 아라요. 사라믄 혀를 이빨 바까트로 내보이믄 안 대요. 무쓴 이리 이러날찌 아무도 모르니까요. 어재 누가 지안테 오늘 조은 직장을 어들 끼라고 말앳다 카더라도 진 분맹이 밋찌 아낫을 꺼애요. 지는 그런 일은 꿈도 꾸어보지 안았고, 다른 사라므 자리는 넘볼라꼬도 아냇으니까요. 근대 마님께서는 친절아개도 지가 암 부탁도 아냇는대 자진해가 그 일짜릴 주싯어요. 에토프나 그 누구도 재개 온 이 기해를 재가 바다드릿다고 욕하지는 모탈 꺼애요. 부탁드리는대, 지가 저네 한 마른 절대 마라지 마라주세요. 지는 도련님에게 행우니 오기를 바라그등요. 갤국 도런니믄 쏘피아 애기씨캉 개론할 끼라는 걸 으심치 안아요. 하지만 진 그 이래 간해 도런니매개 더 이상 도우미 댈 수 업따 카는 걸 아실 거애요. 쏘피아 애기씨가 아이라 따른 사람 미태서 이재 일하개 대었으니 말이애요. 지난 일은 지발 마라지 마라주새요. 진시미닙다.

주글 때까지 도련님을 딸으는
도련님의 비처난 하녀
어너 블랙모어 올림

레이디 벨라스턴의 이런 조처에 대해 존스는 여러 추측을 해보았소. 사실 레이디 벨라스턴은 이미 퍼지기는 했지만 더 이상 퍼지길 원치 않는 자신에 관한 비밀이 집 바깥으로 특히 소피아의 귀에 들어가길 원치 않아 이런 조처를 취했던 것이오. 소피아는 이 소문을 절대 퍼뜨리지 않을 유일한 사람이었지만, 그녀는 이를 확신할 수 없었고, 소피아를 몹시 미워하게 된 그녀는 우리의 여주인공의 여린 가슴에도 자신에 대한 미움이(소피아는 전혀 이런 감정을 가지고 있지 않았지만) 깃들었을 거라고 생각했기 때문이었소.

레이디 벨라스턴이 어너를 고용한 배경에 어떤 무서운 간계와 음흉한 의도가 있는지 존스가 걱정하는 동안, 지금까지 존스와 소피아의 결혼을 방해했던 것처럼 보이는 운명의 여신은 이 일에 종지부를 찍기 위해 새로운 시도를 했소. 즉 현재 절망적인 상태에 놓여 있는 존스로서는 거부하기 힘들 것 같은 유혹을 존스가 겪게 했던 것이오.

11장
기이하지만 선례가 없지는 않은 일

밀러 부인과 아주 가까운 사이였고, 존스가 거처하고 있는 집 여자들과도 잘 알고 지냈기 때문에 종종 존스를 보아왔던 헌트 부인이라는 사람이 있었소. 스스로 스물여섯 살이라고 고백한 것으로 보아 대략 서른 살 정도 된 것 같은 그녀는 외모는 매우 아름다웠지만 약간 뚱뚱한 편이었소. 터키에서 장사해 상당한 재산을 모은 뒤 은퇴한 어느 늙은 상인과 어린 나이에 친척들의 권유에 못 이겨 혼인한 그녀는 아무런 문제도 일으키지 않고 12년 동안 거의 금욕적인 생활을 견디며 고통스럽게 살아왔소. 그러다 미덕을 지켜온 것에 대한 보상으로 임종한 남편에게서 상당한 재산을 물려받아, 미망인으로 지낸 지 1년이 다 돼가고 있었소. 이 기간 동안 헌터 부인은 몇몇 특정 친구들만을 만났고 나머지 시간은 신앙 생활을 하거나 좋아하는 소설을 읽으며 은둔했지만, 아주 건강하고 열정적인 기질을 가지고 있었을 뿐만 아니라 신앙심도 깊었기 때문에 반드시 재혼하기로 마음을 먹었소. 따라서 친척들을 기쁘게 해주기 위해서 첫번째 결혼을 했던 것처럼, 이번에는 자신을 위해서 두번째 남편을 맞이하기로 결심하고는 존스에게 다음과 같은 편지를 썼소.

존스 씨께

선생님을 처음 본 순간부터, 선생님이 저에게 결코 의미 없는 분이 아니라는 것을 제 눈이 너무나도 분명하게 말해주었을 거라고 생각해요. 하지만 지금 선생님이 거처하고 있는 숙소에 사는 여자 분들이 선생님의 인품을 칭찬하며 선생님의 선한 품성이 엿보이는 여러 정황을 이야기해주어, 저는 선생님이 사람들에게 많은 호감을 주는 아주 훌륭한 분이라고 확신하게 되었어요. 그렇지 않았더라면, 제가 선생님에게 품고 있는 마음을 결코 말이나 글로 드러내지 않았을 거예요. 또 다행히도 선생님이 제 외모나 분별력, 됨됨이에 대해 나쁘게 생각하시지는 않는다는 말을 그 여자 분들에게서 들었어요. 제겐 두 사람이 행복하게 살 정도의 충분한 재산이 있어요. 하지만 선생님이 없다면 아무리 재산이 많다 해도 저는 행복할 수 없어요. 제가 이런 식으로 행동하면 세상 사람들이 비난할 거라는 건 저도 잘 알아요. 하지만 세상 사람들을 두려워하는 것 이상으로 선생님을 사랑하지 않는다면, 선생님과 맺어질 자격이 없는 사람이라고 생각해요. 하지만 단한 가지 곤란한 사실 때문에 어떻게 할 수가 없네요. 선생님이 어떤 지체 높은 여자 분과 현재 교분을 맺고 있다는 이야기를 들었어요. 저를 위해 그분과의 교분을 포기할 생각이 있으시다면 저는 기꺼이 선생님의 것이 되겠어요. 만일 그럴 생각이 없다면 부디 저의 이런 약한 모습은 잊어주시고 이 일은 선생님과 저만 아는 영원한 비밀로 해주세요.

아라벨라 헌트 드림

이 편지를 읽고 존스는 상당히 동요되었소. 그가 지금까지 의존해왔던 수입원이 끊겨 존스의 재정 상태는 최악이었기 때문이었소. 레이디 벨라스턴에게서 받은 돈은 이제 5기니도 채 남지 않았고, 바로 그날 아침 그 액수의 두 배가 되는 돈을 갚으라는 장사꾼의 독촉을 받기도 했기 때문이오. 따라서 웨스턴 영주의 수중에서 자신의 연인을 구해낼 희망도 갖지 못했고, 설령 소피아와 결혼한다 해도 그녀의 적은 재산으로 살아야한다는 것은 자존심이 상할 뿐만 아니라 자신이 생각하는 사랑에도 크게 역행하는 것이라고 생각했던 존스에게 이 제안은 큰 유혹이었던 것이오. 즉 상당한 편의를 제공할 이 여인의 재산과 소피아를 제외한 그 어떤 여자보다도 존스가 이 여인을 좋아한다는 사실을 고려해볼 때, 이 여인을 마다할 이유는 없었던 것이오. 하지만 소피아를 버리고 다른 사람과 결혼한다는 것은 존스에게는 불가능한 일이었기에 이 제안을 생각조차 하지 않으려다가도, 소피아가 자신과 결혼할 수도 없는데 그러면 왜 안 되는가하는 생각, 오히려 그러는 것이 소피아가 희망 없는 열정을 계속 품도록하는 것보다는 덜 가혹한 것이 아닌가 하는 생각도 들었소. 소피아를 아낀다면 오히려 그래야 하는 것이 아닌가 하는 생각이 얼마 동안 힘을 얻자, 존스는 이를 명예와 관련된 문제라고 생각하며 소피아를 떠나기로 거의 마음을 굳혔소. 하지만 이런 치밀한 논리는 마음속에서 일어나는 본성의 소리, 즉 그런 생각은 사랑의 배신이라고 외치는 소리에 오래 대항하지 못했소. 따라서 결국 존스는 펜과 잉크, 그리고 종이를 달라고 하여 헌트 부인에게 다음과 같은 답장을 썼소.

> 부인,
> 부인을 얻기 위해 다른 사람과의 교분을 포기하는 건 부인이 제게 보여준 호의에 비하면 아주 보잘것없는 답례일 겁니다. 제가 현재 그런 일에 연루되지 않은 것은 아니지만, 그 관계는 분명히 청산할 겁니다. 하지만 제 사람으로는 결코 만들 수 없을 것 같지만, 그렇다고 떠날 수도 없는 어느 정숙한 여인을 제가 현재 흠모하고 있다는 사실을 밝히지 않는다면 부인이 생각하시는 것처럼 저는 정직한 사람이 아닐 겁니다. 제게 보여주신 호의에 대한 보답으로 제 마음을 줄 수 없으면서도 손만 내미는 그런 못된 짓은 결코 하지 않을 겁니다. 그런 짓을 하느니 저는 차라리 굶어 죽는 편을 택할 것이니까요. 설령 제가 사랑하는 여인이 다른 사람과 결혼한다 할지라도 제 마음속에서 그 여인을 지우지 못한다면 저는 결단코 부인과 결혼하지 않을 겁니다. 그리고 제게 하신 말씀은 반드시 비밀로 할 것을 약속드립니다.

> 부인의 호의에 감사하고 있는 존스 올림

편지를 다 쓴 뒤 이를 발송한 우리의 주인공은 책상으로 가 웨스턴 양의 머프를 꺼내 몇 번이고 입을 맞춘 다음, 5만 파운드의 돈을 낚아챈 아일랜드인보다 더 만족해하면서 방 안을 몇 바퀴 점잔 빼며 걸었소.

12장
패트리지가 알아낸 사실

정직하게 처신했다는 생각에 존스가 의기양양해하는 동안 패트리지는 좋은 소식을 가져올 때 혹은 좋은 소식을 가지고 왔다고 생각할 때 늘 그랬듯이, 방 안으로 뛰어 들어왔소. 레이디 벨라스턴의 하인들을 통해서든 아니면 다른 방법을 통해서든 웨스턴 영주가 소피아를 어디로 데려갔는지 알아보라며 그날 아침 존스가 급파한 패트리지는 지금 만면에 희색을 띤 채 돌아와서는 우리의 주인공에게 놓쳤던 새를 찾았다고 말했소. "도련님, 웨스턴 영주님이 런던으로 올 때 데리고 온 하인 중 사냥터지기 블랙 조지를 만났어요. 요 몇 년 동안 보지는 못했지만 저는 금방 알아보았죠. 아시다시피 그 친구는 눈에 잘 띄거든요. 좀더 정확히 말하자면 아주 크고 검어서 눈에 잘 띄는 수염을 가지고 있죠. 하지만 시간이 좀 지나자 블랙 조지도 절 알아보았어요." 이에 존스가 "그런데 좋은 소식이란 게 뭐요? 소피아가 어떻게 되었는지 알아냈소?"라고 소리치자, 패트리지는 "금방 말씀드리죠. 최대한 빨리 그 말씀을 드리려고 했어요. 도련님은 정말 참을성이 없는 분이군요. 'ㄱ'도 배우기 전에 'ㄴ'부터 배우려고 하시니 말이에요. 조금 전 말씀드렸듯이 블랙 조지가 제 얼굴을 알아보기까지는 시간이 좀 걸렸어요"라고 말했소. 이 말에 존스가 "빌어먹을 당신 얼굴 이야기는 그만두고, 소피아가 어떻게 되었는지만 말해봐"라고 소리치자, 패트리지는 "지금 제가 말하려는 것 말고는 소피아 아가씨에 대해

따로 아는 건 없어요. 도련님이 제 말을 막지만 않으셨다면 벌써 다 말씀
드렸을 거예요. 하지만 그렇게 무섭게 노려보시면 전 무서워서 제 머릿속
이 텅 비게 돼요. 좀더 정확히 말하자면, 모두 잊어버릴 거예요. 업턴을
떠난 이후로 도련님이 그렇게 화내는 걸 본 적이 없어요. 그때 표정은 제
가 억만 년을 산다 해도 평생 못 잊을 거예요"라고 대답했소. 이에 존스
가 "그럼, 당신 방식대로 이야기해봐. 이제 보니 날 미치게 할 작정이구
만"이라고 말하자, 패트리지는 "절대로 그렇진 않아요. 그것 때문에 이미
전 실컷 당했는데요 뭐. 그리고 조금 전에 말씀드린 것처럼 평생 동안 그
걸 기억할 거고요"라고 대답했소. 이 말에 존스가 "하여튼 블랙 조지가
어쨌다는 거요?"라고 소리치자, 패트리지는 이렇게 말했소. "제가 말씀
드린 것처럼 조지가 절 알아보는 데는 시간이 좀 걸렸죠. 그 친구를 마지
막으로 본 뒤로 전 상당히 많이 변했으니까요. '금시(今時)의 나는 과거(過
去)의 내가 아니오.' 살아가면서 고초도 많이 겪었고, 슬픈 일처럼 사람을
많이 변화시키는 것도 없으니까 말이에요. 너무 슬프면 하룻밤 만에 머리
가 하얗게 센다고도 하잖아요. 하지만 결국 조지도 절 알아봤죠. 그건 분
명해요. 우린 동갑내기에다 같은 자선학교를 다녔거든요. 그때 조지는 진
짜 공부를 못했죠. 하지만 그게 중요한 건 아니에요. 공부 많이 한 순으
로 잘사는 건 아니니까 말이에요. 제가 그렇게 말하는 데는 충분한 이유
가 있어요. 그리고 그건 억만 년 뒤에도 마찬가지일 거고요. 그런데 도련
님, 제가 어디까지 말했죠? 아, 그래요. 우린 서로 알아보자마자 아주 반
갑게 악수를 여러 번 나누고는 술집에 가서 한잔하기로 했어요. 그런데
그곳에서 마신 맥주는 제가 런던에 온 뒤로 지금까지 맛본 것 중 최고였
어요. 도련님, 이제, 본론으로 들어갈게요. 제가 도련님 이름을 말하고
도련님과 같이 런던에 와 있다고 하자, 그 친구는 술을 한 잔 더 시키더니

도련님 건강을 위해 한 잔 더 해야겠다며 도련님 건강을 진심으로 기원하며 술을 들었어요. 이 세상에 감사할 줄 아는 사람이 아직도 많다는 사실에 기뻐, 저도 그 잔을 비우고는 이번에는 제가 술을 한 잔 사, 도련님 건강을 기원하며 술을 한 잔 더 마셨죠. 그런 다음 도련님에게 이 소식을 전하러 급히 집으로 온 거예요."

이에 존스가 "그런데 무슨 소식을 전하겠다는 거야? 소피아에 대해선 한마디도 안 했잖아!"라고 소리치자, 패트리지는 "맙소사! 잊어먹을 뻔했네. 우린 소피아 아가씨에 대해 많은 이야길 했어요. 조지가 모든 걸 다 말해주더군요. 블리필 도련님이 소피아 아가씨와 결혼하러 런던에 왔다고요. 그래서 전 블리필 도련님이 최대한 서두르는 게 좋을 거라고 했어요. 안 그러면 런던에 도착하기 전에 소피아 아가씨는 다른 사람과 결혼할 거라고 했지요. 그리고 조지에게 말했어요. '시그림, 그 다른 사람이란 분이 소피아 아가씨랑 결혼하지 못한다면 그건 참 유감스러운 일일 거야. 그 누구보다도 소피아 아가씨를 사랑하시니까. 그분이 소피아 아가씨를 원하는 게 재산 때문이 아니라는 걸 자네나 아가씨가 알아주길 바래. 그것이 사실이라는 걸 나는 분명히 말해줄 수도 있어. 아가씨보다 훨씬 신분도 높고 재산도 많은 어떤 귀부인이 그분을 너무도 좋아해 밤낮으로 쫓아다니니 말이야.'" 이 말에 존스가 패트리지가 자신을 배신했다고 몹시 화를 내자, 가련한 패트리지는 자신은 절대로 상대방의 이름을 밝히지 않았다고 하면서 "게다가, 도련님, 조지는 진짜 도련님 편이에요. 블리필 도련님 욕도 여러 번 하더라고요. 게다가 도련님을 위해서라면 자신이 할 수 있는 일은 무엇이든 마다하지 않겠다고 말했어요. 그리고 저도 그 친구가 그럴 거라고 확신하고요. 제가 도련님을 배신하다니 그건 말도 안 돼요! 도련님을 돕기 위해서라면 어떤 일도 마다하지 않을 저를 제외하고, 도련님이 이 세상에 조지만큼 믿을 만한 사람이 있기나 한지 의심스러워요"라고 말했소.

이 말에 존스가 마음을 약간 누그러뜨리며 "그래, 날 도와주고 싶어하는 그 친구가 소피아와 같은 숙소에 머물고 있다는 거야?"라고 묻자, 패트리지는 "물론 같은 집에 살죠! 아가씨 집 하인인데요. 그리고 그 친구는 옷도 아주 잘 입어서, 검은 수염만 없었더라면 도련님도 아마 그 친구를 알아보지 못했을 거예요"라고 대답했소.

이 말에 존스가 "그러면 나를 위해 최소한 한 가지 일은 해줄 수 있겠네. 소피아에게 편지는 분명히 전달해줄 수 있을 테니 말이야"라고 말하자, 패트리지는 "바로 핵심을 말하셨네요. 내가 그 생각을 왜 진작 못했지? 말만 하면 즉시 들어줄 거라고 장담해요"라고 소리쳤소. 이에 존스가 "그러면 지금 날 좀 혼자 있게 해줘. 내일 아침 조지에게 전달할 편지를 쓸 테니까. 그런데 어디로 가야 조지를 만날 수 있는지는 알고 있겠지?"라고 묻자, 패트리지는 "그럼요. 도련님. 분명히 다시 만날 거예요. 만나지 못할 거라는 염려 같은 건 하지 않아요. 그 집 술맛이 꽤 괜찮아 조만간 조지가 다시 그곳에 올 게 분명하거든요. 런던에 있는 동안 매일매일 들를 게 틀림없어요"라고 대답했소.

이 말에 존스가 "그럼, 소피아가 지금 어디에 있는지 모른단 말이야?"라고 소리치자, 패트리지는 "물론, 알고 있죠"라고 대답했소. 존스가 "그럼, 아가씨가 묵고 있는 숙소 이름이 뭐야?"라고 묻자, 패트리지는 "숙소 이름 말이에요? 바로 이 근방인데, 한두 블록도 떨어지지 않은 아주 가까운 곳이긴 한데 이름은 잘 모르겠어요. 이름은 말 안 해줬거든요. 만일 물어보았다면 절 의심했을 거예요. 하여튼 그 일은 제게 맡겨두세요. 분명히 말씀드리는데, 제가 그런 일은 영악하게 잘하거든요"라고 대답했소.

　　그러자 존스는 "그래, 진짜 놀랄 정도로 영악하군! 내일 술집에서 조지를 찾아낼 정도로 영악할 거라고 믿고, 지금은 내 사랑하는 사람에게 보낼 편지를 쓰겠소"라고 대답했소. 그러고는 이 현명한 패트리지를 내보낸 뒤, 편지를 쓰기 위해 자리에 앉았소. 존스가 편지를 쓰도록 잠시 동안 내버려두기로 하고, 이제 우리는 15권을 끝내겠소.

16권

5일 동안 벌어진 일

1장

프롤로그에 대해서

프롤로그를 쓰느니 차라리 극을 쓰겠다고 말했던 극작가*에 대해 들은 적이 있소. 그들과 마찬가지로 각 권이 시작할 때마다 나오는 서장(序章)을 쓰는 것보다는 본 이야기를 쓰는 게 힘이 덜 들 거라고 나도 생각하오.

드라마 앞에 소위 프롤로그라는 것을 처음 붙인 극작가**에게 많은 사람들이 혹독한 악담을 퍼부었을 거라 생각하오. 처음에는 프롤로그가 작품의 일부였지만, 후에는 드라마와의 연관성이 적어져, 결국 어떤 작품에 씌어진 프롤로그가 다른 작품의 프롤로그로 사용되어도 무방할 정도가 되었소. 최근에 씌어지는 프롤로그들은 모두 세 가지 토픽, 즉 도회지 사람들의 취향에 대한 험담과 동시대 작가들에 대한 비난, 그리고 이제 막 공연될 공연물에 대한 찬사를 주제로 삼는 것 같소. 하지만 이 프롤로그의 내용은 거의 같고, 달라질 수도 없기 때문에 같은 대상을 표현하는 데

---

* 푸블리우스 테렌티우스는 『안드로스에서 온 아가씨』의 프롤로그에서 극을 쓰는 극작가는 프롤로그도 써야 하는 운명이라고 말하고 있다.
** 고대 그리스의 비극시인이자 극작가인 에우리피데스(Euripides, 기원전 485~기원전 406)는 극에 대한 코멘트 역할을 하는 프롤로그를 창시했다고 전해진다.

그처럼 다양한 어구를 동원하는 작가들의 대단한 창의력에 놀랄 뿐이오.

마찬가지로 내게는 영광스러운 일이겠지만 나의 이 방식을 따라 할 미래의 이야기꾼이 있다면, 그는 머리를 여러 번 긁적거린 뒤, 여러 개의 서장을 쓰는 방식을 처음으로 제도화한 나를 추모할 거라 생각하오. 현재 씌어지는 프롤로그처럼, 각 권의 맨 앞에 붙여놓은 서장들 대부분은 다른 권의 시작 부분에도 붙일 수 있기 때문이오.

이런 방식을 도입함으로써 작가들은 고통받을지 모르겠지만, 관객들이 프롤로그를 통해 오랫동안 이득을 누려왔듯이, 독자들도 서장을 통해 상당한 이득을 볼 것이오.

잘 알려져 있듯이, 우선 프롤로그는 비평가들에게, 야유할 수 있는 자신의 능력을 시험해보고, 최대한 자신에게 유리하게 그 야유의 수준을 조절할 수 있는 기회를(이를 통해서 비평가들은 막이 오르자마자 잘 조율된 악기처럼 일제히 비난의 합주를 할 수 있다고 알고 있소) 제공하오.

마찬가지로 이 책에 씌어진 각각의 서장을 통해서도 비평가들은 자신들의 고결한 비평 정신을 자극받게 될 것이오. 이 책의 서장에는 본 이야기 자체를 굶주린 늑대처럼 공격하게 만들 그런 내용을 담고 있기 때문이오. 이런 훌륭한 목적을 위해 서장이 씌어진 거라는 사실을 현명한 비평가들에게 굳이 밝힐 필요는 없을 것이오. 앞서 말한 그들의 비평 정신을 증진시키고 자극하기 위해, 불쾌하고 신랄한 내용들을 서장 이곳저곳에 배치하느라 항상 세심한 주의를 기울여왔기 때문이오.

한편 나태한 독자들과 관객들은 연극의 프롤로그나 책의 서장으로부터 상당한 이득을 얻게 되오. 관객은 프롤로그를 반드시 보아야 할 필요가 없고, 독자도 반드시 서장을 읽어야만 할 필요가 없기 때문에, 연극이나 책이 서두부터 질질 끈다 싶을 땐 관객은 15분 동안 식사를 더 할 시간을 벌고, 독자들은 첫 쪽부터가 아니라 4쪽이나 5쪽부터 읽을 수 있기 때문이오. 사람들이 책을 읽는 이유로 흔히 생각하는 것보다 훨씬 일반적인 이유, 즉 책을 읽었다고 말하기 위해 책을 읽는 사람들에게 이는 결코 대수롭지 않은 이점이 아니오. 오직 이런 목적에서 사람들은 법률 서적이나 양서들뿐만 아니라, 호메로스나 베르길리우스, 스위프트 그리고 세르반테스가 쓴 책들을 읽기 때문이오.

이런 장치를 통해 이 밖에도 다른 많은 이점을 얻을 수 있지만, 그것들 대부분은 너무도 명백해 지금 나열하지는 않겠소. 특히 프롤로그나 서장의 가장 큰 장점은 짧기 때문이라는 사실이 떠오른 지금 이 순간 말이오.

2장
웨스턴 영주가 겪게 되는 묘한 사건과 소피아의 곤란한 상황

우리는 이제 피카딜리에 있는 웨스턴 영주의 숙소로 독자들을 안내하고자 하오. 웨스턴 영주는 런던에 도착해서 처음 맞닥뜨린, 하이드 파크 코너에 있는 '헤라클레스의 기둥'이라는 여관에 말을 맡겼는데 그 여관 주인의 권고에 따라 지금의 숙소에 거처를 잡았소.

레이디 벨라스턴의 집에서부터 타고 온 마차에서 내린 소피아는 이곳에 당도하자 자신을 위해 마련된 방으로 가기를 원했고, 이에 아주 기꺼이 동의한 그녀의 아버지는 직접 소피아를 그녀가 묵게 될 방으로 안내했소. 이때 두 사람은 상세히 기술하기엔 별로 중요치도 유쾌하지도 않은 짤막한 대화를 나누었는데, 그 대화 도중 웨스턴 영주는 며칠 뒤에 블리필이 런던에 도착할 예정이니 그와 결혼하라고 소피아를 강력하게 압박했소. 하지만 소피아가 그 어느 때보다도 이를 단호하게 거부하자, 몹시 화가 난 영주는 그녀가 원하든 원치 않든 간에 블리필과 억지로라도 결혼시키겠다고 맹세하고는 심한 욕설을 퍼부은 뒤, 소피아의 방을 나서며 방문을 걸어 잠그고는 열쇠는 자기 호주머니에 넣었소.

마치 구금된 국사범(國事犯)처럼 난로와 촛불 이외에는 아무것도 없는 방 안에 소피아가 갇혀 있는 동안, 웨스턴 영주는 서플 목사 그리고 '헤라클레스의 기둥'의 주인과 함께 느긋하게 술을 즐기고 있었소. 웨스턴 영주의 말마따나, 제3자 역할을 톡톡히 할 수 있는 이 여관 주인이 런던에 관한 소식과 돌아가는 사정을 알려줄 수 있을 거라는 생각에서였소(여관 주인은 많은 상류층 인사들이 자기 여관에 머물렀기 때문에 자신은 런던에 관해 많은 소식을 알고 있다고 주장했기 때문이었소).

이처럼 웨스턴 영주는 그날 저녁과 다음 날 대부분을 이 유쾌한 사람들과 함께 보냈지만 우리가 다룰 만한 중요한 사건은 일어나지 않았소. 그동안 소피아는 내내 혼자 있었고, 블리필과의 결혼을 수락하지 않는 한, 소피아는 결코 방에서 살아 나오지 못하게 할 거라고 맹세한 웨스턴 영주는 소피아에게 음식을 전달할 경우를 제외하고는 소피아의 방문을 열도록 허락하지 않았을 뿐만 아니라, 음식을 전달할 때도 항상 대동했소.

이곳에 도착한 지 이틀째 되던 날, 서플 목사와 함께 아침식사로 토스트와 맥주를 먹고 있던 웨스턴 영주는 어떤 신사가 아래층에서 기다리고 있다는 전갈을 받았소.

이 말에 웨스턴 영주는 "신사라고! 도대체 누구지? 목사 양반, 내려가서 누군지 좀 알아보고 오시오. 블리필은 아직 런던에 도착하지 못했을 텐데 말이야. 하여튼 내려가서 무슨 일로 왔는지 좀 알아보시오"라고 말했소.

아래층에 내려갔다 돌아온 목사는 옷을 아주 잘 차려입은 사람이 찾아왔다며, 모자에 리본이 달려 있는 것을 보니 장교인 것 같은데, 웨스턴 영주에게 직접 전달해야만 하는 특별한 용건이 있다고 말했노라고 전했소.

이 말에 웨스턴 영주는 "장교라고! 그런 자가 내한테 무슨 볼일이 있어? 수화물 수레를 제공하라는 명령서*를 받을라 카는 거라면, 난 여기 치안판사가 아니라 그런 허가서를 내 줄 수도 없는데 말이야. 우옛든지 직접 얘기해야 한다믄, 일단 올라오게 하시오"라고 소리쳤소. 이윽고, 아주 점잖은 남자가 방에 들어오더니 웨스턴 영주에게 인사를 한 뒤 단둘이 이야기를 나눌 수 있게 해달라고 청하며 이렇게 말했소. "저는 펠라머 경의 지시에 따라 이곳에 왔습니다. 며칠 전 밤에 일어났던 일과 관련해서 영주께서 추측하시는 것과는 아주 다른 내용의 전갈을 가지고 왔습니다."

이 말에 웨스턴 영주가 "무슨 경이라고? 난 그런 사람 이름은 들어보도 못했는데"라고 소리치자, 신사는 다음과 같이 대답했소. "펠라머 경께서는 지난 일을 모두 영주께서 술에 취한 탓으로 돌리고 싶어 하시기 때문에, 술 때문에 그런 것이라고 인정만 해주시면, 모든 게 잘 해결될 겁니다. 경께선 영주님의 따님을 깊이 연모하셔서 영주님에 대해 모욕을 느끼시지 않을 겁니다. 펠라머 경께서 이처럼 용기를 내서 이 문제를 공개적으로 다루시는 건 본인의 명예가 손상당하지 않기 위해서이긴 하지만 두 분 모두를 위해서도 참 다행입니다. 경께서 바라시는 건 영주께서 그 사실만 인정해주시는 겁니다. 아주 조금만 인정하셔도 충분할 겁니다. 그렇게 해주신다면, 경께서는 구혼자 자격으로 따님을 만나도 좋다는 허락을 받으러 오늘 오후 영주님께 인사드리러 오실 겁니다."

---

* 18세기 영국법에 따르면 군대가 행군할 때 치안판사는 필요시 수화물 수레를 제공하라는 명령서를 발부해야 한다.

이에 웨스턴 영주가 "도대체 지금 무슨 말을 하는지 모르겠소. 하지만 내 딸에 대해 말하는 걸 보이, 레이디 벨라스턴이 일전에 딸아이에게 구애한 적이 있다고 한 그 귀족 양반 이야기인 것 같군. 그렇다면, 그 귀족 양반에게 내 안부나 전해주고, 딸 문제는 이미 처리되었다고 전해주시오"라고 말하자, 신사는 "경의 청혼이 얼마나 대단한 건지 정확히 모르시는 것 같군요. 이런 신분과 재산을 가진 분의 청혼은 누구도 거절하지 못할 거라고 생각합니다만"이라고 대답했소.

그러자 웨스턴 영주는 "이봐, 내 아주 분명히 말하겠는데, 내 딸은 이미 혼인하기로 한 사람이 있어. 설령 안 그렇더라도 귀족이니 하는 자들한테는 절대 딸아이를 시집보내지 않을 기야. 난 귀족이란 작자들이 싫거든. 궁정 출입이나 하는 자들하고 하노버 왕가 패거리들하고는 상대하지 않을 기란 말이야"라고 대답했소. 이에 신사는 "결심이 그러하시다니, 오늘 아침 하이드 파크*에서 영주를 뵙기 바란다는 경의 전갈을 전해야겠군요"라고 말했소.

이에 웨스턴 영주가 "난 바빠서 갈 수 없다고 전해주시오. 집에서 할 일이 많아 외출할 수 없으이 말이오"라고 대답하자, 상대방은 "신사라면 절대 그런 전갈을 보내진 않을 거라고 생각합니다. 귀족을 모욕한 뒤 결투 신청까지 거절했다는 말을 영주께서도 듣고 싶어 하진 않을 거라 확신하기 때문입니다. 아가씨를 존중하는 마음에 이번 일을 다른 식으로 매듭지으려고 하셨지만, 영주님을 미래의 장인으로 생각할 수 없다면 영주께 받은 모욕을 경은 참고만 계시진 않을 겁니다"라고 말했소.

이 말에 웨스턴 영주가 "내가 그자를 모욕했다고! 그건 말도 되도 않

---

* 런던에 위치한 공원으로 18세기 당시 결투가 흔히 벌어졌던 곳이다.

는 거짓말이야! 난 그자에게 뭐라 한 적이 없어"라고 소리치자, 신사는 아주 짤막한 비난을 퍼부으며 손으로 웨스턴 영주에게 불만의 표시를 했소. 그의 손이 웨스턴 영주의 귀에 도달하자마자, 이 훌륭하신 웨스턴 영주는 방 안을 깡충깡충 뛰어다니며 마치 자신이 얼마나 민첩한지 보라고 많은 사람들을 불러 모으고 싶어 하듯 있는 힘을 다해 소리쳤소.

그 당시 그리 멀지 않은 곳에서 아직 술이 많이 남아 있는 맥주잔을 앞에 두고 있던 서플 목사가 영주의 고함 소리를 듣자마자 이곳으로 달려와서는 "맙소사! 영주님, 무슨 일입니까?"라고 소리쳤소. 이에 웨스턴 영주가 "무슨 일이냐고? 여기 이 날강도 같은 놈이 날 죽일라고 해. 손에 들고 있는 저 곤봉으로 날 공격했단 말이야. 아무 잘못도 하지 않았는데 말이야"라고 대답하자, 대위는 "그게 무슨 말이오. 내가 거짓말했다고 하지 않았소?"라고 말했소. 이에 웨스턴 영주는 이렇게 대답했소. "그런 말 한 적 없어. '내가 당신 주인을 모욕하려 했다는 말은 거짓말이다'라고 말했을지는 몰라. 하지만 당신이 내한테 거짓말했다고 말한 적은 없어. 내가 한 말은 내가 더 잘 알아. 당신도 아무 무기도 없는 사람을 공격하는 건 잘못이라는 걸 알아야지. 손에 곤봉이라도 갖고 있었더라면, 감히 나를 치지도 못했겠고, 내가 오히려 당신 귓방망이를 한 대 갈겨줬을 거야. 당장 마당으로 나와! 머리가 뿌사질 때까지 나랑 곤봉으로 한번 붙어보자고. 아니면, 빈방으로 와, 내 당신을 죽도록 두들기 패줄 끼니까."

이 말에 대위는 다소 분개하며 "이제 보니 신경 쓸 가치도 없는 사람이로군. 펠라머 경께 신경 쓸 가치조차 없는 사람이라고 보고하겠소. 선생 때문에 내 손을 더럽힌 게 유감이오"라고 말하고는 떠나려 했소. 서플 목사는 대위를 떠나지 못하게 하려는 웨스턴 영주를 어렵지 않게 저지할 수 있었소. 대위를 떠나지 못하게 하려고는 했지만 영주는 자신의 시도가 성공하길 갈망하지는 않았기 때문이었소. 하지만 대위가 떠날 때, 웨스턴 영주는 대위를 향해 수많은 욕설과 위협적인 말을 퍼부었소. 하지만 그것도 대위가 계단 아래에 다다른 이후에나, 그리고 대위가 멀어지면 멀어질수록 더 큰 소리로 했기 때문에, 그의 욕설과 위협적인 말은 대위의 귀에 닿지도 않았고 그의 출발조차 늦추게 하지 못했지만 말이오.

방에 갇힌 채로 아버지의 고함 소리를 처음부터 끝까지 다 들은 소피아는 발을 동동 구르기 시작하더니, 훨씬 달콤한 목소리였지만 이 노신사만큼이나 아주 큰 소리로 비명을 지르기 시작했소. 딸을 몹시 사랑하여 딸이 조금이라도 염려가 되면 금방 걱정에 사로잡히던 웨스턴 영주는 그녀의 비명 소리에 곧 고함을 멈추고, 소피아 생각만 하게 되었소. 그녀의 미래의 행복이 달린 이번 경우를 제외하고는, 소피아는 웨스턴 영주를 절대적으로 좌지우지하는 존재였기 때문이오.

대위에게 법적 조처를 취하겠다고 맹세하며 대위에 대한 화풀이를 마친 뒤, 웨스턴 영주는 소피아를 보러 계단을 올랐소. 소피아의 방문 자물쇠를 풀고 문을 연 웨스턴 영주는 창백한 얼굴에 숨도 제대로 쉬지 못하는 딸을 발견했소. 하지만 아버지를 본 순간 기운을 차린 소피아는 영주의 손을 잡고 흥분하여 소리쳤소. "아빠, 전 정말 많이 놀랐어요. 아빠가 다치지 않게 해달라고 기도드렸어요." 이 말에 웨스턴 영주가 "아니야, 아냐. 별로 다치지 않았어. 그 악당 같은 놈이 별다른 짓을 하지는 못했거든. 하지만 그 자식한테 법적 조처를 하지 않으믄 내 성을 간다"라고 말하자, 소피아는 "그런데, 무슨 일이 있었는지 말해주세요. 누가 아빠를 모독했어요?"라고 물었소. 이에 웨스턴 영주가 "나도 그놈아 이름은 몰라. 하지만 우리를 때리라고 우리가 먹여살리고 있는 장교 놈인 것 같아. 그럴 거라고 생각하지는 않지만, 무어라도 가지고 있는 게 있다면, 내한테 싸움 건 대가를 톡톡히 치르게 할 기야. 옷은 잘 챙기입었지만 밭떼기 하나라도 있는지 의심스러우니까 말이야"라고 말하자, 소피아는 "그런데 아빠, 왜 다투신 거예요?"라고 물었소. 이 말에 웨스턴 영주는 이렇게 대답했소. "왜겠어? 소피. 너 아니면 누구 때문이겠어? 소피, 내가 이렇게 불행해진 건 다 너 때문이야. 너 때문에 이 불쌍한 아빠는 결국 죽게 될 거야. 당최 누군지 모르겠지마는도 널 좋아한다는 어떤 귀족 놈의 종새끼가 여 왔었다. 내가 결혼을 승낙하지 않으이 내한테 도전장을 보냈더구만. 그러니 소피, 아빠 말 좀 잘 들어라. 아빠를 더 이상 골치 아프게 하지 마. 그러니 이제 블리필하고 결혼하겠다 캐라. 오늘이나 내일쯤에 블리필이 런던에 올 게다. 블리필이 도착하자마자 결혼하겠다고 내한테 약속만 해라. 그럼 난 이 세상에서 제일로 행복한 사람이 될 기야. 나도 널 제일로 행복한 여자로 만들어줄 거고. 내 너한테 런던에서 제일 좋은 옷과 보석, 그리고 6두마차를 줄 기니까 말이야. 올워디 영주에게 내 재산의 절반을 주겠다고 이미 약속까지 했거든. 떠그랄, 난 주저하지 않고 전재산도 줄 수도 있어." 이 말에 소피아가 "아빠, 제발 제 말 좀 들어주시겠어요?"라고 말하자, 웨스턴 영주가 대답했소. "우리나라에서 제일 좋은 사냥개들이 짖는 소리보다 난 네 목소리를 더 듣고 싶어 한다는 거 잘 알면서 그런 말을 하는 거냐? 네 말을 들어달라고! 난 평생 네 말을 들으며 살고 싶다. 그런 낙도 없다면 나는 쪼매도 더 살고 싶은 생각이 음따. 소피, 넌 이 아빠가 널 얼마나 사랑하는지 모르는 것 같구나. 진짜로 몰라. 그렇지 않았다면, 너 없인 아무런 기쁨이나 위안도 느끼지 못하는 이 불쌍한 아빠를 버리고 도망갔을 리가 없지." 이 말을 하는 웨스턴 영주의 눈가에 눈물이 맺히자, 소피아는 눈물을 줄줄 흘리면서 말했소. "사랑하는 아빠. 아빠가 절 얼마나 사랑하시는지 저도 잘 알아요. 그리고 아빠의 사랑에 제가 얼마나 보답하려 했는지 하늘도 아실 거예요. 그 사람 품에 억지로 안기게 될지도 모른다는 두려움만 없었다면, 절대로 전 아빠한테서 도망가지 않았을 거예요. 아빠의 행복을 위해서라면 기꺼이 제 목숨도 바칠 정도로 아빠를 사랑하니까요. 그리고 사실은 그 이상도, 그러니까 아빠의 뜻을 따르기 위해 전 가장 비참하게 살 결심도 할 뻔했으니까요. 하지만 억지로 할 수 없었던 게 바로 그 결심이었어요." 이 말에 웨스턴 영주는 몹시 화난 표정을 지으며 입에 거품을 물기 시작했소. 이를 본 소피아는 자기 말을 끝까지 들어달라고 간청하고는 말을 이었소. "아빠의 생명과 건강 그리고 아빠의 진정한 행복이 달린 문제라면, 전 그렇게 하기로 굳게 마음먹을 거예요. 아빠를 살리기 위해서라면 전 어떠한 고통도 감수하고, 가장 혐오스럽고 역겨운 운명도 기꺼이 받아들일 거예요. 아빠를 위해서라면 전 블리필 씨와도 혼인할 거예요." 그러자 웨스턴 영주는 "그래, 그게 날 살리는 길이다. 그래야 내가 건강하고 행복해질 수 있고, 살아갈 수가 있어. 네가 내 요구를 들어주지 않는다면, 난 틀림없이 죽고 말 거다. 내 억장은 무너지고 말이다. 정말이다"라고 대답했소. 이에 소피아가 "어떻게 절 불행하게 만들고 싶어 하실 수 있어요?"라고 묻자, 웨스턴 영주는 큰 소리로 "이제 말하지만, 내 모든 소망은 널 행복하게 만드는 거야. 내가 널 불행하게 만들고 싶어 한다고! 널 행복하게 하기 위해서라면 난 무슨 일이든 다 할 수 있다"라고 대답했소. 이에 소피아가 "제가 어떻게 하면 행복해지는지 저도 조금은 알고 있을 거라고 인정해주실 수는 없나요? 행복은 생각에 달려 있다는 말이 사실이라면, 제가 이 세상에서 제일 불행한 사람이라는 생각이 드는 지금 이 순간, 전 과연 어떤 상태인가요?"라고 묻자, 웨스턴 영주는 "거렁뱅이 사생아 놈과 결혼해서 불행이 무엇인지 아는 것보다는 불행하다고 생각하는 게 더 낫다"라고 대답했소. 이 말에 소피아가 "아빠만 괜찮으시다면, 전 아빠가 살아 계시는 동안 아빠 허락 없이 그 사람이나 다른 어떤 사람과도 절대 결혼 하지 않겠다고 아주 엄숙하게 약속할게요. 평생 아빠를 모시며 살 테니, 절 아빠의 불쌍한 소피로 다시 받아주세요. 여태까지 그랬던 것처럼 아빠 를 기쁘고 즐겁게 하는 걸 제 일로, 제 낙으로 삼게 해주세요"라고 말하 자, 웨스턴 영주는 "소피, 이런 식으론 더 이상 속지 않을 거야. 또 속으 면 네 고모가 날 바보라고 해도 난 할 말이 없어. 소피, 그건 안 돼, 안 된단 말이야. 남자들이 처리해야 할 문제에 여자 말을 들을 정도로 내가 어리석고 세상물정을 모르진 않다는 걸 너도 알도록 하겠다"라고 대답했 소. 이에 소피아가 "아빠가 절 믿지 못하시게끔 제가 행동한 적 있나요? 제가 아빠에게 한 번이라도 약속을 어긴 적이 있나요? 아니면 제가 어렸 을 적부터 거짓말을 한 적이 있었나요?"라고 반문하자, 웨스턴 영주는 "소피, 그런 건 중요하지 않아. 난 이 결혼을 성사시키기로 마음먹었다. 네가 결혼하는지 안 하는지 한번 봐. 네가 그다음 날 목매달아 죽어도 네 가 결혼 안 하는지 한번 보라고"라고 말했소. 그러면서 주먹을 불끈 쥐고 이마를 찌푸리며, 입술을 깨물고는 큰 소리로 고함치자, 번민에 휩싸인 채 공포에 질려 있던 가련한 소피아는 온몸을 떨며 의자에 철퍼덕 주저앉 았는데, 이때 그녀의 눈에서 곧바로 눈물이 솟구쳐 흐르지 않았더라면 더 심각한 상황이 벌어졌을 수도 있었소.

딸의 이런 애처로운 모습을 보고 웨스턴 영주는, 사형선고를 받은 남 편과 마지막 작별 인사를 나누는 가여운 아내를 바라볼 때 뉴게이트 감옥 의 간수가 느끼는 것 이상의 회한과 양심의 가책은 느끼지 않았소. 다른 식으로 말하자면, 갚아야 할 빚이지만 (채권자가 보기에는) 사악한 마음 에서 갚지 않은 10파운드의 돈 때문에 감옥으로 끌려가는 채무자를 바라볼 때, 정직하고 공명정대한 상인의 마음속에서 일어나는 감정으로 웨스턴 영주는 소피아를 내려다보았던 것이오. 더 정확히 표현하자면, 함정에 빠져 포주의 손아귀에 들어간 어떤 순진 가련한 여인네가 손님을 맞이하라는 지시를 처음 받고 발작을 일으키는 것을 보았을 때 포주가 느끼는 심정을 이때 웨스턴 영주는 느꼈던 것이오. 포주는 이런 일을 통해 이득을 보지만(아마도 영주는 경우가 다르다고 생각하겠지만) 사실상 자기 딸을 이와 거의 유사한 매춘 행위를 하도록 강요하는 아버지 자신은 아무런 이득도 얻지 못한다는 사실을 제외한다면, 이들 간에는 상당한 유사성이 있소.

불쌍한 소피아를 이런 상태로 내버려둔 채, 웨스턴 영주는 눈물의 미미한 효력에 관한 아주 통속적인 견해를 피력하고는, 소피아의 방문을 잠근 뒤 서플 목사에게로 갔소. 이때 서플 목사는 소피아를 위해 자신이 할 수 있는 말은 다 했지만(사실은 자신의 의무에는 미치지 못할 정도의 말밖엔 하지 않았소), 웨스턴 영주는 목사의 말에 몹시 역정을 내며 성직자 전체를 향해 점잖지 못한 험담을 쏟아내었소. 하지만 신성한 성직자들에게 상당한 존경심을 갖고 있는 우리는 그의 험담을 여기에 옮기지는 않을 것이오.

3장
감금된 소피아에게 일어난 일

웨스턴 영주가 묵고 있는 여관의 안주인은 영주의 일행이 이상하다는 생각을 진즉부터 했지만, 웨스턴 영주가 상당한 재산가라는 말을 듣고는 방값으로 상당한 비용을 청구하기로 마음먹었기 때문에, 영주를 화나게 하는 건 바람직하지 않다고 생각했소. 따라서 자기 하녀에게서 소피아가 몹시 착하고 상냥하다고 들었고, 웨스턴 영주의 모든 하인으로부터 그 말이 사실이라고 들었기에, 이 가련한 소피아가 감금된 것을 보고 어느 정도 우려는 했지만, 자신의 이해관계에 훨씬 더 많은 관심을 갖고 있던 그녀는 자신이 보기에도 성질이 몹시 급한 이 노신사를 화나게 하지 않기로 마음먹었던 것이오.

소피아는 비록 조금밖에 먹진 않았지만 그래도 식사는 규칙적으로 제공받았소. 소피아가 진귀한 음식을 원했다면, 화는 난 상태지만 웨스턴 영주는 그 음식을 마련하기 위해 수고와 비용을 아끼지 않았으리라고 나는 믿소. 몇몇 독자들에게는 좀 이상하게 보일지 모르겠지만, 웨스턴 영주는 딸을 진심으로 사랑했고 딸을 기쁘게 하는 것을 최고의 만족으로 삼았기 때문이오.

저녁식사 시간이 되어 블랙 조지가 어린 암탉 요리를 들고 소피아 방으로 올라갔을 때, 절대 열쇠를 내놓지 않겠다고 맹세했던 웨스턴 영주는 문 앞에서 기다리고 있었소. 음식을 내려놓은 뒤 조지는 소피아와 몇 마디 인사말을 주고받았소(소피아가 시골을 떠난 이래로 조지는 소피아를 보지 못했고, 자기보다 조금이라도 신분이 낮은 사람은 별로 존중하지 않는 사람과는 달리, 소피아는 모든 하인을 존중해주었기 때문이오). 소피아는 먹지 못하겠다며 음식을 도로 가져가라고 했지만, 조지는 한번 먹어보라고 하면서 특히 암탉의 뱃속에 가득 든 계란을 맛보라고 권했소.

그동안 웨스턴 영주는 문 앞에서 기다리고 있을 수밖에 없었소. 조지는 웨스턴 영주가 가장 중요하게 여기는 일, 즉 사냥과 관련된 일을 맡고 있었기 때문에 웨스턴 영주의 총애를 한몸에 받고 있는 터라 비교적 허물없이 행동할 수 있었던 것이오. 따라서 소피아를 만나보고 싶다며 저녁식사를 나르겠다고 나선 조지가 소피아와 정중한 대화를 나누며 조금도 주저하지 않고 영주를 10분 이상이나 서서 기다리게 했지만, 이야기를 마치고 문 앞으로 돌아왔을 때 조지는 웨스턴 영주로부터 기분 좋은 꾸지람만 들었던 것이오.

조지도 잘 알고 있듯이 암탉이나 자고, 꿩, 그 밖의 새들의 알은 소피아가 아주 좋아하는 음식이었소. 따라서 지난 40시간 동안 소피아가 음식을 한 입도 삼키지 않아 모든 하인들이 소피아가 굶어 죽을까 걱정하고 있던 차에, 마음씨 고운 조지가 이 맛있는 음식을 소피아에게 가져다주겠다고 한 것은 놀라운 일이 아니었소.

과부들의 경우 괴로움은 반스테드 고원지*나 솔즈베리 평야의 신선한 공기보다도 더 식욕을 돋우지만, 괴로움이 모든 사람들에게 똑같은 영향을 미치는 것은 아니오. 하지만 사람들의 말과는 반대로, 극도의 슬픔에 빠진 사람도 결국은 식사를 하기 마련이오. 얼마간의 생각에 잠긴 뒤, 이 암탉을 해부하기 시작한 소피아는 조지가 말한 것처럼 암탉의 뱃속에 알이 가득 들어 있는 것을 보게 되었소.

이 알들을 보았을 때 소피아는 무척 기뻤지만, 이 닭은 왕립학술원** 사람들이 보면 훨씬 더 기뻐할 뭔가를 가지고 있었소. 지금까지 천 마리

---

* 18세기 영국의 서리Surrey에 있던 휴양지. 이곳은 신선한 공기로 유명하며, 의사들이 환자들에게 휴양지로 종종 권하던 곳이다.

** Royal Society: 1660년 설립되어 1662년 왕의 공식 인가를 받은 영국 왕립학술원은 과학적 탐구와 과학적 사고의 중심지로 자리 잡기 시작하며 많은 유수한 과학자들을 구성원으로 받아들여 활발한 활동을 했다. 하지만 이 학술원에서 발간한 『철학회보Philosophical Transactions』는 기형적인 동물에 대한 관심을 보여 여러 문인들의 조롱을 받기도 했다. 필딩도 1743년에 출간한 「왕립학술원 앞에서 읽기에 적절한 논문들Some Papers Proper to be Read before the Royal Society」에서 왕립학술원의 『철학회보』가 기형 동물이나 기이한 생성물에 대해 많은 관심을 보였던 사실을 풍자했다.

쯤은 발견되었을 텐데도 다리 셋 달린 새가 값을 헤아릴 수 없을 만큼 진귀한 것으로 여겨진다면, 동물 세계의 법칙을 전적으로 거부하며 뱃속에 편지를 간직한 이 새의 값어치는 어떻게 매길 수 있겠소? 오비디우스는 이파리에 글자가 새겨진 꽃으로 변한 히아킨토스*에 대해 말한 바 있고, 베르길리우스**는 그가 살던 당시 왕립학술원에 해당하는 곳에 그 꽃을 불가사의한 꽃이라고 천거했지만, 그 어떤 시대, 어떤 국가에서도 뱃속에 편지를 간직한 새가 발견되었다는 기록은 없으니 말이오.

이런 종류의 불가사의한 일에 유럽의 과학학술원 사람들은 마음이 사로잡혀 결국은 별 소득 없는 일로 판명날 조사를 벌일지도 모르지만, 존스와 패트리지 사이에 있었던 지난 대화를 상기해본다면, 이 편지가 어디서 온 것인지 그리고 어떻게 이 편지가 이 어린 닭의 몸 속에 들어가게 되었는지 우리 독자들은 아주 쉽사리 짐작할 수 있을 것이오.

오랫동안 단식한 데다가 좋아하는 음식이 눈앞에 있음에도 불구하고, 소피아는 이 편지를 보자마자 낚아채듯 집어 들고는 봉투를 뜯고 읽었소.

소피아

내가 영광스럽게도 누구에게 편지를 보내는지 모른다면, 어너가 알려준 소식에 내가 얼마나 두려웠는지 아무리 어려워도 어떻게든 표현하려고 애썼을 거요. 하지만 사랑하는 사람이 느낄 수 있는 고통이

---

* 오비디우스는 『변신』에서 아폴로 신이 자신이 사랑했던 히아킨토스가 죽자 너무 슬퍼, "아이, 아이Ai, Ai"라고 외쳤더니, 히아킨토스가 죽어서 변한 히아신스의 이파리에 이 글자가 새겨졌다고 전했다.
** 『전원시』에서 베르길리우스는 히아킨토스에 대해 언급하는데, 필딩은 『철학회보』를 풍자한 「왕립학술원 앞에서 읽기에 적절한 논문들」에서 베르길리우스의 히아킨토스에 대한 언급을 우스꽝스럽게 인용하며 왕립학술원이 기형물에 관심을 쏟는 행태를 풍자했다.

어떤 건지는 사랑하는 사람만이 진정으로 알 수 있기에, 이 우울한 상황에서 내가 어떤 고통을 겪고 있을지 당신은 잘 알 거요. 당신에게 불운이 닥쳤다는 소식에 내가 느낀 고통보다 더 큰 고통을 가져다줄 수 있는 것이 과연 있겠소? 분명히 한 가지밖에 없을 거요. 그런데 저주스럽게도 바로 그 한 가지가 일어났소. 당신에게 닥친 불운이 바로 나 때문이라는 끔찍한 사실 말이오. 그런 사실이 나에게는 대단한 영광이 될지는 모르겠지만, 이런 혹독한 대가를 치르게 한 그런 영광을 아무도 시기하진 않을 거요. 지금 내가 한 주제넘은 말을 용서하시오. 당신의 마음을 조금이라도 편하게 해주기 위해 내가 무슨 말을 해야 하는지, 당신을 도와주어야 하는 것인지, 당신 옆에 있어야 하는지 혹은 당신을 떠나야 하는지 혹은 내가 죽어야 하는지, 고통받아야 하는지, 주제넘게 이 모든 것을 물어보는 것도 용서하시오. 당신을 열렬히 흠모하는 것이, 당신의 말을 잘 따르는 것이, 당신을 열렬히 사랑하며 당신 뜻을 전적으로 따르는 것이, 내 행복을 위해 당신이 치른 희생에 대한 보상이 될 수 있겠소? 그렇게 될 수 있다면, 사랑스런 나의 천사여! 당신을 항상 받아들이고 보호할 준비가 되어 있는 내 품으로 달려오시오. 당신이 맨몸으로 오건 이 세상의 모든 부를 가지고 오건 그건 중요치 않소. 하지만 충분히 심사숙고한 뒤에 당신이 치러야 할 희생이 너무도 크고, 당신 아버지의 마음을 달래고 당신 마음의 평화를 되찾기 위해서는 나를 버려야 한다는 생각이 든다면, 당신 마음속에서 나를 영원히 몰아내시오. 그리고 마음을 다잡고, 내 고통에 대해서는 더 이상 동정하지 마시오. 소피아, 내 말을 믿어주시오. 진심으로 나는 당신을 나보다 더 소중히 여기고 있기 때문에, 내가 궁극적으로 바라는 것은 당신이 행복해지는 것이오. 내 첫번째 소망은(운명의 여신이 왜 이 소망을 들어주지 않는 거요?) 당신이 이 세상에서 가장 행복해하는 걸 보는 것이었고(이렇게 말하는 걸 용서하시오) 지금도 그렇소. 그리고 두번째 내 소망은 당신이 행복하다는 말을 듣는 것이오. 그런데 나 때문에 당신의 마음이 편치 못할 거라는 생각이 들어, 나는 지금 이 세상 그 누구보다도 큰 고통을 겪고 있소.

모든 마음을 담아,
당신에게 헌신하는,
당신의 토머스 존스가

소피아가 이 편지를 읽고 무슨 말을 하고 무엇을 했으며 무슨 생각을 했는지, 그리고 얼마나 여러 번 이 편지를 읽었는지 혹은 이 편지를 한 번 이상 읽었는지 등등에 관해선 독자들의 상상에 맡기겠소. 이에 대한 답은(아마도 나중에 알게 되겠지만) 지금은 알 수 없기 때문이오. 하지만 소피아가 존스에게 답장을 보내지 않은 여러 이유 중 가장 타당성이 있는 건, 현재 그녀에겐 종이나 펜, 그리고 잉크도 없다는 사실일 것이오.

이날 저녁 소피아는 이 편지로 혹은 다른 어떤 일로 상념에 잠겨 있었는데, 아래층에서 요란한 소리가 들려오는 바람에 그녀는 더 이상 상념에 젖어 있을 수 없었소. 요란한 소리는 다름 아니라 두 사람이 거칠게 언쟁을 벌이는 소리였소. 그중 한 사람은 목소리를 들어보니 자신의 아버지라는 걸 소피아는 금방 알아차렸지만, 좀더 째지는 듯한 목소리가 웨스턴 여사의 목소리라는 걸 알아차리는 데에는 다소 시간이 걸렸소. 런던에 오자마자 '헤라클레스의 기둥'에 머물던 하인을 통해 영주의 거처를 알아낸 웨스턴 여사가 마차를 타고 이곳으로 곧장 달려왔던 것이오.

따라서 우리는 이제 소피아와 작별을 고하고, 평상시의 예의범절을 갖추어 이 귀부인을 수행하고자 하오.

4장
감금에서 풀려나는 소피아

이 귀부인이 도착했다는 사실이 알려졌을 때, 웨스턴 영주와 서플 목사는(여관 주인은 그때 다른 일을 하고 있었소) 같이 담배를 피우고 있었소. 웨스턴 영주는 누이가 왔다는 말을 듣자마자, 누이를 위층으로 안내하기 위해 곧장 아래층으로 달려갔소. 그는 이런 식의 예의를 아주 잘 지키는 사람이었고, 자신은 결코 인정하지 않았지만(실제로 모르는 것일 수도 있소), 자신이 그 누구보다도 두려워하는 누이에게 특히 잘 지켰소.

식당에 도착하자마자 웨스턴 여사는 의자에 철퍼덕 앉았더니 열변을 토하기 시작했소. "이렇게 끔찍한 여행을 한 사람은 분명히 없을 거예요. 그렇게 많은 유료도로법*이 통과되었는데도 길이 더 나빠지다니! 그런데 오라버넌 어떻게 이런 끔찍한 데로 오게 된 거예요? 웬만한 신분의 사람이라면 이런 덴 절대 발도 들여놓지 않았을 텐데 말이에요." 이 말에 웨스턴 영주가 "건 모르겠다. 이 정도면 쓸 만하다고 생각했는데. 이곳을 권한 사람은 여관 주인이야. 양반들을 마이 알고 있다고 해서 어디 가면 양

---

* 1740년대 영국에서는 도로 개선과 보수를 위해 통행료 징수소가 여러 군데 설치되었지만 실제로 도로의 보수가 제대로 이루어지지 않았기 때문에, 통행료를 세금을 걷기 위한 구실이라고 여긴 사람들이 영국의 여러 지역에서 폭동을 일으켰다.

반들을 만날 수 있는지 알려줄 수 있겠거니 생각해서 물어보았더니 여길 말해주더군" 하고 소리치자, 웨스턴 여사는 "그건 그렇고, 소피아는 지금 어디 있어요? 레이디 벨라스턴은 만나본 거예요?"라고 물었소. 이 말에 영주가 "그럼, 그렇고말고. 네 조카는 안전해. 지금 이층 방에 있거든" 하고 대답하자 웨스턴 여사는 "이 집에 있으면서 내가 온 걸 어떻게 모를 수 있어요?"라고 다시 물었소. 이에 "아무도, 절대 아무도 소피아에게 갈 수 없어. 내가 자물쇠로 가다났거든. 안전하게 가다났지. 런던에 온 첫날 밤에 레이디 벨라스턴 집에서 델꼬와 지금까지 보호하고 있어. 그래서 지금은 사냥 부대 속에 집어넣은 여우처럼 안전해. 그건 장담하지"라고 웨스턴 영주가 대답하자, "아니! 지금 그게 무슨 소리예요! 오라버니가 혼자 런던에 가는 걸 승낙한 결과가 얼마나 끔찍스러울지 한번 생각해보았어요. 하지만 오라버니가 억지 고집을 피워서 승낙한 거예요. 안 그러면 절대 승낙하지 않았을 거예요. 오라버니, 이런 식으로 제멋대로 행동하지 않겠다고 약속하지 않았나요? 소피아가 오라버니한테서 달아날 수밖에 없었던 이유가 오라버니가 이런 식으로 행동했기 때문이란 걸 모르나요? 오라버닌 소피아가 다시 그렇게 하도록 만들고 싶어요?"라고 웨스턴 여사가 말했소. 웨스터 여사의 이 말에 영주가 담배 파이프를 바닥에 내동댕이치면서 "에잇! 빌어먹을, 이런 말을 듣고도 가만있을 사람이 내 말고 또 있을 거 같애? 내가 한 일을 칭찬할 줄 알았는데 이런 식으로 날 공격하다니 말이야"라고 소리치자, 웨스턴 여사는 이렇게 대답했소. "어떻게 칭찬받을 생각을 해요? 소피아를 가두면 내가 칭찬할 거라고 생각했단 말이에요? 내가 그런 식으로 행동한 적이 한 번이라도 있었나요? 오히려 자유의 나라에 사는 여자들을 그렇게 강제적으로 다루면 안 된다고 내가 여러 번 이야기하지 않았나요? 우리 여자들도 남자들처럼 자유를 누려야 할 존재예요. 사실 우리 여자들이 남자들보다 그런 자유를 누릴 자격이 더 많다고 얘기할 수밖에 없겠네요. 내가 이 초라한 집에 잠시라도 더 있 길 바라거나 내가 오라버니를 다시 남매로 인정하고 오라버니 집안일에 신경 써주길 바란다면, 지금 당장 소피아를 풀어주세요." 아마존 여전사 들을 지휘하는 탈레스트리스*도 난로를 등지며 한 손은 뒷짐을 지고 다른 손으로는 코담배를 쥔 채 위풍당당하게 이렇게 말하는 웨스턴 여사보다 과연 더 무서웠을까 의구심이 들 정도였으니, 이 가련한 영주가 웨스턴 여사에게서 느낀 두려움을 감당할 수 없었던 것은 놀라운 일이 아닐 것이 오. 웨스턴 영주는 열쇠를 집어던지며 "자, 여기 있다. 니 맘대로 해. 그 리 오래 걸리진 않겠지만, 난 단지 블리필이 런던에 올 때까지 그 아일 가 다둘라꼬 했을 뿐이야. 하지만 그사이에 뭐라도 잘못되면, 누가 책임져야 하는지는 명심해라"라고 소리쳤소.

이에 웨스턴 여사는 이렇게 대답했소. "내 목숨을 걸고 책임지지요. 하지만 한 가지 조건을 들어주지 않으면 나는 이 일에 결코 개입하지 않 겠어요. 그것은 전적으로 모든 걸 나한테 일임하고, 내가 지시를 내리기 전에는 무슨 일이 있어도 독자행동하지 말라는 거예요. 이 조건을 받아들 인다면 오라버니 집안의 명예를 지키기 위해 노력하겠지만 그렇지 않겠다 면 나는 중립적인 입장을 견지할 거예요."

이 말에 서플 목사가 "제발 이번만은 여사님의 말씀을 들으세요. 여 사님이 소피아 아가씨와 말씀을 나누신다면 영주님께서 취하신 엄격한 조 처보다 더 나은 결과를 얻을 수도 있을 겁니다"라고 말하자, 웨스턴 영주 는 "당신 지금 나한테 뭔 소릴 할라는 거야? 쓸데없는 말을 지껄이면 당

---

* 아마존 종족의 여왕.

장 채찍으로 갈겨줄 거야"라고 소리쳤소.

이에 웨스턴 여사는 "아니! 그게 목사님한테 할 소리예요? 서플 목사님은 현명하신 분이고 오라버니에게 아주 좋은 충고를 하셨어요. 세상 사람들 모두 목사님과 같은 생각일 거라고 믿어요. 하여튼 내 제안을 받아들일 건지 대답부터 해요. 소피아를 내게 맡기든 아니면, 오라버니의 그 놀라운 판단력으로 소피아에 관한 모든 문제를 오라버니 혼자서 결정하든 말이에요. 목사님 앞에서 말하지만, 오라버니가 알아서 결정하겠다면, 나는 주둔군을 철수시키고 오라버니나 오라버니 가족과 영원히 인연을 끊을 거예요"라고 대답했소.

이 말에 서플 목사가 "제가 중재할 수 있도록 허락해주십시오"라고 소리치자, 웨스턴 영주는 "저기 탁자 위에 열쇠가 있잖아. 원하면 집어가라고 해. 누가 말린대?"라고 말했소.

웨스턴 여사가 "그건 안 돼요, 오라버니. 내가 내세운 조건을 모두 들어주겠다고 한 다음, 나한테 그 열쇠를 공식적으로 넘겨줘요"라고 말하자, 웨스턴 영주는 "그럼, 열쇠를 넘기주지. 자, 얘 있다! 이제 딸년을 안 맡긴다고 날 욕할 순 없겠지. 가가 너랑 일 년 이상 같이 사는 동안 난 한 번도 만나보도 못했지만 말이다"라고 소리쳤소.

이에 웨스턴 여사가 "나랑 계속 살았더라면 소피아는 지금보단 나았을 거예요. 내가 지켜보는 한 이런 일은 결코 일어나지 않았을 테니까 말이에요"라고 대답하자, 웨스턴 영주는 "그래, 왜 안 글쌨어. 맨날 욕먹는 놈은 나지"라고 소리쳤소.

그러자 웨스턴 여사가 대답했소. "그래요. 오라버니는 욕먹어 마땅해요. 오라버니에게 그렇다고 이미 여러 번 말했지만 앞으로도 그럴 수밖에 없을 거예요. 하지만 지난 실수를 거울 삼아 이제부터는 좀 나아지고 더 이상 실수는 저지르지 말아요. 안 그러면 내 현명한 계획을 다 망친단 말이에요. 사실 오라버니는 이런 협상을 맡을 적임자가 아니에요. 오라버니의 정치적인 전략은 모두 잘못되었으니 말이에요. 그래서 다시 한 번 부탁하는데, 제발 간섭 좀 하지 말아요. 그리고 오라버니 때문에 무슨 일이 벌어지게 되었는지만 명심해요."

그러자 웨스턴 영주는 "에잇, 젠장. 그래, 내가 무슨 말을 하길 바라냐? 넌 악마라도 충분히 성질나게 만들것다"라고 소리쳤소.

이 말에 웨스턴 여사는 "그것 봐요. 지금도 늘 하던 식으로 행동하고 있잖아요. 도대체 오라버니와는 같이 이야기를 할 수가 없어요. 내가 화나게 할 말을 했는지 현명하신 서플 목사님에게 물어볼게요. 하여튼 오라버니는 모든 면에서 고집불통이라니까"라고 말했소.

이에 서플 목사가 "여사님, 제발 영주님을 화나게 하지 마세요"라고 말하자, 웨스턴 여사는 "내가 오라버니를 화나게 했다고요? 이제 보니 목사님도 오라버니처럼 아주 멍청한 게 분명하군요. 하여튼 오라버니, 앞으로 끼어들지 않겠다고 약속했으니 한 번만 더 소피아를 맡을게요. 남자들이 하는 일이 다 그렇지 뭐! 여자 한 사람 머리가 남자 천 명 머리와 맞먹는다니까"라고 말하고는, 소피아의 방으로 안내할 하인을 부르더니 열쇠를 가지고 방을 나섰소. 웨스턴 여사가 나가자마자 웨스턴 영주는 우선 방문을 닫은 뒤, 못된 년 등등의 지독한 욕설을 여러 차례 퍼붓고는 웨스턴 여사의 재산을 얻어낼 생각을 해왔던 스스로에 대해서도 욕을 했소. 그러더니 생각을 바꾸어 "이마이 오랫동안 노예처럼 살아왔는데 쪼끔 더 버티지 못해 이제 와 그년 재산을 놓친다면 그건 진짜 씅질나는 일이지. 그년이 평생 살 수는 없어. 어쨌든 그년 유언장에 내 이름이 올라 있는 건 분명하니까"라고 말했소.

서플 목사는 웨스턴 영주의 이런 결심을 몹시 칭송했고 웨스턴 영주는 기쁘거나 화나는 일이 있을 때 늘 그랬듯이 술을 한 병 더 주문하고는, 의학적 효험이 있는 이 물약을 상당량 들이켜 분노를 깔끔히 씻어버렸소. 따라서 웨스턴 여사가 소피아를 데리고 다시 방에 돌아왔을 때 영주는, 완전히 평온을 되찾고 차분해졌소. 웨스턴 여사가 "오라버니, 이 집은 기독교인이 지낼 곳이 아니에요"라고 말하고는, 소피아를(당시 그녀는 모자를 쓰고 후드 달린 외투를 입고 있었소) 자기 거처로 데려가겠다고 하자, 웨스턴 영주는 "그래, 좋아. 니 하고 싶은 대로 해라. 니한테 소피아를 맡기는 게 제일 좋은 방법일 거야. 니가 방을 나간 뒤, 니가 이 세상에서 젤로 똑똑한 여자라고 백 번은 더 말했다. 여기 이 목사 양반한테 함 물어봐라"라고 말했소.

이에 서플 목사가 "정말 그러셨습니다. 그건 제가 증언할 수 있어요"라고 소리치자, 웨스턴 여사는 "오라버니, 나도 항상 오라버니를 좋게 이야기했어요. 오라버니가 성질 급한 건 사실이지만 좀 생각할 시간을 가지면, 오라버니처럼 합리적인 사람도 없다는 걸 잘 알아요"라고 대답했소.

이 말에 웨스턴 영주가 "네가 그렇게 생각한다면, 진심으로 네 건강을 위해 건배하지. 내가 이따금씩 성질을 부리긴 하지만, 그렇다고 창피스럽게 악감정을 품진 않아. 소피야, 고모 말 잘 들어라. 고모가 시키는 대로 잘하고"라고 말하자, 웨스턴 여사는 이렇게 대답했소. "소피아는 분명히 그렇게 할 거예요. 내 충고를 무시했다가 신세 망친 해리엣을 만나봤고, 그럴 경우 어떻게 되는지도 직접 보았으니까요. 오라버니, 어떻게 생각해요? 오라버니가 런던으로 출발하자마자, 피츠패트릭이라는 그 밉살스러운 아일랜드 이름을 가진 뻔뻔한 놈이 나를 찾아왔지 뭐예요. 아무런 예고도 없이 불쑥 들이닥쳤어요. 안 그랬으면 만나주지 않았을 텐데 말이에요. 나한테 지 처에 대해 종잡을 수 없는 말을 한참 지껄여 들을 수밖에 없었죠. 하지만 거의 대꾸도 하지 않고, 그놈 처한테서 온 편지를 건네주고는 직접 답장을 쓰라고 했죠. 해리엇이 우릴 찾으려고 할 거예요. 하지만 오라버니도 그 아일 만나지 말아요. 나도 그 앨 보지 않기로 마음먹었으니까요."

이 말에 웨스턴 영주가 "내가 가를 만나본다꼬? 그런 걱정은 붙들어 매라. 난 그렇게 지멋대로 구는 여자 기 살리주지는 않을 끼다. 그 애 남편이란 작잔 내가 집에 없어가꼬 다행이었을 거구만. 제기, 안 그랬으면, 내한테 얻어맞아 팔딱팔딱 뛰게 만들었을 테니 말이다. 소피야, 알것지? 부모 말을 듣지 않으믄 우예 되는지 말이야? 우리 집안에 부모 말을 안 들어 실제로 신세 조진 사람이 있었거든" 하고 말하자, 웨스턴 여사는 "오라버니, 그런 끔찍한 이야기로 소피아에게 충격 줄 필요는 없어요. 모든 것을 내게 맡기겠다고 하지 않았나요?"라고 소리쳤소. 이에 웨스턴 영주가 "그래, 그럴 끼라"라고 대답하자, 소피아에게는 '다행스럽게도' 웨스턴 여사는 대화를 끝내고 마차를 불렀소. 여기서 내가 '다행스럽게도'라고 말한 이유는 이 대화가 훨씬 더 길어졌다면, 십중팔구 오누이 간에 또다시 싸움이 벌어졌을 것이기 때문이오. 이들은 교육 수준과 성별만 달랐지, 둘 다 성격이 격하고 단정적이었으며, 소피아에 대해서는 깊은 애정을 가지고 있으면서도 서로를 지독하게 경멸했으니 말이오.

5장

소피아의 편지를 받은 존스
밀러 부인, 패트리지와 함께 연극 구경을 간 존스

런던에 도착한 블랙 조지가 자신의 과거 은인을 도와주겠다고 약속하자, 소피아 때문에 근심과 걱정에 휩싸였던 존스는 상당한 위안을 받았소. 게다가 조지 덕분에 존스는 소피아의 답장(자유와 함께 펜, 잉크, 종이를 얻은 소피아가 감금에서 풀려난 바로 그날 저녁에 쓴 것이었소)도 받아볼 수 있었소.

존스 씨께

제게 보낸 편지에 존스 씨의 진심이 담겨 있다는 사실을 의심치 않기 때문에, 고모가 오셔서 제 고통의 일부가 사라졌고 현재는 고모와 함께 지내며 바라던 자유를 누리게 되었다는 소식을 들으시면 기뻐하실 거라 생각해요. 하지만 고모는 제게 한 가지 약속을 해달라고 요구하셨어요. 그건 고모 모르게 혹은 고모의 승낙 없이는 그 누구도 만나거나 그 누구와도 이야기를 나누지 말라는 것이었어요. 저는 아주 엄숙하게 그렇게 하겠다고 약속했고 그 약속을 틀림없이 지킬 거예요. 편지 쓰는 걸 명확히 금하시진 않았지만 그건 고모가 잊어버리고 빼먹었거나 아니면 고모가 말한 '이야기를 나누는 것'에 해당될 수 있을 거예요. 하지만 편지 쓰는 것도 고모가 관대하게 제게 보여주신 신뢰를 저버리는 일이라고 생각할 수밖에 없기 때문에, 앞으로는 고모 모르게 제가 편지를 보내거나 저에게서 편지를 받는 걸 기대해서는 안 될 거예요. 약속은 신성하다고 생각하기 때문에 약속한 문구에 직접 표현된 것뿐만 아니라 암묵적으로 동의된 것도 저는 모두 지킬 거예요. 제가 약속을 신성하게 생각한다는 사실은, 어떻게 생각해보면 존스 씨에게도 어느 정도 위안이 될 수 있을 거예요. 하지만 제가 존스 씨에게 이런 종류의 위안에 대해 말하는 게 무슨 의미가 있겠어요? 이 세상에서 제일 훌륭하신 아버지의 뜻을 따르지 못하는 일이 하나 있기는 하지만, 아버지의 뜻에 거스르는 행동이나 아버지의 동의 없이는 결코 아무것도 하지 않기로 저는 결심했는데 말이에요. 이 문제에 대한 저의 확고한 결심을 아셨으면, 운명의 여신이 (아마도) 불가능하게 만든 일에 대해 존스 씨도 더 이상 생각하지 않게 될 거예요. 그러는 게 존스 씨에게도 좋을 거고 말이에요. 그렇게 되면 존스 씨와 올워디 영주님 사이가 다시 좋아질지도 몰라요. 그러니 그렇게 될 수만 있다면 꼭 그렇게 하도록 노력해보세요. 뜻하지 않은 일로 존스 씨에게 빚을 지게 됐지만, 존스 씨 호의에 더 큰 빚을 진 것 같아요. 언젠간 운명의 여신이 지금보다는 더 우리에게 친절을 베풀지도 몰라요. 그리고 이 말만은 믿어주세요. 지금 제가 존스 씨를 생각하는 것처럼 앞으로도 항상 그렇게 생각할 거라는 것을요.

소피아 웨스턴 드림

추신: 더 이상 제게 편지 보내지 마세요. 최소한 당분간은요. 제가 알기로 존스 씨에게는 필요하지만, 지금 제겐 별 쓸모없는 이것*을

---

* 존스가 돌려준 1백 파운드 은행권을 말함.

받아주세요. 그러니 존스 씨가 이것을 발견하게 해준 운명의 여신에게 약간의 빚만 졌다고 생각하세요.

이제 막 글을 깨우친 아이도 존스가 이 편지를 읽는 데 걸린 시간보다는 더 빨리 편지를 판독했을 것이오. 하여튼 소피아의 편지는 존스에게 기쁨과 슬픔이 뒤섞인 감정을 불러일으켰소. 가난하기 때문에 더 반길 수밖엔 없겠지만, 많은 유산을 물려주겠다는 임종한 친구의 유언장을 읽었을 때 선량한 사람의 마음을 양분하는 그런 감정 말이오. 하지만 전반적으로 이 편지는 존스에게 불쾌함보다는 기쁨을 선사했소. 독자들은 이 편지에 조금이라도 불쾌한 점이 있다는 말에 의아해할지도 모르겠소. 하지만 그런 독자들은 이 불쌍한 존스만큼 사랑에 빠져보지 못한 사람일 것이오. 사랑이란 어떤 경우엔 폐결핵과 비슷하지만(실제로 사랑이 이런 질환을 일으키기도 하오) 대부분의 경우엔, 특히 이번과 같은 경우엔, 폐결핵과는 정반대로 진행되는 질병과 같아서, 사랑에 빠진 사람을 우쭐하게 만들지도 않으며 또 그 어떤 징후도 긍정적으로 보게 하지만은 않기 때문이오.

존스에게 몹시 만족스러운 것이 하나 있다면, 그것은 소피아가 자유를 되찾았다는 것 그리고 최소한 지금은 온당한 대접을 받을 수 있는 사람과 함께 있다는 사실이었소. 또 하나 존스에게 위안이 되는 것은 다른 사람과도 결코 결혼하지 않겠다는 소피아의 약속이었소. 존스는 자신이 사심 없는 사랑을 하고 있다고 생각할지 모르나, 또 편지에서도 그와 같은 제안을 여러 번 했다지만, 소피아가 다른 사람과 결혼했다는 것보다 그에게 더 고통스런 소식이 과연 있을까 매우 의심이 가오. 설령 그것이 대단한 사람과의 결혼도 아니고 소피아를 아주 행복하게 할 수 있을 것 같지 않은 결혼이더라도 말이오. 육체와 완전히 분리된, 즉 순수하게 정신적인 플라토닉한 사랑은 여성에게만 주어진 신의 선물이오. 많은 여성들이 자신의 연인들의 세속적인 이득을 위해서라면, 기꺼이 그 연인을 자신의 라이벌에게 넘겨주겠다고(의심할 바 없이 진실이겠지만) 공공연히 말하는 것을 들었소. 따라서 그런 예를 실제로 본 적이 있다고 말할 수는 없지만, 그런 정신적인 사랑이 인간의 본성에 자리 잡고 있다고는 생각하오.

존스는 소피아의 편지를 무려 세 시간 동안이나 읽은 뒤, 편지에 입을 맞춘 다음 소피아가 마지막으로 한 말에 기분이 좋아져, 전에 밀러 부인에게 한 약속을 실행에 옮기기로 했소. 그것은 패트리지를 대동하여, 밀러 부인과 그녀의 막내딸을 데리고 연극을 보러 가는 것이었소. 존스가 패트리지를 데리고 가기로 한 이유는, 실제로 그는 유머감각(많은 사람들은 이를 갖고 있는 척하지만 실제로는 갖고 있지 않소)을 갖추고 있었기 때문에, 학식을 통해 더 세련되지도 또 오염되지도 않은, 소박하면서도 마음속에서 우러나오는 패트리지의 연극 평을 들으면 많은 즐거움을 누릴 수 있을 거라는 기대감에서였소.

맨 위층 관람석 첫번째 줄에 존스와 밀러 부인 그리고 그녀의 막내딸과 패트리지가 자리를 잡았소. 지금까지 이보다 좋은 자리에 앉아본 적이 없다며 좋아하던 패트리지는 첫번째 연주*가 끝났을 때 "이렇게 많은 바이올린 연주자들이 서로 어긋나지 않고 동시에 연주할 수 있다니 참 놀랍군요"라고 말했소. 그러다 어떤 사람이 촛불을 켜자, 밀러 부인에게 "부인, 저것 좀 보세요. 『기도서』 끝에 실린 화약 음모 사건** 그림에 나오는 사람과 아주 똑같은데요"라고 소리치더니, 촛불이 모두 켜졌을 땐 한숨을

---

 * 당시에는 연극이 시작되기 전에 보통 세 곡의 음악이 연주되었다.
** 1605년 가톨릭교도인 가이 포크스Guy Fawkes가 의회 지하실을 폭파하려던 사건으로 이 사건 이후 포크스가 랜턴을 들고 있는 그림이 『기도서』에 수록되었다.

내쉬며 "지금 켠 초의 양이면 정직하고 가난한 가족이 일 년 동안 밤에 쓸 수 있을 텐데"라고 말했소.

이제 「덴마크의 왕자 햄릿」이라는 연극이 시작되자, 패트리지는 온 정신을 집중하며 연극을 보느라 아무 말도 하지 않았소. 하지만 유령이 등장하자 그는 침묵을 깨며 존스에게 "저 이상한 옷을 입은 사람은 누구죠? 그림에서 본 적 있는 것 같은데. 저건 분명히 갑옷은 아니죠?"라고 물었소. 존스가 "그건 유령이오"라고 대답하자, 패트리지는 웃음을 지으며 "지금 그 말을 저보고 믿으라고 하신 거예요? 유령을 보았다고 말하진 못하겠지만, 실제로 유령을 보게 되면 그게 진짠지 가짠지 정도는 알 겁니다. 아닙니다, 아녜요. 그리고 유령은 저런 옷을 입고 나타나지도 않아요"라고 말했소. 패트리지가 계속 이런 식으로 오해를 하는 바람에 주변 사람들이 많이 웃었지만, 유령과 햄릿이 만나는 장면에 이르자, 존스의 말을 믿지 않았던 패트리지는 개릭*의 대사를 연극 대사가 아니라 그가 실제로 하는 말로 믿으며, 양 무릎이 서로 부딪칠 정도로 온몸을 사시나무 떨듯 떨었소. 이것을 본 존스가 무대 위에 있는 군인이 무서워서 그러느냐고 묻자, 패트리지는 "아이구! 이제서야 도련님이 말한 대로라는 걸 잘 알았어요. 전 아무것도 무섭지는 않아요. 이건 단지 연극일 뿐이라는 걸 알고 있으니까요. 설령 저게 진짜 유령이라 하더라도 이렇게 멀리 떨어져 있고, 또 사람들도 이렇게 많은데 지가 무슨 해코지를 할 수 있겠어요? 설령 제가 지금 겁먹고 있다 하더라도 저만 그런 건 아니에요"라고 대답했소. 이에 존스가 "그래? 당신 말고 겁쟁이가 또 있어?"라고 소리치자, 패트리지는 "원하신다면 절 겁쟁이라고 불러도 좋아요. 하지만 무

---

* 데이비드 개릭은 18세기 당시 햄릿 역을 주로 맡았던 영국의 명배우다.

대 위에 있는 저 키 작은 사람*이 겁먹은 게 아니라면, 전 평생 겁먹은 사람을 한 번도 본 적이 없다고 말해야 할 거예요. 그래요. 분명히 그래요. '당신과 같이 가자고!' 그래, 누가 바보지? 당신이라면 가겠어? 주여 저 무모한 자에게 자비를 베푸소서! 무슨 일이 벌어지든 그건 본인 탓이야. '당신을 따라가?' 차라리 악마를 따라가겠다. 아냐, 저건 악마일지도 몰라. 악마는 원하는 대로 모습을 바꿀 수 있다고 했잖아. 아! 저기 다시 나타났네. '더 이상 안 가겠소!' 아니, 벌써 많이 갔는걸. 이 세상을 다 준다 해도 나라면 절대 그렇게 많이 따라가지는 않았을 거야"라고 말했소. 존스가 말을 하려 하자 패트리지는 그의 말을 막으며 "쉿, 도련님은 저 유령이 하는 말 못 들었어요?"라고 소리쳤소. 유령이 말하는 동안 패트리지는 입을 벌린 채 유령과 햄릿을 번갈아 뚫어지게 쳐다보았소. 햄릿의 마음속에 교차하는 감정이 패트리지에게도 생겨났던 것이오.

이 장면이 끝났을 때 존스가 "패트리지, 당신은 정말 기대 이상이었어. 내가 상상했던 것 이상으로 연극을 즐기고 있으니 말이오"라고 말하자, 패트리지는 "그건 아니에요. 도련님께서 설령 악마를 두려워하지 않는다 하더라도, 그건 저로서는 어쩔 수 없는 일이지요. 하지만 이곳에 악마가 없다 하더라도 이런 것을 보고 놀라는 건 지극히 자연스런 거예요. 제가 놀란 것은 유령 때문이 아니에요. 유령처럼 보이는 건 단지 이상한 옷을 입은 사람이란 걸 저도 잘 알고 있어요. 제가 놀란 것은 저렇게 무서워하고 있는 저 키 작은 사람 때문이에요"라고 대답했소. 이에 존스가 "패트리지, 그럼 당신은 저 사람이 진짜로 무서워서 떨고 있다고 생각하는 거요?"라고 소리치자, 패트리지는 "그건 아닙니다, 도련님. 나중에 자

---

* 햄릿 역을 맡은 데이비드 개릭은 키가 작았다고 한다.

기가 만난 유령이 자기 아버지이며, 아버지가 정원에서 어떻게 살해당했는지 알게 되었을 때, 모든 두려움을 다 잊고 너무 슬퍼 아무 말도 하지 못하는 걸 도련님도 보셨잖아요! 그게 제 경우였다면 저도 그랬을 거예요. 하지만, 쉿, 저것 봐요! 저건 무슨 소리죠? 저기 그 유령이 다시 나타났네. 저건 진짜 유령은 아니지만 저 사람들이 있는 곳에 있지 않아서 참 다행이에요"라고 하고선 햄릿에게 다시 눈을 돌리며 "그래, 칼을 빼도 돼. 하지만 악마한테 칼이 무슨 소용 있겠어?"라고 말했소.

2막이 진행되는 동안 패트리지는 거의 아무런 말도 하지 않았소. 그러다 배우들의 멋진 의상에 몹시 탄복했던 패트리지는 왕의 역을 맡은 배우의 얼굴을 보고 "어떻게 사람들은 얼굴 모습에 속죠? '인불가모상(人不可貌相)'*이라는 말은 진짜 맞아요. 저 왕의 얼굴을 보고 누가 저 사람이 살인을 저질렀을 거라고 생각하겠어요?"라고 하더니 유령이 어떻게 되었느냐고 물었소. 패트리지를 놀라게 하기 위해 존스가 "불꽃 속에서 금방 다시 나타날 거야"라고 대답하자, 두려움에 떨며 유령이 등장하기만을 기다리던 패트리지는 유령이 다시 나타났을 때 이렇게 소리쳤소. "저기 있네, 지금 뭐라고 하셨죠? 지금 저 사람 놀랐죠? 아닌가요? 제가 놀랐다고 도련님이 생각하시는 것만큼 저 사람도 놀란 게 틀림없어요. 두려움을 느끼지 않는 사람은 아무도 없어요. 저기 저 사람, 저 사람 이름이 뭐죠? 그래, 햄릿 영주! 저 사람처럼 끔찍한 상황은 절대 사절이에요. 맙소사! 유령은 어떻게 됐죠? 땅속으로 들어가는 걸 분명히 봤는데." 이 말에 존스가 "맞아, 제대로 보았네"라고 대답하자, 패트리지는 소리쳤소. "그래요, 저도 이게 연극일 뿐이란 거 잘 알아요. 저게 모두 진짜라면 밀러 부

---

* '사람의 얼굴을 믿어서는 안 된다'라는 의미로 유베날리스의 『풍자시집』에 나온다.

인이 저렇게 웃을 리 없겠죠. 도련님은 귀신이 진짜 나타나도 무서워하지 않겠지만요. 저기, 저기 좀 봐요. 그래, 그렇게 화가 났으니 그 못된 여자를 마구 흔들어대는 게 놀라운 일은 아니지. 우리 어머니였더라도 난 그렇게 했을 거야. 그런 못된 짓을 저질렀으니 자식한테 대접받을 자격이 없는 거야. 어이, 저리 꺼져버려. 꼴도 보기 싫어."

우리의 비평가는 햄릿이 왕에게 보여준 연극*이 시작하기 전까지는 아무 말도 하지 않았소. 처음 이 상황을 이해하지 못했던 패트리지는 존스의 설명을 듣고는 곧 그 장면에 몰입하며, 자신은 살인을 저지른 적이 없다는 사실을 다행으로 여겼소. 그러더니 밀러 부인을 쳐다보며 왕이 틀림없이 충격을 받았을 텐데, 그렇지 않은 것처럼 보이지 않느냐고 묻고는 이렇게 말했소. "훌륭한 배우로군. 그걸 숨기려고 최선을 다하고 있으니 말이야. 저 사악한 사람이 앉아 있는 권좌보다 훨씬 더 높은 권좌에 앉을 수 있다 하더라도, 나는 절대로 저 사람처럼 책임져야 할 일을 저지르지는 않을 거야. 그러니 저렇게 도망가는 것도 놀랄 일은 아니지. 앞으론 결백해 보이는 얼굴을 하고 있는 사람이라도 절대로 믿지 않을 거야."

다음으로 패트리지의 관심을 끈 것은 무덤 파는 장면이었소. 무대 위에 널려 있는 해골의 숫자에 패트리지가 무척 놀라워하자, 이를 본 존스가 "이 극장은 런던에서 가장 잘 알려진 공동묘지 중 한 곳이었기 때문이오"라고 말하자, 패트리지는 이렇게 소리쳤소. "그렇다면 이곳에 귀신이 나타나도 놀라운 일이 아니겠네요. 하지만 저 사람보다 무덤 파는 데 서툰 사람은 평생 본 적이 없어요. 제가 교회 서기였을 때 일했던 교회 관리인은 저 사람이 무덤 한 개 팔 동안 세 개는 팠을 거예요. 저 친구는 생전

---

* 햄릿은 부친의 살인범이 숙부인지 확인하기 위해 궁정에 유랑극단을 불러들여 숙부의 반응을 보려고 궁왕 살해를 소재로 한 연극 대본을 직접 써서 이를 상연하게 한다.

처음으로 삽을 쥐어본 사람처럼 삽을 다루네. 그래, 그래, 노래나 해라. 일하는 것보단 노래하는 게 낫겠다." 그러고는 햄릿이 해골을 집어 드는 장면*에 이르자 이렇게 말했소. "겁 없는 사람이 있는 거 보면 참 이상해요. 전 죽은 사람 물건은 건드리지도 못하는데 말이에요. 저 사람도 귀신을 만났을 땐 무서워했던 것 같았는데. '사람은 항시(恒時) 현자(賢者)일 수는 없다'라고 하잖아요."

연극이 진행되는 동안 특별히 기억할 만한 일은 더 이상 없었소. 연극이 끝난 뒤 어느 배우가 가장 마음에 드느냐고 존스가 묻자, 패트리지는 그 질문에 화라도 난 듯한 표정을 지으며 "물론 왕이죠"라고 대답했소. 이에 밀러 부인이 "패트리지 씨는 이곳 런던 사람들과는 생각이 다르시네요. 런던 사람들은 모두 햄릿 역을 맡은 배우가 제일 훌륭하다고 말하던데요"라고 말하자, 패트리지는 경멸하는 듯한 웃음을 지으며 이렇게 소리쳤소. "그 사람이 제일 훌륭한 배우라고요! 저도 그 사람 정도는 연기할 수 있습니다. 귀신을 보았다면 저도 그 사람처럼 보였을 거고, 그 사람처럼 행동했을 테니까요. 그리고 자기 어머니와 대화하는 장면에서 그 사람 연기가 아주 훌륭했다고 말씀하시는데, 아이구! 그런 어머니를 갖고 있는 사람이면 누구나 다, 제 말은 선량한 사람이라면 누구나 다, 그 사람처럼 행동했을 겁니다. 제게 장난으로 그렇게 말씀하신 거 다 알고 있습니다. 하지만 부인, 런던에서 연극을 본 적은 없었지만 시골에서는 있었는데, 전 왕 역을 맡은 배우가 맘에 쏙 들어요. 대사를 또박또박 말하고 다른 사람보다 반쯤 작게 말하잖아요. 누구라도 저 사람이 연극배우라는 걸 알 수 있었을 겁니다."

---

* 『햄릿』에서 햄릿은 무덤지기가 파낸 왕의 광대 요릭Yorick의 해골을 집어 들고는 누구의 해골이냐고 물어본다.

밀러 부인이 패트리지와 이런 대화를 나누고 있는 동안, 어떤 부인이 (존스는 그녀가 피츠패트릭 부인임을 금방 알아보았소) 존스에게 다가왔소. 그녀는 건너편 맨 위층 관람석에서 존스를 보았다며, 존스에게 상당히 도움이 될 만한 이야기가 있어 찾아온 거라고 했소. 그러고는 자신의 거처를 알려주고 다음 날 아침 만나기로 약속을 정했소. 하지만 잠시 다시 생각에 잠기던 피츠패트릭 부인은 약속 시간을 오후로 바꾸었고, 존스도 그 시간에 찾아가기로 약속했소.

존스와 밀러 부인뿐 아니라, 무대 위에서 벌어지는 장면보다 패트리지의 말에 더 귀를 기울였던 주위 사람들에게도 상당한 즐거움을 선사한 패트리지의 코멘트는 이렇게 막을 내렸소.

그날 밤 내내 패트리지는 귀신이 나타날까 봐 두려워 잠자리에 들지 못했고, 그날 이후에도 잠들기 전 두세 시간 동안은 공포로 식은땀을 흘렸으며, 자다가도 엄청난 공포에 휩싸여 여러 번 잠에서 깨어나 "오, 하나님 자비를 베푸소서! 저런, 저기 있네"라고 소리를 질렀다고 하오.

6장
지난 일을 돌아보는 장

아무리 훌륭한 부모라도 자식들 모두에게 아주 공평하게 대하는 건 거의 불가능하오. 비록 어떤 자식이 특출한 점을 갖고 있다고 해서 부모가 그 자식을 편애해서는 안 되지만, 그렇다고 해서 그런 부모를 비난할 수는 없을 것이오.

이 이야기에 나오는 모든 등장인물들을 내 자식으로 간주하고 있는 나도 여느 부모들처럼 편애하는 자식이 있는데 그것은 바로 소피아라는 사실을 고백하겠소. 그리고 그 이유는 소피아의 성품이 남보다 훌륭하기 때문이라는 걸 독자들도 이해해줄 거라 믿소.

여주인공에 대해 이런 각별한 애정을 갖고 있는 나로서는 오랫동안 소피아를 떠나 있는 게 무척 달갑지 않소. 따라서 아버지의 집을 떠난 뒤 이 사랑스런 여인에게 무슨 일이 일어났는지 알아보기 위해 이제 급히 소피아에게 돌아가려 하오. 하지만 그전에 잠시 동안만이라도 블리필을 찾아보아야 할 것 같소.

딸 소식을 갑자기 듣게 되어 허둥댔던 웨스턴 영주는 서둘러 딸을 찾으러 떠나는 바람에 블리필에게 소피아를 찾았다는 소식을 알릴 생각을 미처 하지 못했소. 하지만 길을 나선 지 얼마 되지 않아 이 사실을 떠올린 영주는 첫번째 숙소에 당도하자마자 심부름꾼을 급파하여 소피아를 찾았다는 사실과 당장 자기 뒤를 따라 런던으로 상경하면 소피아와 즉시 결혼시켜주겠다는 자신의 결심을 블리필에게 알렸소.

소피아에 대한 블리필의 사랑은 소피아가 재산을 잃거나 이와 상응하는 사태가 발생하지 않는 한 결코 감소되지 않을 정도로 강렬한 것이었소. 따라서 소피아가 자기 때문에 도망갔다는 사실을 인정할 수밖에 없었지만, 여전히 소피아와의 결혼을 바라고 있었던 블리필은 영주의 제안을 아주 기꺼이 받아들였던 것이오. 소피아와의 결혼을 통해 충족시키고자 하는 탐욕 말고도 블리필의 마음속에는 또 다른 강렬한 감정이 있었는데, 그것은 바로 증오심이었소. 블리필은 결혼이 증오심이나 사랑을 똑같이 충족시킬 수 있는 기회를 준다고 생각했던 것이오(많은 사례를 보면 실제로 이러한 견해가 타당하다는 사실이 입증될 수 있을 것이오. 결혼한 사람들의 평소 행동을 근거로 판단해본다면, 사랑 말고 다른 이유로 결혼한 사람들 대부분이 전자의 감정을 충족시키기 위해서였다고 결론을 내리기는 어렵지 않기 때문이오).

하지만 그에게는 한 가지 난관이 있었는데, 그것은 바로 올워디 영주였소. 소피아가 도망간(블리필은 소피아가 도망간 사실이나 도망간 이유를 올워디 영주에게 숨길 수는 없었소) 것을 보고는 그녀가 자기 조카를 얼마나 혐오하고 있는지 알게 된 이 선량한 사람은 자신이 속아서 이런 사태까지 초래한 게 아닌가 하고 심각하게 우려하고 있었기 때문이오. 여행을 떠날 때 하인들의 형편을 묻는 게 중요치 않듯이, 결혼 문제에서 자식의 의향은 중요하지 않다고 생각하는 부모들과는 견해를 달리했던 올워디 영주는 법 때문에 혹은 체면상 전횡적인 힘을 행사하지 못하는 부모들과는 달랐소. 결혼이라는 제도를 아주 신성시했던 올워디 영주는 결혼을 신성하고 깨끗하게 유지하기 위해 신중을 기할 필요가 있다고 생각했으며, 이를 이루기 위한 가장 확실한 방법은 결혼의 근간을 애정에 두는 것이라는 매우 현명한 결론을 내렸던 것이오.

자신을 속였다며 몹시 화가 난 올워디 영주에게 블리필은 자신도 속았다고 수없이 맹세했고, 게다가 웨스턴 영주의 주장과 블리필의 주장이 잘 들어맞았기 때문에, 올워디 영주는 곧 화를 누그러뜨렸소. 하지만 올워디 영주를 설득하여 소피아에게 다시 구애해도 좋다는 허락을 받아내는 건 너무도 어려운 일이었기 때문에, 블리필보다 덜 진취적인 천재라면 단념했을 것이오. 하지만 자신의 재능을 잘 알고 있던 이 젊은 신사는 자신의 잔꾀가 미칠 수 있는 건 무엇이든 어렵지 않게 성취할 수 있을 것 같았기 때문에, 올워디 영주를 설득하기로 결심했소.

블리필은 우선 자신이 소피아를 열렬히 사랑하고 있으며, 끈기 있게 노력하면 소피아의 혐오감을 누그러뜨릴 수 있을 거라고 말한 뒤, 앞으로 자신의 평안이 걸려 있는 이 일을 성사시키기 위해 최소한 정당한 방법만큼은 무엇이든 시도할 수 있도록 허락해달라고 간청했소. 그러고는 소피아를 설득하기 위해 아주 정중한 방법 말고는 그 어떤 방법도 결코 시도하지 않겠다고 맹세한 뒤 "외삼촌, 만일 그 방법도 실패한다면 그때 가서 (분명히 그럴 시간이 충분히 있을 겁니다만) 제가 구애하는 것을 허락하지 마세요."라고 말했소. 뒤이어 웨스턴 영주가 이 결혼을 몹시 바란다는 사실을 강조한 다음, 마지막으로 존스라는 이름을 적절히 활용하면서 여태까지 일어난 일이 모두 존스 때문이며, 그로부터 이 소중한 아가씨를 구해내는 것은 인간에 대한 사랑에 의거한 행동이라고까지 말했소.

부모의 권위를 좀더 강조한 스와컴은 블리필의 이런 논리를 좀더 뒷받침했소. 그는 블리필이 취하려는 조처가 그리스도의 가르침을 실천하기 위한 것이라며 "이 착한 젊은이는 사랑이라는 말을 마지막으로 언급했지만, 사실은 그가 최우선시하고 가장 중요하게 여기는 것이 바로 사랑이라고 저는 확신합니다"라고 말했소.

스퀘어도 이 자리에 있었다면, 어조는 달랐겠지만 결국 같은 취지의 말을 했을 것이고, 블리필의 이런 조처에서 도덕적 합목적성을 찾았을 것이오. 하지만 그는 지금 요양차 바스에 가 있어서 그러지 못했던 것뿐이었소.

마지못해서였지만 올워디 영주는 결국 조카의 뜻을 따랐소. 정당하기만 하다면 블리필이 소피아의 마음을 얻기 위해 어떤 방법을 시도해도 좋다고 허락한 올워디 영주는 자신도 블리필과 런던까지 동행하겠다고 하고는 "하지만 억지로 소피아의 마음을 돌리려 하는 데는 결코 찬성할 수 없다. 소피아가 자기 의사에 따라 동의하지 않는 한, 너는 결코 소피아와 결혼하지 못하게 될 것이다"라고 말했소.

이처럼 조카에 대한 사랑 때문에, 올워디 영주의 뛰어난 분별력은 그보다 열등한 상대에게 지고 말았소. 뛰어난 두뇌가 지닌 신중함이 종종 뜨거운 가슴에 깃든 감상에 패하고 마는 것처럼 말이오.

블리필은 예기치 않게 외삼촌의 승낙을 얻게 되자, 당장 자신의 결심을 실행에 옮기기로 했소. 올워디 영주도 영지에 남아 당장 처리해야 할 일도 없었고, 여행하는 데 별 준비도 필요하지 않았기 때문에, 두 사람은 바로 다음 날 출발해 우리가 본 것처럼 존스가 패트리지와 함께 연극을 보던 날 저녁 런던에 도착했소.

도착한 다음 날 아침 블리필은 웨스턴 영주를 방문했소. 웨스턴 영주는 자신을 찾아온 블리필을 아주 친절하고 정중하게 환대하며, 소피아가 곧 블리필을 행복하게 해줄 거라는 확약(아마 가능성을 넘어선 확언이었을 것이오)까지 해주었소. 그런 다음 블리필의 반대를 무릅쓰고, 자기 누이의 거처에 들른 다음에서야 블리필이 자기 외삼촌에게 돌아가는 걸 허락했소.

7장
블리필과 함께 웨스턴 여사의 거처를 찾아간 웨스턴 영주

웨스턴 여사가 소피아에게 신중함의 중요성과 결혼에 필요한 책략에 대해 훈계하고 있는 동안, 그녀의 오라버니와 블리필은 방문시 지켜야 할 예법을 어기며 그 자리에 끼어들었소. 블리필을 보자마자 소피아는 얼굴이 창백해지고 거의 꼼짝할 수도 없었으나, 이와는 반대로 얼굴이 붉어지고 모든 신체 기능을 충분히 발휘할 수 있었던 그녀의 고모는 웨스턴 영주에게 자신의 언변을 발휘하기 시작했소.

"오라버니, 오라버니의 이런 행동에 정말 놀랐어요. 예의를 존중하는 법을 그렇게 배우지 못하나요? 오라버닌 아직도 모든 방을 자기 방, 아니면 오라버니의 시골 소작인 방쯤으로 생각하나요? 최소한의 예의도 지키지 않고 아무런 통고도 없이 여자들 사생활을 마음대로 침범할 수 있다고 생각하는 거예요?" 그러자 웨스턴 영주는 "도대체 뭐시 문제야? 남들이 보면 너희들이 무슨 짓거리라도 하는 걸 내가 현장에서 잡아냈다고 생각하것네?"라고 대답했소. 이에 웨스턴 여사가 "제발 그런 야만적인 언사는 집어치워요. 오라버니 때문에 너무 놀라서 소피아는 지금 자기 몸도 제대로 지탱하지 못하고 있잖아요. 가거라, 네 방으로 가. 가서 기운 좀 차려라. 내가 보니 그래야겠구나"라고 말하자, 이 더할 나위 없이 반가운 명령에 소피아는 황급히 방을 나섰소.

이 말에 웨스턴 영주가 "소피아를 만나게 해주려고 블리필 군을 여기까지 데리고 왔는데, 소피아를 억지로 내보내다니 너 정말 미쳤구나"라고 소리치자, 웨스턴 여사는 이렇게 말했소. "지금 상황이 어떤지 알면서도 이러는 걸 보니 단단히 실성했나보군요. 블리필 씨에게는 미안하지만 누구 때문에 블리필 씨가 이렇게 유쾌하지 못한 대접을 받는지는 잘 아실 거예요. 분명히 말하지만 전 언제라도 블리필 씨를 기꺼이 만날 거예요. 하지만 블리필 씨는 분별력이 있는 분이니 오라버니가 강요하지 않았다면 이렇게 갑작스런 행동을 하진 않았을 거라 생각해요."

이 말에 블리필은 고개를 숙여 인사하고는 바보처럼 말을 더듬거렸소. 하지만 웨스턴 영주는 블리필에게 말할 시간을 주지 않고 이렇게 대답했소. "그래, 네가 원한다면 항상 그랬듯이, 날 비난해도 좋아. 하지만 소피아를 다시 불러와라. 아니면 블리필 군이 소피아 방으로 찾아가게 하든지. 블리필 군은 이 문제로 상경했어. 더 이상 지체할 시간이 없단 말이야."

이 말에 웨스턴 여사는 "블리필 씨는 올바른 판단을 하실 줄 아는 분이니, 이런 일이 벌어진 이상 오늘 아침엔 소피아를 만날 생각은 하시지 않으리라 생각해요. 여자들은 민감해서 일단 혼란을 겪으면 금방 진정되지 않으니 말이에요. 오라버니가 블리필 씨로 하여금 정중히 소피아의 안부를 묻고 오늘 오후에 소피아를 만날 수 있는 호의를 베풀어달라고 요청하게끔 했다면, 소피아를 설득해 블리필 씨를 만나보게 했을 거예요. 하지만 지금 그렇게 하기엔 이미 틀린 것 같네요"라고 소리쳤소.

블리필이 "죄송합니다. 제가 아무리 감사하단 말씀을 드려도 모자랄 웨스턴 영주님께서 절 각별히 배려하시려다 이런 일이 생기게……"라며 말을 이으려 하자, 웨스턴 여사는 그의 말을 막으며 "사과할 필요는 없어요. 우리 모두 오라버니가 어떤 사람인지 아주 잘 알고 있으니까요"라고 대답했소.

이 말에 웨스턴 영주가 "그래, 사람들이 나를 뭘로 알건 상관없어. 하지만 블리필 군은 소피아를 언제 만나볼 수 있는 거냐? 블리필 군은 이 일로 상경했다니까! 올워디 영주도 그렇고 말이야"라고 말하자, 웨스턴 여사는 "오라버니, 블리필 씨가 소피아에게 전하고 싶은 말이 있으면 그게 무엇이든 간에 전해주겠어요. 내가 따로 가르치지 않아도 소피아가 적절한 답변을 할 수 있을 거라고 생각해요. 그리고 적절한 시기에 다시 오면, 소피아가 블리필 씨를 만나길 거부하지 않을 거라고 확신해요"라고 대답했소. 이에 웨스턴 영주는 "거부하지 않을 거라니! 썩어자빠질! 우리가 바본 줄 알아? 그래, 좋다. 아무 말 안 하마. 지가 젤로 똑똑한 줄 아는 것들 앞에서 내가 무슨 말을 하겠어. 내 뜻대로 했다면, 소피아가 전에 도망칠 일도 없었을 거다. 또다시 소피아가 없어짓다는 말을 언제 들을지 모르겠구만. 어떤 잡놈은 내가 아주 바보라고 생각할지 모르겠지만, 소피아가 어떤 놈을 미워한다는 건 아주 잘 알고 있지"라고 말했소. 이에 웨스턴 여사는 "이제 그만해요. 내 조카딸 험담하는 소리는 더 이상 안 듣겠어요. 그건 우리 가문에 대한 비난이니까요. 분명히 말하는데, 소피아는 우리 가문의 자랑거리고 앞으로도 그럴 거예요. 내 모든 명예를 걸고 소피아가 처신을 잘할 거란 걸 보증하겠어요. 오늘 오후에 오라버닐 다시 봤으면 좋겠어요. 오라버니에게 긴히 할 얘기가 있거든요. 하지만 지금은 오라버니와 블리필 씨에게 양해를 구해야겠네요. 급히 옷을 갈아 입어야 하니까요"라고 대답했소. 이 말에 웨스턴 영주가 "그러지, 하지만 시간은 정해라"라고 말하자, 웨스턴 여사는 "그렇게는 못하겠네요. 하여튼 오늘 오후에 봐요"라고 대답했소. 이에 웨스턴 영주가 "도대체 내가 우예 하길 바라는 기야?"라고 말한 뒤, 블리필을 쳐다보더니 "이 여자가 성질머릴 바꾸길 기다리느니 차라리 고목나무에 싹이 트길 바라는 게 더 나아. 아마 오늘 오후쯤 되면 기분이 좀 나아질 거야"라고 말했소. 이 말에 블리필은 "제가 오늘 운이 좋지 않은 것 같습니다, 영주님. 하지만 영주님께는 항상 감사한 마음을 가질 겁니다"라고 말하고는, 정중히 자신을 대하는 웨스턴 여사에게 역시 정중히 작별 인사를 한 다음, 이날 오후에는 소피아를 만나도록 해주겠다고 중얼거리듯 맹세하는 웨스턴 영주와 함께 웨스턴 여사의 숙소를 나섰소.

이 방문이 웨스턴 영주에게 별로 만족스럽지 못했다면, 블리필에게는 더더욱 만족스럽지 못했소. 웨스턴 영주는 누이의 이 모든 행동이 그녀가 변덕스럽고 또한 자신들이 예의를 지키지 않고 불쑥 찾아온 것에 대한 불만 때문이라고 생각했지만, 상황을 보다 깊이 꿰뚫어볼 수 있었던 블리필은 웨스턴 여사가 무심코 던진 두세 마디 말을 통해 이보다 좀더 중요한 이유가 있을 거라는 의혹을 품게 되었기 때문이었소. 다음 장에서 밝힐 몇 가지 사실을 통해 드러나겠지만, 블리펄의 이런 의심은 사실 적중했소.

8장
존스를 파멸시키기 위한 레이디 벨라스턴의 음모

사랑은 펠라머 경 마음속에 너무도 깊이 뿌리를 내려 웨스턴 영주의 거친 손으로는 뿌리 뽑을 수가 없게 되었소. 분노에 사로잡혀 에글레인 대위에게 임무를 부여했고 대위는 그 임무를 과도하게 수행했지만, 웨스턴 영주에게서 모욕을 받은 그날 오후 레이디 벨라스턴을 만났던 펠라머 경이 다시 대위를 만날 수 있었다면, 자신이 부여했던 임무를 실행에 옮기도록 하지는 않았을 것이오. 하지만 자신이 맡은 임무를 부지런히 수행하려 했던 대위는, 오랫동안의 조사 끝에 그날 저녁 늦게 웨스턴 영주의 거처를 알아낸 뒤, 다음 날 아침 웨스턴 영주를 놓치지 않기 위해 선술집에서 밤을 새웠던 탓에, 펠라머 경이 그의 처소에 보낸 임무 철회 지시를 받지 못했던 것이오.

소피아를 겁탈하려 했던 다음 날 오후, 펠라머 경은, 우리가 앞에서 말한 것처럼, 레이디 벨라스턴을 찾아갔소. 레이디 벨라스턴에게서 웨스턴 영주의 성격에 관해 들은 그는 영주의 말에 모욕을 느끼는 것이(특히 영주의 딸에게 좋은 감정을 품고 있는 상황에서) 얼마나 불합리한지 분명히 알게 되었소. 이에 그가 소피아에 대한 자신의 열정을 레이디 벨라스턴에게 털어놓자, 그녀는 자신이 직접 이 일에 나서겠다며 집안 어른들뿐만 아니라(제정신이 들어 자기 딸이 받은 청혼이 얼마나 대단한 건지 알게 되면) 웨스턴 영주 자신도 이 청혼을 아주 호의적으로 받아들일 게 틀림없다며 펠라머 경을 격려했소. 그러고는 이 일에 방해가 되는 유일한 위험 인물은 전에도 말한 바 있는 자로 거지나 부랑자와 다를 바 없으면서도 (무슨 방법을 쓴 것인지는 모르겠지만) 웬만한 옷을 구해 입고 다녀 신사로 통하는 존스라는 사람인데, 소피아를 위해 그에 대해 알아본 결과 다행히 그의 거처를 알아냈다며 이를 펠라머 경에게 알려준 뒤 다음과 같이 말했소. "경이 분노하기에는 너무도 비천한 자예요. 그래서 제 생각엔 경이 그자를 강제징집*해서 배에 태워 다른 곳으로 보내는 것이 어떨까 하네요. 이 방법은 법이나 양심에 저촉되진 않아요. 분명히 말하지만 그자는 옷은 잘 차려입었지만 부랑자에 지나지 않기 때문에 길거리의 걸인들처럼 얼마든지 강제징집해서 군대에 집어넣을 수 있는 자거든요. 양심에 비추어보아도 젊은 여자의 파멸을 막는 건 칭송받을 만한 행동이고요. 게다가 그자가 소피아와 결혼하지(그건 가당치도 않은 일이지만) 못하면, 이렇게 하는 것이 그 인간을 교수대에서 구해낼 수 있는,** 그리고 그 인간이 정직한 방법으로 출세할 수 있게 하는 유일한 길일 거예요."

성공 여부에 자신의 미래의 행복이 전적으로 달린 이 일에 레이디 벨라스턴이 기꺼이 나서주겠다고 하자 펠라머 경은 그녀에게 진심으로 고맙다고 하고는, 현재로서는 그를 강제징집하는 방안에 대해 반대할 이유가 없다며 이를 실행에 옮기는 것에 대해 고려해보겠다고 했소. 그러고는 자

---

* 1744년 영국에서는 특정한 직업이 없거나 일을 하지 않는 사람 혹은 생계를 유지할 재원이 없는 사람을 군인으로 강제징집할 수 있는 법안이 통과되었다.
** 소피아와 결혼하지 못하면 존스가 교수형 당할 만한 큰 죄를 지을 거라고 레이디 벨라스턴은 암시하고 있다.

신의 청혼 사실을 소피아 집안에 즉시 전달해달라고 간절히 부탁하며, 결혼 조건에 대해서는 백지위임할 것이니 소피아 집안 측이 원하는 대로 자기 재산을 처분하겠다고 했소. 그러자 레이디 벨라스턴은 펠라머 경에게 존스를 조심하고 존스가 더 이상 소피아를 파멸시킬 그 어떤 시도도 할 수 없게끔 지체하지 말고 그를 먼 곳으로 보내버리라고 엄명을 내렸고, 펠라머 경은 이 엄명을 받들겠다고 하고는 소피아에 대해 자신이 느끼는 황홀경과 환희를 여러 차례 표한 뒤 작별 인사를 하고 집을 나섰소.

자신의 거처로 오자마자, 웨스턴 여사는 인사말을 적은 자신의 명함을 레이디 벨라스턴에게 보냈고, 그녀의 명함을 받은 레이디 벨라스턴은 예기치 않았던 좋은 기회가 찾아온 것에 뛸 듯이 기뻐하며(레이디 벨라스턴은 자신이 미개인이라는 호칭을 영광스럽게 부여한 신사보다는 세상 돌아가는 것을 잘 아는 이 분별력 있는 여성에게 펠라머 경의 청혼 사실을 알릴 수 있게 되었다는 사실에 상당히 기뻤소. 비록 그 미개인 신사가 펠라머 경의 청혼을 거절하리라는 걱정은 조금도 하지 않았지만 말이오) 상대를 보고 싶어 안달이 난 연인처럼 곧장 웨스턴 여사에게로 달려갔소.

두 귀부인은 짤막하게 인사를 나눈 뒤, 본론으로 들어갔고 본론에 들어가자마자 바로 결론에 도달했소. 펠라머 경이라는 이름을 듣자마자 기뻐서 얼굴이 홍조가 되었던 웨스턴 여사는 소피아에 대한 펠라머 경의 열정과 그의 간절한 청혼, 그리고 통 큰 제안을 전해 들은 뒤, 매우 분명하게 몹시 만족스럽다고 말했소.

대화 도중, 이들의 화제가 존스에게로 이어지자, 두 여인은 소피아가 존스에 대해 불운한 연정(여기에 대해 둘은 공감을 표했고, 웨스턴 여사는 소피아의 이런 불운한 연정이 전적으로 자기 오빠의 어리석음 때문이라고 했소)을 품고 있다는 사실을 매우 애처롭게 한탄했소. 웨스턴 여사는 조카딸이 처음에는 블리필에 대한 애정을 포기하려 하지 않겠지만, 일단 설득을 시작하면 상당한 지위와 재산을 가져다줄 지체 높은 신사의 청혼을 받아들이기 위해, 블리필에 대한 단순한 호감은 곧 접을 게 틀림없다며, 조카딸의 훌륭한 판단력을 믿는다고 했소. 그러고는 "사실, 소피아가 생각하는 것처럼 블리필이라는 남자는, 내세울 건 재산밖에 없는 시골뜨기 신사들처럼 아주 소름끼치는 사람이거든요"라고 덧붙였소.

이 말에 레이디 벨라스턴은 "그렇다면 소피아가 존스라는 사람을 좋아하는 건 그리 놀랄 일은 아니네요. 존스라는 사람은 아주 호감 있게 생겼고, 남자들 말에 따르면 우리 여자들이 아주 좋아하는 장점이 하나 있는 건 분명하니까요. 어떻게 생각해요? 내 말이 좀 우습죠? 나 자신도 너무 우스워 어떻게 말을 꺼내야 할지 모르겠네요. 뻔뻔하게도 그 사람이 내게 청혼했다는 사실을 믿을 수 있겠어요? 혹 믿지 못하시겠다면 그 사람이 직접 쓴 증거물이 여기 있어요"라고 말하더니, 웨스턴 여사에게 청혼하는 내용이 담긴 존스의 편지를 건네주었소(독자들도 그 편지를 읽어보면, 이 책의 15권에 이미 수록되었던 편지임을 알 수 있을 것이오).

이에 웨스턴 여사가 "정말, 놀랍네요. 이건 진짜 뻔뻔함의 극치예요. 허락하신다면, 이 편지를 이용하고 싶네요"라고 말하자, 레이디 벨라스턴은 "원하시는 대로 사용해도 좋아요. 하지만 웨스턴 양을 제외하고는 아무한테도 보여주진 말아요. 굳이 그럴 이유가 없다면 웨스턴 양에게도 보여주지 말고요"라고 소리쳤소. 이에 웨스턴 여사가 "그런데, 어떻게 하셨죠?"라고 물어보자, 레이디 벨라스턴은 "물론 남편으로 받아들이지 않았죠. 분명히 말하지만 저는 결혼하지 않았어요. 알다시피, 저는 이미 그런 일을 한 번 시도해보았잖아요. 제 생각에 현명한 여자한테 그런 일은 한 번이면 족해요"라고 대답했소.

레이디 벨라스턴은 소피아가 이 편지를 읽게 되면 존스에게 갖고 있던 호감을 분명히 버릴 거라고 생각했기 때문에 이 편지를 대담하게 포기했던 것이오. 그녀가 이럴 수 있었던 것은 이 편지가 존스라는 방해물을 즉각 제거하는 데 도움이 될 거라고 생각했고, 또 마음을 떠본 결과, 어너도 자신이 원하는 대로 증언할 준비가 되어 있다는 것을 확실히 해두었기 때문이었소.

하지만 독자들은 소피아를 진심으로 미워하는 레이디 벨라스턴이 소피아에게 상당한 득이 될 이 결혼을 왜 이처럼 성사시키고 싶어 하는지 의아해할지 모르오. 그런 독자들에게는 인간의 본성에 관한 책을 주의 깊게 살펴보기를 권하오. 그러면 그 책의 거의 마지막 쪽에 결혼 문제에서 어머니나 고모들은 자식의 의사를 무시하고 자식이 원치 않는 남자와 강제적으로 결혼시키려고 하는 등 여러 터무니없는 행동을 하지만, 사실 모든 여자들은 사랑이 좌절되는 것을 가장 큰 불행으로 여기기 때문에, 사랑이 좌절될 때 가장 큰 증오심을 품는다고 알아보기 힘든 글씨로 씌어 있다는 사실과, 또한 자신이 소유했던 남자를 다른 여자가 소유하는 것을 막기 위해서라면 악마라도 찾아간다고 씌어 있다는 사실도 알게 될 것이오.

그래도 내가 말한 이유를 독자들이 납득하지 못한다면, 레이디 벨라스턴이 펠라머 경에게 뇌물을 받았다고 생각하지 않는 한(하지만 그렇다고 의심할 만한 어떤 근거도 나로서는 갖고 있지 않소) 그녀가 이처럼 행동하는 이유를 도저히 모르겠다는 것이 나의 솔직한 고백이오.

웨스턴 영주와 블리필이 웨스턴 여사를 갑작스럽게 찾아갔을 때, 사랑은 어리석다는 사실과 돈을 얻기 위한 합법적인 매춘으로 결혼을 생각하는 것이 지혜롭다는 사실을 서론 삼아 설명한 뒤, 웨스턴 여사가 소피아에게 알려주고자 한 것이 바로 펠라머 경의 청혼에 관한 것이었소. 이런 이유에서 웨스턴 여사는 블리필을 냉담하게 대했지만, 웨스턴 영주는 늘 그랬듯이 그녀가 자신을 냉담하게 대한 이유를 잘못 짚었고, 훨씬 더 교활한 블리필은 다른 이유가 있을 거라고 의심했던 것이오.

9장
피츠패트릭 부인을 찾아가는 존스

독자들은 이제 우리와 함께 약속 시간에 맞추어 피츠패트릭 부인을 찾아간 존스를 따라가는 것이 좋겠소. 하지만 이들 사이의 대화를 기술하기 전에, 우리의 이야기 진행 방식에 따라 그 이전의 상황으로 돌아가, 존스를 만나지 않기 위해 거처까지 옮겼던 피츠패트릭 부인이 어떻게 심경의 변화를 겪어 지금은 그를 만나고 싶어 하게 된 것인지 설명하는 게 적절할 것 같소.

이를 위해 우리는 그 전날 일어났던 일로 돌아가고자 하오. 그 전날 레이디 벨라스턴으로부터 웨스턴 영주가 런던에 도착했다는 소식을 전해 들은 피츠패트릭 부인은 인사차 피카딜리에 있는 영주의 숙소를 찾아갔지만, 다시 말하기에는 너무도 추잡하고 상스러운 욕설을 영주에게서 수차례 들었고, 심지어 발로 걷어차 내쫓겠다는 협박까지 당했소. 이곳을 나온 피츠패트릭 부인은 잘 알고 있던, 웨스턴 여사의 나이 지긋한 하인의 안내를 받아 웨스턴 여사의 거처를 찾아갔지만, 그녀 역시 (좀더 예의를 갖추기는 했지만) 피츠패트릭 부인을 친절하게 대해주진 않았소. 솔직히 말하자면, 웨스턴 여사는 피츠패트릭 부인을 웨스턴 영주와는 아주 다른 방식으로 무례하게 대했던 것이오. 한마디로 말해 피츠패트릭 부인은 두 집을 나오면서 이 집안과 화해하려던 자신의 계획은 무산되었다는 사실과 어떤 방법을 써서라도 화해해야겠다는 생각은 이제 영원히 포기해야 한다는 사실을 분명하게 깨달았던 것이오. 이 순간부터 복수에 대한 갈망만이 그녀의 마음을 사로잡았고, 이런 심리 상태에서 존스를 극장에서 만나게 된 피츠패트릭 부인은 자신의 목적을 이룰 기회가 왔다고 느꼈던 것이오.

독자들은 앞에서 피츠패트릭 부인이 자신의 과거 이야기를 할 때, 과거 바스에 머물렀을 당시 피츠패트릭이 자신의 남편이 되기 전 웨스턴 여사가 그에게 연정을 품었다는 사실과 그 마음이 받아들여지지 않자 그녀가 피츠패트릭 부인을 혹독하게 대했다는 사실을 언급했던 점을 기억할 것이오. 따라서 피츠패트릭 부인은, 이 선량한 귀부인이 과거에도 그랬듯이 존스가 구애를 하면 쉽사리 귀를 기울일 거라고 생각했소. 존스가 피츠패트릭보다 분명히 더 매력 있고, 고모는 그 이후로 나이도 더 들었기 때문에, 자기 계획이 성공할 확률이 더 높아졌다고 판단했던 것이오(그 판단이 얼마나 옳은지는 말하지 않겠소).

따라서 존스가 찾아왔을 때, 피츠패트릭 부인은 소피아에게 큰 도움이 될 거라고 확신하기 때문에 존스를 도와주는 것이라고 하면서, 우선 전에 자신이 약속을 어긴 것에 대한 변명을 늘어놓은 뒤 (존스는 모를 거라 생각하며) 현재 소피아가 누구 집에 갇혀 있는지 알려주었소. 그러고는 아주 분명하게 자신의 계획을 들려주며, 젊은 여자에게 쉽게 접근하기 위해서는 나이 든 여자에게 구애하는 척해야 한다고 충고했소. 과거에 피츠패트릭도 이와 같은 전략을 세워 성공했다는 사실을 알려주면서 말이오.

존스는 피츠패트릭 부인이 자신에게 갖고 있는 선의와 그런 선의에서 이런 제안을 한 데 대해 매우 감사하다고 말했소. 하지만 웨스턴 여사가 자신이 소피아를 사랑한다는 사실을 잘 알고 있기 때문에, 이번 상황은 피츠패트릭 씨의 경우와는 다르다며, 이 계획이 성공을 거두기는 어렵다는 사실을 넌지시 말하고는 소피아가 거짓말을 몹시 혐오하고 고모의 말에 순종하겠다고 약속했기 때문에, 자신이 이런 속임수를 쓰는 것을 결코 용납하지 않을 거라고 말했소.

피츠패트릭 부인은 존스의 이 말에 화가 났소. 말실수라고까지는 할수 없겠지만, 존스의 말은 다소 예의에서 벗어났다고도 할 수 있었기 때문이었소. 소피아를 칭찬할 때 느꼈던 기쁨에 취하지 않았다면, 존스는이런 결례(소피아를 이처럼 칭찬하는 것은 그녀의 사촌을 말없이 꾸짖는 셈이 되기 때문이오)를 저지르진 않았을 것이오.

피츠패트릭 부인은 다소 흥분한 상태에서 이렇게 말했소. "기질적으로 호색적인 늙은 여자를 속이기 위해 사랑한다고 고백하는 것보다 쉬운일이 있을 거라고는 생각지 않아요. 우리 고모이기는 하지만, 사실, 우리고모보다 더 음탕한 사람은 없을 테니까 말이에요. 소피아가 블리필 씨와결혼하기로 되어 있고 또 소피아와 결혼할 수 없다는 절망감에 존스 씨가우리 고모에게 마음을 돌리기로 한 것처럼 할 수는 없나요? 나는 소피아가 그런 문제 때문에 조금이라도 망설이거나, 그 간악한 노파를(이런 부류의 노파들은 그 우스꽝스럽고도 한심스런 열정 때문에 자기 집안에 큰 피해를 입히거든요) 벌주는 걸 잘못이라고 생각할 정도로 바보라고는 생각지않아요. 오히려 나는 법적으로 우리 고모와 같은 부류의 노파들을 처벌할수 없다는 사실을 유감으로 생각해요. 나는 결코 그런 걸 가지고 망설이지 않아요. 하지만 내가 소피아보다 거짓을 더 혐오한다고 말하더라도 소피아가 그걸 모독으로 여기진 않을 거라고 생각해요. 나는 고모에 대해의무감을 갖고 있는 척하지도 않겠어요. 고모는 누가 의무감을 느낄 만한자격도 없는 사람이니까요. 이렇게 존스 씨에게 제 생각을 다 말씀드렸는데도 제 말을 따르시지 않겠다면, 저는 존스 씨의 판단력을 대수롭지 않게 여기게 될 거예요. 그게 다예요."

자신이 어떤 실수를 저질렀는지 이제 분명히 깨닫게 된 존스는 이를 바로잡으려고 최선을 다했지만, 머뭇거리고 말을 더듬다가 결국 허튼소리와 앞뒤가 맞지 않는 말만 내뱉어, 첫번째 실수를 바로잡기는커녕 오히려 그 실수의 여파를 감수하는 게 더 나을 뻔했소. 실수를 만회하려는 시도 때문에 난처한 상황에서 헤어나오기보다는 오히려 더 심한 난관에 부딪치게 되는 것은 일상적인 일이오. 하지만 이 상황에서 피츠패트릭 부인이 존스에게 보여준 배려심은 아무에게서나 찾아볼 수 없는 것이었소. 그녀는 미소를 지으며 "더 이상 변명할 필요 없어요. 자기 애인을 사랑한 나머지 무슨 일을 저질렀든 간에, 진정으로 여자를 사랑할 줄 아는 사람을 나는 쉽게 용서해주니까요"라고 말했으니 말이오.

그러고는 다시 자신의 제안을 재개하면서, 이를 따라야 할 (그녀가 생각해낼 수 있었던) 모든 이유를 빼먹지 않고 열거한 뒤, 자신의 제안을 따르라고 아주 강력히 촉구했소. 웨스턴 여사에게 몹시 화가 난 피츠패트릭 부인에게는 고모의 본모습을 폭로하는 것만큼 즐거운 일은 없었고, 대개의 여자들이 그렇듯이 그녀는 지금 자신이 세운 계획을 실천하는 데 그 어떤 어려움도 없다고 생각했소.

피츠패트릭 부인이 이처럼 자신의 계획을 따르도록 강력하게 촉구하는 이유가 무엇인지 쉽사리 짐작할 수 있었던 존스는 실제로 성공할 가능성이 조금도 없는 이 계획을 실천에 옮길 마음은 전혀 없었소. 따라서 존스는 소피아를 향한 열정적인 사랑을 부인하진 않겠지만, 신분의 격차가 있다는 사실을 잘 알고 있는 자신으로서는 소피아 같은 지체 높은 여자가 자신과 같은 하잘것없는 남자를 생각해주기를 결코 기대할 수는 없다고 말했소. 심지어 소피아가 그래주기를 감히 바랄 수도 없다며, 자신의 고결한 생각을 피력하면서 말을 마쳤소(이때 그가 한 말을 지금 여기에 기록할 여유가 없기에 생략하겠소).

모두 다 그렇다고 말할 수는 없지만, 너무도 자기중심적이라 대화의 주제에서 결코 자신을 떼어내서는 생각할 수 없는 그런 훌륭한 여성들이 있소. 이들의 삶을 지배하는 원리는 허영심이기 때문에, 이들은 자신들이 접하는 칭찬은 무엇이든지 다 (설령 그것이 남에게 하는 칭찬이라 할지라도) 자신에게 적용하는 성향을 가지고 있소. 따라서 이런 여성들은 누가 다른 여자를 좋게 말하면, 반드시 그 말을 자신에게 적용하는 법이오. 심지어 남에게 하는 칭찬을 보다 확대하여 자신에게 적용하기까지 하오. 예를 들어, 어떤 여자의 미모나 재치 혹은 고상함이나 유머감각을 남들이 칭찬하면, 그런 것들을 훨씬 더 많이 갖고 있는 자신은 얼마나 많은 칭찬을 받아야 하겠는가 하고 생각하는 것이오.

따라서 이런 여자들은 다른 여자를 칭찬하는 남자들에게 종종 호감을 품게 되는 것이오. 어떤 남자가 연인에 대한 열정과 고결한 생각을 표현할 때, 이들은 자신보다 장점이 적은 여자에게 이런 연정을 품을 수 있다면, 자신과 같은 사람에게 이 남자는 몹시 매력적인 연인이 될 수 있을 거라고 생각하기 때문이오. 이상하게 보일지 모르지만, 이런 경우를 우리는 많이 보아왔소. 이런 일이 지금 실제로 일어나, 존스에게 어느 정도 호감을 품기 시작한(그녀는 자신의 이런 징후를 과거에 소피아가 그랬던 것보다도 훨씬 더 빨리 알아차렸소) 피츠패트릭 부인의 경우를 제외하고도 말이오.

사실 완벽한 외모를 지닌 남자나 여자는 일반적으로 생각하는 것보다 훨씬 더 저항하기 힘드오. 우리는 평범한 운명에 만족하며 외모를 멸시하고 진정한 매력을 중히 여기도록 거의 기계적으로 (마치 어린아이들이 자신이 이해하지도 못하는 걸 반복해 말하듯이) 배워왔지만, 절세의 미인이 다가오면, 진정한 매력이라는 것은 고작해야 태양이 뜨고 난 뒤의 별의 밝기 정도밖에 안 되는 볼품없는 것이라는 사실을 우리는 보아왔으니 말이오.

오룽다트*가 했으면 잘 어울렸을 그런 절규를 존스가 마쳤을 때, 피츠패트릭 부인은 깊은 한숨을 쉬었소. 그러고는 얼마 동안 존스를 응시하던 시선을 아래로 향하면서 외쳤소. "존스 씨, 정말 안쓰럽네요. 하지만 존스 씨의 그런 마음을 몰라주는 사람에게 그런 열정을 쏟는 것은 일종의 저주예요. 존스 씨, 나는 존스 씨보다 소피아에 대해서 더 잘 알아요. 그리고 존스 씨의 그런 열정과 존스 씨 같은 사람에게 아무런 반응도 보이지 않는 사람은 그런 사랑을 받을 자격이 없어요."

이 말에 존스가 "부인, 무슨 의미이신지……"라고 묻자, 피츠패트릭 부인은 "무슨 의미라니요? 나도 지금 내가 무슨 말을 하고 있는지 모르겠네요. 진정한 사랑에는 사람의 마음을 매료시키는 무엇인가가 있어요. 남자들에게 그런 사랑을 받는 여자들은 별로 없지만, 그런 사랑을 받았을 때에도 그 소중함을 아는 여자는 더 적어요. 저는 그렇게 고결한 말씀을 들어본 적이 없어요. 왜 그런지 모르겠지만, 존스 씨에게는 존스 씨 말을 믿게 만드는 무엇인가가 있어요. 존스 씨의 그런 훌륭한 면을 모르는 여자는 경멸스런 사람이 틀림없어요"라고 소리쳤소.

이 말을 하는 동안 피츠패트릭 부인이 보여준 태도와 표정은 독자들에게 직설적으로 전달하고 싶지 않은 어떤 의구심을 존스의 마음속에서 불러일으켰소. 따라서 존스는 아무런 대답도 하지 않고 "부인, 제가 너무

---

* Oroöndates: 17세기 프랑스 소설가 라 칼프레네드La Calprenède의 『카상드르Cassandre』
  에 나오는 연인으로 사랑의 열변을 토하는 것으로 유명하다.

오래 지체해서 지루하셨을 것 같군요"라고 말하고는 작별을 고하려 했소.

그러자 피츠패트릭 부인이 말했소. "전혀 그렇지 않아요. 존스 씨가 정말 불쌍해요. 정말이에요. 하지만 가시겠다면 제가 말씀드린 계획에 대해 한번 생각해보세요. 그러면 좋은 계획이라는 걸 분명히 인정하시게 될 거예요. 그리고 가급적 빨리 다시 한 번 만나요. 괜찮으시다면 내일 아침이나, 아니 내일 아무 때라도 좋아요. 저는 하루 종일 집에 있을 테니까요."

이에 존스는 아주 여러 번 고맙다고 하고는 정중하게 그녀의 집을 나섰소. 헤어질 때 존스를 바라보는 피츠패트릭 부인의 표정의 의미를 전혀 이해하지 못했다면, 존스는 눈빛의 언어를 전혀 모르는 사람이 틀림없을 것이오. 하지만 그 표정을 본 존스는 다시는 그녀를 찾아오지 않겠다는 결심을 보다 확고히 하게 되었소. 지금까지 존스는 항상 잘못을 저질러왔던 것처럼 보였지만, 이제 그의 모든 생각은 소피아에게만 향해 있어, 이 세상 그 어떤 여자도 존스가 소피아를 배신하도록 할 수는 없었기 때문이오.

존스는 운명의 여신에게 두 번 다시 기회를 주지 않을 작정이었지만, 존스에게 우호적이지 않았던 운명의 여신은 이 상황을 최대한 활용하기로 마음먹고는, 이제 곧 기록해야 할 비극적인 사건을 일으켰소.

10장
앞서의 방문의 결과

웨스턴 여사에게서 전달받은 편지를 통해 아내가 어디서 숨어 지내는지 알아낸 피츠패트릭은 우선 바스로 돌아간 다음, 다음 날 아침 런던을 항해 출발했소.

　독자들은 이 신사가 의심 많은 성격의 소유자라는 것을 이미 여러 차례 들어보았을 것이오. 그리고 업턴에서 워터스 부인의 방에 있는 존스를 보고 그를 의심했다는 사실도 기억할 것이오. 추후의 충분한 해명을 통해 이런 의심에서 완전히 벗어난 것처럼 보였지만, 편지를 통해 아내가 존스에 대해 좋게 이야기했다는 사실을 알게 된 그는 자기 아내도 같은 시간에 존스가 묵었던 여관에 있었다는 사실이 떠오르자, 원래부터 혼란스러웠지만 이런 여러 상황들로 인해 아주 뒤죽박죽이 되어버린 그의 머리는 셰익스피어가 『오셀로』에서 언급한 그 녹색 눈의 괴물*을 그의 마음속에 잉태시켰소.

　수소문 끝에 아내의 거처를 알아낸 뒤 그곳으로 가고 있을 때, 피츠패트릭은 불운하게도 그 집에서 나오는 존스와 맞닥뜨리게 되었소.

　그때까지만 해도 존스의 얼굴을 기억해내지 못했던 피츠패트릭은 잘 차려입은 젊은이가 아내의 처소에서 나오는 것을 보고는 곧장 다가가 "거기서 나오는 걸 보니 이 집에 있었던 게 틀림없겠군요"라고 말하더니, 그 집에서 무엇을 하고 있었느냐고 존스에게 물었소. 존스가 이곳에 사는 어떤 부인을 만나러 왔다고 아주 정중하게 대답하자, 피츠패트릭은 "그 부인에게 무슨 볼일이라도 있었소?"라고 물어보았소. 그의 말에 피츠패트릭의 목소리와 이목구비 그리고 그가 입었던 코트까지 완벽하게 기억해낸 존스는 "아하! 난 또 누구라고. 악수나 합시다. 오래전 조그마한 실수 때문에 일어난 일로 우리 사이에 악감정이 남아 있지는 않길 바라오"라고 소리쳤소.

---

* 질투심을 말함. 『오셀로』 3막 3장에 나오는 구절.

이에 피츠패트릭이 "난 선생 이름도 얼굴도 모르겠소"라고 말하자, 존스는 "나도 선생 이름은 모르오. 하지만 전에 업턴에서 만났던 걸 기억하고는 있소. 당시 우린 바보처럼 다투었으니 말이오. 아직 화가 풀리지 않았다면, 술이라도 한잔 하면서 화해합시다"라고 대답했소.

피츠패트릭이 "업턴에서라고? 그럼 당신 이름이 존스야?"라고 소리치자, 존스는 "그렇소"라고 대답했소. 이에 피츠패트릭은 "내가 만나려고 했던 게 바로 당신이야. 그래 조금 있다가 술 한잔 하지. 하지만 그러기 전에 우선 네 대가리나 한번 갈겨주어야겠어. 자, 한방 먹어라, 이 악당아! 이렇게 한방 맞고도 결투에 응하지 않으면, 한방 더 먹여주지"라고 소리치더니, 칼을 꺼내 자신이 아는 유일한 기술인 방어 자세를 취했소.

예기치 않은 일격에 좀 비틀거리긴 했지만 곧 정신을 차린 존스도 칼을 빼들었소. 펜싱에 대해 아는 바는 없었지만 존스는 피츠패트릭을 대담하게 공격하여 그의 방어를 무너뜨리고 그의 몸에 칼을 깊숙이 꽂았소. 그러자 칼에 찔린 피츠패트릭은 뒤로 물러서서 칼끝을 땅에 대고 몸을 지탱한 채 "내 결투 신청을 받아주었으니 그것으로 됐어. 난 이제 죽을 거요"라고 소리쳤소.

이 말에 존스가 "그렇지 않길 바라겠소. 하지만 결과가 어찌 되었든 그건 당신이 자초한 일이란 걸 명심해야 할 것이오"라고 소리치자, 수많은 사람들이 달려들어 존스를 붙잡았소. 하지만 존스는 저항하지 않을 테니 부상당한 신사를 돌보아달라고 그들에게 부탁했소.

그중 한 사람이 "그래 이 부상당한 양반은 잘 돌보아주지. 살 시간이 얼마 남지 않은 것 같거든. 하지만 당신은 앞으로 한 달은 더 살겠는걸"이라고 말하자, 다른 한 사람은 "제기랄, 잭. 이 부상당한 사람 때문에 이 친구 이제 배를 타지 못하게 됐네. 이제는 어쩔 수 없이 다른 항구로 가게 되겠구먼"*이라고 말했소. 불쌍한 존스를 놓고 이런 식의 농담을 하고 있는 이들은 펠라머 경이 고용한 패거리들로 피츠패트릭 부인의 거처 앞까지 존스를 미행했다가, 이 불운한 일이 벌어질 당시 길모퉁이에서 존스를 기다리고 있었던 것이오.

이제 남은 일은 이 죄수를 치안판사의 손에 넘기는 거라는 매우 현명한 결론을 내린 이 패거리의 지휘자인 장교는 존스를 술집으로 데리고 가라고 지시한 뒤, 그곳으로 경관을 불러 존스를 넘겨주었소.

존스가 좋은 옷을 입고 있는 것을 본 경관은 결투 도중 일어난 사고라는 말을 듣자, 아주 정중히 죄수를 대우하며 존스의 요청에 따라, 현재 여관에서 의사의 치료를 받고 있는 부상당한 신사의 상태를 알아보러 사람을 급파했소. 하지만 상처가 치명적이라 살아날 가망이 거의 없다는 소식을 전해 듣자 경관은 존스에게 치안판사를 만나러 가야 한다고 했고 이에 존스는 "원하는 대로 하시오. 나는 어떻게 되든 상관없소이다. 법적으로 따지자면, 살인을 저지른 건 아니라고 확신하지만, 남을 피 흘리게 했다는 사실이 내가 감당하기에는 너무도 버거우니 말이오"라고 대답했소.

결국 존스는 치안판사 앞으로 호송되었고, 피츠패트릭의 상처를 치료하던 의사가 나타나 피츠패트릭의 상처가 치명적이라고 증언하자, 치안판사는 존스를 게이트하우스 감옥**에 송치했소. 그때는 밤늦은 시각이라 존스는 다음 날 아침이 되어서야 패트리지를 부르러 사람을 보냈는데, 오랫동안 주인 소식을 듣지 못해서 몹시 놀랐던 이 가련한 사람은 아침 7시에야 잠자리에 들었기 때문에 12시 가까이 돼서야 이 충격적인 소식을 접

---

* 존스를 강제징집해 배에 태워 다른 곳으로 보내려는 계획은 무산되고 이제 존스는 한 달이면 교수형 당할 것이라는 의미다. 다른 항구로 간다는 것은 죽음을 의미한다.
** 웨스트민스터 거리에 있던 감옥.

할 수 있었소.

무릎을 덜덜 떨며 쿵쾅거리는 심장을 진정시켜가면서 패트리지는 게이트하우스 감옥으로 향했소. 이윽고 존스 앞에 당도한 그는 눈물을 펑펑 쏟으며, 존스에게 닥친 불운을 한탄하기 시작했소. 그러면서도 몹시 두려운 듯 주위를 여러 번 둘러보며(피츠패트릭이 죽었다는 소식이 당도했기 때문에, 언제라도 그의 유령이 이곳에 들어올지도 모른다고 이 가련한 사람은 생각했던 것이오) 블랙 조지를 통해 전달받은 소피아의 편지를 존스에게 전해주었소.

그러자 존스는 곧 방밖으로 사람들을 모두 내보낸 뒤 황급히 편지를 뜯어 읽어보았소.

놀라운 일로 이렇게 다시 소식을 전하게 되었군요. 존스 씨가 레이디 벨라스턴에게 청혼한 내용이 담긴 편지를 방금 전에 고모가 보여주셨어요. 존스 씨 필체가 분명하더군요. 더욱 놀라운 건, 존스 씨가 나 때문에 몹시 걱정하고 있다고 생각한 바로 그 당시에 존스 씨가 이 편지를 썼다는 사실이에요. 여기에 대해 할 말이 있으면 한번 해보세요. 제가 바라는 건 앞으로 당신 이름이 제게 더 이상 거론되지 않는 것뿐이에요.

S. W.*

존스의 현재 마음 상태와 그가 느끼는 고통을 독자들에게 알려주자

---

* 소피아 웨스턴Sophia Western의 머리글자.

면, 스와컴 조차도 그를 동정했을 정도로 극심한 것이라고 말하는 게 가장 적절할 것이오. 이렇듯 존스의 상황은 매우 안 좋았지만, 그의 수호신이 (혹 그에게 수호신이 있다면) 그랬던 것처럼, 우리는 또한 당분간 존스를 그대로 두고, 여기서 16권을 마무리하고자 하오.

17권

3일 동안 벌어진 일

1장

서론의 성격을 띤 글

희극 작가가 주요 등장인물을 최대한 행복하게 만들거나, 비극 작가가 주요 등장인물들을 인간이 겪을 수 있는 최악의 불행에 처하게 했을 때, 이들은 해야 할 일을 다 했기 때문에, 자신들 일은 이제 끝났다고 생각할 것이오.

우리 이야기가 비극이었다면, 바로 이러한 시기에 우리 이야기가 근접했다는 사실을 독자들도 이제는 인정해야 할 것이오. 악마나 혹은 이 세상의 그 어떤 악마의 대리인도 지난 장에서 보았던 존스의 상황보다 더 고통스런 상황을 불쌍한 존스에게 안겨다주기는 어려우며, 소피아가 현재 느끼고 있을 심정은, 선량한 여성이라면 자신의 경쟁자라 할지라도 겪게 되길 바라지 않을 정도로 몹시 괴로운 것이기 때문이오. 따라서 이 비극에 종지부를 찍기 위해 남은 것은 한두 건의 살인사건과 몇 가지 도덕적인 교훈인 것 같소.

하지만 우리가 좋아하는 사람을 고통과 고난에서 구해내, 행복의 해안으로 데려가는 것은 몹시 어려운 일, 그러니까 너무 어려워 실행에 옮길 엄두도 내지 못할 일인 것 같소. 소피아 문제에 대해 말하자면, 어떻게 해서든지 소피아에게 좋은 남편감(그것이 블리필이든, 펠라머 경이든 혹은 그 어떤 다른 사람이든 간에)을 마련해줄 수 있는 가능성은 상당히 높아 보이오. 하지만 다른 사람들에게 죄를 짓는 것은 아니더라도, 최소한 스스로를 중죄인으로 만드는 경솔함으로 인해, 존스가 현재 끔찍한 재앙을 맞이하고 있고 또 친구도 없는 상황에서 적들에게 이처럼 괴롭힘을 당하고 있다는 사실을 고려해볼 때, 존스를 행복하게 해줄 가망은 거의 없는 것 같소. 따라서 사형집행을 구경하기 좋아하는 독자라면 지체하지 말고 타이번 사형장 맨 앞줄에 앉는 것도 좋을 성싶소.

하지만 이것만은 분명히 약속하겠소. 불행히도 우리가 이 이야기의 주인공으로 삼은 이 악당에게 혹 애정을 갖고 있다 하더라도, 아주 중요한 상황에서만 사용해야 한다는 조건 아래 우리에게 맡겨진 초자연적인 도움을 존스에게는 절대로 베풀지 않겠다는 것이오. 따라서 그가 이 난처한 상황에서 정당하게 벗어날 수 있는 현실적인 방법을 찾지 못한다 하더라도, 그를 위해 이 이야기의 진실성과 품위를 손상시키지는 않을 것이오. 진실을 저버리거나 독자들의 신뢰를 저버리느니 차라리 우리는 존스가 사형장에서 교수형 당했다고 말할 것이기 때문이오.

이 점에서 고대 작가들은 우리 현대 작가들보다 큰 이점을 가지고 있소. 오늘날 우리가 믿는 종교보다도 과거의 일반 대중들이 보다 확고히 믿었던 그들의 신화는 그들이 좋아하는 주인공을 위험에서 구해낼 수 있는 기회를 언제든지 가져다주기 때문이오. 항상 고대 작가들 가까이에 있던 그들의 신들은 고대 작가들이 원하는 바를 모두 들어준 데다, 이들 신들의 개입이 예상치 못한 것일수록 이를 쉽사리 믿는 당시 독자들에겐 그만큼 더 큰 놀라움과 즐거움을 선사했소. 게다가 이들 신들 덕분에 고대 작가들은 초라한 입지에 놓인 현대 작가들이 자신들이 좋아하는 인물을 교수대에서 빼내오는 것보다도 훨씬 쉽게 자신들이 총애하는 인물을 한 나라에서 다른 나라로, 심지어는 이승에서 저승으로 옮겼다가 다시 되돌려놓을 수도 있었던 것이오.

아라비아인과 페르시아인들도 글쓰는 데 있어서 이와 같은 이점을 가지고 있었소. 코란을 근거로 지니*와 요정을 그들의 이야기에 등장시킬 수 있었기 때문이오. 하지만 우리는 이런 도움을 받을 수 없고, 현실적인 방법만을 사용해야 하기 때문에, 현실적인 방법으로 불쌍한 존스를 위해 무엇을 할 수 있을지 한번 시도해보겠소. 하지만 지금 이 순간 누군가 내 귀에 속삭이고 있소. 존스가 지금 겪고 있는 불운은 최악의 것이 아니며, 지금까지 존스가 들은 그 어떤 것보다도 충격적인 소식이 아직 펼쳐지지 않은 존스의 운명의 책장에 남아 있다고.

2장
고마움을 전하는 밀러 부인의 관대한 행동

올워디 영주와 밀러 부인이 아침식사를 하기 위해 식탁에 막 앉았을 때, 그날 아침 일찍 외출했다 돌아온 블리필이 합석했소.

자리에 앉은 지 얼마 되지 않아 블리필이 말했소. "외삼촌! 무슨 일이 있었는지 아세요? 정말, 외삼촌에게 말씀드리기 좀 겁이 나네요. 그런 악당에게 호의를 베풀어주셨다는 사실을 떠올리시며 외삼촌이 충격을 받으실까 봐 말이에요." 이 말에 올워디 영주가 "애야, 무슨 일이냐? 나는 살아가면서 자격 없는 사람들에게도 여러 번 호의를 베푼 것 같기는 하다

---

* 이슬람 문화권에서 마법을 부리는 마귀나 요정으로 알려진 존재.

만 사랑을 베푼다고 해서 사랑을 베푼 사람이 갖고 있는 악덕까지 받아들인 건 아니란다"라고 말하자, 블리필은 "외삼촌이 지금 '받아들인'는 단어를 사용하신 건 우리가 알 수 없는 신의 섭리에 의한 것 같습니다. 외삼촌이 양자로 '받아들인' 아들, 외삼촌이 가슴에 품어서 키운 그 존스라는 자가 악랄한 악당이라는 사실이 결국 입증되었으니 말이에요"라고 대답했소. 이 말에 밀러 부인은 "하늘에 두고 맹세하지만, 그건 거짓말이에요. 존스 씨는 악당이 아니라 이 세상에서 가장 훌륭한 분이에요. 그분을 악당이라고 부르는 사람이 있으면, 그 사람 얼굴에 이 끓는 물을 부어버리겠어요"라고 소리쳤소. 그녀의 이런 행동에 올워디 영주는 몹시 놀란 표정이었지만, 밀러 부인은 올워디 영주에게 틈을 주지 않고, 그를 쳐다보며 이렇게 소리쳤소. "저에게 화내시지 않길 바래요. 저는 영주님을 결코 화나게 하고 싶지 않거든요. 하지만 그분을 그렇게 부르는 건 도저히 참을 수가 없었어요." 이 말에 올워디 영주가 아주 심각하게 "솔직히 말해, 부인이 모르는 사람을 그렇게 극구 변호하시는 걸 보고 좀 놀랐소"라고 대답하자, 밀러 부인은 "올워디 영주님, 저는 그분을 알아요. 아주 잘 알고 있어요. 제가 그 사실을 부인한다면 저는 이 세상에서 제일 배은망덕한 사람일 거예요. 그분은 저와 제 불쌍한 가족을 구해주셨거든요. 살아 있는 동안 우리 가족은 마땅히 그분에게 하나님의 축복이 함께하도록 기도드릴 거예요. 저는 그분에게 축복을 내려달라고, 그리고 그분을 해하려는 못된 사람들이 마음을 바꾸게 해달라고 기도해요. 그분을 해하려는 못된 사람이 있다는 건 알고는 있었는데, 실제로 이렇게 보게 되었네요"라고 말했소. 이 말에 올워디 영주가 "부인은 날 더더욱 놀라게 하시는군요. 하지만 지금 다른 사람을 염두에 두고 말하고 계신 게 분명하오. 내 조카가 말한 사람에게 부인이 그런 은혜를 입었을 리는 만무하니 말이오"

라고 말하자, 밀러 부인은 이렇게 대답했소. "그건 아주 분명해요. 전 그분에게 아주 큰 은혜를 입었어요. 저와 제 가족을 살려주신 은인이거든요. 제 말을 믿으세요, 영주님. 그분은 모함을 당했어요. 누군가가 영주님께 그분을 심하게 모함한 거예요. 저는 그분이 모함을 당했다는 걸 확실히 알 수 있어요. 그렇지 않다면, 이렇게 선하시고 만인이 존경하는 영주님께서 그분을 어떻게 '그 녀석'이라고 경멸적으로 부르실 수 있겠어요? 그 불쌍하고 의지할 곳 없는 분에 대해 영주님이 애정 어린 말씀을 하시는 걸 수도 없이 들었는데 말이에요. 그분이 영주님에 대해 감사하게 생각한다고 말하는 걸 직접 들으셨다면, 제 가장 소중한 친구이기도 한 그분이 이보다는 나은 칭호를 들을 자격이 있다고 생각하셨을 거예요. 그분은 영주님 이름을 거론할 때마다 항상 존경하는 마음을 담아 말하곤 했어요. 저는 그분이 바로 이 방에서 무릎을 꿇고 영주님께 하나님의 축복이 함께하길 간절히 기원하는 걸 보았어요. 그분이 영주님을 사랑하는 만큼 저는 저기 있는 제 자식을 사랑하지 못해요."

악마가 자신이 가장 아끼는 자의 얼굴에 부여했을 법한 냉소를 지으며 블리필이 "이제 알았어요, 외삼촌. 밀러 부인이 정말 존스를 아는 것 같네요. 외삼촌을 안다고 존스가 떠들고 다닌 사람이 밀러 부인만은 아닐 거라고 생각해요. 밀러 부인이 무심코 던진 몇 마디 말로 미루어 보아, 존스가 저를 아주 나쁘게 말하고 다녔다는 걸 알 수 있지만, 존스를 용서하겠어요"라고 말하자, 밀러 부인은 "하나님이 당신을 용서하길 바래요. 우리는 모두 하나님의 용서가 필요할 만큼 많은 죄를 짓기는 하죠"라고 대답했소.

이 말에 올워디 영주가 말했소. "밀러 부인, 부인이 제 조카를 이런 식으로 대하시는 걸 도저히 좋게 볼 수가 없군요. 그 못된 녀석의 말만 들고 부인이 제 조카를 비난하시는 게 분명하니, 부인이 제 조카를 비난하는 것은 그 녀석에 대한 제 분노만 가중(그게 가능하다면)시킬 뿐이오. 밀러 부인, 정말이지 여기 부인 앞에 서 있는 이 젊은이도 한때는 부인이 지금 두둔하시는 그 배은망덕한 녀석을 아주 열심히 편들었소. 하지만 저한테서 직접 그 이야길 듣게 되시면, 그 녀석이 얼마나 비열하고 배은망덕한 놈인지 알고는 몹시 놀라시게 될 거요."

이 말에 밀러 부인이 대답했소. "영주님은 지금 속고 계신 거예요. 제가 마지막으로 한말씀만 더 드릴 수 있다 하더라도, 저는 영주님이 속으셨다고 말씀드릴 거예요. 다시 한 번 말씀드리죠. 영주님을 속인 사람들 모두 하나님께서 용서하시길 빌어요. 저는 그 젊은이가 아무 잘못도 하지 않았다고는 하지 않겠어요. 하지만 그건 젊고 혈기왕성해서 저지른 잘못이에요. 그리고 이제는 그런 잘못을 아마도 더 이상, 아니 분명히 더 이상은 저지르지 않을 거예요. 설령 그렇지 않더라도, 존스 씨의 동정심 많고 정직한 마음씨가 그걸 충분히 상쇄하고도 남을 거예요."

이에 올워디 영주가 "밀러 부인, 부인이 지금 하신 말씀을 누가 부인에 대해 했더라도 나는 믿지 못했을 거요"라고 말하자, 밀러 부인은 "영주님, 제가 드리는 말씀을 분명히 믿으시게 될 거예요. 분명히 그렇게 될 거예요. 제 말씀을 다 들으시게 되면(영주님께 모든 걸 다 말씀드리겠습니다) 영주님께서는 제게 화내시기는커녕 제가 지금과 다르게 행동했다면, 저를 아주 비열하고 배은망덕한 사람이라고 생각하시게 될 거예요. 저는 영주님이 얼마나 공명정대하신 분인지 잘 알고 있으니까요"라고 대답했소.

이 말에 올워디 영주는 다음과 같이 말했소. "그래요, 부인. 내 보기엔 변명의 여지도 없지만, 그 녀석의 행동에 대해 부인이 하시겠다는 해명은 기꺼이 듣겠소. 하지만, 부인, 지금은 제 조카가 이야기를 마저 할 수 있도록 말을 막지 말아주시겠소? 별로 중요치 않은 일이라면 제 조카가 이런 말을 꺼내며 이야기를 시작하진 않았을 거요. 어쩌면 조카가 하는 이야기를 다 듣게 되면 여태까지 부인이 갖고 계시던 잘못된 생각이 바로잡힐지도 모르니 말이오."

밀러 부인이 올워디 영주의 말을 따르겠다는 식의 행동을 보이자, 블리필은 말을 시작했소. "외삼촌, 밀러 부인이 저를 욕해도 제가 화내는 게 옳지 않다고 생각하신다면, 저와 관련된 부분에 대해서는 기꺼이 용서해드릴 수 있어요. 하지만 외삼촌에게 이런 무례를 범하는 건 옳지 않다고 생각해요." 이 말에 올워디 영주가 "됐다, 애야. 그런데 새로운 사건이란 게 도대체 무엇이냐? 그 녀석이 최근에 또 무슨 일을 저질렀어?"라고 묻자, 블리필은 이렇게 대답했소. "무슨 일이냐고요? 밀러 부인은 존스에 대해 좋게 말씀하셨지만, 유감스럽게도 이 소식은 전해야만 할 것 같네요. 세상 사람들에게 감출 수 있는 일이라면, 외삼촌에게 절대로 알리지 않았겠지만요. 간단히 말해, 존스가 사람을 죽였어요. 사람을 살해했다고는 말하지 않겠어요. 법적으로는 그렇게 해석되지 않을 수도 있으니까요. 하여튼 존스에게 일이 유리하게 풀렸으면 해요."

이 말에 충격을 받은 올워디 영주가 성호를 긋더니 밀러 부인을 쳐다보며 "자, 부인, 할 말이 더 있소?"라고 소리치자, 밀러 부인이 대답했소. "지금처럼 걱정스러운 적은 제 평생 없었어요. 하지만 그게 사실이라면, 상대가 누구든 간에 상대방이 분명 잘못을 저질렀을 거라고 저는 확신해요. 이 도시에는 일부러 젊은 신사를 자극하는 악당들이 많아요. 웬만큼 화나게 하지 않았다면 존스 씨가 그렇게 하진 않았을 거예요. 우리 집에 묵었던 신사 중에서도 존스 씨처럼 신사적이고 상냥한 분은 없었으니까요. 그리고 우리 집에 사는 사람들이나 우리 집을 찾아온 사람들 모두 존스 씨를 아주 좋아했고요."

밀러 부인이 이렇게 말을 잇고 있을 때 누군가가 요란하게 대문을 두드리는 바람에 이들의 대화는 중단되었고, 밀러 부인은 말을 계속할 수도 자기 말에 대한 답변도 들을 수 없었소. 누군가 올워디 영주를 찾아온 거라 생각한 밀러 부인은 막내딸(그녀의 막내딸은 자신을 어린 신부라고 부르며 장난감도 많이 사주고 많이 놀아주기도 한 존스에 관한 우울한 소식에 너무 많이 울어 눈이 퉁퉁 부어 있었소)을 데리고 서둘러 자리를 떴소.

최고의 역사가인 플루타르코스를 본받아,* 이런 세세한 상황까지 묘사한 것에 대해 몇몇 독자들은 만족했을 것이오. 하지만 앞으로는 이런 경우 결코 말을 많이 하지 않을 작정이니, 이런 세세한 상황을 중요치 않게 생각하는 독자들은 이번만 용서해주기 바라오.

3장
웨스턴 영주의 도착과 아버지의 권위에 관한 문제

밀러 부인이 방을 나선 지 얼마 되지 않아 웨스턴 영주가 들어왔소. 하지만 이곳에 들어오기 전 그는 가마꾼들과 한바탕 사소한 실랑이를 벌였소. '헤라클레스의 기둥'이라는 여관에서 짐을 실은 가마꾼들은 웨스턴 영주가 앞으로는 자신들의 고객이 될 가망이 없다는 사실을 알고는 삯 이외에 자발적으로 6펜스를 더 준 영주의 관대함에 고무되어, 1실링을 더 달라고 아주 대담하게 요구했기 때문이었소. 이 요구에 몹시 화가 난 웨

---

* 플루타르코스는 알렉산드로스 대왕의 생애에 관해 기술하면서 알렉산드로스 대왕이 하던 말이나 농담이 그의 성격을 보다 잘 보여줄 수 있다고 말했다.

스턴 영주는 문 앞에서 이들에게 심한 욕설을 퍼부었지만, 방에 들어와서도 여전히 화가 풀리지 않았소. 따라서 그는 모든 런던 사람들은 궁정인처럼 시골 신사들을 약탈하려는 생각밖에 안 한다며 욕설을 퍼붓고는 "이놈들의 손수레 같은 가마를 타고 다니느니 차라리 비 맞으며 걷겠다. 내가 브라운 베스를 타고 오랫동안 여우 사냥을 나갔을 때보다, 이 가마를 타고 1킬로미터를 오는 동안 더 덜커덕거렸으니 말이야"라고 소리쳤소.

화가 좀 가라앉자, 웨스턴 영주는 자신을 화나게 한 다른 문제에 대해 이야기하기 시작했소. "지금 묘한 일이 벌어져 사냥개를 바꾸어야 할 것 같소. 제기랄, 여우를 상대하고 있었다고 생각했는데, 오소리였던 게 판명 났으니 말이오."

이 말에 올워디 영주가 "돌려서 말씀하지 마시고 좀 분명하게 말씀해 주시지요"라고 요청하자, 웨스턴 영주는 이렇게 말했소. "그럼 내 알기 쉽게 말하겠소. 여태까지 우린 누구의 자식인지는 모르겠지만 누군가의 사생아 때문에 골머리를 앓지 않았소? 그런데 이제는 사생아인지 아닌지는 내 알 바도 상관할 바도 아니지만, 어떤 빌어먹을 놈의 귀족이라는 작자가 나타난 거요. 하지만 나는 그놈이 내 딸과 결혼하는 걸 절대 찬성하지 않을 거요. 우리나라를 거렁뱅이로 만든 그 귀족이라는 작자들이 이젠 내까지 거렁뱅이로 만들려고 하는 거니 말이오. 나는 절대로 하노버 왕가 놈들한테는 내 땅을 넘겨주지 않을 작정이란 말이오."

이 말에 올워디 영주가 "정말이지 절 놀라게 하시는군요"라고 말하자, 웨스턴 영주가 대답했소. "제기! 나도 놀랐소이다. 어젯밤 누이가 정한 시간에 누이를 만날 끼라고 갔는데 여자들이 우글거리는 방으로 안내받아 들어갔다 아입니까. 거기엔 레이디 벨라스턴하고 레이디 베티, 레이디 카타린, 그리고 이름도 모르지만 친척이라고 하는 레이디들이 잔뜩 있더군요. 빌어먹을! 속치마 입은 년들 소굴에 다시는 들어가나 봐라! 산토끼로 변해 자기 사냥개에게 쫓기다 잡아먹힌 이야기책의 악타이온*처럼, 차라리 나도 내 사냥개한테 쫓기는 편이 나았을 기요. 제기! 내처럼 그런 식으로 내몰린 사람은 여태 아무도 없었을 기구만. 한쪽으로 몸을 피하면 다른 년이 나를 붙잡고, 뒤로 빠지면 또 다른 년이 나를 덥석 물고 했으이 말이오. 어떤 친척이란 년이 '분명히 우리나라에서 제일 대단한 혼인이 될 거예요' (웨스턴 영주는 그녀를 흉내 내며 이렇게 말했소)라고 하면, 다른 친척이란 년은(나는 거 모인 사람들의 반도 본 적 없지만, 그년들 모두 내 친척들이라고들 합디다) '아주 조건이 좋아요'라고 말하드만요. 그리고 레이디 벨라스턴이란 그 궁디 큰 년은 '이런 청혼을 거절할 생각을 하시다니 제정신이 아닌 게 틀림없군요'라고 지껄이샀더군요."

이 말에 올워디 영주가 "이제 이해가 되는군요. 어떤 사람이 웨스턴 양에게 청혼했는데, 영주님 집안의 여자 분들은 그 청혼을 받아들이실 생각이지만, 영주님은 그 청혼이 마음에 드시지 않았나 보군요"라고 말하자, 웨스턴 영주는 이렇게 대답했소. "마음에 드냐고요! 우예 내 마음에 들겠소? 내가 정말 상종하지도 않을라는 잡것들이 바로 그 귀족이란 것들인데 말이오. 내가 그 귀족이란 작자들하고는 절대 거래 같은 거 하기 싫어가꼬, 웬 귀족놈이 내 땅의 일부를 자기 사냥터에 귀속시키는 대가로 40년 동안 내 땅에서 생길 수 있는 수익금을 주겠다 캤을 때도 거부했다 아입니까? 그런데 내가 그런 잡것들에게 딸내미를 시집보내야 칸다고 생각하느냐 말이오? 게다가 올워디 영주한테 내 이미 약조도 했고요. 내가

---

* 아르테미스 여신이 목욕하는 것을 우연히 본 악타이온은 그 벌로 사슴이 되었고(웨스턴이 산토끼라고 말한 건 착각한 것이다), 이를 모르는 자신의 사냥개에게 잡혀 죽는다. 이 이야기는 오비디우스의 『변신』에 소개되었다.

어데 한 번이라도 약속을 어긴 적이 있습니까?"

　이 말에 올워디 영주가 "그 문제에 관해서라면 약속의 굴레에서 영주님을 완전히 풀어드리죠. 계약을 맺을 전권을 갖지 못했거나 나중에라도 그 계약을 이행할 권한을 갖지 못한 사람들 간에 맺어진 계약은 구속력이 없으니까요"라고 말하자, 웨스턴 영주는 "환장할! 내 분명히 말하지만, 나는 그럴 권한도 있고 또 그 권한을 행사할 거요. 나랑 직접 민법박사 회관에 갑시다. 내 거서 결혼허가서를 받아오겠소. 그리고 내 누이에게 가서 억지로라도 그 계집애를 데려와 블리필 군과 혼인시키겠소. 결혼 안 하겠다믄 방에 가두고 평생 빵하고 물만 줄 거요"라고 대답했소.

　이에 올워디 영주가 "이 문제에 관한 제 생각도 들어주시겠소?"라고 묻자, 웨스턴 영주는 "들어주겠느냐꼬요! 물론이죠. 그렇게 하죠"라고 대답했소. 그러자 올워디 영주는 다음과 같이 말했소. "그렇다면, 말씀드리겠소. 영주님이나 소피아 양에게 의례적이 아니라 진심으로 드리는 말씀인데, 영주께서 이 혼사를 제안하셨을 때 영주님과 영주님 따님을 평소 존경해왔던 저로선 진심으로 반가웠소. 가까운 이웃에 있기도 하고 서로 왕래하며 항상 화목하게 지내던 두 집안이 결합한다는 건 아주 바람직하다고 생각해서였소. 그리고 소피아 양을 아는 사람들 모두의 생각도 그렇고, 내가 보아온 바도 그렇고, 소피아 양은 남편에게 아주 귀중한 보물과도 같은 사람이 될 거요. 소피아 양의 뛰어난 외모에 대해선 언급하지 않겠소. 소피아 양의 착하고 자애로운 품성과 겸손함은 잘 알려진 것이라 더 이상의 찬사도 필요 없겠지요. 게다가 소피아 양은 천사 같은 여자들이 갖고 있는 장점도 하나 있죠. 눈에 띄는 게 아니라 보통 사람들은 잘 알아보지 못하는, 또 사람들이 별로 주목하지도 않아서 그걸 표현할 단어도 부족한 그런 장점 말이오. 따라서 그 장점이 무엇인지 이야기하기 위해선 그 장점과 반대되는 것을 말할 수밖에는 없군요. 나는 소피아 양이 오만방자하게 말하는 걸, 소위 말해 말대꾸하는 걸 들어본 적이 없소. 위트가 있는 척하지도 더더군다나 상당한 학식과 경험이 있어야만 가질 수 있는 지혜를 가진 척하는 것도 본 적이 없고요(젊은 여자가 그런 지혜를 가진 척하는 건 원숭이가 사람 흉내 내는 것처럼 황당한 짓이죠). 나는 소피아 양이 오만하게 자기 생각을 고집하거나, 재판관처럼 독단적으로 말하는 것을, 그리고 심오한 척하며 남을 비판하는 것을 본 적이 없소. 남자들과 같이 있을 때, 소피아 양은 주제넘게 가르치려 들지 않았고 항상 배우려는 겸허한 자세로 다른 사람의 이야기를 경청하는 걸 종종 보곤 했으니까 말입니다. 용서해주시길 바라며 드리는 말씀이지만, 한번은 소피아 양을 시험해볼 양으로 스와컴 씨와 스퀘어 씨가 논쟁을 벌이던 문제에 대해 소피아 양의 견해를 물어본 적이 있었소. 그러자 소피아 양은 아주 상냥하게 '영주님, 죄송합니다만, 이 두 신사분이 견해를 달리하시는 문제에 제가 어떤 결론을 내릴 수 있을 거라고 진심으로 생각하시는 건 아니겠죠?'라고 대답하더군요. 이 말에 소피아 양이 각기 자신들에게 유리한 판단을 내려줄 거라 확신했던 스와컴 씨와 스퀘어 씨가 내가 했던 요청을 다시 하자, 소피아 양은 여전히 기분 좋게 '제가 어느 한 분의 편을 드는 건 상대 분에 대한 모독이기 때문에 절대 그렇게 할 수는 없네요'라고 대답하더군요. 사실, 소피아 양은 훌륭한 아내가 반드시 갖추어야 할, 그러니까 남자들의 판단을 항상 존중하는 마음을 갖고 있었던 것이오. 한마디만 덧붙이겠소. 소피아 양은 전혀 꾸밈이 없는 사람이기 때문에, 남자들에 대한 소피아 양의 존경심도 분명히 진심일 거라 생각하오."

이 말에 블리필은 씁쓸히 한숨을 내쉬었고, 소피아에 대한 칭송에 눈가에 눈물이 가득 고여 있던 웨스턴 영주는 블리필에게 "너무 그래 축 처지지는 말게. 소피아랑 결혼하게 할 기니까. 소피아가 지금보다 훨씬 더 나은 사람이라도 내가 자네와 결혼시켜줄 기니까"라고 울먹거리며 말했소. 이에 올워디 영주가 "제 말을 막지 않겠다는 약속을 지켜주시지요"라고 소리치자, 웨스턴 영주는 "거참! 이제 안 그러겠소. 다신 한마디도 안 허겠단 말이오"라고 대답했소.

올워디 영주는 계속 말을 이었소. "제가 이렇게 따님의 장점에 대해 길게 설명한 이유는 따님의 성품이 진정으로 제 마음에 들었기 때문이기도 하고, 영주님의 결혼 제의를 반겼던 주된 목적이 재산(재산 면에서 볼 때 이 결혼은 제 조카에게 상당한 득이 되는 건 사실이오) 때문은 아니라는 점을 분명히 하고자 하는 마음에서였소. 따라서 귀중한 보물과도 같은 영주님 따님을 진심으로 맞아들이고는 싶지만, 저는 결코 따님을 얻기 위해 훔치거나 강압적인 방법을 사용하거나 혹은 부당한 일을 저지르지는 않을 것이오. 여자가 동의하지 않거나 원치 않는데도 억지로 혼인시키는 건 부당하고 또한 억압적인 행위이기 때문에, 나는 우리나라에선 그런 걸 법으로 금했으면 하는 바람도 갖고 있소. 하지만 법이 제대로 완비되지 않은 나라에서도 양심이라는 것이 있기 때문에 사람들은 결코 제멋대로 행동하지 못하고, 입법가가 잊어버리고 제정하지 못한 법을 스스로 마련하는 법이오. 이번 경우가 바로 그렇소. 원하지도 않는데 억지로 결혼시키는 건 잔인한, 더 정확히 말하자면 사악한 처사가 아니오? 우리가 가장 두려워해야 할 최상급 법정*에서 여자들은 영혼을 걸고 자신이 한 행위를 해명해야 하고, 책임도 져야 하는데 말이오. 결혼에 뒤따르는 의무를 제대로 이행하는 건 쉬운 일이 아니오. 그런데 이런 짐을 감당하는 데 도움이 될

---

* 기독교에서 말하는 사후에 신이 주관하는 심판을 의미한다.

수 있는 것들을 모두 앗아가면서 여자에게 짐만 지워서야 되겠소? 감당하기 어려운 의무를 이행하라고 여자들에게 요구하면서 여자들이 가장 아끼는 것을 그들에게서 빼앗아야 하겠느냐 말이오. 지금 아주 분명하게 말씀드리겠소. 이런 식으로 처신하는 부모는 나중에 그들의 자식이 저지르게 될 범죄의 종범이며 따라서 공정한 재판관* 앞에서 그들의 자식과 똑같은 처벌을 받아야 한다고 나는 생각하오. 설령 이런 처벌을 피할 수 있다 하더라도 자식의 파멸에 일조했다는 생각이 들면 어떤 부모가 그걸 감당할 수 있겠소?

이런 연유에서 불행히도 따님이 제 조카를 몹시 싫어한다는 사실을 아는 저로서는, 영주께서 제 조카에게 베푸시려는 영광에 대해 감사하는 마음을 갖고는 있겠지만, 그 영광을 받아들일 생각을 더 이상 할 수는 없는 것이오."

이 말에 웨스턴은 입에 거품을 물면서 대답했소. "내가 영주께서 하시는 말씀을 끝까지 듣도 않았다고는 못하실 거요. 그러이 이제는 내 말도 좀 들어보시오. 영주께서 하신 말씀 한마디 한마디에 지대로 답변하지 못한다면, 내 딸년 문제에서 딱 손을 뗄 테니 우선 이 한 가지 질문에만 대답해주시오. 내가 그 아일 낳지 않았소? 우선 이 질문에 대답해주시오. 자기 자식을 알고 있는 사람은 현명한 아버지라고 합디다. 나는 내 딸을 직접 키웠기 때문에, 딸에 대해 그럴 자격이 있다고 아주 확신하고 있소. 하여튼 영주께서도 내가 내 딸의 아버지라는 사실을 인정하실 거란 건 믿고 있소. 그렇다면 내 자식을 통제할 자격이 나에게 있는 것 아이오? 나는 지금 내 자식을 내가 통제할 수 없느냐고 묻고 있는 것이오. 딸자식과

---

* 기독교의 신을 말함.

관련된 다른 문제에도 통제할 자격이 있다면, 딸에게 가장 중요한 이 문제에 관해서도 분명히 있을 거요. 도대체 내가 무얼 바란다고 생각하시오? 나를 위해 내 딸이 내게 무얼 해주길 바랬소? 딸아이가 내게 무언가 주길 바랬소? 고거하고는 정반대요. 나는 딸아이가 내 재산의 절반을 당장 가지고 간 다음, 내가 죽은 뒤 나머지 반도 가지가길 바라는 것뿐이오. 내가 뭐 땜에 그러겠소? 다 그 아일 행복하게 하기 위한 거 아이오? 사람들이 떠들어대쌌는 소릴 듣고 있으면 진짜 돌아뿔 것 같소. 내가 만약 재혼을 한다면 딸이 훌쩍거리거나 엉엉 울 이유가 있긴 할 거요. 하지만 그와는 정반대로 내가 혹시 가진 것 없는 여자와 재혼하려고 해도 결혼 자체가 성사되지 않도록 내 땅을 법적으로 꽉 묶어놓겠다고까지 했소. 그러니 내가 딸에게 더 이상 무얼 더 해줄 수 있겠소? 그런데도 내가 내 딸의 파멸에 일조했다고! 환장할! 나는 내 딸내미 손가락 하나 다치는 것보다는 차라리 이 시상이 망하길 바라는 그런 사람이오. 올워디 영주, 미안한 말이지만, 영주께서 그래 말하는 걸 듣고 이번에는 내가 놀랬소. 내 말을 어떻게 받아들이건 간에, 영주께서는 분별력을 갖추신 분이라 다신 그런 말씀 안 하실 거라 생각하오."

이런 비난에 올워디 영주는 단지 미소(그는 악의적 감정이나 경멸감을 표현하기 위해 미소를 짓는 사람이 못 되오)만 지었는데, 이때의 미소는 인간의 불합리한 행동을 볼 때 천사가 짓는 그런 미소였소.

이에 블리펠은 몇 마디 말할 수 있도록 허락해달라고 청하더니 다음과 같이 말했소. "소피아 아가씨에게 강압적인 방법을 사용하는 건 저도 결코 찬성할 수 없습니다. 잔인하게도 제 청혼을 받아주지는 않았지만, 순수하고 진실한 애정을 품고 있는 아가씨에게 강압적인 방법을 쓴다는 건 제 양심이 허락하질 않기 때문입니다. 하지만 끈질긴 구애에 넘어가지 않는 여자는 없다는 글을 읽은 적이 있습니다. 끈질기게 구애하면 결국 아가씨의 마음을 얻을 수 있지 않을까 생각합니다. 앞으로는 아가씨의 마음을 얻으려고 저와 경쟁하는 자가 사라질 테니 말입니다. 게다가 고맙게도 웨스턴 영주님은 그 귀족보다 저를 더 아껴주시고, 외삼촌도 결혼 문제에서 부모는 최소한 거부할 권한은 가지고 있다는 점을 부인하시지 않았으니까요. 소피아 아가씨 자신도 부모님이 반대하는 결혼을 하는 자식은 용서받을 수 없다고 생각한다고 제게 여러 번 말했고 말이죠. 그리고 영주님 집안의 귀부인들께서는 그 귀족 분의 청혼을 받아들이고 싶어 하시는 것 같지만, 아가씨 자신은 그 청혼을 달가워하지 않는다는 걸 알게 되었으니까요. 아가씨가 그 귀족과의 혼사를 원치 않는 이유는 이 세상에서 가장 사악한 인간이 아가씨 마음속에 자리 잡고 있기 때문이라는 사실을 슬프지만 저도 잘 압니다."

이 말에 웨스턴 영주는 "그래, 맞아, 그건 사실이야"라고 소리쳤소. 이에 블리필이 "하지만 그자가 살인을 저질렀다는 얘기를 아가씨가 듣게 되면, 설령 그자가 목숨을 잃지는 않는다 하더라도……"라고 말하자, 웨스턴 영주는 "그건 무슨 소리야? 살인이라니! 그놈이 살인을 저질렀다면 교수형 당할 수도 있다는 거 아이야? 얼씨구나, 좋다!"라고 소리치더니 노래를 부르면서 방 안을 껑충껑충 뛰어다니기 시작했소.

이에 올워디 영주가 "얘야, 불행히도 네가 그런 열정을 품고 있다니 내 마음이 몹시 아프구나. 네가 가엽구나. 네가 바라는 일이 이루어질 수 있도록 정당한 일이라면 무엇이든 다 해주고 싶을 정도로 말이다"라고 말하자, 블리필은 "더 이상 바라는 건 없습니다. 제가 더 이상 무엇을 바라는 그런 못된 조카는 아니라고 외삼촌도 생각하실 거라 확신합니다"라고 소리쳤소.

이 말에 올워디 영주가 "애야, 소피아 양이 허락한다면, 소피아 양에게 편지를 쓰거나 찾아가도 좋다. 하지만 결코 강압적인 방법을 사용할 생각은 하지 말거라. 소피아 양을 가두거나 그와 비슷한 일을 시도해서는 절대 안 된다"라고 말하자, 웨스턴 영주는 이렇게 말했소. "그래요, 그래. 그런 일은 절대 하지 않을 거요. 정당한 방법을 쪼매 더 시도해볼 작정이오. 그 녀석이 교수형 당해 더 이상 우리를 방해만 하지 못한다면야! 얼씨구 좋다. 내 평생 이보다 더 좋은 소식을 들어본 적이 없는 것 같구만. 진짜 모든 게 다 마음에 들어. 올워디 영주, 나랑 '헤라클레스의 기둥'에 가서 식사나 하입시다. 구운 양어깨 요리하고 돼지갈비, 새 요리, 그리고 달걀소스를 주문해놨으이 말이오. 여관 주인을 부르지 않는다면 우리밖에는 없을 거요. 베이싱스토크에 있는 여관에 남겨둔 담배 상자를 찾아오라고 서플 목사를 보냈으니 말이오. 20년 이상 갖고 있던 거라 절대 잃어버릴 수 없는 거라가꼬 말이죠. 하여튼 여관 주인은 익살을 디게 잘 떠는 자라 영주께서도 아주 좋아하시게 될 거요."

올워디 영주가 결국 이 초대에 응하자, 불쌍한 존스의 비극적 결말을 곧 보게 될 거라는 기대에 들뜬 웨스턴 영주는 노래를 부르며 올워디 영주의 숙소를 나섰소.

웨스턴 영주가 떠나자, 올워디 영주는 아주 심각하게 앞에서 하던 말을 이었소. 자신이 보기에는 이루어질 가능성이 없는 열정에서 블리필이 벗어나길 진심으로 바란다며 영주는 이렇게 말했소. "끈기만 있으면 자신을 싫어하는 여자의 마음을 돌릴 수 있다는 세상 사람들 말은 분명 잘못된 것이란다. 끈기 있게 시도하면 무관심한 사람의 마음도 때로는 바뀔 수 있겠지. 하지만 남자들이 끈기 있게 시도해서 얻는 결과는, 여자들이 갖고 있는 변덕과 지나칠 정도의 까다로움, 그리고 아닌 척하는 태도와

지나칠 정도의 경박스러움(기질적으로 그다지 열정적이지 못한 여자들이 자신들에게 구애하는 남자가 마음에 들어 보상을 해주기로 마음먹었을 때에도, 자신들의 허영심을 충족하기 위해 남자들의 구애 기간을 연장하도록 조장하는 것은 바로 이 경박스러움이다)을 포기하게 만드는 것뿐이다. 하지만 이번 경우처럼, 확고한 반감은 시간이 지나감에 따라 완화되는 게 아니라 더 심해질 뿐이다. 게다가 네가 양해해주길 바라는 또 하나 우려되는 점이 있다. 이 훌륭한 여성에게 네가 열정을 품게 된 이유가 소피아의 아름다운 외모 때문만이라는 생각이 들어, 과연 네 열정을, 결혼생활의 근간이 되어야 하는 사랑이라고 부를 수 있을지 모르겠구나. 상대방이 자신에 대해 어떻게 생각하든 간에 아름다운 여성을 흠모하고 좋아하고 또 얻고 싶은 마음이 드는 건 너무도 자연스런 것이다. 하지만 사랑은 서로 사랑할 때만 가능한 법이다. 자신을 분명히 싫어한다고 생각하는 사람을 사랑하는 건 인간의 본성에 어긋난 것이기 때문이다. 그러니 네 마음속을 자세히 들여다보거라. 그런 연후에 그런 의심이 조금이라도 든다면, 너의 청렴강직한 마음과 신앙심으로 그런 사악한 열정을 네 마음속에서 몰아내거라. 너는 현명하니 고통 없이 금방 그렇게 할 수 있을 거라고 생각한다."

독자들은 블리필이 무슨 대답을 했을지 분명 짐작할 수 있을 것이오. 설령 그렇지 못하더라도 그걸 말해줄 여유가 현재 우리에겐 없소. 이제 우리는 이보다 더 중요한 문제를 다루어야 하고 더 이상 소피아에게서 떨어져 있을 수 없기 때문이오.

4장

소피아와 소피아 고모 간에 벌어진 놀라운 광경

무리를 지어 음매 하고 우는 어린 암소와 매애 하고 우는 암양은 안전하게 그리고 누구의 주목도 받지 않은 채 초원을 이리저리 돌아다니오. 나중에 인간에게 희생될 운명이지만, 오랜 세월 동안 이것들은 아무런 방해도 받지 않고 자유를 누리도록 허용되오. 하지만 숲에서 달아난 포동포동한 암사슴이 벌판이나 덤불에서 쉬고 있는 것이 발견되면, 마을에는 곧 비상이 내려지고 사람들은 저마다 이 암사슴을 잡기 위해 개를 풀어놓는 등 만반의 태세를 갖추는 법이오. 혹 어떤 선량한 영주가 다른 사람으로부터 이 암사슴을 보호한다 하더라도, 이는 자신이 이 암사슴을 잡아먹으려고 확보하는 것일 뿐이오.

상당한 재산을 소유한 상류층의 훌륭한 여성들이 육아실이라는 울타리를 처음 벗어났을 때의 상황이 바로 이 암사슴이 처한 상황과 똑같다고 나는 종종 생각해왔소. 이런 상황이 벌어질 때 마을 사람들은 즉각 야단법석을 떨며 공원에서부터 극장까지 혹은 궁정에서 사교 모임 장소까지 혹은 사교 모임 장소에서 그 여성의 방까지 추적하여, 그녀는 단 한 순간도 이런저런 포식자의 이빨에서 벗어날 수 없기 때문이오. 혹 그녀의 친구가 어떤 사람으로부터 그녀를 보호해주고 있다면, 그것은 단지 그녀의 친구가 선택한 사람에게(종종 그 사람은 그 여성에게는 그 누구보다도 혐오스러운 사람이기도 하오) 그녀를 넘겨주기 위한 것일 뿐이오. 반면에 일반 여성들은 안전하게 그리고 거의 주목받지 않은 채, 공원과 극장, 오페라 극장과 사교 모임 장소를 오갈 수 있소. 결국 이들 대부분도 잡아먹히게 되지만, 오랫동안 아무런 방해나 통제도 받지 않고 자유를 탐닉할 수 있는 것이오.

이런 유형의 여인 중에서도 가련한 소피아보다 더 호된 박해를 겪은 사람은 아마 없을 것이오. 소피아를 불행에 빠뜨리려는 운명의 여신은 블리필 때문에 소피아가 그 숱한 고통을 겪도록 했지만, 이에 만족하지 않고 블리필 못지않게 소피아를 괴롭힐 또 다른 사람을 보냈소. 소피아의 아버지처럼 강압적이지는 않지만 그녀의 아버지만큼이나 소피아를 계속해서 몰아대는 소피아의 고모가 바로 그 사람이었소.

식사를 마친 뒤 하인들이 나가자마자, 웨스턴 여사는 이날 오후 펠라머 경이 오게 되면, 기회가 되는 대로 펠라머 경과 소피아 단둘만 방에 남겨둘 거라고 소피아에게 말했소. 이에 소피아가 "그렇게 하시면 저 또한 기회가 되는 대로 그분 혼자 방에 남겨두고 나올 거예요"라고 다소 거세게 대꾸하자, 웨스턴 여사는 "네가 나한테 어떻게 이럴 수 있어! 네 아버지 손에 갇혀 있던 너를 빼내준 것에 대한 보답이 고작 이거니?"라고 소리쳤소. 이에 소피아가 "고모, 제가 갇히게 된 이유는 제가 싫어하는 남자를 받아들이라는 아빠의 뜻을 따르지 않아서였어요. 그런 곤란한 상황에서 구해주신 고모가 그와 비슷한 상황에 저를 다시 빠뜨리려고 하시는 거예요?"라고 되묻자, 웨스턴 여사는 "그렇다면 너는 펠라머 경과 블리필이 별 차이 없다고 생각하는 거냐?"라고 다시 물었소. 이 질문에 소피아는 "제 생각에는 거의 차이가 없어요. 둘 중 한 사람을 선택해야 할 운명이라면 전 아빠가 원하시는 쪽으로 제 자신을 희생할 거예요"라고 소리쳤소. 이에 소피아의 고모가 "그렇다면 내가 무엇을 바라는지는 네게는 전혀 중요하지 않은 모양이구나. 설령 그렇다 하더라도 내 마음은 바뀌지 않는다. 나는 우리 집안을 위해서 이러는 거야. 우리 집안의 명예를 높이고 너를 귀족으로 만들려고 이렇게 하는 거란 말이다! 너는 야심도 없니? 네 마차에 코로넷*을 걸면 얼마나 멋질지 생각도 안 해봤어?"라고 말하자, 소피아는 "제 명예를 걸고 말씀드리는데요, 저는 그런 생각은 해보지 않았어요. 마차에 코로넷을 거나 바늘겨레를 거나 제겐 다 마찬가지예요"**라고 대답했소. 그러자 소피아의 고모가 소리쳤소. "명예라는 단어를 입에 올리지 마라. 너같이 천박한 것이 입에 담기엔 어울리지 않는 말이다. 내가 이런 말까지 하게 만들다니 참 유감이구나. 하지만 네 천박한 성격을 더 이상 참을 수는 없구나. 너는 웨스턴 가의 피를 가지고 있지 않은 모양이야. 하지만 네가 갖고 있는 생각이 아무리 하잘것없고 천하더라도, 나를 비난하진 못할 거다. 세상 사람들이 네가 우리나라에서 제일 좋은 결혼 상대자와의 혼인을 거부하도록 부추긴 게 바로 나라고 떠들어대게 만들지는 않을 거다. 재산 면에서 유리할 뿐만 아니라 어떤 가문에게도 영광이 되는, 더욱이 우리 집안보다 더 우월한 직함을 가진 집안과의 혼인이기 때문이다." 이에 소피아는 이렇게 대답했소. "저는 뭔가 부족한 상태로 태어난 모양이에요. 다른 사람들은 축복처럼 타고난 감각들을 저는 갖고 있지 못하니까요. 잘난 척 큰소리 치고 과시하는 걸 즐기는 감각 말이에요. 제가 보기에 사람들은 아주 하잘것없어 보이는 것을 얻기 위해 그렇게 애를 쓰고, 그렇게 많은 것을 희생하며, 그리고 그것을 가진 것을 우쭐거리며 자랑스럽게 생각하는 것 같으니 말이에요."

이 말에 웨스턴 여사가 "아니야, 아냐. 너도 다른 사람들만큼 뛰어난

---

* 귀족들이 쓰는 작은 보석관.
** 바늘겨레는 하인 없이 스스로 바느질을 해야 하는 평민의 삶을 상징한다. 따라서 소피아의 말은 귀족과 결혼해서 귀족의 보석관을 쓰는 것과 평민과 결혼하여 바느질하는 평범한 여인처럼 사는 것의 차이에 별 의미를 두지 않는다는 말이다.

감각을 타고났어. 하지만 너는 나를 바보로 만들고 세상 사람들의 웃음거리로 만들 수 있을 정도의 머리는 없는 것 같구나. 내 결심이 얼마나 확고한지 알 거라고 생각하며, 이것만은 꼭 말해야겠다. 네가 오늘 오후에 펠라머 경을 만나지 않겠다면, 너를 직접 네 아버지에게 넘기고 앞으로는 네 일에 끼어들지도 않고 네 얼굴도 보지 않겠다"라고 몹시 화난, 하지만 단호한 어조로 말하자, 잠시 가만히 있던 소피아는 눈물을 터뜨리며 소리쳤소. "고모가 원하시는 대로 하세요. 저는 이 세상에서 제일 비참하고 불행한 사람이에요. 사랑하는 고모까지 저를 버리신다면 누구에게 저를 보호해달라고 부탁할 수 있겠어요?" 이에 웨스턴 여사가 "펠라머 경이 너를 보호해줄 거다. 그 못된 존스 녀석 때문에 네가 거부했던 그 사람 말이다"라고 대답하자, 소피아는 "고모, 그건 저를 오해하신 거예요. 고모가 그 편지를 제게 보여주셨는데, 어떻게 아직도 그런 생각을 하고 있을 거라고 생각하세요? 원하시면 그 사람을 다시는 보지 않겠다고 맹세라도 할게요"라고 말했소. 이에 웨스턴 여사가 "애야, 좀 이치에 맞게 생각해봐라. 이 결혼을 거부할 이유를 한 가지라도 댈 수 있겠니?"라고 묻자, 소피아는 "제가 이 결혼에 반대하는 분명한 이유를 이미 말씀드린 걸로 아는데요?"라고 대답했소. 이에 웨스턴 여사가 "뭐라고? 나는 하나도 기억나지 않는데?"라고 하자, 소피아는 "그 사람이 저를 아주 무례하고 못되게 대했다고 분명히 말씀드렸는데요"라고 말했고, 이 말에 웨스턴 여사가 "애야, 나는 그런 말을 들은 적이 없어. 아니면 내가 네 말을 이해하지 못한 것일 수도 있고. 하여튼 무례하고 못되게 굴었다는 게 무슨 뜻이냐?"라고 묻자, 소피아는 "고모, 말하기도 창피해요. 그 사람이 제 팔을 잡고는 저를 의자에 눌러 앉힌 다음, 제 가슴에 손을 넣고 난폭하게 입을 맞추어 지금도 왼쪽 가슴에 그 자국이 남아 있어요"라고 대답했소. 이에 소피아의 고모가 "그게 정말이니?"라고 소리치자, 소피아는 "사실이에요, 고모. 바로 그때 다행히도 아빠가 들어오셨어요. 그렇지 않았다면 무례한 짓을 얼마나 더 했을지 알 수 없었을 거예요"라도 대답했소. 이에 웨스턴 여사는 이렇게 말했소. "너무나 놀랍고 혼란스럽구나. 우리 가문이 생긴 이래로 웨스턴이라는 이름을 가진 여자가 그런 취급을 받은 적은 없었거든. 누가 나한테 그런 짓을 하려고 했다면, 설령 국왕이라고 할지라도 그놈의 눈을 뽑아버렸을 거다. 하지만 그건 말도 안 돼. 그 사람에게 내가 화를 내도록 지금 지어낸 말이 틀림없어." 이에 소피아는 "고모, 제가 그런 거짓말을 할 정도로 못됐다고 생각하시는 건 아니죠? 맹세코, 그건 사실이에요"라고 대답했소. 그러자 소피아의 고모는 이렇게 대답했소. "내가 그 자리에 있었다면, 그자의 심장을 칼로 찔렀을 거다. 하지만 불순한 의도를 가진 건 분명히 아니었을 거야. 그럴 리 없어. 감히 그럴 수 없었을 거야. 그 사람이 너에게 청혼한 걸 보면 그렇지 않았을 거란 걸 알 수 있거든. 그 사람이 내건 결혼 조건을 보면 그 사람이 우리 집안을 존중하고 있고 또 우리에게 관대한 대우를 하려는 게 분명하니 말이야. 하여튼 나는 모르겠다. 요즘엔 너무나 거침없는 행동들도 다 허용되니 말이야. 정식으로 식을 치르기 전까지는 멀리서 인사하는 정도만 허용해야 한다고 생각했었는데 말이야. 그렇게 오래된 일은 아니지만, 나를 좋아했던 사람들이 있었지. 물론 나는 결혼 승낙도 하지 않았고, 내게 조금도 무례하게 굴지 못하도록 했지만 말이야. 하여튼 요즘 사람들 행동은 참 한심해. 나는 누구에게도 키스를 허락한 적이 없었어. 심지어 뺨에도 말이다. 뺨에 입을 맞추도록 허용하는 건 남편한테 입술을 허락하는 것과 같은 것이니까 말이야. 설령 내가 설득당해 결혼한다 하더라도, 그런 걸 참지는 않았을 거야." 이 말에 소피아가 "고모, 저도 한말씀만 드릴게요. 고모를 좋아하는 분들이 많았다는 건 인정하셨죠? 설령 고모가 아니라고 하셔도 세상 사람들은 다 알 거예요. 그런데 고모가 그 사람들 청혼을 모두 거절하셨다면, 그중에 최소한 귀족이 한 명은 있었을 거라고 생각해요"라고 말하자, 웨스턴 여사는 "그건 사실이다, 소피. 한번은 어떤 귀족에게서 청혼을 받은 적이 있었지"라고 대답했소. 이 말에 소피아가 "그렇다면, 저도 이 청혼을 한 번만이라도 거절할 수 있도록 허락해주실 순 없나요?"라고 묻자, 웨스턴 여사는 "그래, 어떤 귀족의 청혼을 받아들이지 않았던 건 사실이야. 하지만 그렇게 좋은 조건은 아니었어. 내 말은 진짜로 괜찮은 결혼 조건은 아니었단 뜻이야"라고 대답했소. 이에 소피아가 "알았어요. 하여튼 고모는 재산이 아주 많은 분들에게서 청혼을 받으신 적이 있었고, 그것도 한두 번은 아니었잖아요?"라고 말하자, 웨스턴 여사는 "한두 번이 아니라는 사실은 인정하마"라고 대답했소. 이에 소피아는 "고모, 제가 두번째로 받게 될 청혼이 지금보다 더 좋은 조건일 수 있다고 기대할 수도 있잖아요? 고모도 아직 젊으시니, 재산이 많은 분이나 신분이 높은 분이 고모에게 청혼한다고 해서 무조건 받아들이시진 않을 거라고 생각해요. 저도 아직 젊기 때문에 앞으로 그런 일이 없을 거라고 단정할 필요는 없다고 생각하는데요"라고 말하자, 웨스턴 여사는 "소피야, 지금 내가 무슨 말을 하길 바라는 거니?"라고 소리쳤소. 이에 소피아는 "제가 그 사람과 단둘이 있게만 하지 말아달라고 간청드리는 거예요. 적어도 오늘 저녁은 말이에요. 그것만 허락해주세요. 그럼 앞으로는 고모 말을 따를게요. 그런 일을 겪었는 데도 제가 고모 앞에서 그 사람을 만나야 한다고 생각하신다면 말이에요"라고 대답했소. 이 말에 웨스턴 여사는 "그래, 그건 허락하마, 소피. 내가 널 사랑하고 있고, 네가 원하는 건 다 들어준다는 거 알고 있지? 내 마음이 여리다는 걸 알고 있잖아? 하지만 내가 항상 그랬던 것은 아니야. 전에는 사람들이 나를 잔인하다고 생각했었지. 내 말은 남자들이 그렇게 생각했었다는 말이야. 남들은 나를 '잔인한 파세니사'*라고 부르기도 했어. 그리고 나는 '잔인한 파세니사에게 바치는 시'라는 제목으로 시를 써놓은 창문을 수없이 깨뜨리기도 했지. 그렇지만 지금은 나도 좀 변했어. 키케로**가 『서한집』에서 말한 것처럼 왕국이나 국가는 변하게 마련이야. 인간의 외모도 마찬가지지"라고 말하고는 자신에 관한 이야기와 자신에게 마음을 빼앗긴 남자들 그리고 그들에게 자신이 저지른 잔인한 행동에 대해, 펠라머 경이 당도하기 전까지 거의 30분 동안이나 늘어놓았소. 그리고 펠라머 경이 방에 들어온 뒤에도 웨스턴 여사는 단 한 번도 자리를 피해 방 밖으로 나가려 하지 않아, 펠라머 경은 상당히 지루한 시간을 보내다 돌아갈 수밖에 없었소. 소피아에 대해서뿐만 아니라 웨스턴 여사에 대해서도 불만을 품은 채로 말이오. 소피아가 기분 좋게 만들어주는 바람에 그녀의 말에 거의 다 수긍하게 되었던 웨스턴 여사는 이처럼 서두르는 청혼자에게 약간의 거리를 두는 건 잘못된 게 아니라는 소피아의 말에 동의하게 되었던 것이오.

분명코 아무도 비난할 수 없는 약간의 적절한 아부를 통해, 소피아는 어느 정도 마음의 평안을 얻었고, 끔찍한 날을 최소한 연기할 수는 있었소. 우리의 여주인공이 전보다는 좀더 나은 상황에 있게 된 것을 보았으니, 이제는 인간이 생각해낼 수 있는 최악의 불행에 처한 존스를 돌보고자 하오.

---

* 17세기 영국의 극작가 로저 보일(Roger Boyle, 1654~1669)이 쓴 『파세니사*Parthenissa*』라는 로맨스에 나오는 정숙하고 아름다운 여주인공.
** 키케로의 『친구에게 보내는 편지』에 이와 비슷한 내용이 담겨 있다.

5장
감옥에 간힌 존스를 찾아가는 밀러 부인과 나이팅게일

올워디 영주와 그의 조카가 웨스턴 영주를 만나러 갔을 때, 밀러 부인은 존스에게 일어난 사고를 알려주기 위해 사위의 거처로 향했소. 사위의 숙소에 도착한 이 선량한 부인은 딸 낸시가 존스 문제로 몹시 괴로워하고 있는 걸 보고는, 최선을 다해 딸을 위로한 다음, 존스가 있다고 전해 들은 게이트하우스로 갔는데, 그곳에는 이미 나이팅게일이 와 있었소(나이팅게일은 패트리지에게 들어 존스에게 어떤 사고가 일어났는지 이미 알고 있었소. 밀러 부인의 집을 나온 존스는 나이팅게일과 같은 숙소에 거처하고 있었기 때문이오).

변함없고 진실한 친구는 고난에 처한 사람들에게 큰 기쁨이 되는 법이오. 특히 고난이 일시적인 것이고 경감될 수 있는 것이라면 고난에 처한 사람들이 이런 친구들에게서 받는 위로는 상당히 큰 것이오. 하지만 이런 경우는 피상적이고 부정확한 관찰자들의 말과는 달리 실제로 그렇게 보기 드문 것도 아니오. 사실 인간의 문제점은 동정심이 없다는 것이 아니라, 인간의 본성을 타락시키는 시기심을 가지고 있다는 것이오. 따라서 우리는 우리보다 위대하고 더 훌륭하고 더 현명하고 더 행복한 사람들을 올려다볼 때마다 어느 정도 악의를 품게 되는 반면에, 초라하고 비참한 사람들을 내려다볼 때마다, 상당한 자비심과 동정심을 갖게 되는 것이오. 사실 우정을 나누는 사람들 사이에서 발견되는 문제점의 대부분이 바로 이 시기심이라는 인간의 결점에서 비롯되지만, 이런 결점을 전혀 갖고 있지 않은 사람을 나는 거의 본 적이 없소. 허나 인간의 시기심에 대해 이야기를 계속하자면 할 말이 너무 많은 관계로 여기서 멈추겠소.

자신이 선사한 가혹한 시련으로 존스가 침몰해버리면 앞으로 존스를 좀더 괴롭힐 기회를 잃을까 염려가 되어서 그랬는지 아니면 존스에 대한 가혹한 마음이 좀 누그러져서 그랬는지 알 수는 없지만, 운명의 여신은 존스에게 두 명의 변함없는 친구와, 더욱 보기 드문 일이지만, 한 명의 충직한 하인(패트리지는 많은 결점을 가지고는 있었지만 충직한 사람이었고, 두려움 때문에 주인을 위해 교수형 당할 각오는 하지 못하지만, 뇌물을 받고 자신이 추종하는 대의를 저버리는 그런 사람은 아니라고 생각하오)을 보내줌으로써, 자신이 행한 가혹 행위를 다소 완화하려는 듯 보였소.

자신을 아끼는 사람들이 찾아와 존스가 몹시 만족해하고 있을 때, 패트리지는 피츠패트릭이 아직 살아 있다는(의사는 그가 살아날 가망이 거의 없다고 했지만) 소식을 전했소. 이 소식을 듣고 존스가 깊은 한숨을 내쉬자, 나이팅게일은 이렇게 말했소. "톰, 결과가 어찌 되었든 간에 자네 목숨이 위태롭게 된 것은 아니고 또 양심에 비추어 봐도 조금도 잘못하지 않았는데, 왜 그렇게 괴로워하는가? 설령 그자가 죽는다 하더라도, 자넨 정당방위 차원에서 그 악당의 목숨을 거두었으니 말이야. 검시 결과도 분명히 그렇게 나올 거네. 그러면 자네는 쉽게 보석을 허가받을 수 있을 거야. 설령 자네가 정식 재판을 받아야 한다 하더라도, 1실링만 주면 자네를 변호하겠다는 사람들이 수두룩할 거고 말이야." 이에 밀러 부인도 한마디 거들었소. "존스 씨, 힘내요. 존스 씨가 상대방을 먼저 공격하지는 않았을 거란 걸 잘 알아요. 올워디 영주님께도 그렇게 말씀드렸고요. 얼마 지나지 않아 영주님도 그 사실을 인정하시게 될 거예요."

이 말에 존스가 자신이 앞으로 어떻게 되든 간에, 다른 사람을 피 흘리게 한 건 아주 큰 불행이며, 또 이런 일을 저질렀다는 사실에 통탄해할 거라고 하고는 "하지만 이것 말고도 가슴 아픈 불행이 또 있습니다. 밀러 부인! 전 세상에서 가장 소중히 여기는 걸 잃었어요"라고 말하자, 밀러 부인은 이렇게 대답했소. "소피아 아가씨를 말씀하시는군요. 괜찮을 거예요. 전 존스 씨가 생각하시는 것보다 더 많이 알고 있고(패트리지가 이미 다 떠벌렸기 때문이오) 더 많은 이야기를 들었어요. 하지만 지금은 존스 씨가 생각하는 것보다는 상황이 좀더 나아졌어요. 그건 장담하죠. 블리필이 소피아 아가씨와 맺어질 거라는 데 나는 한 푼도 걸지 않겠어요."

존스가 "부인은 지금 제가 슬퍼하는 이유를 전혀 모르고 계세요. 상황을 아신다면, 제가 지금 위로받을 수 있는 상황이 아니라는 걸 인정하시게 될 겁니다. 제게 블리필은 아무런 위협이 되지 않아요. 저는 이미 제 스스로를 파멸시켰으니까요"라고 말하자, 밀러 부인은 이렇게 대답했소. "너무 자포자기하진 마세요. 여자들이 얼마나 많은 일을 할 수 있는지 존스 씨는 몰라요. 존스 씨를 위해 제가 할 수 있는 건 모두 하겠다고 약속드리죠. 그건 제 의무이기도 하고요. 존스 씨에게 저와 똑같은 은혜를 입은 제 사위도 그게 제 의무라는 걸 잘 알고 있을 거예요. 제가 직접 아가씨를 찾아갈까요? 존스 씨가 하고 싶은 말이 무엇이든 간에 제가 전해드리죠." 이 말에 존스는 밀러 부인의 손을 잡으며 소리쳤소. "제게 은혜를 입었다는 말씀은 하지 마세요. 하지만 저를 도와주시겠다고 하니, 부인께서 들어주실 수 있을 것 같은 청이 하나 있기는 합니다. 어떻게 아셨는지는 모르겠지만, 제 가슴속 깊이 자리 잡고 있는 여인이 누군지 아시는 것 같군요. (호주머니에서 종이를 하나 꺼내 밀러 부인에게 주면서) 이걸 전달해주신다면, 부인의 호의를 평생 잊지 않을 겁니다."

이 말에 밀러 부인이 말했소. "이리 주세요. 잠자리에 들기 전에 그 편지를 아가씨에게 전하지 못한다면, 다음번이 제 마지막 잠이 될 거예요. 그러니 마음 편히 가져요. 지난날의 어리석은 행동에서 교훈을 얻으면 모든 게 잘되고, 존스 씨는 이 세상에서 가장 아름다운 아가씨와 행복하게 살게 될 거예요. 아가씨가 어떤 분인지는 많은 사람들한테 들어서 잘 알고 있거든요."

그러자 존스는 "부인, 저같이 불운한 처지에 있는 사람들이 으레 하는 겉만 번드르르한 말은 하지 않겠습니다. 이 끔찍한 사고가 일어나기 전에, 저는 저의 어리석고도 사악한 생활을 청산하려고 결심했습니다. 진심으로 용서를 빌어야 할 정도로 부인 댁에서 소동을 일으키기는 했지만, 전 파렴치한 탕아는 아닙니다. 경솔해서 악행에 빠지기는 했지만, 저는 악한 사람을 좋다고 생각해본 적도 없고, 또 이 순간부터 제가 그렇다는 말을 들을 행동도 하지 않을 겁니다"라고 대답했소.

존스의 이 말에 밀러 부인은 자신은 그의 말을 전적으로 신뢰한다며 몹시 흡족해했소. 그러고는 낙담한 존스의 기운을 돋우기 위해 나이팅게일과 함께 여러 이야기를 계속해 존스는 처음보다 훨씬 더 많은 위안을 받고 또 마음도 편안해지게 되었소. 하지만 존스의 이런 변화에 가장 큰 기여를 한 것은 도저히 전달할 방법을 찾지 못하던 편지를 밀러 부인이 소피아에게 전달해주겠다고 한 약속이었소(블랙 조지는 소피아가 쓴 마지막 편지를 패트리지에게 건네주면서, 소피아가 절대로 답장을 받아오지 말라고 지시했으며, 이를 어길 시에는 소피아가 이 사실을 자기 아버지에게 알리겠다고 말했노라고 전했기 때문이었소). 게다가 세상에서 가장 선량한 이 밀러 부인이 올워디 영주에게 자신을 아주 열심히 변호했다는 사실도 존스를 상당히 기분 좋게 했던 것이오.

밀러 부인이 면회 온 지 한 시간가량 지난 뒤(나이팅게일은 이보다 훨씬 오래전부터 존스와 함께 있었소) 밀러 부인과 나이팅게일은 곧 다시 돌아오겠다는 약속을 하고는 존스와 작별을 고했소(떠나면서 밀러 부인은 자신이 소피아에게서 좋은 소식을 가져올 수 있게 되길 바란다고 말했고, 나이팅게일은 피츠패트릭의 부상 정도가 어떤지 알아본 뒤 결투 당시 현장에 있던 사람들을 찾아보겠다고 했소).

존스를 만나고 나온 밀러 부인은 곧장 소피아를 찾아 나섰기 때문에, 우리도 그녀를 따라 그곳으로 가봐야 할 것 같소.

6장
소피아를 찾아간 밀러 부인

소피아를 만나는 것은 전혀 어렵지 않았소. 현재 소피아는 고모와 매우 우호적인 관계를 맺고 있어 자신이 원하는 방문객을 마음대로 만나볼 수 있었기 때문이오.

아래층에서 어떤 부인이 자신을 만나기 위해 기다린다는 전갈을 받았을 당시, 옷을 갈아입고 있던 소피아는 같은 여자를 만나는 건 두려운 일도 부끄러운 일도 아니었기 때문에, 밀러 부인을 즉시 자기 방으로 안내하도록 지시했소.

서로 처음 보는 사람들이 의례적으로 하는 인사를 나눈 다음, 소피아가 "저는, 부인을 처음 뵙는 것 같은데요"라고 말하자, 밀러 부인이 "네, 그렇습니다. 이렇게 불쑥 찾아와 죄송합니다. 하지만 제가 아가씨를 이렇게 번거롭게 한 이유를 아시게 되면……" 하고 말을 시작하려 하자, 소피아가 다소 걱정스러운 듯이 "부인, 도대체, 무슨 일로 오신 거죠?"라고 물었소. 이에 밀러 부인이 아주 나지막한 목소리로 "다른 사람이 있어서……"라고 운을 떼자, 소피아는 "베티, 좀 나가 있어"라고 말하며 하녀를 내보냈소.

베티가 방을 나간 뒤, 밀러 부인이 "저는 아주 불행한 어떤 젊은이로부터 이 편지를 아가씨께 전해달라는 부탁을 받았습니다"라고 말하며 편지를 건네자, 편지에 적힌 수취인의 주소와 이름을 본 소피아의 안색이 바뀌었소. 소피아는 그 필체를 너무도 잘 알고 있었기 때문이었소. 잠시 머뭇거린 뒤 소피아가 "부인을 보아서는 이런 일을 하실 분이라고 도저히 생각할 수 없는데, 참 놀랍군요. 누구한테서 이 편지를 받아오셨건 간에 저는 읽어보지 않겠어요. 저는 그 누구도 부당하게 의심하고 싶진 않지만, 부인은 제가 전혀 모르는 분 아닙니까?"라고 말했소.

이 말에 밀러 부인이 "조금만 참고 제 말을 들어주시면, 제가 누구인지 그리고 제가 어떻게 해서 이 편지를 가지고 오게 되었는지 말씀드리지요"라고 대답하자, 소피아는 "부인, 저는 아무것도 알고 싶지 않아요. 그러니 부인에게 이 편지를 준 사람에게 반드시 편지를 되돌려주세요"라고 소리쳤소.

그러자 밀러 부인은 무릎을 꿇고 매우 격정적인 어조로 존스를 불쌍히 여겨달라고 애원했소. 이에 소피아가 "부인께서 그 사람을 이렇게 두둔하시다니 참 놀랍군요. 하지만 부인, 저는 그 사람을 그렇게 생각하지 않아요……"라고 말하자, 밀러 부인은 "진실 말고는 그 어떤 것도 생각하지 마세요. 제가 모두 말씀드리죠. 그러면 그분 일에 제가 왜 이렇게 관심이 많은지 놀라시지 않을 거예요. 그분은 정말 너무나도 선량한 분이에요"라고 말한 다음, 자신의 사촌인 앤더슨에 관한 이야기를 해주었소. 그런 뒤 "아가씨, 이것이 바로 그분의 선한 면이에요. 하지만 저는 그분에게 이보다도 훨씬 더 큰 은혜를 입었답니다. 그분은 제 자식을 살려주셨거든요"라고 소리치고는, 눈물을 흘리며, 딸의 평판에 해가 될 수 있는 부분을 제외한 세세한 내용을 다 말하고는 "아가씨, 이렇게 친절하고 선량하고 관대하신 분을 위해 제가 무엇을 하든 그게 어떻게 충분한 보답이 될 수 있겠어요. 그분은 이 세상에서 가장 선량하고 훌륭하신 분이 틀림없어요"라는 말로 자신의 말을 맺었소.

지금까지는 소피아의 안색이 바뀔 때면 그녀의 외모에 해가 될 정도로 창백해졌지만, 지금 그녀의 안색은 (그게 가능하다면) 주홍빛보다 더 붉어졌소. 소피아가 "뭐라고 말씀드려야 할지 모르겠네요. 감사하는 마음에서 우러나와 하시는 일을 제가 뭐라 할 수는 없겠지요. 하지만 제가 이 편지를 읽는다고 해서 부인의 친구 분에게 무슨 도움이 되겠어요? 저는 결심했거든요. 절대로……"라고 소리치자, 밀러 부인은 다시 애원하기 시작하더니, 용서를 바란다면서 그 편지를 도로 가져갈 수는 없다고 했소. 이에 소피아가 "그럼 부인, 억지로라도 여기에 남겨놓으시겠다면 저도 어쩔 수는 없네요. 제가 원하든 원치 않든 간에, 그 편지를 남겨놓고 가셔도 돼요"라고 대답했소. 소피아의 이 말이 무엇을 의미하는지 아니면 그녀가 무슨 의미를 갖고 말한 것인지, 주제넘게 결론 내리지는 않겠소. 하지만 이 말을 사실상 암묵적인 승낙으로 받아들인 밀러 부인은 편지를 탁자 위에 내려놓고는, 소피아를 다시 만날 수 있도록 허락해달라고 요청한 뒤(소피아는 이 요청을 들어주지도 거부하지도 않았소) 방을 나섰소.

밀러 부인이 시야에서 사라지자마자, 편지는 탁자 위에 그대로 놓여 있지 못했소. 소피아가 바로 편지를 개봉해서 읽었기 때문이오.

존스는 이 편지에서 자신의 입장을 옹호하지 않았소. 단지 그는 자신이 얼마나 부끄러운 사람인지 고백하며, 절망에 빠진 자신의 신세를 한탄하고는, 소피아에 대한 변함없는 마음을 밝혔을 뿐이오. 또 소피아를 다

514

시 만날 수 있는 영광을 얻게 된다면, 변함없는 자신의 마음을 소피아에게 확신시켜줄 수 있으며, 레이디 벨라스턴에게 그런 편지를 쓰게 된 이유를 충분히 설명할 기회를 갖게 된다면, 자비로운 마음에서 소피아가 자신을 최소한 용서는 할 수도(용서받을 자격은 없지만) 있을 거라는 희망을 갖고 있다고 했소. 그러고는 레이디 벨라스턴과 결혼할 마음은 전혀 없었다고 맹세하며 편지를 끝맺었소.

소피아는 주의 깊게 이 편지를 두 번이나 읽었지만, 그녀에게는 존스의 말이 여전히 수수께끼로 남았소. 소피아는 존스의 행동을 설명할 수 있는 그 어떤 변명거리도 전혀 생각해낼 수 없었기 때문이었소. 따라서 레이디 벨라스턴에게 몹시 화가 나 있어, 다른 사람에게 분노를 느낄 만한 여지가 많진 않았지만, 소피아는 여전히 존스에 대해선 화가 나 있었소.

불운하게도 바로 그날 소피아와 그녀의 고모는 레이디 벨라스턴과 함께 식사를 한 다음, 오후에는 오페라에 갔다가, 레이디 토머스 해칫의 집에서 열릴 대야회(大夜會)에 참석하기로 약속이 되어 있었소. 소피아는 이 모든 일정에서 빠지고 싶었지만, 고모의 뜻을 거스르고 싶지는 않소. 게다가 아픈 척하면 빠져나올 수 있다는 사실을 전혀 알지 못했기 때문에, 그렇게 해야겠다는 생각도 하지 못했소. 따라서 옷을 갈아입은 소피아는 이날 자신이 겪을지도 모르는 끔찍한 일을 모두 감당하리라 마음먹고는 아래층으로 내려갔소. 그럼에도 불구하고 이날은 소피아에게 가장 불쾌한 날이었소. 레이디 벨라스턴은 기회 있을 때마다 아주 공손하면서도 교묘하게 소피아에게 모욕을 주었지만, 몹시 실의에 빠진 소피아는 아무런 대응도 하지 못했으니 말이오(사실 소피아는 상대방의 말에 재치 있게 대응하는 솜씨가 서툴기도 했소).

이 가련한 소피아에게 닥친 또 다른 불운은 펠라머 경과 동행할 수밖에 없었다는 것이었소. 오페라 극장에서 만난 펠라머 경은 대야회에까지 소피아를 따라왔는데, 다행히 두 곳 모두 공개된 장소라 별다른 행동을 할 수 없는 데다, 오페라 극장에선 음악 덕분에, 대야회에선 카드놀이 덕분에 소피아는 마음의 부담을 덜 수 있었소. 하지만 소피아는 펠라머 경 앞에서 는 그 어떤 것도 제대로 즐길 수가 없었소. 자신에게 마음을 품고는 있지 만 그 마음을 받아주고 싶지 않은 남자 앞에서 마음 편히 자연스럽게 행동 한다는 건 섬세한 면을 가진 여성으로서는 쉽지 않은 일이기 때문이오.

이 장에서 우리는 대야회라는 용어를 두 번이나 언급했지만, 우리 후 손들이 이 용어의 의미를 이해하지 못할지도 모르니, 매우 바쁘긴 하지만 잠시 멈추고 지금 우리가 말하는 대야회에 대해(잠깐이면 할 수 있기 때문 에) 알려주겠소.

대야회는 옷을 잘 차려입은 남녀들의 모임으로, 이 모임에 참석한 사 람들 대부분은 카드놀이를 하고 나머지 사람들은 달리 하는 것이 없소. 이 모임을 주관하는 집의 안주인은 여관의 안주인과 같은 역할을 하며, 여관 의 안주인처럼 손님이 많이 올수록 자부심을 느끼기도 하오. 손님이 많다 고 해서 여관 안주인처럼 무엇인가를 항상 얻는 것은 아니지만 말이오.

이 지루한 모임을 유쾌하게 보내려면 떠들썩한 활기가 필요하기 때문 에, 이곳에 모인 사람들이 줄곧 활기가 부족하다고 불평하는 건(상류층만 이 이런 불평을 하오) 전혀 놀라운 일이 아닐 것이오. 이처럼 무례하고 불 쾌한 불평들이 당시의 소피아에게는 얼마나 참기 힘들었을지, 게다가 애 처롭고 슬픈 생각에 빠져 고통스런 상념에 젖어 있는데, 억지로 즐거운 표정을 짓는 것이 소피아에게는 얼마나 힘들었을지 충분히 상상할 수 있 을 것이오.

하지만 마침내 밤이 찾아와 소피아는 베개를 베고 자리에 누웠소. 비록 편히 쉬지는 못하겠지만 최소한 자신의 울적함을 달래도록 소피아를 그곳에 남겨두고, 우리는 우리 이야기를 계속하고자 하오. 뭔가 엄청난 사건이 곧 벌어질 거라고 누군가 우리에게 속삭이고 있기 때문이오.

7장
올워디 영주와 밀러 부인 사이에 벌어진 가슴 아픈 장면

저녁식사를 하고 돌아온 올워디 영주와 오랫동안 이야기를 나누던 중, 밀러 부인은 존스가 집을 떠날 때 올워디 영주가 준 돈을 존스가 모두 잃어버렸다는 사실과 이로 인해 존스가 어떠한 궁핍한 상황(이런 정보는 남의 말을 받아 그대로 전하는 패트리지에게서 얻은 것이었소)에 처하게 되었는지 올워디 영주에게 알려주었소. 그러고는 자신이 존스에게 입은 은혜에 대해서도 이야기했소. 비록 딸과 관련된 부분은 분명하게 말하지 않았지만 말이오. 물론 올워디 영주를 전적으로 신뢰했고, 불행하게도 여섯 명 이상이 이미 알고 있는 딸 문제를 비밀로 할 수 있으리라는 기대도 품지 않았지만, 불쌍한 낸시의 평판에 흠이 되는 사실을 도저히 언급할 수 없었기 때문이었소. 따라서 밀러 부인은 자신이 지금 재판관 앞에 서 있고, 낸시는 사생아를 살해한 혐의로 재판이라도 받고 있는 것처럼, 딸에 관한 부분은 애써 감추었던 것이오.

올워디 영주는 약간의 선한 면도 없는 절대적으로 악한 사람은 없다며 이렇게 말했소. "아주 못된 녀석이지만, 부인이 존스에게 신세를 좀 지셨다는 건 부인하지 않겠소. 그러니 이미 지난 일은 용서하겠소. 하지만 두 번 다시 그 녀석 이름을 내 앞에서 꺼내지는 마시오. 분명히 말씀드리지만 내가 그런 조처를 취하기로 결심했던 것은 아주 명백하고 분명한 증거가 있었기 때문이었소." 이 말에 밀러 부인은 "글쎄요, 어르신. 시간 이 지나면 모든 진상이 밝혀질 것이고, 제 입으로 그 이름을 거론할 수 없는 인간들보다 이 불쌍한 젊은이가 더 영주님의 사랑을 받을 자격이 있 다는 걸 분명히 아시게 될 겁니다. 저는 그 점을 추호도 의심치 않아요" 라고 대답했소.

그러자 약간 화가 난 올워디 영주는 이렇게 소리쳤소. "부인, 내 조 카를 비방하는 말을 더는 듣지 않겠소. 그런 말을 한마디만 더 하시면 당 장 이 집에서 나가겠소. 내 조카는 아주 훌륭하고 착한 아이요. 다시 말 하지만, 블리필은 그 녀석이 저지른 극악무도한 행위를 오히려 비난받아 마땅할 정도로 너무나 오랫동안 감추어주었소. 이렇게 착한 블리필에게 그 못된 녀석이 배은망덕하게 구는 게 나를 화나게 만드는 가장 큰 이유 요. 부인, 존스라는 놈은 내가 조카를 미워하게 만들어 조카의 상속권을 박탈하려는 음모를 꾸미기까지 했소. 그 사실을 입증할 충분한 근거도 있 고 말이오."

이 말에 밀러 부인은 약간 겁을 내며(올워디 영주는 미소 지을 때는 상 냥하고 자비가 넘치지만, 찡그릴 때는 아주 무서웠기 때문이오) 대답했소. "영주님, 영주님께서 좋게 생각하시는 분에 대해 앞으로는 결코 나쁘게 말하지 않겠어요. 그건 분명 제 도리가 아니지요. 특히 그분이 영주님의 가장 가까운 친척이라면 더 그렇지요. 하지만 영주님, 제가 그 불쌍한 분 이 잘되길 바란다고 해서 제게 화를 내셔서는 안 돼요. 정말로 그건 안 돼 요. 이제는 그분을 불쌍한 사람이라고 불러도 될 것 같네요. 예전이라면 제가 그분을 조금이라도 멸시할라치면, 영주님께서 불같이 화내셨을 거란 사실을 떠올리니 더더욱 그럴 것 같네요. 영주님께서 그분을 아들이라고 부르시는 걸 제가 얼마나 여러 번 들었는지 아세요? 그리고 부모와 같은 애정 어린 마음으로 그분에 대해 얼마나 여러 번 말씀을 하셨는지도 아세요? 그분에 대해 영주님께서 하신 그 수많은 애정 어린 말씀을, 그리고 그분의 준수한 외모와 재능, 그리고 선량한 성품과 관대함에 대해 영주님께서 하신 수많은 칭찬을 저는 잊을 수가 없어요. 영주님, 저는 진짜 그 말씀들을 잊을 수가 없어요. 그 모든 말씀이 사실이란 걸 알게 되었으니까요. 그분은 저를 위해 관대하게 은혜를 베풀어주셨고, 덕분에 우리 가족 모두가 이렇게 살 수 있게 되었으니까요. 그러니 제가 눈물을 흘려도 저를 관대히 봐주셔야 해요. 제게 이런 은혜를 베푼 그 불쌍한 젊은이가 그토록 지독한 불행을 겪고 있는 걸 생각하면 저절로 눈물이 나오니 말이에요. 자신의 목숨보다도 더 소중히 여기는 영주님의 사랑을 존스 씨가 잃었다는 걸 생각하니 저도 존스 씨의 가혹한 운명을 한탄할 수밖에 없군요. 영주님께서 제 가슴에 칼을 꽂으려 하신다 해도, 영주님께서도 사랑하셨고 저도 영원히 사랑할 그분의 불행을 슬퍼할 수밖에 없어요."

이 말에 올워디 영주의 마음은 몹시 흔들렸지만 화가 나서 그런 것 같지는 않았소. 그는 잠시 동안 침묵하더니, 밀러 부인의 손을 잡고 아주 다정하게 말했소. "자, 부인. 이젠 따님 문제에 대해 생각 좀 해봅시다. 따님에게 유리할 수도 있는 이 혼사로 부인이 기뻐하시는 걸 책망할 수는 없소. 하지만 그 유리한 점도 사실 신랑의 아버지와 화해해야 가능하지 않겠소. 사실 나는 나이팅게일 씨를 아주 잘 알고 있소. 전에 거래를 한 적이 있기 때문이오. 그 사람을 찾아가, 이 문제에 관해 부인에게 도움이 되도록 한번 애써보겠소. 세속적인 사람이기는 하지만, 나이팅게일 군이 외아들이고 이번 일은 이미 돌이킬 수도 없는 것이니, 시간이 지나면 그 사람도 이성적으로 판단할 거라 생각하오. 그러니 부인을 위해 최선을 다

하겠다고 약속드리리라."

올워디 영주의 이처럼 친절하고 관대한 제안에 이 가련한 여인은 수차례 감사를 표한 뒤 자신이 현재 이런 심려를 끼치는 기회라도 얻게 된 것도 다 존스 덕분이라면서, 이를 기회로 자신이 얼마나 존스에게 고마워하고 있는지 다시 한 번 말했소. 올워디 영주는 점잖게 그녀의 말을 막았지만, 본래 선한 사람이라 자신의 신조에 따라 행동하는 밀러 부인에게 진정으로 화를 낼 수는 없었소. 존스가 새로이 저지른 사건으로 존스에 대한 영주의 분노가 다시 불붙지 않았다면, 아무리 악의적인 사람이라도 사악한 동기에서 그랬을 거라고는 말할 수 없는 존스의 자비로운 행동에 올워디 영주의 마음도 다소 누그러졌을 것이오.

이렇게 한 시간 이상 지속되었던 올워디 영주와 밀러 부인의 대화는 블리필과 어떤 사람이 찾아오는 바람에 끝이 나게 되었소. 블리필과 같이 온 사람은 다름 아닌 다울링 변호사로(블리필의 마음을 사게 된 이 변호사는 블리필의 요청으로 올워디 영주의 집사가 되었고, 올워디 영주의 추천으로 웨스턴 영주도 자리가 생기면 이 변호사를 같은 자리에 임명하겠다고 약속했소) 당시에 그는 올워디 영주가 런던에 머무는 동안 진행하던 저당에 관련된 일을 수행하고 있었소.

당시 다울링 변호사가 런던에 온 것은 주로 이 때문으로, 이참에 그는 올워디 영주에게 비용을 청구하며 다른 일에 관한 보고도 했소. 하지만 그 내용은 우리 이야기에 포함시키기에는 너무도 지루한 것이어서, 올워디 영주와 그의 조카, 그리고 변호사는 일단 이곳에 남겨두고 우리는 다른 일을 좀 봐야겠소.

8장

여러 내용

존스에게 돌아가기 전에, 우리는 소피아를 한 번 더 만나보고자 하오.

우리가 전에 언급했던 방법으로 소피아가 웨스턴 여사를 기분 좋게 하기는 했지만, 펠라머 경과의 혼사를 성사시키려는 그녀의 열의를 조금도 경감시키지는 못했소. 오히려 레이디 벨라스턴의 말에 웨스턴 여사의 열의는 다시 달아오르게 되었소. 레이디 벨라스턴은 전날 저녁 소피아의 고모에게, 자신은 소피아의 행동이나 소피아가 펠라머 경을 대하는 태도에 몹시 흡족해하고 있다며 운을 뗀 뒤, 하지만 이들의 결혼을 더 이상 미루는 건 위험하니, 이 결혼을 성사시킬 유일한 방법은 결혼을 신속하게 추진하여, 자신이 무엇을 하는지 생각할 여유조차 없는 상황에서 소피아가 이 결혼을 받아들일 수밖에 없도록 하는 거라며, 상류층 사람들이 하는 결혼의 절반이 이런 식으로 이루어진다고 그녀를 부추겼던 것이오. 이 말은 거의 틀림없는 사실이라고 생각하오. 많은 행복한 부부들이 나중에 서로에게 악감정을 품게 되는 것도 다 이 때문이니 말이오.

레이디 벨라스턴은 펠라머 경에게도 같은 조언을 했는데, 웨스턴 여사와 펠라머 경 두 사람 모두 그녀의 충고를 기꺼이 받아들여, 웨스턴 여사는 펠라머 경의 요청에 따라 바로 다음 날 당사자들이 따로 만날 수 있게 약속을 정했소. 웨스턴 여사는 소피아에게 이 사실을 통보하며 펠라머 경을 반드시 만나야 한다고 매우 고압적으로 말했기 때문에, 거절할 구실을 모두 댄 뒤에도 아무 소용이 없다는 걸 알게 된 소피아는 많은 젊은 여성들이 보이는 순종적인 자세로 펠라머 경을 만나는 데 동의했소.

이런 종류의 만남은 별다른 흥미거리를 제공하지 않기 때문에 이들이 만났을 때 벌어진 일을 모두 상술하지는 않겠소. 하여튼 이들이 만났을 당시 아무 말 없이 얼굴만 붉히고 있던 소피아에게 펠라머 경이 자신은 소피아에 대해 순수하고 강렬한 열정을 품고 있다고 여러 번 말하자, 소피아는 최대한의 용기를 발휘해 떨리는 목소리로 나지막이 말했소. "펠라머 경께서 지금 하신 말씀이 전에 저에게 하신 행동과 과연 부합이 될 수 있는지 본인 스스로가 가장 잘 알고 계시지 않나요?" 이 말에 펠라머 경이 "그때 제가 저지른 그 미친 짓을 보상할 방법이 없겠습니까? 그때의 제 행동이 오히려 제가 아가씨를 너무도 사모하는 나머지 이성을 잃었다는 사실을 분명하게 입증해주는 건 아닐는지요"라고 대답하자, 소피아는 "그런가요? 사실 펠라머 경께서 입증하실 방법이 한 가지 있긴 해요. 저 또한 그렇게 해주시길 바랄 뿐만 아니라 크게 고마워할 만한 일이죠"라고 말했소. 이에 펠라머 경이 몹시 적극적으로 "말씀만 하세요, 아가씨"라고 말하자, 소피아는 부채를 내려다보면서 "펠라머 경께서 제게 열정을 품고 계신 것처럼 가장하시는 게 얼마나 제 마음을 불편하게 하는지 잘 알고 계실 거라고 생각해요"라고 대답했소. 이에 펠라머 경이 "어떻게 제 감정을 가장이라고 그렇게 잔인하게 말씀하실 수 있습니까?"라고 묻자, 소피아는 "그래요, 자신이 괴롭히는 사람에게 사랑한다고 말하는 것 자체가 당사자에게는 가장 모욕적인 가장이에요. 그리고 경께서 저를 쫓아다니시는 것도 제게는 아주 끔찍한 고통이고요. 게다가 그렇게 하시는 건 제 불행한 처지에 편승하시는 것이에요"라고 대답했소. 이 말에 펠라머 경이 "사랑스러운 여인이여! 아가씨의 명예와 행복만을 생각하고, 제 자신이나 제 명예, 재산, 그리고 제가 가진 모든 것을 아가씨에게 바치는 것 말고는 그 어떤 목적이나 소망, 야망도 없는데, 제가 아가씨의 불행한 처지에 편승한다고 저를 비난하시다니요!"라고 소리치자, 소피아는 "제가 불만을 갖고 있는 것이기도 하지만, 펠라머 경을 남보다 유리한 입장에 서게 하는 게 바로 경이 갖고 계신 그 재산과 명예예요. 그것들이 바로 제 친척들을 유혹하는 것이기 때문이죠. 하지만 저는 그런 것엔 별 관심이 없어요. 제가 경에게 감사하는 마음을 갖도록 할 수 있는 방법은 오직 한 가지밖에 없어요"라고 말했소. 이 말에 펠라머 경은 "성스러운 여인이여! 아가씨께서 제게 감사하다는 생각을 갖도록 만들 방법은 없습니다. 제가 아가씨를 위해 하는 모든 것은 아가씨가 당연히 받아야 할 몫이고, 제게는 큰 기쁨을 가져다주는 것이니 말입니다"라고 대답했소. 이에 소피아가 말했소. "아니에요. 제가 경에 대해 감사의 마음을 갖고, 경에 대해 호의적으로 생각하게 하고 경이 앞으로도 잘되도록 제가 기원드릴 수 있도록, 아주 쉽게 제가 그렇게 하도록 하실 수 있어요. 관대하신 분이라면 제 요청을 들어주시는 건 분명 쉬운 일일 테니까 말이에요. 그러니 간청드리는데 성사되지도 않을 이번 일은 그만둬주세요. 제 자신은 물론이지만 경 자신을 위해서라도 제 청을 들어주시길 간청드려요. 훌륭하신 분이기 때문에 불행한 사람을 괴롭히는 걸 즐기시진 않을 거라고 생각해서 이런 말씀 드리는 거예요. 경께서 하시려는 일은 경의 마음만 불편하게 할 거예요. 아무리 끈질기게 그러셔도, 그래서 저를 아무리 난처한 처지에 빠뜨리셔도, 경은 결코 저를 설득하지 못할 테니까요." 이 말에 펠라머 경이 깊은 한숨을 쉰 뒤, "이런 질문 드리는 걸 용서하십시오. 그렇다면 아가씨가 싫어하고 혐오하는 사람이 불행히도 접니까? 아니면 마음에 두고 계신 다른 사람이 있습니까?"라고 묻고는 잠시 머뭇거리자, 소피아는 다소 당차게 이렇게 대답했소. "펠라머 경께 제가 왜 이러는지 해명해야 할 의무는 없다고 생각하는데요. 경의 관대한 제안에 대해선 감사드려요. 솔직히 그건 제 분수에 넘치기도 하고 제가 기대할 수 있는 것 이상이기도 하니까요. 하지만 제가 경의 제안을 받아들이지 않겠다고 한 이상, 제게서 그 이유를 알아내려고는 하지 마세요." 소피아의 이 말에 펠라머 경은 여러 답변을 했지만 우리는 그의 말을 제대로 이해할 수 없었소. 정확히 말해 그의 말은 사리에도 문법에도 맞지 않았기 때문이오. 하지만 그는 소피아가 다른 신사와 이미 약조를 했다면, 자신이 아무리 불행해진다 하더라도 자신의 명예를 걸고 이 일을 그만두어야 한다고 생각한다며 말을 마쳤소. 이때 펠라머 경은 '신사'라는 단어를 지나칠 정도로 강조한 것 같았소. 그렇지 않았다면 그의 말에 소피아(펠라머 경의 모욕에 소피아는 몹시 화가 난 것처럼 보였소)가 화난 이유를 달리 설명할 길이 없으니 말이오.

평소보다 높은 억양으로 소피아가 이렇게 말하고 있을 때, 상기된 뺨에, 눈에서는 불꽃을 내뿜으며 웨스턴 여사가 방으로 들어오면서 이렇게 말했소. "펠라머 경께서 이런 대접을 받으시다니 부끄럽습니다. 우리 모두는 경께서 저희 집안에 베푸신 영광을 잘 알고 있다는 점 분명히 말씀드리죠. 소피아, 나는 네가 이딴 식으로 행동하지는 않을 거라고 생각했었다." 이 말에 펠라머 경은 소피아의 편을 들어주었지만, 아무 소용이 없었소. 웨스턴 여사는 소피아가 손수건을 꺼내 의자에 주저앉아 눈물을 쏟을 때까지 계속 이런 식으로 다그쳤던 것이오.

펠라머 경이 떠날 때까지 이어진 웨스턴 여사와 펠라머 경의 대화는 펠라머 경의 탄식과, 소피아는 펠라머 경이 원하는 대로 해야 하며 또 그렇게 될 거라는 웨스턴 여사의 확고한 장담이 주를 이루었소. 웨스턴 여사는 "펠라머 경, 소피아는 신분과 가문에 어울리지 않는 바보 같은 교육을 받았어요. 이런 말까지 해야 하는 게 유감이긴 하지만, 이 모든 게 이 애의 부친 탓이랍니다. 소피아는 여자는 수줍어해야 한다는 아주 촌스런 생각을 가지고 있긴 하지만, 그 밖에는 별 문제가 없어요. 본래 바탕이 명석한 아이라서, 곧 정신 차리게 될 거예요"라고 말했소.

웨스턴 여사의 이 마지막 말은 소피아가 없을 때 한 말이었소. 소피아는 그 어느 때보다도 화난 표정으로 웨스턴 여사가 이 말을 하기 전, 방에서 나갔기 때문이오. 웨스턴 여사에게 여러 번 감사하다고 말하며, 자신의 열정은 절대 누그러지지 않을 것이니, 끈기를 가지고 구애하겠다고 펠라머 경이 말하자, 웨스턴 여사는 그렇게 하라고 용기를 북돋워주었고, 이들은 얼마 후 작별을 고했소.

펠라머 경이 떠난 뒤, 이제 웨스턴 여사와 소피아 사이에 벌어진 일을 말하기 전, 앞에서 본 바와 같이 웨스턴 여사를 이처럼 화나게 한 불행한 사건이 무엇인지 이야기하는 것이 적절할 것이오.

우선 독자들은 지금 소피아의 시중을 들고 있는 하녀가 원래는 레이디 벨라스턴의 머리를 빗질해주던 하녀로 레이디 벨라스턴의 추천으로 소피아의 시중을 들게 되었다는 사실과 레이디 벨라스턴으로부터 새로운 젊은 안주인을 면밀하게 지켜보라는 엄명을 받았다는 사실을(이 하녀는 매우 이해가 빠른 여자였소) 알아두어야 할 것이오(유감스럽게도 그 엄명을 전달한 사람은 바로 어너였소. 이제 레이디 벨라스턴은 어너에게 크게 환심을 사, 이 선량한 하녀가 과거에 소피아에게 갖던 깊은 애정은 새 주인에 대한 강력한 애착에 밀려 완전히 소멸되었던 것이오).

밀러 부인이 떠나자, 안주인의 방으로 들어온 베티(바로 새 하녀의 이름이었소)는 장문의 편지를 골똘히 읽고 있는 소피아를 보게 되었는데, 이때 눈에 뜨일 정도로 드러난 소피아의 감정은 새로운 하녀가 의구심을 갖기에 충분할 정도였소. 하지만 그녀가 이런 의구심을 품게 된 데에는 더 강력한 이유가 있었소. 그녀는 소피아와 밀러 부인 사이의 대화를 모두 엿들었던 것이오.

베티에게서 모든 사실을 전해 들은 웨스턴 여사는 베티를 칭찬하며, 그녀의 충성에 적절한 보상을 한 뒤, 편지를 전달한 사람이 다시 오면 자신에게 데려오라고 지시했소.

불행히도 밀러 부인은 소피아가 펠라머 경과 같이 있던 바로 그 순간 돌아왔소. 자신이 받은 지시에 따라 베티는 밀러 부인을 웨스턴 여사에게 곧장 데려갔고, 전날 일어난 일을 모두 알고 있던 웨스턴 여사는 이 가련한 여인을 쉽사리 속여 소피아가 모든 일을 자신에게 다 털어놓았다고 믿게끔 하고는 편지 내용과 존스에 대해 밀러 부인이 알고 있는 사실을 모두 캐내었소.

이 가련한 여인은 순진무구함 그 자체라고 불릴 만한 사람이었소. 밀러 부인은 자신이 들은 것을 모두 믿는(밀러 부인은 자연의 여신에게서 공격용이건 방어용이건 간에 속임수라는 무기를 제공받지 못했던 것이오), 따라서 약간의 거짓말만 하면 속일 수 있는 그런 사람이었던 것이오. 웨스턴 여사는 밀러 부인이 아는 사실을 모두 캐낸 뒤(그것은 별로 많지는 않았지만, 소피아에 대한 의심을 품기에는 충분한 것이었소) 소피아가 밀러 부인을 만나려 하지 않을 뿐만 아니라 답장도 보내려고 하지 않고 또 편지도 받으려 하지 않는다고 말한 뒤, 밀러 부인을 떠나보냈소. 물론 밀러 부인이 맡은 일은 뚜쟁이라는 이름 말고는 달리 더 좋은 이름을 붙일 수 없다며, 한바탕 훈계를 늘어놓은 뒤였지만 말이오.

이런 사실을 알게 되어 몹시 화가 났던 웨스턴 여사가 두 연인이 대화를 나누고 있던 옆방으로 들어갔을 때, 몹시 흥분한 소피아가 펠라머 경에게 강력하게 항의하는 것을 목격하게 되자, 이미 불이 붙어 있던 그녀의 노여움이 마침내 폭발하여 우리가 이미 묘사했듯이 격앙된 어조로 소피아를 몰아세웠던 것이오.

펠라머 경이 떠나자마자 웨스턴 여사는 소피아에게 돌아와, 그녀가 자신의 믿음을 악용해 다시는 연락하지 않겠다고 그것도 바로 전날 엄숙하게 맹세한 사람과 다시 연락을 취하는 배신을 저질렀다며 소피아를 통렬하게 꾸짖었소. 이 말에 소피아가 자신은 아무런 연락도 하지 않았다고 항의하자, 웨스턴 여사는 "어떻게 네가 어제 그 사람에게서 편지를 받았다는 사실을 부인할 수 있어?"라고 따졌소. 이에 소피아가 조금 놀라면서 "편지라니요, 고모?"라고 반문하자, 웨스턴 여사는 "내 말을 부인하다니, 아주 버릇이 없구나. 그래 편지라고 했다. 내게 당장 그 편지를 보여줘"라고 말했소. 이 말에 소피아가 "고모, 저는 거짓말하는 걸 수치스럽게 생각해요. 제가 편지를 받은 건 사실이에요. 하지만 제가 원한 건 아니었어요. 아니 정확히 말하자면 저는 원하지 않았다고 말씀드릴 수도 있어요"라고 대답하자, 웨스턴 여사는 "편지를 받았다는 것 자체를 부끄러워해야 해. 하여튼 그 편지 어디 있니? 내가 좀 봐야겠다"라고 소리쳤소.

소피아는 이 단호한 요구에 답변하기 전 잠시 말을 멈추더니, 자신은 호주머니에 그 편지를 가지고 있지 않다고 대답했소(이는 사실이었소). 소피아의 말에 웨스턴 여사는 완전히 인내심을 잃고 소피아가 펠라머 경과 결혼할 것인지 아닌지 단도직입적으로 물었소. 소피아가 절대로 하지 않겠다고 대답하자, 웨스턴 여사는 소피아에게 저주에 가까운 말을 퍼부으며 다음 날 아침 일찍 그녀를 웨스턴 영주에게 넘기겠다고 했소.

이에 소피아는 다음과 같은 말로 고모를 설득하기 시작했소. "고모, 제가 왜 억지로 결혼을 해야 하죠? 고모가 제 입장이라면 그게 얼마나 잔인한 일인지 그리고 부모님이 자유롭게 내버려둬주는 것이 얼마나 고마운 일인지 아시게 될 거예요. 제가 무슨 일을 저질렀다고 자유를 빼앗겨야 하나요? 저는 아빠의 승낙 없이는 또 고모에게 여쭈어보지 않고는 절대로 결혼하지 않을 거예요. 제가 두 분에게 합당치 않은 사람과 결혼하는 걸 허락해달라고 한다면 그땐 저를 다른 사람과 억지로 결혼시켜도 좋아요." 이 말에 웨스턴 여사가 "살인자가 보낸 편지를 호주머니에 가지고 있는 여자아이한테 이런 말을 듣고도 내가 참아야 해?"라고 소리치자, 소피아는 "분명히 말씀드리지만, 저는 그런 편지를 갖고 있지 않아요. 그리고 그 사람이 살인자라면 앞으로 고모를 더 이상 괴롭히지 못하게 될 거예요"라고 대답했소. 이 말에 웨스턴 여사가 "어떻게 그놈 이야기를 이런 식으로 뻔뻔하게 말할 수 있어! 그리고 내 면전에서 어떻게 그 악당 녀석을 좋아한다고 할 수 있어!"라고 소리치자, 소피아는 "고모는 제 말을 아주 엉뚱하게 곡해하고 계신 거예요"라고 대답했소. 이에 웨스턴 여사는 "네가 나에게 이렇게 구는 걸 정말이지 더 이상은 못 참겠다. 나를 이런 식으로 대하는 걸 네 아버지한테서 배웠겠지! 나한테 거짓말하도록 네 아버지가 너를 가르쳤을 거야. 네 아버지가 너를 잘못 가르쳐 완전히 망쳐버렸구나. 잘만 하면 네 아버지가 그 대가를 치르게 될 거다. 다시 한 번 분명히 말하지만, 내일 아침 너를 네 아버지에게 데려다주겠다. 이제 나는 전쟁터에서 병력을 철수하고 현명한 프로이센 왕*처럼 앞으로는 이 일에서 완전히 중립을 지킬 작정이다. 너나 네 아버지 둘 다 똑똑해서 내 말을 들으려 하지 않으니 말이다. 그러니 내일 아침 이곳을 떠날 채비를 하거라."

소피아는 그렇게 하지 말아달라고 아주 간곡히 청했지만, 웨스턴 여

---

* 프로이센의 프리드리히 대왕(Frederick the Great, 1712~1784)은 1745년 영국과 드레스덴 조약을 맺고는 오스트리아 왕위 계승 전쟁에서 중립을 지켰다. 이 바람에 영국은 프랑스와의 전쟁에 집중할 수 있어 유리한 고지를 점령할 수 있었다고 한다.

사는 소피아의 말을 들으려 하지 않았소. 웨스턴 여사가 자신의 결심을 바꿀 가망이 없어 보이니 이런 확고한 결심을 한 그녀를 우리도 당분간은 내버려둘 수밖에 없을 것 같소.

9장
감옥에 있는 존스에게 벌어진 일

나이팅게일이 돌아오기 전, 패트리지가 존스와 같이 있지 않았더라면, 존스는 24시간 이상을 홀로 우울하게 보냈을 것이오. 하지만 나이팅게일이 이처럼 늦게 돌아온 것은 친구를 저버렸거나 잊어서가 아니었소. 오히려 그는 이 시간 대부분을 존스를 위해 썼기 때문이오.

조사 결과, 이 불행한 싸움이 시작된 장면을 목격했던 유일한 사람들은 이 당시 뎁포드에 정박하고 있던 전함에 소속된 몇 명의 수병이라는 사실을 알게 된 나이팅게일은 이들을 만나러 뎁포드로 갔소. 하지만 자신이 찾던 사람들이 모두 뭍으로 떠났다는 소식을 접하게 되자 나이팅게일은 그들을 찾으러 이곳저곳을 다니다가, 결국에는 올더스게이트 근처에 있는 싸구려 선술집에서 다른 사람들과 어울려 술을 마시고 있던 두 명의 수병을 발견했던 것이오.

존스를 만나러 다시 감옥을 찾아온 나이팅게일은, 존스가 패트리지와 같이 있는 것을 보고는 존스에게 단둘이 이야기하고 싶다고 했소. 단둘이 남게 되자마자, 나이팅게일은 존스의 손을 잡으며 소리쳤소. "용감한 친구여! 내가 하는 말에 너무 낙담하지는 말게나. 좋지 못한 소식을 전해주게 되어 유감이네만, 자네에게 말해주어야 할 것 같네." 이 말에 존스가

"무슨 소식인지 이미 짐작하고 있네. 그 불쌍한 신사가 세상을 떠난 거겠지"라고 말하자. 나이팅게일은 이렇게 대답했소. "그렇진 않기를 바라네. 그 사람은 오늘 아침까지만 해도 살아 있었거든. 하지만 자네를 기분 좋게 해주려고 거짓말을 할 수는 없네. 내가 전해 들은 바로는 그 친구의 상처가 치명적인 것 같아. 하지만 당시 상황이 자네가 말한 그대로라면, 무슨 일이 일어나든 자네가 염려해야 할 것은 자네가 느끼게 될 양심의 가책뿐일 걸세. 그러니 당시 상황이 자네에게 몹시 불리하더라도 자네 친구인 나한테만은 솔직히 말해달라고 부탁하는 나를 용서하게나, 톰. 자네가 우리에게 조금이라도 숨기는 게 있다면, 자네 스스로 해를 자초하게 될 테니 말일세." 이 말에 존스가 "무슨 이유로 나를 그처럼 잔인하게 의심하여 내 마음을 아프게 하는가?"라고 묻자, 나이팅게일은 "좀 진정하게나, 모두 이야기해줄 테니 말이야. 최선을 다해 알아본 결과, 그 불행한 사고가 일어날 당시 그곳에 있었던 두 사람을 만날 수 있었네. 하지만 유감스럽게도 그 사람들은 자네처럼 그 상황을 자네에게 유리하게 말하지 않더군"이라고 대답했소. 이에 존스가 "뭐라고? 그 사람들이 뭐라고 했는데?"라고 다시 묻자, 나이팅게일은 "자네가 어떻게 될까 걱정돼 그들이 한 말을 다시 하고 싶지는 않네. 하지만 그 사람들은 당시에 자신들은 멀리 떨어져 있어서 자네와 그 친구 사이에 오고 간 대화를 들을 수는 없었지만, 자네가 먼저 그 친구를 공격했다고 하더군"이라고 대답했소. 그러자 존스는 "그렇게 말했다면, 맹세코 그자들이 나를 중상하고 있는 것이네. 그 친구는 나를 먼저 공격했을 뿐만 아니라 아무런 시비도 걸지 않았는데 그랬으니 말이네. 그 악당 같은 놈들이 왜 내게 죄를 뒤집어씌우려 하는지 그 이유를 도대체 모르겠군"이라고 말했소. 이에 나이팅게일이 대답했소. "나도 그 이유를 짐작하지 못하겠네. 자네 자신이나 자네 친구인

내가 그들이 왜 자네를 중상하려 하는지 그 이유를 알 수 없다면, 자네에게 관심 없는 법정 사람들이 그자들의 말을 믿지 말아야 할 이유가 어디 있겠나? 내가 그들에게 그 질문을 여러 번 반복해 말할 당시, 선원으로 보이는 어떤 신사도 나처럼 그 질문을 여러 번 하더군. 그런데 그 신사는 자네 편에 서서 질문을 했었네. 사람의 목숨이 달린 문제라는 걸 염두에 두기 바란다며, 확실하냐고 몇 번이고 물어보더군. 그런데도 그자들은 확실하다며 자신들이 한 말이 사실이라는 걸 증언할 수도 있다고 하더군. 존스, 제발, 기억을 잘 더듬어보게. 그자들의 증언이 사실로 받아들여진다면, 자네는 스스로를 어떻게 변호할 수 있을지 조만간 생각해두어야 할 거네. 자네에게 충격을 주고 싶진 않지만, 상대방이 아무리 자네에게 무례한 말을 해도 법은 가혹하다는 사실을 자네는 알아야 해." 이에 존스는 "참, 슬프네. 나처럼 비참한 인간이 무얼 바라겠는가? 게다가 살인자라는 오명을 쓰고서도 내가 살기를 바랄 거라고 자넨 생각하나? 설령 변호해줄 친구가 있다 하더라도(애석하게도 그런 친구는 없는 것 같네) 인간이 저지를 수 있는 가장 끔찍한 죄를 저질렀다고 비난받고 있는 나를 변호해 달라고 뻔뻔스럽게 부탁할 수 있겠나? 나는 정말이지 그런 기대는 하고 있지 않네. 하지만 가장 높은 왕좌에 앉아 계신 분은 믿고 있네. 그분은 나를 보호해주시리라고 확신하니 말이야"라고 소리치곤, 자신이 처음에 했던 말은 모두 사실이라고 엄숙하고도 아주 강력하게 여러 차례 주장하며 말을 마쳤소.

이 말에 나이팅게일의 확신은 다시 흔들렸고, 친구의 말을 믿는 방향으로 옮겨가기 시작했소. 이때 밀러 부인이 나타나 자신이 맡은 일이 성공하지 못했다는 슬픈 소식을 전하자, 존스는 아주 비장하게 소리쳤소. "그래, 나는 이제 무슨 일이 일어나든, 내 목숨이 어떻게 되든 상관치 않겠네. 내가 다른 사람을 피 흘리게 한 대가로 내 목숨을 내놓는 게 하늘의 뜻이라 할지라도, 언젠가 하나님이 내 오명을 지워주실 거라고 생각하네. 곧 죽게 될 사람이 하는 말을 최소한 믿어주고 그가 결백하다는 사실을 인정해주기만 바랄 뿐이네."

감옥에 갇힌 존스와 그의 친구 사이에 벌어진 이 가슴 아픈 광경을 보고 싶어 하거나 세세하게 듣고 싶어 하는 독자는 없을 것 같으니, 간수가 이곳으로 들어오는 장면으로 넘어가겠소. 존스의 방에 들어온 간수는 어떤 귀부인이 찾아와 존스가 시간 날 때, 이야기를 나누고 싶어 한다고 알려주었소.

이 말에 놀란 존스는 이런 곳까지 자신을 찾아올 만한 부인은 없다면서도, 그 사람이 누구든 간에 자신이 만나길 거부할 이유도 없다며, 밀러 부인과 나이팅게일에게 작별을 고한 뒤, 그 부인을 들여보내도록 했소.

어떤 부인이 자신을 찾아왔다는 소식에 놀라워했다면, 그 사람이 다름 아닌 워터스 부인이라는 사실을 알았을 때의 존스의 놀라움은 얼마나 컸겠소? 워터스 부인의 등장에 존스처럼 놀랐을 우리 독자들의 궁금증을 풀어주기 위해, 존스는 당분간 내버려두고 그녀가 등장하게 된 배경에 대해 먼저 설명하겠소.

독자들은 워터스 부인이 누구인지, 그리고 어떤 사람이었는지 아주 잘 알고 있을 것이오. 하지만 여기에 덧붙여 이 부인이 피츠패트릭과 또 한 명의 아일랜드 신사와 함께 업턴을 출발해 바스까지 여행했었다는 사실도 독자들은 상기했으면 하오.

당시 피츠패트릭은 자신이 부여할 권한이 있는 어떤 직위, 즉 그의 아내로서의 직위를 수행할 사람이 없었소. 그 직위를 최근까지 갖고 있던 그의 부인이 그 직위에서 물러났거나 최소한 직무유기를 했기 때문이었소. 따라서 여행 도중 워터스 부인을 찬찬히 살펴본 피츠패트릭은 그녀가 이 직위에 아주 적합하다는 사실을 깨닫고는 바스에 도착하자마자 이 직위를 부여했고, 그녀도 아무 망설임 없이 이 직위를 수락했소. 따라서 바스에 머무는 동안 내내, 이 신사와 워터스 부인은 남편과 아내로 함께 지냈을 뿐만 아니라, 런던에 도착해서도 남편과 아내로 지냈던 것이오.

당장은 되찾을 가능성이 없으니, 나중에 다시 손에 넣을 때까지만 지금 누리고 있는 것을 내놓지 않으려는 마음에서 그랬는지 아니면 워터스 부인이 이 직무를 너무도 잘 수행해 그녀에게 주역을 맡기고 자신의 아내에게는(종종 그런 경우가 있소) 워터스 부인의 대리 역을 맡기려는 의도에서 그랬는지 알 수는 없지만, 현명한 피츠패트릭은 워터스 부인에게 자기 아내에 관해 한 번도 언급하지 않았소. 따라서 그는 웨스턴 여사가 자신에게 준 편지에 대해서나 자신이 지금 아내를 찾는 중이라는 사실에 대해서 간접적으로도 언급한 적이 없었고, 더군다나 존스라는 이름을 언급한 적은 한 번도 없었던 것이오. 어디서 만나든 간에 존스와 싸울 의도는 있었지만, 이런 경우에 아내나 어머니 혹은 누이, 때로는 전 가족을 자신의 지원 세력으로 삼으려는 그런 신중한 사람들의 본을 그는 따라 하지 않았던 것이오. 따라서 워터스 부인이 이 모든 상황에 대해 처음 듣게 된 것은 술집에서 상처를 치료받은 뒤 피츠패트릭이 집으로 돌아왔을 때였던 것이오.

피츠패트릭은 원래 무슨 이야기든 명확하게 하지 못하는 사람이었고, 게다가 평상시보다 더 혼란스러운 상황에 놓여 있었기 때문에, 그에게 상처를 입힌 사람과 치명적이지는 않지만 자신에게 너무도 깊은 마음의 상처를 남긴 사람이 동일 인물이라는 사실을 워터스 부인이 알게 된 것은 어느 정도 시간이 지나서였소. 하지만 살인자로 간주되어 게이트하우스에

수감된 사람이 존스라는 사실을 알게 되자마자, 워터스 부인은 기회 되는 대로 피츠패트릭을 간호사에게 맡기고는 결투의 승리자를 만나러 서둘러 집을 나섰던 것이오.

쾌활하게 감방 안으로 들어선 워터스 부인은 가련한 존스의 우울한 표정을 보고는 순간 멈칫거렸고, 그녀를 본 존스도 깜짝 놀라며 성호를 그었소. 이에 워터스 부인은 다음과 같이 말했소. "존스 씨가 놀라는 것도 무리는 아니에요. 저를 여기서 만나리라곤 예상치 못했을 테니까요. 자기 아내 말고 다른 여자가 이곳을 찾아오는 일은 거의 없을 테니 말이에요. 존스 씨, 존스 씨가 얼마나 제 마음을 좌지우지하는지 이제 아셨을 거예요. 업턴에서 헤어질 때, 우리가 다시 이런 곳에서 만나게 될 줄은 상상도 못했어요." 이 말에 존스가 "그래요, 부인. 이렇게 저를 찾아주신 데 대해 고맙게 생각해야겠지요. 이 불쌍한 사람을 그것도 이런 음침한 장소에 있는 이 사람을 찾아올 사람은 없을 테니까요"라고 대답하자, 워터스 부인은 "내가 업턴에서 보았던 그 쾌활한 분과 과연 같은 사람인지 의심이 들 정도네요. 당신 얼굴이 지하 감옥에 갇힌 사람보다 더 비참해 보이니 말이에요. 도대체 무슨 일이에요?"라고 물었소. 이에 존스가 "부인, 제가 이곳에 있다는 걸 알고 계셨으니, 그 이유도 아실 거라고 생각하는데요?"라고 대답하자, 워터스 부인이 "핏! 결투하다 상대방을 찌른 것뿐인걸요?"라고 말했소. 이에 존스는 그녀의 이 경박한 언사에 좀 화를 내고서는, 자신이 저지른 일에 깊은 회한을 드러내었소. 그러자 워터스 부인이 말했소. "그렇게 가슴 아파 하신다면, 마음 편하게 해드리지요. 그 사람은 죽지 않았어요. 죽을 염려도 전혀 없고요. 그 사람의 상처를 처음 치료했던 의사는 젊은 사람이었는데 그 사람 상태가 아주 안 좋은 것처럼 이야기하려 했던 것 같아요. 그래야 그 사람을 치료했을 때 더 많은 찬사를 들을 수 있을 테니까요. 하지만 그다음에 그 사람의 상태를 살펴본 왕의 주치의는 열만 나지 않는다면(현재로선 그럴 징후도 없지만) 목숨엔 전혀 지장이 없을 거라고 했어요." 이 말에 존스의 표정은 아주 만족스러워 보였고, 이를 본 워터스 부인은 자기 말이 사실임을 강조하고는 이렇게 덧붙였소. "아주 우연히 그 사람과 같은 숙소에 머물고 있어서 그 사람을 만나본 적이 있는데, 그 사람은 결과가 어떻든 간에 자신이 먼저 공격했고 존스 씨는 조금도 잘못한 게 없다고 말하더군요."

워터스 부인이 전해준 이 소식에 대단히 만족스런 표정을 지으며 존스는 피츠패트릭이 누구인지 그리고 그가 화가 난 이유가 무엇인지 등등 워터스 부인이 이미 알고 있던 여러 사실과 그녀가 몰랐던 몇 가지 사실, 가령 머프에 얽힌 사건과 그 밖에 다른 세세한 상황에 대해 소피아의 이름은 감춘 채 말해주었소. 그런 다음 자신이 저지른 어리석은 행동과 악행을 한탄하며, 그런 행동을 저지를 때마다 매번 자신에게 나쁜 일이 생겼는데도 이를 경고로 받아들이지 않은 자신은 용서받지 못할 거라고 했소. 그러고는 이보다 더 끔찍한 일이 벌어지지 않도록 다시는 죄를 짓지 않겠다는 결의를 다지며 말을 마쳤소.

워터스 부인은 존스가 현재 의기소침한 데다가 감금된 상태이기 때문에 이런 말을 한 것이라며, 그가 한 말을 조롱했소. 그녀는 "악마가 아플 때"*라는 말로 시작하는 익살스런 재담을 늘어놓으며, 자신은 존스가 곧 풀려나서 여느 때처럼 활기차게 살게 될 거라는 사실을 조금도 의심치 않

---

* "악마가 아플 때, 그는 수사라도 되고자 하지만, 악마가 다시 건강해지면, 수사 악마가 된다(The devil was sick, the devil a monk would be; the devil was well, and the devil a monk he'd be)." 이는 영국 속담으로 사람이 고난에 처하게 되면 지키지도 않을 약속을 하게 된다는 의미를 내포하고 있다.

는다면서 "현재 당신을 이렇게 병들게 만든 양심의 가책에서 완전히 벗어나게 될 게 틀림없어요"라고 덧붙였소.

워터스 부인은 이런 식의 이야기를 더 했는데, 독자의 견해에 따라 그중 일부는 기억에 담아둔다고 해서 그녀의 평판에 도움이 되는 것도 아니고, 게다가 존스의 답변도 독자들의 비웃음을 사지 않을 거라는 확신을 하지 못하기 때문에, 나머지 대화 내용은 알리지 않고, 단지 이 대화가 워터스 부인보다는 존스에게 더 만족스럽게, 그리고 아주 순수하게 끝났다는 사실만을 알리고자 하오. 워터스 부인이 전해준 소식에 존스는 몹시 기뻤지만, 존스의 참회하는 태도가 워터스 부인에게는 그리 달갑지만은 않았소. 워터스 부인이 지금 존스에 대해 갖게 된 생각이 존스와 처음 이야기를 나누었을 때 그녀가 존스에 대해 품었던 생각과는 너무도 달라졌기 때문이었소.

나이팅게일이 전해준 소식으로 울적했던 존스의 마음은 워터스 부인의 말에 상당 부분 사라졌지만, 밀러 부인이 전해준 소식에 존스는 여전히 낙담하고 있었소. 밀러 부인이 전해준 이야기가 소피아가 편지에 쓴 내용과 너무도 잘 맞아떨어져, 자신이 보낸 편지를 소피아가 웨스턴 여사에게 보여주었고, 이제는 소피아가 자신을 버리기로 확고히 결심했다고 믿을 수밖에 없었기 때문이었소. 이런 생각이 들었을 때 존스가 느낀 고통의 강도는 운명의 여신이 앞으로 그에게 전해줄 소식을 존스가 들었을 때 느끼게 될 고통의 강도와 비슷한 것이었소. 우리는 바로 그 소식을 다음 권 2장에서 알려주겠소.

18권

6일 동안 벌어진 일

1장

독자와의 작별

독자들이여, 우리는 이제 이 긴 여정의 마지막 역에 도착했소. 그러니 수많은 페이지를 함께 여행한 우리는 승합마차에서 며칠 동안 같이 지낸 동료 여행객(여행객들은 여행 도중 사소한 말다툼을 하거나 서로에 대해 작은 증오심을 품을 수는 있지만 결국은 화해를 하고 명랑하고 기분 좋게 다시 마차에 오르는 법이오)처럼 서로를 대했으면 하오. 마지막 여정이 끝나면 여행객들이 대개 그렇듯이, 우리도 다시 만날 일이 없을 테니 말이오.

기왕 여행에 비유를 했으니, 이 비유를 좀더 해보겠소. 나는 이 마지막 권에서 마지막까지 여행을 같이한 훌륭한 동행자의 본보기를 따르려 하오. 이쯤 되면 여행객들은 우스갯소리나 농담은 그만두고, 또 여행 도중 농을 하기 위해 의도적으로 연출했던 거짓된 모습은 다 내던지고, 아무 꾸밈이 없는 진지한 대화를 나누게 된다는 것은 잘 알려진 사실이오.

마찬가지로 이 글을 쓰는 도중 내가 독자들을 즐겁게 하기 위해 때때로 익살을 부렸을지라도 이제 그런 익살은 그만두겠소. 이 마지막 권을 다양한 내용으로 가득 채워야 하기 때문에 다른 곳에선 마다하지 않았던 익살스런 진술을, 때로는 독자들에게 슬그머니 엄습하기 시작하는 졸음을 막기 위해 늘어놓았던 익살스런 진술을, 이제는 더 이상 할 여유가 없소.

따라서 이 마지막 권에서 독자들은 그런 종류의 내용을 전혀 접하지 못하거나, 기껏해야 아주 조금만 접하게 될 것이오. 또한 앞으로 다룰 내용들은 모두 단순한 진술로만 구성되겠지만, 이번에 다룰 사건이 무척 많다는 사실을 알게 되면, 이 권의 쪽수로는 그 이야기를 다 하기에 충분치 않다고 생각할 것이오.

친구들이여, 이를 기회로 삼아(더 이상의 기회를 갖지 못할 터이니) 여러분이 잘되기를 진정으로 기원하겠소. 내가 여러분에게 즐거운 동행자였다면, 그것은 내가 바라던 바였다는 사실을 분명히 말씀드리겠소. 혹 내가 여러분을 화나게 한 적이 있다면, 그것은 내가 의도한 바는 아니었소. 이 책에서 내가 한 말 중 여러분이나 여러분 친구에게 상처를 준 말도 있을지 모르오. 하지만 그것은 여러분이나 여러분 친구를 겨냥한 말은 결코 아니라는 사실을 엄숙하게 밝히겠소. 확신하건대 여러분은 나에 대해 많은 이야기를 들었을 것이고, 특히 아주 무례한 자와 같이 여행을 하게 될 거라는 말을 분명히 들었을 것이오. 하지만 누가 그런 말을 했든 간에, 그것은 나에 대한 중상모략이오. 나만큼 무례함을 혐오하고 경멸하는 사람은 없고, 나만큼 무례함을 경멸할 이유를 가진 사람도 없기 때문이오. 왜냐하면 나보다 더 무례한 경우를 당한 사람도 없고, 더욱 가혹한 일이지만, 자신들의 작품을 통해 나를 악의적으로 매도한 자들이 쓴 상스러운 글 중 몇 편이 내가 썼다고 잘못 알려지기까지 했으니 말이오.

하지만 그자들이 쓴 글은 독자들이 이 글을 읽게 되기 오래전에 모두 사라지게 될 거라고 나는 확신하오. 이 글을 쓴 기간이 짧기는 하지만 이 글은 분명 이 글을 쓴 병약한 저자와 이 글의 저자를 욕한 동시대 저자들의 허약한 글보다 오랫동안 살아남을 것이 분명하니 말이오.

2장

매우 비극적인 사건

존스가 자신을 괴롭히던 이런 불쾌한 생각에 잠겨 있는 동안, 백지장보다 더 창백한 얼굴을 한 패트리지가 비틀거리며 감방 안으로 들어왔소. 정면을 응시한 채 머리칼은 곤두서 있었고, 온몸을 벌벌 떨면서. 간단히 말해 그는 유령을 본 사람처럼 혹은 자신이 유령인 것처럼 보였소.

두려움을 별로 모르는 존스조차도 그의 이런 갑작스런 모습에 다소 놀라지 않을 수 없어서, 무슨 일이냐고 패트리지에게 물어보았을 때, 존스는 안색도 좋지 않았을뿐더러 말도 약간 더듬거렸소.

그러자 패트리지는 "제게 화를 내진 마세요. 사실 저는 들으려고 한 것이 아니라, 옆방에 있는 바람에 어쩔 수 없이 듣게 된 것뿐이니까요. 그런 소릴 듣느니 차라리 천리 밖에 떨어져 있었더라면 좋았을 겁니다"라고 말했소. 이에 존스가 "도대체 무슨 소리요?"라고 묻자, 패트리지는 "무슨 소리냐고요? 맙소사! 방금 여길 나간 여자가 업턴에서 도련님과 같이 있던 여자가 맞습니까?"라고 되물었소. 이에 존스가 "그렇소, 패트리지"라고 소리치자, 패트리지는 떨면서 말했소. "도련님, 진짜 그 여자와 같이 잤나요?" 이에 존스가 "그 여자와 나 사이에 일어난 일은 더 이상 비밀도 아니잖소"라고 대답하자, 패트리지는 "도련님, 제발 제 말에 대답해주세요"라고 소리쳤소. 이에 존스가 "내가 그랬다는 걸 이미 알고 있지 않소!"라고 소리치자, 패트리지는 "그렇다면 하나님이 도련님을 불쌍히 여기시고 용서해주시길 빌겠어요. 하지만 분명한 사실은 도련님이 바로 도련님의 어머니와 잠자리에 들었다는 거예요"라고 소리쳤소.

이 말에 존스는 순식간에 패트리지보다 더 공포에 질린 표정을 지었소. 존스는 너무 놀라 얼마 동안 아무 말도 할 수 없었고, 둘은 몹시 충격을 받은 표정으로 서로만 응시했소. 그러다 마침내 말문을 연 존스가 중간 중간 말을 끊어가며 이야기를 이어갔소. "어떻게! 어떻게 그럴 수 있어! 지금 도대체 무슨 말을 하는 거요?" 이에 패트리지는 "도련님, 저도 숨이 가빠 말씀드리기가 힘드네요. 하여튼 제가 드린 말씀은 분명한 사실이에요. 방금 이 방을 나간 여자는 바로 도련님의 어머니입니다. 당시에 제가 그분을 보았더라면, 이런 일을 막았을 텐데, 그러지 못한 것이 도련님에게 너무나도 큰 불운이 되어버렸군요. 분명히 악마가 이런 못된 짓을 꾸몄을 거예요."라고 소리쳤소.

이에 존스는 이렇게 소리쳤소. "분명, 운명의 여신은 내가 미칠 때까지 나를 가만 내버려두지 않을 작정인 것 같군. 하지만 어떻게 운명의 여신만 탓할 수 있겠어? 나의 모든 불행은 다 내가 자초한 일이고, 내게 닥친 이 끔찍한 고난도 내 어리석음과 악행의 결과인데 말이야. 패트리지, 나는 당신이 지금 한 말 때문에 제정신이 아니야. 그렇다면 워터스 부인이…… 아니 내가 왜 이런 질문을 하지? 패트리지 당신은 그분을 분명히 아는데 말이야. 당신이 내게 약간의 애정 아니 약간의 동정심이라도 있다면, 제발 그 불쌍한 여인을 다시 모시고 와줘. 맙소사! 내가 근친상간을 저질렀다니! 그것도 어머니와! 내가 겪어야 할 가혹한 운명이 아직도 남아 있나?" 이 말을 하고는 존스는 슬픔과 절망으로 광적인 비탄에 빠졌고, 이를 본 패트리지는 존스가 비탄에 잠기게 하진 않겠다고 했소. 마침내 격정적으로 고뇌를 토로한 뒤, 어느 정도 정신을 차린 존스는 부상당한 신사가 묵고 있는 숙소로 가면 그 불쌍한 여인을 만날 수 있을 거라고 알려준 뒤, 그녀를 찾아오라고 패트리지를 급히 보냈소.

이 책의 9권에 나왔던 업턴에서의 장면으로 돌아가 그때의 상황을 되돌아보면, 워터스 부인은 하루 종일 존스와 같이 시간을 보냈는데도, 이상하고도 우연한 일이 여러 번 발생하여 패트리지와 워터스 부인이 대면하지 못했다는 사실에 독자들은 놀랄 것이오. 우리는 살면서 이런 경우를 종종 목격하게 되는데, 이는 일련의 사소한 일들로 인해 결국에는 큰일이 발생한다는 인생살이 법칙을 입증하는 것으로, 따라서 관찰력이 뛰어난 독자들은 이와 비슷한 여러 사례를 우리 이야기에서 발견할 수 있을 것이오.

두세 시간을 헛되이 찾아다닌 뒤, 패트리지는 결국 워터스 부인을 만나지 못한 채, 존스에게 돌아왔소. 패트리지가 금방 돌아오지 않아 절망에 빠져 있었던 존스는 그가 워터스 부인을 만나지 못했다는 소식을 전하자 거의 미친 사람처럼 고함을 쳤소. 하지만 얼마 지나지 않아 존스는 다음과 같은 편지를 받았소.

당신과 헤어진 뒤에 만난 어떤 신사로부터 당신에 관한 몹시 놀라운 사실을 알아냈어요. 하지만 지금은 그런 중요한 문제를 알려줄 여유가 없으니, 다음에 만날 때까지(기회가 생기자마자 당신을 만나겠지만) 궁금해도 기다려요. 오! 존스 씨! 업턴에서 보냈던 그 행복한 날들을 생각할 때, 그리고 그때 느꼈던 완벽한 행복이 누구 때문인지 생각할 때, 나의 미래가 이처럼 고통스럽게 느껴지게 될 줄은 상상도 못했어요.

불행한 당신의 J. 워터스로부터.

추신: 피츠패트릭 씨는 전혀 위독하지 않으니, 마음 편히 먹기 바

라요. 설령 당신이 후회하는 고통스런 죄를 지었더라도, 다른 사람의 피를 흘리게 한 죄는 거기에 포함되지 않을 거예요.

편지를 받은 존스는 편지를 계속 들고 있을 수 없었을 뿐만 아니라 다른 신체 부위도 그 기능을 제대로 할 수 없어서 편지를 떨어뜨릴 수밖에 없었소. 편지를 집어 든 패트리지는 존스로부터 무언의 동의를 얻어 편지를 읽어본 뒤, 존스 못지않은 충격을 받았는데, 이 두 사람의 얼굴 표정에 나타난 공포는 펜이 아니라 화필로서만 묘사할 수 있을 것이오. 이들이 아무 말도 하지 못한 채 가만히 있는 동안, 방에 들어온 간수는 두 사람의 얼굴에 확연히 드러난 표정의 의미를 알아차리지 못한 채, 밖에 어떤 남자가 만나고 싶어 한다고 존스에게 알려주었는데, 곧 방으로 안내된 사람은 다름 아닌 블랙 조지였소.

간수와는 달리 공포에 질린 모습에 익숙치 않았기 때문에, 블랙 조지는 존스의 얼굴에 나타난 극도의 혼란을 즉시 알아차릴 수 있었소. 하지만 존스가 이런 표정을 짓고 있는 이유가 웨스턴 영주가 말한 그 사건 때문이라고 생각했던 조지는 부상당한 사람이 죽어, 존스는 이제 십중팔구 수치스런 종말을 맞이하게 될 거라는 결론을 내렸소. 하지만 이런 생각이 들자, 조지의 마음은 상당히 불편해졌소. 본래 동정심 많은 성격인데다, 너무도 큰 유혹에 한때 우정을 저버리긴 했지만, 과거에 존스에게 입은 은혜를 전혀 모르는 바는 아니었기 때문이었소.

따라서 이 가련한 자는 지금 자신이 목격한 이 광경에 눈물짓지 않을 수 없었소. 그는 존스의 불행에 진심으로 가슴이 아프다며 자신이 무엇을 도와줄 수 있는지 생각해보라고 간청하고는 "나리, 이런 경우엔 돈이 좀 필요하실 것 같군요. 그렇다면 얼만 되진 않지만 제가 가진 이 돈이나마 마음대로 쓰세요"라고 말했소.

이 말에 존스는 조지와 진심 어린 악수를 나눈 뒤, 친절한 제안에 감사하다고 여러 번 말하고는 그런 건 조금도 필요치 않다고 대답했소. 존스의 이 말에 조지가 자신의 도움을 받으라고 더욱 촉구하기 시작하자, 존스는 자신에게 필요한 것은 사람이 해줄 수 있는 것이 아니라고 하고는, 다시 고맙다고 말했소. 이 말에 조지가 "나리, 그 일에 너무 그래 상심치는 마이소. 나리 생각보다 일이 잘 풀릴지도 모른다 아입니꺼. 분맹히 나린 사람을 쥑이고도 암 처벌도 안 받고 빠지나오는 첫번째 사람은 아닐 깁니더"라고 말하자, 패트리지는 "조지, 지금 무슨 엉뚱한 소리를 하고 있는 거야. 그 신사 양반은 아직 죽지 않았고 죽을 것 같지도 않아. 하여튼 지금은 도련님을 혼란스럽게 하지 말게. 지금 도련님은 자네가 전혀 도와줄 수 없는 일로 골치 아프시거든"이라고 대답했소. 이에 조지가 "패트리지, 자넨 내가 할 수 있는 기 뭐신지도 모르잖나. 우리 아가씨 때문에 그러시는 거라믄, 나리께 말씀드릴 소식이 좀 있는데요"라고 말하자, 존스는 "무슨 소식이오, 조지? 요사이 우리 소피아에게 무슨 일이 있었소? 우리 소피아라니! 나같이 비천한 인간이 감히 그녀의 이름을 불경스럽게 부르다니!"라고 소리쳤소. 그러자 조지는 이렇게 대답했소. "아가씬 아직 나리의 사람이 될 수도 있을 기라고 생각해요. 아참, 나리, 아가씨에 관해 드릴 말씀이 있는뎁쇼. 웨스턴 마님이 소피아 아가씨를 막 집으로 델꼬 오싯는데요, 끔찍스런 일이 일나뿟어요. 뭐 땀시 그랬는지는 도저히 알 수 없었지만요. 하여튼 주인 나리는 억수로 화가 나셨고 웨스턴 마님도 그랬어요. 마님이 방을 나가 마차에 오르면서 다시는 주인 나리 집에 발을 들여놓지 않겠다 카는 걸 들었거든요. 무신 일이 있었는지는 모르겠고요. 하지만 지가 집을 나왔을 때는 모든 게 다 잠잠해짓죠.

영주님 식사 시중드는 로빈이 그카더라고요. 영주님이 그래 오랫동안 아가씨를 맘에 들어 하시는 걸 본 적이 없다꼬요. 영주님은 아주 여러 번 아가씨에게 입을 맞추시고는 아가씨 마음대로 하게 내비두시겠다며, 절대로 다시는 아가씨를 가다두지 않겠다고 하싯대요. 이 소식을 들으시면 나리도 기뻐하실 거라 생각해서 늦은 시각이지만 알려드릴라고 집을 빠져나온 거예요." 이 말에 존스는 아주 기쁜 소식이라며, 앞으로 자신은 눈을 들어 그 훌륭한 분을 감히 쳐다볼 수조차 없지만, 소피아가 잘 지낸다는 소식을 들을 때 느끼는 만족감만큼 자신의 불행을 덜어주는 것은 없다고 말했소.

조지의 면회 시간 동안 이어진 나머지 대화는 여기에 기술할 만큼 중요하지 않소. 따라서 독자들은 내가 여기서 이들의 대화를 갑작스럽게 끝내는 것을 용서하고, 웨스턴 영주가 어떻게 딸에게 이런 커다란 호감을 갖게 되었는지 설명하고자 하니 들어주기 바라오.

웨스턴 여사는 웨스턴 영주의 숙소에 도착하자마자, 소피아가 완강하게 거부한 펠라머 경과의 결혼이 가문에 얼마나 큰 광영과 이득을 가져다줄 수 있는지 말하기 시작했소. 하지만 웨스턴 영주가 소피아가 그 결혼을 거부한 건 잘한 일이라고 대꾸하자, 몹시 화가 난 웨스턴 여사가 그를 몹시 자극하고 화나게 해, 이를 참아내고 현명하게 처신하려던 영주도 더 이상 견디지 못하고, 결국 둘 사이에는 런던 빌링스게이트 어시장*에서 벌어지는 말싸움도 필적하지 못할 정도의 심한 설전이 벌어지게 되었소. 이렇게 서로에 대해 한창 질책하던 도중 몹시 화가 난 웨스턴 여사가 갑작스럽게 떠나는 바람에 그녀는 소피아에게 나쁜 결과를 초래했을지도 모를(소피아

---

* 18세기 당시 런던 빌링스게이트 어시장은 생선 상인들의 거친 입담으로 널리 알려져 있었다.

가 존스에게서 받은) 편지에 대해 영주에게 알려줄 시간이 없었소(하지만 웨스턴 여사는 당시 이 편지에 대해서 까맣게 잊고 있었던 것 같았소).

웨스턴 여사가 떠나자, 성격상 혹은 필요에 의해 침묵을 지키고 있던 소피아는 고모의 뜻을 거스른 자신을 아버지가 편들어주며 칭찬해준 것에 대한 보답으로 고모와 생각을 달리하는 영주의 편을 들어주었소. 소피아 가 자신을 편들어준 것은 처음이었던지라 웨스턴 영주는 몹시 흡족해했 소. 따라서 그 어떤 강제적인 수단도 결코 사용하면 안 된다는 올워디 영 주의 말을 상기하게 된 그는 존스가 교수형 당할 거라는 사실을 믿어 의 심치 않았기 때문에, 정당한 방법으로 소피아를 설득할 수 있을 거라고 확신하며, 다시 한 번 딸에 대한 자신의 애정을 표현했소. 이에 부모 말 을 잘 따르고 부모의 은혜에 감사할 줄 아는 다정다감한 소피아는 마음이 움직여 존스에게 한 약속을 철회할 수 있거나 그와 관련된 어떤 감정만 사라진다면, 아버지의 소원을 들어주기 위해서라도 좋아하지 않는 남자에 게 자신을 희생할지도 모른다는 의심까지 들 정도였소. 소피아가 웨스턴 영주에게 자신은 평생 아버지가 바라는 것만 하고 아버지의 승낙 없이는 그 누구와도 결혼하지 않겠다고 약속하자, 몹시 행복해진 이 노인은 다른 방식으로 딸을 대해야겠다고 마음먹고는, 기분이 너무 좋아 술을 한잔 하 더니 결국은 만취 상태가 되어 잠이 들었소.

3장
나이팅게일의 부친을 찾아가 기묘한 사실을 알게 된 올워디 영주

다음 날 아침 올워디 영주는 약속한 대로 나이팅게일의 부친을 찾아

가 만났소. 올워디 영주는 나이팅게일의 부친에게 상당한 영향력을 갖고 있던 터라, 세 시간가량 앉아 이야기를 나눈 뒤 아들을 만나보도록 그를 설득할 수 있었소.

그런데 여기서 아주 놀라운 일이 벌어졌소. 기묘하다고 할 정도로 너무도 우연한 일이라, 아주 선량하고 진지한 사람들은 아무리 몰래 악행을 저지른다 해도, 정도(正道)를 저버리면 어떻게 되는지 경고하기 위해서 신이 개입했다고 생각할 그런 일이었소.

나이팅게일의 부친의 집에 들어섰을 때 올워디 영주는 블랙 조지를 보았지만, 영주는 그를 아는 척하지 않았고, 블랙 조지도 영주가 자신을 알아보았다고 생각하지도 않았소. 하지만 주요 논점에 관한 이야기를 마쳤을 때, 올워디 영주가 나이팅게일의 부친에게 조지 시그림이라는 사람을 알고 있는지, 그리고 무슨 일로 그가 이곳에 왔는지 묻자, 나이팅게일의 부친은 이렇게 대답했소. "알고 있습니다. 아주 잘 알죠. 아주 놀라운 친구예요. 일 년에 수입이 30파운드밖에 나오지 않는 작은 땅덩어리를 빌려주고는 5백 파운드나 모았으니 말이죠." 이 말에 올워디 영주가 "그자가 그렇게 말하던가요?"라고 소리치자, 나이팅게일의 부친은 "분명히 그 말은 사실입니다. 지금 제 손에 그 친구가 갖고 있던 다섯 장의 은행권이 있으니까요. 저는 이 돈으로 북쪽 지역 토지를 구매하거나 모기지에 투자할 작정입니다"라고 대답했소. 그러면서 올워디 영주의 요청에 따라 그 은행권을 꺼내주었고, 이를 보고 묘한 사실을 알게 된 올워디 영주는 성호를 그었소. 곧이어 올워디 영주는 나이팅게일 씨에게 이 은행권은 전에 자신의 것이었다고 말하고는 상황의 전모를 알려주었소. 노상강도나 노름꾼, 그리고 이와 비슷한 도적들이 사업한다는 사람들이 쓰는 속임수를 가장 비난하듯, 고리대금업자나 거간 혹은 이와 비슷한 도적들이 도박꾼이 쓰는 속임수를 가장 통렬히 비난하는 법이오. 한쪽의 속임수가 다른 쪽의 체면을 구기고 명예를 더럽힌다고 여겨서 그런 건지, 아니면 속임수를 쓰는 모든 사람들의 공통된 연인인 돈이 서로를 경쟁자로 만들어서 그런 건지는 모르겠소. 하여튼 나이팅게일의 부친은 영주의 말을 듣자마자, 정의롭고 정직한 올워디 영주는 할 수 없는 혹독한 말로 조지를 맹비난했소.

올워디 영주는 나이팅게일의 부친에게 자신이 다시 연락을 취할 때까지 이 돈을 가지고 있고 또 이 사실을 비밀로 유지해달라고 부탁하며 혹 그사이 조지를 다시 만나게 되더라도, 자신이 이 사실을 알고 있다는 낌새를 전혀 보이지 말아달라고 당부하고는 숙소로 돌아갔소. 올워디 영주가 숙소로 돌아왔을 때 밀러 부인은 사위에게서 전해 들은 소식으로 아주 낙담해하고 있었소. 하지만 올워디 영주는 몹시 밝은 표정을 지으며 아주 좋은 소식이 있으니 알려주겠다고 하고는, 별다른 서두를 늘어놓지 않고 나이팅게일의 부친을 설득하여 아들을 만나보도록 했으며, 나이팅게일의 부친은 이와 비슷한 다른 일로(나이팅게일의 부친에게서 전해 들었다며, 나이팅게일의 작은아버지의 딸이 집을 나갔다는 사실을 알려주었는데, 이는 밀러 부인이나 그녀의 사위도 모르고 있던 것이었소) 기분이 좀더 상하기는 했지만 두 사람은 틀림없이 화해하게 될 거라고 말했소.

독자들은 밀러 부인이 이 소식을 아주 감사하고도 기쁜 마음으로 들었을 거라 생각할 것이오. 하지만 밀러 부인은 존스에 대해 각별한 마음을 갖고 있었기 때문에, 존스 문제에 대한 불안감이, 자기 가족에게 행복을 안겨다줄 이 소식을 들었을 때 느꼈던 만족감보다 더 컸는지, 혹은 이 행복한 소식을 접한 순간 존스에게서 받은 은혜가 떠올라 기쁘면서도 마음이 아팠는지, 그 둘 중 어느 것이 맞는지는 확실치 않소. 하여튼 감사할 줄 아는 마음을 가진 밀러 부인은 마음속으로 '내 가족은 행복하지만,

이 모든 행복이 시작될 수 있도록 도와준, 그 불쌍한 사람은 지금 얼마나 불행하게 되었나!' 하고 생각하고 있었던 것만은 분명했소.

밀러 부인이 첫번째 소식을(이런 표현을 써도 된다면) 되새김질하듯 곰곰이 생각하도록 내버려둔 채, 올워디 영주는 그녀가 기뻐할 또 다른 소식도 있다며 이렇게 말했소. "그 젊은이, 그러니까 부인과 가깝게 지내는 그 젊은이가 갖고 있던 상당한 액수의 돈을 찾았소. 그 젊은 친구의 현재 상황이 그러니, 별 도움이 되지는 않겠지만 말이오." 나중 말을 듣고서야 영주가 말하는 사람이 누군지 알게 된 밀러 부인은 한숨을 내쉬며 "그리 되면 안 되지요, 영주님" 하고 대답했소. 그러자 올워디 영주는 "나도 그 젊은이가 진정으로 잘되길 바라고 있소. 하지만 오늘 아침 내 조카가 이 일에 관해 아주 안 좋은 이야기를 들었다고 하더군요"라고 소리쳤소. 이 말에 밀러 부인이 "맙소사, 어르신, 사실 말씀드리면 안 되지만, 이런 말을 듣고도 입을 다물어야 한다면 그건 너무도 가혹합니다"라고 말하자, 올워디는 이렇게 대답했소. "부인, 하시고 싶은 말이 있으면 하시오. 나는 누구에게도 편견을 갖고 있지 않다는 걸 잘 알고 계시지 않소. 그리고 분명히 말씀드리는데, 그 젊은이가 모든 혐의를, 특히 이번의 이 안타까운 일의 혐의를 벗는다면 나도 진심으로 기뻐할 거요. 부인도 내가 그 젊은이를 얼마나 사랑했는지 잘 아시지 않소. 세상 사람들이 그 젊은이를 너무 감싼다고 나를 비난한다는 것도 알면서 말이오. 하지만 정당한 이유가 있다고 생각했기 때문에 그 젊은이에 대한 내 애정을 거둔 것이오. 밀러 부인, 내 판단이 잘못되었다는 걸 알게 된다면 나도 기쁘겠소. 이 말은 진심이오." 이 말에 밀러 부인이 적극적으로 대답하려는 순간, 하인이 들어와 어떤 신사가 찾아와 밀러 부인과 당장 이야기를 나누고 싶다며 밖에서 기다리고 있다고 알려왔소. 조카의 행방을 묻는 올워디 영주에게 블리펄은 지금 어떤 신사와 한참 전부터 자신의 방에 함께 있다고 하인이 대답하자, 하인이 말하는 그 신사가 다울링일 거라고 정확히 추측한 올워디 영주는 다울링과 당장 이야기를 나누고 싶으니 이를 전해 달라고 하인에게 말했소.

다울링이 찾아오자, 올워디 영주는 이름은 전혀 언급하지 않은 채, 은행권 문제에 대해 설명하고는 이런 사람은 어떤 식으로 처벌할 수 있는지 문의했소. 이 질문에 다울링은 그런 사람은 '검은 법'* 에 근거해 고발할 수 있다고 생각하지만, 좀 미묘한 문제이기 때문에 법률고문과 상담하는 편이 좋겠다고 했소. 그러고는 웨스턴 영주가 의뢰한 문제로 곧 법률고문을 만나볼 예정이니, 원한다면 이 사건에 대해 상담해보겠다고 덧붙였소. 올워디 영주가 그렇게 하라고 말을 한 순간, 밀러 부인이 방문을 열고는 "죄송합니다. 손님이 계신 줄 몰랐네요"라고 말했소. 이에 올워디 영주는 이제 볼일을 마쳤다며 밀러 부인에게 들어오라고 했소. 다울링이 방을 나서자마자, 밀러 부인은 올워디 영주가 베푼 호의에 감사하다는 인사를 하기 위해 찾아왔다며 나이팅게일을 소개했소. 하지만 사위가 말을 채 끝내기도 전에 밀러 부인은 그의 말을 가로막으며 말했소. "영주님, 제 사위가 불쌍한 존스 씨와 관련된 아주 좋은 소식을 가져왔어요. 부상당한 신사를 직접 만나보고 왔다는데, 그 사람은 전혀 위독하지도 않고 게다가 자신이 먼저 존스 씨를 때리고 공격했다고 말하더라는군요. 영주님께서도 존스 씨가 겁쟁이처럼 굴길 원치 않으셨으리라 생각해요. 제가 남자고 누가 저를 때린다면 저도 칼을 뽑았을 테니 말이에요. 자, 영주님께 말씀드리게, 직접 말씀드리란 말이네." 이 말에 나이팅게일은 밀러 부

---

* Black Act: 1723년 영국에서 공표된 법령으로 자신의 신분 노출을 피하고자 얼굴에 검은 칠을 하고 사슴을 밀렵한 사람들을 처벌하기 위해 만든 법.

인의 말은 사실이라고 확인해준 뒤, 존스는 이 세상에서 가장 선량한 친구이자 남과 다투는 걸 전혀 좋아하지 않는 사람이라며 존스에 대해 좋은 이야기를 많이 하고는 말을 멈추려 했소. 하지만 존스가 올워디 영주를 얼마나 존경하고 있는지 말해보라며 밀러 부인이 채근하자 다음과 같이 말을 이었소. "영주님을 아무리 칭송한다 해도 그건 마땅한 일을 하는 것에 지나지 않기 때문에 별 달리 잘하는 것은 아닐 겁니다. 하지만 영주님처럼 훌륭하신 분에게 은혜를 입었다는 사실을 존스만큼 잘 알고 있는 사람은 없다고 분명히 말씀드릴 수는 있습니다. 영주님이 못마땅하게 여기시는 것은 현재 존스가 짊어지고 있는 그 무거운 마음의 짐 때문이라고 저는 확신합니다. 존스는 가끔씩 탄식하며 고의적으로 어르신의 기분을 상하게 하려고 한 적은 결코 없었다고 엄숙하게 맹세했습니다. 게다가 영주님께 불경(不敬)하거나 배은망덕하고 양심상 불충스런 생각을 품었다면, 차라리 수천 번이라도 죽는 게 나을 거라고 말하곤 했습니다. 하지만 용서하십시오, 영주님, 이 미묘한 문제에 제가 너무 주제넘게 나선 게 아닌가 하는 걱정이 되는군요." 이 말에 밀러 부인이 "자네는 기독교인이라면 마땅히 해야 할 말을 한 것뿐이네"라고 소리치자, 올워디 영주는 "나이팅게일 군, 자네의 그 고귀한 우정을 치하하네. 그리고 존스가 자네의 우정을 받을 자격이 있는 사람이길 나도 바라겠네. 그 불운한 신사에게서 자네가 직접 들었다는 새로운 소식에 솔직히 나도 기쁘다네. 그리고 그 일이 자네 말대로 판명된다면(물론 자네가 한 말을 조금도 의심치 않네) 앞으로는 존스에 대해 좀더 호의적으로 생각할 수도 있을 것이네. 여기 이 선량한 부인은, 아니, 나를 아는 모든 사람들은 내가 친자식처럼 존스를 사랑했다는 사실을 증언해줄 수 있을 거네. 나는 존스를 운명의 여신이 내가 돌보도록 보낸 아이라고 늘 여겨왔으니 말일세. 어떻게 할 수 없는 상황에 놓여 있던 그 순진무구한 아기를 나는 지금도 생생하게 기억하네. 그때 나를 살며시 잡던 그 어린 손을 지금 이 순간에도 느낄 수 있어. 존스는 나의 사랑스런 아이였네, 진정으로 그랬다네"라고 말하고는 잠시 말을 멈추었는데, 이때 그의 눈가엔 눈물이 맺혀 있었소.

이때 밀러 부인이 한 답변은 새로운 문제로 이어질 수 있기 때문에 여기서 잠시 멈추고, 올워디 영주의 마음이 확연하게 변한 이유와 존스에 대한 그의 분노가 누그러진 이유를 설명하고자 하오. 이러한 큰 변화가 이야기책이나 극에서 종종 벌어지는 것은 사실이오. 그것도 단지 이야기나 극이 종말에 가까이 다가가고 있다는 이유에서 말이오. 그리고 심지어 이것은 작가의 권위에 의해 정당화되기까지 하오. 우리도 다른 작가들만큼의 권위를 분명히 갖고는 있지만, 가급적 그 권한을 아껴서 꼭 필요할 때만 사용할 것이오. 하지만 지금으로선 이 작품에서 그런 일이 언제 일어날지 예견할 수는 없을 것 같소.

올워디 영주의 마음이 이처럼 바뀌게 된 것은 방금 스퀘어에게서 받은 편지 때문이었는데, 그 내용은 다음 장의 시작 부분에서 알려주겠소.

4장
아주 다른 스타일로 씌어진 두 통의 편지

존경하는 영주님께

지난 편지에서 저는 제가 온천수 사용을 금지 당했다는 사실을 말씀드렸습니다. 제 병의 증상을 누그러뜨리기보다는 오히려 악화시키는 것으로 판명 났기 때문이었죠. 지금 저는 제 자신보다는 친지들에게 더 고통스런 소식을 알려드리고자 합니다. 해링턴 의사와 브루스터 의사*는 제가 회복할 가망이 없다고 통보해주었습니다.

철학의 목적은 죽음을 인정하고 받아들이는 데 있다고 어디선가 읽은 것 같습니다.** 따라서 오랫동안 철학을 공부해왔는데 죽음 앞에서 호들갑 떨어 제 철학을 부끄럽게 하지는 않을 겁니다. 하지만 솔직히 말씀드려, 고대와 현대 철학자들이 쓴 모든 책보다 복음서에 나오는 말 한마디가 죽음을 받아들이도록 하는 데 더 큰 힘이 됩니다. 내세가 있다는 복음서의 말 한마디가 선량한 사람들에게는 훨씬 더 강력한 의지가 되기 때문이죠. 현실 세계에서 얻을 수 있는 그 어떤 위안보다도, 이 세상에서 누려왔던 즐거움은 다 부질없다는 그 어떤 말보다도, 혹은 죽어야 한다는 사실을 감당하기 위해 우리를 불굴의 정신으로 무장시켜줄 주제를 다룬 그 어떠한 열변보다도 말입니다. 이런 주제들은 우리의 마음을 승화시켜 진정으로 죽음을 대수롭지 않게 여기게 해주지 못할 뿐만 아니라, 죽음이 지고의 선이라는 사실을 알려주지도 못합니다. 지금 저는 소위 철학자라고 하는 사람들 모두가 무신론자 혹은 영혼불멸을 부정하는 사람들이라고 비난하려는 건 아닙니다. 고대나 현대 철학자들 상당수가 이성이라는 빛을 통해 미래에 대한 희망을 발견했기 때문입니다. 하지만 실제로 그 빛은 너무나도 희미하고 가물거려, 미래에 대한 희망은 분명치 않고 불확실하여, 그들이 무엇을 믿고 있는지 의심이 갈 정도입니다. 플라톤 자신도 『파이돈』의 결말 부분에서 자신의 주장도 기껏해야 하나의 가능성

---

* 두 의사는 18세기 당시 실제로 바스에서 환자를 치료했던 의사들이다.
** 키케로는 『투스쿨란의 대화』에서 이와 비슷한 진술을 했다.

에 지나지 않는다고 고백했고, 키케로도 불멸에 관해 자신이 내세운 교리를 실제로 믿었다기보다는 믿고 싶었던 것 같습니다. 솔직히 말씀드리자면, 저도 진정한 기독교인이 되기 전까지는 이런 믿음을 진심으로 갖진 못했습니다.

제 마지막 말에 놀라실지도 모르겠습니다. 하지만 진실로 제 자신을 그렇게 부를 수 있게 된 것은 아주 최근에 와서입니다. 철학이 가져다준 오만함으로 제 이성이 취해, 고대 그리스인들에게 그랬듯이, 가장 숭엄한 지혜가 제게도 어리석게만 보였던 것입니다. 하지만 하나님은 자비롭게도 때맞추어 제 그릇된 생각을 깨닫게 해주셔서, 어둠의 세계로 영원히 사라지기 전 저를 진리의 길로 인도하셨습니다.

제 기력이 약해지기 시작하니, 빨리 용건을 말씀드리겠습니다.

제 과거의 행동을 돌이켜볼 때, 가장 양심에 걸리는 것은 그 불쌍한 젊은이, 그러니까 영주님의 양아들에게 제가 저지른 잘못된 행동입니다. 저는 다른 사람의 악행에 눈감았을 뿐만 아니라, 제 자신이 직접 그 젊은이에게 부당한 행동을 했습니다. 세상을 하직하는 사람으로서 제가 드리는 말씀을 믿어주십시오. 그 젊은이는 비열한 중상모략의 희생자였습니다. 영주님께서 그 젊은이를 내치신 근거로 삼은 그 사건은 왜곡되어 영주님께 전해진 것이었고, 아주 진지하고 분명히 말씀드리는데, 그 젊은이는 그런 잘못을 저지르지도 않았습니다. 영주님께서 임종하실 것 같았을 때 영주님을 진정으로 걱정했던 유일한 사람은 바로 그 젊은이였습니다. 그 뒤에 벌어진 일은 영주님이 회복하시자 너무 기쁜 나머지 그 젊은이가 저지른 행동일 뿐이고(이런 말씀을 드려 유감이지만) 정확히는 어떤 비열한 사람 때문에 생긴 일입니다(죄 없는 사람의 무죄는 입증하면서도 다른 사람의 잘못을 고해

바치고 싶진 않습니다). 제 말을 믿어주십시오. 그 젊은이는 고귀하고 관대한 마음씨를 가졌을 뿐만 아니라, 진정한 우정을 나눌 수 있는 사람이고, 고결함과 우리 인간을 품위 있게 하는 미덕을 두루 갖추고 있습니다. 물론 그 젊은이에게도 몇 가지 결점은 있습니다. 하지만 영주님에 대한 도리나 감사의 마음이 부족하지는 않았습니다. 오히려 영주님이 그 젊은이를 집에서 내치셨을 때 그 젊은이는 자기 처지보다는 영주님 때문에 더 가슴 아파 했을 거라고 저는 확신합니다.

　사악하고 비열하게도 이러한 사실을 오랫동안 영주님에게 숨긴 이유는 제 세속적인 동기 때문이었습니다. 지금 제가 이 사실을 말씀드리는 것은 진실이라는 대의를 지키며, 죄 없는 사람의 누명을 벗기고, 지난 제 과오에 대한 보상을 하려는 것이지, 그 어떤 다른 동기는 없습니다. 저의 이 고백이 제가 바라는 결과로 이어져, 그 훌륭한 젊은이가 다시 영주님의 사랑을 받게 되기를 바랄 뿐입니다. 그 소식을 살아 있는 동안 듣게 된다면 저에게는 더할 나위 없는 위안이 될 것입니다.

영주님께 큰 은혜를 입고 있는,
듬직하고 비천한 종복
토머스 스퀘어 올림

　편지를 읽은 뒤, 올워디 영주가 겪었을 갑작스럽고도 눈에 띄는 심경 변화에 대해 독자들은 의아해하지 않을 것이오. 올워디 영주는 이 편지와 함께 같은 파발편으로 온 스와컴이 쓴 아주 색다른 내용의 편지도 받았는데, 스와컴이라는 신사의 이름을 언급하는 것도 이번이 마지막일 것 같으니, 그의 편지를 여기에 덧붙이고자 하오.

올워디 선생께

선생의 훌륭한 조카로부터 무신론자 스퀘어의 제자가 또다시 극악무도한 죄를 저질렀다는 소식을 듣고도 나는 전혀 놀라지 않았소. 나는 그자가 살인을 저질렀다 해도 놀라지 않았을 것이기 때문이오. 나는 그자가 결국에는 이를 갈며 통곡하는 곳*으로 확실히 가도록 하기 위해 선생이 피까지 흘리게 되는 걸 진심으로 바라지는 않소.

선생은 자신의 가문과 본인 자신의 명성에 상당한 손상을 입히는 수많은 결점(특히 그 비천한 자에 대한 선생의 태도에서도 드러나는 그 수많은 결점)을 갖고 있어 거기에 대해 뉘우치고 참회하라는 요청을 이미 충분히 받았지만 말이오. 이런 결점으로 인해 선생의 양심은 지금 찔릴 것이라고 생각하지만, 나는 내 의무를 다하기 위해 그리고 선생의 잘못을 제대로 알리기 위해 몇 가지 충고를 하고자 하오. 우선 이 사악한 자에게 닥칠 하나님의 심판에 대해 진지하게 생각해보시오. 그리고 이를 계기로 선생께 평안이 함께하길 끊임없이 기원하는 이 사람의 충고를 앞으로는 무시하지 말라는 최소한의 경고로 내 말을 받아들이시오.

정당한 징계를 내리려는 나를 막지만 않았어도, 어린 시절부터 악마가 깃든 그 아이에게서 매질로 악마를 몰아낼 수 있었을 것이오. 하지만 이런 질책도 이미 너무 늦었소.

---

* 지옥을 말함.

선생이 웨스터턴의 성직록을 그렇게 성급하게 다른 사람에게 준 것은 정말 유감이오. 그 성직록을 주기 전 미리 나에게 그 사실을 알려주지 않을 거라고 생각했다면, 좀더 일찍 내가 신청했을 테니 말이오. 한 사람이 여러 개의 성직록을 갖는 것을 선생이 반대하는 이유는 지나치게 정의로운 척하고 싶어 하기 때문일 것이오. 그렇게 하는 것이 범죄라면 그처럼 많은 신앙인들이 이런 일에 동의하지 않았을 것이니 말이오. 올더그로브의 목사가 죽으면(지금 몸이 쇠약해지고 있다고 들었소) 나를 기억해주기 바라오. 내가 선생의 평안을 진심으로 바란다는 사실을 선생도 확신하고 있다는 걸 나 또한 분명히 알고 있으니 말이오. 법이라는 중차대한 문제에 비하면 성경에 언급된 십일조를 준수하는 문제가 사소하듯이, 선생의 평안에 비한다면 세상의 온갖 일들은 다 하찮은 것에 지나지 않소.

로저 스와컴

스와컴이 이처럼 권위적인 어조로 올워디 영주에게 편지를 보낸 것은 이번이 처음이었소. 하지만 선한 성품을 가장 커다란 약점으로 생각하는 사람들처럼, 스와컴도 나중에 이를 후회하게 될 충분한 이유를 갖게 되었소. 사실 올워디 영주는 스와컴을 좋아한 적이 결코 없었소. 그는 스와컴이 오만하고 성격이 비뚤어졌으며, 하나님에 대한 생각도 그의 기질로 인해 왜곡되었다는 사실을 잘 알고 있었기 때문이오(여러 점에서 올워디 영주는 하나님에 대한 그의 생각을 결코 받아들일 수 없었소). 하지만 스와컴은 훌륭한 학자였고 두 아이를 가르치는 데는 결코 지칠 줄 몰랐소. 이 밖에도 그는 자신의 삶과 행동거지에 매우 엄격했고, 아무런 비난도 받지 않을 정도로 정직했으며, 종교에 대해선 항상 경건한 마음을 가져, 올워디 영주는 그를 존경하거나 좋아하지는 않았지만, 전반적으로 볼 때 학식이나 근면성에서 선생으로서 매우 적합하다고 판단했기 때문에 아이들의 가정교사 자리에서 물러나게 하지 않았던 것이오. 게다가 올워디 영주는 아이들이 자기 집에서 자라고 있고, 바로 자기 눈앞에 있기 때문에, 그가 잘못 가르칠 때마다 이를 바로잡을 수 있을 거라 생각했었던 것이오.

5장

계속되는 이야기

마지막 말을 하던 도중, 존스에 대한 몇 가지 가슴 아픈 기억을 떠올린 올워디 영주가 눈물을 흘리자, 이를 본 밀러 부인은 말했소. "네, 영주님, 그 불쌍한 젊은이에 대한 영주님의 호의는 아무리 감추려 하셔도 다 알아요. 악당들이 하는 말은 모두 거짓이에요. 제 사위가 상황의 전모를 알아냈어요. 그 악당들은 불쌍한 존스 씨를 강제징집해 배에 태우려던 자들로 존스 씨의 라이벌인 어느 귀족이 고용한 사람들 같다는군요. 그 사람들이 다음에는 누구를 강제징집할지 몰라요. 여기 제 사위가 그들을 지휘한 장교를 직접 만났는데 아주 훌륭한 신사분이더래요. 모든 사실을 다 말해주고는, 자신이 이 일을 떠맡아 몹시 유감이라며 존스 씨가 바로 그 징병 대상이라는 사실을 알았더라면 이 일을 하지 않았을 거라더군요. 하지만 그분은 존스 씨가 떠돌이 부랑자라고 들었다고 했대요."

이 말을 모두 들은 올워디 영주가 눈을 동그랗게 뜨며 밀러 부인이 하는 말을 전혀 모르고 있었다고 하자, 밀러 부인은 "그러신 것 같네요.

그 사람들이 변호사에게 한 말과는 아주 다를 테니까요"라고 대답했소.

이에 올워디 영주가 "어떤 변호사요? 부인? 누구를 말하는 거요?"라고 묻자, 밀러 부인은 "선행을 베푸시고도 시치미를 떼시니 영주님답네요. 하지만 제 사위가 그 변호사를 여기서 봤대요"라고 대답했소. 이 말에 올워디 영주가 "누구를 보았다고요? 부인?"이라고 반문하자, 밀러 부인은 "영주님 변호사 있지 않습니까, 이 일을 조사하라고 영주님께서 보내신 그분 말이에요"라고 대답했소. 그러자 올워디 영주는 "맹세코, 나는 어떻게 된 건지 아직도 모르겠소"라고 말했소. 이에 밀러 부인은 "그러면 왜 그 사람하고 이야기를 나누셨나요?"라고 소리쳤고, 나이팅게일은 "저도 이 방에 들어왔을 때 어르신과 같이 있던 그 변호사를 올더스게이트에 있는 선술집에서 보았습니다. 존스를 강제징집하기 위해 펠라머 경이 고용한 사람들, 그러니까 그런 목적으로 존스와 피츠패트릭 사이에 벌어졌던 싸움의 현장에 있던 사람 중 두 사람과 함께 말입니다"라고 말했소. 이에 밀러 부인도 "저도 그 신사 양반이 영주님을 뵈러 방에 들어왔을 때, 아마도 영주님께서 이 일을 조사해보라고 그분을 그리로 보내셨을 거라고 사위에게 말했어요"라고 말하자, 올워디 영주는 갑자기 놀라는 기색이 역력하더니 한동안 아무 말도 하지 못하다가, 마침내 나이팅게일에게 말했소. "솔직히 말해, 자네가 지금 해준 말을 들었을 때보다 내 평생 더 놀란 적은 없었네. 그 사람이 분명히 맞는가?" 이에 나이팅게일이 "틀림없습니다"라고 대답하자, 올워디 영주는 "올더스게이트에서? 자네는 그 변호사와 그리고 두 명의 남자들과 같이 있었나?"라고 물었소. 이 말에 나이팅게일이 "그렇습니다. 거의 반시간쯤 있었습니다"라고 대답하자, 올워디 영주는 "그래. 그런데 그 변호사는 어떤 식으로 행동했나? 변호사와 그들이 나눈 대화를 모두 들었나?"라고 물었소. 이에 나이팅게일은 "아닙니다. 제가 그곳에 가기 전부터 그 사람들은 같이 있었습니다. 제 앞에선 거의 말을 하지 않더군요. 하지만 제가 그 사람들에게 몇 번이고 물어보았는데도 존스에게 들은 내용과는 정반대의 말을 계속하자(피츠패트릭 씨를 통해 그들의 말이 지독한 거짓말이라는 걸 알게 되었지만) 그 변호사는 그 사람들에게 진실만을 말하기 바란다는 둥 하면서 존스에 대해선 상당히 호의적이었던 것 같았습니다. 그래서 저는 그 사람이 어르신과 같이 있는 걸 보았을 때, 어르신이 자비를 베풀어 그분을 그곳으로 보낸 거라고 생각했던 겁니다"라고 대답했소. 이에 밀러 부인이 "영주님께서 그 사람을 그곳으로 보낸 게 아닙니까?"라고 묻자, 올워디 영주는 "정말이지 그런 일은 없었소. 나는 그 사람이 그런 일을 했다는 사실을 조금 전까지도 몰랐소"라고 대답했소. 그러자 밀러 부인은 "이제 다 알겠네요. 장담컨대, 이제 모두 알겠어요. 그 사람들이 최근에 그렇게 자주 밀담을 나눈 이유를 말이에요. 사위, 달려가서 그 사람들을 당장 이곳으로 데려와. 이층에 가면 찾을 수 있을 거야. 아니야, 내가 직접 가야겠어"라고 말했소. 이에 올워디 영주가 "부인, 진정하시오. 하인을 올려보내 다울링 씨가 여기 있으면 이리로 오게 하겠소. 혹 없다면 블리필을 불러오도록 하겠소"라고 말하자, 밀러 부인은 뭐라고 혼자 중얼거리며 나가더니, 곧 돌아와서는 "다울링 씨는 이미 떠났고, 다른 사람은(그녀는 블리필을 그렇게 불렀소) 이리 오고 있어요"라고 대답했소.

올워디 영주는 존스 문제로 분기탱천했던 이 선량한 여인보다는 침착한 성격이었지만, 밀러 부인과 같은 의혹을 품지 않은 것은 아니었소. 따라서 블리필이 방으로 들어왔을 때 몹시 심각한 표정으로 그리고 전보다는 덜 우호적인 표정으로, 존스가 어떤 신사와 결투를 벌일 때 현장에 있던 사람 중 몇 사람을 다울링이 만난 사실을 아느냐고 물었소.

진실을 은폐하거나 계속 거짓말을 하려는 사람에게 이처럼 기습적으로 던진 질문보다 위험한 것은 없는 법이오. 이런 이유로 런던의 중앙형사법원에서 인간의 목숨을 구하는 고귀한 임무를 맡은 훌륭한 분들은, 재판 당일 날 자신들의 고객에게 어떠한 질문이 던져질지 미리 예측하기 위해, 여러 차례에 걸쳐 사전조사를 통해 이를 알아내려고 하는데, 이는 아무리 임기응변이 뛰어난 사람도 즉석에서는 대답할 수 없는 적절하고 준비된 답변을 고객들에게 제공하기 위해서인 것이오. 그들이 이러는 것은 뜻밖의 질문으로 갑작스럽고도 격렬한 자극을 받게 된 혈관이 종종 안색을 변하게 만들어 그의 고객이 자신도 모르게 혐의를 드러낼지도 모르기 때문이오. 따라서 이 갑작스런 질문에 블리필의 안색이 변한 것을 보고는 밀러 부인이 "죄를 지었어요, 분명코 죄를 지었어요"라고 소리쳤다고 해서 그녀를 비난할 수는 없을 것이오.

　　하지만 올워디 영주는 밀러 부인의 성급한 행동을 호되게 나무란 뒤, 땅속으로라도 기어들어가고 싶어 하는 것처럼 보이는 블리필을 쳐다보며 이렇게 말했소. "왜 금방 대답을 하지 못하느냐? 네가 시킨 게 틀림없구나. 그자가 스스로 그런 일을, 특히 나에게 알리지도 않고 그런 일을 했을 리는 없을 테니 말이다."

　　블리필이 이에 "외삼촌, 제가 잘못을 저질렀다는 건 인정해요. 하지만 용서를 바래도 되지 않을까요?"라고 대답하자, 올워디 영주는 몹시 화가 나 "용서라고?" 하고 반문했소. 그러자 블리필이 말했소. "외삼촌이 화를 내실 거란 건 알고 있어요. 하지만 인간의 약점 중에서 가장 호감을 줄 수 있는 약점 때문에 벌어진 일이니, 외삼촌도 분명히 용서해주실 거라고 생각해요. 물론 동정 받을 자격이 없는 사람을 동정하는 게 죄악이라는 사실은 인정해요. 하지만 외삼촌 자신도 그런 잘못에서 자유로우시지는 않잖아요. 저도 바로 그 사람 때문에 몇 번이나 그런 잘못을 저지른 거예요. 제가 다울링 씨를 그곳으로 보낸 것은 인정해요. 하지만 아무런 이유 없이 보낸 게 아니라, 증인을 찾아서 증언의 강도를 완화시키기 위해서였어요. 외삼촌, 그건 사실이에요. 외삼촌에게는 그 사실을 숨기려 했지만, 이젠 부인하지 않겠어요."

이 말에 나이팅게일이 "그 신사의 행동으로 보아, 제게도 그렇게 보였다는 사실을 인정합니다"라고 말하자, 올워디 영주는 "부인, 이제 부인이 제 조카에 대해 잘못된 의심을 품었다는 사실을 인정하시고, 전처럼 제 조카를 못마땅하게 여기시지는 않겠지요"라고 말했소.

밀러 부인은 아무 말도 하지 않았소. 존스를 파멸시킨 원인 제공자로 여겼던 블리필을 금방 좋아할 수는 없었지만, 이번 경우만은 그녀도 다른 사람들처럼 블리필의 농간에 속아넘어갔기 때문이었소. 이처럼 악마가 전적으로 블리필의 편을 들었던 점으로 미루어 보아, '악마는 종종 자기 친구도 저버리고, 궁지에 내버려둔다'라는 항간의 말은 그 신사에 대한 상당히 부당한 인신공격이라고 나는 생각하오. 악마가 때로는 친구를 저버리는 경우가 있기는 하오. 하지만 기껏해야 술친구거나 약간 아는 정도의 사람뿐일 것이오. 일반적으로 악마는 철저하게 자기 종 노릇 하는 사람의 편을 들어주어, 거래가 끝날 때까지는 그가 곤경에 처할 때마다 거기서 벗어나도록 도와주니 말이오.

반란을 진압한 뒤 정권이 더욱 강력해지고, 질병에서 회복된 뒤 더 건강해지듯, 일단 분노가 사라지면 애정이 되살아나는 법이오. 올워디 영주의 경우가 바로 그랬소. 블리필에 대한 커다란 의혹이 사라지자, 스퀘어의 편지가 불러일으켰던 작은 의혹은 한풀 꺾이고 잊히게 되었으며, 스퀘어가 존스의 적들에게 가한 모든 비난은 올워디 영주를 몹시 화나게 한

스와컴이 다 뒤집어쓰게 되었던 것이오.

　이 젊은이에 대한 분노가 점차 누그러지자, 올워디 영주는 선량한 마음에서 그런 각고의 노력을 한 블리필을 자신은 용서할 뿐만 아니라, 그의 본을 따르겠다고까지 말했소. 그러고는 천사와 같은 미소를 지으며 밀러 부인을 향해 소리쳤소. "부인, 마차를 타고 우리 같이 부인의 친구를 만나러 가는 것이 어떻겠소? 분명히 말씀드리지만, 감옥을 찾아가는 게 이번이 처음은 아니오."

　모든 독자들이 이 훌륭한 여성 대신 이 말에 대답할 수 있을 거라 생각하오. 하지만 이때 밀러 부인이 느꼈던 감정에 공감할 수 있는 사람들은 선량한 마음을 가졌으며 우정이 무언지 잘 알고 있는 독자들일 것이오. 그러나 블리필의 마음속에서 지금 어떤 일이 벌어지는지 헤아릴 수 있는 사람은 그리 많지 않을 거라고 사료되오. 설사 이를 헤아릴 수 있는 독자들이라 하더라도 블리필이 존스를 찾아가는 일에 이의를 제기할 수는 없다는 사실은 인정할 것이오. 하지만 운명의 여신 혹은 앞에서 언급한 악마가 블리필의 편을 들어, 블리필이 큰 충격을 받지 않도록 해주었소. 이들이 마차를 부른 순간에 패트리지가 나타나 존스를 만나러 가는 일행 중에 있던 밀러 부인을 불러내, 최근에 밝혀진 끔찍한 사건을 알려주었소. 그러고는 올워디 영주가 존스를 찾아갈 거라는 얘기를 듣고는 가지 못하게 막을 방도를 찾아보라고 간청하며 이렇게 말했소. "이 일은 어떻게 해서든 영주님께는 비밀로 해야 해요. 지금 그곳으로 가신다면, 존스 도련님과 도련님의 어머니가 서로 몰라봐 저지른 끔찍한 죄를 한탄하는 걸 보시게 될 테니 말입니다. 존스 도련님과 막 헤어졌을 때, 도련님의 어머니가 찾아왔거든요."

　이 가련한 여인은 이 무시무시한 소식에 거의 넋이 나가 한동안 아무런 핑계도 생각해낼 수 없었소. 하지만 여자들이 남자들보다는 이런 상황에 훨씬 더 능숙하게 대처하는 법이오. 핑계거리를 하나 생각해낸 밀러 부인은 영주에게 다가가 말했소. "영주님, 방금 영주님의 그 관대하신 제안에 반대하면 놀라시겠지만, 영주님 제안을 즉시 실행에 옮길 경우 야기될 결과가 걱정이 돼요. 최근에 벌어진 수많은 악재로 그 불쌍한 젊은이는 지금 극심한 실의에 빠져 있을 게 분명해요. 그런데 영주님이 그곳에 가셔서 존스 씨가 흥분이라도 하게 된다면, 존스 씨는 심각한 해를 입을지도 몰라요. 지금 밖에 있는 존스 씨 하인이 그러는데 존스 씨의 몸 상태가 아주 안 좋다고 하거든요."

이 말에 올워디 영주는 "존스의 하인이 밖에 있다고 했소? 그 사람을 이리로 좀 불러주시오. 존스에 대해 몇 가지 물어볼 말이 있소이다"라고 소리쳤소.

처음에 패트리지는 올워디 영주 앞에 가는 게 두려웠지만, 자기가 살아온 이야기를 직접 들은 밀러 부인이 영주에게 그를 소개하겠다고 약속하자, 결국 그렇게 하기로 했소.

패트리지를 마지막으로 본 뒤로 세월이 꽤 흘렀지만 패트리지가 방에 들어오자마자 올워디 영주는 그를 알아보았기 때문에 밀러 부인이 격식을 차리며 일장 연설을 할 필요는 전혀 없었소. 만일 그랬다면 그 연설은 다소 장황했을 것이오. 독자들도 이미 보았겠지만, 이 선량한 여인은 아끼는 사람을 위해 언제라도 연설을 할 준비가 되어 있는 사람이니 말이오.

올워디 영주가 패트리지에게 "자네가 존스의 하인인가?"라고 묻자, 패트리지는 "정식으로 하인이라고 할 수는 없지만, 현재 같이 지내고는 있습니다. 나리께서도 잘 아시겠지만 '금시(今時)의 저는 과거(過去)의 제가 아닙니다'"라고 대답했소.

그러자 올워디 영주는 존스의 건강이며 기타 다른 문제에 대해 많은 질문을 했고, 이에 패트리지는 사실보다는 자신이 원하는 대로 대답했소. 이 정직한 사람의 도덕이나 종교적인 신조에 진실만을 말하는 건 포함되어 있지 않았기 때문이오.

이런 대화가 오고 가는 중 나이팅게일이 작별을 고하고, 곧이어 밀러 부인도 방을 나서자, 올워디 영주는 블리필도 내보냈소. 단둘이 있게 되면 다른 사람들이 있을 때보다는 좀더 솔직하게 말할 거라고 생각했기 때문이었소. 단둘이 남게 되자, 영주는 다음 장에서처럼 말하기 시작했소.

6장
계속되는 이야기

이 선량한 사람은 다음과 같이 말했소. "자네는 진짜 특이한 사람이네. 끝까지 거짓말을 사실이라고 우기다가 그런 고초를 당했었는데, 지금도 이렇게 우기니 말이네. 그리고 자신이 자기 아들의 하인이라고 세상 사람들을 속이고 다니다니! 도대체 그렇게 해서 무슨 득이 되는가? 그러는 연유가 도대체 뭔가?"

이에 패트리지는 무릎을 꿇고는 "나리께서는 제게 나쁜 선입견을 갖고 계셔서 제가 드리는 말씀은 믿지 않기로 작정을 하고 계신 것 같군요. 그러니 제가 아니라고 아무리 말씀드려도 무슨 소용이 있겠습니까? 하지만 하늘에 계신 분은 제가 그 젊은이의 아버지가 아니라는 사실을 알고 계십니다"라고 말했소.

이 말에 올워디 영주가 대답했소. "어떻게 자네는 변명의 여지도 없는 명백한 증거에 따라 유죄판결을 받았던 죄를 아직도 부인하고 있는가? 자네가 지금 그 젊은이와 같이 있다는 사실 자체가 20년 전 자네가 그 일을 저질렀다는 사실을 입증하고 있는데 말이야. 나는 자네가 우리 마을을 떠났다고 생각했었네. 뿐만 아니라, 오래전에 죽었다고도 생각했었지. 도대체 자네가 그 젊은이 소식을 어떻게 알았겠는가? 서로 연락하고 있지 않았다면, 어떻게 자네가 존스를 만날 수 있었겠는가 말이네! 아니라고 하진 말게. 그처럼 오랫동안 자기 아버지를 은밀히 도와줄 정도로 효심이 지극했다는 사실 때문에 나는 자네 아들을 더 좋게 생각할 테니 말일세."

그러자 패트리지는 "나리께서 인내심을 갖고 제 말을 들어주신다면 모두 말씀드리겠습니다"라고 말했고, 이에 올워디 영주가 그렇게 하라고 허락하자, 패트리지는 다음과 같이 말을 시작했소. "나리께서 제게 노여움을 품게 되셨을 때, 제 신세는 곧 망가지게 되었습니다. 갖고 있던 조그마한 학교도 잃게 되었고, 나리가 원하신다고 생각해서인지 목사님도 교회서기 직에서 저를 쫓아버려 저는 그런 시골에선 먹고살기에 충분하지 않은 직업이었지만 이발업을 할 수밖에 없게 되었으니까 말입니다. 게다가 저는 아내가 세상을 떠나자 고정적으로 받던 돈(그때까지 저는 모르는 사람한테서 1년에 12파운드의 돈을 받았는데, 저는 그게 나리께서 보내주신 거라 믿었죠. 그런 일을 하실 분이 나리밖에는 없다고 생각했거든요)까지도 끊겼어요. 당시 저는 두세 군데에 그리 많지 않은 빚을 지고 있었는데, 그게 눈덩이처럼 불어나(특히 변호사가 변호비용으로 청구한 15실링이 30파운드로 불어났기 때문이었죠*) 골칫덩어리가 되기 시작했습니다. 게다가 제

---

* "내가 알기에 이는 도싯셔에 사는 어느 가난한 목사에게 일어난 일이다. 이 가난한 사람이 제기한 소송에 엄청난 비용을 청구한 못된 변호사는 이에 만족하지 않고 소위 말해 재판 결과에 대해 다시 소송을 제기하게 만들었다고 한다. 이는 가난한 사람을 억압하고, 변호사의

가 하던 일이 더 이상 밥벌이 수단이 되지 못한다는 것을 알게 돼, 적지만 제가 가진 걸 모두 챙겨서 그곳을 떠날 수밖에 없게 되었던 겁니다.

제가 처음 갔던 곳은 솔즈베리였습니다. 그곳에서 법조계에 종사하는 어떤 신사분 밑에 들어가 일을 시작했죠. 일찍이 제가 알던 분 중 가장 훌륭한 신사였던 그분은 제게 잘해주셨을 뿐만 아니라, 제가 그곳에 머무는 동안에도 남들에게 수많은 선행을 베푸신 걸로 알고 있습니다. 누가 하찮은 일로 혹은 남을 압박하기 위해 변호 의뢰를 할 경우엔 종종 거부하셨던 걸로 저는 알고 있으니까요." 이때 올워디 영주는 "그렇게 상세히 말할 필요는 없네. 나도 그 신사분을 잘 알고 있으니까 말이네. 아주 훌륭하신 분으로 변호사들의 귀감이 될 분이지"라고 말했소. 이에 패트리지는 다음과 같이 말을 이었소. "하여튼 저는 그곳에서 리밍턴으로 이사했고, 그곳에서 3년 넘게 다른 변호사 밑에서 일했습니다. 그 변호사도 아주 훌륭하셨는데 진짜 재미있는 분이었죠. 하여튼 전 3년이 지난 뒤 자그마한 학교를 하나 세웠는데, 불운한 일만 생기지 않았다면 다시 잘해나갈 수 있었을 겁니다. 그곳에서 저는 돼지 한 마리를 키웠는데, 어느 날 그놈이 우리를 뛰쳐나가 이웃 사람의 정원에 소위 말해 '침입'을 했습니다. 이름은 기억나지 않지만 앙심을 품은 정원 주인은 변호사를 고용해 영장을 발부받아 저를 순회재판에 넘겼습니다. 순회재판에 가서 변호사라는 것들이 하는 말을 듣게 되었는데 정말이지 재판관에게 터무니없는 거짓말만 늘어놓더군요. 제가 돼지들을 다른 사람 정원으로 몰고 다니면서 그런 일을 엄청 많이 저질렀다며 차라리 돼지들을 시장에 갖다 팔았더라면 좋았을 거라고 말하더군요. 사람들은 분명히 제가 조그만 돼지 한 마리를 키우는

_____

호주머니를 가난한 사람의 돈으로 채우기 위해 종종 사용되는 방법으로, 법과 국가, 기독교적 정신, 심지어 인간에 대한 커다란 수치다."(필딩의 주)

별 볼일 없는 인간이 아니라, 우리나라에서 돼지를 제일 많이 거래하는 장사꾼이라고 생각했을 겁니다." 이 말에 영주가 "제발 그런 세세한 이야기는 그만두게. 나는 아직 자네 아들에 관한 이야기는 듣지 못했네"라고 말하자, 패트리지는 "존스 도련님을 그렇게 부르길 원하시니 저도 그렇게 부르죠. 제가 제 아들을 만난 건 그 뒤로 여러 해가 지나서였습니다. 그 일이 있은 뒤, 저는 아일랜드로 건너가 코크라는 곳에서 학생들을 가르쳤습니다(그 소송 한 건 때문에 저는 다시 파산했고, 7년 동안이나 윈체스터 감옥에 갇히게 되었습니다)"라고 말했소. 이에 올워디 영주가 다시 "그때 이야기는 빼고 영국으로 돌아온 뒤의 이야기를 좀 해보게"라고 말하자, 패트리지는 "제가 브리스틀에 도착한 것은 대략 반년 전이었습니다. 그곳에서 지낸 지 얼마 되지 않아 저는 그곳 형편도 좋지 않다는 걸 알게 되었죠. 그래서 브리스틀과 글로스터 사이에 살던 이발사가 죽었다는 소식을 듣고는 두 달 전 그곳으로 갔는데, 존스 도련님도 그곳에 왔더군요"라고 대답했소. 그러더니 존스를 처음 만났던 당시의 상황과 그날 이후 지금까지 벌어졌던 일들을, 중간 중간 존스에 대한 찬사를 보태면서, 그리고 존스가 올워디 영주에게 얼마나 큰 애정과 존경심을 갖고 있는지 암시하면서, 기억나는 대로 상세히 말했소. 그러고는 "나리, 저는 모든 진실을 말씀드렸습니다"라는 말로 자기 이야기를 맺고는 로마 교황이 자기 아버지가 아니듯 자신은 존스의 아버지가 아니라고 아주 엄숙하게 맹세하며, 지금까지 한 말이 사실이 아니라면 그 어떤 혹독한 저주를 받아도 좋다고 말했소.

이 말에 올워디 영주가 "이 문제를 어떻게 생각해야 할지 모르겠네. 인정하면 오히려 유리할 사실을 이렇게 강하게 부인하는 목적이 무엇인지 도대체 알 수 없으니 말이네"라고 말하자, 더 이상 참을 수 없었던 패트리지는 "나리, 나리께서 저를 믿지 못하시겠다면 당장 확인시켜드릴 수 있습니다. 그 젊은이의 아버지가 누군지 잘못 알고 계신 것처럼, 저도 나리께서 그 젊은이의 친어머니가 누구인지 잘못 아셨길 바랍니다"라고 대답했소. 영주가 그게 무슨 소리냐고 묻자 목소리와 얼굴에 두려움의 기색이 역력했던 패트리지는 방금 전 밀러 부인에게는 올워디 영주에게 절대로 알리지 말아달라고 부탁한 사건의 전모를 이야기해주었소.

패트리지의 말에, 패트리지가 그랬듯 엄청난 충격을 받은 올워디 영주가 "맙소사! 악행과 경솔한 행동으로 우리 인간이 이런 비참한 상황까지 가게 되다니! 악행의 결과가 이 정도까지 될 수 있다니!"라고 소리치자마자, 워터스 부인이 황급히 그리고 갑작스럽게 방 안으로 들어왔소. 그녀를 본 패트리지는 이렇게 소리쳤소. "나리, 여기요. 여기 바로 그 여인이 왔습니다. 바로 이분이 존스 도련님의 어머니입니다. 이분이 제 무고함을 밝혀줄 수 있을 거라고 확신합니다. 부인, 제발 부탁합니다."

워터스 부인은 패트리지의 말에는 전혀 신경 쓰지 않고 눈길도 주지 않은 채 올워디 영주 앞으로 다가가서는 "영주님, 영주님을 뵌 지 너무 오래돼서 절 알아보지 못하실 거예요"라고 말하자, 올워디 영주는 "여러 면에서 너무 많이 변해 여기 이 사람이 알려주지 않았다면, 금방 기억해내지 못했을 거요. 그런데 나를 찾아온 무슨 특별한 용건이라도 있소?"라고 상당한 거리를 두며 물었소. 독자들도 쉽사리 짐작하겠지만 올워디 영주는 이 여인의 처신에 대해, 즉 과거에 그녀에 대해 들었던 것이나 지금 패트리지에게서 들은 이야기 때문에, 그리 달갑게 여기지 않았던 것이오.

이에 워터스 부인은 "아주 특별한 용무가 있어서 왔습니다. 영주님께만 말씀드릴 수 있는 거라서, 다른 사람은 물러나주셨으면 합니다. 분명히 말씀드리는데, 아주 중요한 거예요"라고 대답했소.

나가 있으라는 지시를 받은 패트리지가 자리를 뜨기 전, 워터스 부인에게 자신은 아무 잘못도 없다는 사실을 올워디 영주에게 말해달라고 간청하자, 그녀는 "걱정하실 필요 없어요. 그 문제에 대해선 영주님께서 충분히 납득하실 정도로 말씀드릴 테니까요"라고 대답했소.

그 말을 듣고 패트리지가 방을 나서자, 올워디 영주와 워터스 부인은 대화를 나누었는데, 그 내용은 다음 장에 기술하겠소.

7장

계속되는 이야기

워터스 부인이 얼마 동안 아무 말도 하지 않자, 올워디 영주는 다음과 같이 말하지 않을 수 없었소. "부인, 그 이후에 내가 들은 이야기를 보면, 부인이 내 호의를 악용한 것 같아 유감이오." 이 말에 워터스 부인은 그의 말을 막으며 "영주님, 제가 결점이 많다는 사실은 알아요. 하지만 영주님께 배은망덕한 일을 저지르지는 않았어요. 제게 과분하게 베푸신 영주님의 호의를 잊을 수도 없고 또 잊지도 않을 거예요. 하지만 저를 꾸짖으시는 걸 잠시만 미루어주세요. 존스라는 제 처녀 시절의 성을 준 그 젊은이에 관해 드릴 아주 중요한 말씀이 있으니까요"라고 말했소. 이에 올워디 영주가 "그렇다면 방금 나간 그 사람은 아무 잘못도 없는데 그걸 모르고 내가 벌을 준 것이란 말이오? 그가 그 아이의 아비가 아니란 말이오?"라고 묻자, 워터스 부인은 "그분은 존스 씨의 아버지가 아니에요. 전에 제가 영주님께서도 언젠가는 아시게 될 거라고 말씀드린 걸 기억하실지 모르겠네요. 영주님께 진작 말씀드리지 않은 건 제 불찰이라는 사실

인정해요. 하지만 사실은 꼭 그렇게 해야 할 필요가 있었는지 몰라서 그랬던 거예요"라고 대답했소. 이에 올워디 영주가 "계속하시오"라고 말하자, 워터스 부인은 "영주님, 서머라는 젊은이를 기억하실 거예요"라고 말했소. 이에 올워디 영주가 "똑똑히 기억하고 있소. 내가 아주 좋아했던 학식과 덕망이 높았던 목사의 자제였으니까 말이오"라고 소리치자, 워터스 부인은 "그런 것 같았어요. 저도 영주님께서 그분을 키우시고 대학까지 보내신 걸로 알고 있으니까요. 대학을 마치고 영주님 댁에 왔을 때 그분만큼 훌륭한 분은 없었던 것 같아요. 잘생겼을 뿐만 아니라 친절하시고 위트도 넘치는 데다 매우 교양 있는 분이셨지요"라고 대답했소. 이 말에 올워디 영주가 "불쌍한 젊은이지. 너무 젊은 나이에 세상을 떠났어. 그런데 그 젊은이가 이런 잘못을 저질렀을 거란 생각은 하지 못했는데. 그러니까 지금 그 젊은이가 존스의 아버지라고 말하려는 것 아니오?"라고 말하자, 워터스 부인은 "제 아이의 아버지는 아니에요"라고 대답했소. 이에 올워디 영주가 "그럼 여태까지 무엇 때문에 그 젊은이 이야기를 꺼낸 것이오?"라고 묻자, 워터스 부인은 "영주님께 알려드려야 할 사실을 이야기하기 위해서였어요. 놀랍고도 슬픈 이야기이니 마음의 준비를 하세요"라고 말했소. 그러자 올워디 영주는 "말해보시오. 나는 아무 잘못도 저지르지 않았으니, 무슨 이야기를 듣든 두렵진 않을 것이오"라고 대답했소. 이에 워터스 부인은 "영주님 친구 분의 아드님으로, 영주님의 도움으로 학업을 끝마치신 뒤, 영주님 댁에서 1년 동안 살다가 천연두로 세상을 떠나신 그분, 영주님께서 친자식을 잃은 듯 슬퍼하시며 장례까지 치러준 그 서머라는 분이 바로 아이의 아버지였어요"라고 말했소. 이에 올워디 영주가 "어떻게 그럴 수가 있소! 지금 그 말은 앞의 말과는 모순되지 않소!"라고 말하자, 워터스 부인은 "모순되지 않아요. 그분이 존스 씨 아버지인 것은 틀림없지만 존스 씨가 제 아이는 아니니까요"라고 대답했소. 그러자 올워디 영주는 "말조심하시오. 자기 죄를 남에게 전가하는 죄까지는 짓지 마시오. 하늘에 계시는 분에게는 그 어떤 것도 숨길 수 없다는 사실과 그분의 심판대에 섰을 때 거짓말은 부인의 죄를 더욱 무겁게 할 거라는 사실을 명심하시오"라고 말했소. 이 말에 워터스 부인은 "영주님, 저는 정말로 존스 씨의 어머니가 아니에요. 세상 사람들이 그렇게 생각하도록 이젠 내버려두지도 않을 거고요"라고 대답했소. 그러자 올워디 영주는 "그 이유는 나도 알고 있소. 그것이 사실이 아니라면, 나도 부인만큼이나 기뻐할 것이오. 하지만 부인 스스로가 내 앞에서 그 사실을 고백했다는 것을 기억해야 할 거요"라고 말했소. 이에 워터스 부인이 "이 손으로 그 갓난아기를 영주님 침실로 데려갔다고 한 제 고백은 사실이에요. 단지 저는 그 아기 엄마의 지시에 따라 아기를 그곳으로 데려갔고, 나중에는 그 아기가 제 아기라고 말했던 거예요. 비밀을 지키고 치욕을 당한 대가로 그분에게 많은 보상도 받았고요"라고 말하자, 올워디 영주는 "도대체 그 여자가 누구요?"라고 물었소. 이에 워터스 부인은 "이름을 말씀드리기가 정말 두렵네요"라고 대답하자, 올워디 영주는 "그렇게 미적거리는 것을 보니 내 친척일지도 모른다는 생각이 드는군"이라고 소리쳤소. 이에 워터스 부인이 "아주 가까운 친척 분이시죠"라고 대답하자, 올워디 영주는 깜짝 놀랐고, 워터스 부인은 말을 이었소. "영주님께는 누이동생분이 계셨죠?" 이에 올워디 영주가 소스라치게 놀라며 "누이동생이라고!"라고 소리치자, 워터스 부인은 "하늘을 두고 맹세하는데 영주님 누이동생이 바로 침대에서 발견한 그 아기의 어머니예요"라고 대답했소. 이 말에 올워디 영주가 "맙소사! 그게 말이나 돼!" 하고 소리치자, 워터스 부인은 이렇게 말했소. "영주님, 인내심을 갖고 제 말을 들어주신다면, 모든 걸 말씀드리지요. 영주님께서 런던으로 떠나신 지 얼마 되지 않은 어느 날 브리짓 마님이 제 어머니의 집을 찾아오셨어요. 그러고는 제가 다른 여자들보다 학식도 있고 분별력이 뛰어나다는 이야기를 들으셨다며 흡족해하시더군요. 그러시더니 한번 찾아오라고 하셨어요. 그래서 찾아뵈었더니 저에게 책을 읽게 하시고는 책 읽는 게 몹시 마음에 든다고 저를 친절하게 대해주시고는 선물도 많이 주셨죠. 그러고는 비밀 엄수라는 주제를 가지고 문답식으로 제게 물어보셨는데, 제가 만족스럽게 답변 드리자 방문을 걸어 잠근 뒤 저를 사실로 데려가셨어요. 그런데 그 사실의 방문도 잠그신 다음, 당신의 평판과 목숨까지도 앗아갈 수 있는 비밀을 말해주어, 당신이 얼마나 저를 신뢰하고 계신지 알게 해주시겠다고 하시면서 잠시 말씀을 멈추셨어요. 그러고는 이따금씩 눈물을 훔치시며 한동안 침묵하시더니, 제 어머니도 비밀을 지키실 수 있는 분이라고 생각하는지 물어보셨죠. 그래서 남과의 약속을 철석같이 지키시는 분이라는 데 제 목숨이라도 걸겠다고 하자, 마음속에 담고 고민하시던 큰 비밀을 말씀해주셨죠(제 생각엔 나중에 출산할 때 겪으신 것보다 더한 고통을 감내하며 말씀하셨던 것 같아요). 그런 다음 때가 되면 제 어머니와 저만 마님 곁에 두고 윌킨스 부인은 외부로 보내기로 계획을 짰어요(그 계획에 따라 나중에 윌킨스 부인을 어떤 하인의 평판에 대해 알아보라는 구실로 도싯셔의 끄트머리 지역으로 보내셨던 거예요). 계획에 따라 출산 3개월 전부터 마님께서는 부리던 하녀를 쫓아내고는 제게 시중들게 하셨어요. 남들에게는 시험 삼아 제게 일시키는 거라고 말씀하시며 말이죠. 물론 나중에는 제가 일을 제대로 못해 하인으로 부리기에 적합하지 않다고 말씀하시기로 했지만 말이죠. 그렇게 말씀하시기로 한 이유는 아이가 제 자식이라고 했을 때, 윌킨스 부인이 의심할까 봐 그랬던 거예요. 아무도 자신의 비밀을 알려준 사람에게 상처를 줄 거라곤 믿지 않을 거라 생각했기 때문이었죠. 영주님, 저는 제가 겪은 치욕에 대해 충분히 보상받았고 또 제가 왜 그런 치욕을 겪게 되었는지도 알고 있기 때문에 전혀 불만은 없었어요. 사실 마님은 그 누구보다도 윌킨스 부인을 믿지 못했어요. 그분을 싫어해서가 아니라 비밀을 (특히 영주님께) 지킬 수 없는 사람이라고 생각하셨던 것 같아요. 윌킨스 부인은 본인이 살인을 저질러도 다른 사람에게 말할 사람이라고 마님이 종종 말씀하시는 것을 들었거든요. 출산 예정일이 다가오자, 일주일 전부터 준비된 상황이었지만 이런저런 구실로 연기되었던 윌킨스 부인의 외출이 허용되었죠. 저와 제 어머니만 지켜보는 가운데 아기가 태어났고, 아기는 어머니가 집으로 데리고 가 영주님이 돌아오시던 날 저녁까지 몰래 데리고 계셨어요. 그러고는 마님 지시에 따라 제가 아기를 영주님 침대에 갖다 놓았던 거고요. 마님이 아기에게 악감정을 가지고 있고, 아기에 대한 관심은 단지 영주님 뜻을 따르기 위해서인 것처럼 꾸몄던 것은 나중에 생길 수 있는 의혹을 잠재우기 위해서였던 거예요." 이렇게 말하고는 자기 말이 사실임을 여러 번 힘주어 강조한 다음, 이렇게 말을 맺었소. "영주님은 결국 조카를 찾으신 거예요. 앞으로도 존스 씨를 그렇게 여기실 거고, 또 존스 씨가 조카라는 사실이 영주님께도 영예스럽고 위로가 될 거라고 전 확신해요." 이 말에 올워디 영주가 말했소. "부인의 말에 내가 얼마나 놀랐는지는 굳이 감출 필요가 없을 거요. 사실처럼 꾸미기 위해 그처럼 많은 정황을 짜 맞출 리도 없고 또 그렇게 할 수 있다고도 생각하지 않소. 그리고 보니 그 서머란 젊은이와 관련된 어떤 말이 생각나는군. 그 말을 듣고 내 누이가 그 젊은이를 좋아했던 게 아닌가 하는 생각이 들어 누이에게 말했지. 그 젊은이 자신뿐만 아니라 그 젊은이의 아버지 때문에라도 좋게 생각하고 있으니 그와 결혼하려 한다면 기꺼이 찬성할 거라고 말이오. 하지만 누이는 터무니없는 의심이라며 몹시 불쾌해했소. 그래서 그 문제를 두 번 다시 언급하지 않았지. 아! 역시 하나님은 삼라만상을 관장하신다는 말이 맞는 것 같소. 하지만 누이가 이 비밀을 저 세상까지 안고 간 건 정당화될 수 없소." 그 말에 워터스 부인은 이렇게 대답했소. "그렇게까지 하실 생각은 아니었을 거예요. 언젠가는 영주님께 사실을 말씀드리겠다고 여러 번 말씀하셨거든요. 단지 계획대로 일이 진행되어 아주 기쁘다고 하시고는 영주님께서도 아이를 몹시 좋아하시니 아직까지는 진실을 밝힐 필요가 없을 것 같다고 하셨죠. 하지만, 지금까지 살아 계셔서 그 불쌍한 젊은이가 영주님 댁에서 부랑자처럼 쫓겨나는 걸 보시고 또 영주님이 직접 고용하신 변호사를 통해 저지르지도 않은 살인을 구실로 존스 씨를 살인죄로 기소하려고 하신다는 사실을 알게 되셨다면…… 용서하세요, 영주님. 하지만 그렇게 하시는 건 잔인하다고 말할 수밖에 없네요. 영주님은 지금 속고 계신 게 분명해요. 존스 씨는 그런 취급을 받을 만한 짓을 절대로 하지 않았어요." 이 말에 올워디 영주가 "그게 누구든 간에 부인에게 그런 말을 하는 자는 나를 중상모략하고 있는 것이오"라고 대답하자, 워터스 부인은 "아닙니다, 영주님. 제 말을 오해하고 계신 것 같네요. 제가 감히 영주님께서 무슨 잘못을 저질렀다고 말씀드린 건 아니에요. 저를 찾아온 신사도 그런 제안을 하진 않았어요. 저를 피츠패트릭 씨의 부인으로 오해하고는 제 남편이 존스 씨 때문에 죽게 됐으니 존스 씨를 고소한다면, 제가 상대해야 할 존스라는 악당을 아주 잘 아는 어떤 훌륭한 신분이 필요한 돈은 대줄 거라고 말했던 것뿐이었으니까요. 저는 그 사람을 통해 존스 씨가 누군지 알게 되었고, 존스 씨에게선 다울링이라는 그 신사가 영주님 집사라는 사실을 들었어요. 사실 그 사람은 자기 이름을 밝히길 거부했지만 아주 우연한 일로 알게 되었죠. 패트리지 씨가 제 거처에 두번째로 찾아왔을 때 그를 보고는, 전에 솔즈베리에서 봤다고 했거든요."

이 말에 몹시 놀란 표정을 한 올워디 영주가 "그 다울링이라는 자가 부인이 고소하면 내가 도와줄 거라고 말했소?"라고 묻자, 워터스 부인이 "아닙니다, 영주님. 그 사람이 저지르지도 않은 일을 했다고 하진 않겠어요. 제가 도움을 받을 수 있을 거라고만 했지, 누가 도와줄지 이름은 밝히지 않았어요. 하지만 영주님, 용서하세요. 여러 정황으로 보아 그 사람은 바로……" 하고 말하려는 순간, 올워디 영주는 "그래요, 부인. 여러 정황으로 미루어 볼 때, 그건 내가 아니라 다른 사람이 틀림없소. 맙소사! 극악무도하고 사악한 행위가 이렇게 놀라운 방법으로 밝혀지다니! 부인이 말한 그자가 올 때까지 좀 기다려주시겠소? 아마 곧 나타날 거요. 아니 어쩌면 이미 이곳에 와 있는지도 모르오"라고 말했소. 이 말을 하고 올워디 영주는 하인을 부르러 문으로 향했는데 이때 누군가가 들어왔소. 하지만 들어온 사람은 다울링이 아니라 다음 장에서 보게 될 어떤 신사였소.

8장

계속되는 이야기

지금 도착한 신사는 다름 아닌 웨스턴 영주였소. 그는 올워디 영주를 보자마자 워터스 부인이 있다는 사실은 조금도 개의치 않고 이렇게 소리쳤소. "이것들이 내 집에서 별짓을 다 했더구만요! 결국 모든 게 뒤죽박죽이 됐고요. 이래 누가 딸 문제로 골치를 썩고 싶겠소?" 이 말에 올워디 영주가 "무슨 일입니까?"라고 묻자, 웨스턴 영주는 "억수로 큰 일이죠.

이제 제정신이 들었다 생각했고, 내가 하자는 대로 할 끼라고 약속도 해가, 변호사를 불러가 매듭 짓는 거 말고는 더 이상 할 일도 없을 기라 생각했는데 말이오. 그런데, 그 쬐그만 망할 년이 그동안 날 가지고 놀며 영주의 그 사생아 놈하고 편지질했다는 걸 우예 생각하시오? 딸년 문제로 싸웠던 누이가 알려줘 딸년이 잠든 사이에 호주머니를 뒤지보라고 시켰더니, 여기 내 손에 있는 그 개자슥 이름이 서명된 편지가 한 통 나왔지 뭐요. 울화가 치밀어 반도 몬 읽었지만, 서플 목사 설교보다도 긴 이 편지엔 사랑 타령만 있는 기 분명하오. 무신 다른 이야기를 할 게 있겠소? 내그래 딸년을 방에 다시 가뒀죠. 당장 결혼하겠다고 안 하믄 내일 아침 당장 시골로 내려보낼 참이오. 그리고 골방에 가다두고 평생 빵과 물만 먹고 살게 할 거요. 독한 년이니, 일찌감치 확 잡아놓는 게 상책이지. 살면서 계속 날 지긋지긋하게 괴롭힐 테니 말이오"라고 말했소. 이에 올워디 영주가 "웨스턴 영주, 물리적인 힘을 사용하는 건 제가 늘 반대해왔다는 걸 잘 아시지 않소? 그리고 물리적 힘을 사용하시지 않겠다고 약속도 해주셨고요"라고 말하자, 웨스턴 영주는 "글킨 하죠. 근데 그건 내가 강제로 우예 안 해도 딸내미가 내 뜻에 따라줄 끼라 캐서 한 약속이죠. 딸이 잘되기만 바라는데, 딸내미한테 못할 일이 어데 있것소?"라고 소리쳤소. 이에 올워디 영주가 "하여튼 허락해주신다면, 제가 한번 따님을 만나 설득해보겠소이다"라고 말하자, 웨스턴 영주는 "그래주시겠소? 그라믄 내아주 고맙고. 내보다는 영주께서 그 아이에게 더 많은 걸 할 수 있을지도 모르오. 영주를 아주 좋게 생각하고 있는 게 분명하이 말이오"라고 대답했소. 그러자 올워디 영주는 "거처로 가셔서 따님을 풀어주시면 30분 안에 제가 만나러 가겠소이다"라고 말했고, 이에 웨스턴 영주가 "그사이에 딸년이 그 자슥이랑 도망이라도 가면 우야죠? 부상당했다는 그 친구가 아직 살아 있을 뿐만 아니라 곧 회복될 것 같아, 존스 녀석이 곧 교도소에서 풀리나와 이젠 교수형 시킬 희망도 별로 없다고 다울링이 그러는데 말이오"라고 대답하자, 올워디 영주가 "뭐라고요? 그럼 영주께서 그 문제에 대해 알아보고 조처를 취하도록 그자를 고용하셨단 말이오?"라고 물었소. 이 말에 웨스턴 영주가 "난 아니오. 시키지도 않았는데 조금 전에 내한테 그래 말을 합디다"라고 대답하자, "조금 전이라고요! 그럼 다울링을 어디서 만나셨소? 나도 꼭 만나보고 싶은데"라고 올워디 영주가 소리쳤소. 이 말에 웨스턴 영주는 "제 거처로 가시믄 당장이라도 만날 수 있을 거요. 오늘 아침 거서 모기지 문제로 변호사들 모임이 있을 테니 말이오. 빌어 먹을! 그 잘난 나이팅게일 씨 때문에 2, 3천 파운드를 잃게 생깃으이 말이야"라고 대답했소. 이에 올워디 영주가 "어쨌든 30분 안에 찾아뵙겠소"라고 말하자, 웨스턴 영주는 이렇게 말했소. "한번만 이 어리석은 사람의 충고에 귀 좀 기울여보시오. 그 아일 점잖게 다룰 생각은 하도 말아요. 아무 소용도 없을 테니 말이오. 나도 그런 방법을 오랫동안 써보아 잘 아이 말이오. 그 아인 아주 무섭게 대해야 결혼시킬 수 있지, 그 외엔 달리 방도가 없소. 내가 애비란 사실과 부모 말을 거역하는 건 끔찍한 죄악이니 부모 말 안 들으면 지옥에 가 끔찍한 벌을 받게 될 기라고만 말해주이소. 그리고 골방에 갇혀 평생 빵과 물만 먹게 될 거라고도 해주이소." 이 말에 올워디 영주가 "할 수 있는 건 다 해보겠소. 훌륭한 따님과의 혼사보다 더 제가 바라는 건 없으니 말이오"라고 대답하자, 웨스턴 영주는 "글쵸, 그 점에 있어 갖곤 그 아이가 괘안치. 더 찾아보아야 내 딸보다 모자란 여자만 만날 기니까. 내 딸내미라서 그카는 게 아이고 진짜로 글타는 거요. 말만 쪼매 잘 들으믄 여서 반경 백 키로 안에서 내만큼 딸을 애끼는 사람도 없을 거요. 하이튼, 이 부인하고 하실 일이 있는 거 같으이, 난 먼저 숙소로 돌아가 있겠소"라고 소리쳤소.

웨스턴 영주가 떠나자마자 워터스 부인이 말했소. "저 영주님께선 제 얼굴을 전혀 기억하시지 못하는군요. 제가 먼저 이야기하지 않았다면 올워디 영주님께서도 저를 알아보시지 못했을 거예요. 영주님이 친절하게 저에게 충고해주시던 그날 이후로 저는 상당히 많이 변했으니까요. 그때 그 충고를 따랐더라면 좋았을 텐데……" 이 말에 올워디 영주가 "그건 그렇소. 내 충고와는 완전히 반대로 했다는 이야기를 처음 들었을 땐 걱정이 많이 되었소"라고 소리치자, 워터스 부인이 말했소. "저는 아주 음흉한 계략에 말렸던 거예요. 그때 제 행동이 정당했다고 생각해주시길 바랄 수는 없지만, 그때 상황을 아신다면 적어도 제 죄를 좀더 가벼이 보시고, 저를 불쌍히 여기실 거라고 생각해요. 하지만 지금 그동안 제게 벌어진 일을 모두 들으실 여유는 없으니, 이것만 확실히 말씀드리죠. 저는 저와 결혼하겠다고 한 아주 엄숙한 맹세에 속았던 거예요. 아니, 하나님이 보시기에 저는 결혼한 거나 마찬가지였을 거예요. 그런 문제에 관한 책을 많이 읽어보니, 특정한 의식은 결혼을 법적으로 승인하거나 아내로서의 특권을 부여하는 데 필요한 것일 뿐, 그 밖에 다른 의미는 없다는 확신이 들었으니까요.* 그래서 개인적으로라도 엄숙히 서약한 뒤 한 남자만을 바라보며 변함없는 마음으로 살아간다면, 세상 사람들이 뭐라고 하든 양심에 거리낄 이유가 없다고 생각했어요." 이 말에 올워디 영주가 "자신의 학식을 그처럼 악용했다니 참으로 유감이오. 좀더 많은 학식을 쌓든지 아니면 무지하든 둘 중의 하나가 더 나을 뻔했소. 하여튼 그것 말고도 다른 잘못을 저지른 걸로 알고 있는데"라고 말하자, 워터스 부인은 다음과 같

---

* 워터스 부인은 공식적인 의식 없이 서로 동의만 한다면 결혼이 성립될 수 있다는 법적 판단에 대해 말하고 있다. 물론 이는 상속과 같은 법적인 권한을 부여하지는 못하지만 말이다.

이 대답했소. "아주 엄숙하게 맹세하는데, 저는 그 사람과 12년 넘게 사는 동안 아무런 죄도 짓지 않았어요. 영주님, 제 입장에서 한번 생각해주세요. 평판도 안 좋고 가진 것 하나 없는 여자가 무엇을 할 수 있었겠어요? 길 잃은 양이 아무리 올바른 길로 돌아오고 싶어도 그 선량하다는 세상 사람들이 허락할 것 같아요? 단언하지만 할 수만 있었다면, 저는 올바른 길을 택했을 거예요. 하지만 살려다 보니 어쩔 수 없이 워터스 대위의 품을 선택할 수밖에 없었고, 아직까지 그 사람하고 결혼하지는 않았지만 오랜 세월 동안 그 사람의 아내로서 그의 이름을 쓰며 살아가고 있어요. 그 사람이 역도들과 싸우러 우스터를 떠나는 바람에 헤어지게 되었는데, 그때 저를 어떤 악당에게서 구해준 존스 씨를 우연히 만나게 된 거예요. 존스 씨는 진짜 훌륭한 사람이에요. 존스 씨 나이의 젊은 사람 중 존스 씨만큼 부도덕한 면이 적은 사람도 없어요. 존스 씨 장점의 20분의 1도 따라올 사람은 드물 거라고 생각하고요. 설령, 존스 씨가 부도덕한 면이 있다 하더라도 이젠 부도덕한 일은 그만두기로 결심했다는 걸 저는 확신해요." 이에 올워디 영주가 말했소. "나도 그러길 바라오. 그 아이가 그 결심을 계속 지켜나가길 바란단 말이오. 나는 부인에 대해서도 여전히 같은 희망을 갖고 있소. 이런 경우에 세상 사람들이 관대하지 않다는 사실엔 나도 동의하오. 하지만 시간이 지나도 계속 올바른 길을 간다면 세상 사람들 마음도 바뀔 것이오. 하나님처럼 참회하는 죄인을 받아들일 준비가 되어 있지는 않지만, 계속해서 참회하면 결국 세상 사람들에게서도 자비를 얻게 될 것이오. 부인, 이것만은 분명히 말하겠소. 부인이 진정으로 올바르게 살려고 한다면, 그것을 실행에 옮길 수 있도록 내 최선을 다해 도와주겠소."

이 말에 워터스 부인은 올워디 영주 앞에 무릎을 꿇고는 눈물을 펑펑 쏟으며, 인간이 아니라 하나님이 베푸는 자애로움 같다며, 몇 번이고 감사의 마음을 표했소.

워터스 부인을 일으켜 세운 뒤, 그녀를 위로하기 위해 생각해낼 수 있는 온갖 표현을 동원해 올워디 영주가 친절하게 말을 건네고 있을 때 다울링 씨가 도착했소. 방에 들어오자마자 워터스 부인을 본 그는 깜짝 놀라며 당황한 것처럼 보였소. 하지만 곧 태연하게 웨스턴 영주의 숙소에서 가질 변호인단 모임에 참석하기 위해서는 서둘러야 하지만, 올워디 영주가 말했던 사건에 대한 변호인단의 견해를 알려주는 게 도리라고 생각해서 찾아왔다고 했소. 그러고는 그런 경우에 돈을 횡령한 것은 형사소송의 대상이 되지는 않지만, 횡령물 반환 소송은 제기될 수 있으며, 그 돈이 원고의 것이라고 배심원들이 생각한다면, 원고는 평가액만큼의 손해배상을 받을 수 있다는 것이 변호인단의 견해라고 말했소.

이 말에 올워디 영주는 아무런 대답도 하지 않고, 문에 빗장을 채운 뒤 근엄한 표정으로 다울링에게 다가가서는 "아무리 바빠도 내가 할 몇 가지 질문에 답변은 하셔야겠소. 우선 이 부인을 아시오?"라고 물었소. 다울링이 몹시 머뭇거리면서 "저 부인이요?"라고 말하자, 올워디 영주는 아주 엄숙한 목소리로 "이봐요, 다울링 씨! 내 호의를 중하게 생각하거나, 나를 위해 좀더 일하고 싶다면, 주저하거나 얼버무려 넘기려 하지 말고, 내가 묻는 질문에 성실하고 진실하게 대답해주시오. 이 부인을 아시오?"라고 되물었소. 이에 다울링이 "네, 만난 적이 있습니다"라고 대답하자, 올워디 영주가 "어디서 말이오?"라고 다시 물었소. 다울링이 "부인 집에서입니다"라고 대답하자, 올워디 영주는 "그곳에는 무슨 일로 갔소? 아니, 누가 당신을 그곳에 보냈소?"라고 물었소. "존스 씨에 대해 알아볼 것이 있어 갔습니다"라는 다울링의 대답에 올워디 영주가 "존스에 대해 알아보라고 누가 시켰소?"라고 다시 질문하자, 다울링은 "누구냐고요? 블리필 씨가 저를 보냈습니다"라고 대답했소. 이에 올워디 영주가 "그 문제에 대해 여기 계신 이 부인에게 뭐라고 하셨소?"라고 묻자, 다울링은 "영주님, 제가 한 말을 저도 모두 기억할 수는 없습니다"라고 대답했소. 이 말에 올워디 영주가 "부인, 이 신사 양반이 기억해내도록 좀 도와주시겠소?"라고 말하자, 워터스 부인은 "이분은 저에게 존스 씨 때문에 제 남편이 죽게 돼, 소송을 제기하게 되면 제가 상대해야 할 악당을 잘 아는 어떤 훌륭한 신사분이 소송을 제기하는 데 드는 비용을 대주실 거라고 했어요. 맹세컨대 이게 바로 이분이 하신 말씀이에요"라고 대답했소. 이에 올워디 영주가 "이 말이 맞소?"라고 묻자, 다울링은 "정확하게 기억할 수는 없지만, 그런 내용의 말을 했을 거라 생각합니다"라고 대답했소. 이에 올워디 영주가 "블리필이 그렇게 말하라고 시켰소?"라고 묻자, 다울링은 "제가 자진해서 간 건 아니었고 제 권한을 넘어선 말은 하지 않았다는 건 분명합니다. 제가 그렇게 이야기했다면 블리필 씨의 지시를 제가 그렇게 이해했던 게 틀림없을 겁니다"라고 대답했소. 이에 올워디 영주가 "이봐요, 다울링 씨. 이 부인 앞에서 약속하는데, 내게 진실만 말해준다면, 선생이 블리필 지시로 무슨 일을 했든 내 용서하리다. 아무도 시키지 않았는데 선생 스스로 그렇게 한 건 아니라는 말을 믿기 때문이오. 그런데 이 일과 마찬가지로 블리필이 올더스게이트에 있던 두 사람에 대해서도 알아보라고 그곳으로 보냈소?"라고 말하자, 다울링은 "네, 그렇습니다, 영주님"이라고 대답했소. 이에 올워디 영주가 "블리필이 당시에 어떤 지시를 내렸소? 최대한 기억을 더듬어서 블리필이 한 말을 가능한 한 그대로 이야기해보시오"라고 말하자, 다울링은 이렇게 대답했소. "블리필 씨는 저에게 싸움을 목격한 사람들을 찾아보라고 하면서, 그 사람들이 존스 씨나 존스 씨 친구들에게 매수당할 수도 있다고 했습니다. 그러고는 다른 사람을 피 흘리게 한 대가는 반드시 피로 치러야 한다며 살인자를 숨겨주는 사람들뿐만 아니라 살인자를 재판에 넘겨 처벌받도록 할 수 있는 데도 그렇게 하지 않는 사람은 살인자의 공범이라고 했습니다. 또 영주님이 법정에 출두하시는 게 보기가 좋지 않아서 그렇지, 영주님도 그 악당이 재판에 회부되어 처벌받기를 몹시 바라신다고 했습니다." 이 말에 올워디 영주가 "블리필이 정말 그렇게 말했단 말이오?"라고 묻자, 다울링은 "네, 그렇습니다. 영주님 말고는 그 누구를 위해서라도 저는 그 정도까지 하지는 않았을 겁니다"라고 대답했소. 이에 영주가 "어느 정도까지 했단 말이오?"라고 되묻자, 다울링은 "제가 위증을 교사했다고 생각하진 마십시오. 하지만 증언을 하는 데는 두 가지 방법이 있습니다. 저는 그 사람들에게 상대방 쪽에서 어떤 제안을 제시하면 거부하라고 했고, 정직하게 진실을 말하면 손해볼 일은 분명히 없을 거라고 했습니다. 그러고는 존스 씨가 먼저 그 신사를 공격했다고 들었는데, 그게 사실이라면 분명히 그 사실을 밝혀야 한다고 말하면서 그렇게 하면 손해볼 일은 결코 없을 거라는 몇 가지 암시를 했습니다"라고 말했소. 이에 올워디 영주가 "내 생각에 선생은 하지 말아야 할 일까지 했소"라고 소리치자, 다울링은 "아닙니다. 저는 분명히 그 사람들이 거짓말하기를 바라지는 않았습니다. 그리고 영주님을 위해서가 아니었다면, 절대 그런 일을 하지도 않았을 거고요"라고 대답했소. 이 말에 올워디 영주가 "존스가 내 친조카라는 사실을 알았더라면, 그것은 나를 위하는 일이 아니라고 생각했을 거요"라고 말하자, 다울링은 "영주님께서 감추고 싶어 하셨던 일을 제가 아는 척하는 건 옳지 않다고 생각했습니다"라고 대답했소. 이 말에 올워디 영주가 "그럼, 선생은 그 사실을 이미 알고 있었단 말이오?"라고 소리치자, 다울링은 "그럼요, 영주님. 저에게 진실을 말하라고 명하신다면 분명히 그렇게 말하겠습니다. 맹세컨대 전 그 사실을 알고 있었습니다. 제가 예전에 영주님께 전해드린 편지를 블리필 여사님이(당시 저는 부인의 침대 옆에 혼자 있었습니다) 제게 건네주시면서 마지막으로 하신 말씀이 바로 그것이었으니까요"라고 대답했소. 이에 올워디 영주가 "무슨 편지 말이오?"라고 묻자, 다울링은 "제가 솔즈베리에서 가져온 편지 말입니다. 블리필 씨를 통해 전달한 바로 그 편지요"라고 대답했소. 이에 올워디 영주가 "맙소사! 그래 내 누이가 마지막으로 한 말이 무엇이었소? 내 누이가 선생에게 뭐라고 했소?"라고 소리치자, 다울링은 이렇게 대답했소. "부인께서는 제 손을 잡으시고는 편지를 주시면서 '내가 뭐라고 썼는지 나도 잘 모르겠어요. 하여튼 내 오라버니에게 전해주세요. 존스가 오라버니의 조카라고, 내 아들이라고 말이에요. 내 아들에게 은총을 베푸소서!'라고 말씀하셨죠. 그러고는 돌아가시는 것처럼 몸이 뒤로 처졌죠. 그래서 저는 사람들을 불렀는데, 부인은 제게 더 이상 아무 말씀도 하시지 않다가 몇 분 뒤에 임종하셨습니다." 얼마 동안 아무 말 없이 있던 올워디 영주가 눈을 들어 다울링을 쳐다보면서 "그 전갈을 왜 나에게 전하지 않았소"라고 묻자, 다울링이 대답했소. "당시 영주님께선 와병 중이셨습니다. 그래서 항상 그렇지만 당시에도 너무도 바빴던 저는 그 편지와 전갈 내용을 블리필 씨에게 전할 수밖에 없었습니다(블리필 씨는 둘 다 영주님께 전하겠다고 했습니다). 그후 저는 블리필 씨에게서, 제가 전해드린 내용물을 영주님께 모두 전달했고, 영주님께선 존스 씨에 대한 애정과 누이를 존중하는 마음에서 그 사실이 다시는 언급되지 않기를 바라시며, 더 나아가 숨기고 싶어 하신다는 말을 들었습니다. 그래서 영주님께서 이 사실을 먼저 언급하시지 않았다면, 저는 영주님이나 그 누구에게도 이 사실을 입 밖에 내지 않았을 겁니다."

어디에선가 우리는 사실을 말하면서도 동시에 거짓말을 할 수 있는 가능성에 대해 이야기한 적이 있었소. 지금의 경우가 바로 그렇소. 사실 다울링이 방금 말한 내용을 블리필이 다울링에게 말한 건 사실이오. 하지만 블리필은 그를 속이려고 한 것이 아니었고 그렇게 할 수 있다고 생각하지도 않았소. 사실 다울링이 이 일을 비밀에 부친 것은 블리필이 그에게 한 약속 때문이었소. 하지만 블리필이 그 약속을 지킬 수 없게 되었다는 사실을 지금 분명히 깨닫게 된 그는 올워디 영주가 자신을 용서해주겠다고 약속했고(이때의 올워디 영주의 위협적인 목소리와 얼굴 표정도 여기에 한몫했소) 또한 영주가 이미 여러 사실을 알아냈기 때문에 고백을 하는 게 적절하다고 판단했던 것이오. 하지만 그가 이런 사실을 고백하게 된 또 다른 이유는 불시의 공격에서 빠져나갈 방도를 생각할 여유가 없었기 때문이기도 했소.

그의 진술에 몹시 만족한 올워디 영주는 다울링에게 이 일을 함구할 것을 지시하고는 자기 방으로 막 돌아온 블리필을 다울링이 만나보지 못하도록 그를 직접 문 앞까지 배웅했소. 그사이 아래층에서 벌어진 일을 전혀 눈치채지 못하고 있던 블리필은 외삼촌을 마지막으로 속일 생각에 기뻐하고 있었소.

방으로 돌아오던 올워디 영주는 방 입구에서 밀러 부인을 만났소. 창백하고 공포에 질린 표정을 한 부인은 영주에게 말했소. "영주님, 그 못된 여자가 영주님과 같이 있었다는 걸 알아요. 그러니 이제 영주님께서도 모든 사실을 아셨을 거예요. 하지만 그 불쌍한 젊은이를 절대 버리시면 안 돼요. 그 여자가 자기 어머니인 줄 존스 씨도 몰랐다는 사실을 참작해주세요. 영주님께서 꾸짖지 않으셔도 존스 씨도 이 사실을 알게 되면 십중팔구 비탄에 빠질 거예요." 이 말에 올워디 영주는 "부인, 좀 전에 들은 이야기에 나도 너무 놀라 지금은 제대로 설명해줄 수 없을 것 같소. 하여튼 내 방으로 좀 들어오시오. 밀러 부인, 나는 지금 진짜 놀라운 사실을 알아냈소. 부인께도 곧 그 사실을 알려드리리다"라고 대답했소.

이 불쌍한 여인은 떨면서 올워디 영주를 따라 방으로 들어갔소. 그러자 올워디 영주는 그녀의 손을 잡고는 얼굴을 쳐다보면서 말했소. "나를 위해 해주신 일에 대해 내가 어떻게 보답해야 할지 모르겠소. 부인은 부인이 그토록 아끼는 그 젊은이를 내가 아들이라고 부르는 걸 수천 번은 들었을 거요. 하지만 그때만 해도 나는 존스가 내 핏줄이라는 생각은 전혀 하지 못했소. 부인, 부인이 아끼는 그 젊은이는 내 조카요. 존스는 내 가슴속에 오랫동안 품어 키워온 저 사악한 독사 같은 놈의 형제란 말이오. 존스가 어떻게 워터스 부인의 아들로 알려지게 되었는지는 워터스 부인이 모두 이야기해줄 거요. 밀러 부인, 존스는 중상모략을 당했던 거요. 거기에 내가 속았고, 그것도 부인이 악당이라고 의심했던 바로 그놈에게 속았다는 사실을 이제 확실히 알게 되었소. 정말이지 그놈은 이 세상에서 가장 극악무도한 악당이오."

이때 너무나도 기뻐 아무 말도 할 수 없었던 밀러 부인은 때맞추어 눈물이 쏟아지지 않았다면, 목숨까지는 아니더라고 의식을 잃었을지도 모르오. 넋이 나갔다 어느 정도 정신을 차려 입을 열 수 있게 되자 밀러 부인이 소리쳤소. "존스 씨가 영주님 조카라고요? 여기 이 부인의 아들이 아니고요? 이제 존스 씨를 제대로 보시게 된 거예요? 이제 마땅히 누려야 할 행복을 존스 씨가 누리게 되는 걸 볼 수 있게 된 거예요?" 이에 올워디 영주가 "존스는 분명 내 조카요. 그리고 나머지는 모두……"라고 말하자, 밀러 부인은 "여기 이 부인께서 모든 사실을 알려주신 건가요?"라고 물었소. 올워디 영주가 그렇다고 대답하자, 밀러 부인은 무릎을 꿇고 는 "그렇다면, 하나님, 이분께 최상의 축복을 펑펑 내려주십시오. 그리고 이분이 아무리 많은 죄를 지었다 하더라도, 이 한 가지 좋은 일을 하신 데 대한 보상으로 모든 죄를 사해주십시오"라고 소리쳤소.

이때 워터스 부인은 어떤 신사가 존스를 풀어주기 위해, 피츠패트릭 은 전혀 죽을 염려가 없다고 증언할 의사를 대동하고 존스를 감옥에 송치 시킨 재판관을 만나러 갔다는 사실을 알려주었소.

올워디 영주는 다시 숙소로 돌아왔을 때 존스를 만났으면 좋겠다고 하고는, 지금 자신은 중요한 일을 보러 나가야 한다며 하인을 불러 마차 를 부르도록 지시하고는, 두 부인을 남겨놓고 떠났소.

외삼촌이 마차를 불렀다는 소식을 전해 들은 블리필은 영주를 배웅하 러 아래층으로 내려왔소. 그는 이런 의무를 이행하는 데는 조금도 소홀함 이 없었기 때문이었소. 그는 올워디 영주에게 외출하느냐고 물어보았지만 사실 이는 그의 행선지가 어디인지 정중히 물어보기 위한 하나의 방편이 었소. 하지만 영주가 아무런 대답도 하지 않자, 언제 돌아올 것인지 알려 달라고 다시 청했소. 영주는 이 질문에도 역시 아무런 대답도 하지 않았 소. 그러나 영주는 마차에 오르더니 고개를 돌려 블리필을 쳐다보면서 "내 말 잘 들어라! 네 어머니가 임종할 때 나한테 보낸 편지를 내가 돌아 올 때까지 찾아내도록 해라"라고 말하곤 떠나버려, 블리필은 이제 곧 교 수형 당할 사람만이 부러워할 처지에 놓이게 되었던 것이오.

9장

계속되는 이야기

마차를 타고 가는 동안 올워디 영주는 웨스턴 영주에게서 건네받은, 존스가 소피아에게 보낸 편지를 읽었는데, 거기에는 영주의 눈물을 자아내게 하는 몇 가지 내용이 담겨 있었소. 마침내 웨스턴 영주의 거처에 도착한 올워디 영주는 소피아에게 안내되었소.

먼저 의례적인 인사를 나눈 뒤 자리에 앉은 이 신사와 소피아 사이에는 몇 분 동안 침묵이 흘렀소. 아버지에게 올워디 영주가 방문할 거라는 얘기를 듣고 미리 마음의 준비를 하고 있었으나, 그래도 얼굴과 행동에 당황한 기색이 역력했던 소피아는 부채만 만지작거렸소. 마침내 어색하긴 마찬가지였던 올워디 영주가 이렇게 말문을 열었소. "웨스턴 양, 우리 집안에서 웨스턴 양을 불편하게 한 것 같군요. 의도한 것은 아니지만 나도 본의 아니게 웨스턴 양의 마음을 불편하게 하는 데 한몫한 것 같기도 하네요. 하지만 우리가 제안한 결혼을 웨스턴 양이 탐탁지 않게 여겼다는 사실을 처음부터 알았더라면 그렇게 오랫동안 아가씨를 고통받게 하지는 않았을 거요. 내가 여기 온 목적도 그런 간청을 다시 하기 위해서가 아니라, 웨스턴 양을 그런 고통에서 벗어나게 해주기 위해서라고 생각해주시오."

이 말에 소피아는 약간 머뭇거리더니 이렇게 말했소. "영주님, 이처럼 친절하고 관대하게 저를 대우해주시는 분은 영주님밖에 없을 거예요. 하지만 친절하게도 영주님께서 이 문제를 먼저 언급하셨으니 용서를 바라며 저도 한말씀 드리겠어요. 저는 이 일로 마음도 상당히 편치 않았고, 아빠한테는 무자비한 취급도 받았어요. 이 불행한 일이 있기 전까지는 저를 누구보다도 사랑해주시던 아빠였는데 말이에요. 영주님께서는 워낙 선하시고 관대하신 분이니 제가 조카 분을 거절한 것을 두고 화를 내시진 않으리라 믿어요. 누굴 좋아하는 건 억지로 할 수 있는 것은 아니니까요. 영주님 조카 분이 무슨 장점을 갖고 있든 간에, 억지로 그 사람을 좋아할 수는 없어요." 그러자 올워디 영주는 "웨스턴 양, 내 분명히 말하는데, 블리필이 내 자식이고 설령 내가 블리필을 아무리 존중한다 해도 웨스턴 양에게 화를 낼 수는 없을 것이오. 웨스턴 양의 말처럼 누굴 억지로 좋아할 수는 없고, 더욱이 다른 사람이 우리가 무엇을 좋아하도록 지시할 수는 더더욱 없으니 말이오"라고 대답했소. 이 말에 소피아는 "영주님, 영주님께서 하시는 말씀을 듣고 있으니 영주님이 선하고 자비로운 성품을 가지셨다는 세상 사람들 말이 사실이란 걸 알게 되었어요. 분명히 말씀드리지만, 아빠 말씀을 따르지 않았던 건 제가 앞으로 불행해질 게 분명하다고 확신했기 때문이었어요"라고 대답했소. 그러자 올워디 영주는 "웨스턴 양의 말을 진정으로 믿고 있소. 그리고 아가씨가 그런 선견지명을 갖고 있다는 사실에 진심으로 축하를 보내고 싶소. 부모의 명령을 따르지 않아 불행을 피했으니 말이오"라고 말했소. 이에 소피아가 "영주님은 다른 남자들과는 달리 세심한 배려를 해주시면서 말씀하시네요. 어쨌든 관심이 없는 사람과 평생을 같이 산다는 건 정말 불행한 일이라고 생각해요. 그리고 그런 불행은 애정을 가져서는 안 될 사람의 장점을 알고 있을 때 더욱 가중될 거예요. 제가 블리필 씨와 결혼했다면……"이라고 외치자, 올워디 영주는 "말을 막아서 미안하오, 웨스턴 양. 하지만 웨스턴 양이 그런 가정을 한다는 것조차 참을 수가 없구려. 웨스턴 양, 내 말을 믿어요. 나는 웨스턴 양이 거기서 빠져나온 게 진정으로 기쁘오. 웨스턴 양이 부친으로부터 그 모든 잔인한 대접을 받게 만든 그 비열한 놈이 실제로 극악무도한 악당이라는 사실을 알게 되었기 때문이오"라고 대답했소. 이 말에 소피아가 "아니, 어떻게 그런 일이! 너무도 놀라운 일이네요"라고 소리치자, 올워디 영주는 "웨스턴 양, 그건 나뿐만 아니라 세상 사람들에게도 놀라운 일일 것이오. 하여튼 내가 웨스턴 양에게 한 말은 사실이오"라고 대답했소. 이에 소피아가 "영주님은 사실만을 말씀하신다는 걸 저도 잘 알고 있어요. 하지만 그런 갑작스럽고도 예기치 않은 소식을…… 알게 되셨다고 하셨죠? ……그런 악행이 도대체……"라며 말을 더듬자, 올워디 영주는 이렇게 소리쳤소. "그 이야기에 대해선 나중에 다시 말해주겠소. 하지만 지금은 그 혐오스런 이름을 언급도 하지 맙시다. 그보다 또 다른 중요한 제안을 하고 싶소. 웨스턴 양! 나는 웨스턴 양이 얼마나 훌륭한지 잘 알고 있소. 그래서 웨스턴 양과 인연을 맺고자 하는 욕심을 쉽사리 버릴 수가 없구려. 웨스턴 양, 내게 아주 가까운 친척이 하나 있소. 확신하건대, 그 비열한 놈과는 정반대의 성품을 지닌 젊은이오. 그리고 나는 그 비열한 놈에게 주려던 것과 똑같은 재산을 그 젊은이에게 줄 것이오. 웨스턴 양, 그 젊은이가 아가씨를 한번 만나러 오도록 허락해주지 않겠소?" 소피아는 잠시 침묵하더니 이렇게 대답했소. "영주님의 인품이나 좀 전에 영주님에게 받은 은의(恩誼) 때문에라도 진심으로 말씀드리겠어요. 현재 저는 그 누구의 청혼도 받아들이지 않을 작정이에요. 제 유일한 소망은 아빠의 사랑을 되찾고 집안일을 다시 돌보는 거예요. 영주님이 도와주셔서 다시 그렇게 되었으면 좋겠어요. 저나 영주님을 아는 모든 사람들이 경험해봐서 알고 있는 영주님의 선한 성품을 믿고 간절히 바라고 부탁드리는데, 저를 고통에서 풀어주신 바로 이 순간, 아무 소득도 없으면서 저를 다시 불행하게 만들 또 다른 고통에 처하게 하는 말아주세요." 이 말에 올워디 영주는 "웨스턴 양, 나는 그런 것은 하지 못하오. 웨스턴 양의 결심이 정 그렇다면 그 젊은이는 아무리 고통스럽더라도 이 실망스러운 일을 감수해야할 거요"라고 대답했소. 그러자 소피아는 "영주님, 웃지 않을 수가 없네요. 제가 알지도 못하고 따라서 저를 알지도 못하는 사람이 저 때문에 고통받을 거라고 말씀하시니 말이에요"라고 말했소. 이에 올워디 영주가 "웨스턴 양, 그 젊은이가 앞으로 평온한 나날을 보내기에는 웨스턴 양을 너무도 잘 알고 있지 않나 하는 걱정이 드는군요. 내 불행한 조카가 웨스턴 양에 대해 품고 있는 그 진지하고 고귀한 열정을 사람들이 품을 수 있다면……"이라고 소리치자, 소피아는 "영주님의 조카 분이라고요! 정말 이상하네요. 저는 영주님에게 또 다른 조카 분이 있다는 말을 들어본 적이 없거든요"라고 대답했소. 그러자 올워디 영주는 "그럴 거요, 웨스턴 양은 그 젊은이가 내 조카라는 사실을 몰랐을 거요. 사실 나도 오늘에서야 알게 되었으니 말이오. 웨스턴 양을 오랫동안 사모해왔던 존스가 바로 내 조카요"라고 소리쳤소. 이 말에 소피아가 "존스 씨가 영주님 조카라고요? 그게 말이 되나요?"라고 소리치자, 올워디 영주는 "사실이오. 존스는 내 누이의 아들이고, 앞으로 나는 존스를 내 누이의 아들로 인정할 거요. 또 그렇게 하는 걸 부끄럽게 생각하지도 않을 것이오. 오히려 과거에 내가 존스에게 저지른 행동이 훨씬 부끄럽소. 하지만 존스의 출생에 얽힌 비밀과 그 됨됨이를 전혀 몰랐기 때문에 그랬소. 웨스턴 양, 나는 존스에게 모질게 대해왔소, 진짜 모질게 대했단 말이오"라고 대답했소. 이 선량한 사람은 눈물을 훔치고 잠시 말을 멈춘 뒤, 말을 이었소. "웨스턴 양의 도움 없이는 존스가 겪은 고통을 보상해줄 방법이 나에겐 결코 없소. 웨스턴 양, 내 말을 믿어주시오. 내가 웨스턴 양에게 혼사 문제를 꺼낸 이유는 웨스턴 양과의 혼사를 대단한 영광으로 생각하기 때문이오. 존스가 잘못을 저질렀다는 사실은 나도 알고 있소. 하지만 존스는 근본적으로 심성이 착하오. 웨스턴 양, 분명히 그렇소." 이렇게 말하고서 올워디 영주는 마치 소피아의 답변을 기다리는 듯, 말을 멈추었소. 이처럼 기이하고 갑작스런 소식에 한동안 혼란스러웠던 소피아는 다소 정신을 차린 뒤, 다음과 같이 대답했소. "영주님께서 그렇게 기분 좋은 사실을 아시게 되었다니 진심으로 축하드려요. 또 그런 사실 때문에 많은 위안도 얻으시게 될 게 분명하고요. 분명히 존스 씨는 장점이 많은 분이라 이렇게 훌륭하신 삼촌을 예의에 어긋나게 대하지는 않을 거예요." 이 말에 올워디 영주가 "웨스턴 양, 존스는 좋은 남편이 될 수 있는 장점이 많아요. 존스는 틀림없이 가장 파렴치한 인간일 것이오. 웨스턴 양처럼 훌륭한 여성이 받아주었는 데도……"라고 말하자, 소피아는 "죄송합니다만 영주님. 저는 이 청혼에 응할 수 없어요. 분명히 존스 씨는 장점이 많은 분이에요. 하지만 저는 존스 씨를 남편감으로 생각할 수는 없어요. 절대 그러진 않을 거예요"라고 대답했소. 이에 올워디 영주는 "웨스턴 양, 내가 웨스턴 양의 부친에게서 들은 말이 있는데, 웨스턴 양이 이런 반응을 보이니 좀 놀랍소. 그 불행한 젊은이가 웨스턴 양의 호감을 얻었다면, 잃어버릴 행동을 하지 않았길 바랄 뿐이오. 나한테도 그랬듯이 웨스턴 양에게도 존스의 참모습이 잘못 전달됐는지도 모르오. 사방에서 존스에 대한 중상모략이 있었으니 말이오. 사람들이 말하는 것처럼 존스는 결코 살인자가 아니오"라고 소리쳤소. 그러자 소피아가 말했소. "영주님, 저는 이미 제 결심을 말씀드렸어요. 아빠가 영주님께 드린 말씀이 놀랍지는 않아요. 하지만 아빠도 제 마음을 아신다면 그런 걱정이나 근심은 하실 필요가 없을 거예요. 아빠 승낙 없이는 결코 결혼하지 않겠다는 게 제 변치 않는 소신이거든요. 저는 그게 부모에 대한 자식의 도리라고 생각해요. 그리고 그 어떤 것도 제가 도리를 저버리게 하지는 못할 거예요. 그리고 저는 어떤 부모도 자신의 권위를 내세워 자식의 뜻에 반하는 결혼을 강요할 수 있다고도 생각지 않아요. 제가 집을 나와 다른 곳에서 은신하려 했던 건 결혼을 강요당하지 않기 위해서였어요. 이것이 저에 관한 진실이에요. 세상 사람들이나 아빠가 제 의도를 확대해석하신다 하더라도 저는 양심에 거리낄 게 없어요." 이 말에 올워디 영주는 "웨스턴 양의 말에 탄복했소. 그리고 웨스턴 양의 올바른 생각에도 감복했고 말이오. 하지만 웨스턴 양의 말에는 분명 그 이상의 다른 무엇인가가 있소. 웨스턴 양의 기분을 상하게 할까 봐 말하기 조심스럽지만 내가 여태까지 듣고 본 것을 단지 꿈이라고 생각해야 하는 것이오? 전혀 관심도 없던 사람 때문에 웨스턴 양이 부친에게서 여태까지 그런 잔인한 대우를 받았단 말이오?"라고 소리쳤소. 그러자 소피아가 대답했소. "영주님, 제발 그 이유를 아시려고 하지는 마세요. 그래요. 저는 정말 많은 고통을 받았어요. 영주님, 숨기지 않고 솔직하게 말씀드리죠. 제가 존스 씨에게 상당한 호감을 품었다는 건 인정해요. 그리고 그것 때문에 지금까지 고통받아 왔다는 것도 알고 있어요. 저는 아빠뿐 아니라 고모한테도 가혹하게 취급받았거든요. 하지만 그것도 이제는 지난 일이에요. 더 이상 아무 강요도 받지 않게만 해주세요. 어쨌든 저는 이제 마음을 굳혔거든요. 영주님 조카 분은 장점이 많은 분이에요. 아주 좋은 장점을 가졌어요. 영주님, 저는 존스 씨가 영주님의 자랑스러운 사람, 영주님을 행복하게 해줄 사람이라는 사실을 전혀 의심치 않아요." 이 말에 올워디 영주는 "웨스턴 양, 나도 존스를 행복하게 해주고 싶소. 하지만 그것은 전적으로 웨스턴 양만이 할 수 있다고 나는 확신하오. 존스를 위해 이렇게 간청하는 건 그런 나의 확신 때문이오"라고 대답했소. 그러자 소피아가 말했소. "영주님은 속고 계신 거예요. 속고 계신 거란 말이에요. 하지만 존스 씨에게 속은 건 아니길 바래요. 존스 씨가 저를 속인 것만으로도 충분하니까요. 영주님, 더이상 이 문제로 저를 다그치진 말아주세요. 계속 그러시면 저는 유감으로 생각할 거예요. 영주님이 존스 씨에게 갖고 계신 호감을 훼손하지는 않겠어요. 저는 존스 씨가 잘되길 바라거든요. 진정으로 존스 씨가 잘되길 바래요. 다시 말씀드리지만, 존스 씨가 제게는 결점이 있는 사람이지만, 장점을 많이 가지고 있다는 건 확실해요. 존스 씨에 대해 제가 과거에 가졌던 생각을 부인하진 않겠어요. 하지만 다신 그런 생각을 불러일으키지는 못할 거예요. 지금 존스 씨는 이 세상에서 제가 가장 받아들일 수 없는 사람이에요. 저는 블리필 씨보다도 존스 씨의 구애가 더 싫어요."

이들의 대화가 끝나기를 오랫동안 참고 기다리던 웨스턴 영주는, 마침내 더 이상 참지 못하고 이들의 대화를 엿들으려고 문 앞으로 다가왔소. 그러다 딸의 마지막 말을 듣고는 너무도 화가 나 문을 확 열어젖히고는 "저건 거짓말이오. 못된 거짓말이란 말이오. 이건 다 그 빌어먹을 존스란 악당 때문에 벌어진 일이오. 저것이 그놈한테 갈 수만 있다믄, 언제라도 그놈과 결혼할라 할 기란 말이오"라고 소리쳤소. 이에 올워디 영주가 좀 화난 표정으로 그를 막으며 "웨스턴 영주, 저와의 약속을 지키시지 않는군요. 난폭한 방법은 삼가겠다고 약속하시지 않았소?"라고 말하자, 웨스턴 영주는 "할 수 있는 한에선 약속을 지켰소. 하지만 저 계집애가 저래 터무니없이 거짓말하는 걸 들으이. 에잇! 저것이 다른 사람을 바보로 만들 수 있다 캐서, 내까지 바보로 만들 수 있다고 생각하는 거 아니오? 그렇게는 못하지, 못해! 내가 영주보다 저 아이를 더 잘 알고 있으니 말이오"라고 소리쳤소. 이 말에 올워디 영주는 이렇게 대답했소. "이런 말씀 드리는 건 유감이지만, 이 젊은 아가씨를 대하시는 영주의 행동을 보니 따님에 대해 전혀 아시는 게 없는 것 같소. 지금 제가 드리는 말씀을 용서해주시기 바라오. 하지만 가까이 지내왔던 사이고, 영주께서 무얼 바라시는지도 잘 알고 있고, 지금 상황도 그러니 이 말만은 꼭 해야겠소. 웨스턴 영주, 여기 있는 사람은 영주의 따님이오. 그리고 영주 가문의 자랑거리가 될 사람이오. 내가 시기할 줄 안다면 바로 따님 때문에 영주를 시기할 거요." 이 말에 웨스턴 영주는 "빌어먹을, 난 이 아이가 올워디 영주 집안사람이 되길 진심으로 바라고 있소. 이 골치 덩어리를 빨리 떨쳐내고 싶단 말이오"라고 소리쳤소. 그러자 올워디 영주는 "사실 영주가 불평하시는 모든 골칫거리의 원인은 바로 영주 자신이시오. 따님에 대해 믿음을 좀 가져보시오. 그러면 이 세상에서 제일 행복한 부모가 될 거라 확신하오"라고 대답했소. 이에 웨스턴 영주는 "이 아일 믿으라고요! 젠장! 내가 하라는 대로 할라고 안 하는데, 내가 우째 이 아일 믿을 수 있겠소? 내가 바라는 대로 결혼하겠다고 동의만 해주믄 이 아이를 아주 마이 믿겠소"라고 소리쳤소. 그러자 올워디 영주는 "영주께서는 그런 일에 동의하라고 강요할 권한이 없소. 따님은 영주가 반대하시면 영주의 뜻을 따를 거라고 했소. 하지만 하나님의 뜻도 그렇고 자연의 순리로 봐서도 그렇고 영주께서는 그 이상의 권한을 가질 수는 없소"라고 대답했소. 이에 웨스턴 영주가 "내가 반대하면 그대로 따르겠다 캤다고? 그래, 내가 우예 반대하는지 보여주지. 가라, 네 방으로 가. 이 고집불통……" 하고 소리치자, 올워디 영주는 "웨스턴 영주, 따님을 진짜 심하게 대하시는구려. 영주께서 그러시는 걸 더 이상은 보지 못하겠소. 따님을 좀 부드럽게 대해주시오. 따님은 최고의 대접을 받을 자격이 있소이다"라고 말했소. 이에 웨스턴 영주는 "그래요, 그래. 내 저 아이가 어떤 대접을 받아야 하는지 알고 있소. 이제 애가 나갔으이 그 애가 어떤 대접을 받아야 하는지 보여주겠소. 이것을 보시오. 이것은 레이디 벨라스턴이라는 내 친척이 보낸 편지요. 이 편지에서 친절하게도 레이디 벨라스턴은 그놈이 감옥에서 나왔으니, 저 계집아이를 조심하라고 충고했소. 떠그랄! 올워디 영주, 영주께서는 딸을 다루는 게 어떤 건지 모르고 계시오"라고 하고는 자신의 현명함을 자화자찬하면서 말을 맺었소. 그러자 올워디 영주는 의례적인 말을 몇 마디 하고는, 존스에 대해 알게 된 모든 사실과 블리필에 대한 자신의 분노, 앞 장에서 우리가 독자들에게 알려준 모든 세부적인 사실을 웨스턴 영주에게 알려주었소. 지나칠 정도로 격한 성격을 가진 사람들은 대부분 변덕스럽기도 한 법이오. 올워디 영주가 존스를 자신의 상속자로 삼으려고 한다는 사실을 알게 되자마자, 웨스턴 영주는 조카를 칭찬하는 올워디 영주의 말에 맞장구치며 소피아와 블리필을 혼인시키려 했던 것처럼, 이제는 소피아와 존스가 결혼하기를 열망하게 되었소.

이에 올워디 영주는 다시금 그의 말을 막고는 자신과 소피아 사이에 오갔던 말을 전할 수밖에 없었고, 그의 말을 들은 웨스턴 영주는 몹시 놀라워했소.

잠시 동안 아무 말 없던 웨스턴 영주는 올워디 영주의 말에 몹시 놀라워하더니 이렇게 소리쳤소. "올워디 영주, 도대체 그기 무슨 말이오? 소피아는 갸를 좋아했단 말이오. 그건 내 맹세라도 할 수 있소. 썩을! 이제 알긋다. 확실하게 알것네. 그건 내 누이 때문이오. 소피아가 그 귀족 놈을 좋아하게 된 기란 말이오. 레이디 벨라스턴 집에서 소피아와 그 귀족 놈이랑 같이 있는 거 봤소. 그자가 소피아에게 헛바람을 불어넣었겠지. 그기 틀림없을 기요. 하지만 절대로 그자가 소피아와 결혼하게 내비두진 않을 거요. 우리 집안에 귀족 놈들이나 궁정 출입하는 놈들을 들여놓진 않을 기니까 말이오."

올워디 영주는 그 어떠한 억압적인 수단도 사용하지 않겠다는 결심을 재차 밝히며, 소피아를 설득하는 데 효과적일 거라며 온화한 방법을 사용할 것을 웨스턴 영주에게 아주 진지하게 권한 뒤, 자신의 긴 이야기를 마치고는 웨스턴 영주와 작별을 고하고 밀러 부인의 집으로 돌아왔소. 하지만 떠나기 전 올워디 영주는 "그 젊은 신사와 화해할 수 있도록" 존스를 그날 오후에 데려와달라는 웨스턴 영주의 간청을 들어줄 수밖에 없었소. 웨스턴 영주는 올워디 영주의 충고대로 소피아를 대하겠다고 약속하며, 이렇게 말했소. "올워디 영주, 우예 그래 됐는지는 모르겠지만, 내 틀림없이 영주께서 원하시는 대로 하겠소. 나도 영주처럼 커다란 영지도 있고 치안판사직을 맡고 있는 사람이니 말이오."

10장
이야기가 결말로 향하는 장

거처로 돌아온 올워디 영주는 존스가 자신보다 조금 먼저 도착했다는 소식을 듣고는, 서둘러 빈방으로 가 존스 혼자 그곳으로 들어오도록 지시했소.

삼촌과 조카 사이의 이 만남보다 더 눈물겹고 감동적인 장면을 상상하는 건 불가능할 것이오(독자들도 짐작하겠지만 존스를 마지막으로 만났을 때 워터스 부인은 존스에게 그의 출생의 비밀을 알려주었소). 처음으로 다시 만났을 때 두 사람이 느낀 기쁨을 묘사하기엔 나로서는 분명 역부족이니 시도조차 하지 않겠소. 올워디 영주는 엎드린 존스를 일으켜 세우고는 품에 안은 뒤 "애야! 내가 참 커다란 잘못을 저질렀구나! 너에게 너무나도 큰 상처를 주었어! 내가 너한테 가졌던 그 매정하고 부당한 의심, 그리고 그것 때문에 네가 겪은 고통을 어떻게 하면 보상해줄 수 있겠니?"라고 말했소. 그러자 존스는 "지금 제가 그 보상을 받고 있잖아요. 제가 겪은 고통이 열 배로 더 컸다 하더라도 지금 충분히 보상받고 있어요. 사랑하는 외삼촌! 지금 외삼촌이 베푸시는 자애와 사랑은 너무도 벅차 저는 여자처럼 유약해지고 제 스스로를 지탱하지도 못할 지경이에요. 지금 저는 밀려오는 기쁨을 감당할 수 없을 정도예요. 다시 외삼촌을 뵐 수 있게 되었고, 다시 외삼촌의 사랑을 받게 되었을 뿐만 아니라, 제게는 관대한 은인이기도 한 외삼촌이 이렇게 다시 저를 따뜻하게 맞아주시니 말이에요"라고 대답했소. 그러자 올워디 영주는 "애야, 그동안 내가 너를 몹시도 가혹하게 대했구나"라고 소리치고는, 블리필이 어떤 기만행위를 저질렀는지 이야기해주고는 거기에 속아 자신이 존스를 학대하게 된 것에 대해 미안하다고 다시 이야기했소. 그러자 존스는 "그런 말씀은 하지 마세요. 외삼촌은 제게 잘해주셨어요. 아무리 현명한 사람도 외삼촌처럼 속을 수 있어요. 그리고 속게 되면 아무리 훌륭한 사람도 틀림없이 외삼촌처럼 행동했을 거예요. 외삼촌이 자애로운 분이라는 사실은, 당시에도 그랬던 것처럼 화내실 때도 드러나요. 저로서는 받을 자격도 없는 외삼촌의 자비 덕분에 제가 지금 이렇게 살아 있는 거예요. 그러니 제게 너무 관대하게 대해주셔서 제 스스로 자책감 느끼게 하진 말아주세요. 외삼촌, 슬픈 일이지만, 저는 마땅히 받아야 할 벌을 받은 것뿐이에요. 그리고 지금 외삼촌이 제게 베푸시는 행복을 누릴 자격이 있도록 사는 걸, 제 삶의 목표로 삼을 거예요. 외삼촌, 저는 제가 왜 벌을 받았는지 알고 있어요. 하지만 저는 큰 죄를 저지르기는 했지만, 상습적으로 죄를 짓지는 않았어요. 오히려 저는 지난 삶을 돌이켜볼 수 있는 시간을 가질 수 있어 하나님께 감사하고 있어요. 돌이켜보니 제 자신을 책망할 정도로 엄청난 악행을 저지르지는 않았지만, 후회하고 부끄러워해야 할 정도의 우행과 비행을(제게는 끔찍스런 결과를 수반하고 저를 파멸 직전까지 몰고 간) 제가 저질렀다는 사실은 분명히 깨닫게 되었으니 말이에요." 이 말에 올워디 영주는 다음과 같이 말했소. "얘야, 네가 이렇게 분별 있게 말하는 걸 보니 참으로 기쁘구나. 네가 위선적이지 않은 것은 분명히 알고 있으니(위선적인 사람들에게 여태까지 속아 넘어갔지만 말이다) 네 말을 모두 믿는다. 톰, 이제 알겠느냐? 미덕을 갖춘 자도 경솔한 행동 하나 때문에 큰 위험에 처할 수 있다는 사실 말이다(네가 얼마나 미덕을 갖추고 싶어 하는지 이제 나는 확실히 알겠다). 분별은 진정으로 우리가 지녀야 할 의무란다. 우리가 스스로에게 화를 자초할 정도로 이 의무를 게을리 한다면, 세상 사람들이 우리에게 분별 있게 행동해야 하는 의무를 충분히 이행하지 않는다 하더라도 우린 놀라지 말아야 한다. 우리 스스로가 파멸의 초석을 쌓으면 다른 사람들은 우리를 파멸로 치닫게 만드는 법이란다. 하지만 너는 자신의 실수를 깨닫게 되었고 또 그걸 고칠 거라고 했다. 얘야, 나는 네 말을 굳게 믿는다. 그러니 지금 이 순간부터 너의 지난 잘못을 두 번 다시 거론하진 않겠다. 하지만 앞으로는 그런 잘못을 저지르지 않도록 과거의 잘못을 기억은 하고 있거라. 그리고 분별이 없어 저지른 잘못과 극악무도한 행위 간에는 큰 차이가 있다는 사실을 명심하고 이를 위안으로 삼거라. 분별이 없어 저지르는 잘못은 파멸로 이어질 가능성이 좀더 많기는 하지만, 분별없는 사람이 일단 개심하게 되면 자신의 평판을 완전히 회복할 수 있고, 당장은 아니겠지만 때가 되면 세상 사람들과도 화해하게 될 것이기 때문에, 자신이 어떤 위험에서 벗어났는지 다소 즐거운 마음으로 돌이켜볼 수 있을 것이다. 하지만 극악무도한 행위는 일단 드러나면 돌이킬 수 없는 것이다. 극악무도한 행위가 남긴 오점은 시간이 지나도 씻기지 않기 때문이다. 세상 사람들은 극악무도한 행위를 한 비열한 자를 어디를 가나 비난하고 공개적으로 경멸할 것이다. 설령 수치심 때문에 그 비열한 자가 은둔한다 해도 귀신을 무서워하는 아이가 혼자 침실로 갈 때 느끼는 공포를 느끼게 될 것이다. 하지만 그곳에서조차 그가 버린 양심이 그를 쫓아다녀, 마음의 평온은 거짓 친구처럼 그를 떠날 것이고, 어디로 눈을 돌리든 간에 공포가 그의 앞에 나타날 것이다. 뒤를 돌아보면 때늦은 후회가 바짝 쫓아오고 있고, 앞을 보면 피할 수 없는 절망이 자신을 응시하고 있다는 사실을 알게 될 것이다. 사형선고를 받고 지하 감옥에 갇힌 죄수처럼, 자신의 현재 상황을 혐오하면서도 그 상황에서 벗어나게 해줄 시간이 다가오는 것도 두려워하게 될 것이다. 애야, 네 경우는 그렇지 않으니 마음 편히 갖도록 하거라. 그리고 이런 잘못을 계속 저질렀을 경우 겪게 될 파멸에 이르기 전, 네 잘못을 깨닫게 해주신 그분께 감사하는 마음을 갖고 기뻐하거라. 이제부터 너는 과거의 잘못을 더 이상 저지르지 않을 것이니 앞으로의 네 전망은 밝고 네 스스로 행복을 이룰 수 있을 것 같구나." 이 말에 존스가 깊은 한숨을 쉬자, 이를 본 올워디 영주는 그를 나무랐소. 그러자 존스는 "외삼촌, 외삼촌에게는 아무것도 숨기지 않겠어요. 제가 저지른 잘못으로 결코 돌이킬 수 없는 일이 일어났어요. 사랑하는 외삼촌, 사실 저는 보물을 하나 잃었어요"라고 말했소. 이에 올워디 영주가 말했소. "더 이상 말할 필요 없다. 나도 솔직하게 말하지. 나는 네가 무엇 때문에 그렇게 슬퍼하고 있는지 다 알고 있다. 그 아가씨를 만나 너에 관해 이야기를 나누었으니 말이다. 하지만 네가 한 말이 모두 진실이라는 것과 네 결심이 굳건하다는 증거로 이번엔 내 말을 꼭 따라주어야겠다. 내가 하고 싶은 말은 네게 유리하든 불리하든 간에 그 아가씨의 결정을 따르라는 것이다. 웨스턴 양은 나도 생각하기조차 싫은 혼사 문제로 많은

고통을 당했으니 더 이상 우리 집안 때문에 압박받게 하지는 않을 작정이
다. 소피아의 부친이 전에 다른 사람 때문에 그랬듯이, 이번에는 너 때문
에 소피아를 괴롭힐 수도 있다는 걸 나는 잘 알고 있다. 하지만 나는 소피
아가 더 이상 갇히거나 강요당하면서, 불편한 시간을 보내게 하진 않을
것이다." 그의 말에 존스는 이렇게 대답했소. "외삼촌, 저에게 지시만 내
려주세요. 외삼촌이 시키시는 일은 무엇이든 한다는 걸 보여드리고 싶습
니다. 외삼촌, 제가 외삼촌의 말을 거역할 유일한 경우는 소피아를 불편
하게 할 때뿐입니다. 외삼촌, 불행히도 제가 소피아에게 용서를 받을 가
망이 없을 정도로 소피아를 화나게 했다면, 그 사실 자체뿐만 아니라 소
피아를 불행하게 만든 장본인이 저라는 끔찍한 생각에 제 자신조차 지탱
하지 못할 겁니다. 소피아를 제 사람이라고 부를 수 있는 게 제가 누릴 수
있는 가장 큰 축복이자, 하나님이 부가적으로 제게 주실 수 있는 유일한
축복이니까요." 그러자 올워디 영주는 "애야, 네가 헛된 희망을 품도록
하진 않겠다. 솔직히 말해 네 상황이 나아질 것 같지는 않구나. 소피아처
럼 강경한 말로 네 청혼을 받아들이지 않겠다는 자신의 결심을 밝힌 사람
을 나는 본 적이 없으니 말이다. 그 이유는 아마도 네가 나보다 더 잘 알
고 있을 것 같구나"라고 소리쳤소. 이에 존스는 "외삼촌! 저는 그 이유를
너무도 잘 알아요. 용서를 바랄 수조차 없을 정도로 저는 소피아에게 크
나큰 잘못을 저질렀거든요. 하지만 불행히도 제 잘못이 소피아에게는 실
제보다도 열 배는 더 크게 보였을 거예요. 외삼촌, 저는 이제 제 어리석
은 행동을 돌이킬 수 없다는 사실을 알게 되었어요. 외삼촌이 제게 아무
리 자애를 베푸셔도 저를 파멸에서 구해내시지는 못할 거예요"라고 대답
했소.

　이때 하인이 들어와 웨스턴 영주가 아래층에 와 있다고 알려주었소.

웨스턴 영주는 존스를 몹시도 만나보고 싶어서 오후까지 기다릴 수 없었던 것이오. 눈에 눈물이 가득했던 존스는 이 말을 듣고 올워디 영주에게 정신을 좀 차릴 때까지, 웨스턴 영주를 잠시 동안만 맞아달라고 간청했소. 존스의 간청을 수락한 이 선량한 사람은 웨스턴 영주를 거실로 안내하라고 지시한 뒤, 그를 만나러 아래층으로 내려갔소.

존스가 혼자 있다는 말을 듣자마자 밀러 부인은(그녀는 존스가 감옥에서 풀려난 이래로 아직 만나보지 못했소) 급히 방으로 들어와 존스가 새로 삼촌을 찾게 되고 삼촌과 다행히 화해하게 된 사실을 진심으로 축하했소. 그러고는 다른 문제로도 존스에게 축하할 일이 생기면 좋겠지만, 그렇게 간곡하게 부탁했는데도 자신의 청을 들어주지 않는 사람은 본 적이 없다고 말했소. 존스가 좀 놀란 표정으로 그게 무슨 말인지 묻자, 밀러 부인이 대답했소. "그러면 말씀드리죠. 존스 씨가 좋아하는 그 아가씨와 같이 있었을 때, 저는 사위한테서 들은 이야기를 그 아가씨에게 모두 해주었어요. 그러니 존스 씨가 레이디 벨라스턴에게 보낸 편지 내용에 대해선 아가씨도 더 이상 어떤 의심도 품을 수 없을 거예요. 그건 제가 확신해요. 그리고 저는 제 사위가 그 일을 모두 꾸몄고, 그 편지는 제 사위가 썼다는 게 사실이라는 걸, 아가씨가 원하신다면, 제 사위가 언제라도 맹세할 수 있을 거라고도 말했죠. 그러고는 존스 씨가 편지를 보냈다는 바로 그 사실 때문에라도 아가씨는 존스 씨를 더 좋게 생각해야 한다고도 했어요. 그건 모두 아가씨 때문이었고, 존스 씨가 앞으로는 방탕한 생활을 그만둘 결심을 했다는 분명한 증거이기 때문이라고 했죠. 그리고 존스 씨가 아가씨를 런던에서 만난 이래로 단 한 번도 아가씨를 배신하는 행동을 하지 않았다고도 했어요. 그렇게까지 말한 건 좀 과장이긴 하지만(하나님께서는 용서해주실 거예요) 앞으로 존스 씨의 행동이 제 말이 옳다는 걸 입증할 수 있을 거라고 생각했으니까요. 이렇듯 저는 할 수 있는 말은 다 했지만 전혀 소용이 없었어요. 아가씨는 끝내 마음을 바꾸지 않았으니까요. 오히려 아가씨는 젊기 때문에 저지르는 수많은 잘못은 용서해왔지만, 방탕한 사람은 몹시 혐오한다면서, 제게는 한마디도 더 못하게 했어요. 저는 이따금씩 존스 씨를 변호하려 했지만, 아가씨의 비난이 틀린 건 아니라서 더는 어쩔 수 없었죠. 맹세코, 아가씨는 정말이지 사랑스런 분이에요. 제가 본 사람 중 가장 상냥하고 가장 지각 있는 분이기도 하고요. 심지어 저는 아가씨가 한 말 때문에 아가씨에게 키스까지 할 뻔했어요. 세네카나 주교만이 할 수 있는 그런 말이었거든요. 아가씨는 '부인, 저는 존스 씨에게서 아주 선한 성품을 발견했다고 생각한 적이 있었어요. 그리고 그것 때문에 진심으로 존스 씨를 존경했다는 것도 인정해요. 하지만 방탕하게 살면 선한 성품도 타락하기 마련이에요. 선한 성품을 가진 탕아가 기대할 수 있는 건 경멸과 혐오, 그리고 약간의 동정심뿐이에요'라고 말했죠. 아가씨는 천사 같은 분이에요. 그건 사실이에요." 이 말에 존스가 "오! 밀러 부인. 제가 그런 천사를 잃었다는 사실을 어떻게 견딜 수 있겠습니까?"라고 소리치자, 밀러 부인은 "잃었다니요! 아니에요. 저는 존스 씨가 아직까지는 아가씨를 잃었다고 생각하지 않아요. 과거의 잘못을 더 이상 저지르지 않기로 결심했다면, 아직 희망을 가질 수도 있어요. 그래도 아가씨가 존스 씨의 청을 들어주지 않는다면, 다른 여자들이 있잖아요. 상냥하고 예쁘고 재산도 엄청나게 많으면서 존스 씨를 몹시 사모하는 그 젊은 여자 분 말이에요. 바로 오늘 아침 저는 그 이야기를 들었어요. 그래서 웨스턴 아가씨에게 그 이야기도 했죠. 그런데 이번에도 살을 좀 붙여서 했어요. 존스 씨가 그분의 청혼을 거절했다고 말했거든요. 하지만 저는 존스 씨가 그분의 청혼을 거절하리란 것을 알고는 있었어요. 이제 위안이 되는 소식을 하나 전해드리죠. 그분이 다름 아닌 헌트라는 미망인이라고 제가 말씀을 드리자, 아가씨의 얼굴이 창백해진 것 같았어요. 하지만 존스 씨가 그분의 청혼을 거절했다고 하자, 얼굴이 순식간에 빨개지더군요. 그건 틀림없었어요. 그러더니 아가씬 '존스 씨가 제게 어느 정도 호감을 갖고 있다는 건 부인할 수 없네요'라고 말했어요."

이들의 대화는 웨스턴 영주의 도착으로 중단됐소. 종종 보아왔듯이, 웨스턴 영주에게 놀라운 영향력을 미치던 올워디 영주의 권위도 그를 더 이상 문밖에서 기다리도록 할 수 없었던 것이오.

웨스턴 영주는 즉시 존스에게 다가가서는 이렇게 외쳤소. "내 오랜 친구, 톰. 자네를 만나게 돼 정말 기쁘네. 지난 일은 모두 잊게나. 자네를 모욕할 의도는 없었네. 여기 올워디 영주도 아시고 자네 자신도 알듯이, 나는 단지 자네 신분을 잘못 알고 있었기 때문이었네. 자네를 해칠 생각은 아니었으니, 내가 성급하게 한두 마디 뱉은 말이 무어 그리 대수겠는가? 기독교인들이라면 과거는 잊고 서로 용서해야지." 이 말에 존스는 "영주님, 제가 영주님께 입었던 수많은 은혜는 결코 잊지 않을 겁니다. 하지만 저를 모욕하셨다고 하시는데, 저는 전혀 모르는 일입니다"라고 대답했소. 이에 웨스턴 영주는 "그러면 악수나 하세. 누구보다도 모든 걸 까놓고 보여줄 수 있는 친구끼리만 할 수 있는 그런 진정한 악수 말일세. 자, 이제 나하고 같이 감세. 지금 당장 자네를 자네 애인에게 데려다주겠네"라고 말했소. 이 말에 올워디 영주가 나서서 웨스턴 영주를 막았소. 외삼촌이나 조카를 설득할 수 없었던 웨스턴 영주는 다소간의 실랑이를 벌인 뒤, 그날 오후에 존스를 소피아에게 데려가자는 올워디 영주의 말을 따를 수밖에 없게 되었소. 그리고 그때 올워디 영주도 존스에 대한 동정심과 웨스턴 영주의 간절한 소망에 따라, 차 마실 때 합석하기로 약속했소.

뒤이어 벌어진 대화는 유쾌한 것이어서, 이 이야기의 초반부에만 벌어졌더라도 독자들에게 알려주었을 것이오. 하지만 지금은 매우 중요한 문제만 다룰 시간밖에 없기 때문에, 그날 오후에 있을 방문과 관련된 여러 상황을 조정한 뒤, 웨스턴 영주는 자기 숙소로 돌아갔다는 사실만 밝혀두겠소.

11장
이야기가 좀더 결말로 치닫는 장

웨스턴 영주가 떠나자, 존스는 두 명의 귀족 덕분에 자신이 석방될 수 있었다는 사실을 올워디 영주와 밀러 부인에게 알려주었소. 그 두 명의 귀족은 의사 두 명과 나이팅게일의 친구와 함께 존스를 송치한 치안판사를 만나러 갔고, 의사로부터 부상당한 사람이 부상 때문에 목숨을 잃을 염려는 전혀 없다는 선서를 들은 치안판사가 존스를 방면했다는 것이었소.

존스는 이 귀족 중 한 사람은 본 적이 있기는 하지만 단 한 번뿐이었고 또 다른 귀족은 존스가 누군지 전혀 몰라 이런 잘못을 저질렀다면서 존스의 용서를 구한다고 말해 무척 놀랐다고 했소.

존스가 나중에 알게 된 진짜 상황은 이랬소. 레이디 벨라스턴의 말에 존스를 부랑자로 오인한 펠라머 경은 대위에게 지시해 존스를 해군에 강제 징발하도록 했소. 하지만 앞서 본 사건을 펠라머 경에게 보고하러 간 대위는 존스의 행동거지가 몹시 훌륭하다며, 존스는 신사가 틀림없다고 생각한다면서 펠라머 경이 사람을 잘못 본 게 틀림없는 것 같다고 분명하게 말했소. 따라서 명예를 소중히 여기고 세상 사람들에게 비난받을 행동은 결코 저지르지 않았던 펠라머 경은 대위의 말에 자신이 저지른 일을 심각하게 우려하게 되었던 것이오.

이 일이 있은 지 하루 이틀 지난 뒤 펠라머 경은 아일랜드 귀족과 우연히 식사를 함께하게 되었는데, 그때 이 아일랜드 귀족은 결투에 관해 이야기를 하던 중 피츠패트릭의 성품에 대해 말해주었소. 하지만 그는 피츠패트릭의 성품에 대해, 특히 그의 부인과 관련된 부분에 대해서 올바르게 말하지는 않았소. 그는 피츠패트릭의 부인이 무고하게 심한 피해를 입었기 때문에, 자신은 단지 동정심에서 그녀의 편을 들어왔다고 하고는, 다음 날 아침 피츠패트릭을 찾아가 아내와 결별하라고 설득해보겠다고 했소. 그러면서 그는 피츠패트릭의 부인이 남편에게 돌아간다면 목숨을 잃을지 몰라 염려하고 있다는 말도 했소. 이 말에 펠라머 경은 존스에 대해서는 물론 결투를 하게 된 경위를 좀더 자세히 알아보려고 이 아일랜드 귀족과 함께 가기로 했소. 펠라머 경도 자신이 맡은 역할에 마음이 편치 않았기 때문이었소. 펠라머 경이 그 여인을 구해내는 일을 기꺼이 도와주겠다고 넌지시 말하자, 펠라머 경의 권위에 압도당해 피츠패트릭이 순순히 그의 말을 따를 것이라고 생각한 이 아일랜드 귀족은 그의 제안을 몹시 반겼소. 그리고 사실 그의 생각은 옳았던 것 같소. 이 불쌍한 아일랜드인은 귀족들이 자기 아내의 편을 드는 것을 보자마자 이들에게 굴복하여 아내와 별거하겠다는 서약서를 작성했고, 그와 그의 아내 모두 이 서약서에 서명을 하게 되었으니 말이오.

업턴에서 존스와 자기 아내가 아무런 관계도 맺지 않았다는 사실을 워터스 부인에게서 확실하게 전해 들은 피츠패트릭은 (혹은 다른 이유로 이 문제에 대해선 더 이상 아무 관심도 없게 되어서인지는 모르겠지만) 존스에 대해 호의적으로 말하며, 모든 건 자신의 잘못이라고 순순히 인정하고는 존스는 신사처럼 그리고 명예를 존중하는 사람처럼 행동했다고 펠라머 경에게 말했소. 이에 펠라머 경이 존스에 대해 좀더 묻자, 다울링을 만난 워터스 부인으로부터 방금 전에 들었던 대로 존스는 상당한 지위와 재산을 가진 어느 신사의 조카라고 알려주었소.

이제 펠라머 경은 자신이 터무니없이 명예를 훼손한 신사에게 보상을 하기 위해서라도 자신이 할 수 있는 일은 다 해야 된다고 생각하게 되었소. 이제 존스가 자기 라이벌이라는 사실을 고려치 않게 된(이제 그는 소피아에 대한 모든 생각을 접기로 했소) 펠라머 경은 피츠패트릭의 상처가 치명적이지 않다는 사실을 의사와 피츠패트릭 본인에게서 확인한 뒤, 존스의 석방을 주선하기로 결심하고는 아일랜드 귀족을 설득해 존스가 구금된 곳으로 같이 가 앞서 기술한 대로 존스를 대했던 것이오.

올워디 영주는 거처로 오자마자 존스를 방으로 데려와서는 다울링으로부터 알아낸 것뿐만 아니라 워터스 부인에게서 들은 사실을 존스에게 모두 알려주었소.*

영주의 이야기에 존스는 상당히 놀라워하며 걱정은 했지만, 자기 생각이나 의견은 말하지 않았소. 이때 블리필로부터 삼촌을 찾아보려는데 시간을 내줄 수 있는지 묻는 전갈이 왔소. 올워디 영주는 깜짝 놀라며 얼굴이 창백해지더니 그 어느 때보다도 흥분한 어조로 자신은 그런 인간을 모른다고 전하라고 하인에게 지시했소. 그러자 존스가 떨리는 목소리로 "다시 생각해보세요, 외삼촌"이라고 소리치며 그를 만류하자, 올워디 영주는 "그래, 다시 생각해보았다. 네가 직접 내 말을 그 악당에게 전하거라. 그처럼 야비하게 남의 파멸을 획책하려 했던 놈에게 파멸을 선고하는

---

* 올워디 영주는 앞 장에서 이미 블리필의 음모를 존스에게 알려주었지만, 작가 필딩은 이 사실을 잊은 것 같다.

606

전갈을 전할 최적임자는 피해자가 될 뻔했던 사람일 테니 말이다"라고 대답했소. 이에 존스는 이렇게 말했소. "외삼촌, 죄송하지만 조금만 더 생각해보시면 정반대로 하시는 게 더 나을 거라는 생각이 드실 겁니다. 다른 사람이 전달하면 정의를 집행하는 게 되지만, 제가 전달하면 모독이 될 수도 있으니까요. 누구에 대한 모독이냐고요? 제 동생이자 외삼촌의 조카에 대한 모독이지요. 블리필도 제게 그렇게 대하진 않았어요. 그러니 그렇게 하는 건 블리필이 저질렀던 행위보다도 더 변명의 여지가 없어요. 운명의 여신은 매우 악한 성격을 지니지 않은 사람도 유혹해서 불의를 저지르게 할 수 있어요. 하지만 모욕적인 행위는 사악하고 악의적인 사람만이 할 수 있기 때문에 변명의 여지가 없어요. 변명의 여지가 될 수 있는 유혹을 받지 않고서 저지르는 행위니까요. 외삼촌, 지금 몹시 화가 나신 상태이니 지금은 블리필에게 아무것도 하지 마세요. 외삼촌, 제게 벌을 내리시기 전에 제 변명을 들어주셨던 걸 한번 생각해보세요." 이 말에 올위디 영주는 잠시 아무 말도 하지 않다가, 눈물을 흘리며 존스를 껴안고는 "얘야! 너의 그런 선한 성품을 그렇게 오랫동안이나 알아보지 못했구나!"라고 소리쳤소.

아무도 알아차리지 못했지만, 마침 그때 문을 살짝 두드리고 방에 들어와 존스가 삼촌의 품에 안겨 있는 것을 보게 된 밀러 부인은 너무도 기뻐 무릎을 꿇고는 거의 무아지경의 상태에서 눈앞에 벌어진 일에 대해 감사기도를 했소. 그런 다음 존스에게 달려가 꼭 끌어안고는 "소중한 내 친구, 이런 기쁜 날이 앞으로도 수천 번 더 있기 바라요"라고 말한 뒤, 올위디 영주에게도 같은 축하를 보냈소. 이에 올위디 영주도 "그래요, 밀러 부인, 나 또한 말로 표현할 수 없을 정도로 행복합니다"라고 화답했소. 세 사람이 각자 느낀 기쁨에 대해 좀더 말을 나눈 뒤, 밀러 부인은 아래층 거실에 나이팅게일과 그의 신부, 나이팅게일의 사촌 해리스*와 그녀의 신랑이 모여 있으니 그곳으로 가 함께 식사하자고 말했소.

이 말에 올워디 영주는 존스와 사적으로 의논해야 할 일이 있어 자신과 존스가 먹을 약간의 음식을 방으로 가져오도록 지시했다며, 아래층에 모인 사람들과는 식사를 같이하진 못하겠지만, 저녁식사 모임에는 합류하겠다고 약속했소.

이때 밀러 부인이 블리필을 어떻게 할 것이냐고 물으며, "그런 악당이 제 집에 있는 한 마음이 편하지 않아요"라고 말하자, 올워디 영주는 밀러 부인과 마찬가지로 자신도 그 때문에 마음이 불편하다고 대답했소. 이 말에 밀러 부인은 "그러시다면, 그 문제는 제게 맡겨주세요. 제가 확실하게 그 사람을 집 밖으로 당장 내보내겠어요. 아래층에 두세 명의 건장한 사람들이 있거든요"라고 말했소. 그러자 올워디 영주는 "힘을 사용할 필요는 없을 거요. 내 말만 전하면 스스로 떠날 게 분명하니 말이오"라고 소리쳤소. 이에 밀러 부인이 "제가 전할까요? 제 생애 이보다 더하고 싶은 일은 없을 거예요"라고 말하자, 존스가 나서며, 이 문제에 대해 좀더 생각해보니 올워디 영주가 허락한다면, 자신이 직접 영주의 말을 전하는 편이 좋겠다며 "외삼촌의 뜻을 충분히 알고 있으니, 제가 직접 외삼촌의 뜻을 블리필에게 알리게 해주세요. 그리고 이처럼 급작스럽게 블리필을 절망 상태로 내몰면 어떤 끔찍한 결과가 벌어질지 한번 생각해보세요. 이런 상황에서 그 불쌍한 친구가 죽기라도 한다면 어떻게 되겠어요!"라고 말했소. 하지만 존스의 이 제안은 밀러 부인에게 아무런 영향도 미치지 못했소. 방을 나서면서 밀러 부인이 "존스 씨는 이 세상에서 살아가

---

* 해리엇이 맞다. 필딩이 착각을 한 것 같다.

기에는 너무나도, 너무나도 착한 사람이에요"라고 소리치자, 존스의 말에 깊은 감명을 받은 올워디 영주는 이렇게 말했소. "애야, 나는 너의 그 선한 성품과 이지력에 놀랐다. 나는 그 비열한 놈에게서 모든 재산을 빼앗지도 않을 것이며, 참회할 시간도 갖지 못하게 하진 않을 거다. 그렇게 하는 건 큰 충격이겠지. 그러니 네가 블리필을 찾아가 적절히 판단해서 처리하거라. 하지만 내가 그 녀석을 용서할 거라는 기대를 품게 하진 말거라. 나는 하나님이 명하시는 것 이상으로는 그 녀석의 극악무도한 행위를 결코 용서하지 않을 것이니 말이다. 그러니 그 녀석에게 따로 돈을 주거나 그 녀석과 말을 섞는 일은 절대로 없을 것이다."

존스가 블리필의 방에 올라갔을 때, 블리필은 존스의 동정심을 불러일으킬 정도로(다른 사람이라면 이보다 덜 우호적인 감정을 불러일으켰겠지만) 절망적인 상황에 처해 있었소. 침대에 몸을 던진 블리필은 절망에 빠져 눈물을 흘리고 있었지만, 그 눈물은 회개하는 마음에서 나온 눈물도, 선량한 사람들도 종종 그러듯이 타고난 기질은 그렇지 않지만 인간의 약한 면 때문에 갑작스런 유혹에 넘어가 자신도 모르게 죄를 지은 뒤 흘리게 되는, 죄를 씻어내는 참회의 눈물도 아니었소. 블리필이 이때 흘린 눈물은 교수대로 실려가면서 공포에 떠는 도둑이 흘리는 눈물이었고, 가장 비천한 자들이 자신의 안위를 걱정할 때 흘리는 그런 눈물이었던 것이오.

이 장면을 상세히 묘사하는 것은 불쾌하고 지루한 일일 것이오. 따라서 존스가 블리필에게 지나칠 정도로 친절하게 대해주었다는 사실만 이야기하겠소. 존스는 그날 저녁 블리필을 이 집에서 내보내려는 외삼촌의 결심을 알리기 전에, 풀이 죽은 블리필에게 힘을 주고 그를 위로하기 위해 자신이 생각해낼 수 있는 말을 빠뜨리지 않고 다 해주었소. 존스는 블리필이 원하는 돈을 주겠다고 하고는 그가 자신에게 저지른 모든 잘못을 용서하고 앞으로는 형제 같은 사이로 살아가도록 노력하겠으며, 외삼촌과 화해할 수 있도록 모든 방법을 시도해보겠다고 분명하게 말했소.

처음에 블리필은 모든 것을 부인해야 할지 말지를 마음속으로 저울질하면서 부루퉁한 표정으로 아무 말도 하지 않았소. 하지만 자신의 잘못을 입증하는 증거가 너무도 명백하다는 사실을 알고는 결국 자기 잘못을 고백하게 되었소. 그러고는 아주 간절하게 형의 용서를 빌며 바닥에 엎드려 존스의 발에 입을 맞추었소. 간단히 말해, 전에 블리필은 대단히 사악하게 행동했다면 지금은 대단히 비굴하게 굴었던 것이오.

블리필에 대해 갖고 있던 경멸감을 완전히 억제할 수 없었던 존스는 이 극도의 비굴함을 보고는 얼굴 표정을 통해 어느 정도 경멸감을 드러내지 않을 수 없었소. 하지만 존스는 재빨리 동생을 일으켜 세우며 좀더 남자답게 역경을 견뎌내라고 충고하고는, 블리필이 겪게 될 어려움을 덜어주기 위해 자신이 할 수 있는 건 다 하겠다고 다시 한 번 약속했소. 이 말에 블리필은 자신은 그런 도움을 받을 자격이 전혀 없다고 여러 번 말하고는 존스에게 연거푸 감사하다고 했소. 그러고는 즉시 거처를 옮기겠다고 하여, 존스는 올워디 영주에게로 돌아왔소.

존스가 돌아오자 올워디 영주는 가장 먼저 그에게 5백 파운드짜리 은행권에 대해 알아낸 사실을 알려주었소. "이미 변호사와 상의했는데, 놀랍게도 이런 종류의 사기 행각을 처벌할 방법이 없다고 하더구나. 이자가 네게 저지른 그 배은망덕한 행동을 생각하면, 노상강도도 이자보다는 선량해 보이는구나"라고 말했소.

이에 존스가 말했소. "아니! 어떻게 그런 일이! 정말 충격적인 일이네요. 저는 이 세상에 그 사람보다 더 정직한 사람은 없다고 생각했거든요. 하지만 그렇게 큰돈은 거부하기엔 너무도 큰 유혹이었던 것 같네요.

그보다 적은 돈은 제게 안전하게 전달해주었으니까 말이에요. 외삼촌, 그건 배은망덕이라기보다는 인간의 약점이라고 해야 할 것 같아요. 확신컨대 그 사람은 저를 좋아했어요. 결코 잊을 수 없는 친절도 제게 베풀었고요. 그 사람도 자신의 행동을 후회했을 거라고 생각해요. 제가 절망적인 상황에 처해 있던 것처럼 보였던 하루 이틀 전, 저를 찾아와서는 필요하면 돈을 주겠다고 했거든요. 외삼촌, 가난 때문에 쓰라린 고통을 맛본 사람에게 자신과 가족이 다시는 그런 고통을 겪지 않게 해줄 그런 큰돈이 얼마나 큰 유혹일지 한번 참작해주세요."

존스의 말에 올워디 영주는 이렇게 소리쳤소. "애야, 용서하고자 하는 네 마음이 너무 지나치구나. 그런 잘못된 자비는 약점일 뿐만 아니라 불의라고도 할 수 있을 거다. 그건 악행을 부추기기 때문에 사회에도 아주 위험하다. 이자가 정직하지 않았다는 건 용서해줄 수 있지만, 배은망덕한 행위를 저지른 건 절대 용서할 수 없다. 한마디만 더 해야겠다. 유혹을 이기지 못해 정직하지 못한 행동을 한 사람에게는 자비를 베풀어야 한다. 그리고 지금까지 나는 그렇게 해왔다. 대배심원으로 있을 때, 노상강도를 동정하게 된 적이 종종 있었다. 그래서 나는 정상참작의 여지가 있는 경우에는, 재판관에게 여러 번 간청한 적도 있었다. 하지만 잔인한 행동이나 살인, 배은망덕한 행위와 같이 사악한 범죄를 저지른 사람을 동정하거나 용서하는 건 잘못이다. 나는 그자가 악당이라고 확신하기 때문에 처벌받게 할 것이다. 최소한 내가 그자를 처벌할 수 있는 한에서는 그렇다."

올워디 영주가 단호한 어조로 이렇게 말했기 때문에 존스는 그 어떤 대답도 적절하지 않다고 생각했소. 게다가 웨스턴 영주와의 약속 시간이 다가와 옷 갈아입을 시간도 별로 남지 않았던 터라, 존스는 여기서 대화를 끝내고 자기 지시에 따라 패트리지가 옷을 가지고 오기로 한 다른 방으로 향했소.

존스가 이 행복한 사실을 알게 된 뒤로 패트리지는 존스를 거의 만나지도 못했소. 자신의 기쁨을 억제할 수도, 표현할 수도 없었던 이 가련한 사람은 마치 미친 사람처럼 행동하며, 무대 위에서 어릿광대가 옷을 입으면서 실수를 저지르는 것처럼, 존스에게 옷을 입히는 동안 수많은 실수를 했소.

하지만 그의 기억력은 조금도 녹슬지 않았소. 이런 행복한 결말이 올 거라는 조짐과 전조를 그동안 얼마나 여러 번 감지했는지 그는 회고했기 때문이오. 그중 몇 가지만 당시에 감지했고 상당수는 이제서야 알게 되었지만 말이오. 존스를 만나기 전날 저녁에 꾼 꿈을 다시 거론하며 "언젠가 도련님이 제게 행운을 가져다줄 수 있을 거라는 징조를 항상 느꼈다고 말씀드렸잖아요?"라고 패트리지가 말하자, 존스는 다른 징조들이 그랬던 것처럼 이 징조는 분명히 실현되었다고 말해, 이 가련한 사람의 기쁨을 더욱 배가시켰소.

12장
이야기가 결말로 더더욱 치닫는 장

이제 정장을 차려입고 외삼촌을 따라 웨스턴 영주의 거처로 간 존스는 진짜 이 세상 그 누구보다도 멋진 모습이었소. 외모 하나만으로도 대부분의 여성들이 그에게 매료되었겠지만, 자연의 여신이 그를 만들 때 자신의 작품을 매력적으로 만들기 위해, 단순히 외모에만 의존하지 않았다는 사실은 이 이야기를 통해서 이미 드러났을 거라고 생각하오.

화는 났지만 존스와 마찬가지로 아주 멋지게 치장한(그 이유는 여성 독자들이 설명해주시오) 소피아의 모습은 너무도 아름다워, 그녀를 본 올워디 영주는 소피아가 이 세상에서 가장 아름다운 여성이라고 생각한다고 웨스턴 영주에게 속삭이지 않을 수 없었소. 이 말에 웨스턴 영주가 "그래서 톰에게 더 좋은 것 아이겠소. 톰이 이 아를 확 휘어잡아뿌야 되는데 말이야"라고 속삭이는 어조로 했지만 모든 사람들이 들을 정도로 크게 대답하자, 소피아의 얼굴은 새빨개졌고, 몹시 창백해진 톰은 당장에라도 땅속으로 들어갈 것처럼 보였소.

차를 마시던 탁자를 치우자마자 웨스턴 영주는 잊어버리기 전에 올워디 영주에게 알려줘야 할 중요한 용건이 있으니, 지금 당장 조용히 이야기를 나누어야겠다고 하고는 올워디 영주를 끌고 방 밖으로 나가, 이 연인들은 단둘만 남게 되었소. 위험과 역경 속에서는 서로에게 그처럼 할 말이 많았던 사람들이, 수많은 장애물에 가로막혔을 때는 서로의 품안으로 그처럼 달려가고 싶어 하던 사람들이, 이제 안전하게 하고 싶은 말을 하고, 원하는 것을 할 수 있게 되자, 이들을 모르는 보통의 지혜를 가진 사람이 본다면 두 사람이 서로에게 무관심한 것이 아닌가 하는 생각이 들 정도로, 한동안 이들이 아무 말 없이 미동도 하지 않았다면, 많은 독자들은 이를 기이하게 여겼을 게 틀림없소. 이상하게 보일지 모르지만 실제로 이들은 그랬소. 두 사람은 시선을 아래로 향한 채, 수분 동안 아무 말도 하지 않고 가만히 앉아만 있었던 것이오.

이러는 동안 존스는 한두 번쯤 말을 하려 했지만, 결국은 하지 못한 채, 몇 마디 말만 띄엄띄엄 중얼거리거나 한숨 쉬듯 내뱉었소. 그러자 존스가 안쓰러웠던지 소피아는 존스가 꺼내려는 이야기의 주제를 바꾸기 위해 이렇게 말했소. "사실이 밝혀져 이제 세상에서 제일가는 행운아가 되셨네요." 그러자 존스는 한숨을 쉬며 "소피아, 진정으로 내가 그렇게 행운아라고 생각하시오? 당신의 노여움을 샀는데도 말이오?"라고 반문했소. 이 말에 소피아가 "그 점에 관해서는 존스 씨가 어떤 대접을 받아야 하는지 존스 씨 자신이 가장 잘 아실 텐데요"라고 말하자, 존스는 "그래요, 당신도 내 죄를 다 알 거요. 밀러 부인이 이미 다 말씀드렸을 테니 말이오. 소피아! 내가 당신의 용서를 받을 희망은 없는 거요?"라고 물었소. 이에 소피아는 "존스 씨, 그 문제에 대해선 존스 씨의 공정한 판단을 따를 테니, 본인 행동에 대해 어떤 선고를 내릴지 스스로 결정하세요"라고 대답했소. 이 말에 존스는 "슬프군요, 내가 당신에게 간청하는 것은 정의의 심판이 아니라 자비인데 말이오. 정의가 심판한다면 내가 유죄판결을 받을 거란 사실 잘 알고 있소. 하지만 레이디 벨라스턴에게 편지를 보낸 일로 나를 비난하지는 말아주시오. 당시 상황에 대해 당신도 이미 들었겠지만 그게 모두 사실이란 걸 엄숙하게 맹세할 수도 있으니 말이오"라고 말했소. 그러고는 설령 예상과는 달리 레이디 벨라스턴이 자신의 결혼 신청을 받아들였다 할지라도, 그 편지는 레이디 벨라스턴과의 관계를 청산하게 해줄 그럴듯한 구실이 될 수 있을 거라고 나이팅게일이 보장했다는 사실을 힘주어 말했소. 하지만 결과적으로 그 편지를 레이디 벨라스턴이 이용하도록 한 자신의 행동이 무척 경솔했다고 고백하며 그 편지 때문에 지금 소피아에게 혹독한 대가를 치르는 중이 아니냐고 말했소. 그러자 소피아는 이렇게 말했소. "존스 씨가 그 편지를 쓴 이유는 존스 씨 말대로라고 생각할 수밖에 없어요. 그리고 제 행동을 보시면 존스 씨가 다른 의도에서 그런 편지를 썼다고 제가 생각하지 않는다는 사실도 명백하게 드러날 거예요. 하지만, 존스 씨, 제가 화낼 이유가 또 없다고 생각하세요?

존스 씨가 저 때문에 가슴 아파 한다고(아니면 그런 척한 것인지도 모르죠) 생각하고 있었는데, 업턴에서 그런 일이 있은 지 얼마 안 돼서 어떻게 금방 다른 여자와 바람을 피울 수가 있어요! 정말이지, 존스 씨의 행동은 이해가 안 돼요. 그러니 제가 어떻게 존스 씨의 고백을 진실하다고 믿을 수 있겠어요? 설령 믿는다 하더라도, 그렇게 배신을 잘하는 사람에게 무슨 행복을 기대할 수 있겠어요?" 이 말에 존스는 "소피아! 내 가슴을 이처럼 불태우고 있는 내 순수한 열정이 진실하다는 사실을 의심치는 마시오. 사랑스러운 여인이여! 내가 얼마나 불운한 상황에 처해 있었는지 그리고 얼마나 큰 절망의 나락에 떨어져 있었는지 한 번만 생각해주시오. 지금처럼 당신 발아래 몸을 던지는 게 허락될 수 있을 거라는 희망을 조금만이라도 가질 수 있었더라도 그 어떤 여자도 내가 그런 생각(순결한 사람이 조금이라도 비난할 수 있는 생각)을 품게 하지는 못했을 것이오. 당신을 배신하다니! 소피아! 내 지난 과오를 용서해줄 수 있을 정도의 자비심을 갖고 있다면 앞으로의 일이 염려되어 자비의 문을 내게 닫지는 마시오. 아무도 이보다 더 진실한 참회는 하지 못할 것이오. 참회를 통해 당신의 사랑스런 가슴에 있는 나의 천국과 화해하게 해주시오"라고 말했소. 그러자 소피아는 "존스 씨, 진실한 참회는 용서받을 거예요. 하지만 그 용서는 그게 진심인지 정확히 판단하실 수 있는 분의 몫이에요. 인간은 속을 수 있어요. 그것을 막을 확실한 방법이 있는 것도 아니고요. 하지만 존스 씨의 참회로 제가 존스 씨를 용서할 수 있다 하더라도, 저는 최소한 존스 씨의 참회가 진실하다는 아주 확실한 증거를 요구할 거예요"라고 말했소. 이 말에 존스가 "내가 보여줄 수 있는 어떤 증거라도 있으면 말씀만 하시오"라고 애원하듯 말하자, 소피아는 "시간이요, 존스 씨. 시간만이 존스 씨의 참회가 진실하다는 것과 존스 씨를 혐오하게 만든 그 사악한 삶을 존스 씨가 포기했다는 사실을 확신시켜줄 수 있을 거예요"라고 대답했소. 이에 존스는 "내가 앞으로도 그런 짓을 할 거라고는 생각지 말아요. 이렇게 무릎 꿇고 간청하는데, 제발 나에 대한 믿음을 가져주시오. 당신의 믿음을 받을 자격을 갖추게끔 평생 노력할 테니 말이오"라고 소리쳤소. 그러자 소피아는 "그러시면 저의 믿음을 받을 자격이 있다는 사실을 제게 입증하는 걸 삶의 목적의 일부분으로라도 삼아보세요. 저의 믿음을 얻을 자격이 있을 때, 실제로 그걸 얻게 될 거란 사실을 분명히 말씀드렸다고 생각해요. 하지만 지난 일을 생각해볼 때, 존스 씨 말을 곧이곧대로 들을 거라고 기대하시진 않겠죠?"라고 말했소.

이 말에 존스가 "내 말은 믿지 말아요. 내가 앞으로 변치 않을 거란 사실을 확실하게 보증할 수 있는 걸 나는 갖고 있어요. 그걸 보면 내 말을 의심치 못할 거요"라고 말하자, 소피아는 약간 놀라면서 "그게 뭔데요?"라고 물었소. 그러자 존스는 소피아의 손을 잡고 거울 앞으로 데려가서는 "사랑스런 나의 천사여, 당신에게 보여드리리다. 저기를 보시오. 저 아름다운 모습과 얼굴, 눈, 그리고 눈을 통해 비쳐 나오는 마음, 바로 그곳에 깃들어 있는 내 증표를 보란 말이오. 이걸 얻은 사람이 어떻게 다른 여자에게 한눈을 팔 수 있겠소? 그건 불가능한 일이오! 사랑하는 소피아! 이것은 로체스터 경을 모델로 한 도리망*조차도 변화시킬 수 있을 거요. 당신도 다른 사람의 눈으로 당신 자신을 본다면 그걸 의심치 못할 거요"라고 대답했소. 이 말에 소피아는 얼굴을 붉히며 약간의 미소를 지었소. 하지만 곧 억지로 이마를 찌푸리면서 말했소. "지난 일을 통해 앞으로의 일을 예측한다면, 이 방을 나선 순간 저 거울에 제 모습이 남아 있지 않게

---

* 17세기 영국의 극작가 조지 에서리지 경이 쓴 『멋쟁이 신사』에 나오는 바람둥이 남자로 로체스터 백작을 모델로 했다고 전해진다.

되듯이 제가 존스 씨 시야에서 사라지면 존스 씨 마음에 제 모습도 더 이상 남아 있지 않게 될 거예요." 이에 존스는 "하늘에 두고 맹세하지만, 당신 모습이 내 마음을 떠난 적은 단 한 번도 없었소. 여자들은 본래 섬세하여 남자들이 얼마나 둔한지, 그리고 남자들이 바람을 피운다고 해서 마음까지 주는 것은 아니라는 사실을 이해할 수 없을 거요"라고 말했소. 이 말에 소피아는 아주 심각하게 "저는 그런 구분을 하지 못해요. 그러니 그걸 구분하지 않게 하는 섬세함을 배우지 못한 사람하고는 절대 결혼하지 않을 거예요"라고 대답했소. 그러자 존스는 "그걸 배우겠소. 아니, 이미 나는 배웠소. 당신이 내 아내가 될 수 있다는 희망을 갖게 되자마자, 이미 배웠단 말이오. 그리고 바로 그 순간부터 다른 모든 여자들은 내 열정의 대상도 내 욕망의 대상도 아니오"라고 말했소. 이에 소피아는 "그걸 증명할 수 있는 것은 시간뿐이에요. 존스 씨, 이제 존스 씨 상황은 변했어요. 그렇게 돼서 저도 몹시 기쁘고요. 이제 존스 씨는 제 가까이에서 존스 씨의 마음도 변했다는 사실을 제게 확신시켜줄 기회를 갖게 될 거예요"라고 말했소. 그러자 존스는 이렇게 소리쳤소. "나의 천사여! 당신의 그 관대한 마음에 어떻게 감사해야 할지 모르겠소. 당신도 내가 이런 행운을 얻게 된 게 기쁘다는 말이오? 정말이지, 소피아! 내가 이 행운을 더욱 다행스럽게 생각하게 된 건 오로지 당신 때문이오. 나로 하여금 소중한 희망을 가질 수 있게 했으니 말이오. 나의 소피아! 하지만 한참 뒤에야 그 희망을 이룰 수 있게 하진 마시오. 나는 당신이 하라는 대로 무조건 할 작정이오. 그리고 당신이 허락한 것 이상으로 조르진 못할 거요. 하지만 나를 시험하는 기간을 좀 짧게 잡아주시오. 말해주시오! 언제 내 진실을 당신이 확신할 수 있게 되는지 말이오." 이 말에 소피아는 "존스 씨, 자발적으로 여기까지 양보했는데, 더 이상 요구하시면 안 돼요. 아니, 더 이상의 요구는 받아들이지 않겠어요"라고 대답했소. 이에 존스가 "나의 소피아! 그렇게 잔인하게 나를 보진 마시오. 내가 어떻게 요구를 할 수 있겠소? 단지 그 기간을 정해달라고 다시 한 번 간청하는 것만은 허락해주시오. 사랑에 애타는 내 마음을 좀 헤아려주시오"라고 소리치자, 소피아는 "12개월이요"라고 대답했소. 이에 존스가 "오! 소피아. 당신은 지금 나에게 영원이라고 말한 거요"라고 소리치자, 소피아는 "좀더 짧을 수도 있어요. 그러니 더 이상 조르진 마세요. 나에 대한 존스 씨의 열정이 내가 바라는 대로라면, 존스 씨는 이제 마음을 편히 가져도 될 거예요"라고 말했소. 이 말에 존스가 "마음을 편히 가지라고요? 소피아! 지금 내가 느끼는 이 환희를 그렇게 냉정한 이름으로 부르진 말아요. 나는 생각만 해도 황홀하오. 당신을 내 것이라고 부르고, 더 이상의 두려움 없이 당신을 행복하게 해주는 기쁨을 누릴 수 있는 그런 축복받은 날이 올 거라는 걸 믿어 의심치 않아도 되겠소?"라고 묻자, 소피아는 "그래요. 그날이 오는 건 존스 씨에게 달렸어요"라고 대답했소. 이 말에 존스는 "오! 내 사랑하는 천사여! 그 말을 들으니 너무도 기쁘오. 하지만 그처럼 달콤하게 나의 행복을 선언해준 그 사랑스런 입술에 감사를 표해야만, 아니 감사를 표할 것이오"라고 소리치고는 소피아를 품에 안으며 한 번도 시도해보지 못한 열정적인 키스를 했소.

바로 이 순간 한동안 이들의 대화를 엿듣고 있던 웨스턴 영주가 방 안으로 뛰어 들어와서는 사냥꾼의 어조로 사냥 용어를 써가며 소리쳤소. "자, 달려들어, 달려들란 말이야. 바로 그거야. 바로 그거. 근데, 벌써 끝났어? 얘가 날짜 정했어? 내일이야? 아니면 그다음 날? 그다음 날보다 일 분이라도 더 늦게 날짜를 잡도록 내가 놔둘 꺼 같애? 내 절대 그래는 못 내비두지." 이 말에 존스가 "제발 저 때문에 그러진 마세요"라고 말하자, 웨스턴 영주는 "그런 부탁은 내 엉덩이한테나 하게. 난 자네가 기집 애들 속임수에 놀아나지 않을 배짱 있는 젊은이라 생각했네. 내 장담하는 데, 이건 장난하자는 기야. 제기랄! 앤 오늘 밤이라도 기꺼이 자네와 결혼할 걸세. 안 그래, 소피? 실토해봐라, 한 번만이라도 솔직히 말해봐. 아니, 벙어리야? 왜 말이 없어?"라고 소리쳤소. 이 말에 소피아가 "아빠가 제 마음을 아주 잘 아시는 것 같은데 제가 굳이 고백해야 하나요?"라고 대답하자, 웨스턴 영주는 "아이고, 착하지. 그라믄 내 말을 따르겠다는 기냐?"라고 소리쳤소. 그러자 소피아는 "아니에요. 저는 그렇게 하겠다고 말한 적은 없어요"라고 대답했소. 이에 웨스턴 영주가 "그럼 내일이나, 그다음 날 결혼하지 않겠다는 기야?"라고 묻자, 소피아는 "아빠, 저는 그럴 마음이 없어요"라고 대답했고, 이에 웨스턴 영주는 "너, 참말로, 이 애빌 못살게 굴고 화나게 할라꼬 일부로 내 말 안 듣는 기지?"라고 말했소. 이때 존스가 끼어들며 "영주님, 제발" 하고 말하자, 웨스턴 영주는 이렇게 소리쳤소. "자넨 참말로 여자한테 잘 속아 넘어가는 애송이구만. 내가 결혼 못하게 할 때는 한숨 쉬고 우는소리나 해쌌고, 죽는 표정으로 편지나 써쌌드만, 인자 내가 자네 편을 드니까 지금 얘가 자네를 거부하는 거 아인감. 지금 얘는 청개구리 심보를 부리는 기란 말이야. 지 애비가 시키는 대로는 안 하겠다는 기지! 지금 야는 내 뜻을 거스르고 내 뜻에 반항할라꼬 이라는 기야." 영주의 이 말에 소피아가 "아빠는 제가 어떻게 하길 바라시는 거예요?"라고 묻자, 웨스턴 영주는 "네가 우예 하길 바라느냐고? 지금 당장 존스한테 니 손을 주그라"라고 대답했소. 이에 소피아는 "네, 아빠 말씀을 따르죠. 존스 씨, 제 손 여기 있어요"라고 말했소. 이에 웨스턴 영주가 "내일 아침에 존스랑 결혼하는 데 동의할 끼가?"라고 묻자, 소피아가 "아빠 말씀에 따르겠어요"라고 대답했소. 그러자 웨스턴 영주는 "그라믄, 내일 아침에 결혼식을 올리도록 하자"라고 말했고, 소피아는 "아빠가 그렇게 하길 바라신다니, 내일 아침으로 정하죠"라고 대답했소. 이 말에 존스는 너무도 기뻐 무릎을 꿇고 소피아의 손에 입을 맞추었고, 웨스턴 영주는 방 안을 깡충깡충 뛰어다니다가 소리쳤소. "올워디 영주는 도대체 어데 있는 기야? 이 일에 신경 써야 할 때, 밖에서 그 빌어먹을 다울링 변호사와 잡담이나 나누고 있으니 말이야." 그러더니 때맞춰 웨스턴 영주가 올워디 영주를 찾으러 밖으로 나가는 바람에 두 연인은 비록 몇 분 안 되는 시간이지만 둘만의 소중한 시간을 보낼 수 있게 되었소.

곧이어 올워디 영주와 함께 돌아온 웨스턴 영주가 "내 말을 믿지 못하시겠거든 함 직접 물어보시오. 소피, 너 내일 결혼하는 데 동의한 거 맞제?"라고 묻자, 소피아는 "그게 아빠 명령이잖아요. 아빠 말씀을 감히 거역할 순 없죠"라고 소리쳤소. 이에 올워디 영주가 말했소. "웨스턴 양, 존스는 앞으로 웨스턴 양의 호의를 받을 만한 자격을 갖출 것이고, 우리 집안에 베푼 그 광영을 나처럼 고마워할 것이오. 이처럼 아름답고 훌륭한 아가씨와 혼사를 맺는 건 그 어떤 가문에게도 영광이니 말이오." 이에 웨스턴 영주가 "그라믄요. 하지만 이 아를 가만 내비두가꼬 꾸물거리게 놔났다면, 영주께선 아직까지도 그 광영을 못 누렸을 거요. 그래가 난 이 아가 정신 차리구로 부모로서의 권한을 쪼매 사용할 수밖에 없었던 거요"라고 소리치자, 올워디 영주는 "조금이라도 강요하신 건 아니길 바랍니다"라고 말했소. 이에 웨스턴 영주가 "그래요? 원하신다면…… 딸아이에게 약속을 모두 철회하라고 청해도 좋소. 소피, 니가 한 약속이 참말로 후회되나? 참말로?"라고 소리치자, 소피아는 "아빠, 후회하지 않아요. 존스 씨를 위해서라면 그 어떤 약속도 후회하지 않을 거예요"라고 말했소.

이에 올워디 영주는 "그렇다면, 존스, 네게 진심으로 축하해주어야겠구나. 내 생각에 너는 세상에서 제일 행복한 남자니까 말이다. 이 경사스런 날을 맞게 된 웨스턴 양에게도 축하하고 싶소. 웨스턴 양은 웨스턴 양의 장점을 알아보고, 거기에 부응하기 위해 최선을 다할 사람과 결혼하는 거라고 확신하니 말이오"라고 소리쳤소. 그러자 웨스턴 영주는 "암, 최선을 다할 끼요. 존스가 그럴 기라는 건 내 장담하지. 내 말 좀 들어보소, 올워디 영주. 내일부터 9개월 후에 우린 손자 하나를 얻게 될 거요. 내기를 해도 좋소. 그나저나 무얼 드실랍니까? 버건디? 샴페인? 하이튼 우리 밤새워 한번 마시봅시다"라고 소리쳤소. 이에 올워디 영주가 "영주께선 저를 좀 양해해주셔야겠습니다. 이렇게 좋은 일이 금방 생길지 몰라 제 조카와 저는 다른 사람과 약속을 했거든요"라고 말하자, 웨스턴 영주는 "약속이라고요! 그런 말씀 마시오. 낸 오늘 밤 영주와 절대로 떨어지지 않을 거요. 그라이 반드시 여기서 저녁을 드시야 하오"라고 말했소. 그러자 올워디 영주는 "제발, 양해해주시오. 나는 내가 한 약속을 절대로 어기지 않는다는 걸 잘 알고 계시지 않소"라고 대답했소. 이에 웨스턴 영주가 "좋소이다. 그런데 누구캉 약속했소?"라고 소리치자 올워디 영주는 누구와 약속을 했는지 그리고 누구와 함께하는지 알려주었소. 그러자 웨스턴 영주는 "그래요? 그럼 내도 같이 가겠소. 소피아도 데려가겠소. 오늘 밤 낸 영주와 절대로 떨어지지 않을 기니까 말이오. 그리고 톰과 이 아를 떼놓는 건 아주 잔인한 일 아닝교"라고 말했소. 올워디 영주는 곧 웨스턴 영주의 제안을 받아들였고, 소피아는 우선 결혼 문제에 대해선 한마디도 하지 않겠다는 은밀한 약속을 부친에게서 받아낸 뒤, 이 제안을 따르겠다고 했소.

마지막 장

이야기의 결말

약속한 대로 그날 오후 부친을 찾아간 나이팅게일은 기대 이상으로 따뜻한 환대를 받았고 얼마 전 결혼한 딸을 찾기 위해 런던으로 돌아온 작은아버지도 만났소.

사촌누이의 결혼은 이 젊은 신사에게는 아주 운이 좋은 일이었소. 두 형제는 자기 자식을 얼마나 잘 관리 감독하고 있는가에 대해 서로 끊임없이 경쟁하고 있었고 상대방의 자녀 관리 방식을 몹시 경멸하고 있었기 때문에, 이들은 자기 자식이 저지른 잘못은 최대한 작게 보고 상대방 자식이 한 결혼은 나쁘게 보려고 애썼기 때문이오. 따라서 올워디 영주의 끈질긴 설득과 형제에게 이기고 싶다는 욕망으로 이 노신사는 웃는 얼굴로 아들을 맞이했고 그날 저녁 밀러 부인의 집에서 있을 식사 초대도 받아들였던 것이오.

딸을 무척 사랑하는 나이팅게일의 작은아버지를 그의 딸과 화해시키는 일은 별로 어렵지 않았소. 그는 조카에게서 딸과 사위가 어디에 있는지 듣자마자, 당장 딸을 만나러 가겠다고 했소. 그러고는 목적지에 도착했을 때 딸이 무릎을 꿇으려고 하자 딸을 얼른 일으키고는, 애정 어린 포옹을 하여 이를 본 모든 사람들을 감동시켰고, 마치 자신이 직접 이들을 결혼시키기라도 한 듯이, 15분도 채 안 돼 딸과 사위와 화해를 했소.

이러한 상황에서 올워디 영주와 그의 일행이 도착하자 밀러 부인은 더할 나위 없이 행복을 느꼈고, 소피아를 보자마자 무슨 일이 있었는지 짐작한 그녀는 존스를 생각하는 마음이 남달랐기 때문에, 딸의 행복으로 인한 그녀의 환희는 더욱 배가되었소.

　이처럼 수많은 사람들이 행복해하는 자리는 그리 많지 않을 거라고 생각하오. 하지만 이곳에 모인 사람들 중에서 나이팅게일의 부친이 가장 덜 만족스러워했소. 아들에 대한 사랑과 올워디 영주의 설득 그리고 앞서 말한 여러 이유에도 불구하고, 아들의 선택에 전적으로 만족할 수는 없었던 것이오. 아마도 이는 소피아를 보았을 때, 자기 아들이 소피아나 소피아보다 신분이 높은 여자와 결혼할 수 있었을지도 모른다는 생각이 들어 자신이 손해보았다는 느낌을 지울 수 없었기 때문인 것 같았소. 하지만 소피아의 아름다운 외모와 훌륭한 마음 씀씀이 때문에 그의 마음이 이처럼 편치 않았던 것은 아니었소. 그가 이런 생각을 갖게 된 것은 소피아 아버지의 재산 때문이었소. 자기 아들이 밀러 부인의 딸 때문에 그 많은 돈을 포기했다고 생각하니 참기 힘들었던 것이었소.

　두 명의 신부는 참으로 아름다웠소. 하지만 소피아의 아름다움에 이 둘은 완전히 빛을 잃어, 두 사람의 성격이 아주 좋지 않았다면 질투심을 느꼈을 것이오. 왜냐하면 이 두 신부의 남편들은 신하의 예를 받는 여왕처럼, 더 정확히 말하자면 주위의 모든 사람으로부터 찬사를 받는 여신처럼 식탁에 앉아 있는 소피아에게서 오랫동안 눈을 떼지 못했기 때문이었소. 하지만 이들의 찬사는 소피아가 강요한 것이 아니라 자발적인 것이었소. 소피아는 여러 완벽한 점을 갖추고 있었지만 겸손하기도 하고 상냥하기도 했으니 말이오.

　그날 저녁 모인 사람들은 몹시 즐거워했소. 모두가 행복해했으나, 전에 가장 불행했던 사람들이 가장 행복해했소. 과거에 이들이 겪었던 고통과 두려움은 사랑의 여신과 운명의 여신이 부여할 수 있는 최고의 행복을 음미할 수 있게 해주었기 때문이오. 하지만 큰 기쁨은, 특히 갑작스럽고도 커다란 상황의 변화를 겪은 뒤에 얻게 된 기쁨은, 혀보다는 가슴에 자리 잡고 있기 때문에, 존스와 소피아가 여기 모인 사람 중 가장 덜 즐거운 사람처럼 보였소. 이를 본 웨스턴 영주는 몹시 안달이 나, 이따금씩 이들에게 "이봐, 왜 말을 안 해? 뭐시 그래 심각해! 니는 와 말을 못하노! 술 한 잔 더 하게, 한 잔 더 안 할 긴가?"라고 소리치고는 소피아의 기분을 돋우기 위해 결혼과 처녀성 상실에 관련된 흥겨운 노래를 이따금씩 불렀소. 가끔씩 올워디 영주가 표정으로, 그리고 "어허, 웨스턴 영주"라는 말로 그를 저지하지 않았더라면, 이런 주제로 이야기를 계속하려는 웨스턴 영주를 피해 소피아는 방 밖으로 나갔을 것이오. 한번은 웨스턴 영주가 이 문제에 관해 논의를 시작하며, 부모는 자신이 원하는 대로 딸에게 말할 수 있는 권한이 있다고 주장했지만 아무도 그의 말을 지지하지 않아, 곧 입을 다물 수밖에 없게 되었소.

약간의 저지를 받았지만 웨스턴 영주는 이곳에 모인 쾌활하고 명랑한 사람들이 몹시 마음에 들어 다음 날 자기 숙소에서 다시 만나자고 졸라 이들 모두는 그렇게 하게 되었소. 그리고 공개하지는 않았지만 역시 신부가 된 소피아가 이 모임의 안주인, 품위 있는 표현을 쓴다면 만찬의 안주인 노릇을 했소. 소피아는 바로 그날 아침 민법박사회관에 있는 교회당에서 올워디 영주와 웨스턴 영주 그리고 밀러 부인만이 참석한 가운데 존스와 결혼했던 것이오.

소피아는 부친에게 그날 같이 식사하기로 한 사람 중 결혼식에 참석하지 않은 사람들에게는 자신이 결혼했다는 사실을 알리지 말아달라고 간곡히 청하고는 밀러 부인에게도 이를 비밀로 해달라고 부탁했소. 마찬가지로 존스도 올워디 영주에게 이와 같은 부탁을 했는데, 부친의 뜻에 따라 식사 자리에 참석할 수밖에 없게 된 소피아가 이와 같은 조건을 내세웠기 때문이었소. 이 비밀이 지켜질 거라고 믿으며, 소피아는 그날을 잘 보냈소. 하지만 술을 두 병째 마시자 자신의 기쁨을 더 이상 억제하지 못했던 웨스턴 영주가 술잔에 술을 가득 채워 신부의 건강을 위해 건배를 제의하자, 이곳에 모인 모든 사람들은 곧 소피아의 건강을 위해 축배를 들어 불쌍한 우리의 소피아는 얼굴을 붉히며 무척 당황해했고, 소피아 때문에 존스도 염려가 되었소. 솔직히 말하자면 식사에 초대된 사람 중에서 소피아가 결혼한 사실을 모르고 있는 사람은 단 한 명도 없었소. 밀러 부인은 이 사실을 딸에게, 밀러 부인의 딸은 남편에게, 그녀의 남편은 누이에게, 그 누이는 나머지 사람들 모두에게 알렸기 때문이오.

소피아는 기회가 생기자마자 다른 여자들과 함께 자리를 떴지만, 웨스턴 영주는 계속 남아 술을 마셨소. 그러는 사이 한두 사람씩 자리를 뜨더니, 결국엔 웨스턴 영주와 그만큼 술을 좋아하는 나이팅게일의 작은아버지를 제외하고는 아무도 남지 않았지만, 두 사람은 저녁 내내 (황홀경에 빠진 존스의 애타는 품에 아름다운 소피아가 안긴 그 행복한 시간이 지난 한참 뒤까지) 굳건히 술을 들이켰소.

독자들이여, 그대들의 예상을 완전히 빗나갔을지는 모르겠지만 우리에게는 무척 기쁘게도, 이 이야기의 결말에서 존스는 가장 행복한 사람 (솔직히 고백하건대, 소피아와 같은 여자를 아내로 얻는 것에 필적할 만한 행복은 없을 거라고 생각하오)이 되었소.

이 이야기에서 어느 정도 비중을 차지하고 있던 사람들이 어떻게 되었는지 몇몇 독자들은 알고 싶어 할지도 모르니 가능한 한 몇 마디로 그런 독자들의 호기심을 충족시켜주고자 하오.

아직까지는 올워디 영주에게 블리펠을 한번 만나보라고 설득한 사람은 없었소. 하지만 올워디 영주는 존스의 성화에(소피아도 거들었소) 못

이겨 블리필에게 1년에 2백 파운드를 주기로 했고, 존스는 이 금액의 3분의 1을 몰래 더해 가져다주었소. 이 돈으로 블리필은 런던에서 약 3백 킬로미터 떨어진 북쪽 지역에 살면서 1년에 2백 파운드씩을 저축했고, 이웃 자치도시에 할당된 다음 의회의 의석을 사기 위해 그 지역의 법률대리인과 협상하고 있소.* 최근 그는 감리교도가 되었다고 하는데, 그 지역에 토지를 갖고 있는 아주 부유한 미망인과 결혼하려는 마음에서였소.

스퀘어는 앞서 언급한 편지를 쓴 뒤 곧 임종했고, 스와컴은 여전히 자기 목사관에서 살고 있소. 올워디 영주와 존스 면전에서는 아부하면서도 뒤에서는 욕을 하던 스와컴은 영주의 신임을 되찾기 위해 혹은 존스의 환심을 사기 위해 많은 시도를 했으나, 아무 소용이 없었소. 최근 올워디 영주는 스와컴 대신에 에이브럼 애덤스 목사**를 집에 들였는데 그를 몹시 좋아한 소피아는 애덤스 목사가 자기 자식들을 가르치도록 하겠다는 의사를 분명히 밝혔소.

남편과 별거한 피츠패트릭 부인은 갖고 있던 적은 재산을 그대로 보유하면서도 런던의 상류층 지역에서 명성을 날리며 살고 있소. 대단한 경제 전략가라 수입금의 세 배를 지출하고서도 전혀 빚을 지지 않았던 그녀는 자신을 도와준 아일랜드 귀족의 아내와 아주 가까운 관계를 유지하고 있으며 그 우정의 일환으로 귀족의 아내가 자기 남편에게 해야 할 의무를 대신해주고 있소.

웨스턴 여사는 소피아와 곧 화해하고 두 달 동안 같이 시골에서 보냈

---

* 18세기 영국에서는 의회의 의석을 돈으로 사는 관례가 있었다고 하는데, 이를 위해 선거를 주도하는 변호사에게 일정 금액을 주고 거래를 했다고 한다.
** 필딩의 또 다른 장편소설인 『조지프 앤드루스』에 나오는 주인공으로 선량하고 고지식한 목사.

소. 웨스턴 여사가 런던에 돌아왔을 때, 그녀를 의례적으로 찾아온 레이디 벨라스턴은 전혀 모르는 사람처럼 존스를 대하며 아주 정중하게 그의 결혼을 축하해주었소.

나이팅게일의 부친은 존스가 사는 곳 옆에 자기 아들을 위해 토지를 구입해주었는데, 이곳에서 나이팅게일과 그의 아내, 그리고 밀러 부인과 그녀의 막내딸이 살게 되어, 두 집안 사이에는 지금까지 아주 우호적인 왕래가 이어져오고 있소.

비중이 덜한 주변 인물들에 대해서도 이야기하겠소. 워터스 부인은 시골로 돌아왔고, 올워디 영주에게서 1년에 60파운드의 돈을 받게 되었소. 그녀는 서플 목사와 혼인했는데, 서플 목사는 소피아의 요청에 따라 웨스턴 영주로부터 상당한 액수의 성직록도 받게 되었소.

블랙 조지는 자신이 저지른 일이 발각되었다는 소식을 듣자마자 달아나버렸는데, 그 후론 그에 관한 소식을 전혀 들을 수 없었소. 존스는 블랙 조지의 가족들에게 돈을 대주었지만 똑같은 비율로 나누어준 것은 아니었소. 몰리가 가장 많은 몫의 돈을 받았기 때문이오.

패트리지는 존스에게서 1년에 50파운드의 돈을 받았소. 그가 다시 설립한 학교는 전보다 훨씬 운영이 잘되어 패트리지는 많은 용기를 얻게 되었소. 현재 그와 몰리 시그림 사이에는 결혼 협상이 진행되고 있는데, 소피아의 중재로 성사가 될 것 같다고 하오.

이제 우리는 존스 씨 그리고 소피아와 작별을 고하고자 하오. 결혼한 지 이틀도 안 돼, 이들은 웨스턴 영주와 올워디 영주를 따라 시골로 돌아갔소. 웨스턴 영주는 대대로 내려오는 집안 영지와 자신이 소유한 토지의 대부분을 사위에게 물려주고는 사냥하기에 더 좋은 어느 시골에 있는 작은 집으로 퇴거했소. 웨스턴 영주는 종종 방문객 자격으로 존스와 같이 지냈는데, 그를 즐겁게 하는 데서 커다란 기쁨을 느꼈던 존스와 웨스턴 영주의 딸의 노력은 성공을 거두어 이 노신사는 평생 지금보다 행복한 적은 없다고 말하곤 했소. 웨스턴 영주는 존스의 집 거실과 대기실을 독차지하며 이곳에서 원하는 사람과 함께 취하도록 술을 마셨소. 그의 딸은 전처럼 그가 원할 때마다 연주를 해주었는데, 존스가 소피아를 기쁘게 하는 일 다음으로 이 노신사를 행복하게 해주는 것이 자신의 기쁨이라고 했기 때문이었소. 존스의 눈에는 소피아가 자기 부친에게 효도를 다하는 모습이 자신에게 사랑을 베풀 때만큼이나 사랑스럽게 보였다고 하오.

소피아는 이미 어여쁜 두 남매, 즉 남자아이와 여자아이를 낳았는데, 웨스턴 영주는 이 아이들을 무척 좋아해 대부분의 시간을 아기 방에서 보냈소. 특히 이제 한 살 반밖에 안 된 조그만 어린 손녀의 재잘거리는 소리는 영국에서 제일 훌륭한 사냥개들이 짖는 소리보다 더 달콤한 음악 같다고 말하곤 하오.

존스가 결혼할 때 많은 것을 베풀었던 올워디 영주도 존스와 자신을 아버지처럼 사랑하는 소피아에게 애정을 보여줄 기회를 놓치지 않았소. 존스의 성품 중 나쁜 길로 들어서게 할 성향이 있는 면모는 이 선량한 사람과의 끊임없는 대화와 사랑스럽고 덕망 있는 소피아와의 결합을 통해 교정이 되어갔소. 또한 존스는 자신이 저질렀던 어리석은 행위를 반성함으로써, 그처럼 활기찬 사람들에게서는 찾아보기 힘든 신중함과 분별력을 갖추게 되었소.

결론적으로 말해, 이 다정한 부부보다 더 훌륭한 남녀를 발견할 수는 없기 때문에 그 누구도 이들보다 더 행복하다고 생각할 수는 없을 것이오. 이들은 서로에 대한 순수한 애정을 유지했고, 이는 서로에게 보이는 애정이나 존경심으로 나날이 커지며 확고해졌소. 하지만 이들은 친척이나 친지들을 대할 때도 서로에게 하듯 상냥하게 대했소. 이들은 아랫사람들에게도 겸손하고 관대하게 대했으며 또한 선행도 베풀어, 존스 씨와 소피아가 결혼한 날을 감사한 마음으로 축복하지 않는 이웃이나 소작인, 하인은 단 한 명도 없었소.

끝

필딩의 문학세계와 『업둥이 톰 존스 이야기』의 주제

새로운 글쓰기

소설의 영어 명칭 'novel'에서도 짐작할 수 있듯이, 소설은 탄생한 지 오래되지 않은 '새로운' 문학 장르다. 그 탄생 시기에 대해서는 약간의 견해 차이가 있지만, 대체적으로 18세기라는 것이 비평가들의 일반적인 견해다. 다른 문학 장르인 드라마나 시가 기원전에도 있었다는 사실을 고려해보면 소설은 그 발생 시기가 상당히 늦은 셈인데, 그렇다면 왜 소설이라는 장르가 이처럼 늦게 탄생했고, 그것도 왜 18세기에 탄생하게 되었는지에 대해 의문이 생길 수 있다.

이에 대해 영국의 비평가 이언 와트Ian Watt는 중산층이 사회 주도 세력으로 등장하며 독서층을 형성하게 된 것이 바로 18세기이기 때문이라고 설명하면서, 소설이 돈을 벌거나 결혼을 통해 신분 상승을 이루는 이야기를 주제로 많이 다루고, 또한 사실적이면서 개연성 있는 내용을 다루는 이유가, 작가들이 자신들의 주 독자층인 중산층들을 의식한 결과라고 주장한다. 즉 소설은 실질적인 것을 추구하는 중산층들의 기호에 맞추어서 쓰인 문학 장르이기 때문에 중산층이 부상한 18세기에 탄생하게 되었다는 것이 와트의 설명이다.

필딩도 『업둥이 톰 존스 이야기』 1권 1장에서 작가를 대중식당을 운영하는 사람으로 묘사하며 자신의 식당에 찾아온 손님들은 돈을 내고 식사를 하기 때문에 작가가 자신의 입맛에 맞는 음식을 제공해주기를 바란다며, 자신의 주요 고객은 후원자로서 작가들에게 재정적인 지원을 했던 소수 귀족이 아니라 돈을 내고 책을 사거나 빌려서 읽는 일반 대중들임을 분명히 하고 있어, 와트의 주장에 힘을 실어주고 있다.

와트의 말처럼 귀족을 그 주요 독자로 삼았던 로맨스와는 달리 소설은 중산층들을 그 주요 독자로 삼고 있기 때문에, 중산층들이 이데올로기와 그들이 추구했던 사실적인 세계가 소설의 특징으로 자리 잡게 되었다는 것은 분명한 사실이다. 하지만 또 다른 비평가 리처드 매키언Richard Mckeon은 소설은 소설 이전에 있었던 로맨스의 전통과 18세기에 새롭게 일어난 중산층의 이데올로기와 사실주의에 대한 추구가 결합한(때로는 변증법적으로 대립하면서 서로에게 영향을 주는) 문학 장르라고 주장함으로써 와트와는 다른 시각을 보여주었다. 즉 매키언에 따르면 소설은 기존의 문학에서 벗어난 완전히 새로운 장르가 아니라, 사실주의적인 세계관을 근간으로 전통적으로 전해져 왔던 로맨스 문학을 새로이 수용한 문학이라는 것이다.

매키언의 이런 주장이 상당히 근거 있다는 사실은 필딩이 자신이 쓰는 글의 성격을 직접 규명한 데서 찾아볼 수 있다. 18세기에 소설을 쓰기 시작한 작가들, 특히 새뮤얼 리처드슨Samuel Richardson과 필딩보다 약간 뒤에 소설을 쓰기 시작한 로렌스 스턴Laurence Sterne 같은 영국 작가들은 자신들이 쓰는 글이 기존의 글과는 다른, 전혀 새로운 글이라는 사실을 누누이 강조했는데, 필딩 역시도 자신의 글이 새로운 글임을 그가 최초로 쓴 본격적인 장편소설 『조지프 앤드루스*Joseph Andrews*』 서문에서 밝히며, 이를 "희극적 로맨스", "산문으로 된 희극적 서사시"라고 규정하고 있기 때문이다. 즉 필딩은 자신의 글이 서사시나 로맨스의 전통을 이어받아 여기에 희극적인 요소(혹은 세계관)를 결합하여 산문으로 쓴 것이라고 말하고 있어, 그의 소설은 사실주의 세계관(희극은 평범한 사람들이 주요 등장인물이며 또한 사실적인 세계를 그리고 있다는 점에서 사실주의 정신을 담고 있는 문학이다)을 근간으로 하여 기존의 문학을 통합해 만든 것임을 분명히 밝히고 있다.

1. 사실주의의 추구

개연성과 가능성의 강조

필딩이 살던 당시 영국은 사실과 경험을 중시하는 베이컨Francis Bacon이나 로크John Locke의 경험론 철학이 널리 퍼져 있었고, 논리와 이성을 중시하는 과학적 사고가 팽배해 있었던 시대였다. 게다가 실질적인 것을 숭상하는 중산층의 대두는 인식론에 커다란 변화를 야기했는데, 가장 중요한 변화 중 하나는 사실주의의 추구다. 당시 사람들은 허황되고 실현 불가능한 이야기보다는, 사실에 입각한 또는 실제로 일어난 일이 아니더라도 개연성과 가능성이 있는 사건을 그리는 문학을 원했던 것이다.

필딩은 이러한 변화를 누구보다도 빨리 감지하고 있었다. 그는 『업둥이 톰 존스 이야기』 8권 1장에서 작가들에게 "인간이 할 수 없는 일을 했다고 믿는 건 불가능하니, 가능성이 있는 내용만 써달라고 아주 당당하게 요구"하겠다고 하고는, "진술된 내용이 아무리 사실일지라도, 믿기 힘든 것을 진술하는 건 용납될 수 없다"고 말해, 가능성뿐만 아니라 개연성 또한 작품 창작에 있어서 중요한 요인임을 강조한다. 그가 초자연적인 존재를 작품에 등장시키지 말라고 현대 작가들에게 충고한 것도 바로 이런 이유에서이다. 하지만 필딩은 현대 작가들이 "마지막으로 지켜야 할 규칙은 작품에 등장하는 인물의 행동은 사람이 할 수 있는 것이어야 할 뿐만 아니라 사람이 할 수 있다고 가정되는 것, 그리고 그 등장인물이 할 것 같은 그런 행동"이어야 한다며, 개연성의 문제를 단순히 인간이 할 수 있느냐 없느냐의 차원을 떠나 등장인물의 성격상 그런 행동이 가능한가에 대해서도 고려해보아야 한다고 주장하여, 그가 자신의 글에서 얼마나 철저하게 사실성을 추구했는지 보여주고 있다.

세세한 사실주의적 묘사

사실성에 대한 강조는 보통 사람들의 실생활의 모습을 생생하게 그림으로써 본격적인 사실주의 소설을 열었다고 평가받는 18세기 영국의 작가 대니얼 디포Daniel Defoe와 리처드슨에게서도 찾아볼 수 있다. 디포는 자신의 대표작 『로빈슨 크루소Robinson Crusoe』의 서문에서 "편집자는 이것이 사실을 제대로 기록한 것이라고 믿고 있다. 이 속에는 허구적인 면모는 전혀 없다"고 주장하며, 이에 대한 설득력을 얻기 위해 구체적인 날짜, 장소, 세세한 돈의 액수, 그리고 로빈슨 크루소가 무인도에서 생활하는 방법들에 대해 매우 자세히 그리고 사실적으로 기술하였고, 최초의 영국 소설이라는 평가를 받는 『파멜라Pamela』의 작가 리처드슨도 자신의 작품의 사실성을 강조하기 위해, 외부 환경을 사실적으로 묘사함과 동시에 등장인물의 심리적 변화를 세세하게 제시함으로써 그들이 마치 살아 숨 쉬는 인간처럼 느껴지도록 했기 때문이다.

디포나 리처드슨이 그들의 작품이 지어낸 이야기가 아니라 실제로 있었던 일을 기록하거나 이를 편집한 것이라고 주장함으로써 자신들의 작품의 사실성을 강조한 것과 달리, 필딩은 실제 일어난 일을 기록했다는 식의 주장을 통해서가 아니라, 당시 영국인들의 생활상을 실제적으로 묘사하고 재현함으로써 사실성을 강조했다는 점에서 그 차이를 보이고 있다. 필딩은 자신이 어린 시절을 보냈던 지역을 모델로 그린 서머싯셔의 풍경과, 이런 시골에서 벌어지는 사냥, 시골 처녀지만 정숙하지 못한 몰리와 톰의 애정 행각, 시골 사람들 사이에 벌어지는 시기심과 이로 인한 싸움 등을 실감나게 그려냈을 뿐만 아니라, 올워디 영주의 집에서 쫓겨난 톰이 브리스틀과 업턴을 거쳐 런던으로 향하던 중 접하게 된 수많은 부정직하고 억센 여관 주인과 여주인들, 여관에서 만나 술자리까지 같이하게 된 거친 군인들, 1745년 당시 일어났던 두 번째 자코바이트Jacobite들의 반란과 이에 대한 일반 대중들의 반응, 런던의 상류사회에서 벌어지는 가면무도회나 나이팅게일과 같은 한량들의 삶을 너무도 사실적이고 생생하게 보여주었던 것이다.

이 밖에도 필딩은 사실성을 강조하기 위해 여관 주인들의 투박한 사투리와, 톰이 만나는 집시 왕의 엉터리 영어 구사, 소피아의 하녀 어너가 쓴 편지의 엉터리 철자법과 프랑스 출신이지만 영국군 부대에서 근무하는 장교의 기이한 말투 등에 이르기까지, 그가 그리는 등장인물의 말투와 어투에도 세세한 신경을 쓰고 있다. 게다가 필딩은 톰이 런던으로 가는 여정에서 접하게 된 숙소도 실제 숙소를 근거로 그렸으며, 실제로 당시에 존재했던 윌리엄 호가스William Hogarth, 데이비드 개릭David Garrick, 화이트필드Whitefield 등의 인물들도 언급함으로써 동시대 독자들에게 사실감이 더해지도록 애썼다.

작중인물들 간의 생생한 대화

필딩은 본래 수많은 소극과 풍자극을 써 1730년대 가장 주목받는 드라마 작가였지만, 1737년 극장공연물에 대한 사전검열법Licensing Act이 통과되면서, 당시 수상이었던 로버트 월폴Robert Walpole의 풍자를 주도한 필딩의 극은 더 이상 발을 붙일 터전을 잃게 되었다. 월폴 정부가 새로이 제정한 이 법을 내세워 극장의 수를 대폭 줄였을 뿐만 아니라 정치적인 색체를 띤 반정부적인 필딩의 드라마 공연을 불허했기 때문이다. 이에 창작의 자유를 제한 받게 되었을 뿐만 아니라 극작을 통해서는 더 이상 생계를 유지할 수 없게 된 필딩은 붓을 꺾고 법조인으로서의 길을 걷다가 리처드슨의 『파멜라』가 선풍적인 인기를 누리자, 소설이라는 장르의 상업적 가능성을 보게 되어 소설가로서 변신했다.

하지만 드라마 작가였던 필딩은 드라마 작가로서의 경험을 살려 자신의 작품에 드라마적인 요소, 특히 '생생한 대화'를 삽입하여 재미와 사실감과 생동감을 더했다. 사실 필딩 이전까지의 영국 소설에서는 거의 대화체가 없었다. 디포는 작품의 사실성을 강조하기 위해 객관적인 자료나 서술에는 전념했으나 대화는 거의 다루지 않았고, 리처드슨의 소설은 서간체로 되어 있으므로 등장인물의 내적 세계는 잘 그려냈지만, 등장인물들 간의 대화를 그려내기에는 적합하지 않았기 때문이다. 따라서 시원하고 활달한 대화를 삽입함으로써 소설에 이처럼 생명력을 불어넣은 것은 드라마 작가로서의 필딩의 번득이는 재치와 기지, 그리고 능란한 말솜씨 덕분이라 할 수 있고, 이는 그가 영국 소설의 사실주의에 가장 크게 기여한 공헌이기도 하다.

사실주의 문학으로서의 풍자문학

18세기는 흔히 풍자의 시대라고 불릴 정도로 풍자문학이 융성했던 시기다. 이는 18세기가 풍자가 융성했던 고대 그리스 로마 시대의 문학 전통을 따르고자 한 소위 신고전주의 시대였기 때문이기도 하지만, 18세기에 넘쳐나기 시작한 신문과 잡지 등을 통해 당시의 사회상과 현실이 일반 대중들에게도 널리 알려진 데에서도 그 이유를 찾을 수 있다. 즉 풍자는 당시 사회의 잘못된 점을 비판하는 사실주의 전통에 선 문학이었기 때문에 사실주의에 대한 관심이 그 어느 때보다도 팽배했던 18세기에 융성한 것이다.

이 점에서 필딩도 예외일 수 없다. 당시의 많은 문학 작품들처럼 필딩의 소설(앞서 말했듯이 그의 드라마도 당시 사회에 대한 비판을 주제로 삼았다)에도 풍자적인 요소가 강하게 드러나는데, 이는 우연적인 것이 아니라 다분히 그의 의도가 반영된 것이다. 이는 필딩이, 자신이 소설을 쓰는 이유는 인간의 젠체하는 행위와 위선을 폭로함으로써 독자들에게 웃음을 선사하는 것이라고 밝힌 『조지프 앤드루스』의 서문에서도 확인할 수 있다.

톰과 블리필의 스승인 목사 스와컴과 이신론자 스퀘어는 『업둥이 톰 존스 이야기』에 등장하는 대표적인 위선자다. 인간의 타고난 선량함을 믿지 않아, 매질을 통해서만 인간을 교화시킬 수 있다고 생각하는 스와컴 목사는 블리필을 편애하며 톰을 적대시하는데, 톰이 자신의 말을 고분고분 따르지 않기 때문이기도 하지만 근본적으로는 자신이 구애하려 하는 블리필의 어머니 브리짓 올워디가 톰을 미워한다고 생각해서였다. 이는 스퀘어도 마찬가지다. 역시 브리짓의 마음에 들기 위해 톰을 적대시하는 그는 자연스러운 것은 모두 옳다고 주장하면서 톰의 애인이었던 몰리와 자신이 잠자리를 같이한 행위는 자연스러운 것이라며 정당화하지만, 정작 톰과 몰리와의 관계에 대해선 질타하는 전형적인 위선자이다.

하지만 대표적인 위선적 인물은 브리짓의 아들 블리필이다. 자신의 목적을 위해서 겉으로는 톰을 위하는 척하는 그는 실제로는 톰을 내쫓기 위해 온갖 술수를 부리는 인물이기 때문이다. 또한 그는 두 스승의 가르침을 교묘히 이용해 두 선생에게는 아첨을 하면서, 동시에 자신의 사악한 행동은 정당화하는 교활함을 가졌으며, 자신의 세속적인 욕심을 위해 사랑하지도 않는 소피아와 결혼하려 하는 전형적인 악인의 모습도 가지고 있다. 그와 마찬가지로 물질적인 이득을 위해서라면 그 어떠한 일도 마다하지 않는 또 한 명의 인물이 있으니 그는 바로 다울링이다. 그는 톰이 브리짓의 친아들임을 알고 있으면서도 자신에게 경제적 이득을 약속한 블리필과 결탁해 톰의 신분을 알리지 않고 심지어 법의 허점을 이용해 진실을 왜곡하는 것도 꺼려하지 않는 위선적인 변호사의 전형이기 때문이다.

이런 위선의 전형으로는 톰이 런던에서 만나 사귀게 된 레이디 벨라스턴도 빼놓을 수 없을 것이다. 레이디 벨라스턴은 오직 파티에만 관심 있고, 젊은 남자를 유혹해 밀회를 즐기면서 그들을 자신의 정부로 삼으려 하는 등, 전형적인 영국 런던 상류층들의 위선과 타락을 보여주는 인물이다. 그녀는 이런 타락한 모습 말고도 가장 위선적인 여성의 모습 또한 가지고 있다. 그녀는 소피아를 위한다는 명분을 내세워 톰과 소피아의 결합을 방해하기 위해 펠라머 경을 사주하여 소피아를 겁탈하도록 유도하기도 하고, 존스를 강제징집하여 다른 나라로 보낼 계획까지 세우는 인물이기 때문이다.

필딩의 풍자는 이런 개별적인 인물들에게만 국한되는 것은 아니었다. 필딩은 당시 사회의 실제 모습을 그리면서 동시에 거기에 내재한 문제에 대해서도 직간접적으로 비판하고 있기 때문이다. 웨스턴 영주가 사냥을 나갈 때마다 마치 수행원처럼 대동하고 다니며 때로는 하인에게 하듯 심부름을 시키는 서플 목사는 박봉의 급료를 받으며 자신에게 성직록을 준 임명권자에게 전적으로 종속되어, 성직자로서의 권위마저 상실한 전형적인 시골 목사의 가난한 삶을 보여주고, 평생 하녀처럼 일하며 남편 웨스턴과는 식사 때만 잠깐 얼굴을 마주할 수 있었던 소피아의 어머니가 런던에 한번 데려다달라고 부탁했다는 이유로 남편에게 죽을 때까지 욕을 먹는 모습은, 당시 가정에서 여성의 위치라는 게, 화자의 말을 빌리자면, 집안의 상급 하녀밖에 안 되었다는 것을 보여주고 있기 때문이다.

이런 부조리한 면은 가정이나 교회에만 국한된 것은 아니었다. 톰이 자원한 군대의 지휘관인 대위는 부대의 모든 군인에게 존경받는 유능한 장교임에도 불구하고 상급자에게 밉보여 수십 년 동안 진급하지 못한 채, 처음 입대 당시 어린아이였던 사람의 자식이 자신의 상관으로 부임하는 상황에까지 처하게 된다. 이러한 사실은 군대의 진급 체계가 당사자의 경력과 실질적인 능력에 근거하지 않고 오로지 상급자에 의해 좌지우지되었음을 보여주는 것으로 군 조직에 대한 필딩의 비판적 시각을 드러내주는 것이다.

2. 로맨스와 서사시 전통

로맨스 전통

필딩은 이렇듯 사실적이고 실제 세계에 근거한 작품을 써 내려가면서도, 자신이 쓰는 글이 실제 세계를 그대로 재현한 기록물이 아니라 하나의 창작품이라는 사실을 분명히 인식하고 이를 인정했다. 그것은 자신의 작품이 사실주의와 로맨스/서사시의 전통을 결합한 결과라는 필딩의 주장에서도 드러나기 때문에 이 작품과 로맨스 혹은 서사시와의 관계에 대해서 살펴볼 필요가 있겠다. 우선 이 작품과 12세기경에 탄생한 로맨스 문학과의 연계성을, 남녀 주인공 간의 특징에서 찾아보자.

로맨스의 남자 주인공은 모험이 가득한 여행을 통해 자아를 실현하고 정체성을 찾는 과정을 겪게 되는데, 이때 남자 주인공 곁에는 그가 이상실현과 자아성취를 하도록 이끄는 이상적인 여주인공이 항상 존재하며, 그녀와의 사랑이 로맨스의 핵심을 구성한다. 하지만 이 남녀 주인공들은 일상에서 흔히 볼 수 있는 평범한 인물이 아니라, 뛰어난 외모나 재능 혹은 자질을 갖춘 인물이기에, 이 점에서는 『업둥이 톰 존스 이야기』의 두 남녀 주인공인 톰과 소피아도 전형적인 로맨스의 주인공이라고 볼 수 있다.

우선 톰은 마음이 선량하고 의로우며 곤경에 처한 사람을 도와주는 인물이다. 그는 강도들에게 목숨을 잃게 될 뻔한 사람이나 워터스 부인을 돕기 위해 자신의 신변의 안위는 고려치 않고 그들을 구하기 위해 본능적으로 달려든다. 게다가 톰은 이 소설의 화자가 여러 번 강조한 것처럼, 사랑의 여신 비너스가 사랑했던 아도니스처럼 준수한 외모를 가졌으며, 실제로 많은 여자들의 마음을 흔들리게 할 정도여서 어느 모로 보나 로맨스의 남자 주인공으로서의 자격을 충분히 갖고 있다.

이는 이 작품의 여주인공 소피아의 경우에서도 마찬가지다. 그녀는 "순수함" "분별력과 타고난 고상함"을 지녔으며 지혜롭고도 현명하여, 톰의 장점과 블리필의 사악함을 단번에 알아볼 수 있다. 또한 부모에게 순종적이고 부모가 바라는 일을 하는 데서 기쁨을 찾는 이상적인 딸이기도 하지만, 자신을 강압적으로 블리필과 결혼시키려는 웨스턴 영주에게서 달아나 존스를 만나기 위해, 혹은 그와의 미래를 기약하기 위해 런던에 거주하는 친척 레이디 벨라스턴을 찾아가는 대담한 여성이기도 하다. 하지만 무엇보다도 그녀가 로맨스의 여주인공일 수 있는 요인 중 하나는 빼어난 외모다. 화자는 소피아가 "고른 반달 모양"의 "풍성한 눈썹", "광채"를 띤 검은 눈, "상아 같은 치아", "백합이나 상아, 혹은 백옥"보다도 흰 목, "파로스 섬의 백석 대리석보다도 더 아름답고 눈부신" 흰 가슴을 가졌다고 하고는, "자연의 여신이 부여할 수 있는 온갖 매력을 갖춘, 그리고 아름다움과 젊음, 쾌활함, 순진함과 다소곳함, 상냥함, 장밋빛 입술에서 뿜어 나오는 달콤함, 생기 있는 눈가에서 흘러나오는 광휘로 치장한 사랑스런 소피아"를 칭송함으로써 소피아를 일반 세계가 아닌 로맨스 세계에서만 존재하는 여성처럼 그렸기 때문이다.

남녀 주인공들의 이런 이상적인 면모에서뿐만 아니라 주제 면에서도 이 작품에는 로맨스 요소가 많이 나타나 있다. 전통적으로 로맨스에서는 주인공과 형제들 간의 시기심과 경쟁이 갈등 요인으로 나타난다. 블리필과 톰은 아버지만 다를 뿐 같은 어머니를 가진 형제다. 하지만 이 사실을 진작부터 알고 있었던 블리필은 바로 이 사실 때문에 톰을 더욱 미워하고 그와의 경쟁의식으로 톰을 모함하여 올워디의 집에서 쫓아냈으며, 사랑하지도 않는 소피아와의 결혼을 추진했고, 심지어 톰을 교수형시키기 위해 톰이 사람을 의도적으로 죽인 것처럼 톰의 결투 현장을 목격했던 증인들을 매수하려 했던 것이다.

로맨스의 또 다른 모티프는 근친상간의 위협이다. 워터스 부인(본래 이름은 제니 존스)과 잠자리를 같이했던 톰은 패트리지의 말을 듣고는 자신이 자신의 모친과 근친상간을 저질렀다고 생각하고는 극도의 좌절에 빠지지만 결국에는 자신의 실제 모친은 브리짓 올워디라는 사실을 알게 되어 하나의 해프닝으로 끝이 나게 된다. 이와 관련된 신분의 회복도 로맨스의 주요 모티프 중 하나다. 로맨스의 주인공은 자신의 실제 신분을 잃고 조락한 처지에 있다가 결국 실제 신분(이 경우에 실제 신분은 왕족이나 귀족 등 높은 신분의 자녀로 판명난다)을 찾고, 사랑하는 여인과 행복한 결합을 하게 되는데, 톰 존스의 경우가 이에 딱 들어맞는다. 처음에 그는 학교 선생인 패트리지와 그의 하녀인 제니 존스의 사생아로 알려졌지만, 후에 제니를 통해 자신이 올워디 영주의 여동생인 브리짓 올워디의 실제 아들이라는 사실을 알게 되었고, 이에 따라 결국 웨스턴 영주로부터 소피아와의 결혼 승낙까지 받게 되었기 때문이다.

게다가 이 작품에서는 가장 중요한 로맨스의 모티프도 발견된다. 로맨스에서는 이상적인 남녀 주인공이 수많은 방해와 좌절을 겪다가 결국엔 이를 극복하고 결합하게 된다. 이와 마찬가지로 평민의 사생아라는 오해로 인해 소피아와의 결합을 허락받지 못한 톰에게는 무수히 많은 적대 세력들 — 톰과 소피아 사이를 갈라놓으려는 웨스턴 영주와 웨스턴 여사, 그리고 재산 때문에 소피아와 결혼하기 위해 방해 공작을 펴는 블리필, 소피아와의 혼사를 위해 톰을 제거하려는 펠라머 경, 톰에 대한 복수심과 소피아에 대한 시기심으로 톰과 소피아를 갈라놓기 위해 온갖 술책을 부리는 레이디 벨라스턴 등 — 이 있지만, 결국에는 신분의 회복과 더불어 이 둘의 사랑이 양가의 부모(존스의 경우에는 그를 양아들처럼 키운 올워디 영주)의 인정을 받아 결혼에 성공하기 때문이다.

서사시 전통

로맨스적인 요소와 마찬가지로, 이 작품에는 필딩이 자신의 소설을 구성하는 또 하나의 축이라고 설명한 서사시적인 요인도 나타난다. 18세기 영국은 소위 "어거스틴 시대Augustin Age"로서, 영국의 지성인들은 로마

문예의 황금기인 아우구스티누스 황제의 시대가 영국에 재현되었다는 자부심을 지니고 있었다. 따라서 그리스, 로마의 문화를 숭상하는 풍조가 어느 때보다도 뚜렷했고, 문학에 있어서도 호메로스, 베르길리우스 등의 작품과 아리스토텔레스와 호라티우스의 문학이론이 이 시대의 문학사상을 지배했으며, 이들이 주로 쓴 서사시는 이 당시에 최고의 문학으로 인식되었다. 따라서 필딩은 자신의 새로운 장르의 기원을 서사시에 두고 서사시의 요소들을 작품에 부여함으로써 자신의 작품을 서사시와 로맨스의 전통 안에 편입시킨 것이다. 즉 호메로스의 서사시의 위엄을 자신의 작품에 부여하면서 동시에 자신의 작품에 문학적 정통성을 부여하고자 했던 것이다.

고대 그리스 시대부터 쓰여진 서사시의 남자 주인공은 남들보다 탁월한 능력을 지닌 인물이라는 점, 그리고 온갖 고난과 역경을 이겨낸 후 새로운 자신감을 지닌 인물로 성장한다는 점에서 로맨스의 남자 주인공과 근본적인 차이는 없다. 따라서 주인공의 측면에서 혹은 작품이 주인공의 모험담을 중심으로 전개된다는 점에서 로맨스의 특징은 서사시의 특징과 중복되기 때문에 여기서는 이 작품과 서사시와의 연계성을 문체에 관련해서만 살펴보고자 한다.

자신의 작품과 서사시와의 연계성을 의식하고 이를 표현하고자 했던 필딩은 작품 안에서 종종 고대 서사시의 작가인 호메로스나 베르길리우스 등을 언급하는 것 외에도 서사시를 쓰기 전, 시인들이 흔히 그러듯 자신에게 영감을 불어넣어달라고 시의 신인 뮤즈Muse에게 도움을 청한다.

내가 소리쳐 부르는 것은, 수많은 사람들의 한숨이 돛을 활짝 펼친 배를 점점 불어나는 피눈물의 파고를 넘어 실어 나르는 동안, 영광의 길로 영웅을 안내하는 그대가 아니라, 행복한 요정 므네모시네가 헤브루스의 강가에서 낳은 아름답고 상냥한 처녀인 뮤즈 그대인 것이오. 마에오니아에서 교육받고 만토바에 매료되어 영국의 자랑스러운 대도시를 내려다보는 저 아름다운 언덕 위에서 밀턴과 함께 앉아, 수금으로 영웅들의 이야기를 노래에 담아 달콤하게 연주했던 그대여! (13권 1장, 227쪽)

이렇듯 필딩은 뮤즈로부터 영감을 받아 글을 쓰는 서사시인을 흉내 내기도 하지만, 여기서 더 나아가 서사시에서 사용되는 웅장한 문체를 실제로 이용하여 작중에서 벌어지는 사건을 묘사하기도 한다. 톰이 소피아를 연모하기 전에 사귀었던 몰리가 드레스를 입고 교회에 나타나자 이를 시기한 마을 사람들과 몰리 사이에 한바탕 싸움이 벌어지는데, 필딩은 몰리와 싸움을 벌이는 무리들을 "적의 군대"로, 몰리와 직접 몸싸움을 벌이는 베스는 그들의 장군으로, 그리고 그들이 싸움을 벌이고 있는 교회 마당은 전쟁터로 표현하면서, 이들의 싸움을 서사시체를 이용하여 묘사*한다.

점잖게 후퇴하려 했던 몰리는 자신의 뜻대로 되지 않자, 방향을 틀어 적의 선봉에 선 싸구려 옷을 입은 베스를 붙잡아 일격에 쓰러뜨렸소. 이를 본 적군의 수가 거의 백에 이르렀지만 이들 모두는 자신들의 장수의 운명을 지켜보고는 뒷걸음질 치며 새로 판 무덤 뒤로 달아나기 시작했소 (바로 그날 저녁에 장례식을 치를 예정이던 교회묘지가 바로 이들의 전쟁터

---

* 이때도 화자는 몰리의 싸움을 묘사하기 직전 서사시를 쓸 때의 시인들처럼 뮤즈에게 도움을 청한다. "당신의 정체가 무엇이든 간에, 전쟁에 관해 노래하기 좋아하는 뮤즈여! 특히 휴디브라스와 트룰라가 싸웠던 전쟁터에서 그 살육의 현장을 그려냈던 그대여! 그대가 그대의 친구 버틀러와 함께 아사(餓死)하지 않았다면, 이 중차대한 일을 해야 하는 나를 도와주시오! 모든 사람이 모든 일을 다 할 수는 없으니 말이오." (4권 8장, 208~09쪽)

였던 것이오). 그러자 연전연승을 노리던 몰리는 무덤가에 놓여 있던 해골을 집어 들고는 강속구로 집어던져 재단사의 머리를 맞췄소(이 두 개의 해골은 똑같이 비어 있는 소리를 냈소. 재단사는 뒤로 발랑 나자빠져 두 개의 해골이 바닥에 나란히 놓이게 되었는데, 둘 중 어느 해골이 더 소중한 해골인지는 알기 어려웠소). 그러고는 넓적다리뼈를 손에 들고는 달아나는 무리들 사이로 뛰어 들어가 사방으로 무수히 많은 연타를 날려 수많은 위대한 남녀 영웅들의 시신을 사방에 흩뿌렸소. (중략)

이제 자신의 본 모습에는 어울리지 않게 너무 오랫동안 한쪽 편만을 든 게 아닌지 염려하기 시작한, 특히 정의로운 편을 들었기 때문에 염려하기 시작한 운명의 여신은 갑자기 편을 바꾸었소. 남편 제키엘 브라운뿐만 아니라 절반가량의 교구민 남자들을 품에 안았던 브라운 여사가 등장한 것이오. (중략) 동료들이 수치스럽게 달아나는 것을 더 이상 참을 수 없었던 이 여장부는 갑자기 발걸음을 멈추더니, 달아나는 사람들 모두에게 다음과 같이 큰 소리로 말했소. "그대 서머싯셔의 남자들이여! 차라리 서머싯셔의 여자들이라고 불려도 마땅한 그대들이여! 여자 하나 때문에 이렇게 도망치는 게 부끄럽지도 않은가! 아무도 저 여자를 막을 사람이 없다면, 나와 여기 있는 조앤 톱이 승리의 영광을 누리겠노라." 이렇게 말을 마치더니 그녀는 몰리 시그림에게 달려들어 그녀의 손에서 넓적다리뼈를 가볍게 빼앗았소. 그와 동시에 몰리의 모자를 벗긴 뒤, 왼손으로는 몰리의 머리를 잡고 오른손으로는 몰리의 얼굴을 강력하게 가격하여, 몰리의 코에선 피가 쏟아지기 시작했소. 하지만 그동안 몰리도 가만히 있었던 것만은 아니었소. 곧 브라운 여사의 싸구려 모자를 벗긴 뒤, 한 손으로는 그녀의 머리타래를 움켜쥐고 다른 손으로는 적의 콧구멍에서 피가 줄줄 흘러내리도록 했기 때문이오. (4권 8장, 209~12쪽)

644

서사시체를 사용한 몰리의 이 싸움 장면을 읽으면서 독자들은 긴장하기보다는 웃음을 금치 못하게 된다. 이는 이 싸움 자체가 희극적이라서가 아니라, 평범한 사람들 간의 싸움을 영웅이나 위대한 장군들 간의 싸움을 묘사할 때 사용하는 문체를 사용해서 그렸기 때문이다. 즉 이때 독자의 웃음은 내용과 문체가 어울리지 않아 짓게 되는 웃음인 것이다. 이런 점에서 여기서 사용된 서사시적 문체는 서사시를 패러디하는 기능을 하고 있기 때문에 "의(擬)서사시Mock-epic"라고 불릴 수 있다. 이처럼 필딩은 서사시의 전통을 잇겠다고 하면서 실제로 서사시적인 문체를 작품에서 사용했지만 이는 정통 서사시가 아니라 "의서사시"가 될 수밖에 없다. 그 이유는 바로 필딩이 추구하는 사실주의 정신에 있다. 즉 필딩은 실생활에서 볼 수 있는 평범한 인간들인 몰리와 마을 사람들 간의 싸움을 그리려 한 것이지, 존재하지도 않는 초인적인 영웅들 간의 싸움을 그리려 한 것이 아니기 때문에, 서사시체로 그린 이 장면은 "의서사시"가 될 수밖에 없었던 것이고, 바로 이 점에서 "의서사시"는 사실주의와 서사시를 결합한 필딩의 문학을 형식적인 면에서 잘 드러내주는 객관적 상관물이 되는 것이다.

작품의 주제

1. 신중함, 지혜의 터득

톰 존스는 작품 전반에 걸쳐 자신의 충동을 다스리는 방법을 모르는, 고상함과는 먼 신중치 못한 젊은이로 묘사되고 있다. 이에 그를 양아들처럼 키우던 올워디 영주는 톰의 선한 성품을 칭찬하면서도 그에게 신중할 것을 다음과 같이 주문한다. "얘야, 난 네가 천성적으로 착하고 마음도 넓으며 명예를 중시한다는 걸 잘 알고 있단다. 그런데 거기에다 신중함과 신앙심만 더 갖춘다면 틀림없이 행복해질 거다. 물론 네 착한 천성 때문에라도 넌 행복해질 자격이 있지만, 너에게 행복을 확실히 안겨다줄 수 있는 것은 바로 신중함과 신앙심이기 때문이다"(5권 7장, 292쪽). 하지만 톰은 술기운에 충동적으로 몰리와 불미스런 관계를 갖고 이를 목격한 스와컴 목사와 블리필과 일전을 벌이는 등 신중치 못한 일을 계속해서 저지르게 된다. 결국 이를 꼬투리로 블리필이 톰을 모함한 결과 톰은 올워디 영주의 집에서 쫓겨나 업턴을 경유해 런던으로 가게 되는데, 가는 도중에 워터스 부인을 만나 또다시 불미스런 일을 저지르는 바람에 톰은 자신을 찾아 나선 소피아를 만나지 못하게 되고, 런던에 도착해서도 역시 레이디 벨라스턴과 불미스런 일을 저지르는 바람에, 소피아에게 오해를 받는 상황에 처한다.

결국 이런 수많은 경험을 통해 신중함을 배우게 된 톰은 헌트 부인의 청혼을 거절하고, 그를 은밀히 유혹하는 피츠패트릭 부인과 레이디 벨라스턴과의 관계를 끝내는, 보다 성숙하고 건전한 젊은이로 변모하게 된다. 그 결과 톰은 소피아의 사랑을 다시 찾게 되는데 이는 그가 신중함을 갖게 된 것에 대한 일종의 보상이며, 동시에 소피아라는 이름이 지혜wisdom를 뜻하는 것을 고려하면, 그가 신중함에 지혜까지 얻게 되었다는 것을 나타내는 상징이기도 하다. 작품의 말미에 화자가 "존스의 성품 중 나쁜 길로 들어서게 할 성향이 있는 면모는 이 선량한 사람〔올워디 영주〕과의 끊임없는 대화와 사랑스럽고 덕망 있는 소피아와의 결합을 통해 교정이 되어 갔소. 또한 존스는 자신이 저질렀던 어리석은 행위를 반성함으로써, 그처럼 활기찬 사람들에게서는 찾아보기 힘든 신중함과 분별력을 갖추게 되었소"라고 말한 것은, 바로 본바탕이 선량한 존스가 신중함과 지혜, 분별력을 얻게 된 경위가 바로 이 작품의 주제 중 하나임을 강력하게 시사하는 것이다.

2. 광교회주의 철학

필딩이 이 작품에서 톰과 올워디의 말과 행동을 통해 전하고 있는 주제 중 하나는 사랑이다. 광교회주의latitudinarianism를 신봉하는 필딩은 신앙심만을 강조하며 사랑의 실천을 도외시하는 감리교를 비판하고, 진정한 기독교인은 신앙심과 기도만이 아니라, 실제로 타인에게 얼마나 베푸느냐가 중요하다고 주장한다. 필딩의 대변자인 올워디가 블리필 대위와 기독교적인 사랑에 대해 논하는 장면에서 바로 필딩의 이런 철학이 잘 드러난다.

이 대화에서 블리필 대위는 "사랑이란 단어가 성경 그 어디에서도 자선이나 관대함을 의미하는 단어로 쓰이지 않았음을 대단히 학문적으로 입증"하며, "사랑을 공명정대함으로 이해하거나, 동료에 대한 자애로운 생각 혹은 동료의 행위에 대한 우호적 판단 등으로 이해하는 사람들이, 성경에서 말하는 사랑의 의미에 보다 근접"한다고 주장함으로써, 사랑을 행동이 아니라 마음 자세로만 이해하는 반면, 올워디는 "사랑은 행동으로 옮길 때만 의미를 갖는 것이기 때문에 적선을 베푸는 것은 적어도 사랑을 실행하는 한 가지 방법"이고 "사랑을 베푸는 것은, 기독교 교리와 자연법칙에 따라 우리 인간에게 지워진 피할 수 없는 의무"라며, 사랑은 행동으로 옮겨야만 그 의미를 갖는다는 주장을 하고 있기 때문이다.

또한 올워디는 자신이 말한 것처럼 실제로 많은 사람들에게 도움을 베풀며 그들을 어려움에서 벗어나게 해주려는 노력을 그치지 않는다. 그는 자신의 교구민뿐만 아니라, 런던에 사는 가난한 목사 미망인인 밀러 부인과 그녀의 가족을 경제적으로 돌보아주기도 하여, 그의 기독교적인 사랑의 실천은 널리 알려져 있기 때문이다. 이 점에서 톰도 올워디와 상당히 비슷하다. 사랑은 실천하는 데 그 의미가 있다고 생각하는 톰은 웨스턴 영주의 영지에서 사냥을 하다 해고된 블랙 조지와 그의 가족들이 경제적으로 몹시 어려운 처지에 놓이게 되자, 자신이 갖고 있는 소지품, 심지어 성경책과 자신이 아끼던 망아지까지 팔아 조지에게 돈을 가져다주었으며, 자신에게 강도짓을 하려고 한 사람의 딱한 처지를 듣고는 그를 용서하고 자신의 돈까지 주는 관대함을 보이는 인물이기 때문이다.

3. 행복한 결말과 신의 섭리

마지막으로 주목할 만한 이 작품의 주제는 기독교적인 작품으로서 혹은 로맨스로서의 이 작품의 성격과 긴밀한 연관이 있다. 즉 모든 것은 신의 섭리에 따르기 때문에 궁극적으로 선한 사람은 보상을 받고 악인은 처벌을 당한다는 권선징악의 주제(동시에 로맨스적인 주제)를 이 작품은 갖고 있는 것이다. 이 작품이 "산문으로 쓰어진 희극적 서사시"라는 작가의 주장도 이런 맥락에서 이해될 수 있다. 희극은 항상 행복한 결말로 이어지기 때문이다. 하지만 기독교인이기도 한 필딩에게서 그 행복한 결말로 가기 위해서는 신의 섭리의 개입이 절대적이며, 이런 신의 섭리는 때로는 우연을 가장하여 드러나게 된다.

워터스 부인이 외딴 숲에서 강도를 당하려던 순간 그녀의 비명 소리를 우연히 듣게 된 존스가 그녀를 구해주면서, 자신이 이곳을 지나가게 된 것은 우연이 아니라 바로 신의 섭리에 의한 것이며, 자신은 단순히 신의 섭리를 이행하기 위한 도구일 뿐이라고 주장한 것은 바로 필딩의 이런 믿음에서 유래한 것이다. 톰은 이와 비슷한 말을 또다시 하게 되는데, 그것은 그가 산길을 가다 몸을 녹이기 위해 어느 외딴 집에 잠시 머물던 중, 강도당할 위기에 처했던 "산사람"을 구하는 상황에서다. 그는 "산사람"에게 자신이 그를 도울 수 있었던 것도 다 신의 섭리 덕이라고 또다시 주장했기 때문이다. 이런 점에서 이 작품에 우연이 많다는 사실은 바로 신의 섭리가 모든 것을 지배하고 이끈다는 작가의 믿음을 보여주는 하나의 표상인 것이다.

이러한 사실은 독자들로 하여금 톰이 아무리 어려운 역경에 처해도 결국은 행복한 결말을 맞이하게 될 거라는 확신을 갖게 한다. 따라서 철두철미한 악당인 블리필이 처음에는 톰을 완전히 파멸시키고 자신이 뜻하던 바를 모두 이룰 것 같아 보이지만, 결국에는 그의 음모와 계략이 들통나 파멸을 맞이하게 되는 것을 독자들은 당연한 귀결로 받아들이게 되는 것이다. 이 작품은 작가의 기독교적인 세계관을 보여주기 위한 작품이기도 하기 때문이다. 게다가 한 가지 더 흥미로운 사실은 블리필의 음모를 밝히고 톰이 자신의 신분을 찾게 해준 인물이 바로 워터스 부인, 즉 제니 존스라는 점이다. 처음 제니 존스는 톰과의 부적절한 관계를 맺어 톰을 극도의 고난에 빠뜨린 인물처럼 보였지만, 결국에는 이 작품을 행복한 결말로 이끌게 하는 결정적인 역할을 한다. 즉 그녀가 톰을 만나게 된 것은 궁극적으로 톰을 파멸시키기 위해서가 아니라 그를 구원하려는 신의 섭리의 일환이었던 것으로, 인간이 이해할 수 없는 신의 섭리의 속성을 보여주고 있는 것이다.

희극과 로맨스의 결합으로서의 "역사"/소설

필딩은 『조지프 앤드루스』의 서문에서 자신의 소설을 "희극적 로맨스" 또는 "산문으로 된 희극적 서사시"라고 정의했지만, 『업둥이 톰 존스 이야기』에서는 자신의 작품을 항상 "역사history"라고 지칭했으며, 게다가 "역사"라는 명칭을 "전기biography"와 동일한 의미로 사용하면서 "전기 작가biographer"를 자신이 시도하는 장르의 작가로 규정하고 있다. 따라서 우리는 필딩이 말하는 "역사"가 우리가 일반적으로 생각하는 "역사"라는 용어와 판이한 것임을 짐작할 수 있다. 이는 필딩이 『조지프 앤드루스』의 1권 1장에서 자신이 쓰려는 "역사"의 계보로서 플루타르코스와 같은 고대 전기 작가와 중세의 로맨스나 민간전설을 각색한 대중 문학을 그 예로 들었고, 『조지프 앤드루스』 3권에서 『영국사The History of England』나 『프랑스와 스페인사The History of France, of Spain』 같은 저서는 진정한 역사가 아니라 허구라고 비난하며, 진정한 의미의 "역사"는 『천일야화Arabian Nights』 같은 작품이라고 주장한 데서도 알 수 있다.

필딩의 이 같은 진술에는 그가 말하는 진정한 의미의 "역사"가 무엇인지에 대한 암시가 담겨 있다. 필딩은 "역사"의 중요한 요소로 우선 객관성을 꼽는다. 그가 『영국사』 같은 역사책들이 진정한 "역사"가 아니라고 말한 이유는 이 저서들이 저자들의 정치적 이해관계와 편견에 따라서 "다른 관점에서 사실이 제시된" 책들이기 때문이다. 즉 이해관계에 따라서 왜곡되는 역사의 허구성을 인식하고 있던 필딩은 진정한 의미의 "역사"는 객관성을 유지해야 한다고 역설함으로써 객관성을 "역사"의 주요 조건으로 삼고 있는 것이다.

다음으로 필딩이 제시하는 "역사"의 조건은 보편성이다. 필딩은 "역사"가 중심인물들의 업적과 성품 등을 제대로 기록한다면 사소한 사실, 가령 중심인물들의 나이, 국적, 사는 지역은 틀려도 상관없다고 한다. 이러한 필딩의 주장은 그가 말하는 진정한 의미의 "역사"는 서류나 기록 등을 통해 알아낸 어떤 사실을 조합하여 만들 수 있는 것이 아니라, 작가가 개연성과 객관성의 토대 아래서 인간의 보편적인 경험을 그려내는 문학 장르임을 암시하는 것이다. 그가 『천일야화』를 훌륭한 "역사"라고 칭한 이유가 바로 여기에 있다.

결국 필딩이 쓰고자 하는 "역사"/소설은 사실의 기록이 아닌 작가의 상상력과 통찰력이 만들어내는 하나의 허구fiction이다. 그러나 이 허구가 필딩이 말하는 진정한 의미의 "역사"/소설이 되기 위해서는 객관성, 개연성, 보편성을 갖추고 삶의 진리를 표현해야 한다. 따라서 필딩은 자신이 쓰고자 하는 소설의 중심축으로서, 인간의 삶을 사실적으로 재현할 수 있는 희극이라는 장르와 삶의 보편성과 기독교인으로서 필딩이 갖고 있는 권선징악에 대한 믿음을 재현할 수 있는 로맨스라는 장르를 택한 것이다. 따라서 필딩의 문학에 나타나는 희극과 로맨스의 공존, 희극과 로맨스의 대화는 선택의 문제가 아니라 그의 세계관을 표현하기 위한 필연적인 결과였다.

작가연보

| 1707 | 4월 22일 서머싯셔의 글래스턴베리 인근에 위치한 샤팜 파크에서, 에드먼드 필딩Edmund Fielding과 헨리 굴드Herny Gould 경의 딸 세라 굴드 Sarah Gould 사이의 아들로 출생. 필딩의 친가 쪽은 아일랜드의 덴비 백작과 영국의 데스먼드 백작 가문의 후손으로 독일의 합스부르크 왕가의 혈통이며, 외가 쪽은 서머싯셔와 도싯셔에 상당한 영지를 가지고 판사를 여럿 배출한 집안임. |

글래스턴베리 수도원이 내려다보이는 토르Tor 언덕은 『업둥이 톰 존스이야기』의 올워디 영주의 저택 파라다이스 홀이 위치한 곳의 모델임.

이 해에 영국은 스코틀랜드 의회를 해산시키고 영국 의회로 합병하여 영연방을 이룩.

1715   제임스 2세의 큰 아들인 제임스 프랜시스 에드워드 스튜어트James Francis Edward Stewart(혹은 '늙은 왕위 요구자Old Pretender')와 스튜어트 왕조 지지자들인 '자코바이트'가 영국 왕 조지 1세를 몰아내기 위해 반란을 일으킴(제1차 자코바이트 반란이라고도 불린다).

1718	필딩의 어머니 세라 굴드 사망.
1719	필딩의 아버지는 세라 굴드 사망 후 재혼.

당시 12세였던 필딩은 이튼스쿨Eton School에 입학하여 1724년까지 수학. 이 학교에서 필딩은 성공회 교리는 물론, 라틴어, 그리스어, 고전문학 등을 배워 이후 작품의 토대가 되는 지식을 쌓았고, 동시에 그와 평생 동안 친분을 쌓게 된, 영국 휘그당 정치가이자 후에 수상도 역임했던 윌리엄 피트William Pitt를 만나게 됨. 이 학교의 체벌에 의한 교육방식은 『업둥이 톰 존스 이야기』에 등장하는 스와컴 목사의 회초리를 통해 아이러니하게 표현됨.

1720　해외 무역 발달과 1694년의 영국은행의 설립으로 재정 혁명이 일어남. 하지만 '사우스 씨 회사 거품 사건'이 터져 영국은 국가적 위기에 봉착하게 됨.

1721　사우스 씨 회사 거품 사건으로 인한 대혼란의 시기를 맞자, 이를 수습한다는 차원에서 당시 하원의원이었던 로버트 월폴Robert Walpole이 수상직에 오르게 되었으며, 독일 왕가 출신으로 영어를 제대로 하지 못했던 조지 1세와 조지 2세 밑에서 실질적인 권력을 장악하게 됨. 월폴의 정치 행태를 금권정치와 권모술수로 규정하며, 많은 작가들이 그를 풍자하는 작품들을 쓰게 되었는데, 그중에는 조너선 스위프트 Jonathan Swift, 알렉산더 포프Alexander Pope 등이 속해 있던 스크리블레루스 클럽Scriblerus Club이 있었음. 당시 휘그당을 지지하던 헨리 필딩도 이후 반(反) 월폴 성향의 이 모임과 뜻을 같이하게 됨.

1727　조지 2세의 생일과 즉위를 축하하는 시 두 편을 발표했지만 제목만 남아 있고 내용은 전해지지 않음.

1728　「가면무도회The Masquerade」라는 시를 통해 문단에 데뷔.

정통 5막 희극인 「사랑의 갖가지 형태Love in Several Masques」를 드루리 레인Drury Lane의 왕립극장에서 상연. 하지만 극은 인기가 없어 공연 4일 만에 막을 내림.

네덜란드의 레이던 대학 문학부에 학생으로 등록. 레이던 대학 시절에도 틈틈이 「결혼식 날The Wedding Day」을 포함한 정통 5막 희극을 집필했지만 상연하지는 못함. 경제적인 문제로 학교에 입학한 지 18개월 만에 학업을 중단하고 런던으로 돌아와, 작가와 극장 매니저로 생계를 꾸려감. 이때 그가 쓴 작품들은 주로 당시 수상이었던 월폴이 지배하던 영국 정치에 대한 비판을 담고 있었음.

1730   「작가의 소극The Author's Farce」을 발표. '운수 나쁜 해리'라는 작가가 갖은 고초 끝에 관객과 극장주가 바라는 3막짜리 소극을 써서 공연한다는 내용을 담은 드라마로 존 게이John Gay의 「거지의 오페라The Beggar's Opera」 다음가는 공연 기록을 세우며 큰 성공을 거둠.

1731   「그럽 스트리트 오페라Grub-Street Opera」와 「엄지동자 톰Tom Thumb」(이후에 「비극 중의 비극The Tragedy of Tragedies」으로 개작됨) 발표. '스크리블레루스 2세'라는 필명으로 발표한 이 극도 월폴 수상에 대한 풍자를 담고 있는데, '위대한 사람'이라는 별명을 가진 월폴을 엄지만 한 크기의 인물로 그려 아이러니를 자아냄.

1732   「현대 남편The Modern Husband」「코번트가든 비극The Covent Garden Tragedy」「구두쇠The Miser」 등의 드라마 발표.

1734   4년간의 구애 끝에 샬럿 크래독Charlotte Cradock과 결혼. 샬럿 크래독은 『업둥이 톰 존스 이야기』의 여주인공인 소피아 웨스턴, 『아멜리아Amelia』의 여주인공인 아멜리아 부스의 모델로 알려질 정도로 필딩에게는 이상적인 여인이었음. 필딩은 크래독과의 사이에서 5남매를

낳았으나 헨리에타만 성인으로 성장하고 나머지는 모두 유아 시절에 사망.

1737 6월에 공연물 사전 검열법 통과. 월폴을 겨냥한 필딩의 정치풍자극을 규제하기 위해 만든 법안이라는 말이 있던 이 법 때문에 더 이상 극을 쓰지도 상연하지도 못하게 된 필딩은 생계를 위해 11월에 미들 템플에 입학해 변호사 수업을 받게 됨.

1739 제임스 랠프James Ralph와 함께 반(反)월폴 성향을 띤 저널인 『챔피언*The Champion*』을 공동 주주 겸 편집자로 운영하면서 저널리스트로 활동.

1740 변호사 자격을 얻어 6월부터 자신의 고향인 서머싯셔를 비롯한 서부 지방을 순회재판 변호사로 참여하면서 법조인으로서의 경력을 쌓게 됨. 당시 폭발적인 인기를 누리며 여러 나라 말로 번역된 새뮤얼 리처드슨Samuel Richardson의 『파멜라*Pamela*』가 11월에 출판.

1741 4월에 리처드슨의 『파멜라』를 패러디한 『샤멜라*Shamela*』를 익명으로 출판하여, 파멜라를 자신의 순결을 내세워 신분상승을 꾀한 술책가로 묘사하며 비판함.

1742 『파멜라』에 대한 또 한 편의 패러디로, 파멜라의 오빠 조지프 앤드루스를 주인공으로 삼은 『조지프 앤드루스*Joseph Andrews*』를 출판. 이 작품의 성공으로 본격적인 소설가의 길로 접어들게 됨.

1743 당시까지 발표하지 않은 시와 산문을 모아 『잡문집*Miscellanies*』이라는 이름으로 모두 3권을 출판. 이 중 세 번째 책인 『위대한 조너선 와일드의 생애*The Life of Jonathan Wild the Great*』에서는 노상강도이자 강도들을 이끌던 조너선 와일드라는 범죄자를 당시 영국의 수상인 월폴로, 월폴 휘하의 휘그당 사람들을 와일드의 범죄조직으로 묘사하며 풍자함.

1744 이 해 가을, 병에 걸린 아내 샬럿 크래독의 치료를 위해 바스로 온천

욕을 갔으나 그곳에서 아내가 사망.

1745   제임스 2세의 손자로 프랑스에 망명해 있던 스튜어트 왕가의 찰스 에드워드 스튜어트Charles Edward Stewart(일명 '보니 프린스 찰리Bonnie Prince Charlie' 혹은 '젊은 왕위 요구자the Young Pretender')가 군대를 이끌고 자신이 정당한 영국의 왕위 계승자임을 주장하며 영국을 침공한 2차 자코바이트 반란 발발. 필딩은 자코바이트의 반란을 비판하고 당시 왕권을 옹호하는 저널인 『진정한 애국자 *The True Patriot*』(1745~1746)의 편집을 맡음. 필딩은 또한 후에 출판된 『업둥이 톰 존스 이야기』의 시대적 배경을 1745년으로 삼아, 가톨릭 성향의 자코바이트들을 비판하고 영국 성공회를 지지함.

1746   조지 1세의 둘째 왕자인 컴벌랜드Cumberlnad 공작이 쿨로든 전투에서 자코바이트들을 대파함으로써 스튜어트 왕가의 영국 왕위 복위가 좌절됨.

       『여자 남편 *The Female Husband*』이라는 소설을 익명으로 출판.

1747   아내의 시녀였던 메리 대니얼Mary Daniel과 결혼. 후에 새 아내에게서 5명의 자식을 더 낳았지만 이 중 셋은 어린 나이에 사망.

       자코바이트에 비판적이며, 당시 왕권을 옹호한 『자코바이트 저널 *The Jocobite's Journal*』(1747~1748)의 편집을 맡음.

1748   자코바이트의 반란에 맞서 영국 정부의 입장을 잘 대변하고 성공회를 옹호했다는 공로로 7월에 웨스트민스터의 치안판사직에 임명됨. 당시 뇌물 수수나 편파 판정 등을 일삼던 다른 많은 치안판사와 달리 정직하고 공정한 판결로 명성을 얻음.

1749   대표작 『업둥이 톰 존스 이야기』 출판. 출판 한 달 만에 초판이 매진되었으며 필딩은 당대 가장 주목받는 작가의 대열에 올라서게 됨.

11월에 미들섹스 치안판사직을 겸하게 됨.

범죄가 만연한 런던의 문제점들을 분석하고 법제도의 개선을 촉구하는 소책자들을 발표.

런던에 제대로 된 경찰을 조직하여 런던의 범죄율을 급격하게 감소시킴.

1751 치안판사로서 겪은 경험과 개혁 실패에 대한 좌절감이 반영된 비관적 분위기의 『아멜리아*Amelia*』 출판.

1752 필딩의 법정이 있던 거리의 이름을 따 『코번트가든 저널*The Covent Garden Journal*』이라는 잡지를 격주로 발간. 이 저널을 통해 사회 문제와 도덕 문제 등을 언급함으로써 사회개혁을 역설함.

1753 치안판사 일에 시간과 정력을 더욱 쏟아 부으며, 런던의 집단 강도 범죄와 가난을 해결하기 위한 여러 제안서들을 출간함.

1754 통풍, 천식, 황달 그리고 수종과 같은 여러 병으로 건강이 극도로 악화되어, 치안판사직에서 물러나 포르투갈의 리스본으로 요양을 떠났지만, 끝내 8월 7일 리스본 인근의 훈케이라*Junqueira*에서 임종하여 그곳에 있는 영국인들의 묘지에 묻히게 됨. 이 요양 중에도 자신의 죽음을 예견하는 듯한 문장으로 시작하는 일지를 집필하여, 그가 죽은 지 1년 뒤인 1755년에 『리스본으로의 항해 일지*Journal of a Voyage to Lisbon*』라는 제목으로 출판.

'대산세계문학총서'를 펴내며

2010년 12월 대산세계문학총서는 100권의 발간 권수를 기록하게 되었습니다. 대산세계문학총서의 발간은 앞으로도 계속될 것이고, 따라서 100이라는 숫자는 완결이 아니라 연결의 의미를 지니는 것이지만, 그 상징성을 깊이 음미하면서 발전적 전환을 모색해야 하는 계기가 된 것은 분명합니다.

대산세계문학총서를 처음 시작할 때의 기본적인 정신과 목표는 종래의 세계문학전집의 낡은 틀을 깨고 우리의 주체적인 관점과 능력을 바탕으로 세계문학의 외연을 넓힌다는 것, 이를 통해 세계문학을 바라보는 우리의 시각을 전환하고 이해를 깊이 해나갈 수 있도록 한다는 것이었다고 간추려 말할 수 있습니다. 그리고 궁극적으로는 우리의 인문학을 지속적으로 발전시켜나갈 수 있는 동력이 될 수 있기를 희망하는 것이었습니다. 이러한 기본 정신은 앞으로도 조금도 흐트러지지 않고 지켜나갈 것입니다.

이 같은 정신을 토대로 대산세계문학총서는 새로운 변화의 물결 또한 외면하지 않고 적극 대응하고자 합니다. 세계화라는 바깥으로부터의 충격과 대한민국의 성장에 힘입은 주체적 위상 강화는 문화나 문학의 분야에서도 많은 성찰과 이를 바탕으로 한 발상의 전환을 요구하고 있습니다. 이제 세계문학이란 더 이상 일방적인 학습과 수용의 대상이 아니라 동등한 대화와 교류의 상대입니다. 이런 점에서 대산세계문학총서가 새롭게 표방하고자 하는 개방성과 대화성은 수동적 수용이 아니라 보다 높은 수준의 문화적 주체성 수립을 지향하는 것이며, 이것이 궁극적으로 한국문학과 문화의 세계화에 이바지하게 되리라고 믿습니다.

또한 안팎에서 밀려오는 변화의 물결에 감춰진 위험에 대해서도 우리는 주의를 게을리하지 말아야 할 것입니다. 표면적인 풍요와 번영의 이면에는 여전히, 아니 이제까지보다 더 위협적인 인간 정신의 황폐화라는 그늘이 짙게 드리워져 있는 것이 사실입니다. 대산세계문학총서는 이에 대항하는 정신의 마르지 않는 샘이 되고자 합니다.

'대산세계문학총서' 기획위원회